KB151907

또
다
른

사
랑

2

SCARLET
ROMANCE
STORY

또 다른 사랑

스파클라 장편 소설

Another
Lover

2

contents

1

조프는 이제야 그녀가 꾸는 악몽의 실체를 알아 버렸다. 대략적인 사건의 전말을 전해 듣기만 했는데도 온몸에 분노가 끓어올라 참고 있기가 버거웠다. 분노로 세게 말아 쥔 주먹은 피가 통하지 않는지 저릿하기까지 했다.

지난날이 빠르게 조프의 머릿속을 스쳐 지났다. 악몽을 꾸며 고통으로 몸부림치던 너의 모습이, 조부모를 떠올리며 소리 없이 흘리던 너의 눈물이, 스페인에서 문득문득 떠올랐던 슬픈 너의 얼굴이, 찾아온 자신을 밀어내던 유난히도 아파 보였던 눈동자가, 단 한 통의 전화에도 무너져 내리던 너의 모습이, 벨 소리에도 화들짝 놀라던 너의…… 그 모든 순간이.

조프는 그 모든 순간을, 그녀가 겪어야 했을 그 모든 아픔을 고스란히 가슴에 아로새기며 이를 갈았다.

지금껏 가만히 위로하듯 자신의 허리에 팔을 두른 채 듣고만 있던 조프의 떨림이 제이에게까지 전해져 왔다. 제이는 천천히 고개를 돌려 그를 쳐다보았다. 고개 숙인 그의 얼굴이 사정없이 일그러져 있었다.

이를 꽉 깨물어 불툭 튀어나온 턱 근육이, 뼈가 다 드러나 보이도록 꽉 말아 쥔 부들부들 떨리는 주먹이, 참다못해 내뱉은 거친 숨소리에 그의 분노가 오롯이 느껴졌다. 이럴까 봐 그는 몰랐으면 했다. 기어이 그에게까지 자신의 고통을 전가시킨 듯했다.

'가만…… 크리스의 보고에 따르면 태현은 분명 5년 만에 한국에 귀국했다 하였다. 범죄자가 어떻게 외국으로 나갈 수 있지? 감옥에 있어야 할 사람이 어떻게 왜?'

"제이. 혹시 나에게 더 해야 할 말 없어?"

"거기까지가 내가 알고 있는 진실이에요."

제이는 망설였다. 여기서 멈추어야 할까, 더 말을 해야 할까, 도대체 어디까지 말을 해 줘야 할까.

조프는 그런 제이의 망설임을 귀신같이 알아채고 있었다.

"당신이 알고 있는 진실이라니? 제이 남김없이 다 말해 줘. 내가 알아야 해. 지금은 다른 누구도 걱정하지 마. 당신 생각만 해. 그것만으로도 당신에게는 벅차. 그러니 그 누구도 배려하지 말고 생각하지 말고 오로지 당신만. 당신만 생각해."

"……조프."

"다 말해 줘, 제발."

간절한 그의 눈빛을 바라보며 잠시 망설이던 제이가 어렵게 다시 입을 열었다.

"……눈을 떠 보니 병원이었어요. 도무지 무슨 시간이 어떻게 흘러갔는지 모르겠지만, 이미 사건 후 두 달이 지난 뒤였어요. 혼수상태는 아니었어요. 엄마 말은 제가 계속 잠만 잤다고……."

무슨 일인지 제이는 입원해 있으면서 제대로 정신을 차린 적이 없었다. 두 달이라는 시간이 지나도록 눈을 뜨면 그렇게 헛소리를 하고, 신음하며 괴로워했다. 그러다 주사를 맞으면 또 죽은 듯 잠을 몰아서 잤다. 그렇게 중요한 시기에 정신을 놓고 지내는 동안 태현은 해외로 도피해 버렸다.

"두 달이 지나고 나서 정신을 차리고 보니, 무슨 일인지 아빠와 엄마가 내 눈을 마주치지를 못하셨어요. 왠지 모르게 내 눈치를 보며 쉬쉬하는 분위기였어요. 너무 답답해서 참다못해 물었어요. 할아버지는 어떻게 되셨는지, 할머니는. 그리고 그 사람은 어떻게 되었는지."

제이는 한동안 말을 잇지 못하다 가만히 저를 다독이는 조프의 온기에 힘입어 하던 말을 이었다.

"엄마, 아빠가 묻더군요. 그 사람이라니……? 하…… 어이없게도 사건에서 가해자가 순식간에 빠져 버렸어요. 믿을 수 없겠지만 사건은 친족 간의 강간 미수, 그리고 가족 간 다툼으로 인한 살해……로 변질되어 있었어요. 손녀를 탐하려는 파렴치한 할아버지와 그런 할아버지를 보다 못한 할머니가 저지른 끔찍한 살인, 할머니에게 칼을 맞은 할아버지가 할머니를 밀어 버려서 사고사한 할머니."

"어떻게 그런 일이 가능하지? 신고했잖아! 경찰은? 증거는? 현행범이면 이미 잡혀서 형을 살고 있어야 하는 거 아닌가?"

"저도 그걸 모르겠어요. 모든 증거가, 모든…… 정황이 다 조작되어 있었어요. 나를 구하려던 할아버지의 머리카락이 내 몸에서 발견이 됐어요. 그 사람이 할아버지를 해칠까 봐 할아버지를 밀고 차면서 생긴 상처와 멍은 반항흔으로, 그가 할아버지에게 찔러 넣었던 칼에서는 할머니의 지문이…… 묻어 나왔어요. 그리고…… 내 몸 위로 쓰러진 할아버지의 사진까지…… 모두 증거로 채택됐어요. 집 안 어디에서도 그의 흔적은 없었어요."

끔찍했던 그날의 기억보다 더 끔찍하게 변질된 사건의 전말은 맨정신으로 버티기에 힘이 들었다. 그제야 부모님이 왜 자신을 떳떳하게 바라보지 못하고 고개 숙인 채 있었는지 알 수 있었다.

믿을 수 없는 사실에 망연자실하며 제이는 부모님께 다시 사건의 전말을 말씀드렸으나 이미 너무 늦어 버렸다. 하늘 아래 어떻게 이렇게 끔찍한 일이 버짓이 자행되고 있는지 믿을 수가 없었다.

뒤늦게 사건의 진상 규명과 부모님의 명예 회복을 위해 뛰어들었던 아빠는 무슨 일인지 어느 시점부터 모두 그만두라 하셨다. 결국 교수직에서도 스스로 내려오셨고, 엄마 역시 하던 일을 다 멈추어야 했다.

말 그대로 제이의 집은 풍비박산이 났다.

그를 만나고 불과 몇 개월도 지나지 않은 시간…… 그 짧은 만남으로 인한 아픔은 소름 끼치도록 끔찍한 상처로 남아 있었다. 담담하게 말을 꺼내었으나 이야기를 마친 제이의 얼굴은 이미 눈물로 온통 젖어 있었다.

조프는 사시나무 떨듯 하는 제이의 몸을 조심스레 끌어안았다. 자신의 분노는 잠재워야 했다. 자신이 분노하기에 앞서 제이의 안정이 우선시되어야 했다.

눈앞에서 위험에 처한 할머니와 할아버지를 돕지 못한 채 그 위험했던 순간을 그저 무기력하게 바라만 봐야 했던 제이가, 할머니 할아버지 생각을 할 때마다 눈물을 글썽이던 제이가, 끔찍했던 그날을 수시로 꿈속에서 다시 고통스럽게 겪었어야 했을 제이가 안쓰럽고 안타까워 미칠 것 같았다.

"괜찮아. 당신 잘못 아니야."

"아니에요. 모두 내 탓이에요. 나는 그 누구보다 나를…… 나를 용서할 수가 없어요. 내가 정신만 차리고 있었어도, 그 소중한 두 달. 내가 정신만 제대로 차리고 있었어도. 흐흐흑…… 나 때문에 돌아가신 것도 모자라 그런 추악한 누명을 쓴 우리 할아버지…… 흑흑. 다 나 때문이에요."

제이의 흐느낌이 커졌다.

"쉬…… 당신 때문이 아니야. 절대 당신 때문이 아니야. 당신 때문이라는 그 생각부터 떨쳐 내야 해! 그 생각부터 버려야 해. 그리고 실컷 울어. 그렇게 속으로 삼키지 말고, 흐느끼지 말고, 참지 말고 다 쏟아 버려!!"

'피해자는 몇 년이 지나도 이렇게 고통 속을 헤매고 있는데, 가해자는 모든 죄를 다 덮어씌우고 버젓이 자신의 생활을 영위하고 있었다는 말이지…….'

조프는 머릿속으로 빠르게 생각을 정리했다.

"내가 해 줄게. 당신네 법으로 안 된다면 내가."

제이는 깜짝 놀라 벌떡 일어나며 눈물범벅이 되어 버린 얼굴로 조프를 바라보았다.

"아니! 당신은 아무것도 하지 말아요. 내가 해요. 내가 할 거예요. 내가 해야 할 일이에요. 더 이상 나로 인해 누군가 다치는 걸 보고 싶지 않아요. 아무것도 하지 말아요. 우리 할아버지 누명을 벗길 수 있는 사람은 나밖에 없어요. 내가 유일한 증거고 증인이니까!!"

'이태현 그 사람 혼자 한 일이 아니에요. 나는, 그들이 가장 높은 곳에 오를 때. 그때 내가 끌어내릴 거예요. 세상에서 가장 비참하게 끌어내릴 거라고요. 내가 망가져도, 내가 무너지는 한이 있어도 반드시 할 거야.'

조프 역시 자리에서 일어나 제이의 두 눈을 주시하며 말했다.

"당신은 그냥 내 뒤에 있으면 안 되겠어?"

'유일한 증인이 당신이라면 지금 가장 위험한 사람 또한 당신이라고.'

"그럴 수 없어요."

'당신까지 위험에 빠지는 건 절대로 두고 볼 수 없다고.'

"당신이 원치 않아도 난 이미 사건의 중심으로 들어왔어. 이미 눈치챘겠지만 그날, 당신이 그 자식과 통화했던 그날 내가 당신 전화를 받았어. 미안해. 당신이 걱정할까 봐 통화 내역도 지우고, 잘못 걸린 전화라고 둘러댔던 거. 그 자식은 내 존재를 이미 알고 있어."

"조프…… 제발…… 이러려고 당신한테 다 말한 게 아니에요. 당신이 처한 위험을 감지하라고, 현실을 직시해서 판단 제대로 하라고 어렵게 말한 거예요."

"알아, 말하기까지 얼마나 고민이 많았을지."

"그런데 이래요? 난 당신이 위험할 수도 있다고, 가능하면 지금이라도 돌아갔으면 하는 마음으로,"

"말도 안 되는 소리 하지 마."

11

"당신 굳이 이곳에 있지 않아도 되잖아요. 일이야 할 사람 많잖아요! 더 이상 일을 복잡하게 만들지 말아요."

"하. 그래서 이대로 도망치라고? 당신 혼자 여기 내버려 두고?"

"그런 말이 아니잖아요. 당신은 J&그룹의 대표예요. 당신의 안위가 당신 한 사람에게만 국한되는 문제도 아닌데,"

"한 그룹의 대표이기 이전에 나도 사람이야. 내가 사랑하는 사람을 지키고 싶은 평범한 한 남자일 뿐이야!"

"당신은 몰라요. 그들이 무슨 짓까지 할 수 있는 사람인지…… 얼마나 무서운 사람들인지…… 법으로도 그들을 잡을 수 없을지 몰라요. 난 모두가 꺼려하는 사실을 밝힐 거예요. 이번만큼은 어떻게 해서라도 반드시 알릴 거라고요. 그럼 나뿐만 아니라 내 주변 사람 모두 다칠 거예요. 내 말 알아들어요?"

그는 전혀 알아듣는 표정이 아니었다. 오히려 그게 무슨 대수냐는 듯 표정의 변화가 없는 그를 보며 제이가 답답하다는 듯 한숨을 내쉬더니 말을 이었다.

"언론에 추악한 스캔들로 오르내릴 거라고요. 나는 알려진 사람이 아니니 괜찮지만, 당신은…… 당신 이름 하나에도 수십 수백만 개의 소문이 양산되고 부풀려져 또다시 사건의 본질을 흐리게 만들 거예요. 당신 이름까지 더럽혀질 거라고요."

"훗. 자존심 상하는데? 내가 그들을 당해 낼 수 없다고 생각하는 건가? 당신은 내가 그깟 언론에 휘둘릴 정도로 나약한 사람으로 보여?"

"제발…… 그게 아닌 건 당신이 더 잘 알잖아요."

"당신은 당신이 할 수 있는 일을 해. 나는 내가 할 수 있는 일을 할 테니, 지금 당신 곁에는 그 누구보다 내가 필요해."

"제발 그만해요. 내 말 못 알아들었어요? 그들은 제정신이 아니라고요. 당신이 잘못되는 걸 볼 바에야 차라리 지금 죽는 게 낫겠어요!"

"그게 지금 내 앞에서 할 소리야?! 안 막아. 하고 싶은 거 다 해. 당신 원 없이 하고 싶은 거 다 해 보라고! 당신의 죄책감을 조금이라도 덜어 낼 수 있다면, 그래서 당신이 조금이라도 마음의 짐을 덜 수만 있다면 당신이 하고 싶은 거 다 해 봐. 절대 안 말려. 대신 나와 함께 해. 내가 도와줄 테니."

제이는 자신의 말을 들어주지 않는 조프를 보며 절망했다.

"그냥 가요. 제발 그냥 가라고! 현명한 사람인 줄 알았더니 순 바보 멍청이였어! 내가 무슨 짓을 할 줄 알고, 내가 어떤 일을 어떻게 벌일 줄 알고. 당신한테 온갖 구정물이 다 튈 거라고!! 나 때문에 당신까지 더럽혀질 거라고!"

답답함에 그의 가슴을 힘껏 두드려 주었다.

'하. 이 여자가 정말!'

자신의 가슴을 두드리는 제이의 두 손을 잡아 내리며 물었다.

"좋아! 그럼 어디 한번 말해 봐. 내 눈 똑바로 보고 말해! 내가 그런 상황에 처하면, 내가 당신과 똑같이 그런 말도 안 되는 상황에 처하면 당신은 뒤도 보지 않고 도망갈 거야? 그럴 수 있어?"

"조프……."

"난 당신 떠나고 한 번도 당신을 떠올리지 않은 순간이 없었어. 매 순간, 매 시간 널 떠올렸다고. 너는 내 생각 한 적 없어? 단 한 번도? 말해 봐. 내가 지금 이대로 떠나면 아무렇지 않게 지낼 수 있나? 내가 없었던 것처럼, 내가 세상에 존재하지 않는 것처럼 아무렇지 않게 지낼 수 있냐고! 말해 봐. 단 한 번도 날 좋아해 본 적이 없다고, 날 사랑하지 않는다고 말해 봐!! 그중 단 한 가지라도 말할 수 있음 해 봐."

"난…… 나는…… 당신을…… 당신을……."

'뭘 말해. 어떻게 말해? 단 한 번도 당신 생각을 하지 않은 적이 없는데. 어떻게 말해. 옆에 있어도 보고 싶어 죽겠는데. 어떻게 말해. 꿈속에서도 당신을 찾는데…….'

"……하…… 제발. 나한테 이러지 말아요. 제발……."

"말할 수 없을 거야. 단 한 가지도 해당 사항이 없을 테니까. 내가 그랬듯이."

'지금 내게 가장 어려운 일이 당신에게서 등 돌리는 일이야. 지금 내게 가장 힘든 일이 당신에게서 멀어지는 일이라고.'

"힘들 거야. 아플 거예요. 다칠 수도 있어요. 어쩌면 더한 일도…… 난 못 해요. 난 못 봐요. 당신 다치는 거…… 못 봐. 당신이 나 때문에 잘못되기라도 하면 그때는…… 그땐 정말 죽어 버릴지도 몰라요. 그러니까 제발 안전한 곳으로 가요. 제발 이렇게 부탁할게요."

조프는 간절히 애원하는 제이의 얼굴을 두 손으로 소중히 감싸며 자신을 바라볼 수 있게 살짝 들어 올렸다. 마주친 그녀의 아픈 눈동자가, 애써 외면하며 갈 곳을 잃은 눈동자가 자신을 주시할 때까지 그대로 멈춰 서 있었다.

"제이. 나 좀 봐."

"……"

"제이. 나 좀 보라고. 봐 줄 때까지 이러고 있을까?"

힘겹게 자신에게 되돌아온 그녀의 두 눈동자를 뚫어져라 주시했다.

"너만 내 옆에 있으면 돼. 너와 함께라면 그곳이 어디라도…… 진흙탕, 아니 구정물 속이라도 기꺼이. 설사 그곳이 폭풍의 눈이라도, 불구덩이가 되더라도 기꺼이…… 너와 함께할 거야!"

"조프……"

방울방울 떨어지는 그녀의 눈물에. 그녀의 눈에 어린 망설임에 명치끝이 묵직하게 아파 왔다.

얼마나 많은 순간을, 얼마나 많은 시간을, 너는 즐거움도 행복도 외면한 채 아프게 보내야 했을까. 얼마나 많은 순간을 번민 속에 갇혀 홀로 힘겨워했을까. 얼마나 많은 시간을 죄책감 속에 혼자 몸부림쳤을까. 그 많은 순간을 어떻게 혼자 감내하며 살아왔을까. 너 혼자 보내왔어야 할 그 모든 순간이 오롯이 느껴져 심장이 욱신 아파 왔다.

"제이…… 더 이상 밀어내지마."

서서히 다가오는 그의 얼굴에,

"그냥 내 손을 잡아. 이젠 그래도 괜찮아."

한 뼘만큼 가까워진 그의 얼굴에,

"이젠 당신 마음에 솔직해도 괜찮아."

숨결이 느껴질 만큼 가까이 다가오는 그의 얼굴에,

"제이…… 사랑한다. 사랑해. 내가 널 지킬 수 있게 해 줘……."

숨을 멈추고 말았다. 욕심내면 안 된다고. 당신까지 끌어들여서는 안 된다고. 뿌리쳐야 한다고. 밀어내야 한다고. 수없이 다짐하고 또 다짐해도. 내 마음을 나도 이젠 어쩔 수가 없다고. 이기적이고도 이기적인 마음을. 더 이상 다스릴 수가 없다고…….

부드럽게 어루만지는 그의 손길에. 한없이 조심스러운…… 입술에서 느껴지는 그의 촉촉한 감촉에 스르륵 눈을 감아 버렸다. 이젠 나도 더 이상 버틸 수가 없다고. 이젠 나도 더 이상 당신을 밀어낼 힘이 남아 있지 않다고.

다시 만난 그 순간부터 이미 예견되어 있었던 일일지도 몰랐다.

부딪혀 오는 그의 입술에 응답하듯 조심스레 그의 입술을 머금었다. 얼굴에 머물러 있던 그의 한 손이 등을 감싸고 내려가며 등허리에 머물렀다. 서로의 입술을 소중하게 탐하며, 한 발 두 발. 그가 이끄는 곳으로. 한 발 두 발 말없이 뒷걸음치며 또 한 발 두 발. 침실에 닿았다.

천천히 입술이 떨어지며 눈이 마주쳤다. 아무런 말도 없이. 오로지 눈빛으로 자신의 의중을 물어 오는. 시리도록 눈부시고 아름다운 그의 눈을 뚫어져라 바라보며, 조심조심 손을 들어 그의 얼굴을 감싸 안으며 아프지 않은 발끝을 세워 그의 입술에 입을 맞추었다.

조심스럽기만 했던 입맞춤이 더 이상 부드럽지만은 않았다.

조프는 제이의 용기에 힘입어 남김없이 그녀를 들이마셨다. 뜨거운 입술을 한껏 머금으며 능숙하게 입 속을 가로지르고 들어가 부드럽고 따스한 그녀를 만나 함께 마음을 나누고 상처를 어루만져 주었다.

언제 자신의 옷이 바닥으로 흘러내렸는지. 언제 그가 자신의 옷을 벗었는지.

알 수 없었다. 몽롱하고 혼미했던 그의 키스에서 벗어난 순간 차가운 이불의 감촉에 맞닿아 있었다. 묵직하게 다가오는 그의 따뜻한 몸을 감싸 안으며 뜨거운 그의 눈빛을 오롯이 감당하며 그의 마음을 차고 넘치도록 받으며 또다시 눈물이 흘러내렸다.

"쉬. 울지 마."

흘러내리는 눈물을 입술로 쓸어 담으며 제이의 눈두덩에 조심스레 입을 맞추고, 달큰한 숨결이 흘러나오는 제이의 입술을 강하게 빨아들이며 그녀의 향이 그윽한 목으로 한껏 움츠린 어깨로 터질 듯 팔딱이는 심장이 있을 법한 곳으로 조심스레 입술을 내렸다.

억눌린 그녀의 숨소리가, 미처 막지 못해 흐느끼는 그녀의 신음 소리가 온몸으로 부딪혀 오며 조프를 한계로 내몰고 있었다.

움찔움찔 떨고 있는 그녀의 아랫배를 부드럽게 어루만지며 입술을 가져가는데, 참지 못한 제이가 떨리는 손으로 조프의 얼굴을 들어 올렸다.

"키스……해 줘요."

부끄러워하는 너에게 아직 할 일이 더 남았다고. 진짜는 지금부터라고. 그동안 무던히도 애태웠던 너를 조금만 더 괴롭힐까 한다고. 말하려다, 아직 남은 무수히 많은 날을 떠올리며 이 정도면 되었다고. 앞으로 너에게 가르쳐 줄 더 많은 사랑은 잠시 뒤로 미루어 둘까 한다고. 그대로 제이에게 체중을 실으며 뜨거운 키스를 퍼부었다.

발그레한 얼굴. 촉촉하게 벌어져 뜨거운 숨을 내뱉는 입술. 먼 곳 어딘가에 헤매고 있는 듯한 몽롱한 너의 두 눈. 이윽고 잔뜩 몸을 경직시키며 찡그리는 사랑스러운 너의 모습에 참지 못하고 마지막 남은 뜨거운 숨을 내뱉으며 온 마음을 쏟아부었다.

기력을 다한 듯 꼼짝 않고 잠에 빠져드는 제이를 보며 자신 또한 손가락 하나 까딱할 힘이 남아 있지 않음을. 제이의 등 뒤에서 그녀를 꼭 끌어안고 만족스러운 미소를 지으며 함께 잠에 빠져들었다.

지금 시간, 해가 중천에 뜬 환한 대낮이었음을…… 두 사람은 알고 있는 걸까?

모처럼 편안한 단잠에서 깨어난 제이는 천천히 감은 눈을 떴다. 눈을 뜨자마자 보이는 그의 단단한 가슴에, 손으로 느껴지는 그의 따뜻한 감촉에, 그와 사랑을 나누었던 한때가 고스란히 떠올라 또다시 몸이 달아오르는 듯했다.

'쿵쿵, 쿵쿵.'

듣기에도 감미로운 그의 심장 소리에 맞추어 자신의 심장도 점점 속도감을 더하며, 그에게 너무 밀착되어 있는 자신의 모습이 상당히 부끄럽고 난감한 마음에 절로 침이 꼴깍 넘어갔다.

자신을 꼭 끌어안고 자는 그를 어떻게 해야 깨우지 않고 일어날 수 있을까 잠깐 고민하다, 지금 일어나지 않으면 얼마나 더 민망할지 알 수가 없기에 최대한 조심조심 살금살금 그에게서 벗어나 허리를 곧추세우며 겨우 일어나 앉았다.

커튼 사이로 비치는 밝은 햇살이 자신의 나신 위에 내려앉으며 순식간에 얼굴이 확 붉어졌다. 환한 대낮이었구나.

부끄러움도 잠시 평온하기 그지없는 그의 얼굴을, 보기만 해도 좋은 그의 얼굴을 물끄러미 바라보았다. 흐트러진 그의 머리카락도, 짙은 그의 눈썹도, 곧게 뻗은 코, 달콤한 입술, 부드러운 턱선까지 만져 보고 싶어 손이 근질거렸다.

결국은 참지 못하고 곤히 자는 그가 깨지 않도록 살며시 그의 얼굴 위로 손을 가져가 허공에다 대고 천천히 그의 얼굴 윤곽을 따라 그리며 그리웠던 얼굴을 마음껏 담아 보았다.

"사랑해요. 이러면 안 되는데…… 알면서도…… 멈출 수가 없어. 내 사랑이 당신에게 독이 될까 봐. 내 사랑이 당신을 찌르는 칼이 될까 봐 너무 두려워요. 제발 다치지 말아요. 사랑해. 사랑해서. 너무 미안해요."

다시 울컥 아파지는 마음에 눈물이 차올라 욕실로 가려는데 등 뒤로 덥석 자신을 끌어당기는 조프였다.

"헉…… 당신…… 자는 거 아니었어요?"

"그러게. 달게 자고 있었는데. 종달샌가? 종알종알 잠을 깨우더라고."

"미, 미안해요."

'방금 내가 무슨 말을 했지? 뭐라고 했더라? 끙. 맙소사.'

"뭐라고 한 거야? 다시 말해 줘. 듣고 싶어, 당신 목소리 너무 좋다."

제이의 등을 자신의 품에 빈틈없이 끌어안으며, 제이의 목덜미에 얼굴을 파묻고, 그녀의 향기를 가슴 깊이 들이마시는 조프다.

그가 외국인이라는 사실이 이렇게도 다행일 줄이야.

"아. 그게. 음. 당신 너무 잘생겼다고."

"그걸 이제 알았어? 하하하하하."

'언젠가 당신이 몰래 속삭이던 그 말을, 내 귓가에 당당하게 속삭여 주기를 바라. 그땐 열 번이고 천 번이고 만 번이고 원 없이 들을 거야.'

사실 조프는 깨어 있었다. 제이를 안고 자던 조프는 그녀가 일어나려고 꿈틀거릴 때부터 온몸으로 그녀를 느끼고 있었다.

편안하게 자신을 끌어안고 있던 제이의 손이 어색하게 떨어져 나가고, 다소 거칠어진 그녀의 호흡이 가슴으로 와 닿으며 흩어졌다. 꼴깍 침을 삼키는 소리에 그만 웃음이 터지려는 걸 어금니를 꽉 깨물며 한 고비를 넘겼다. 그냥 일어나면 될걸. 자신이 왜 그러고 있는지 생각만 해도 어이없고 우스웠지만 그녀가 어떻게 나오는지 궁금해서 잠시만 더 있어 보기로 했다.

자신의 다리 사이에서 슬금슬금 빠져나가는 그녀의 다리가 못내 아쉬워 다시 확 잡아 볼까 싶다가도, 이렇게 조심스레 도둑고양이같이 움직이며 뭘 하려는지 조금 더 지켜보는 것도 나쁘지 않다 위안하며 두 번째 고비를 넘겼다.

자신의 감은 두 눈앞에서 아른거리는 그림자, 피부로 느껴지는 그녀의 온기, 곧 얼굴에 느껴질 그녀의 손을 기대하며 참고 기다렸는데, 아쉽게도 그녀의 손은 자신의 얼굴에 와 닿지 않았다. 여전히 미동 없이 앉아 있는 그녀를 느끼며 이제 천천히 눈을 떠 볼까 하던 찰나 희미하게 그녀의 목소리가 들려왔다.

귀 기울여 들어도 잘 들리지 않을 그녀의 작은 목소리가 가슴으로 스며들었다.

'사랑해요. 이러면 안 되는데…… 알면서도…… 멈출 수가 없어. 내 사랑이 당신에게 독이 될까 봐. 내 사랑이 당신을 찌르는 칼이 될까 봐 너무 두려워요. 제발 다치지 말아요. 사랑해. 사랑해서. 너무 미안해요.'

한국어를 배워 둔 게 그렇게 다행스러울 수가 없었다. 자신에게 한국인의 피가 흐른다지만 자라면서도 쉽게 접하지 못한 언어였다.

크리스가 한국어를 배운다며 종알거릴 때에도 귀찮아 신경도 쓰지 않았었는데, 스페인에서 그녀와 함께 지내며 그녀가 악몽에서 헤맬 때 내뱉는 소리가 도대체 무슨 말인지, 무슨 뜻인지 너무나 답답해서, 이따금씩 자신을 보며 혼자서 내뱉는 말은 또 무슨 의미가 있는 말인지 궁금했다.

알고 싶었다. 그녀의 속마음, 꿈속에서 하는 그녀의 언어를.

한국행을 결정짓고 제일 먼저 시작한 일이었다. 망할 크리스에게 배워야 한다는 게 그렇게 짜증스러울 수 없었지만, 지금은 그런 크리스에게 인사라도 하고 싶은 심정이었다.

집 안 곳곳에 한국어로 되어 있는 책을 널어 둬서 고맙다고, 차만 타면 한국 노래를 틀고, 잠시라도 쉴 틈이 생길 때면 자신의 옆에 바싹 붙어 앉아 유치하기 짝이 없는 애니메이션을 틀어 놓고 낄낄거려 줘서 고맙다고, 시도 때도 없이 한국어로 떠들어 줘서 고맙다고.

비록 아픈 사랑 고백일지라도, 비록 몰래 한 사랑 고백일지라도, 들은 게 어디냐고.

조프는 잠시도 혼자만의 사색에 빠져 있을 틈이 없었다. 그녀의 작은 몸짓에도 왜 이렇게 자신의 몸이 미친 듯이 반응을 하는지. 진정시켜야 하는데, 쉽사리 진정될 것 같지가 않았다.

"그런데 왜 벌써 일어났어? 피곤할 텐데 좀 더 자지 않고."

"지금 해가 중천에 떴어요."

"아 참. 그러고 보니 당신 어제저녁부터 아무것도 못 먹었잖아! 이런, 얼른 씻고 뭐라도 좀 먹여야겠네. 나도 배가 고파. 스읍. 그러고 보니 이상하네, 이쯤 되면 들릴 때가 됐는데."

"뭐가요?"

꼬르르르륵.

"앗!"

"하하하하하, 그럼 그렇지. 어쩐지 잠잠하다 했지."

"먼저 씻을게요."

창피함에 냅다 이불을 움켜쥐며 일어나려는 제이보다 조프가 한발 더 빨랐다. 제이보다 앞서 벌떡 일어나 제이를 단번에 안아 올렸다.

"내가 한두 번 속나? 날다람쥐도 아니고 동작이 좀 빨라야 말이지!"

"이젠 정말 괜찮다니까요. 다리 괜찮다고요."

"알아. 내가 좋아서 그래. 기왕 이렇게 된 거 우리 같이 씻자. 내가 아주 정성스럽게 씻겨 줄게. 당신은 손가락 하나 까딱하지 마."

"무, 무슨 그런 말도 안 되는,"

"말이 되는지 안 되는지는 직접 체험해 보면 알겠지!"

"그냥 내려 줘요. 안 그래도 민망해 죽겠는데."

제이의 말을 가볍게 귓등으로 넘겨 버리며 당당하게 욕실로 들어섰다.

결국 함께 욕실로 들어간 두 사람이 무엇을 하는지, 한동안 욕실 안에서는 옥신각신하는 소리가 멈추지 않았다. 이윽고 잠잠해지는가 싶더니, 듣기에도 부끄럽고 낯 뜨거운 사랑의 소리만이 공기 중에 가득 흩뿌려졌다.

한 시간이 훌쩍 지나고 나서야 제이를 안고 욕실을 나서는 조프의 얼굴에는 화사한 미소가 가득한 반면, 제이의 온몸과 얼굴은 더없이 붉게 물들어 있었다.

방으로 들어가 간단하게 옷을 차려입고 나오는 제이와는 달리 조프는 아직도 가운 차림이었다. 갈아입을 옷을 가지고 오지 않았으니 별다른 방법이 없었다.

조프는 크리스에게 연락을 하려다 말고 그에게 온 문자를 보며 고개를 설레설레 흔들었다.

[대표님! 하…… 손가락은 무사하십니까?]

[별일 없으시면 괜찮다 한마디만 보내 주십시오.]

[응답해라 조프리!!]

[도대체 전화를 받지도 않으시니. 딱 3시까지만 기다리겠습니다. 그때까지 연락이 없으면 쳐들어갈 수밖에요. 저를 원망하지 마십시오.]

조프는 서둘러 시계를 확인했다. 3시가 되기까지 불과 1분여를 남겨 두고 있었다.

딩동. 딩동. 딩동.

"악!"

외마디 비명을 지르며 순식간에 얼굴색이 창백하게 바뀌는 그녀를 보며 조프는 다시금 어금니를 아득 깨물었다.

"크리스야! 긴장하지 마. 괜찮아. 하, 내 저 자식을 그냥."

조프는 제이의 앞에서 차마 뱉을 수 없는 욕을 조용히 삼키며 성큼성큼 현관으로 걸어가 문을 벌컥 열었다. 아니나 다를까 크리스가 문 앞에 떡하니 버티고 서 있었다.

"무슨 벨을 한 번도 아니고 그따위로 살벌하게 눌러!"

"대표님, 무사하십니까? 제 문자 보셨습니까, 안 보셨습니까? 대체 뭐 하시느라."

말을 하다 말고 조프의 머리끝에서 발끝까지 주욱 훑어 내리던 크리스가 알

만하다는 듯 말을 이었다.

"하…… 그런 줄도 모르고 제가 얼마나 걱정을 했는지 아십니까! 내가 정말 속 터져서."

"후. 그래. 일이 좀 많아서 연락할 때를 놓쳤다. 미안하다. 됐냐?!"

"네! 아주 뭐 공사가 다망하셨겠습니다. 그래, 화해는 잘 하셨습니까? 뭐 보아하니…… 대충 알 것 같기는 합니다만."

"근데 이 자식이 아까부터 뭘 그렇게 투덜대?! 후…… 일단 들어와!"

크리스는 양손 가득 든 짐을 내려놓으며 소파로 가서 털썩 앉았다.

"제가 말이 곱게 나오게 됐습니까? 아니 어제 그러고 전화를 끊었으면 아침에라도 바로 연락을 주셔야 걱정을 안 하죠. 어떻게 이렇게 전화 한 통도 없이,"

"그만하지? 제이도 있는데?"

크리스는 그제서야 주방에서 조용히 차를 준비하고 있는 제이가 눈에 들어왔다.

"흠흠…… 다리는 좀 괜찮으십니까?"

"네. 덕분에…… 죄송해요. 걱정 끼쳐 드려서."

얼마 전 크리스와의 일도 있고, 조프와의 관계도 그렇고…… 괜스레 크리스를 마주하기가 민망한 제이와,

"됐어. 크리스 바로 갈 거야. 뭐 하러 차를 준비해?! 다리도 아픈데 좀 앉아."

말은 분주하게 차를 준비하는 제이에게 하면서도 눈은 크리스를 뚫어져라 쳐다보고 있는 조프였다.

"허. 이건 뭐, 보자마자 가라고 등 떠미는 겁니까?"

"왜? 그럼 여기 아주 눌러앉게?"

"아닙니다. 갑니다, 가요."

벌떡 일어서며 집을 나서려는 크리스의 모습에 주방에서 차를 준비하던 제이의 마음이 다급해졌다.

"차라도 한잔하시고."

"아니야, 괜찮아. 당신 피곤한데 앉아서 좀 쉬라니까 그러네."

조프의 말을 들으며 밀려오는 서운함에 그의 눈을 상당히 매섭게 노려보는 크리스였다.

"어이구, 뭐가 좋다고 이런 대표님을 그렇게 챙기는지. 나도 답답하다, 답답해. 뭘 하시든 좀 드시고 하십시오. 그리고 옷은 여기에 있습니다. 뭐…… 옷이 딱히 필요해 보이지는 않습니다만. 흠흠. 저는 이만 가 보겠습니다. 또 뵙겠습니다!"

크리스는 조프에게는 시니컬하게 말하면서도 주방에 있는 제이에게는 싹싹하게 인사를 하고 서둘러 달콤한 향내 가득 풍기는 제이의 하우스를 등졌다.

"차 다 됐는데……."

"당신 마시고 있어. 크리스, 잠시만."

제이에게 말하며 현관 앞으로 향하는 크리스를 불러 세웠다.

"크리스, 제이 경호 팀 좀 알아봐. 24시간, 근접, 원거리, 사복, 내일 아침 출근 전까지. 오늘은 내가 여기 있을 거야."

방금 전 가벼웠던 말투는 어디로 가 버리고 얼굴에서 표정을 지운, 특유의 중저음의 목소리로 간단명료하게 지시하는 조프다.

"네. 알겠습니다. 대표님!"

보통 때 같았으면 촉박한 시간에 내일까지 무슨 수로 경호원을 뽑냐고, 오늘이 주말인 건 잊은 거냐고, 구시렁거릴 법도 하건만, 크리스는 그 어떤 말도 하지 않았다.

대표님의 심각해진 표정과 낮게 깔린 목소리만 듣고서도 사태의 심각성을 짐작하고도 남았다. 하나도 빠짐없이 지시를 머릿속에 되새기며 서둘러 집을 나섰다.

배웅하고 돌아오며 크리스가 놓고 간 아이스박스를 열어 보니 조프의 식성에 맞춘 음식들이, 둘이서 이틀은 족히 먹고도 남을 만큼 가득 들어 있었고, 슈

트 케이스에는 당장 입을 수 있는 슈트와 이너웨어, 편안하게 입을 수 있는 홈
웨어가 들어 있었다.

크리스다웠다. 늘 말하지 않아도 알아서 먼저 챙기는 크리스였다.

'하…… 크리스. 너도 그만 놓아 줘야 하는데…… 더 크게 써야 하는데. 널
보내고 나면 나는 어쩌지? 흠. 아무리 생각해 봐도 너만 한 사람을 찾을 수가
없다. 미안하지만, 아직은 널 놓아 줄 수가 없을 것 같아.'

내일 아침 제이가 출근하기 전까지 집 앞에 경호 팀이 대기하고 있을 거라
조프는 믿어 의심치 않았다. 그것도 최고의 경호 팀을. 크리스에 대한 조프의
믿음은 단 한 번도 어긋난 적이 없었다.

이제부터가 시작이었다.

조프와 제이는 크리스가 놓고 간 음식을 맛있게 먹고, 느긋하게 쉬며 한가로
운 오후를 보내는 듯했다.

제이는 주방에서 잠깐 볼일을 보다 소파에 앉아 있는 그를 바라보았다. 신
중하게 휴대폰을 확인하는 모습을 보며 혹시 자신 때문에 일을 하지 못하는 건
아닐까 걱정되는 마음에 조프를 향해 넌지시 말을 건넸다.

"당신 이제 그만 가요. 나 때문에 일도 제대로 못 했을 텐데."

"제이. 잠깐 이리 와서 좀 앉아 봐. 나하고 얘기 좀 해."

조프는 급한 메일이 온 게 없나 확인하기 위해 들었던 휴대폰을 잠시 테이블
위에 내려 두고 제이를 불렀다.

제이는 주방에서 하던 일을 정리하고 소파로 향해 가며 또 그가 무슨 말을
할까 조마조마했다.

"제이. 내 별장으로 같이 가. 나와 함께 있어. 여기보다 거기가 훨씬 더 안전
해."

소파로 향하다 말고 들려온 그의 제안에 놀란 제이의 걸음이 우뚝 멈추어 섰
다.

"그건 안 돼요."

"벨 소리에도 깜짝깜짝 놀라면서 혼자 여기 어떻게 있으려고?!"

"걱정하게 해서 미안한데, 그건 절대 안 돼요. 두 번 말하지 말아요. 절대 그렇게는 못 해요!"

제이는 지금도 조프와 함께 있는 게 걱정이었다. 그런데 아예 그가 있는 곳으로 가 버리면 그에게 더 큰 위험을 안기게 될 것 같아 그렇게는 도저히 할 수가 없었다.

그리고 넓지도 않은 제주에 직원들이 곳곳을 누비며 다닐 텐데 혹시라도 함께 있는 모습을 보이게 되면…….

괜한 소문이 나게 될 것을 우려하지 않을 수 없었다. 아무리 세상이 달라졌다고 한들 결혼도 하지 않은 남녀가 한집에 머무는 것을 좋게 볼 리 만무했고, 더구나 자신은 협력업체의 직원이었다. 몸으로 로비를 하느니 마느니. 말을 만들자면 이보다 더 좋은 소재도 없을 듯했다.

아무리 생각해도 부모님께 못 할 짓인 것 같아 제이는 차마 그럴 수가 없었다.

"후…… 그래."

처음부터 얌전히 따라갈 거라 기대하지도 않았지만 생각 이상으로 완강하게 거부하는 제이가 조금은 서운했다.

"제이, 내일부터 24시간 당신 주변에 경호 팀이 함께 있을 거야. 좀 불편할 수도 있어. 그래도 당신의 안전에 확신이 생길 때까지는 받아들였으면 좋겠어. 나와 함께 가지 않겠다면 이게 내 차선책이야."

"……."

그의 얼굴을 바라보며 맞은편 소파에 천천히 앉았다.

"왜 아무 말이 없어?"

"……당신에게 부담이 되고 싶지 않았는데……."

"쓸데없는 소리!"

"그렇게 할게요."

단호한 표정을 보니, 그는 벌써 자신을 지키려 작정을 한 모양이었다. 버텨 봐야 씨도 먹히지 않을 일에 괜한 힘을 낭비하고 싶지 않았다.

"그리고 당신이 가지고 있는 자료 있지? 당신이 그랬어. 세상에 알릴 거라고, 당신 성격에 아무런 준비 없이 그런 말을 하지는 않았을 거야. 안 그래?"

그는 단 하나도 허투루 흘려듣는 법이 없었다. 게다가 직감도 뛰어났다.

"조프……."

"알아. 당신이 뭘 걱정하는지. 내 걱정은 절대 하지 마. 나는 내가 지켜. 나 그렇게 호락호락한 사람 아니야. 당신이 생각하는 것보다 훨씬 더 강한 사람이라고."

'필요하다면 더 무섭고, 더 위험해질 수도 있는 남자라고!'

"후…… 조프, 나는……."

그를 믿지 못해서가 아니었다. 다만 제정신이 아닌 태현과 그 사람들이 어떤 식으로 나올지 몰라서 걱정하지 않을 수 없었다.

"제이. 계속 같은 말 되풀이하지 말자. 난 절대로, 이번 일에서 빠질 생각 따위는 없어. 자료 어디 있어?"

서로를 노려보며 버틸 만큼 버텨 보아도…… 결국 그를 이길 수는 없나 보다.

그를 향한 눈길을 거두고서 체념의 한숨을 내쉬며 그의 오른쪽 다리 근처를 주시하며 제이가 말했다.

"거기 테이블 아래 박스."

제이가 눈으로 가리키는 곳을 보니 제법 큼지막한 크기의 상자가 있었고, 열어 보니 엄청난 두께의 파일이 몇 개나 쌓여 있었다.

"도대체 이게 다…… 뭐야?"

"지난 5년간 시간이 날 때마다 틈틈이 준비한 자료예요. 여기 올 때 가져왔어요. 보기에는 많아 보여도 쓸모 있는 건 얼마 없어요. 죄다 의혹을 확인해 주는 자료일 뿐, 직접적인 증거는 될 수 없어요. 저밖에는."

조프는 제이가 정리한 파일을 열어 한 장, 한 장 넘겨 보았다. 종이마다 파란 줄, 빨간 줄이 여기저기 그어져 있고, 형광펜으로 표시가 되어 있었다. 그중 한 묶음은 얼마나 자주 보았는지, 종이가 너덜너덜하기까지 했다.

제이는 마치 내용을 살펴보듯 유심히 한 장, 한 장 넘겨 보는 조프를 보며 의아했다.

"번역은."

"걱정 마. 크리스한테 맡길 테니, 그런데 이건 뭐지?"

조프는 너덜너덜한 증거자료를 넘기며 유독 체크가 많이 되어 있는 부분을 물어보았다.

"우리 집 도면, 그리고 사건 당일 모두가 마지막에 머물렀던 위치예요. 경찰은 할머니가 할아버지를 찌르고 할아버지가 할머니를 밀쳤다고 하는데, 절대 그럴 수 있는 동선이 아니에요. 그럼에도 불구하고 경찰에서는 직접적인 증거만 들이밀죠."

제이는 원론적인 입장만 고수하던 답답한 경찰의 모습이 떠올라 한숨을 내쉬며 말을 이었다.

"그 직접적 증거인 칼에서 나온 지문도 할머니 지문 하나뿐이었어요. 출장 가기 직전까지 칼을 만진 엄마의 지문도 묻어 있지 않은. 보통 사건 현장의 사진은 세세한 것까지 다 찍는다고 하더군요. 하지만 경찰서에 있는 사진은 단 세 장밖에 없었어요. 쓰러진 할머니와 내 위로 쓰러진 할아버지, 그리고 할아버지 몸에 있는 멍 자국들."

"그날 현장에 출동했던 경찰은? 누군지 혹시 알아?"

"사라졌어요. 흔적도 없이."

"이건."

"할머니 통화 내역서예요. 분명 112에 신고를 했고, 통화 내역서에도 나오는데, 경찰의 통화 녹음 파일에는 해당 일자만 삭제가 되어 있었어요."

이후로도 한동안 질문이 이어졌다.

"후…… 어떻게 이런 말도 안 되는…… 그 자식 조력자가 대단한 사람인가 봐. 조력자도 없이 혼자서는 절대로 할 수 없는 일이야. 당신도 알지? 분명 당신도 그들이라고 했어. 법이 통하지 않을 수도 있다고, 어느 정도의 신분이면 법 위에도 설 수 있는 거지?"

'그의 아버지 정도의 지위와 권력이면 그럴 수도 있나?'

그의 통찰력에 놀랄 수밖에 없었다.

제이는 기억하고 싶지도 않았던 그날의 일을 그대로 묻어 둘 수가 없었다. 반대하시는 아빠가 모르게 하나, 둘 파헤치려 들면 들수록 미궁 속이었다.

이젠 찾았다 싶으면 숨어 버리고, 꼬리를 밟았다 싶으니 다 사라져 버렸다.

"조프…… 하…… 그의 아버지가 이번에 대선에 출마했어요. 얼마 전까지는 집권 여당의 대표였죠. 그것도 지지율이 아주 높은, 그의 어머니는 명우그룹 회장……이라더군요. 명우그룹은 국내 5위 안에 드는 그룹이에요."

제이도 그의 부모님이 누구라는 걸 알고 나서 많이 놀랐었다. 만나는 동안 단 한 번도 부모님을 언급한 적이 없던 그였다. 아빠 역시 그의 부모님을 모르고 계셨다. 미리 알았더라면…… 그와의 만남을 피할 수 있었을까?

"대선 출마하면 후보 경선은 언제 하지?"

"이미 후보 경선이 끝났어요. 그의 아버지가 여당의 대선 후보예요."

"당신 계획이 뭐였어? 한국에서 여당의 대선 후보라 하면 거의 당선되는 거나 다름없다고 알고 있는데 아닌가? 게다가 지지율도 높다면 대통령은 따 놓은 당상인데, 그렇다면 언론이든 어디든 누구라도 몸 사리며 섣불리 나서지 못할 텐데?"

어떻게 우리나라의 정치 사정까지 저렇게 훤히 다 알고 있는 건지…….

"당신은 대체 모르는 게 뭐예요?"

"제이, 역시나 당신은 그냥 있는 게 좋겠어. 이 정도로 사건을 은폐할 정도라면 너무 위험해. 그냥 나한테 맡겨."

"아니, 그렇기 때문에 더 그럴 수 없어요. 모든 증거를 조작하고도 거리낌 없이 살아가는 사람들이에요. 설사 언론에서 기사를 다룬다고 해도 모르쇠로 일관하며 발뺌하면 그만이죠. 아니, 무고죄로 고발당하지 않으면 다행일 거예요. 나를 숨기고서 사건을 마무리할 수는 없어요. 그건 절대 불가능해요. 어쩌면 나를 드러내는 게 차라리 더 안전할지도 모르죠. 좀 더 솔직하게 말하면 왜 아직 나를 그대로 됐는지…… 그게 더 궁금할 뿐이에요."

제이는 마음에 들지 않는다는 듯 고개를 설레설레하는 그의 모습을 보며 굽힐 수 없는 제 생각을 말했다.

"난 이 정보를 가장 유용하게 활용할 수 있는 사람에게 찾아갈 생각이에요. 그분이라면 모든 의혹을 드러내고 여론전도 가능할 거예요. 누가 봐도 명백히 이상한 사건이죠. 그들이 직접적 증거라고 내세우는 칼도 의혹에서 벗어날 수가 없어요. 그리고 가장 중요한 증인이 있죠. 바로 나! 터트릴 수만 있다면, 그럴 수만 있다면. 할아버지, 할머니 누명 벗길 수 있어요."

"그 사람이 누구야? 가장 유용하게 활용할 수 있는 사람이 누구냐고."

"야당 대선 후보 이강성. 작년까지 야당 대표였어요. 지금은 대선 후보 중 지지율 2위 자리를 굳건히 지키고 있는 분이죠. 이분 사모님을 제가 잘 알아요. 3년 전에 그분의 의뢰로 별장을 지어 드렸어요. 그 인연으로 그분이 하는 일을 좀 도와드렸고요. 국회의원 사모님답지 않게 소박하고, 가식 없이 솔직한 분이죠."

제이는 강한 호기심을 내비치는 그를 보며 서둘러 말을 이었다.

"의원님도 제가 익히 알고 있던 국회의원의 모습과는 판이하게 달랐어요. 불의를 그냥 보고 넘어가실 분은…… 아니었어요. 물론 주위 사람들에게 쉽게 휘둘리는 분도 아니고요. 다른 국회의원들처럼 자익을 위해 여론을 이용하지 않아요. 다만 국익을 위해서는 누구보다 냉철하고 치밀하게 언론과 여론의 힘을 이용하실 줄 아시는 분이에요. 안타깝죠. 편견만 아니라면 벌써 청와대에 들어가고도 남았을 분인데……."

"제이, 내가 당신한테 이 말 한 적이 있었던가?"

"네? 무슨 말이요?"

"당신······ 정말 멋진 여자야!"

감탄이 절로 나왔다. 대충 자료만 훑어본 바로 그녀가 모은 자료는 직접적 증거는 될 수 없었지만, 그녀의 말대로 의혹을 여실히 드러내 주는 자료들이었다. 게다가 그 의혹을 방증할 수 있는 자료들이었다.

잠깐 대화를 나눈 것 외에도 그녀가 병원에 있을 때 진료기록과 사라진 의사, 사라진 사건 담당 경찰들, 무엇 하나 정상적인 구석이라고는 없었다.

그녀의 의도대로만 된다면야 자신이 할 일은 그다지 많지도 않을 듯했다.

"잠깐. 그럼 지금까지 기다린 거야? 대선 후보에 오를 때까지?"

"아뇨. 그 사람이 거기까지 생각하고 있을 줄은 몰랐어요. 알고 기다린 건 아니었어요. 그전에 시도를 하려 했는데······ 아빠가······ 말리셨어요."

딸을 지키고 싶은 마음이겠지. 알 것도 같았다.

지금 자신의 심정과 그녀 아빠의 심정이 별반 다르지 않을 것임을, 그래도 대선 후보로 있는 지금보다 그 전에 언론의 도움을 청했다면 충분히 여론 몰이가 가능했을 텐데 왜? 라는 의문이 파고들었다.

조프는 제이의 부모님을 한번 만나 봐야 할 듯했다.

제이라고 모르지 않았다. 부모의 누명을 벗기는 것보다 자식의 안위를 중시한 아빠를 탓할 수도 없었다. 그 마음을 알기에 너무 마음이 아팠다. 모든 게 자신 때문인 것만 같아 아빠를 편히 볼 수가 없었다.

그렇게 사이가 좋던 부녀가 몇 년째 명절 때나 겨우 얼굴을 마주할 수밖에 없는 아픈 관계가 될 줄은······ 그 누구도 알지 못했다.

조프는 자료들을 다시 박스에 정리하는데 유독 얼룩지고 구겨진 종이 한 장이 눈에 들어왔다. 모르는 단어들이 제법 많아 또다시 참지 못하고 물었다.

"이건······ 무슨 내용이지?"

"······우리 할머니, 할아버지 부검······ 결과서예요. 할아버지는······ 두 시간 후에 돌아가셨대요. 누군가 빨리 병원으로 이송만 했어도……."

부검 결과서를 받아 들고 얼마나 울었었는지. 그 눈물 자국이 서류에 고스란히 남아 있었다.

"오. 이런. 미안해."

제이가 아랫입술을 깨물며 눈물을 참고 있었다.

"제이."

더 앉아 있다가는 또다시 그에게 우는 모습을 보일 것 같아 서둘러 자리에서 일어서는데, 한 발을 떼기도 전에 조프가 제이의 손을 잡아 돌려세우며 자신에게로 이끌었다.

"앗."

그의 팔에 이끌려 얼떨결에 그의 무릎 위에 다리를 벌리고서 민망하게 앉아 버렸다. 놀란 마음에 서둘러 일어나려는데 조프가 제이의 허리를 잡고 다시 꾹 눌러 앉혔다.

조프는 다시금 아랫입술을 깨물며 눈물을 참고 있는 제이를 보며 턱을 잡아 내려 입술을 빼내었다.

"입술 좀 그만 괴롭혀. 더 이상 참지 마. 울어도 돼. 제이, 나는 당신이 더 이상 참지 않았으면 좋겠어. 당신 마음을 감추지도 말았으면 좋겠어. 울고 싶으면 울고, 웃고 싶으면 웃고, 사랑하고 싶으면 사랑하고, 그랬으면 좋겠어. 지금까지 혼자 참아 온 것만으로도 충분해. 이젠 더 이상 그러지 마. 이젠 내가 있잖아. 숨어서 혼자 울지 말고 내 앞에서 울어."

"당신한테 허구한 날 우는 모습 보이는 거 싫어요. 지금까지 보인 것만 해도 충분히 속상해요. 그러니까."

"쉬…… 내 앞에서는 감출 필요 없어. 언제 어디서든, 최소한 내 앞에서만큼은 당신 감정에 충실했으면 좋겠어. 숨김없이, 남김없이."

기어이 또르르 흘러내리는 눈물을 조심스레 닦아 주었다. 물끄러미 자신의 얼굴을 쳐다보는 제이를 바라보며 가만히 제이의 손을 잡더니 자신의 얼굴 위에 갖다 놓았다.

"당신도 만져 봐."

'아까 하려다 만 거 한번 해 보라고.'

"……네?"

"만져 보고 싶잖아. 당신 얼굴에 그렇게 쓰여 있어."

하다 하다 이젠 독심술도 하는 모양이었다. 제이는 그의 싱거운 말에 피식 웃으며 가만히 손을 움직였다.

아직도 흘러내리고 있는 눈물을 말없이 닦아 주는 그를 보며, 흐트러진 그의 머리카락을 손으로 빗어 넘기고 손가락 사이로 빠져나가는 부드러운 그의 머리카락의 감촉을 손에 새기며 천천히 그의 얼굴로 손을 내렸다.

촉촉한 그의 입술을 엄지손가락으로 조심조심 어루만지는데, 살짝 벌어지던 입술이 제이의 손가락을 아프지 않게 물었다.

마주치는 눈동자에 이끌리듯 그의 촉촉한 입술에 자신의 입술을 살포시 내리눌렀다.

놀리듯 앙다문 그의 입술을 혀끝으로 열어 달라 부드럽게 애원하며 못 이긴 척 열어 오는 그의 입 속을 유영하듯 천천히 달콤하게 빨아들였다.

거칠어진 그의 숨소리. 빈틈없이 밀착되어 버린 몸으로 느껴지는 흥분한 그의 모습에 조금 더 과감해진 제이였다.

조프는 더 이상 참지 못하고 제이의 엉덩이를 받치고 자리에서 일어나 그대로 침실로 직행했다.

천천히 제이를 자리에 눕히나 싶더니 순식간에 자세를 바꾸며 드러누워 버렸다.

졸지에 제이가 그의 배를 깔고 앉아 버린 모양이 너무 당황스러워 서둘러 내려오려는데 역시나 조프가 제이의 허리를 붙잡고 놓아 주지를 않았다.

"가긴 어딜 가? 흥분시켰으면 책임을 져야지?"

"하. 먼저 유혹한 건 당신이었잖아요."

"유혹당했어? 좋아. 그럼 이번엔 당신이 날 가져. 이거 날마다 오는 기회가 아니야. 이번에는 내가 꼼짝 않고 있을게. 당신 하고 싶은 거 다 해."

"후회 안 할 자신 있어요?"

"선전포고? 긴장되는데?"

자신을 위로해 주려는 그의 마음을 모르지 않았다. 그런 그가 고마우면서도 이런 상황으로 만나지 않았으면 얼마나 좋았을까 싶은 마음에 못내 속이 상해 왔다.

'나에게 이런 행복이 가당키나 할까요? 이렇게 행복해도 될까요?'

제이는 조프의 눈을 바라보다 천천히 그의 너른 가슴 위로 몸을 의지하며 그의 얼굴 옆으로 손을 짚어 보았다. 눈 하나 깜짝하지 않고 자신을 뚫어져라 바라보는 그를 보며 천천히 얼굴을 내렸다.

그가 자신에게 하던 것처럼, 그의 잘생긴 이마에 입술을 누르고, 그의 속눈썹을 입술로 살짝 쓸어 보았다. 남자의 속눈썹이 어찌나 길고 예쁜지…… 곧은 코 위에 입술 도장을 찍고, 뜨거운 숨이 새어 나오는 입술 위에 살포시 입술을 겹쳤다.

성급하게 마중 나오는 그를 외면하고 날렵한 턱으로. 볼록 튀어나온 울대뼈로. 맥박이 펄떡이는 부드러운 목으로 천천히 입술을 옮겨 가고 있었다. 목선을 따라 천천히 올라오며 그의 귓불을 사탕인 양 할짝대다 살짝 깨무는 순간,

"허억."

터져 나온 그의 선 굵은 신음 소리에 자신감이 상승했다. 다시 찾은 그의 입술에 자잘한 키스를 퍼부으며 혀끝으로 그의 입술 선을 부드럽게 따라 그리다가 결국 그의 입술에 사로잡혀 버렸다.

자신을 감싸 오는 그의 팔을 잡고선 그의 머리 위로 올려 버렸다.

"꼼짝 않는다더니?"

"하…… 내 입 한 대만 쥐어박아 줄래?"

"풉."

"웃어? 사람 환장하게 해 놓고?"

반짝반짝한 눈으로 자신을 내려다보는 제이가 너무나 사랑스러워 미칠 것 같았다. 자신의 얼굴에 자잘한 입술 도장을 찍어 내리는 그녀를 보며 만지고 싶어 손이 근질근질했다.

"제이. 키스해 줘. 지금 당장."

그의 말에 응답하듯 곧장 그의 입술로 돌진하는 제이였다.

좀 전처럼 혀끝으로 장난을 치며 시간을 끌지 않고 곧바로 그의 입 속을 마음껏 휘젓는 그녀를 느끼며, 결국 참다못한 조프가 항복을 외치며 전세 역전이 되어 버렸다.

언제 서로의 위치가 바뀌었는지는 중요하지 않았다. 몸과 마음으로 서로를 위로하고 서로에게 열중하며 그렇게 또 긴 사랑의 시간이 지나가고 있었다.

정열적인 누구 덕분에 늦잠을 자게 되어 아침부터 부산스럽기만 한 제이다. 바쁘다고 하면서도 이불을 감싸 쥐고 동동거리는 모습이라니.

조프는 그 모습마저 너무 예뻐서 덥석 안아 올리며 가벼운 키스를 하는데 자신을 밀어 내는 제이에게서 불평이 터져 나왔다.

"이러다 정말 늦겠어요. 당신은 어떨지 몰라도 난, 그냥 회사원이라고요. 단 한 번도 지각한 적 없는데. 너무해, 정말."

"훗. 알았어. 아쉽지만 다음 기회에. 오늘은 여기까지."

간신히 출근 준비를 마치고 현관문을 열고 나선 제이는 그 자리에서 그대로 얼어 버렸다. 대문 앞에 줄지어 서 있는 자동차에서 낯선 남자들이 내리고 있었다.

"놀랐어? 내가 말했잖아. 오늘부터 경호 팀이 함께 할 거라고."

바로 옆에서 자신의 허리를 감싸 안으며 말하는 조프다.

"그랬죠. 하지만."

상상했던 모습이 아니었다.

크리스는 조프가 집에서 나오자마자 성큼성큼 다가오며 인사를 했다.

"대표님. 총원 여섯 명입니다."

"수고했다."

크리스가 경호원들을 불렀다.

"여기 계신 여성분이 앞으로 여러분이 경호해야 할 대상입니다."

조프는 크리스가 데려온 경호원의 면면을 천천히 살펴보며 살짝 인상을 찌푸렸다.

"조프, 잠깐 나 좀 봐요."

제이가 조프의 손을 이끌며 다시 집 안으로 들어갔다. 그가 평범한 사람이 아니라는 걸 알면서도 이럴 때면 깜짝깜짝 놀라지 않을 수가 없었다.

"안 되겠어요. 한두 명도 아니고 대체. 이게 무슨."

"걱정 마. 일하는 데는 지장 없을 거야. 우리 사무실이 있는 호텔 안은 직원들만 출입이 가능하니 크게 문제가 안 돼. 당신이 현장에 나갈 때가 문제가 좀 되기는 한데, 그때는 근접 경호원 두어 명 정도만 함께 다니면 돼. 사복 입고 있으니 직원이라 둘러대면 현장 사람들도 이상하다 생각지는 못할 거야. 가능한 한 현장에 안 나가면 더 좋고."

"그러다 직원들이 보기라도 하면……."

"그 부분에 대해서는 내가 충분히 주의를 줄게. 혹시 다른 직원들과 함께 외근을 가야 할 때는 경호원에게 미리 알려 줘. 그러면 눈치채지 못하게 알아서 거리를 확보할 거야. 호텔에서도 주차장까지만이야. 당신도 알겠지만, 지금은 주차장 출입구가 한 곳만 개방이 되어 있어. 직원들은 모두 그곳으로 출입을 하게 되겠지만, 당신과 경호 차량은 앞으로 다른 라인을 통하게 할 생각이야. 그러면 직원들과 부딪힐 일이 없어, 크게 걱정하지 않아도 될 거야. 최대한 당신이 불편하지 않도록 신경 쓸게. 그래도 알려지게 된다면 그건 어쩔 수 없고,

그만큼 지금은 당신 안전이 최우선이야. 생각 같아서는 장소 불문하고 밀착 경호를 하고 싶지만."

"조프! 그건."

"알아, 모두가 불편할 거라는 거, 그래서 일단은 이 정도 선에서 지켜보는 거야."

"하아……."

"계속 이렇게 있어? 출근 안 늦었어?"

꿍.

"일단 가요."

다시 밖으로 나가니 경호팀장이라는 사람이 다가와 자신을 소개했다.

"안녕하십니까. 저는 경호팀장 알파입니다. 서 있는 순서로 저는 알파, 브라보, 찰리, 델타, 에코, 폭스입니다. 알파벳순이라 기억하기에 어렵지는 않을 겁니다. 그리고 여기 리모컨입니다. 응급 시 누르시면 여기 우리 여섯 명에게 신호가 전달이 됩니다. 출발하시겠습니까?"

"네. 그럼 잘…… 부탁드립니다."

제이는 경호원과 안면만 겨우 튼 채 조프에게 가볍게 인사를 하며 집 앞에 세워 둔 자신의 차에 올랐다.

"맙소사, 이게 당신 차라고?"

"네. 뭐가 잘못됐어요?"

"아니야. 출발해. 운전 조심해서 하고."

조프는 여태 붙어 있었음에도 진하게 남는 아쉬움에 제이의 볼을 가만히 어루만졌다.

"네. 당신도 조심해요. 그럼 저 먼저 갈게요."

"그래."

날렵한 세단이나 쿠페 또는 컨버터블이 어울릴 듯한 그녀는 조프의 예상과는 달리 큼직한 랜드로버 레인지로버를 몰고서 바람처럼 사라져 버렸다.

제이의 차가 출발하자 네 대의 차가 제이의 앞과 옆, 뒤에서 이동하며 가는 모습을 보고서야 조프와 크리스도 뒤따라 출발했다.

"어떠십니까?"

"하…… 너는 무슨 경호원을 얼굴 보고 뽑았어? 여자 경호원은 없었어?"

'경호원이 저렇게 잘생길 일이냐고!'

"조건에서 여자라고는 들어 본 기억이 없습니다만."

정색하는 크리스와,

"됐다. 말을 말자, 말을 말아."

24시간 제이를 경호할 경호원이 체격이면 체격, 인물이면 인물 어디 하나 빠지는 구석이 없어 찜찜한 기분에 괜히 크리스를 나무라게 되는 조프다.

제이의 차 앞뒤로 경호원의 차가 호텔 주차장으로 줄지어 들어서며, 모두들 눈치껏 분산 주차를 하고 있었다.

"모두 차량 내에 잠시 대기."

무전기에 짧은 말을 남기고 경호팀장 알파가 제이의 차로 향했다.

똑똑똑.

제이가 차에서 내리는 걸 기다리지 않고 노크를 하는 알파다.

"다음부터는 운전 속도를 좀 늦추어 주셨으면 합니다. 혹시 알고 계십니까? 운전을 좀 와일드하게 하시는 것 같습니다."

"아. 죄송해요. 이런 상황이 익숙하지 않아서 미처 거기까지는 생각하지 못했네요. 다음부터는 주의하겠습니다."

제이는 직업의 특성상 외근을 나가게 되면 하루에도 몇 군데의 현장을 둘러봐야 하는 일이 허다했기에 운전이 다소 급하고 바빠 서두르는 경향이 없지 않았다. 하지만…… 오늘은 평소보다 훨씬 신경 써서 운전을 했다.

평소 같았으면 차선 변경도 수시로, 속도 역시 더 올렸을 테지만, 자신의 차를 에워싼 경호 차량을 신경 쓰느라 나름 배려한다고 했는데 그마저도 급했다고 하니 당혹스러웠다.

"그리고 휴대폰 잠시만 주시겠습니까?"

"네? 아. 네."

이런 상황이 불편하고 달갑지 않아 표정이 어색하게 굳어 버렸다. 낯선 남자도 부담스럽고 그가 경호원이라는 것 또한 부담을 가중시키는 요인이었다. 과연 언제까지 이 상태를 받아들여야 할지.

"패턴은 당분간 풀어 두시는 게 좋을 듯합니다. 응급 시에는 단 몇 초라도 시간을 단축해야 합니다."

"네. 지금 바로 풀게요."

평소라면 귀찮아서라도 하지 않던 잠금장치를, 하필 처음 패턴이라는 걸 해 보자마자 지적이라니…….

서둘러 패턴을 풀자마자 다시 전화를 가져가 무언가 입력하는 알파다.

"단축번호에 아무것도 입력이 되어 있지 않아 1번부터 6번까지 경호원들의 전화번호를 입력해 뒀습니다. 이름순으로 등록했으니 외출 시, 그리고 필요시에 언제든 전화 주시면 됩니다."

"네. 그러죠."

태현 때문에 개인 전화를 따로 개통하면서 아무것도 입력하지 않은 상태라 차라리 다행인 듯했다.

"이제 들어가 봐도 되나요?"

"네. 협조해 주셔서 감사합니다."

"오늘은…… 외근이 없어요. 퇴근 시간까지는 편히 계셔도 될 거예요. 아시다시피 현재 여기는 회사 사무실로 사용 중이라 외부인이 출입할 수가 없어요. 그럼 가 보겠습니다."

제이는 알파 외 다른 경호원들에게 가볍게 고개를 숙여 인사하며 엘리베이터에 올랐다.

[VIP 목적지 도착.]

알파는 제이가 엘리베이터를 타자마자 델타에게 전송받은 몇 장의 사진을 첨부한 후 곧바로 의뢰인에게 문자를 전송했다.

떠나는 VIP의 모습에 알파는 고개를 갸웃하며 짧은 상념에 잠겼다. VIP 그녀의 모습이 다소 의외였다.

자신들이 경호하는 대상은 보통 표정이 많이 어둡고 고압적이며 까칠했다. 그도 그럴 것이 자신에게까지 의뢰가 들어오는 대상은 보통 정재계(政財界)의 최고위층, 또는 생명의 위협을 받는 경우가 다수였다.

그녀는 어떤 경우인지 아직은 정확히 알 수가 없었다. 단지 '중요한 사람이다. 24시간 위험으로부터 반드시 지켜야 한다.'는 지시만 있었을 뿐, 크리스라는 사람이 어떻게 자신을 알고 연락을 해 왔는지 알 수 없으나, 업계 최고를 원한다던 그의 선택은 정확했다. 세부 사항은 오늘 알려 준다는 말 외에 별다른 말이 없어 더 궁금증을 자아냈다.

지금까지 지켜본 바로 그녀에게는 조바심 또는 극도의 불안이 관찰되지는 않았다. 운전 또한 머뭇거림 없이 과감했고 경호받는 사람답지 않게 오히려 대기 중인 자신들을 배려하는 모습이라…….

"훗."

근무 중에 이런 상념이라니. 알파는 애써 머리를 털어 버리며 생각을 떨구어 내고 정신을 가다듬었다.

조프와 크리스는 주차장을 이용하지 않았다. 그들은 항상 호텔 앞, 언제든 드나들 수 있는 곳에 차를 주차해 두고 사무실로 향했다. 집무실에 도착하자마자 두 사람에게 동시에 문자 알림 음이 울렸다. 그녀가 무사히 도착했다는 내용과 동시에 몇 장의 사진이 있었다.

알파와 대화를 하고 있는 모습, 휴대폰을 건네받는 모습, 그리고 엘리베이터에 오르는 모습까지.

"크리스, 오늘 일정 어떻게 되지?"

"오늘은 오전 주간회의 외에 특별히 다른 일정은 없습니다만, 결재가 좀 많이 밀렸습니다. 오늘은 마무리하시죠."

"그래. 알았어. 참, 리준 대표하고 약속 좀 잡아 봐. 그리고 거기 좀 앉아."

"네. 근데 그게 다 뭡니까?"

크리스가 조프의 손에 들린 못 보던 서류 파일을 보며 물었다.

"제이와 관련된 서류. 지금부터 내가 하는 말 잘 들어."

앞으로 누구보다 많은 일을 해야 할 크리스였다. 누구보다 진행 사항을 잘 파악하고 있어야 할 사람이기도 했기에 조프는 그간 제이가 겪어야 했던 일들을 최대한 간결하게 요약해서 말해 주는데,

"Oh shXX, Son of biXXX, Damn XX. 사람의 탈을 쓰고, 어떻게 그런 말도 안 되는 일을!!"

말이 끝나기도 전에 경악하며 벌떡 일어나, 평소라면 조프의 앞에서 꺼내지도 않을 쌍욕을 퍼붓고 있었다.

제이 앞이라 차마 입 밖으로 토해 내지 못했던 욕을 너무나 시원하게 내뱉는 크리스를 보며 되레 속이 후련한 조프다.

"다 했어?"

"하…… 이 정도로 되겠습니까? 하…… 저는 그런 줄도 모르고……."

그동안 무던히도 자신들을 밀어내려 애쓰던 그녀의 행동이, 내내 마음에 걸렸던 그녀의 표정들이 이제서야 온전히 이해가 되며 미안함에 속이 쓰려 오는 크리스였다.

"그래서 어떻게 하실 생각이십니까?"

"제이 앞을 가로막는 건 무엇이든 다 치워 줘야지. 그녀의 말에 힘을 실어 줄 수 있게 가능한 한 많은 증인과 증거를 찾아야 하는데, 일단 제이에게 해코지할 생각조차 할 수 없게 그들의 자금줄부터 막아야 해. 이 정도의 인면수심

이라면 회사라고 투명하게 운영했을까? 뭐든 찾아. 찾아서 그들을 마구 흔들어 시선을 분산시키고 그사이 우리는 증인을 찾고 증거를 모아야지."

"상대가 만만치 않으니 쉽지는 않을 겁니다."

걱정스러운 마음에 미간에 주름을 잡고서 고개를 내저으며 말하는 크리스였다.

"그래도 뚫어. 이런 상대에게는 수단과 방법 가리지 마. 일 터지면 내가 다 책임진다. 그 자식한테 당한 사람이 한둘이 아니야. 아무리 뒤처리를 잘 한다고 해도 분명 어딘가에 허점이 있을 거야. 제이가 준비한 자료가 많아. 잘 활용해 봐야지."

이태현이 한국에 들어온 이상 머뭇거릴 시간은 없었다. 그는 여전히 제이를 잊지 못하고 있었고 벌써 한 차례 접근을 시도했다. 조프는 그와 했던 통화를 떠올리며 그의 경고가 그저 허세가 아님을. 왠지 조만간 그를 마주할 일이 생길 것 같은 예감이 들었다.

"본사에 연락해 경호 팀 나오라고 해야겠습니다. 대표님도 위험할 수 있습니다."

"아니,"

"이미 미쳐 있는데 대표님이라고 그냥 두고 보겠습니까?"

크리스는 그녀보다 솔직히 조프가 더 걱정스러웠다. 이태현이라는 남자가 위해를 가한다면 그건 미치도록 사랑하는 그녀가 아닌, 그녀의 곁에 있는 조프가 될 것 같아 걱정을 내려놓을 수가 없었다.

"알파라고 했던가? 일단 좀 불러 봐."

"네."

크리스가 곧바로 알파에게 연락을 했다.

조프는 크리스가 알파에게 전화를 하는 모습을 보며 잠시 생각에 잠겼다. 그러다 통화가 끝난 크리스를 보며 말했다.

"크리스, 10월의 서프라이즈(October surprise: 역대 미국 대선에서 10월에 발생한, 선거의 판도를 바꿀 수 있는 막판 이벤트를 일컫는 말.)라고 알지?"

"그럼요. 10월의 이변이라고도 하죠. ……설마."

"어. 노려 볼 생각이야. 여기서는 11월의 서프라이즈가 되려나?"

점점 커지는 스케일에 놀라 벌어지는 크리스의 입을 보며 피식 웃는데 인터폰이 울렸다.

— 대표님. 알파라는 분 오셨습니다.

"들어오시라고 해요."

알파가 조프의 집무실로 들어서고 있었다. 그는 이미 인사를 나누었던 크리스와는 가볍게 눈인사를 하고, 대표님이라는 분을 마주하고 섰다.

"부르셨습니까?"

"이쪽으로 와서 앉아요. 혹시 통역이 필요하면 여기 크리스가 대신할 겁니다."

"통역은 필요 없습니다. 오랜 기간 미국에서 생활했었습니다."

"잘됐네요. 난 조프리요. 우선 아까 보내 준 문자는 잘 받았어요. 앞으로도 계속 부탁합니다. 크리스가 아직 세부적인 지시 사항은 전달하지 않았을 텐데."

조프는 말을 하며 앞에 앉은 경호원을 유심히 바라보았다. 저와 비슷한 체구의 남자는 제 앞에서 조금도 주눅 든 기색 없이 반듯하고 당당하게 앉아 있었다. 어쩌면 자신보다 더 오랜 시간 제이의 곁에 머물게 될 남자를 바라보며 이상하게 경계심이 생겼다.

"네. 그렇습니다. 다만 아주 중요하신 분이며 위험으로부터 반드시 지켜야 한다고 그렇게 전달받았습니다."

"정확합니다. 중요한 증인입니다. 내 여자이기도 하고."

찝찝한 마음은 사전에 경계하고 차단하면 그만이다.

조프는 오랜만에 크리스가 턱을 빠트리는 모습을 노려보다 알파와 눈을 마주쳤다.

마주쳐 오는 눈에 흔들림은 없었다. 무슨 경호원이 저렇게 멀끔하게 생겼는지 다시 봐도 영 별로였다.

"잘 알겠습니다."

알파도 사람인지라 호기심이 동하는 건 어쩔 수 없는 일이나 앞으로는 VIP에 대한 행동에 좀 더 주의를 기울여야겠다 싶었다.

눈앞에 있는 남자는 자신의 마음을 온전히 드러내 놓고 있었다. 비록 짧은 말이었으나 의도가 경고라는 것쯤은 눈을 감고도 알 수 있었다.

조프는 표정의 변화가 전혀 없는 알파를 보며 정말 잘 알아들었는지 궁금했지만 더는 못난 모습을 보이고 싶지 않아 서둘러 주의 사항을 말하기 시작했다.

"그녀의 집 앞에서는 그녀가 경호를 받고 있다는 걸 드러내어야 합니다. 누구라도 당신들을 보고 섣불리 그녀에게 접근할 엄두조차 내지 못하도록. 하지만 회사에서는 주의를 좀 기울여야 합니다. 그녀가 회사 내에 들어오면 문제 될 건 그다지 없습니다. 외근 갈 때는 모든 순간에 둘 이상의 경호원이 반경 1미터 안에서 호위해야 합니다. 물론 경호원이 아닌 직원으로 가장해서. 혹시 그녀가 회사 직원과 동행할 경우에는 미리 연락이 올 겁니다. 그때는 그 직원의 눈에 띄지 않게 부탁합니다."

조프는 잠시도 자신에게서 눈을 떼지 않고 주의 사항을 유심히 들으며 중간중간 고개를 끄덕이는 알파의 진중한 모습이 믿음직스러웠다. 저도 모르게 만족스러운 미소를 그리며 말을 이었다.

"이런 일에 익숙하지 않은 사람이라 많이 불편해할 겁니다. 미리 양해 부탁하죠. 그리고 주차와 관련해서는 크리스가 따로 알려 줄 겁니다. 나한테 할 말이 따로 없다면 그만 나가도 좋습니다."

알파는 나가기 전 한 가지는 확인해 봐야 할 것 같아 무거운 입을 열었다.

"네. 잘 알겠습니다. 혹시 주의 사항도 VIP에게 직접 말하는 것이 아닌 여기 두 분께 말씀드려야 할까요?"

당신 마음은 충분히 알아들었으니 사소한 오해의 여지조차 남겨 두지 말아야겠지.

"아닙니다. 그 정도는 직접 해도 좋습니다."

말귀는 확실히 알아들은 모양이었다. 알파의 별것 아닌 질문에도 금세 마음이 풀어지는 조프였다.

"그럼 이만 나가 보겠습니다."

성큼성큼 시원한 걸음으로 집무실을 나서는 알파를 보며,

"차암…… 가지가지 다양하게 하십니다."

문이 닫히자마자 톡 쏘아붙이는 크리스다.

"입 다물어라. 나도 내가 이럴 줄은 몰랐다."

사실 크리스보다 더 당황스러운 건 본인이었다. 자신에게 질투라는 이런 유치한 감정이 있으리라고는 상상조차 해 본 적이 없었는데. 체면이 말이 아니었다.

"그나저나 어쩌실 생각이십니까? 대표님 경호를 맡기려고 부르신 것도 아니고."

"제이에게 조금의 빈틈도 없다면 그 자식이 누굴 찾아갈까?"

"설마…… 대표님에게로 시선을 돌리겠다는 말씀이십니까? 그건 안 됩니다! 절대로!!"

너무 위험한 생각에 크리스가 인상을 쓰며 언성을 높였다.

"시간은 촉박하고, 주어진 시간 안에 증인을 찾을 수 없다면 만들어야지. 증인도 증거도. 그들도 했는데, 우리라고 못 할까?"

"도대체 무슨 생각을 하시는 겁니까? 저는 절대 따를 수 없습니다."

조프의 계획이 무엇인지 알 수는 없지만, 그녀를 위해 자신이 미끼가 되겠다는 말에는 절대 따를 수가 없었다. 아무리 대표님이라 해도, 아니 대표님이기 때문에 절대 위험에 노출시킬 수 없는 크리스였다.

"훗. 걱정 마. 내가 멍하니 당하고만 있을까?"

"회사도 생각을 좀 하십시오. 회장님 생각은 안 하십니까?"

"오버하지 마. 나 아직 아무 말도 안 했다. 그 자식이 내 의도대로 움직여 줄지도 의문이고, 어쨌든 당분간 잘 지켜봐. 그리고 제이 부모님 어디 계시는지 좀 알아봐. 거기도 경호원을 둬야겠어."

이태현이 자신의 의도대로 움직여 줄지는 모르지만 하나는 확신할 수 있었다. 반드시 자신을 찾아올 거라는 것.

"네. 알겠습니다. 무슨 일을 하시든지 꼭 말씀해 주세요. 아시겠습니까?"

"그래. 그야 당연하지. 믿을 거라고는 너밖에 없는데. 회의 시간 멀었어?"

"지금 가시면 됩니다. 가시죠."

"그래, 가자."

J&과 함께 하는 주간 회의에 참석하기 위해 제이와 우재가 대회의실로 들어섰다. 뒤를 이어 속속 회의실로 들어오는 J& 직원들과 인사를 나누며 자신들의 자리를 찾아가 앉았다.

"한 팀장, 다리는 좀 어때?"

"괜찮아요, 선배. 주말 지나고 나니 시큰거리지도 않고."

잠시 잊고 있었다. 그날, 그 자리에 함께 있었던 우재를…… 어떻게 생각조차 하지 못했을까, 많이 걱정했을 텐데…….

"다행이네. 그럼 오늘 저녁 같이 할 수 있어? 뭐 물어볼 것도 좀 있고."

조금 달라 보였다. 그날, 잔뜩 먹구름이 드리웠던 얼굴이 왠지 모르게 밝아 보이는 건 역시나 그 남자 때문이겠지?

"아…… 네. 저는 괜찮아요. 저녁 같이 해요."

그날의 일에 대한 설명이 필요할 듯했다. 아무것도 모르는 상황에서 당해야 했던, 조프의 다소 무례했던 행동에 대해서도 설명을 해 줘야 할 것 같았다.

"대표님 오셨습니다."

조프는 회의실을 들어서며 가장 먼저 제이를 찾았다. 표정을 지우고 말갛게 자신을 마주 보는 그녀를 보니 어제의 일이 마치 꿈같이 느껴졌다.

천천히 자리에 앉으며 보니 그녀의 바로 옆에 강 팀장이 앉아 있었다. 그날, 대담하게 자신의 팔을 붙잡았던, 제법 강하게 느껴지는 힘에 기분이 언짢았던······.

'거기서 멈춰. 좋은 직장 동료 그 이상도, 그 이하도 아닌 딱 그만큼, 내가 허락할 수 있는 거리는 딱 그만큼이니까 그만 멈춰. 그 마음.'

"젠장. 산 넘어 산이네. 후······."

"네?"

대표님의 중얼거림에 반문하며 보니 그의 눈이 정확히 강 팀장에게 꽂혀 있었다.

'훗. 어이쿠야. 거참, 고소하네.'

씨익 웃으며 자리에 앉는 크리스다.

"자. 회의합시다."

크리스 말을 시작으로 회의를 시작해 한 시간가량 의견을 나누며 진행 사항을 체크했다.

회의 중간중간에도 제이에게로 향하는 눈길을 거두지 못해 심히 난감한 조프는 자신의 모습에 어이가 없어 고개를 설레설레 흔들고 말았다.

"대표님, 마음에 들지 않는 부분이 있으십니까?"

고개를 흔드는 대표님을 보며 걱정스러운 마음에 J& 직원의 질문이 이어졌다.

"아닙니다. 진행 사항도 매끄럽고 딱히 문제 될 건 없는 듯합니다. 오늘 회의는 여기까지 하죠. 한 팀장은 잠깐 나 좀 봅시다. 오늘 브리핑한 자료 들고 올라와요."

"네. 알겠습니다."

제이는 우재와 직원들에게 간단하게 인사를 하고 우재가 들고 있는 자료까지 모두 챙겨 조프의 집무실로 향했다.

그의 집무실은 대표 사무실 안에 위치한 비서실을 통해야만 들어갈 수 있었다. 제이는 자신을 보고 반갑게 인사하는 비서들을 지나쳐 그의 집무실 출입구와 가장 가까운 곳에 앉은 앨리에게 다가갔다. 앨리는 이미 자신이 오는 걸 알고 있었는지 밝게 인사를 건네며 곧장 그의 집무실로 호출을 했다.

"대표님, 한 팀장님 오셨습니다."

— 들어오시라고 해요. 앨리, 차는 됐어요. 한 30분 정도 전화 연결하지 말고 내 방에 아무도 들이지 말아요.

"네. 잘 알겠습니다. 대표님."

인터폰을 끊은 앨리의 친절한 미소가 제이를 향했다.

"한 팀장님, 들어가 보세요."

"네."

문만 열면 그가 있다. 아침까지만 해도 다분히 장난기가 넘치던 그는 회사에서 보면 전혀 다른 사람인 듯했다.

편하게 대하다가도 일을 할 때나 회의할 때, 임원들과 대화하는 모습을 보고 나면 그의 진중한 모습에 화들짝 놀라며 그의 위치를 다시금 직시하게 되고는 했다.

무슨 일로 부른 건지 벌써 입이 말라 와 들고 있던 생수를 벌컥벌컥 들이켜며 크게 심호흡을 하고서야 문을 열고 들어섰다.

앨리는 그런 한 팀장을 보며 피식 웃고 말았다. 저 방에 들어가기 전에 긴장하지 않을 사람이 누가 있을까? 하지만 그렇게까지 긴장할 필요 없는데. 대표님은 자신이 익히 알고 있던 기존의 상사들과는 확연히 달랐다.

일을 하실 때는 냉철하고 날카로운 면모를 보이시지만 인간적으로는 말단 직원에게까지 예의를 갖추며 사람을 함부로 대하지 않아 매너 좋기로 소문이 자자하신 분이었다.

'가만…… 그런데 한 팀장님…… 얼굴이 이상하게 낯이 익은데, 볼 때마다 기억이 날 듯 말 듯 안 난단 말이야. 답답해 죽겠네.'

한편 문을 열고 들어선 제이의 눈에 접대용 소파에 느긋하게 앉아 있는 조프가 보였다.

"대표님?"

"둘이 있을 땐 그렇게 부르지 마. 거리감이 느껴져서 영 별로야."

이제야 조프 같았다.

"왜 부르신 거예요? 필요한 건 회의할 때 다 말씀드렸는데. 저 오늘 많이 바빠요. 지난주에 조퇴하고 일이 좀 밀렸어요."

"이제서야 당신 같네. 아까는 날 제대로 보지도 않더니, 컨디션은 좀 어때? 다리는 괜찮고?"

"괜찮다고 몇 번을 말해요. 반깁스도 할 필요 없었다니까요. 당장 뛰어다녀도 될 것 같아요."

"안 돼. 그래도 아직은 조심조심 걸어 다녀. 그리고 좀 앉지? 언제까지 그렇게 서 있을 거야?"

"네."

천천히 그의 맞은편 자리에 앉으려는데,

"그쪽이 아닐 텐데?"

말을 하며 자신의 두 다리를 툭툭 치는 조프다.

"여기 회사예요. 말도 안 돼. 누가 들어오기라도 하면,"

"당신은 말도 안 되는 일이 뭐가 그렇게 많아? 아무도 안 들어와. 아니 못 들어와. 그러니까 걱정 마. 그리고 집에서도 오란다고 그렇게 쉽게 오지는 않았던 걸로 아는데? 당신이 안 오면 내가 간다. 내가 가면 그걸로 그칠……."

말을 끝내기도 전에 냉큼 자신의 앞으로 오는 제이를 보며 숨죽여 껄껄 웃었다.

조프는 머뭇머뭇하고 있는 제이의 손을 잡고 기어이 자신의 다리 위에 앉혔다.

"음. 하루 더 쉴 걸 그랬다. 당신 눈이 충혈됐어."

제이는 자신의 허리에 자연스레 팔을 두르고 걱정스러운 눈빛으로 바라보는 그를 보며 또다시 가슴이 간질거려 피식 웃었다.

"나 안 무거워요?"

"음. 너무 가벼워서 있는지도 모르겠어. 그러게 잘 좀 챙겨 먹지. 흠…… 더는 못 참겠다. 키스해 줘."

'그런 눈을 하고 보면 어쩌라는 거예요. 마음 약해지게……'

턱을 살짝 앞으로 내밀어 그윽하게 자신을 바라보는 그의 짙은 눈빛에 제이는 마음이 약해지지 않을 수 없었다.

"해 주면, 바로 보내 줄 거예요?"

"하는 거 봐서."

"치……."

'당신과의 소소한 대화가 나에게는 얼마나 소중하고 감사한지. 당신은 알기나 할까요?'

제이는 검지로 천천히 그의 콧날을 만지며 내려오다 그의 얼굴을 소중하게 감싸고서 눈을 감으며 그의 입술에 부드럽게 자신의 입술을 내렸다. 그러자 기다렸다는 듯 그의 입술이 자신의 입술을 빨아들이며 온몸을 관통하는 짜릿함에 저도 모르게 그의 목을 꼬옥 끌어안았다.

조프는 그녀와의 가벼운 키스에도 와르르 무너지는 자신의 인내력에 한탄하며 그녀의 등을 받치고서 조심스레 소파에 뉘었다. 붉게 꽃이 핀 그녀의 얼굴을 보며, 촉촉하게 번들거리는 그녀의 입술을 물고 빨며, 그녀의 향기를 마시고 또 마셔도 충족되지 않는 마음은 멈출 줄을 몰랐다.

"하아……."

참다못해 내뱉는 그녀의 옅은 숨소리는 왜 이렇게 자극적인지, 당장이라도 하나가 되고 싶은 마음에 맞닿은 몸이 참을 수 없이 고통스럽기만 했다.

"조프…… 이제 그만!"

안다 알아. 나도 안다고. 겨우 입술을 떼고서 제이의 이마에 자신의 이마를 마주 갖다 대며 숨을 가다듬었다. 제이를 품에 안고서 천천히 일어나 앉으며 다시 한번 제이를 숨 쉴 틈 없이 꼭 끌어안았다.

너를 손에서 놓기가 이렇게도 힘이 든다고. 하루 종일 이렇게 있을 수 있다면 얼마나 좋을까? 매일을 손꼽아 그날만을 기다리겠다고…….

저녁까지 또 어떻게 기다려야 할지 나오는 건 한숨밖에 없었다.

제이는 조심스레 그를 밀어 내며 자리에서 일어섰다. 가빠 온 숨을 몰래 내뱉으며 흐트러진 머리와 옷을 정리하기에 바빴다. 당장 문 앞에서 마주할 앨리와 비서들을 어떻게 지나쳐야 할지, 눈앞이 캄캄해지는 듯했다.

그런 제이의 행동을 물끄러미 바라보며 그가 한다는 소리가,

"이러다 내 명대로 못 살 것 같아. 당신하고 있으면 심장이 남아나지를 않아. 이 녀석은 또 어쩔 거야?"

제이는 아래로 향하는 그의 손가락이 가리키는 방향을 아무 생각 없이 내려다보다 또다시 얼굴을 새빨갛게 물들이고 말았다. 홧홧하게 달아오르는 열기가 감당이 되지 않았다.

이 사람이 보자 보자 하니까.

"제발 대화의 범주를 좀 넓혀 봐요. 민망해 죽겠어, 진짜. 지금 바로 나가야 하는데 어쩔 거예요? 지금 얼굴 빨갛죠? 내가 못 살아, 정말."

말을 하는 중에도 열심히 얼굴에 손부채질을 하는 그녀를 보며 웃음이 터져 버렸다.

"웃음이 나와요 지금? 내 얼굴 어쩔 거냐고! 뭐라도 좀 줘 봐요. 부채, 아니 파일이라도 좀 줘 봐요. 열이라도 좀 식히게!!"

"큭큭큭, 푸하하하하하……."

"어머, 미쳤나 봐, 미쳤나 봐."

"읍~ 읍풉풉풉."

제이는 얼른 그의 곁으로 가 손으로 그의 입을 틀어막았다.

"제발 조용히 좀 해요. 제발! 나 미치는 거 보고 싶어요?"

"풉풉풉풉풉."

멈출 기미가 보이지 않던 그의 웃음이 겨우 진정되는 듯했다. 덕분에 붉게 달아올랐던 제이의 얼굴은 사색이 되며 차갑게 식어 있었다.

"그렇게 크게 웃으면 어떡해. 나더러 어떻게 나가라는 거예요!"

"당당하게 나가. 내가 부끄러워? 아니, 이참에 아예 말해 버릴까? 내 여자라고?"

"입 벙긋하기만 해요!"

"말하면 왜 안 되는데? 듣고 보니 섭섭한데?"

"알면서 뭘 물어요? 아무튼! 말도 꺼내지 마요. 직원들도 엄청 불편해할 거라고요."

"뭐, 그것도 당신 하는 거 봐서. 오라고 할 때 잘 오고, 많이 사랑해 주면 그럼 당분간은 말하지 않을게."

"못 말려, 정말. 나 정말 나가야 해요. 얼굴 괜찮아요?"

"괜찮아. 아무렇지도 않아. 그나저나 자재는 또 언제 보러 가?"

"말이나 말지, 당신 스케줄 맞추려면 자재 구경도 못 할걸요? 그렇게 매번 회의다 뭐다 그렇게 바쁘면서 뭐 얼마나 궁금하기에 또 물어봐요? 누가 보면 일부러 따돌리는 줄 알겠네."

한국 자재에 그렇게 관심이 많다고 하더니, 어떻게 주요 자재를 보러 가야 할 때마다 본사와 일정이 겹쳐 한 번을 같이 갈 수 없었다.

지금이야 상관없겠지만, 불과 며칠 전만 해도 그의 시간이 허락되면 어쩌나 얼마나 노심초사했는지…….

"일부러 따돌린 거 아니었어? 나는 하도 일정이 겹치기에 혹시 내 스케줄을 몰래 확인하는 건 아닌가 했지."

"말도 안 돼. 당신의 스케줄 관리가 그렇게 허술할까요? 그래. 기왕 말이 나왔으니, 정말 궁금했는데 물어봐야겠네요. 진짜 한국 자재에 관심이 많아요? 이렇게 바쁜데 따라다니면서 구경하고 싶을 정도로?"

"아니."

"네?"

"바보. 한국 자재가 궁금한 게 아니라 제이가 궁금했지. 한국 자재가 보고 싶었던 게 아니라 제이, 당신이 보고 싶었지. 조금이라도 당신과 함께 시간을 보내고 싶어서……."

궁금하다고 눈 동그랗게 뜨며 물어볼 때는 언제고, 금세 미안한 표정으로 시무룩해지는 제이를 보며 다시 한번 품에 꼭 안아 보는 조프다.

"나는 괜찮으니까 그런 표정 짓지 마. 내가 제이 당신이었으면 아마 더 했을 거야. 그러니까 그런 표정 하지 마. 그리고 정말 한국 자재가 궁금하기도 했어. 이제는 당신이 억지로 날 밀어내는 일은 없을 테니까, 그런 억지스러운 이유가 아니라도 얼마든지 함께 보러 갈 수 있으니까 됐어. 그거면 충분해."

"고마워요. 이해해 줘서."

"그런 의미에서 이따 점심때 뭐 해?"

"오랜만에 직원들하고 같이 먹을 거예요."

"그래? 그럼 저녁은 뭐 먹을까? 당신 너무 말랐어. 일도 많은 사람이 잘 챙겨 먹어야지! 저녁에 뭐 먹고 싶은 거 있어?"

"아뇨. 미안해요. 오늘 저녁은 선약이 있어요."

"저녁에도? 누구?"

"강 팀장님요."

"강…… 팀장……."

강우재. 그 사람도 시간이 필요할 듯했다.

제이는 우재가 저를 바라보는 시선이 어떠한지 아직 눈치채지 못한 것 같았다. 우리가 함께한 시간을 모르니, 영문도 모른 채 우재도 많이 답답했을 것이다.

제이의 집 앞에서, 쉽게 발길을 떼지 못하고 그녀의 집을 올려다보던 그의 모습이, 제이를 걱정하며 자신의 팔을 잡던 그의 모습이 조프의 뇌리에서 쉬이 지워지지가 않았다.

보내고 싶지 않았지만, 제이가 직접 말하는 게 그 사람에 대한 최소한의 예의가 아닐까 싶었다. 하지만, 그럼에도 보내기 싫은 마음은 어쩔 수 없었다.

"후…… 알았어. 그럼 집에 도착하면 전화해 줄 수 있지?"

"네. 그럴게요."

"그날은 내가 무례했다고, 마음이 급해서…… 미안했다고 전해 줘."

"네. 꼭 전할게요."

이제 시작하는 연인처럼 서로를 애틋하게 바라보는 두 사람이다.

2

제이와 우재는 이웃한 호텔 레스토랑에서 가볍게 식사를 하며 대화를 나누었다. 주로 일과 관련된 내용으로 의견을 주고받으며, 이야기를 풀어 갔으나 그 누구도 선뜻 그날의 일에 대해 말을 꺼내지 못했다.

그렇게 정작 하고 싶은 대화는 하지도 못한 채 어색한 분위기로 식사를 마치고 냅킨으로 조심스레 입술을 닦는 제이를 보며 우재가 말을 꺼냈다.

"위에 bar에 가서 한잔하자."

'어쩌면 사석에서 너와 단둘이서 시간을 보낼 수 있는 건 마지막이 될 것 같아서, 욕심이라 해도 이 정도의 시간은 나에게 허락해도 되지 않을까?'

"네."

제이의 대답과 함께 두 사람은 바로 위층에 위치한 호텔 bar에 앉았다.

"뭐 마실래? 와인, 양주, 칵테일?"

"칵테일, 가벼운 걸로요."

"여기 준벅, 롱 아일랜드 아이스티 주세요."

우재는 제이를 위한 도수가 낮은 칵테일과 자신이 마실 도수가 높은 칵테일을 차례로 주문했다. 잠깐의 정적이 흐르는가 싶더니 우재가 결심한 듯 제이를 바라보며 입을 열었다.

"흠…… 해 봐."

우재는 미룰 수만 있다면 더 미루고 싶었다. 자신의 생각이 틀리길 바랐다. 눈으로 보았던 모든 일들이 그저 오해였기를, 다친 제이를 걱정하며 바라보던 근심 어린 그의 눈빛도, 화난 표정과는 상반되는 지극히 조심스러웠던 그의 행동도, 자신을 향한 그의 적대감도 모두 그저 오해이기를…….

"네?"

"너 나한테 할 말 있잖아. 아니야?"

"아…… 어…… 그냥 그때……."

제이는 난감했다. 그를 어떻게 소개해야 하는 걸까? 그를 뭐라고 소개해야 하는 걸까? 망설이는데…….

"대표님. 처음부터…… 아는 사람이었어?"

"아는 사람이었던 건…… 맞아요. 하지만 J&의 대표라는 건 저도 그날 프레젠테이션할 때 처음 알았어요."

"그래서 그랬던 거였어. 아는 사람과 착각했었다더니 그 사람이 맞았던 거구나."

"……네."

"어쩐지. 너답지 않게 많이 당황한다 싶더라니……."

우재는 그날의 제이가 너무도 생생하게 떠올랐다. 자신감에 차 있던 그녀가 순간 평정심을 잃고 급격히 흔들렸던 모습이…….

"미리 말씀 못 드린 건 죄송해요. 그때는 저도 너무 당황하기도 했고…… 딱히 말씀드릴 만한 것도 없었어요. 그리고 우리 입찰하고는 아무 상관 없어요."

"말 안 해도 알아. 그때 그 자리에 있었으면 그 누구도 뭐라 하지 못할 만큼 너는 완벽했으니까."

"앞으로도 일하는 데 불편할 일은 없을 거예요."

"그것도 알아. 네 성격 모르는 것도 아니고. 그런데…… 언제 만났는지 물어 봐도 돼?"

"……작년에 스페인에 여행 갔을 때 그때…… 만났어요."

"왠지 J& 호텔을 아시아 최초로 한국에 설립한다는 게 너와 무관하지 않다는 생각이 드는데?"

"그건…… 아마 아닐 거예요. J&그룹의 창업주께서 한국 분이라고 들었어요."

'아니, 아마도 너 때문일 것 같아.'

지나간 시간을 되짚어 보면 볼수록 감추지 못했던 대표의 마음이 기억에서 떠올랐다.

프레젠테이션 때 유독 자주 너에게 머물던 그의 눈길이, 첫 미팅에서 유난히 오래 너의 손을 잡고 있던 그의 모습이, 굳이 자재를 함께 보러 가겠다고 했던 그의 말들이, 처음 식사를 함께 하며 은근히 둘의 관계를 물어 오던 그의 의중이.

회식할 때 역시 유별나다 싶었었지. 다만 그 모든 게 내가 민감하게 받아들이는 건 아닐까 생각했었는데……. 하나도 의미 없이 그냥 했던 행동이 아니었어…….

"그럼 여행에서 돌아온 뒤로는 너와 따로 연락은 하지 않았었나 보네? 그런데 한국에서의 첫 사업에서 너와 다시 마주쳤다? 정말 우연이라면 대단한 인연이야. 놀랍네."

우재는 깊은 아쉬움에 더 이상 말을 이어 나갈 수가 없었다. 이럴 줄 알았으면 좀 더 빨리 마음을 내비쳐야 했을까? 아니면, 오히려 말하지 않은 지금이 다행인 걸까?

예전에도 그리고 지금도 여전히 내 걸음은 그들보다 한참을 뒤처져 있구나. 꺼내 보이지도 못하고 접어야 하는 마음이 갑갑하고 안타까웠다.

지금이라도 마음 한 자락 비쳐 볼까? 아니면…… 너라도 마음 편하도록 깨끗하게 내가 물러서야 하는 걸까?

제이는 무겁게 가라앉아 있는 우재가 신경이 쓰였다. 늘 누구에게나 자상하고 배려심이 깊은 그였기에 자신을 여자로 느끼고 있다는 건 상상조차 하지 못했다. 다만, 평소와 달리 유난히 무거워 보이고 과묵한 우재가 걱정스러울 뿐이다.

"선배…… 혹시 무슨 일 있어요?"

"응?"

"그냥. 오늘 선배가 많이 가라앉아 보여서요."

"그런가……."

우재는 제이를 똑바로 바라보았다.

어떻게 할까? 내 속을 너에게 보여 줄까? 아니면…… 또 기다려야 할까? 어떻게 할까?

"한 팀장, J& 대표 여기 몇 개월 예정으로 왔지?"

"……글쎄요. 대략 6~7개월 정도일까요? 그건 저도 정확히 잘 모르겠어요. 물어보지 않아서."

잠시 망각했었나 보다. 다시 돌아가야 할 사람인데, 그가 다시 돌아간다는 생각만으로도 가슴에 납덩이가 들어앉은 것마냥 마음이 한없이 무거워졌다. 정말 그는 언제쯤 다시 돌아가는 걸까?

그가 간다고 하면…… 어떻게 해야 하는 걸까? 어떤 얼굴로 어떤 표정으로 그를 보내야 하는 걸까?

"나는 네가 상처받는 일 없었으면 좋겠다. 많이 생각한 거지?"

"네…… 생각만으로는 안 되는 일도 많은가 봐요. 아무리 생각하고 또 생각해도 이성과 마음이 일치되지가 않아요. 이젠 그냥 두고 싶어요. 마음이…… 흘러가는 대로."

'너무 과분한 사람이라 머리로는 그만해야 한다고 하루에도 열두 번씩 말하는데, 도통 심장이 말을 듣지 않으니 주어진 시간만큼만, 딱 그만큼만 욕심내 보려고요. 그의 마음.'

"어려운 결정 했네. 후회하는 일…… 없기를 바랄게."

"선택에 대한 후회도 제가 감당해야 할 몫이겠죠. 더 이상 피하지 않으려고요."

"한 팀장답네. 앞으로는 일 더 열심히 해. 괜히 꼬투리 잡히지 말고, 그럴 일 없겠지만 공과 사는 확실히 구별하자."

'그래. 발걸음이 느려 터진 내가 한 발짝 뒤에 서 있어야겠지? 미안하지만, 조금만 더 머물러 있을게. 이 또한 내가 감당해야 할 몫인가 보다.'

우재는 꺼내 보이지도 못한 마음을 애써 다잡았다.

"네. 열심히 하겠습니다. 선배, 고마워요. 아, 그리고…… 미안했다고 전해 달라고 하셨어요. 제가 다쳤던 날…… 마음이 급해서……."

"알아. 나라도 그랬을 거야. 신경 쓰지 않아도 된다고 전해. 자, 이제 마시자. 내일부터 더 바빠질 테니 정신 바짝 차리자고!"

제이는 넓은 마음으로 이해해 주는 우재가 고마워 싱긋 미소 지었다. 그렇게 간단하게 가진 술자리를 정리하고 우재와 함께 bar를 벗어났다.

여느 때와 같이 집까지 바래다주려는 우재를 먼저 보내고 나서야 경호 팀을 돌아보는 제이였다.

오늘 일이 있어 식사하고 집으로 가게 될 거라고 경호 팀에 말했더니, 레스토랑, 그리고 bar에까지 함께 와 있는 경호원들을 보며 깜짝 놀라 버렸다. 물론 멀찌감치 떨어져 그들도 손님처럼 식사를 하고 있어 경호원이 아닌 듯했지만 그걸 알고 있는 제이는 마음이 불편하기 그지없었다. 분명 오전에는 사복 입은 모습이었는데 호텔에서 마주친 그들은 슈트 차림이었다.

"끝나셨으면 그만 들어가시죠?"

우재가 차를 타고 사라지는 걸 확인하고 나서야 알파가 자신에게로 다가왔다.

"네. 그런데 제가 술을 마셔서."

"제 차로 모시겠습니다."

마음 같아서는 택시라도 타고 싶었지만 어림도 없을 듯했다.

"네. 그럼 부탁드릴게요."

"네."

라디오도, 음악도 흘러나오지 않는 차를 익숙하지 않은 누군가와 함께 타고 간다는 건 또 다른 고역이었다. 할 말도, 하고 싶은 말도 없으니 그저 창밖만 응시하며 가는데 때마침 전화가 울려 왔다.

전화를 확인해 보니 그였다. 순간 저도 모르게 얼굴에 웃음꽃이 활짝 피었다.

"조프……."

조프는 도대체 지금까지 뭘 하고 있냐고 묻고 싶은 걸 꾹 참느라 한숨이 나와 버렸다.

— 어디야?

"지금 집으로 가는 중이에요."

제이는 그의 목소리를 듣는 것만으로도 마음이 들뜨고 가슴이 두근거렸다.

— 강 팀장은 잘 만났고?

"네."

— 뭐래?

"그냥…… 대충 눈치채고 있는 것 같아서 별다른 말은 필요 없었어요. 다만 일에 지장을 줄까 걱정하시는 듯했고요."

— 다른…… 말은 없었고?

둘이 만나는 걸 말리지는 않았지만 그렇다고 마음이 편할 리 없었다. 생각 같아서는 무슨 얘기를 어떻게 나누었는지 다 알고 싶었지만 신중히 말을 아꼈다.

"네. 다른 말은 없었고, 당신 말을 전했더니 신경 쓰지 않아도 된다고, 그 외에는 별말 없으셨어요."

— 그런데 이 시간에 들어가?

딱히 나눈 대화도 없으면서 저녁 식사 시간만으로도 충분했을 듯한데 왜 이렇게 늦은 시간까지 그와 함께 있었는지 모르겠다.

"일 얘기가 길어져서 시간 가는 줄 몰랐어요. 그래 봤자 10시밖에 안 됐는데, 회식으로 치자면 엄청 이른 거거든요?"

'회식이면 내가 말을 안 한다. 단둘, 그것도 너를 마음에 둔 남자와 둘만의 시간은 나도 그냥 눈감고 봐주기가 힘이 든다고.'

— 후…… 그래.

"그런데 당신은 아직 안 자고 뭐 했어요?"

— 결재. 할 게 좀 많네.

"진작 말하지, 그럼 얼른 일해요. 그만 끊을게요."

그가 일하는 중인지도 모르고 쓸데없는 얘기를 하느라 그의 귀한 시간을 뺏은 건 아닌지. 미안한 마음에 서둘러 전화를 끊으려는데,

— 제이!

다급하게 부르는 소리가 들려왔다. 제이는 통화 종료 버튼을 누르려다 말고 다시 귀에 전화기를 갖다 댔다.

"네."

— 보고 싶다.

"……네."

행여 그의 목소리가 새어 나가지 않을까 알파를 힐끔 쳐다보며 왼쪽 귀에 대고 있던 휴대폰을 오른쪽으로 옮기는 제이의 얼굴에 열기가 가만히 번졌다.

— 끝이야? 아니 사람이 보고 싶다 말을 하면 하다못해 나도요. 이 정도는 할 수 있잖아? 나 안 보고 싶어?

"지금 차 안이에요."

부끄러운 마음에 제이의 목소리가 기어들어 가고 있었다.

— 지금까지 있었으면 술 마신 거 아니야? 그러게 전화를 하지. 그럼 내가 갔을 텐데.

"칵테일 한 잔밖에 안 마셨어요."

— 그럼 지금 뭐 타고 가는데? 설마 강 팀장 차?

"아니에요. 강 팀장님은 먼저 가셨어요. 지금은 경호 팀장님 차 얻어 타고 가는 중이에요. 이제 거의 다 왔어요. 하던 일 마저 해요. 도착하면 전화할게요. 끊어요!"

조용한 차 안에서 너무 떠든 건 아닌지 민망해지던 참이라 그의 부름에도 그냥 끊어 버렸다. 지금쯤 먼저 끊었다고 화를 내고 있으려나? 아님 그냥 그러려니 하고 일을 계속하려나? 그의 반응을 상상하며 혼자 씩 웃고 말았다.

집에 도착해 집 주위를 두루 훑어보고 이상 없음을 확인한 후에야 알파는 오늘의 업무를 마쳤다. 물론 VIP가 집에 얌전히 있어 준다는 전제하에.

제이는 이미 10시를 훌쩍 넘어가고 있는 시계를 보며 서둘러 욕실로 향했다. 샤워를 하고 편한 옷을 입고서 거실에 나와 자재 관련 파일 자료를 펼쳐 보는데 휴대폰 벨 소리가 들려왔다.

Rrrrr.

벽에 걸린 시계를 보며 이 늦은 시간에 누군가 싶어 얼른 전화를 확인하다 씩 웃고 말았다.

"조프?"

— 제이, 지금 자?

"아뇨. 이제 씻고 나왔어요. 저도 자료 검토할 게 좀 있어서요. 보고 자려고요."

— 그래? 그럼 문 좀 열어 줄래?

"네?"

— 당신 놀랄까 봐 벨 못 눌렀어. 나 지금 당신 집 앞이야. 문 좀 열어 봐.

"뭐라고요?"

제이는 폰에다 대고 말하며 현관으로 나가 문을 열었다.

"조프! 언제 왔어요?"

"방금."

자연스럽게 안으로 들어와 문을 닫으며 외부와의 시선을 차단하는 조프다.

"맙소사…… 바쁘다더니 일하지 않고 피곤하게 왜 왔어요, 이 시간에!"

"그러게, 오늘은 일 좀 해야 하는데 누구 때문에 일이 손에 안 잡혀."

"그게 설마 저는 아닐 텐데요?"

"왜 아니야?"

"내가 뭘 어쨌다고?"

"시도 때도 없이 내 머릿속을 헤집어 놓잖아!"

"하……."

"그만 쳐다봐. 나도 지금 어이가 없으니까."

지난 몇 시간 괜한 불안감에 서성였던 나를, 너는 알기나 할까? 오전에는 경호원을 상대로 얼마나 유치하게 행동했는지…….

조금 전까지도 결재 서류 한 장을 제대로 넘기지도 못하고 몇 분째 같은 장의 같은 곳을 멍하니 보고만 있었는지 당신은 알기나 할까?

치졸하고 옹졸한 모습은 보이고 싶지 않은데, 어울리지도 않게 내가 이렇게 유치한 짓을 하고 있다고. 사랑이 이렇게 사람을 우습고 유치하게 만들 줄은 미처 몰랐다고…….

당신이 아니었다면 평생 몰랐을 내 모습을 하나씩 발견하는 게 얼마나 어색한지, 당신은 알기나 할까?

"제이, 사랑해."

"……고마워요."

사랑에 대한 응답치고는 싱거운, 조금은 부족한 느낌이 있었지만 조프는 불평 한마디 하지 않았다.

씻고 나와 화장기 하나 없는 보송보송한 제이의 맨얼굴이 더없이 예쁘고 사랑스러웠다. 발그레한 볼을 감싸고 촉촉한 입술을 머금으며 품 안에 제이를 꼬옥 끌어안고 나서야 불안한 마음이 조금은 사라지는 듯했다.

"하아…… 그만 가야겠다."

"네? 간다……고요?"

그가 이 늦은 시간에 갑자기 들이닥친 것보다 온 지 이제 겨우 10분밖에 안 됐는데 벌써 간다는 소리에 더 놀라고 말았다.

"어? 뭐지, 지금 이 반응은? 가지 말까? 안 그래도 혼자 두면 또 나쁜 꿈이라도 꿀까 걱정이 이만저만 아닌데."

"아니, 그게 아니라. 방금 왔는데 벌써 가나 해서요."

"훗, 그게 아닌데? 지금이라도 나와 같이 가는 건 어때?"

"또, 또!"

"걱정이 돼서 그래, 걱정돼서. 하…… 고집쟁이, 언제라도 힘들면 바로 전화해. 알지?"

"네."

"그래. 한 시간 뒤에 화상회의가 있어. 결재 마무리하고 회의하려면 지금 가 봐야 해."

보통은 한국과의 시차를 고려해서 잡는 본사 회의 일정이 오늘은 급하게 처리해야 할 일이 있어 부득이하게 늦은 시간에 잡혀 버렸다. 회의만 아니라면 굳이 가지 않아도 될 것을.

점점 더 참기 힘들어지는 몸을 위해 한시바삐 발걸음을 돌려야 할 듯했다. 그러지 않으면 회의를 펑크 내는 건 시간문제일 듯했다.

"네. 조심해서 가요."

"그래."

조프는 아쉬운 마음을 담뿍 담아 마지막으로 뜨거운 키스를 퍼붓고는 바람같이 나가 버렸다.

"치. 이럴 거면 오지나 말지. 괜히 와서 사람 심란하게."

잡고 싶은 마음이야 늘 한결같지만, 그럴 수 없는 나는 오죽하겠냐며, 깊은 한숨을 내쉬며 무섭도록 일에 몰입하는 제이였다.

그 시각 날렵하게 차를 몰며 별장으로 향하던 조프는 자신의 차를 중심으로 수상한 움직임이 포착되어 유심히 주위를 살피며 크리스에게 전화를 걸었다.

신호가 두 번 울리기도 전에 크리스가 전화를 받았다.

"크리스, 꼬리 붙었다. 좌, 우, 후방 차량 3대. 사람은 대략 대여섯 명."

— 지금 어디십니까?!

"제이한테 다녀오는 길이야."

— 제가 먼저 가서 준비하고 기다리겠습니다. 부디 조심해서 오십시오.

"그래. 알파한테도 바로 전화해. 오늘 특히 주변 경계 철저하게 하라고 해."

— 알겠으니까, 제발 지금은 본인 걱정만 좀 하십시오!!

크리스의 잔소리에 피식 웃음을 날리며, 소싯적 카레이서의 실력을 유감없이 발휘하는 조프다.

'따라올 테면, 따라와 봐.'

조프는 가는 길에 사고가 나지 않도록 주의를 기울이며 뒤따라오는 차들을 유인했다. 요즘은 거의 운전에는 손을 놓고 있었으나 한때는 크리스와 더불어 발군의 실력을 뽐내며 서킷 위를 거침없이 질주했었다.

놓치지 않으려 열심히 뒤따르는 차량을 보자니 입가에 절로 비릿한 조소가 떠올랐다.

제이에게서 들었던 그의 과거 행적과, 일전에 그와 통화했던 내용을 곱씹으며 한 번쯤은 자신을 찾아오지 않을까 생각했던 조프의 예상은 적중했다.

그들은 자신들이 미행 중이라는 사실을 굳이 숨기려 들지도 않았다. 조프는 오히려 위협적으로 위해를 가하려는 그들의 약을 바짝 올리며 목적지인 자신의 별장 앞에 도착했다.

— 대표님 차 확인했습니다. 조심하십시오.

그다지 멀리 떨어지지 않은 곳에 자리 잡은 경호원의 차 안에서 조프에게 전화를 한 크리스였다.

조프가 예상했던 상황이 그대로 눈앞에 펼쳐지는 모습에 크리스는 놀라지 않을 수 없었다. 이런 상황을 대비해 조프의 별장에도 경호원을 배치해 둔 게 천만다행이다 싶었다.

"그래. 내가 신호 보내기 전에 절대 먼저 움직이지 마."

— 네. 알겠습니다.

"크리스! 명심해. 신호 보내기 전에는 절대로 안 돼!!"

자신을 위해서라면 제 한 몸 아끼지 않을 크리스라는 걸 너무 잘 알기에 신신당부를 하는 조프였다.

— 하…… 네. 알겠습니다.

조프가 차의 시동을 껐다. 그들의 차는 그제야 도착해 조프의 차를 발견하고서 요란한 소음을 내며 급정거하고 있었다.

"홋. 제법 잘 따라왔네."

조프는 무슨 일이 있었냐는 듯 대수롭지 않게 천천히 차에서 내리며 자신에게로 다가오는 그들을 바라보았다.

험상궂은 인상에 어슬렁어슬렁 걸어오는 그들을 보면서도 조프의 시선은 차에서 내리지 않고 상황을 주시하고 있는 한 남자에게 꽂혀 있었다.

"혹시 한재희라고 아시는지?"

"그 이름이 그렇게 아무에게나 불리라고 지어진 이름은 아닐 텐데?"

"뭐라고 지껄이는 거야? 한국어 몰라? 한재희 아냐고! 당신이 그 여자 애인이야? 아, 씨X yes, no?"

"홋…… yes."

이 상황에 그래도 사실관계를 확인하는 남자의 성실함에 웃음이 비집고 나왔다.

"언제까지 그렇게 웃을 수 있는지 보자고, 야. 쳐!!"

아무리 운동으로 몸이 다져진 조프라고 하나 상대는 건장한 남자 네 명이었다. 자신을 에워싸는 그들을 둘러보며 천천히 몸을 풀어 보는 조프. 예상하지 못했던 상황은 아니었으나 그래도 이태현 그 자식이 직접 나서길 바랐다. 그 정도의 배포는 있는 놈이기를 바랐는데…….

서로 상대를 견제하다 싸움이 시작된 건 순식간이었다. 4 대 1이라 얕잡아 보던 상대가 놀라 뒷걸음질 치는 데는 그리 오랜 시간이 필요하지 않았다.

조프는 단 한 번도 먼저 공격한 적이 없었다. 그저 날아오는 주먹을 피하고 올라오는 발을 차 내며 오로지 방어에만 집중하고 있음에도 불구하고 그들이 조금씩 밀리고 있었다.

오랜만에 몸을 풀어 보는 조프 또한 조금씩 지쳐 가고 있었다. 그도 그럴 것이 차라리 공격을 하자면 쉽게 끝날 일을 계속해서 방어만 하다 보니 배로 더 힘이 든 듯했다.

그 모습을 지켜보기만 하던 크리스는 속에서 불이 났다. 보아하니 생각했던 것보다 강한 상대는 아니었지만 무려 넷이었다. 아무리 어중이떠중이들이라지만 기다리던 수신호는 오지도 않고, 게다가 조프는 공격을 하지 않고 방어만 하고 있었다. 그의 실력이면 이미 넷을 다 때려잡고도 남았을 시간이다.

도대체 왜 방어만 하는지, 자신은 또 왜 이렇게 지켜만 봐야 하는지 도무지 이해할 수가 없었다.

숨을 헉헉 몰아쉬던 상대가 도저히 안 되겠는지 주머니에서 뭔가 꺼내 드는 것이 조프의 눈에 들어왔다. 한 손에 들어올 만한 단도였다.

환한 가로등 불 아래, 섬뜩하게 그 끝이 빛나 보였고, 크리스라고 보지 못했을 리가 없었다. 서둘러 조프를 노려보며 당장이라도 차에서 내리려는데, 멀리서도 확연히 보이는 대표님의 날카로운 눈매에 또다시 참을 인을 삼키며 묵묵히 바라만 보고 있었다.

"후…….."

조프는 마음을 다잡았다. 겨우 단도 하나 손에 쥐었을 뿐인데 그들은 사기가 오른 듯 움직임이 활발해 보였다. 역시나 먼저 공격을 해 오는 건 칼을 손에 쥔 그들이었다.

하지만 지금까지와는 사뭇 달랐다. 여태껏 방어만 하던 조프가 적극 공격에 나서며 순식간에 전세가 역전되어 버렸다.

조프는 더 이상 사정 따위는 봐주지 않았다. 달려드는 칼을 발로 차 내며 상대의 멱살을 잡고 패거리들을 향해 내팽개쳤다. 순간 대열이 무너지는 모습을 보며 숨을 고르고, 연이어 덤벼 오는 다른 남자의 공격을 가소롭다는 듯 살짝 피하며 완벽한 뒤돌려 차기로 단 한 번에 상대의 기를 꺾어 버렸다.

그 누구도 쉽사리 다시 조프에게 덤벼들지 못하고 눈치만 보고 있었다.

다시 시작된 공격에서도 조프의 몸놀림은 날렵하기 그지없었다. 상대의 무릎을 찍어 누름과 동시에 또 다른 상대의 명치를 가격하는 모습에 실로 놀라움을 금할 길이 없었다. 다소 지쳐 보였던 모습도 페이크였는지 마치 기다렸다는 듯 공격을 퍼붓는 그를 당해 낼 사람이 없었다.

그렇게 한 명, 두 명 힘써 보지도 못하고 나가떨어지더니 결국 남은 건 단 한 명, 천천히 다가가는데 슬금슬금 뒷걸음질 치며 내빼는 모양새라니, 바닥에 널브러진 세 명 또한 정신을 차림과 동시에 비칠거리며 도망가고 있었다.

조프는 다시금 차에서 나오려는 크리스를 눈빛으로 찍어 눌러 앉히며, 마치 누군가가 보라는 듯 허리를 숙여 두 다리 위에 손을 짚고 지탱한 채 숨을 몰아쉬고 있었다.

지금껏 차에서 그 모습을 지켜보기만 하던 태현이 그제야 차에서 내렸다. 숨을 몰아쉬고 있는 조프를 향해 순식간에 달려오며 그를 힘껏 걷어차려는 순간, 조프가 벌떡 일어서 몸을 피하며 태현의 다리를 걸었다.

반동에 의해 그대로 바닥으로 곤두박질친 태현은 화가 머리끝까지 올라 주체할 수가 없었다.

"으아아아악!!"

태현은 그가 이미 지쳤을 거라 믿어 의심치 않았다. 예상외로 혼자서 넷을 감당하기에 놀랐던 것도 잠시, 허리를 숙이며 숨을 몰아쉬는 폼을 보아하니 지칠 대로 지쳤을 거라 생각했다. 저 상태라면 충분히 상대할 수 있을 거라 여겼다. 그런데 왜 아직 힘이 남아도는 듯한 기분이 드는 거지?

태현은 말 그대로 약이 바짝 올라 버렸다.

"너 도대체 뭐야? 도대체 정체가 뭐냐고!!"

"하! 그건 내가 해야 할 질문인 것 같은데, 대체 누군데 이 늦은 시간에 미행하는 것도 모자라 폭력배까지 동원해 나를 해치려는 거지? 도대체 너 누구야?!"

'기다렸다. 이 개자식아.'

"이거 섭섭한데? 내 목소리가 그렇게 쉽게 잊힐 리가 없을 텐데."

"설마…… 당신이 그 이태현이라는 사람인가?"

'그래 잊을 수가 없지. 잊어서도 안 되고.'

조프는 자신을 노려보는 그를 보며 주먹을 불끈 쥐었다.

"그래. 내가 이태현이다! 이 씨XXXX 난 분명히 경고했어. 그녀 옆에서 떨어지라고! 분명히 경고했다고! 네가 감히 누굴 넘봐? 네가 감히 누굴! 내 거야. 한재희는 내 거라고!!"

눈에 핏대를 세우며 발악을 하는 태현과,

"이미 오래전에 헤어진 네가 무슨 자격으로, 제이는 이제 내 사람이야."

이미 이성을 잃은 듯 보이는 태현을 교묘하게 자극하는 조프다.

"헤어지긴 누가 헤어져! 누가!! 난 아니야. 난 아니라고!! 우린 헤어지지 않았다고!!!"

말을 내뱉음과 동시에 태현이 조프에게 달려들어 허리를 거칠게 감싸 안으며 바닥으로 함께 나뒹굴었다. 그렇게 한동안 서로 드잡이질을 하며 한 치의 양보도 없는 힘겨루기가 계속되고 있었다.

조프가 태현의 몸에 올라타 그를 짓눌렀다.

"개자식아. 아직도 네가 했던 게 사랑이라고 착각하는 거냐? 너는 네가 사랑한다고 말하는 그녀를 겁탈하려는 것으로 모자라, 때마침 도착한 조부모를 비참하게 죽였어. 게다가 그들에게 치욕스러운 누명까지 씌웠어. 그런데 뭐? 헤어지지 않아? 미친 새끼. 정신이 온전히 박혀 있기는 한 거야?"

조프는 인내했다. 아직은 부족했다. 조금 더…… 조금만 더…….

태현은 자신을 짓누르는 조프를 있는 힘껏 밀어 내며 재빨리 그 위에 올라탔다.

"아니야! 아니야!! 누명을 씌우지 않았어. 난 아니라고!!"

그대로 당하고만 있을 조프가 아니었다. 가볍게 놈의 배를 걷어차 널브러진 놈의 위에 올라 끓어오르는 화를 간신히 누르고서 말을 뱉었다.

"하. 아니야? 웃기지 마! 사실을 말할 용기조차 없으면서 어디서 그 더러운 낯짝을 들이밀어! 너 때문에, 너 하나 때문에 제이가 지난 몇 년을 어떤 고통 속에서 뒹굴었는데! 너는 잘도 빠져나가 해외로 도피했더군, 그것도 무려 5년씩이나! 네가 호의호식하며 따뜻한 방에서 편히 잘 때, 제이는 그날의 악몽을 수시로 되풀이하며 고통 속에서 허우적거렸어! 그런 네가 그녀를 다시 찾는다는 게 인간으로서 말이 되는 거냐고!!"

"난 아니야!"

조프의 몸에 짓눌린 태현이 조프를 노려보며 악을 썼다.

"뭐가 아니야?! 그녀를 강제로 침대에 묶어 겁탈하려던 것도 너! 할머니를 밀쳐 돌아가시게 한 것도 너! 할아버지를 칼로 찌른 것도 너! 그 모든 걸 그들에게 뒤집어씌운 것도 너!!"

태현의 멱살을 잡은 조프의 손아귀에 강하게 힘이 들어가 태현의 얼굴이 시뻘겋게 달아오르고 있었다.

악에 받친 태현이 온몸을 비틀며 조프를 밀치고 그의 위에서 발악했다.

"아니야! 난 뒤집어씌우지 않았어! 뒤집어씌운 건 내가 아니라고!!"

조프는 죄를 인정하지 않고 발뺌하기 바쁜 놈을 보며 화가 머리끝까지 올라 거칠게 놈을 밀치며 가볍게 위치를 바꾸어 버렸다. 자신의 아래에 깔린 놈을 보며 눈에 핏대를 세우고서 말을 토했다.

"개새끼, 끝까지 오리발이냐? 적어도 그녀를 한때나마 진심으로 사랑했다면, 이렇게 다시 찾을 거였다면, 그녀에게 사죄하고 죗값을 치러야 했어. 진심으로 사랑했다면 뉘우치는 모습이라도 보였어야지! 어떻게 그런 짓을 저지르고도 다시 그녀를 되찾겠다고 올 수가 있어? 너 같은 새끼를 두고 사이코패스라고 하는 거다. 이 개새끼야."

조프의 인내심에 한계가 오고 있었다. 더 이상 얼마나 버틸 수 있을지 장담할 수가 없었다.

하지만 이미 눈이 돌아 버린 태현에게 그런 조프가 보일 리 없었다. 아무리 용을 써도 이길 수 없는 현실에 악다구니를 썼다.

"비켜! 비키라고!! 으아아아악!!! 내가 뭘 그렇게 잘못했는데! 뭘!! 난 사랑한 죄밖에 없어!! 재희를 안고 싶었을 뿐이라고. 그렇게 미친 듯이 반항하지만 않았어도, 발악하지만 않았어도. 씨X, 그때 그렇게 들이닥쳐 신고한다고 난리 치지만 않았어도!!"

조프가 경악하는 사이 태현이 젖 먹던 힘을 다해 조프를 발로 차고 일어서는데 가만히 당하고 있을 조프가 아니었다. 겨우 일어선 태현의 멱살을 잡아 옆에 있던 차의 보닛 위로 던지듯 거칠게 눕혀 버렸다.

"이 개자식아. 눈앞에서 손녀딸이 다 죽게 생겼는데 그걸 두고 보는 조부모가 세상천지에 어디 있어?! 그래서 그녀가 보는 눈앞에서 할머니를 밀쳐 돌아가시게 했어? 그래서 그녀가 보는 눈앞에서 할아버질 칼로 찔렀어? 그래서 죽였어?! 그래서 네가 죽였냐고!!"

"그래. 내가 했다! 내가 죽였다. 이 씨X. 그래서 뭐!! 어차피 곧 죽을 노인네 좀 일찍 보낸 게 뭐!! 그게 뭐가 그리 큰 잘못이야!"

"입 닥쳐!!"

조프는 결국 더 이상 참지 못하고 태현의 안면을 후려갈겼다.

"컥. 컥. 하…… 하하하…… 네가 감히 지금 누굴 때린 줄 알아? 내가 누군지 알고 때리는 거야? 감히 내가 누군지 알고!! 미친 새끼. 네가 아무리 날고 긴다 해도 난 못 당해!"

일방적으로 당하는 주제에도 허세를 부리며 지지 않으려 애쓰는 태현이었다.

"훗, 네가 누군데? 네가 누구냐고!!"

"곧 대통령이 되실 분의 하나밖에 없는 외동아들이다. 이 미친 새끼야. 네가 얼마나 대단한 놈인지 몰라도 난 못 당하지! 나한텐 어림도 없다고!!"

알아서 잘도 본인의 신분을 밝히는 놈의 아둔함에 비릿한 조소가 흘러나왔다.

"잘난 부모를 등에 업고 할 짓, 못 할 짓 구별도 못 하고 넌 사람으로서 해서는 안 될 짓을 저질렀어! 안하무인에 천지 분간 못 하기에는 이미 나이를 처먹을 만큼 먹은 것 같은데. 물론 네 부모 역시 똑같은 인간이니까 이런 너를 숨기고 사건을 은폐했겠지? 아니야?"

"이거 놔! 이거 놓으라고!! 으아아악!! 네까짓 게 뭘 안다고 지껄여! 가만 안 둬!!"

조프는 악을 쓰며 이내 비열하게 한쪽 입꼬리를 말아 올리는 놈을 죽일 듯 노려보았다.

"가만 안 두면? 가만 안 두면 어쩔 건데? 어쩔 거냐고!!"

"너 하나쯤 어떻게 못 할까? 쥐도 새도 모르게 죽여 버릴 거야!! 한 번이 어렵지 두 번이 대수겠어?"

"뭐야? 이 새끼가!!"

조프가 다시금 주먹을 올리자 태현이 마지막 남은 힘을 쥐어짜 조프의 복부를 걷어차며 자신의 차로 뛰어가 잽싸게 올라탔다.

태현은 곧장 차에 시동을 걸었다. 비열한 웃음을 입가에 걸고 바닥에 주저앉아 있는 조프를 노려보며 그대로 조프에게로 돌진하듯 차의 속도를 올렸다.

화들짝 놀란 크리스가 미처 손쓸 틈도 없이 눈 깜짝할 새 순식간에 모든 일이 끝나 버렸다.

조프는 자신을 향해 달려오는 차를 보며 피하지 않았다. 아니, 피하고 싶지 않았다.

저 개자식이 원하는 대로 차에 부딪혀 줄 생각도 없었고, 그렇다고 저 개자식이 보는 앞에서 도망치는 모습도 보이고 싶지 않았다.

밟아 주고 싶었다. 생각 같아서는 차 안으로 숨은 놈을 아주 잘근잘근 밟아 죽이고 싶었다.

차의 속도를 올리기에는 지나치게 가까운 거리, 재빨리 일어나 마음을 가다듬고 정신을 집중했다. 천천히 속력을 더하며 달려오는 차를 향해 겁도 없이 마주 달리며, 가까이 다가온 차의 보닛 위로 성큼 뛰어올라 차의 지붕을 우지끈 밟고서 차 뒤로 가볍게 착지했다.

지붕이 흉하게 내려앉은 태현의 차는 그대로 달아나 버렸다.

조프는 자리에서 몸을 일으키며 재빨리 크리스에게 다가갔다.

차 문을 반쯤 열다 말고 몸이 굳어 버렸던 크리스가, 다가오는 조프를 보며 그제야 천천히 몸을 일으켜 보는데, 그나마도 다리에 힘이 풀려 한쪽 무릎이 꺾이며 털썩 주저앉아 버렸다.

본능적으로 놀라 튀어나온 경호원들 역시 크리스와 반응이 별반 다르지 않았다.

아무리 거리가 가깝다고는 하나 달려오는 차였다. 아무리 속도를 내기가 어려운 거리라고는 하나 그래도 차는 차였다.

이럴 경우 보통은…… 대개는…… 옆으로 몸을 굴려 차를 비켜서거나, 도망가는 게 우선이지, 차를 마주하며 달려갈 생각은…….

게다가 그 차를 밟고 올라설 생각은…… 자신들조차 쉽게 하지 못할 행동이었는데, 도대체 무슨 생각으로 저런 위험천만한 행동을 하는 건지…….

처음이었다. 자신들의 경호팀장과 동급의 무모한 사람을 눈앞에서 마주하는 건…… 그들에게도 처음 있는 일이었다.

"크리스! 정신 안 차려?!"

"괴…… 괴, 괜찮으신 거죠?"

심장이 땅에 내동댕이쳐지는 듯했다. 지금도 방금 전 모습이 계속해서 머릿속에 맴도는 크리스였다.

― 혹시 한재희라고 아시는지?

선명하게 녹음이 된 목소리, 조프는 제 역할이 끝난 시계를 끌러 크리스에게 건넸다.

"녹음은 이상 없어. 녹화는? 제대로 했어?"

"그, 그, 그럼요."

말을 더듬으며 초점이 흔들리는 크리스의 눈동자를 바라보던 조프가 버럭 소리를 질렀다.

"야! 정신 안 차리냐고!!"

한시가 바쁜 와중에 크리스마저 넋을 놓고 있으니 답답함에 화가 치밀어 올랐다.

"네! 네. 제대로 됐습니다."

"잘 보관하고 있어. 회의는?"

"한 시간 늦췄습니다."

"알았다."

조프는 짧게 답을 하며 자신의 차로 뛰어갔다.

서킷이 아닌 곳에서는 단 한 번도 시속 100킬로미터 이상을 달려 본 적이 없는 조프였다. 속도는 고사하고 그 흔한 신호위반조차 한 적이 없었다.

조프가 야생마와 같은 질주 본능을 느낄 때는 오로지 스피드의 격전지인 서킷 위. 오로지 서킷 위에서만이 허락된 일탈이었다.

하지만 지금은 달랐다. 자신에게로 와서 단 한 번도 실력 발휘를 하지 못한 슈퍼 카 헤네시 베놈 GT가, 1,224마력에 정지 상태에서 시속 300킬로미터에 이르기까지 걸리는 시간이 불과 13초 남짓. 잠들어 있던 그의 슈퍼 카가 순식간에 존재감을 뽐내며 쏜살같이 자리를 박차고 앞으로 치고 나갔다.

"대표님! 대표님!! 조프리!!!"

그제야 화들짝 정신을 차린 크리스는 잠복 중이던 경호원에게 대기를 명하고 서둘러 자신의 차로 달려가 조프를 뒤따랐다.

요즘은 거의 운전을 하지 않으시지만, 하시더라도 철저하게 규정 속도에 맞추어 하시던 분이 도대체 어쩌려고 저렇게 질주를 하시는지, 그나마 차량도, 인적도 드문 외진 길이라는 게 위안이 될 정도였다.

조프를 뒤따라 크리스의 코닉세그 아제라 R 역시 굉음을 내며 출발했다.

한밤중 제주도의 한적한 외딴길에 때아닌 카레이싱이 펼쳐지듯 온통 굉음이 울려 퍼지고 있었다.

조프는 속도감을 전혀 느끼지 못하고 있었다. 오로지 태현의 차를 찾는 데에만 혈안이 되어 있었다.

늦은 시간, 인적이 드문 곳, 그가 출발한 지 몇 분 되지 않았기에 따라잡을 거란 확신이 있었다.

"빙고! 찾았다 이 개자식!!"

위험천만한 질주를 하던 조프의 차가 순식간에 태현의 차를 앞지르며 그 앞에 날카롭게 멈추어 섰다.

태현은 굉음과 함께 바람처럼 스쳐 지나며, 순식간에 제 앞을 가로막은 차를 보고 놀라 급브레이크를 밟았다.

"저…… 저거 뭐야? 미, 미친 새끼!!"

차에서 내려 자신에게로 다가오는 그의 살의 가득한 눈빛을 보며 태현은 한기를 느낌과 동시에 등에서 식은땀이 주르륵 흘렀고, 우습게도 몸이 굳어 버렸다. 아까와는 눈빛부터가 달랐다.

"뭐야? 설마…… 일부러 봐준…… 거였어?'

조프는 재빨리 주변을 한번 쓰윽 훑어보고서는 망설임 없이 태현의 차로 향했다.

본능적으로 위험을 감지한 태현이 급히 후진을 넣으며 뒤로 차를 빼려는 순간 또 다른 차 한 대가 요란한 굉음을 내며 자신의 차 뒤를 막아섰다. 진퇴양난이나 다름없었다.

"망할! 이 씨X 새끼들 도대체 정체가 뭐야?!"

열불이 나 열어 두었던 차창을 미처 닫을 틈도 없이 조프의 손이 쑥 들어와 차 문을 열어 태현을 바닥으로 끌어당겼다.

더 이상의 자비는 없었다. 조프는 지금껏 참아 왔던 인내의 끈을 끊어 버렸다.

"미, 미쳤어? 이게 뭐 하는 짓."

목소리조차 듣고 싶지 않았다. 조프는 곧바로 태현의 얼굴에 주먹을 내리꽂으며 시작을 알렸다.

"후…… 너도 덤벼. 더 이상 봐주는 거 없다. 있는 힘껏, 네 능력껏, 최선을 다해서 칠 수 있으면 날 쳐 봐!!"

조프는 반성할 기미조차 보이지 않는 놈을 절대 곱게 보내 줄 수가 없었다.

"이 씨XXX 죽고 싶어 환장했어?!"

얼굴이 얼얼하다 못해 턱이 빠질 것 같은 강한 통증에 화가 나 악을 써 대는 태현이었다.

크리스는 제때 도착함에 안도감을 느끼며, 이 추운 날씨에 이마 위로 주르륵 흐르는 진땀을 닦았다.

태현의 발악은 몇 분도 채 이어지지 못했다. 이어질 수가 없었다.

빗발같이 휘몰아치는 조프의 주먹세례에, 거침없이 몰아치는 발길질에 정신을 차릴 수가 없었다. 살면서 이렇게 흠씬 두드려 맞아 보기는 난생처음인 듯했다. 이대로 가면 정말 죽을 수도 있겠다는 두려움이 엄습하는 순간,

"대표님! 대표님!! 안 됩니다. 참으십시오!"

자신이라고 저 개자식을 죽이고 싶지 않은 건 아니었지만, 그래도 조프를 범

죄자로 만들 수는 없는 크리스와,

"놔! 이거 놔!! 참아? 지금까지 참은 걸로 부족해? 얼마나 더, 얼마나 더!!"

쌓이고 쌓인 분노가 조금도 누그러지지 않은 조프다.

"대표님. 형……!! 여기까지만 해. 여기까지만 해요. 더 하면 저 새끼 정말 죽을 수도 있어. 안 돼. 형. 그만해요."

한 번 더 주먹을 올리는 조프를 등 뒤에서 꽉 압박하며 사정사정하는 크리스였다.

크리스는 이렇게 이성을 잃고 날뛰는 조프를 보는 건 실로 오랜만인 듯했다. 10여 년 전. 크리스가 죽음의 문턱에 이르렀을 때 뒤늦게 사실을 알고 자신을 구하러 왔던 조프의 모습이, 좀 더 거슬러 올라가 17년 전쯤 위기에 처한 자신을 구하러 왔던 조프의 모습이 꼭 지금과 같았다.

불에 덴 종마가 이와 같을까……. 제발 그의 이성이 제자리로 돌아오기를, 크리스는 정말 죽을힘을 다해 조프를 붙잡고 있었다.

"후…… 일단 좀 놔 봐. 알았어. 그만할 테니까 좀 놔 보라고!"

숨을 고르는 모양새가 서서히 이성이 되돌아오는 듯해 크리스가 조심스레 압박하던 팔을 풀었다.

"후. 후후후, 후훗. 가소로운 새끼. 겨우 이 정도야? 이 정도로는 안 죽지. 컥, ㅎㅎㅎㅎㅎ."

정신 줄을 놓은 듯 나오는 대로 지껄이는 태현을 보며, 크리스는 또다시 긴장하며 조프를 주시하고 있었다.

"도발하는 겁니다. 넘어가시면 안 됩니다. 제발."

"알았어. 알았다고!"

"ㅎㅎㅎㅎㅎ. 그거 알아? 한재희에게 처음 닿은 남자가 나야. 그녀에게 첫키스를 한 것도 나고, 탐스러운 젖가슴에 처음 손을 댄 것도 나야. 재희의 모든 처음이 나야…… 컥. ㅎㅎㅎ."

크리스는 사정없이 인상을 구기며 당장이라도 태현에게 달려들 듯한 조프를 또다시 꽉 붙잡아야 했다.

"넘어가시면 안 됩니다. 제발. 대표님, 형…… 이제 그만 돌아가요. 네?!"

"알았으니까 이 팔 좀 풀어, 이것 좀 놓으라고. 더 이상 쥐어패지는 않을 테니까 좋게 말할 때 놔라. 한 번만 더 잡으면 너, 내 손에 죽는다."

스르륵 힘없이 떨어지는 손이 느껴졌다.

다 잡은 먹잇감을 눈앞에 둔 한 마리의 재규어와 같은 조프의 느긋한 움직임을 바라보며, 태현은 또다시 의식할 새도 없이 긴장하고 만 몸뚱어리에 비참함을 느꼈다.

조프는 한쪽 무릎을 접으며 천천히 자리에 앉아 바닥에 널브러져 있는 태현의 얼굴을 위에서 내려다보며 비웃음을 한껏 입가에 걸쳤다. 유치찬란한 개자식과 같은 사람이 되고 싶지는 않지만 말은 바로 해야겠지?

"잘 생각해 봐. 그리고, 네 머릿속에 있는 기억을 모두 다 끄집어내 봐. 모든 처음은 네가 아닐 거야. 제이의 진짜 첫 남자는 나였어. 뜨거운 몸을 열어 격정적인 사랑을 나눈 것도 나, 거짓 없는 진심으로 열렬한 마음을 나눈 것도 네가 아닌 나야."

그 말을 들은 태현의 동공이 사정없이 떨려 오며 눈물이 차오르고 있었다. 이를 얼마나 세게 꽉 다물었는지 안면 근육이 경직된 건 말할 것도 없고, 목에 핏대까지 잔뜩 도드라져 있었다.

"그리고 잘 기억해 둬. 제이의 모든 마지막도 내가 될 거야. 제이는 평생 나와 함께 웃고, 나와 함께 뜨거운 사랑을 나누고, 매일을 내 품에 안겨 잠을 자고, 나를 닮은 아이들을 낳아 아주 예쁘게 잘 키울 거야."

새파랗게 질려 가는 태현의 얼굴을 바라보며 승리의 미소를 지은 조프가 쐐기를 박듯 말을 이었다.

"해마다 하나씩 늘어 가는 주름살도 예뻐하면서 평생을 나와 함께 늙어가게 될 거야. 제이의 모든 마지막은 나와 함께 하게 될 거야. 개자식아. 부럽지?"

"흐흐흑…… 으아아아악!! 악!!"

태현의 악에 받친 고함 소리에도 조프는 눈 하나 깜짝하지 않았다.

"훗. 생각 같아서는 지금 당장이라도 널 죽이고 싶지만, 그러기에는 벌이 너무 약하지. 그녀가 당했던 고통을 고스란히 받아야 할 거야. 기대해. 사람이 얼마나 더 비참해질 수 있는지, 네 인생의 끝이 어디까지 내려갈 수 있는지 보게 해 줄게. 그리고 두 번 다시는 제이에게 연락할 생각도 하지 마. 내 참을성을 시험하지 않는 게 좋을 거야. 오늘은 경고, 혹은 맛보기쯤으로 해 두지."

할 말을 마친 조프가 미련 없이 자리를 박차고 일어났다.

"크리스, 저 자식 차 블랙박스 메모리 카드 빼 오고 경찰에 신고 좀 해."

"네. 운전은 하실 수 있으십니까?"

"당연하지. 도착해서 보자. 먼저 간다. 아차차……."

가던 걸음을 되돌려 다시 태현에게로 향하는 조프를 보며 긴장의 끈을 놓을 수 없는 크리스다.

이번엔 몸을 숙이지도 않고 빳빳하게 선 채로 태현을 노려보며 조프가 말했다.

"아버지가 대통령이 될 거라고? 누구 맘대로, 훗. 아직 된 것도 아닌데 큰소리는. 나 참, 어이가 없어서, 내가 이 말까지는 안 하려고 했는데 말이야. 너한테만 특별히 알려 줄게. 잘 새겨들어. 우리 할머니는 엘리자베스 여왕하고 절친이다. 이 개XXXX."

어디선가 풍선에서 바람 빠지는 듯한 소리가 들려왔다. 돌아보니 크리스가 입을 멍하니 벌린 채 자신을 바라보고 있었다.

"넌 빨리 움직여. 회의 안 할 거야?!"

"네! 알겠습니다."

크리스는 도대체 어떤 사람이, 이런 상황에서 어떻게 저런 농담을 할 수 있는지 의문이었다. 어이가 없어 저도 모르게 허파에 바람 빠진 소리가 새어 나갔나 보다. 대표님의 머릿속을 한번 열어 볼 수만 있다면…….

'아니. 농담은 아니지. 할머니와 여왕님이 친구시니. 적어도 농담은 아니

지…… 그래. 우리 대표님께서는 늘 진실만을 말씀하시지……. 어후, 내 팔자야.'

크리스는 유유히 자리를 떠나는 대표님의 차를 바라보며, 땅에 떨어졌던 제 심장이 제자리에서 잘 뛰고 있나 가만히 만져 보았다.

'이러다 내 명에 못 살지. 내 명에 못 살아…….'

불과 2~30분 전까지만 해도 마치 이곳이 서킷인 양 불같이 뿜어져 나가던 차들은 과연 아까 그 차가 맞나 싶을 정도였다. 그도 그럴 것이 다시 별장으로 되돌아오는 두 대의 슈퍼 카는 조용하기 이를 데가 없었다.

"크리스, 제이 쪽에 별일 없나 알아봐."

조프는 힘든 하루를 지나면서도 별장으로 들어서며 제이부터 걱정하고 있었다.

"안 그래도 오면서 알파와 통화했습니다. 별일 없답니다. 다만 아직 일을 하시는지 불이 안 꺼지고 있답니다."

"피곤할 텐데 아직 안 자고 뭐 하는지…… 회의까지는 얼마나 남았어?"

"한 30분 남았습니다. 지금 한 팀장님 걱정할 처지는 아닌 것 같습니다만, 몸은 괜찮으십니까?"

크리스는 지친 듯 어깨를 돌리며 들어가는 대표님의 모습에 걱정이 앞섰다.

"괜찮아. 별장 앞에 경호원들 철수시켜."

"일단 당분간은 두시죠. 알파의 경호원들입니다. 그리고 알파, 리처드한테 소개받았습니다. 리처드 말로는 자신과 맞먹을 정도라고 추켜세우니 말 다 했죠 뭐."

"뭐? 리처드?"

부지런히 걸음을 옮기던 조프가 그 자리에 우뚝 멈추어 섰다.

리처드는 미군의 엘리트 특수부대인 네이비 실 중에서도 최상위권에 속해 있었던 사람으로 현재 회장님 경호를 전적으로 맡아 하고 있는 J& 경호 부서의 수장이었다.

알파와 어떤 인연으로 알게 되었는지 알 수는 없지만 리처드가 인정할 정도라면 걱정은 접어 둬도 된다는 말이었다.

"네. 그러니 믿고 맡기셔도 됩니다."

"후…… 그래. 그럼 네가 알아서 해. 우리 차량들 메모리 카드도 모두 잘 보관하고 있어."

조프는 몰려오는 피로감에 머리가 지끈거리는 듯했다.

"네. 그런데 왜 처음엔 공격을 제대로 하지도 않으시고."

"후…… 망할 정당방위. 로마에 오면 로마의 법을 따르라는 말이 있지. 여기 법이 그렇더라고, 아주…… 부당해. 정당방위에도 성립 요건이 따르더라. 보통 일반이 생각하는 공통된 사고방식에 비추어 그 타당성을 인정받아야 하는데, 절대 먼저 공격해서도 안 되고, 상대방보다 더 많이 공격해도 안 되고, 공격이 과해서도 안 된다더라."

"네에? 그 무슨 말도 안 되는."

"훗. 참 황당하지…… 그렇더라고. 여기 법이…… 그 급박한 상황에서도 냉정을 바라지. 최대한 조심한다고는 했는데, 어떨지 모르겠다. 그나마 상황이 밤이나, 심리적으로 불안한 상태에서 두려움이나 흥분으로 벌인 일에는 벌하지 않는다더군. 내 상황이 그에 해당한다고 판단이 되어야 정당방위로써도 인정을 받을 수가 있는데…… 정당방위로 인정이 되어야 증거로도 문제가 없겠지. 뭐든 꼬투리 잡힐 일은 안 하는 게 나아."

"하. 정말 어이가 없네요. 피해자임에도 불구하고 정당방위 요건까지 신경 써 가며 방어해야 하다니요, 무슨 이런 말도 안 되는 법이 다 있는지, 그런 상황에서 그럴 수 있는 피해자가 과연 몇이나 있을지 의문이네요."

'하긴, 그 몇 중에 한 명이 지금 눈앞에 있으니…….'

"하…… 대표님의 경우, 분명 그쪽에서 먼저 공격했습니다. 그것도 네 명이 한꺼번에. 처음에는 분명 방어만 하셨고요, 상대방이 칼을 꺼내 공격을 하고 나서야 맞대응하지 않으셨습니까? 누가 봐도 불리한 상황에 흉기까지 들고 있었으니, 대표님의 행동은 정당방위의 요건을 충족하고도 남을 겁니다. 게다가 막판에 이태현까지 가세했으니……. 어쩐지 대표님 행동이 석연치 않다 싶었습니다. 멀리서 보기에도 체력이 남아돌았는데 계속 봐주시더라니…… 제가 나갔으면 정말 큰일 날 뻔했네요."

"그래. 네가 나오면 분명 경호원들도 줄줄이 따라 나왔을 테고, 그럼 쌍방 폭행에 패싸움밖에 안 돼. 정당방위로 인정은커녕 과잉 방어로 우리가 역으로 공격받을 수도 있는 상황이었어."

크리스는 재빨리 지난 시간들을 회상해 보았다.

이상하다 싶을 만큼 방어만 하던 모습이, 칼을 보고 나서야 비로소 공격에 나서던 모습이, 이태현에게 합을 맞추며 참고 또 참던 모습이 차례로 스쳐 지났다.

자신이 나섰더라면 분명 일을 그르칠 뻔했던 그 많은 순간들을 생각하니 아찔했다. 대표님의 고생이 모두 물거품이 될 수도 있었다.

"여하튼 대단하십니다."

다시 한번 조프의 치밀함에 놀라며 감탄을 금치 못하는 크리스였다.

"아 참. 그래도 마지막에는 정말 섬뜩했습니다. 제가 얼마나 놀랐는지 아십니까?! 온몸에서 피가 다 빠져나가는 줄 알았습니다. 아무리 무모해도 그렇지 어떻게 달려오는 차를 향해 뛰어가며, 그 위를 밟고 넘을 생각을 할 수가 있습니까?"

다시 생각해도 아찔했다. 그 짧은 찰나의 순간 얼마나 많은 생각이 스치며 마음을 졸였는지. 크리스는 몸을 부르르 떨며 다시금 떠오르는 장면을 지우려 애썼다.

"하! 그럼 밑에 깔려?"

"아니 제 말은, 차라리 옆으로 피하셨어야죠. 그러다 사고라도 당하면 어쩌시려고."

"충분히 가능한 거리였어. 자신 있었고, 그 새끼가 아니라면 그 차라도 밟아 주고 싶었으니까."

결국엔 그 새끼까지 밟아 주었으니…… 크리스가 말리지 않았다면 정말 죽여 버리지 않았을까 싶었다.

조프는 제 죄를 아무 죄책감 없이 말하던 태현의 모습을 떠올리며 반드시 그에 합당한 벌을 받게 만들고 말겠다 마음으로 다짐하고, 또 다짐했다.

"후, 별일을 다 겪으며 사십니다. 그나저나 좀 전에 많이 때렸는데 고소라도 하면……."

"고소? 하하하, 해 주면 나야 고맙지! 본격적으로 싸움을 걸어오는데 마다할 이유가 있나? 그런데 그만한 배짱은 없는 놈이야. 설사 있다고 해도 그 아비가 가만히 둘까? 떳떳하지도 않은 자식을? 그것도 당선이 유력한 대선 후보가? 못 할 거야. 절대 못 해."

"하긴 그렇겠네요. 자칫 긁어 부스럼을 만들 수도 있으니……."

"긁어 부스럼 정도가 아니지…… 경찰에 신고는 했지? 내일 알아봐. 어떻게 처리됐는지. 이태현 부모한테도 사람 붙여 놔."

오늘 자신이 본 태현은 생각만큼 영리하거나 치밀하지 않았다. 어리석었고, 충동적이었으며, 맹목적인 사람이었다. 그런 사람이 그 큰 범죄를 그렇게 치밀하게 은폐할 수 있었을까, 아니었다. 분명. 그 부모가 적극 개입되었을 거라 어렵지 않게 짐작할 수 있었다.

"네. 알겠습니다."

"지난번에 시킨 일들은?"

"네. 진행하고 있습니다. 조만간 가시적인 결과물이 있을 것 같습니다."

"그래. 좀 더 고생해라. 시간이 얼마 없다."

"그런데 이번 일은 언제 터트릴 생각이십니까?"

"아직은 안 돼. 이걸 지금 까발리면 그 자식 얼마나 묶어 둘 수 있을까? 성폭행 미수? 살인? 하…… 초범인 데다 우발적 살인이라고 우기면 길어야 3년에서 5년밖에는 안 된다더라. 게다가 지금은 경찰도 검찰도 그 누구도 섣불리 믿을 수가 없어. 정경에 실세 중의 실세를 배경으로 두고 있는 녀석이야. 한꺼번에, 오늘과 같은 폭행 교사든 살인미수든 뭐든 더 알아내서 단번에, 손쓸 틈 없이 처리해야 해."

조프는 한국의 낮은 형량이 상당히 실망스러웠다. 한국에 오기 전부터 한국을 좀 더 알고 싶은 마음에 시간이 날 때면 틈틈이 뉴스를 챙겨 보며 한국의 정세를 살피는데 범죄자에 대한 형량이 어쩜 이리도 낮은지. 약한 처벌 수위를 보며 번번이 허탈한 한숨을 내쉬어야 했다.

게다가 권력 앞에서는 왜 이렇게 맥을 못 추는지 도무지 이해할 수가 없었다.

그랬기에 때를 기다려야 했다. 지은 죄가 많으면 그만큼 가중 처벌 되지 않을까 기대하면서.

"상습적이고 계획적이었다는 걸 밝힐 만한 무언가가 더 필요해. 그리고 다른 이에게 죄를 뒤집어씌운 건 그 자식이 아니야. 지금 밝혀 봐야, 꼬리 자르기에 공범들 빠져나갈 빌미 제공하는 것밖에 안 돼. 사건에 연루되어 있는 사람이라면 누구든 죗값을 치르게 해야지. 개미 새끼 한 마리도 빼놓지 말고 모조리…… 싹 다. 하…… 이 나라는…… 법이 너무 약해. 답답하다."

"언제 그런 것까지 다 알아보셨습니까?"

조프의 뛰어난 지능과 치밀한 성격은 언제 봐도 놀라운 크리스였다.

"관심을 가지고 뉴스만 잘 봐도 다 알 만한 내용들이야. 나 좀 씻을게. 회의 준비해라."

"네. 대표님."

인사를 하며 돌아서는데…… 대리석 바닥에 일렬로 길게…… 툭. 툭. 툭. 무심히 떨어져 있는, 붉은, 선명한 핏자국이……. 순간 뒷머리가 쭈뼛 솟아오르며 온몸에 소름이 돋아 버린 크리스였다.

"대표님!!"

마침 셔츠를 벗으려고 단추를 풀고 있던 조프를 거칠게 돌려세웠다.

"왜?"

"다치셨습니다!"

"별거 아냐. 칼이 살짝 스쳤나 봐."

"어딥니까?"

"호들갑 떨지 마. 괜찮아."

크리스는 조프의 말은 아랑곳 않고 곧바로 그의 셔츠를 확 열어젖히며 다친 곳이 어딘지 살펴보고 있었다. 온몸이 성한 곳이 없었다. 그중 왼팔에 선명하게 그어진 칼자국에서 아직도 피가 줄줄 흘러나오고 있었다.

"하. 이런 젠장. 바로 응급실부터 가시죠. 좀 꿰매야겠습니다."

튀어나오려는 욕지거리를 간신히 누르며 말하는 크리스와,

"회의부터 하고."

대수롭지 않게 말하는 조프다.

"대표님!!"

"나 때문에 벌써 한 시간이나 회의가 지체됐어. 이런 상황, 내가 제일 싫어하는 거 몰라?! 그 입 다물고, 구급상자나 챙겨 둬. 씻고 나와서 지혈이나 좀 하게."

"하, 진짜 답답하십니다!! 감염이라도 되면 어쩌시려고. 후, 일단 빨리 씻으십시오."

"그래."

조프는 온몸이 뻐근해 왔다. 도대체 얼마 만에 이렇게 격렬하게 싸워 봤는지 기억조차 떠오르지 않았다. 서둘러 씻고 나서 거울을 보니 몸 군데군데가 울긋불긋했다.

'하. 괜찮으려나? 빨리 가라앉아야 할 텐데. 그나마 얼굴은 괜찮네. 훗.'

걱정이었다. 이 몸을 하고 제이를 안을 수는 없는데, 한두 군데 정도야 어떻

게 둘러댄다 해도 이건 뭐 누가 봐도 싸운 흔적이니……

팔에 스친 칼자국 또한 신경이 쓰였다. 깊은 상처 같지는 않지만 제법 길게 그어져 있어 감추려야 감출 수가 없었다.

"이런. 젠장!"

조프가 허리에 대충 수건 한 장을 걸친 채 욕실에서 나오자마자 크리스가 득달같이 달려들었다. 팔에 흘러내리는 피를 닦고서 재빨리 소독하고 약을 발라 붕대로 감으며 지혈했다.

"하…… 재주도 좋으십니다. 그 와중에 어떻게 얼굴은 그렇게 멀쩡하신지!"

얼굴만 봐서는 전혀 싸운 사람이라 보이지 않았다. 단지 조금 피로해 보일 뿐. 하지만 목 아래만 내려와도 한숨이 절로 나왔다.

"훗. 얼굴이 다치면 큰일 나지. 제이를 어떻게 보려고? 내가 얼굴 사수하려고 얼마나 노력했는데, 이럴 땐 큰 키도 나쁘지만은 않아. 하하하하하."

"웃음이 잘도 나오십니다."

"하, 이 자식이 근데 아까부터 자꾸 비꼬아! 회의 자료나 가져와. 10분이라도 좀 보자."

어차피 회사가 아닌 댁에서 하는 화상회의임을 임원들 모두 아는 마당에 편한 옷으로 입을 법도 하건만 다시 슈트를 갖춰 입으며 완벽한 대표의 모습으로 준비하는 조프다.

드디어 회의가 시작되었다.

"기다리게 해서 죄송합니다. 바로 회의 시작합시다."

— 대표님. 그곳은 밤중이라 많이 피곤하실 텐데 죄송합니다. 급한 일들만 마무리할 수 있도록 서두르겠습니다.

"그래 주시면 고맙겠습니다."

시작된 회의는 새벽 2시를 훌쩍 넘기고 나서야 마무리가 되었다.

"고생 많으셨습니다. 바로 병원으로 가시죠."

크리스는 이제나저제나 회의가 끝나기만을 기다렸다. 회의를 마치자마자 화상회의 시스템을 정리하며 급히 말을 건넸다.

조프는 바로 누워 자고 싶은 마음이 굴뚝같았으나 어림도 없는 일일 듯했다. 크리스에게 들들 볶이느니 차라리 빨리 병원에 가서 꿰매든 붙이든 뭐든 하고 오는 게 더 나을지도 몰랐다. 가슴속에서 우러나는 한숨을 푹푹 내쉬며 다시 편한 옷으로 갈아입었다.

뜻하지 않게 또다시 찾게 된 제주대학병원 응급실.

신우는 하필 자신이 지금 또 그들과 마주치게 된 걸 보며 하늘을 원망했다. 전생에 무슨 악연으로 얽혀 있기에 번번이 자신과 마주치는 것인지. 그런데 이번엔 남자가 다쳐서 왔다. 그것도 칼에 베인 상태로…….

한 두어 시간 전 즈음에는 누군가에게 잔뜩 두드려 맞은 환자가 실려 와서는 온갖 짜증을 내며 진상진상 개진상을 떨더니, 일진 한번 사나운 날인 듯했다.

"혹시 무슨 일을 당하셨습니까? 경찰에 신고해야 될 일이라도."

추운 날씨에도 치료를 위해서인지 검은색 반팔 티를 입은 남자의 팔에는 칼에 베인 상처뿐만 아니라 멍 또한 크게 자리하고 있었다. 시간 간격이 두 시간이나 차이가 나는 데다, 싸웠다고 하기에는 너무나 깔끔한 차림에 아까 왔던 환자와는 연관 지어 생각할 수가 없는 신우다.

"그냥 집에서 운동하다 좀 다쳤습니다."

가뜩이나 피곤한데 치료할 생각은 않고 상처만 유심히 보는 듯한 의사를 보며 저도 모르게 조프가 미간을 찡그렸다.

"빨리 치료 안 하십니까?!"

보다 못한 크리스가 험악한 인상을 만들며 신우를 닦달했다.

"아 네. 해야죠. 바로 하겠습니다."

다친 남자는 지난번 여자가 다쳐서 왔을 때보다는 날카롭지 않았다. 오히려 지난번에는 상대적으로 덜 위험해 보였던 인물이 이번엔 좀 더 날카로워 보여 놀랐다.

신우는 성심성의껏 그다지 깊지도 않은 상처 부위를 봉합하며 식은땀을 흘렸다. 남자가 어깨를 살짝 움찔할 때마다 옆에 서 있는 남자가 오만 잔소리를 늘어놓았다.

느긋하게 앉아 지친 눈을 감는 조프를 보며,

"조심해서 살살해 주십시오."

감은 눈을 떠 반쯤 꿰맨 상처를 유심히 살펴보는 조프를 보며,

"천천히 하더라도 좋으니 흉터 생기지 않게 잘 좀 꿰매어 주십시오."

피곤한지 다시 눈을 감으며 살짝살짝 찡그리는 듯한 조프를 보며,

"아프지 않게는 안 됩니까?"

"크리스, 그 입 좀 다물어. 너 때문에 정신 사나워 죽겠으니까. 어련히 알아서 잘 하실까, 그러지 말고 제이 잠들었는지 전화나 좀 해 봐."

듣다 못한 조프가 크리스를 말렸다. 제이가 다쳐 왔을 때 자신이 했던 행동은 생각지도 않는 조프였다.

"설마 이 시간까지 안 주무실라고요. 당연히 주무시겠지요."

"쓰읍."

"합니다, 해요."

크리스는 조프의 등쌀에 못 이겨 알파에게 다시금 전화를 걸어 보았다.

"대략 10분 전에 불이 꺼졌답니다."

"하. 지금 시간이 몇 신데 이제서야 자는 거야?"

"흠. 지금 대표님께서 하실 말씀은 아닌 듯합니다만."

둘이서 티격태격하는 사이 신우의 처치가 끝이 났다.

"다 됐습니다. 앞으로 한 며칠은 오셔서 상처 부위 드레싱을 좀 해야 하는데, 시간이……."

"없습니다."

하고 대답하는 조프와,

"있습니다."

하며 긍정을 표하는 크리스의 일치하지 않는 답변에 신우의 얼굴에 난처함이 떠올랐다.

"일분일초가 바쁜데 병원에 오갈 시간이 어디 있어? 집에서 하겠습니다."

조프가 크리스와 의사를 번갈아 보며 말했다.

"아…… 네. 곤란하네요. 그럼 이틀에 한 번이라도 오시는 것이…… 3일……이라도. 이게 상처가 덧나게 되면 더 오래 번거로운 일이 생길지도 모릅니다. 흉터도 생기고요."

'아니 의사는 난데 왜 내가 눈치를 보는데? 우 씨.'

"대표님, 흉터가 생기면 그분도 좋아하지 않으실 겁니다."

그렇게 고집을 부리시면 이 방법을 쓸 수밖에는 없다.

"하…… 그래, 알았어. 네가 알아서 해. 어차피 스케줄이야 네 소관이니."

제이를 생각한다면, 상처는 하루빨리 치료하는 게 나을 듯했다.

신우는 제 몸에 난 상처가 몹시 거슬린다는 듯 으르렁거리는 거친 남자를 너무 쉽게 다루는 또 다른 남자를 신기한 눈으로 바라보며, 이곳은 응급실이라 내일 다시 진료를 받고 약을 처방받아야 한다는 사실과, 주의 사항들을 읊어 주었다.

"알겠습니다. 꼭 그렇게 하죠."

"약은 꼬박꼬박 챙겨 드셔야 합니다. 진통뿐만 아니라 혹시 모를 감염에 대비한 것이니 꼭 챙겨 드세요."

잔소리처럼 들리는 의사의 말이 끝나고서야 조프가 허리를 쭉 펴고 일어섰다.

"고맙습니다. 그렇게 하죠."

조프는 인사를 하는 중에도 연신 하품이 터져 나왔다.

"대표님 많이 피곤하시겠습니다. 얼른 가시죠."

"그래. 가자."

힘들고 고단했던 하루를 넘기고도 세 시간이나 훌쩍 지난 후에야 마무리가 되고 있었다.

그날 아침.

"으아아악!!"

크리스는 아침 일찍 온 집 안에 울려 퍼지는 맹수의 포효하는 듯한 소리에 화들짝 놀라 침대에서 굴러떨어지고 말았다.

"안 돼!!"

다시 한번 울려 퍼지는 느닷없는 고함 소리에 자리에서 벌떡 일어나 소리가 나는 곳으로 내달렸다. 이윽고 소리가 나는 진원지를 찾아 문을 사정없이 벌컥 열어젖히며,

"무슨 일이십니까?!"

거친 숨을 고르며 물어보는데, 드넓은 드레스 룸 정중앙에서, 어제 잠들었던 그 모습 그대로 드로즈 하나만 입은 채, 양손으로 머리를 부여잡고 한쪽 벽면을 가득 차지한 거울을 보고 서 있는 조프였다.

"하아……."

고함은 지를 만큼 질렀는지 조프의 입에서는 깊은 외마디의 탄식만이 흘러나왔다.

"이게 뭐냐?"

"후…… 저는 또 무슨 큰일이 난 줄 알고 깜짝 놀랐잖습니까! 간 떨어질 뻔했습니다."

크리스는 놀란 가슴을 다독이며 진심을 다해 버럭 하고 말았다.

어제는 심장 떨어져, 오늘은 간 떨어져. 망할 오장 육부가 돌아가며 널뛰고 있으니 미치고 환장할 노릇이다.

"이게 큰일이지! 이게 큰일이 아님 대체 뭐가 큰일이야?"

"풉. 큽. 푸하하하하."

좀처럼 보기 힘든 대표님의 넋이 나간 표정에 현실 웃음이 터져 버린 크리스와,

"웃~어? 웃어! 웃음이 나와? 지금?"

아주 즐거운 표정으로 그 어느 때보다 시원스레 웃는 크리스가 아니꼬운 조프다.

"알록~달록~ 총천연색이 따로 없습니다."

조프의 몸 군데군데 시뻘겋고, 푸르스름한 멍이 떡하니 자리하고 있었다.

"뭐, 예상 못 하신 것도 아닌데 뭘 그렇게 놀라십니까?"

"하…… 이 정도일 줄은 몰랐지. 이거 얼마나 갈까?"

"보통 그 정도면 한 2주 정도 가겠죠? 아무리 빨라도 일주일은 넘어가죠. 추웅분히."

크리스의 말을 들으며 절망이라는 단어가 떠올랐다.

그녀와 사랑을 나눌 때면 작은 수면 등이라도 켜 두는 조프였다. 그녀를 위한 배려이기도 했고, 사랑을 나눌 때만 볼 수 있는 그녀의 몽환적인, 더없이 사랑스러운 모습을 바라보기 위한 자신의 욕심 때문이기도 했다.

이 상태라면 최소 일주일간, 재수가 없으면 2주일 동안은 그녀를 안을 수 없다는 말이나 다름없었다. 조프에게는 그 어떤 문제보다 더 큰 문제가 아닐 수 없었다.

"이런 망할, 제기랄, 젠장!"

'불을 끄자고 말해 볼까? 하…… 젠장. 젠장!!'

"이미 생긴 멍을 어쩝니까? 시간이 약이지. 그럼 어서 준비하십시오! 저도 준비하러 가야겠습니다."

크리스는 당분간 속 좀 끓일 대표님을 생각하며 대놓고 활짝 웃어 주었다. 어제 무던히도 자신의 속을 태우고 걱정하게 만들었던 대표님에 대한 소심한 복수였다.

3

쌓인 피로에 지칠 법도 하건만 조프는 출근 시간을 놓치지 않고 자리에 앉아 아침부터 산적한 일들을 부지런히 처리해 나가고 있었다.

"앨리, 한 팀장 호출 부탁해요. 올라올 때 며칠 뒤 시찰하게 될 자재 목록 가지고 오라고 해 줘요."

회사에서는 아직도 비서를 통해야 한다는 게 불편했지만 제이를 위해서는 별수 없었다.

한편 제이는 바쁜 업무를 정리하자마자 대표님의 호출을 받고 부랴부랴 준비를 하고 나섰다. 대표실에 들어서자 앨리가 반갑게 제이를 맞았다.

"오셨어요, 한 팀장님?"

"네. 대표님 안에 계시죠?"

"그럼요. 잠시만 기다려 주세요. 비서실장님 들어가셨거든요."

"네. 알겠습니다."

"근데…… 팀장님 혹시 예전에 저 어디서 본 적 없으세요?"

91

결국 궁금함을 참지 못하고 물어보는 앨리다.

"음. 글쎄요. 저는 여기서 처음 뵌 것 같은데, 제 얼굴이 낯이 익나 봐요?"

"그러게요. 분명 처음 뵌 것 같은데 이상하게 어디선가 본 적이 있는 것 같아서요."

"하하하, 그래요? 나와 닮은 사람이 있나? 아직 한 번도 누굴 닮았단 말은 들어 본 적 없는데."

"헛…… 한 팀장님…… 혹시…….."

"네?"

말을 하다 마는 앨리를 보며 의아해하는데 마침 조프의 집무실 문이 열리는 소리가 들렸다.

"아. 아니에요. 비서실장님 나오시네요. 얼른 들어가 보세요."

"네. 그럼 수고하세요."

제이는 막 문을 열고 나오는 크리스에게 가볍게 눈인사를 하며 들어갔다.

앨리는 집무실로 들어가는 한 팀장님을 보며 눈빛을 반짝였다. 얼굴이 긴가민가 분명 어디선가 본 적 있다 했더니, 활짝 웃는 모습을 보고 나서야 어떤 찰나의 순간이 기억 속을 휙 스치고 지나갔다.

몇 달 전 본사에서 대표님 자리를 정리하다 떨어트린 다이어리에서 빠져나왔던 사진. 그 사진 속에서 눈부시게 활짝 웃고 있던 여자…….

이따금씩 회의 전에 다이어리를 펼쳐 보는 대표님의 아련했던 표정이 아직도 잊히지가 않았다.

늘 궁금했었다. 과연 누구일까 하고. 자신이 늘 궁금했던 그 사진 속의 여자는 바로 한재희 팀장님이었다.

'맙소사. 두 분 아는 사이였어. 한 팀장님이 바로 그 여자였어.'

앨리는 당장 비서실장님께 여쭤보고 싶은 걸 꾹 눌러 참았다.

제이는 안으로 들어서며 소파에 앉아 신중한 표정으로 서류를 보는 그를 나지막이 불렀다.

"대표님."

"내가 둘이 있을 때 그렇게 부르지 말라고 했을 텐데?"

제이의 목소리가 들리자마자 보던 서류를 테이블에 내려놓고서 은근한 눈빛으로 제이를 바라보며 말하는 조프였다.

"걱정이 돼서 그래요. 그렇게 쉽게 쉽게 이름 부르다 습관 되면 사람들 앞에서도 불쑥 이름이 튀어나올까 봐."

"그럼 뭐 어때? 그러다 당신도 크리스처럼 된다!"

"크리스가 왜요?"

"녀석도 그러더라고. 습관 될까 봐 걱정된다며 둘이 있을 때도 대표님이라고 꼬박꼬박 부르더니 이젠 아예 대표님이 입에 붙었어. 한 번씩 욱할 때나 이름 부를까……. 가끔은 말이야, 그 녀석이 막 대하던 예전이 그리울 때가 있어."

"크리스 보면 정말 대단한 것 같아요. 당신 생각을 끔찍이 하는 것 같아."

"그건 그래. 정말 좋은 녀석이야. 거기 그렇게 서 있지 말고 이리 오지?"

"오늘은 또 왜 불렀어요? 오늘도 일 때문에 부른 거 아님 다음에는 저 불러도 안 올라올 거예요!"

"뜨끔한데?"

조프는 다가오는 제이를 기다리지 못하고 벌떡 일어서 다가가며 팔을 활짝 펼쳤다. 씩 웃으며 다가와 폭 안겨 오는 제이를 꼬옥 안고 그녀의 향기를 듬뿍 들이켜며 지난밤 불쾌했던 기억들을 털어 버렸다.

천천히 포옹을 풀어 제이의 얼굴을 조심스레 감싸 쥐며 부드럽고 달콤한 프렌치 키스를 시작했다.

제이는 짙은 눈빛으로 그윽하게 저를 바라보다 조심스레 다가와 제 입술을 부드럽게 감싸는 아찔한 그의 감촉에 지그시 두 눈을 감았다. 제 입 속을 자유롭게 유영하는 뜨거운 그를 느끼며 잠시 이곳이 어디라는 것도 잊은 채 그에게 빠져들었다. 그렇게 몇 분이나 흘렀을까. 아쉬운 듯 입술을 떼고 싱긋 미소를 짓고 있는 조프를 보며 또다시 나대는 심장이라니…….

"어제 몇 시에 잤어?"

"음. 조금 늦게?"

"늦게 몇 시?"

"글쎄요. 1시? 그즈음인가?"

알고 묻는 건지 정말 몰라서 묻는 건지 알 수는 없지만, 너무 늦게 잤다고 하면 걱정할 것 같아 잠이 든 시간을 조금 앞당겨 말했다.

"일찍도 잤네. 이리 와 봐."

"어머? 당신 손이 왜 이래요?"

얼굴에 닿았던 온기가 사라지며, 자신의 손을 잡고 이끄는 조프의 오른손 한가운데가 테이핑이 되어 있는 모습에 의아해 물어보는 제이와,

"아. 이거? 문에 살짝 찧었어."

대충 둘러대는 조프다.

"어쩌다 그랬어요?! 조심 좀 하지 않고요."

"괜찮아. 별거 아니야. 신경 쓰지 마."

조프는 제이의 손에 들린 파일을 테이블 위에다 내려놓고 그녀의 손을 잡고서 집무실 안쪽에 있는 문으로 이끌었다.

문을 열고 들어간 곳에는 놀랍게도 스위트룸이 펼쳐져 있었다.

"어? 여기는."

"스위트룸이야. 집무실하고 연결되어 있어."

"우와. 대표님 계신 곳이라 다르긴 하네요. 그런데 여긴 왜요?"

제이는 뜬금없이 근무 시간에 룸으로 이끄는 조프를 보며 의아했다.

"……설마. 당신 지금……."

"풋. 당신 생각보다 엉큼해."

상상이 앞섰는지 얼굴이 발그레한 제이를 보고 있자니 회사고 뭐고 당장 안고 싶은 마음뿐이었다.

"뭐, 뭐예요? 아니. 내 말은…… 뜬금없이 룸으로 오니까……."

"긴장 풀어. 당신 기대에 부응하고 싶은 마음은 굴뚝같지만 지금은 나도 곤란하니까."

말을 하며 제이가 입은 외투를 한 꺼풀 벗겨 내어 한쪽으로 치우더니 침대로 살짝 앉혔다. 얼떨결에 침대에 걸터앉아 아직도 의아한 듯 올려다보는 속이 다 비칠 정도로 투명한 모습은 왜 이렇게 사랑스러운지 말 그대로 환장할 지경이었다.

'젠장. 왜 이렇게 예쁜 거야! 후……'

"어머!"

조프는 얌전히 두 손을 포개어 앉아 있는 제이의 발을 들어 신고 있는 신발을 하나하나 벗기더니 얼른 침대 이불을 들추어 그대로 제이를 눕혀 주었다.

"지금 뭐 하는 거예요?"

"더도 덜도 말고 딱 한 시간만 여기서 쉬어."

제이가 쉬는 모습만 확인하고 나가려던 당초의 계획과는 달리 결국 참지 못하고 자신도 구두와 슈트 재킷을 벗어 한쪽에 두고서 제이 옆에 함께 누웠다.

"아니 지금 근무 시간에 이게 무슨,"

"둘 다 일하느라 늦게 갔으니까 한 시간 정도는 이런 시간 가져도 괜찮지 않아? 자택 근무의 보상이라고 생각해. 알람 맞춰 놨으니 딱 한 시간만. 응?"

"말도 안 돼. 나 방금 여기 들어온 거 비서실에서 다 알고 있어요."

"그래서 내가 자재 파일 들고 오라고 했잖아. 조만간 같이 시찰 나가야 할 텐데 둘이 의견 조율하는 정도로 알고 있을 테니 걱정 마. 나도 피곤해서 온몸이 다 뻐근해. 이러고 딱 한 시간만 쉬어."

제이는 근무 시간에 이런다는 게 마음에 걸렸지만, 잔뜩 피곤해 보이는 그의 눈을 보며 마음이 약해져 버렸다. 그가 쉴 수 있도록 잠시만 누워 있자 싶었는데 어느새 저도 모르게 잠에 빠져들어 버렸다.

조프는 제이가 잠에 들고 나서야 천천히 감은 눈을 떴다. 어제 늦게 잔 데다 오후에는 또 현장 둘러보러 갈 게 뻔한데, 혹시나 피곤해서 주의력이 흐트러지면 다칠 수도 있으니 잠시라도 쉬게 해 주고 싶었다.

제이의 사무실에서도 쉬려고 하면야 얼마든 쉴 수는 있겠지만, 제이의 성격에 근무 시간에 이렇게 누워 편히 쉬지는 못할 듯싶었다. 조금 전까지만 해도 근무 시간이 어쩌고저쩌고하더니 누운 지 5분도 채 지나지 않아 잠에 빠져드는 모습이라니. 자신의 품에 안겨 고른 숨을 뱉는 제이를 보고 있으니 흐뭇함에 입가에 미소가 그려졌다.

"잘 자네. 남의 속도 모르고."

자는 제이를 보며 손이 근질거려 결국 참지 못하고 흐트러진 머리를 조심스레 쓸어 넘겨 주며 이마에 입을 살짝 맞췄다. 고물거리며 자신에게 안겨 오는 그녀를 보고 있자니 침이 꿀꺽 넘어갔다.

"하…… 안고 싶어 죽겠다. 사랑해. 잘 자."

조금 더 그녀 곁에 머물고 싶었지만 자신은 지금 해야 할 일들이 산적해 있었다. 제이가 깨지 않도록 움직임을 최소화하며 조용히 침실에서 빠져나왔다.

"대표님. 한 팀장님은."

잠시 나갔던 크리스가 다시 돌아왔고,

"어. 좀 재웠어."

혹시라도 제이가 깰까 싶어 목소리를 한껏 낮춰 말하는 조프다.

"그래, 어떻게 됐어?"

"알아보니 경찰관 입회하에 어제 제주대학병원에서 치료까지 하고 간 것 같은데 남은 정보가 하나도 없습니다. 경찰 출동 기록도, 진료 내역도 깨끗합니다. 지금 현재는 자택에 머물고 있는 듯한데……."

"그런데?"

"그 자식 집 근처를 누군가 지켜보는데, 지키는 게 아니라 감시하는 듯하다고."

"아무래도 감시 안 할 수가 없겠지. 이렇게 중요한 시기에 사고를 치고 있으니, 당분간은 무슨 일을 꾸밀 수도 없을 거야. 하…… 그 자식 쪽도 일 처리 하나만큼은 확실히 빠르네."

"그러게요. 앞으로도 계속 주시해 보겠습니다. 그리고 오늘 저녁에 이준 사장님과 약속 잡았는데 컨디션은 괜찮으십니까?"

"어. 괜찮아. 걱정하지 마. 그리고 점심은 간단하게 여기서 먹을 수 있게 준비 좀 해 줘."

"네. 그렇게 하겠습니다."

크리스가 나가고 다시 잠깐 제이를 보러 갈까 하다가, 자고 있는 제이를 보면 또 욕심이 생길 것 같아 자리에 앉아 일에 몰두하기 시작했다.

대략 한 시간이 지난 후 잠에서 깨어난 제이는 깜짝 놀라고 말았다.

"맙소사, 진짜 잔 거야? 미쳤어. 미쳤나 봐. 한재희 하다 하다 이제 별짓 다 한다, 정말. 하아."

그를 쉬게 하려다 자신이 푹 자 버렸다. 서둘러 휴대폰을 보니 한 시간이 지나 이미 점심시간이 다가와 있었다. 조심스레 문을 열고 보니 다행히 집무실에는 조프만 있었다.

"잘 잤어? 좀 더 자지 않고. 점심시간인데."

문을 빼꼼 열고서 조심스레 동태를 살피는 그녀의 귀여운 모습에 웃음이 터져 나왔다.

"몰라요. 진짜 푹 자 버렸나 봐."

"겨우 한 시간 잔 걸, 뭐. 난 점심때까지 푹 쉬라고 일부러 그 시간에 불렀는데, 너무 빨리 일어났어. 어때? 피로가 좀 풀리는 것 같아?"

"네. 정말 거짓말처럼 개운해졌어. 당신은 언제 일어났어요?"

"나도 좀 전에 나왔어. 점심 먹고 가. 같이 먹으려고 여기다 준비시켰어. 괜찮지?"

"네. 고마워요."

"너무 무리하지 말고 좀 쉬엄쉬엄해. 그러다 몸살 나."

늘 자신을 먼저 생각해 주고 배려해 주고 걱정해 주는 그를 보며 행복함을 느끼면서도 이 행복이 얼마나 유지될 수 있을까 하는 생각에 마음이 무거워지는 제이다.

대훈은 차마 눈 뜨고 볼 수 없는 흉한 몰골로 침대에 누워 있는 아들을 보며 너무 어이없어 울화통이 터졌다. 갑자기 뻐근해지는 목덜미를 주무르며 아들을 걱정스레 바라보는 아내를 향해 고함을 질렀다.

"도대체 자식 관리 하나 제대로 못 하고 지금 뭐 하자는 거야! 지금 때가 어느 땐데 사고를 치고 다녀?!"

고래고래 소리를 치는 남편을 보면서도 주아는 할 말이 없었다. 잘 지내는 줄 알았다. 지난 일은 다 잊고 잘 지내나 싶었다.

끝까지 버티며 출국하지 않으려던 아들이었다. 결국 아들의 부탁을 들어주겠다 약속하고 나서야 겨우 외국으로 보낼 수 있었다.

혹시라도 불쑥 입국할까 싶어 처음에는 감금까지 시켰었다. 한동안 마음을 잡지 못하고 방황하던 아들에게 그 아이의 소식을 전해 주고 나서야 마음을 잡고 그곳에서 잘 지내는 듯했다. 사고를 치지도 않고 정말 쥐 죽은 듯 해외 지사에서 차근차근 단계를 밟아 가며 일을 잘 하고 있다는 아들의 소식에 이제 한시름 놓나 싶었는데…….

이렇게 불쑥 입국을 해서는 또다시 속을 발칵 뒤집어 놓을 줄이야.

"일 잘하고 있다더니, 계속 있지 왜 들어왔어? 그리고 들어왔으면 나한테 먼저 말을 했어야지! 당신 도대체 뭐 하는 사람이야?!"

"미안해요. 나도 입국한 걸 어제서야 알았다고요."

주아는 속이 부글부글 끓어올랐다. 정말 어처구니가 없었다. 갑자기 입국했다는 말에 깜짝 놀란 것도 잠시 이렇게 엉망으로 얻어터진 모습을 보게 될 줄이야.

"저는 분명 약속 지켰습니다. 5년만 나가 있으라고 해서 그 말만 믿고 정말 죽은 듯이 지냈습니다. 그런데 5년이 지나도 아무런 말씀이 없더군요? 스스로 알아서 들어올 수밖에요."

경악. 그 자체였다. 잠자코 누워 있던 아들이 힘겹게 내뱉는 말을 들으며 대훈과 주아는 말 그대로 경악에 찬 눈으로 아들 태현을 바라보았다.

"너…… 서, 설마…… 그 아이 때문에 들어온 거야?"

주아는 믿을 수가 없었다. 그때가 언제라고, 그때가 언제라고 아직까지 미련이 남아 있단 말인가!

"미치지 않고서야. 말이 되는 소리를 해야지. 자기가 한 짓이 있는데 설마 다시 그 아이를 만나겠다고 왔을 리가!"

대훈 역시 믿을 수가 없었다. 그 정도로 생각이 없는 녀석이라고는 생각지 않았다.

"왜 안 됩니까?"

"뭐야?! 너 때문에 우리가 무슨 짓까지 했는데!"

대훈의 혈압이 순식간에 치솟는 듯했다.

그때까지도 가만히 누워 있던 태현이 고통스러운 신음을 내며 겨우 몸을 일으켜 앉아 제 아버지와 어머니를 번갈아 노려보며 입을 열었다.

"누가 그렇게 해 달라고 했습니까? 아버지, 어머니 때문이었지 그게 왜, 저 때문입니까! 차라리 그냥 두지 그러셨어요!! 차라리 그냥 뒀으면,"

쫙―

"여보!"

이미 부풀어 있는, 피멍이 든 태현의 뺨에 손바닥 자국이 날카롭게 할퀴고 지나갔다. 대훈은 더 이상 말 같지 않은 말을 듣고 있을 수가 없었다.

어려서부터 영특해 기대가 컸던 아들이었다. 언제부터 이렇게 엇나가기 시작했는지 몰라도 어느 순간부터는 커버를 해 줄 수 있는 한계를 넘어서고 있었다.

몇 년 전 아들이 사고를 쳤을 때 자신에겐 더없이 중요한 시기였다. 아니, 늘 자신에게는 중요하지 않았던 시기가 단 한 번도 없었다. 자신은 지금 우리나라의 역사를 다시 쓰고 있다고 해도 과언이 아닐 정도로 남들이 단 한 번도 가지 못한 길을 스스로 개척해 나아가고 있었다. 이제 대훈은 자신이 살아온 인생의 정점을 찍으려 하고 있었다. 머지않았다.

풍부한 정치 경험, 강한 추진력, 원칙과 상식, 확고한 정치적 신념을 바탕으로 한 강직한 이미지. 40퍼센트가 훌쩍 넘는 압도적 지지율, 발 빠르게 자신에게로 줄 서는 세력들, 그야말로 고지가 눈앞에 보였다. 그런데 하필 지금, 하필 지금!!

"내 한 번만 말하마. 아무것도 하지 말아라. 그 아이에게 연락도 하지 말고, 찾아가서 자극하지도 말고, 없는 듯이, 쥐 죽은 듯이 그렇게 있어라. 그게 그 아이를 살리는 길이다. 5년 전 그 아이만은 살려 달라던 네 부탁. 들어준 걸 후회하게 하지 마. 지금도 늦지 않았으니."

"아버지!!"

"입 닥쳐!"

그때 아들의 부탁을 들어주는 게 아니었다.

사건 발생 전부터 무슨 일이 있는지 아들의 분위기가 평소와 많이 달라 걱정되어 미행을 붙였는데, 아니나 다를까 끔찍한 사고를 저지르고 말았다.

사고 직후 재빨리 사건 현장을 정리하고 아들을 외국으로 보내려는데, 너무나 완강하게 버티며 발악을 했었다.

"안 갑니다! 못 갑니다!!"

"뭘 잘했다고 버틴다는 거냐. 정말 감옥에라도 가겠다는 거야?! 이 자식이 도대체 누구 신세를 망치려고!! 기어이 네가 패가망신을 시키려는구나. 좋다. 네가 정 못 가겠다면 그 아이 입을 틀어막으면 되겠구나."

"아버지!!"

서슬 퍼런 아버지의 비정한 눈빛에 태현은 오금이 저렸다. 뜻한 바를 이루기 위해서는 수단과 방법을 가리지 않는 무서운 아버지를 바라보며 태현은 제 고집을 꺾을 수밖에 없었다.

"결정은 네 몫이다!"

"건드리지 마세요. 시키는 대로 하겠습니다. 재희는…… 그냥 두세요."

"5년간 들어올 수 없을 게다."

"알겠습니다. 단, 제가 미국에 있는 동안 재희의 신변에 변고가 생기면 그땐 저도 가만히 있지 않을 겁니다. 자수라도 할 겁니다. 그러니 건드리지 마세요. 재희만 살려 주신다면 지금 당장 가겠습니다."

도대체 그 아이가 뭐라고 이렇게까지 광적으로 집착을 하나 싶었다. 자신의 아들을 너무 잘 알기에 부탁을 들어주지 않을 수가 없었다.

설마 5년이라는 시간이 지났음에도 잊지 못해 찾으리라고는…… 상상조차 할 수 없었다.

아들의 귀국은 대선을 불과 두어 달 남겨 둔 그들에게 다가온 가장 큰 변수였다.

이준은 조프가 만나기를 원한다는 크리스의 연락을 받고 다시 제주를 찾았다. 서울로 가지 못해 죄송하다며 전용기를 보내 주는 그의 배려에 놀라지 않을 수 없었다. 자신에게까지 배려하며 신경 쓸 만큼 체제에 대한 마음이 깊은 것 같아 내심 안도하며 그와 약속한 호텔 bar를 찾았다.

크리스가 예약해 둔 덕분에 프라이빗한 공간으로 안내를 받아 자리에 앉으려는데, 마침 다가오는 조프가 보였다.

"대표님. 여깁니다."

이준은 앉으려다 말고 일어서 그를 불렀고, 이준을 발견한 조프는 성큼성큼 다가와 손을 내밀었다.

"네. 일찍 오셨네요."

"저도 이제 막 도착했습니다."

악수를 주고받는 두 사람의 강한 눈빛이 공중에서 부딪혔다. 지난 주말 그렇게 제이의 집에 그를 남겨 두고 간 이후 첫 대면이었다.

함께 자리에 앉으며 이준은 눈앞에 선 그를 보면서도 아직 실감이 나지 않았다. 어떻게 저런 거물과 처제가 인연이 닿았는지, 어떻게 저렇게 냉철해 보이는 사람이 그렇게 뜨거운 눈빛을 할 수 있었는지.

"대표님, 한잔하시겠습니까?"

그의 강한 눈을 마주하며 이준이 먼저 술을 권했다.

"미안합니다만, 술은 다음에 하겠습니다. 오늘은 무알코올 칵테일로 부탁합니다."

크리스 없이 혼자 왔기에 운전을 위해 정중히 술을 마다하는 조프였다.

"여기 무알코올 칵테일, 그리고 조니워커 블루."

이준이 주문을 한 후 누구도 쉽사리 입을 열지 않았고, 한 치의 양보도 없는 무언의 기 싸움에 싸늘한 냉기가 흐르는 듯했다. 비장하기까지 한 조프의 눈을 바라보며 결국 이준이 먼저 입을 열었다.

"아내에게 대충 들었습니다. 제이와는 스페인에서 만났다고 하더군요."

좀 더 구체적으로 알고 싶었으나 그게 다였다. 주말이 지나고 궁금함을 참지 못한 리안이 제이에게 전화를 걸었으나 속 시원히 듣지는 못한 모양이었다. 그저 스페인에서 여행 중에 만났다는 것. 그리고 과거를 말했다는 것 정도였다.

"네. 그렇습니다."

"제이에게 있었던 일도 다…… 들으셨다고."

이 사실 하나만 놓고 보더라도 제이에게 이 남자가 어떤 의미인지 미루어 짐작하기란 그리 어렵지 않았다.

"네. 그런 것 같습니다."

"후…… 단도직입적으로 묻겠습니다. 우리 처제와는 무슨 사이입니까?"

"이미 말한 걸로 기억하는데, 그녀를 찾으러 왔다고. 가능하다면 이번 일이 끝나면 데리고 가고 싶습니다. 아니 데려갈 생각입니다."

"제이가 그러겠다고 했습니까? 우리 처제 성격에 글쎄요. 쉽지 않을 겁니다. 제 아내나 처제나 보통의 사람들과는 가치관이나 생각이 많이 다른 사람들입니다."

거기까지 생각하지 못한 조프였다. 제이 역시 자신과 같은 마음이라면 함께 가 줄 거라 믿어 의심치 않았다.

제이의 실력이라면 더 큰 곳에서 능력을 발휘하는 게 그녀를 위해서도 더 나을 거라고. 함께 가지 않는다 생각만 해도 심장을 찌르는 듯한 강한 통증이 느껴졌다.

"하고 싶은 말이 뭡니까? 돌리지 말고 말씀하시죠."

"죄송합니다만, 저도 대표님에 대해서 좀 알아봤습니다."

이준은 외국에서 함께 공부했던 지인들을 수소문했었다. 다양하게 맺어 온 인간관계가 이렇게 이롭게 쓰이게 될 줄은 몰랐다. 언론에 노출되지 않았으나 그를 알고 지내는 지인들이 제법 있었다.

알아본 바로 우려했던 것보다 여자관계가 깨끗해서 놀라웠다. 간혹 만나는 여자가 있기는 했으나 관계가 오래 지속되거나 깊은 관계는 거의 없는 듯했다.

커플 동반 모임에서 마주친 친우의 말에 의하면 그가 동반한 여자와 함께 있는 모습을 보았을 때에도 감정을 드러내는 법 없이 기본적인 매너만 지키며 선을 긋는 듯한 분위기였다 한다. 파티에서 그를 가끔 봤었다던 또 다른 지인은 그를 볼 때마다 곁에서 치근거리는 여자들을 얼마나 냉정하고 매몰차게 거절하는지, 보는 사람이 민망할 정도였다고 말해 왔었다.

게다가 결혼 같은 건 절대 할 생각조차 없는 사람이라고.

"관계가 길게 이어진 경우가 거의 없었다고 하더군요. 이걸 다행이라고 생각해야 할지, 아니면 그 반대일지……. 우리 처제와 지금은 좋은 감정으로 만나고 있을지 모르겠지만 언제 또 마음이 바뀔지 알 수 없는 거 아닙니까? 그때가 되면 처제는 어떻게 되는 겁니까? 지금까지 하신 것처럼 단칼에 내쳐지는 건가요? 아니면 처음부터 아예 숨겨 두실 생각이신 겁니까? 세컨드쯤으로?"

"이 대표!! 말이 지나칩니다!"

"얘기 꺼낸 김에 마저 하겠습니다. 제이, 대표님의 지위나 배경을 부담스러워할 겁니다. 그런 것들보다 사람과 사람 간의 신의를 무엇보다 중시하는 경향이 강하죠. 제이의 인지도가 높아지다 보니 사회 유명 인사들의 작업 의뢰가 많이 들어왔었습니다. 지금도 마찬가지고요. 작업을 하다 보면 으레 대시가 들어오더군요. 저를 통해 소개받고 싶다며 연락 오는 경우도 허다했습니다. 하지만 꿈쩍도 하지 않더군요. 어린 나이에 벌써 너무 많은 걸 깨달은 것 같았습니다. 지위나 배경, 권력이 사람에게 어떤 영향을 미치는지……."

이준은 미간에 주름이 깊어지는 그를 보며 하던 말을 계속 이었다.

"예전에 제이가 그런 말을 한번 하더군요. 다시 누군가를 만나고 싶지도 않지만 혹시 만나게 되더라도 그땐, 지극히 평범한 사람이었으면 좋겠다……라고요. 그래서 솔직히 걱정됩니다. 대표님 정도라면 주변에서 거는 기대가 상당하겠죠. 게다가 어떻게든 대표님과 엮여 보려 안달이 나 있을 텐데, 그 틈바구니에서 우리 처제가 과연 행복할 수 있을까요? 하루라도 마음 편히 지낼 수 있을까요? 온전히 대표님을 믿을 수 있을까요?"

그가 불쾌하게 생각할지라도 확실히 짚고 넘어가야 할 일이다. 이미 사람에게서 받은 상처가 큰 제이가 또다시 사람에게 상처를 받는 일만큼은 없었으면 싶었다.

"도대체 누구에게 무슨 말을 어떻게 들었는지 모르겠지만, 살면서 남에게 부끄러운 행동은 하지 않고 살았습니다. 제 스스로도 제이에게 떳떳하지 못할 행동을 한 적은 더더군다나 없습니다. 지금은 제이 때문에 밝히지 못하지만, 조만간 모두가 알게 될 겁니다. 내가 누구의 남자인지…… 이 대표가 무얼 걱정하는지 잘 압니다. 하지만 이 대표가 걱정하는 그런 일 절대 없습니다."

이준이 자신의 뒷조사를 했다는 말에 기분이 유쾌할 리 없었다. 하지만 그 이유가 제 처제를 진심으로 걱정하는 마음이었다면 이해 못 할 것도 없었다. 이준의 말을 들으며 그가 무엇을 우려하는지 충분히 알고도 남았다. 행여 제이가 자신의 여자 문제로 마음고생하지 않을까 그걸 가장 걱정하는 듯했으나 조프에게 있어 그건 말할 가치조차 없는 주제였다.

지금껏 제이가 아닌 다른 여자에게 제 마음을 보인 적은 단 한 번도 없었다. 불과 한 달도 채 만나지 않은 그녀가 제 진정한 마음을 준 유일한 사람이었다. 운명이라는 것을 믿지 않았지만, 그녀를 만나며 운명이란 걸 믿기 시작했다.

자신을 걱정스레 바라보는 이준의 진중한 눈빛을 보며 조프는 자신의 결심을 밝히는 데 머뭇거리지 않았다.

"지금 닥친 문제만 해결하고 나면 제이 온전히 내 사람으로 만들 겁니다."

"온전히 내 사람이라…… 설마 결혼이라도 하겠다는 말씀이십니까?"

"왜, 안 됩니까?"

너무나 당연한 듯이, 너무나 당당하게 결혼을 입에 올리는 조프를 보며 이준은 당황하지 않을 수 없었다.

"……정말 우리 처제와…… 결혼까지 생각하시는 겁니까?"

"추궁당하는 듯해 가히 기분이 좋지는 않지만, 이 대표에게는 빚도 있고 하니 솔직하게 말하죠. 제이는 내 아내가 될 겁니다. 세상에 단 하나뿐인."

조프는 놀라 되묻는 이준에게 친절히 한 번 더 또박또박 제 결심을 말해 주었다.

"후…… 대표님. 결혼은 현실입니다. 제가 결혼하기 전 집안의 반대가 말도 못 하게 심했습니다. 사랑 하나 믿고 저에게 시집와서 제 아내가 무던히도 마음고생이 많았습니다. 그건…… 지금도 마찬가지고요."

"그래서 지금 결혼한 걸 후회한다는 말씀이십니까?"

"그럴 리가요. 다시 그때로 돌아간다고 해도 저는 제 아내를 선택했을 겁니다."

"다행이네요. 그리고 걱정은 접어 두세요. 제이는 마음고생 같은 거 하는 일 절대 없을 겁니다. 집안의 반대라, 훗. 저한테는 있을 수 없는 일입니다. 그 누구도 감히 제이에게 함부로 대하지 못할 겁니다."

조프는 결코 있을 수 없는 일을 떠올리며 피식 웃고 말았다. 모르긴 몰라도 할머니는 쌍수를 들고 환영할 게 뻔했다. 당장 날 잡자고 나서지나 않으면 다행이었다.

반면 이준은 어떻게 저렇게 호언장담을 하는지 알 수 없는 일이나 그에게 왠지 모를 믿음이 있었다. 대화를 나눈 지 몇 분 되지도 않았지만 그가 하는 말의 진정성만큼은 가슴으로 와닿았다.

"흠…… 방금 저에게 빚이 있다고 하셨는데 그건 무슨 말씀이신지?"

"스페인에 보내 준 게 이 대표라고, 덕분에 제이를 만날 수 있었으니 큰 빚을 진 셈이죠. 여행 중에도 신경 많이 쓰신 거 잘 알고 있습니다. 감사했고요. 그래서 혼자 떠나 버렸을 때에도 조금은 걱정을 덜 수 있었습니다."

"후…… 이렇게까지 말씀해 주시니 저도 선물 하나 드리겠습니다."

"무슨?"

이준은 조프에게 커다란 서류 봉투를 내밀었다.

"이게 뭡니까?"

"대표님께서 지금 찾고 있을 만한, 충분히 관심을 가지실 만한 자료입니다. 그 집안이 결코 만만치 않습니다. 그때 이모부님이 워낙 완강히 반대하시는 데다 아내의 몸 상태가 많이 좋지 않아 저는 나서지를 못했습니다. 하지만…… 대표님이라면 충분히 잘 활용하실 수 있을 만한 자료들일 겁니다."

조프는 서둘러 서류를 살펴보았다. 명우그룹의 분식회계, 배임, 횡령을 비롯한 각종 부정부패의 증거가 될 만한 자료들과, 이태현이 저질렀던 일들에 대한 내용도 제법 상세히 기록되어 있었다.

제이에게 받은 자료와 이 자료를 바탕으로 증인만 빨리 찾아낼 수 있다면 좀 더 빨리 일을 마무리할 수 있을 듯했다.

"워낙 뒤처리가 철저해서 증거를 찾기가 쉽지 않다고 들었는데 이 자료들을 어떻게……."

"앞으로 대표님이 할 일에 비하면 새 발의 피 정도밖에 되지 않을 겁니다."

"또 빚을 졌네요."

"아닙니다. 별말씀을요. 오히려 제가 더 큰 빚을 지고 있습니다. 응당 가족인 제가 나섰어야 할 일인데…… 이런 큰일을 대표님께 맡기게 되어 죄송할 따름입니다."

이준은 이제서야 마음의 짐을 좀 덜어 낸 듯했다. 잘못을 알면서도 돕지 못하고 지켜만 봐야 하는 건 여간 힘든 일이 아니었다.

지난 주말 제이의 집에서 나온 이준은 곧장 CS 건설 본사를 찾았었다. 서류를 받기 위해 아버지를 찾아야 했지만 후회는 없었다.

CS 건설 본사 앞에서 가만히 건물을 올려다보는 이준이었다. 본의 아니게 아버지와 척을 지며 떠난 회사였지만 자신의 20대 대부분을 이곳에서 보낸 터라 감회가 남달랐다.

한동안 그렇게 건물 앞에서 머물러 있다 서둘러 감상을 털어 버리고 결심한 듯 성큼성큼 회사로 발걸음을 옮겼다.

"대박! 대박 사건, 지금 우리 회사에 누가 왔는지 알아?"

본사 여직원들의 웅성거림이 심상치 않았다.

"이사님 오셨어. 이사님. 아니 아니지. 이제는 이준 사장님이라고 해야 하나?"

"진짜? 대애박! 몇 년 동안 한 번을 안 오시더니 갑자기 왜? 어머, 다시 복귀하시는 거 아닐까?"

이준이 회전문을 열고 로비로 들어서는 순간부터 온 사방팔방에서 시선이 쏟아지고 있었다. 정작 당사자는 그런 것쯤 아랑곳하지 않고 곧장 임원 전용

엘리베이터로 거침없이 발걸음하고 있었다.

그렇게 도착한 회장 비서실 또한 소란스러워지기는 마찬가지였다. 너무 오랜만에 보게 된 얼굴에 비서들이 일제히 인사를 건네며 다가왔고, 이준은 익숙했던 사람들을 다시 마주하며 두루 안부를 전하고서야 회장 집무실 앞에 섰다.

이준은 인터폰을 하는 비서를 보며 곧 아버지를 보게 될 거라는 생각에 속으로 짧은 한숨을 삼켰다.

한편 회장실 안에서 결재 서류를 검토하던 이 회장은 집중력을 흩트리는 인터폰 소리에 인상을 쓰며 스피커를 눌렀다.

— 회장님. 리준 건설 사장님 오셨습니다.

"누구?!"

— 리준의 이준 사장님 오셨습니다.

"뭐야?! 어. 어. 들여보내."

놀란 마음을 감추고 집무실로 들어오는 아들을 바라보는데, 몇 년 만에 찾아와 문을 열고 들어서면서도 인사 한마디 없이 뻣뻣하기만 한 아들이었다.

"예까지 찾아와서 뭐 하는 짓이냐?!"

이 회장은 반가움과 놀라운 마음이 교차하며 실로 오랜만에 얼굴에 미소가 번지려 했지만 이내 마음을 가다듬고 무뚝뚝하게 서 있는 제 아들을 노려보며 마음에도 없는 호통을 쳤다.

"그동안 건강하셨습니까?"

"하!"

큰 실수였다. 아들을 마주하려 이토록 오래 기다려야 할 줄은 미처 몰랐었다.

뚝심 하나만큼은 정말 당해 낼 사람이 없을 듯했다. 괘씸했지만 반가웠다. 지금에라도 볼 수 있음에 이렇게라도 마주할 수 있음에 감사했다.

"회장님께 부탁할 일이 있어 왔습니다."

불쑥 찾아와 꺼내기 쉬운 말은 아니었으나 이준의 마음은 그만큼 급했고,

"몇 년 만에 찾아와서는 대뜸 부탁이라…… 그래 무슨 일인지 들어나 보지. 일단 앉거라."

심각한 표정으로 말하는 아들을 보며 걱정스러운 이 회장이다.

"명우그룹 자료가 필요합니다."

아버지라면 반드시 있을 거라 믿어 의심치 않았다. 오래전부터 명우그룹과는 악연으로 얽혀 있었기에 보험 차원에서라도 분명 모아 둔 자료가 있을 듯싶었다.

"그건 왜?"

"있습니까?"

"시기가 좋지 않다. 그 집안 건드려 좋을 건 없을 텐데, 도대체 무슨 일이냐!"

하필 명우그룹이라니, 예감이 좋지 않았다. 제 아들이 무슨 일로 명우그룹 자료를 찾는 것인지. 게다가 지금은 정말 시기가 좋지 않았다.

"압니다. 제가 아닙니다. 저보다 훨씬 막강하고 감히 우리나라에서는 누구도 건드릴 수 없는 사람이 쓰게 될 겁니다."

"누구냐 그게."

"자료를 넘겨주시면 알려 드리겠습니다."

"그 집안에서 차기 대통령이 나올 수도 있다. 우리를 그냥 두고 볼 것 같으냐?! 그건 내 보험과도 같은 자료다. 아니, 목숨과도 같은 자료지. 내가 아무런 득도 없이 그런 귀한 자료를 너에게 줘야 하는 것이냐?"

"조건을 말씀하십시오."

철저한 사업가인 아버지가 이렇게 나오리라는 걸 예상하지 못한 일도 아니었기에 이준은 태연자약하기 그지없었다.

"허…… 거참. 그래! 그럼 다시 우리 회사로 들어와. 그럼 생각해 보지."

아들이 얼마나 간절히 그 자료를 필요로 하는지 알고 싶어 슬쩍 떠보는 이

회장이었다.

"⋯⋯."

어떻게 이렇게 예상에서 한 치도 벗어나지를 않는지. 아버지는 분명 자신의 간절함을 간파하였을 것이다. 그러지 않았다면 이렇게 본사까지 불쑥 찾아오지 않았을 테니. 이건 누가 봐도 자신에게는 승산 없는 싸움이었다.

"네가 원하는 자료, 누구나 쉽게 접할 수 있는 자료가 아닌 건 잘 알 게다. 물론 시간이 남아돈다면야 찾으려면 찾을 수도 있겠지만, 눈으로 보지 않고는 믿을 수 없는 자료도 있지. 장담컨대 그건 나만이 알 수 있고 나만이 가지고 있는 자료일 게다."

"⋯⋯."

"답이 없구나. 아직 급하진 않은 모양이야. 그럼 됐다."

미동도 없는 아들을 바라보며 아들의 결심에 불을 지피기 위해 단호함을 가장하여 말을 맺은 이 회장이다.

"저도 조건이 있습니다."

"뭐냐?"

"지금 맡은 일들은 다 마무리해야 합니다. 3년은 더 있어야 할 겁니다."

"그래? 생각보다 길구나⋯⋯ 흠⋯⋯ 그래⋯⋯ 몇 년을 기다렸는데 그 정도야 더 기다려 주지. 단, 주총 때는 반드시 자리하거라."

비록 기한은 있었으나 이렇게 순순히 들어오겠다 할 줄은 몰랐다. 그만큼 지금 키워 온 회사 또한 만만하게 볼 규모는 아니었기에 아들의 결단력에 놀라우면서도 역시 내 아들이라는 생각에 광대가 불끈거리는 걸 참느라 애쓰는 이 회장이었다.

"네. 알겠습니다. 그리고 그때가 되어도 집으로 들어가는 일은 없을 겁니다."

"흠⋯⋯ 그래. 아직도 네 처가 그렇게 끔찍한 것이냐."

"내 사람입니다. 받지 않아도 될 고통은 지금까지 충분히 차고 넘쳤습니다.

더 이상 아버지 어머니께 휘둘리게 하고 싶지 않습니다."

며느리를 탐탁지 않게 여기는 시부모 덕분에 자신이 없을 때 무던히도 마음고생을 많이 한 듯싶었다.

미련스럽게도 남편인 자신에게도 말하지 않고 혼자 묵묵히 고통을 견디다 자신이 알게 되었을 때는 이미 마음고생으로 첫아이를 유산한 후였다.

그렇게 첫아이가 잘못되어서일까. 몇 년을 임신이 되지 않아 고생했었다. 그런 고통을 다시는 리안이 겪게 하고 싶지 않았다.

"그래. 이제 자식까지 낳고 산다는데…… 망할 녀석, 아무리 그래도 그렇지, 어떻게 내 핏줄을 한 번을 안 보여 줘? 내일이라도 데려와 봐. 우리도 더 이상은…… 반대할 명분도 없으니."

"……믿어도 되겠습니까?"

"이…… 이…… 어후. 저걸 자식이라고. 그래, 네 처는 털끝 하나도 안 건드리마. 그러니 손주 녀석 한번 데리고 와 봐. 그럼 그때 자료는 넘겨주마."

"……네. 알겠습니다."

이준이라고 마음이 좋을 리 없었다. 살가운 정은 없었으나 자신에게만큼은 그렇게 나쁜 부모도 아니었다. 항상 바빠 함께할 시간이 없었을 뿐 이준은 늘 외롭게 자라면서도 바쁜 부모님을 이해했고 크게 정도 없었지만 딱히 원망도 없었다.

하지만 결혼이라는 제도에 맞닥뜨리며 모든 사정이 달라져 있었다. 제 부모에게 그런 면이 있을 줄은, 그렇게 무섭고 끔찍한 모습이 있을 줄은…… 미처 몰랐던 이준이었다.

다음 날 아버지 저택 앞에 도착한 이준과 리안이 대문 앞에서 마주하고 섰다.

"리안아, 괜찮겠어?"

"괜찮지. 그럼. 진작 왔어야 했는데…… 죄송해서 두 분을 뵐 면목이 없어요."

늘 괜찮다고만 하던 아내였다. 이래도 괜찮다. 저래도 괜찮다.

그렇게 지독하게 굴었던 시부모도 시부모라고, 천륜이 끊어질까 전전긍긍 어떻게든 자신의 마음을 돌려 보려 애쓰던 아내가 늘 안쓰러웠던 이준이었다.

'괜찮기는 뭐가 괜찮아? 지금도 얼음장같이 굳어 있으면서…….'

"무슨 말이야, 그게. 그게 어디 당신 탓이야? 다 내가 못난 탓이지. 그때 내가 좀 더 빨리 알아차렸어야 했는데……."

아내의 괜찮다를 늘 괜찮다로 해석했던 어리석은 사람이었다. 바쁘다는 핑계로 야위어 가는 아내를, 마음이 죽어 가는 아내를 제대로 살피지 못한 후회는 평생 해도 사라질 것 같지가 않았다.

"아니에요. 내가 좀 더 건강했더라면, 그래서 아기도 잘 낳고 했으면 좋았을 텐데. 그럼 좀 더 빨리 찾아뵐 수도 있었을 텐데."

못마땅했던 며느리였지만, 아기라도 잘 낳았으면…… 그랬다면 그렇게까지 미워하셨을까, 늘 자신의 부족함이 속상한 리안이었다.

"또 쓸데없는 소리, 그거 절대 당신 탓 아니야. 그러니까 그런 생각은 하지도 말고 당당하게 들어가. 내가 같이 있으니까 너무 걱정하지 말고, 조금이라도 힘들거나 하면 미련하게 참지 말고 바로 말해. 알았지?"

"걱정 마요. 잘 할 거니까. 우리 아들 리준이도 있는데 무슨 걱정이에요?"

리안은 남편의 회사명과 같은 아들의 이름을 부르며 사그라지던 용기를 다시 마음으로 불어넣었다.

남편은 회사명을 정할 때 망설임 없이 부부의 이름 한 글자씩을 가져와 이름을 정했다. 회사든 집이든 언제나 우리는 함께라는 뜻이라 말하던 남편의 듬직한 모습이 리안은 아직도 잊히지 않았다.

그렇게 리준은 리안에게 무엇과도 비교할 수 없이 특별한 이름이었고, 어렵게 아들을 낳아 이름을 정할 때 그 이름 외에는 떠오르는 이름이 없었다.

리안은 둘만의 사랑의 결실을 꼭 안고서 떨리는 마음을 다잡으며 별일 없기를 마음으로 기도하고 또 기도했다.

"그래. 알았어."

준은 씩씩하게 말하는 아내의 모습마저 안쓰러웠다. 누가 봐도 긴장으로 뻣뻣하게 굳어 버린 자세와 어색한 표정, 쉼 없이 내뿜는 거친 숨소리는 씩씩하게 내뱉는 말로도 감추어지는 모습이 아니었다.

리안은 아들을 꼭 안고 마음속으로 되뇌었다.

'제발 긴장하지 말자. 감사하게 생각하자. 무서워하지 말자. 두려워하지 말자. 할 수 있어.'

"리안!"

"응?"

"사랑해…… 사랑한다 많이…… 당신이 내 아내라서…… 고마워. 나랑 살아 줘서 고맙다."

늘 밥 먹듯 일상이 되어 버린 애정 표현, 눈을 감고 뜨는 것과 같이 지극히 자연스러운 애정 표현. 너무나 익숙해 당연한 듯 생각했던 표현들이 오늘은 더 크게 다가오고 있었다.

그의 진심을 알기에 눈가에 스미는 뜨거운 눈물마저 달콤하게 느껴졌다. 얼마든지 인내할 수 있을 것 같았다. 이 남자라면 얼마든지 다시 반복돼도 참아 낼 수 있을 고통 같았다. 이 남자라면…….

"나도…… 나도 사랑해요. 당신이 내 남편이라서…… 너무 좋아. 진짜 행복해."

'이 바보…….'

이준은 바람에 흩날리는 긴 머리카락을 다정하게 쓸어 넘겨 주며 차갑게 식어 버린 아내의 이마에 가만히 뜨거운 입술을 내리눌렀다.

이준은 리안의 등을 부드럽게 감싸며 저택의 벨을 눌렀다. 이내 철컥하고 무거운 철문이 열리는 소리에도 움찔하는 리안을 느끼며 어금니를 악물어야 했다. 달래듯 리안의 등을 어루만지며 다시는 돌아오지 않겠다 박차고 나갔던 저택 안으로 발을 들여놓았다.

끝이 없을 것 같은 정원을 지나며 걱정스러운 마음에 아기 이불에 감싸인 리준을 꼭 끌어안는 아내에게서 눈을 뗄 수가 없었다. 이윽고 도착한 현관문 앞에서 한 번 더 리안을 바라보며 자신을 향해 미소를 지어 보이는 아내에게 같은 미소를 되돌려 주고서야 문을 열었다.

"회장님, 사장님 내외 오셨어요."

자신을 보고 눈물을 글썽이며 반가움을 표하는 청주댁을 향해 이준과 리안이 고개를 숙여 인사를 건네고 안으로 들어섰다.

"저희 왔습니다."

현관 앞으로 마중 온 어머니를 보며 이준이 인사를 했다. 리안은 그런 이준의 옆에서 떨리는 마음을 가라앉히려 애쓰며 허리 숙여 어머님께 정중한 인사를 올리고 멀리 거실 소파에서 자신을 바라보는 아버님께도 인사를 올렸다.

"그래그래. 어서 와……."

온종일 아들 내외를 기다리며 거실을 서성이다 도착했다는 소리에 한달음에 달려와 맞이하는 현경이다.

몇 년 만에 집으로 발걸음을 하는 아들 내외를 보며 만감이 교차했다. 저도 모르게 코끝이 찡하고 괜스레 면구스러운 마음이 들어 아들 내외에게 제대로 눈길을 주지 못하고 며느리가 안고 있는 손자에게로 시선을 돌렸다.

"에구, 우리 손자 왔구나?"

현경의 말에 그때까지 거실 소파에 앉아 있던 이 회장이 눈시울을 붉혔고, 손자를 유심히 바라보는 현경의 눈에도 눈물이 고여 있었다.

현경은 장래가 촉망되는 잘나고 잘난 아들을 좋은 짝과 만나게 해 주고 싶었다. 든든한 처가를 만나 더 승승장구하며 잘되길 바랐건만 욕심이 과했다. 이미 사랑하는 여자가 있음에도 갈라놓지 못해 안달이었고, 한참 부족하지만 하는 수 없이 며느리로 받아들였는데…….

가뜩이나 마음에 차지 않는 며느리는 아이를 갖는 것도 쉽지 않았다. 그나마 어렵게 가진 아이도 유산되어 독하고 독한 말로 내쫓다시피 하는데 하필, 출장에서 일찍 돌아온 아들에게 들켜 버려 그길로 며느리와 함께 집을 나가 버렸다.

처음이었다. 늘 점잖던 아들이 이성을 잃고 길길이 날뛰었던, 그런 불같은 성미가 숨어 있었을 줄은…….

현경은 그 일로 이렇게 오랜 시간 아들을 못 보고 지내게 될 거라고는 생각지도 못했었다. 이제 손자도 무사히 낳아 잘 살고 있다니 보고는 싶은데, 그동안 한 일이 있으니 섣불리 나서지도 못하고 망설이며 멀리서나마 몰래 보고는 했었는데…….

"잘 왔다. 리준이라 지었다고?"

"네…… 어머님…… 이리준이에요."

"고생했다."

전혀 예상하지 못한 뜻밖의 따뜻한 말에 리안의 눈에서 뜨거운 눈물이 후두둑 떨어졌다.

"죄송합니다. 너무 늦었어요."

"아니다. 뭐, 이제라도 왔으니 됐다. 나도 뭐…… 잘한 게 없으니. 우리 지난 일은 다 잊자……."

그때까지도 어머니를 믿지 못해 자리를 지키고 있던 이준이 조심스레 뒤로 물러나 주었다. 어머니가 진심으로 사과할 기회를 주고 싶었다.

"전 벌써 다 잊었어요."

"거짓말. 그걸 어떻게 다 잊어. 그래도…… 그렇게 말해 주니…… 고맙다.

그리고 나도 많이 미안했다. 아가. 내가 욕심이…… 너무 많았어.”

아들을 탐내는 집안이 얼마나 많던지…… 욕심은 저도 모르게 독처럼 빠르게 퍼져 나갔고, 그 어떤 부족함 없이 살면서도 더 채워지기를 바랐다.

객관적으로 놓고 보면 인품도, 그 가정도 부족함이 없는 아이였는데, 스트레스를 받지 않았다면 아이도 쉽게 들어섰을지 모를 일이었다. 그렇게 몹쓸 짓을 당하면서도 아들에게 말도 않고 참아 내던, 속 깊은 아이를…….

현경은 처음으로 며느리의 손을 살갑게 만져 보았다.

리안에겐 줄곧 두렵고도 무서운 시댁이었다. 정을 붙이지 못했고, 안정을 찾을 수가 없었다. 자신이 모자라고 부족해 늘 죄송하고 또 죄송한 마음뿐이었다. 자식도 제대로 낳지 못한 데다, 부모 자식 간의 정도 끊게 만들어 버린…… 그 죄스러웠던 마음의 짐을 이제는 조금 덜어도 될까?

리안은 제 시리고 시린 손 위에 놓인 시어머니의 늙어 버린 손을 바라보며, 힘겨웠던 지난날이, 고통스러웠던 기억이 모두 사라져 버리기를 간절히 마음으로 바랐다.

멀리서 그 모습을 지켜보는 준은 아내의 상처가, 아픈 마음이 조금이라도 어루만져지기를 진심으로 소원했다.

아버지가 목을 빼고 리안을 바라보는 모습을 보며 이준이 리안을 불렀다.

“리안아, 아버지도 리준이 보여 드려야지.”

“그래, 어서 데려와 봐, 우리 손주 얼굴 좀 보자.”

“네. 아버님.”

리안은 엷은 미소를 지으며 아들을 고쳐 안고서, 시어머니와 함께 시아버지가 앉아 계신 소파로 향했다.

“어이구. 요고 요고 제 아빠 어릴 때랑 똑같네, 똑같아.”

“그렇죠? 오밀조밀 어쩜 이렇게 예쁠까?”

한참을 두 분이서 리준이를 요리조리 살펴보셨다.

리준이 역시 자신에게 쏟아지는 관심이 싫지 않은지 연신 방실방실 웃으며 할머니 할아버지의 마음을 녹이고 있었다.

　잠시 후 저녁 식사 준비가 끝났다는 청주댁의 부름에 다 함께 식탁에 둘러 앉았다. 오랜만에 모여 앉은 식탁에서 복잡한 심경으로 누구 하나 섣불리 말을 꺼내지 못하고, 정적이 흐르는 공간에선 간간이 수저가 식기에 부딪히는 소리만 들려왔다.

　고요한 식사 자리의 분위기를 바꾼 건 역시나 리준이었다. 리안이 식사하는 동안 청주댁이 거실로 나가 잠시 안고 돌보는데, 뭐가 그리 좋은지 쉴 새 없이 옹알이하며 까르르 웃는 소리에 모두의 입가에 미소가 피어올랐고, 자연스레 리준의 이야기로 대화가 흐르며 분위기가 화기애애해졌다.

　식사를 마치고 이 회장과 이준은 서재로 갔다.

　"그래. 이제 말해 봐, 이 자료가 왜 필요한지."

　"명우그룹의 약점이 필요합니다."

　"그러니까 네가 왜? 그 자료를 누가 찾는다는 말이냐!"

　"우리 처제한테 필요한 자료입니다."

　"아. 그래. 한재희라고 했던가? 이번에 우리를 아주 제대로 물 먹였던?"

　"훗…… 네. 맞습니다."

　이준은 많이 들어 보던 소리에 피식 웃음이 새어 나왔다. 시공사 선정 후 경쟁사로부터 축하 인사를 가장한 원망을 들어야 했던 이준이었다. 도대체 얼마나 야무지게 잘했으면 이런 반응을 보일까. 이준은 프레젠테이션하는 것을 직접 보지 못한 것이 아쉬울 따름이었다.

　"얼마나 대단하기에 전부 입에 침이 마르도록 칭찬을 하던지, 우리 회사로 들였어야 했는데."

　"죄송합니다만, 지금도 그럴 순 없겠는데요?"

　"너 3년 뒤에 들어온다는 건 확실한 거겠지?"

　"네. 한 입으로 두말하지 않습니다."

　아버지께 사직서를 냈을 때 불같이 화를 내며 명패를 집어 던지던, 기세등등

했던 그 눈빛이 아직도 기억 한편에 고스란히 남았는데, 이제는 제가 돌아오기를 간절히 바라는, 세월의 흔적이 고스란히 남아 버린 아버지의 모습을 바라보며 안타까운 마음을 가만히 속으로 삼켰다.

"그런데 그 처제한테 무슨 문제라도 있는 거냐?"

"명우그룹 자료 중에 이태현에 관한 자료도 있습니까?"

"음. 그 망나니 녀석. 여자한테 미쳐도 단단히 미쳤더구나. 그 녀석이 싸질러 놓은 일이 어마어마해. 웬 여자아이 집안을 풍비박산…… 잠깐. 잠깐, 설마…… 설마, 그 여자가…… 그래 맞아! 그 여자 이름이…… 한재희였어!"

보고서에서 스치듯 보았던 이름이 이제야 기억이 났다. 이 회장은 뜻밖의 사실에 놀라며 얼굴을 험하게 일그러트렸다.

"네. 맞습니다. 리안이 사촌 동생. 우리 처제."

"이런 망할! 그래서 지금 네가 그걸 다시 헤집겠다는 게냐? 그건 안 된다. 너무 위험해!!"

"아닙니다."

놀라 얼굴을 붉으락푸르락하는 아버지를 바라보며 이준이 대답했다.

"뭐?"

"제가 하겠다는 게 아닙니다."

"그럼 대체 왜!!"

"지금 그 자료를 누구보다 절실히 찾고 있는 사람이 있습니다. 명우그룹으로부터 처제를 지켜 줄 수 있을 만한 사람, 처제를 사랑하는 사람이 있습니다."

"그래? 얼마나 대단한 사람이기에 명우그룹을 손대려고 해? 그것도 하필 지금 이 시점에!!"

이준은 말을 마치고서 한숨을 내쉬며 자못 심각한 표정으로 고개를 내젓는 아버지의 두 눈을 주시하며 천천히 입을 열었다.

"J&그룹 대표 조프리 휴 존슨."

"뭐. 뭐야?!"

아버지가 자리에서 벌떡 일어서셨다. 무릎이 부실해서 앉았다 일어서기도 쉽지 않다는 양반이 놀라긴 어지간히 놀란 모양이다.

"조만간 회장으로 올라선다는 그 대표 말이냐? 전 세계에 호텔을 거느린, 그 대표? 이번에 네가 맡은 그 호텔 대표?!"

"네 맞습니다."

"이런 세상에 맙소사…… J&이라니, J&그룹이라니!!"

듣고도 믿을 수 없는 말에 아연실색하던 이 회장이 다시 자리에 털썩 주저앉았다.

"그분이 지금 처제 관련 자료를 샅샅이 뒤지고 있는 것 같습니다만, 워낙 기밀 보장이 잘 되어 있으니 찾기가 쉽지 않은 모양입니다."

"그렇겠지, 그럴 거야. 나야 워낙 오래전부터 명우그룹에 원한이 많다 보니 언제고 필요할 때를 대비해서 미리미리 자료를 없애기 전에 다 모아 둬서 망정이지. 제아무리 J& 대표라 해도 쉽지 않을 게야. 일일이 사람들을 다 만나고 다녀야 할 테고, 자료 수집하는 데만도 수개월 걸릴 텐데…… 그래서 날 찾아온 게로구나."

이제야 아들이 저를 찾은 이유를 알 것 같았다. 그 오랜 시간 명우와 싸우며 명우그룹에 쌓인 원한을 제 아들이 모를 리 없었을 테니.

"네. 아버지라면…… 왠지 아시는 게 있을 것 같아서."

"아는 정도가 아니지…… 부모나 자식이나. 특히 그 집의 아킬레스건인 이태현이는…… 아무튼 도움이 된다면 다행이다만…… 아쉽게도 네 처제의 사건에 관련된 자료는 충분하지 않은데…… 그때만큼은 워낙 일 처리가 철저했어."

"그랬겠지요. 그래도 상관없습니다. 지금은 뭐라도, 조금이라도 도움이 될 만한 자료가 있다면 도와드려야겠습니다."

"그러다 괜히 들쑤시기만 하고 J& 대표가 변심해서 떠나기라도 하면 사돈처녀만 죽어날 텐데."

"그럴 일은 없을 것 같습니다만, 충분히 잘 확인해 보고 넘기겠습니다."

"그래⋯⋯ 잘 처리해야 할 게다. 그렇지 않으면 우리 그룹에까지 불똥이 튈수도 있어."

가뜩이나 자신을 눈엣가시처럼 여기고 있었다. 언제고 그룹이 해를 당하게되면, 그때 그룹을 지키기 위한 보험으로 지키고 있던 자료였다.

하지만 누군가 이 자료를 잘 활용해 그들의 민낯을 세상에 알리게 되면, 그래서 명우와 이대훈을 끌어내릴 수만 있다면, 자신에게 그보다 더 득이 되는일도 없을 듯했다.

"네."

"하! 나 이것 참. J& 대표라⋯⋯ 네 처제가 한번 보고 싶구나. 대체 어떤 아이이기에⋯⋯."

이 회장은 아직도 아들의 말이 믿기지가 않았다. 어떻게 그런 거물이 사돈처녀와 그런 깊은 사이가 되었는지⋯⋯.

이준은 아직도 아버지가 놀라 벌떡 일어서던 모습이 지워지지가 않았다. 눈앞에 앉아 있는 남자가 대단하긴 대단한 모양이었다.

자신만의 상념에서 빠져나와 그를 보니 그는 서류 한 장, 한 장을 심각한 표정으로 들여다보고 있었다. 모두 영어로 적혀 있을 리 만무한 서류들이었다.

"한국말 알아들으시던데, 처제에겐 여전히 비밀인가요?"

심각하게 서류를 들여다보다 그제서야 아차 싶어 이준을 쳐다보는 조프였다.

"어떻게 아셨습니까?"

"어쩌다⋯⋯ 알게 되었습니다. 그래서 언제까지 비밀로 하실 생각이십니까?"

"글쎄요. 뭐. 다른 의도가 있어 그런 건 아닙니다. 다만 제가 듣고 싶어 하는 말을 꼭 한국어로 하는 버릇이 있더군요. 저만의 소소한 기쁨이라 제이는 최대한 늦게 알았으면 합니다만."

이러다 제이에게 들키는 것도 시간문제일 듯했다.

"훗. 처제가 왜 아직 눈치채지 못했는지 모르겠지만, 일단 비밀은 지켜 드리겠습니다. 다음에 술 한잔 사시지요."

"하하하. 어디 술뿐이겠습니까?"

"대표님 피곤하실 텐데 이만 들어가시지요."

"네. 이 대표, 오늘 일 잊지 않겠습니다."

"별말씀을요. 저야말로 정말 감사합니다."

보던 자료를 다시 잘 정리해 넣는 조프를 보며,

"……대표님. 우리 처제…… 정말 잘 부탁드리겠습니다. 겉으로 강한 척해도 많이 여린 녀석입니다. 그 일을 당하고도 죄스럽다며 마음껏 목 놓아 울어 보지도 못한 녀석입니다. 가장 많은 보호를 받아야 했었던 시기에…… 혼자서 참 많이 방황했습니다. 잘 보듬어 주십시오. 처제 옆에 대표님이 있어 얼마나 안심이 되는지 모릅니다. 그리고 혹시라도 제 도움이 필요하시다면 언제든 말씀만 하십시오."

"이미 아주 많은 도움이 되었습니다. 감사합니다."

자리에서 일어서 강하게 악수를 나누며 조용히 고마운 마음을 나누는 조프와 이준이다.

이준과 인사를 하고 별장으로 돌아가는 길, 조프는 이준과의 대화 내용을 곱씹으며 일그러진 미간이 펴질 줄을 몰랐다.

자신이 가진 지위나 배경이 누군가에게 부담으로 다가갈 거라고는 생각해 보지도 않았다. 지금껏 그 누구도 부담스러워하는 사람을 본 적이 없었다. 부담은커녕 자신이 무얼 하는 사람인지, 누군지도 모른 채, 그저 타고 다니는 차나 겉모습만 보고서는 얼마나 많은 관심을 보이며 귀찮게 했던가.

이제 와 곰곰이 생각해 보니 제이는 처음부터 모든 게 달랐던 것 같다. 사랑을 나누며 무엇을 바라지도, 요구하지도 않았고, 자신이 무엇을 하는 사람인지, 어떤 위치에 있는 사람인지, 타고 다니는 차에 대한 궁금증도, 관심도 여느 사람들과는 판이하게 달랐다.

처음부터 아무것도 바라는 게 없는 사람처럼, 그런 것들이 자신과는 아무런 상관이 없는 사람처럼.

그녀가 했던 말과 행동들이 끊임없이 기억 속을 스쳐 지나고 이준이 했던 말들과 아무런 말도 없이 자신을 떠나 버렸던 제이가 겹쳐지며, 쉴 새 없이 가슴 속을 파고드는 불안과 초조함이라니…….

운전대를 잡고 있는 손가락이 가만히 있지를 못하고 연신 핸들을 툭툭 두드리고 있었다.

"후…… 젠장!"

'내가 함께 가자고 하면, 너는 순순히 그러겠다고 할까? 또다시 눈앞에서 사라지는 건 아니겠지? 다시 밀어내면, 다시 도망가 버리면. 하…….'

두 번 다시 그녀를 놓칠 수 없었다. 두 번 다시 그녀가 도망가게 내버려 둘 수는 없었다.

"난 아무래도 너 없이는 안 되겠어."

주위를 확인하고선 순식간에 핸들을 꺾어 크게 유턴을 하며 반대편 차선으로 되돌아가는 조프다. 당장 제이를 봐야만 했다. 그래야 뻐근하게 조여 오는 심장이 진정이 될 듯했다. 급격한 진로 변경으로 인해 뒤따르던 경호 차량들도 일대 혼란에 빠졌으나 조프는 그들의 곤란까지 신경 쓸 여력이 남아 있지 않았다.

이윽고 조프의 차량이 제이의 집 앞에서 급히 멈춰 섰다. 차에서 내려 곧장 전화를 하며, 제이 집의 낮은 대문을 다른 한 손으로 짚고서 단숨에 뛰어넘어 현관으로 성큼성큼 걸어갔다.

몇 번의 신호 끝에 드디어 전화가 연결되었다.

― 음…… 조프?

잠결인지 잠긴 듯 속삭이는 목소리에도 조프의 심장은 미친 듯 반응하고 있었다.

"제이, 문 좀 열어 줘."

― 흐음…… 응?

"당신 집 앞이야."

일이 있어 오늘은 들르지 못할 거라며, 꼭 일찍 자라고 신신당부를 했었는데…….

그의 전화로 인해 막 잠에서 깨어난 제이는 천천히 자리에서 일어서며 시간을 확인했다. 밤 11시. 자리에 누운 지 이제 겨우 30분이 지나고 있었다.

잠이 덜 깨 졸린 눈을 비비며 비집고 나오는 하품을 크게 하고는 외투를 꺼내어 걸쳐 입고서야 현관으로 가서 문을 열었다.

"조프, 피곤할 텐데 쉬지 않……."

제이의 말은 이어질 수가 없었다. 문이 활짝 열림과 동시에 조프는 단번에 제이를 덥석 품에 끌어안으며 다급히 제이의 입술을 찾았다. 급하게 뒤따라와 급정거를 하는 경호 차량의 소리도, 대문 앞에 대기 중이던 경호원들도, 의아함에 자신을 주의 깊게 주시하는 알파도, 모두 조프의 관심 밖에 있었다.

그의 등 뒤로 천천히 현관문이 닫혔다.

평소와는 그의 행동이 달라도 너무 달랐다. 항상 자신을 배려하며 늘 조심스럽게 다가오는 조프였다. 하지만 오늘은 무슨 일인지 그의 행동과 몸짓이 모두 초조하고 조급하기만 했다. 의아함에 잠시 그를 떼어 놓는데, 왠지 모르게 갈급해하는 듯한 그의 눈빛에 마음이 저려 왔다.

분명 무슨 일이 있는 듯했지만 제이는 묻지 않았다. 그저 손을 들어 그의 거칠어진 얼굴을 감싸고, 다급한 그의 마음이 어루만져지길 바라며, 발끝을 곧추세워 그의 입술을 살포시 베어 물었다.

"하……."

그의 심장을 타고 올라오는 뜨거운 신음을 삼키며 달콤함이 감도는 그의 입속을 부드럽게 어루만졌다.

그에게 번쩍 들어 올려져 침실로 향하는 중에도, 단번에 벗겨진 외투에도, 등을 바쁘게 배회하는 그의 거친 손길에도, 스르륵 발아래로 미끄러지듯 내려가는 슬립의 감촉에도, 그와의 입맞춤은 멈추지 않았다.

조프는 평소와 달리 거칠어진 자신의 손길도 피하지 않고, 마치 자신을 위로하는 듯한 제이의 몸짓에 이성은 이미 훨훨 날아가 버리고 없었다.

이미 흥분으로 예쁘게 달아오른 사랑스러운 제이를 바라보며 서둘러 슈트를 벗어 던졌다. 조프의 머릿속에는 오직 제이를 안고 싶다는 열망만이 흘러넘치는 듯했다.

한 손에 들어오는 제이의 머리를 단단히 받치고서 키스를 하며 다른 한 손으로 드레스셔츠의 단추를 끄르는데 순간 손안에 느껴지는 껄끄러운 테이핑의 감촉에 아차 싶은 조프였다. 미쳐도 단단히 미쳤나 보다. 자신의 불안함을 달래려다 제이에게 더 큰 불안감을 안길 뻔했다. 결국 셔츠는 벗지도 못하고 곧장 제이를 안아 버렸다.

제이는 옷을 벗다 말고 안아 오는 조프를 보면서도 전혀 이상하다 생각하지 못할 만큼 그에게 취해 있었다. 맨살이 닿는 감촉을 유난히 좋아하는 그를 알면서도 깊이 생각할 틈이 없었다. 이미 그와 키스를 하는 순간부터 생각은 그곳에 멈추어 버렸고, 그를 향한 열기만이 가득 차올라 있었다. 어서 빨리 쌓이고 쌓인 열기가 해소되기를 바라며 누가 먼저랄 것도 없이 함께 보듬고 어루만지며 사랑을 나누었다.

늘 조심스럽고, 부드럽기만 하던 조프도 오늘만큼은 욕심 가득한 연인이었다. 끊임없이 제이를 자극하며 이성을 마비시키고 열정을 토하도록 만들었으며, 열락의 끝으로 끝으로 제이를 이끌고 있었다.

그렇게 애틋하고 열정적인 사랑의 시간을 흘려보내며 기력을 소진한 듯 제이가 또다시 잠에 빠져들려 하고 있었다. 일할 때 보면 에너지가 넘치는 제이였지만 얼마나 격정적으로 사랑을 나누었는지, 늘 사랑한 후에는 이렇게 맥없이 흐물거리는 제이가 그렇게 사랑스러울 수가 없었다.

제이를 등 뒤에서 바싹 끌어안으며 제 품에 쏙 집어넣고서야 안도의 한숨을 내쉬었다.

"제이."

"음……."

"하나만 약속해."

"뭘?"

이미 체력을 모두 소진한 뒤였다. 온몸이 나른한 게 손가락 하나 까딱할 힘이 남아 있지 않아 대꾸하기도 쉽지가 않은 제이다.

"무슨 일이 있더라도 내게서 도망가지 않겠다고, 날 떠나지 않겠다고……약속해."

감았던 눈을 천천히 뜨며, 귓가에 잔잔하게 들려오는 그의 말에 심장이 콕콕 찌르듯 아파 왔다. 제이는 남은 힘을 끌어모아 그를 향해 돌아누웠다.

"내 말 듣고 있어?"

"도망…… 안 가요. 떠나지…… 않을게요."

'당신이 날 먼저 떠나지 않는다면요.'

"그 약속 꼭 지켜."

품에 안겨 오며 고개를 끄덕이는 제이를 느끼고 나서야 불안했던 마음이 조금씩 잠재워지는 듯했다. 헤어지는 일 따위는 두 번 다시 없을 거라고, 가슴 가득 차오르는 만족감을 느끼며 편안하게 잠에 빠져드는 조프였다.

이른 새벽, 제이는 어깨 위로 내려앉는 차가운 공기에 파르르 눈이 떠졌다.

등 뒤에서 들려오는 그의 규칙적인 숨소리가 달콤하게 귓가를 스쳤다. 마치 제 것인 듯 허리를 감싸 안은 그의 강인한 팔도, 당당하게 자신의 다리 사이를 파고든 그의 거친 다리도 사랑스럽기만 했다.

그가 내뱉은 따뜻한 숨결이 어깨 위로 살며시 다가와 부서지듯 흩어지며 차가워지기를 반복했다. 절로 행복한 미소가 떠올랐다.

지난밤 나눈 사랑이 너무 뜨거워서일까. 타는 듯한 갈증에 슬그머니 빠져나와 협탁 위에 놓인 물을 들이켰다.

품에서 빠져나가는 자신을 느끼며 미간에 주름이 살포시 잡히는 사랑스러운 그의 모습에 피식 웃음이 배어 나왔다. 더웠는지 이불 밖으로 삐져나온 그의 다리를 보며 다시 이불을 덮어 주려는데…….

그다지 밝지 않은 은은한 조명에도 그의 허벅지 한쪽을 가득 채우고 있는 시퍼런 멍이 제이의 눈에 한가득 들어왔다.

"맙소사…… 이건 대체 어쩌다 다친 거야?"

걱정스러운 마음에 조금 더 주의 깊게 바라보는데, 눈에 보이는 멍이 비단 그뿐만이 아니었다. 잠이 덜 깼나 싶어 아무리 눈을 비벼 봐도 그의 다리 군데군데 자리한 시퍼런 멍 자국이 사라지진 않았다.

"아니. 이게 대체. 무슨…….'

제이는 조심스레 천천히 이불을 들추어 보았다. 이불에 가려졌던 반대쪽 다리 역시 별반 다를 바가 없었다. 순식간에 온몸이 싸늘하게 식으며 등골이 서늘해지는 제이였다.

실오라기 하나 걸치지 않은 그의 하체를 살펴보면서도 부끄럽지가 않았다. 아니 부끄러움을 느낄 겨를이 없었다.

보드라운 촉감이 좋다며 항상 아무것도 걸치지 못하게 하던 그였다. 자신 역시 마찬가지로 드로즈 한 장도 걸치지 않은 채 안고 있기를 좋아하던 그가 셔츠를 벗지 않았다는 게 그제야 이상하다 싶었다.

머릿속을 파고드는 온갖 나쁜 생각들을 떨쳐 내며, 양손을 잡아 비틀며, 제발 아니기를, 제발 자신이 우려하던 일이 아니기를 바라며 그의 팔 아래 놓인 이불을 천천히 잡아 뺐다. 아직도 단잠에 빠져 있는 그의 셔츠로 손을 뻗는데, 저도 모르게 눈물이 조금씩 차오르고 있었다.

"아니야. 아닐 거야. 아닐 거야……."

마른침을 꿀꺽 삼키며, 달달 떨리는 손을 꼭 말아 쥔 채 다시 한번 마음을 가다듬고서야 조심스레 그의 셔츠로 손을 뻗어 단추를 하나둘 끌러 보았다.

단추가 하나씩 열리고 조금씩 눈앞에 드러나는 그의 몸을 멍하게 바라보는데, 참을 수 없는 흐느낌이 목 안을 가득 채웠다. 가득 차오른 눈물에 그의 몸이 아른거려 제대로 보이지도 않았다. 끝에 남은 단추 하나까지 마저 풀고서야 부들부들 떨리는 손으로 셔츠를 활짝 열어 보았다.

가득 찬 눈물을 담고 있기가 많이 버거웠을까? 눈물이 그의 배 위로 후드득 떨어지고 말았다. 두 손으로 흐느낌이 터져 나오는 입을 틀어막고서 눈을 질끈 감아 버렸다.

조프는 배 위로 느껴지는 생소한 감각에 흠칫 놀라며 감은 눈을 떴다.

"제이?"

입을 틀어막은 채 충혈이 된 슬픈 그녀의 두 눈을 마주하며 무언가 일이 잘못되어 버렸다는 걸 직감할 수 있었다. 서둘러 상체를 일으키며 재빨리 제 몸을 살펴보는데 셔츠가 활짝 열려 있었다.

'오 이런 젠장. 제기랄!'

어금니를 빠득 깨물며 욕지거리가 쏟아져 나오려는 걸 간신히 꾹 눌러 참았다.

"오…… 이런…… 제이……."

그녀가 지금 무슨 상상을 하고 있는지, 그녀의 상처받은 눈만 봐도 알 것 같았다. 급한 마음에 손을 뻗어 제이를 잡으려는데, 자신의 손길을 피하며 침대에서 내려가 쏜살같이 욕실로 사라져 버렸다.

"이런 망할. 이런 젠장!"

그녀보다 먼저 일어나려 했다. 늘 일정한 시간에 눈이 떠지는 조프였기에 피곤함에 눈을 감으면서도 그녀보다 먼저 일어날 수 있을 거라고 자만하며 잠에 빠져들었다.

서둘러 셔츠 단추를 채우고 드로즈를 찾아 입고서 자신의 어리석음에 울분을 토하며 욕실로 달려갔다.

똑똑. 똑똑.

"제이, 제이? 문 좀 열어 봐, 우리 얘기 좀 해. 응?"

안에서 아무런 대답이 들려오지 않아 조바심에 다시 애타게 제이를 불렀다.

"제이? 제이!!"

욕실에서는 샤워기에서 뿜어 대는 물소리 외에는 그 어떤 소리도 들려오지 않았다.

조프는 마음이 급했다. 제이가 혼자서 무슨 상상의 나래를 펼치고 있을지, 어떤 생각으로 또 스스로를 괴롭히고 있을지, 자신의 불안함을 잠재우려다 결국 제이에게 더 큰 고통을 안기고 말았다는 자책에 속이 쓰라렸다.

"제이, 제발 문 좀 열어 봐. 제이!!"

답이 없었다. 잠시 잠깐 문을 부수고라도 들어가 볼까 싶다가도 제이가 어디 있는지를 모르니 혹시라도 다칠까 싶어 그마저도 꺼려졌다.

"키가 어디 있을 텐데, 분명 어디서 봤는데…… 그래. 현관!"

그제야 현관에서 봤던 키 박스가 떠올라 부리나케 그리로 향하는 조프다.

욕실 한쪽 벽에 등을 가만히 기대고 서 있던 제이는 절망했다. 예전에 한 선배가 했던 말들이 너무나 생생하게 떠올랐다.

'너에 대한 집착이 지나친 것 같던데, 나 사고 난 거 아니야. 그 사람이 고용한 사람들한테 구타당했어.'

조프의 몸 군데군데 자리한 멍은 아무리 달리 생각하려 해도 다르게 생각할

128

수 없는 구타에 의한 흔적이었다. 결국 자신의 욕심 때문에 그를 다치게 한 것만 같아 이루 말로 표현할 수 없는 고통이 심장을 후려치는 듯했다.

미안한 마음에 소리 내어 울 수도 없었다. 도대체 어떻게 해야 이 시련에서 빠져나갈 수 있을지 답이 보이지가 않았다.

한편 조프는 키 뭉치를 들고 와 키에 적힌 작은 글씨를 하나하나 살펴보고 있었다.

"욕실. 욕실. 젠장. 빨리 좀 나와라, 빨리. 찾았다!"

욕실이라고 적힌 키가 두 개. 얼른 하나를 넣고 돌려 보니 딸깍하는 소리와 함께 잠금장치가 풀렸다. 서둘러 욕실 문을 연 조프의 눈에 욕조의 한쪽 끝 무릎에 얼굴을 감추고 몸을 웅크린 채 쏟아지는 물줄기를 고스란히 맞고 있는 제이가 들어왔다.

여태 울고 있는지 등이 들썩이고 있었다. 한달음에 달려가 안아 올리려는데,

"맙소사. 이 추운 날씨에 차가운 물로 이러고 있으면 어떡해!!"

온몸이 새빨갰다. 얼음처럼 차가운 물이 송곳처럼 제이의 맨몸으로 내리꽂히고 있었다.

조프는 얼른 따뜻한 물로 바꾸고서 오들오들 떨고 있는 제이를 일으켜 세우며 꼭 끌어안았다.

"감기라도 걸리면 어쩌려고 이러고 있었냐고!!"

얼음장같이 차갑게 굳어 버린 제이의 몸을 만지며 결국 화를 참지 못하고 소리를 버럭 지르고 말았다. 무섭게 화를 내면서도 제이를 꼭 끌어안고서 부지런히 몸을 쓰다듬으며 빨리 찬 기운이 가시기를, 빨리 제이의 몸이 따뜻해지기를 기다리고 있었다.

"혼자 있고 싶어요."

그녀의 말 한마디에도 심장이 무너지듯 철렁 내려앉았다.

"안 돼. 그건 안 돼! 화 안 낼게. 미안해. 내가 미안해."

"당신이 왜? 당신이 뭐가 미안해, 당신이 뭐가!! 당신을 붙잡는 게 아니었어.

129

당신을 끌어들이는 게 아니었어. 돌아서야 했는데, 그래야 했는데. 흑……."

"제이. 분명 어제 약속했어! 무슨 일이 있어도 도망가지 않겠다고, 무슨 일이 있어도 날 떠나지 않겠다고 분명히 약속했다고. 잊지 마!!"

울면서 자신을 밀어 내려 버둥거리는 제이를 빈틈없이 꼭 끌어안았다.

"당신 탓 아니야. 당신이 붙잡지 않았어도 내가, 내가 절대 가지 않았을 거야. 당신 혼자 여기 두고서는 발길이 떨어지지 않아 못 갔을 거라고, 말은 바로 해야지. 당신이 끌어들인 게 아니라 내 발로 들어온 거야. 다 해도 괜찮아. 속 상하면 울고 소리쳐도 돼. 그러니까 밀어내지만 마. 날 네게서 떼어 놓으려고 하지만 마!"

가슴을 밀어 내던 손이 어느새 등 뒤로 가더니 힘껏 등을 때리는 듯했지만 조프는 간지럽지도 않았다.

"도대체 얼마나 맞은 거예요. 도대체 어디를 얼마나 다친 거야…… 흐흑……."

몸의 통증보다 제이가 우는 소리가 더 뼈아픈 조프였다.

"맞긴 누가 맞아!! 내가 어디서 맞고 다닐 사람은 아니라고!"

"아니긴 뭐가 아니야. 그럼 이 멍들은 다 뭐예요! 다치지 않겠다 그렇게 큰 소리치더니 이게 다 뭐냐고!!"

"믿기 어렵겠지만 말이야, 이거 맞아서 그런 거 아니야. 그냥 공격을 막다 보니 몸이 계속 부딪혀서 그런 거야. 내가 훨씬 더 많이 때려 줬다고!! 그러니까 그런 걱정 하지 마. 응?"

"거짓말!! 다 거짓말!! 흑…… 당신이 어디서 무슨 일을 당하는지도 모르고 나는. 나는, 흑. 아무것도 모르고……."

조프는 이대로 계속 밀어내기만 하면 어쩌나 걱정했는데 다행히 자신의 품에 안겨 흐느끼며 주춤주춤 등을 감싸 오는 손길에 조금씩 진정이 되는 듯해 그제야 안도하며 한숨을 몰아쉬었다.

"어디 한번 봐. 이제 안 추워? 괜찮아?"

따뜻한 물에 몸이 제법 데워진 것 같아 안심하며 제이의 얼굴을 살폈다. 다행히 새파랗던 입술도 다시 발가니 혈색이 돌아오고 있었다.

"이제 괜찮으냐고. 안 추워?"

"흐흑…… 더워요."

"뭐?"

"물이 뜨겁다고요. 흑……."

"하…… 사람 놀라게 하는 것도 가지가지 한다."

"나보다 더 놀랐어요? 당신이 나보다 더 놀랐냐고! 어떡해. 어떡해. 이 상처를 다 어쩔 거야……."

물에 흠뻑 젖어 흰 셔츠 안으로 멍이 고스란히 비쳐 보였다. 멍을 보자 또다시 눈물이 터져 나오는 제이였다.

"하아…… 울지 마, 제발. 당신이 우니까 심장이 아파 죽겠어. 얼른 씻고 나가자. 응? 당신 오늘 회사 안 갈 거야?"

"헉."

"걱정 마, 아직 시간 많이 남았어. 그러게 뭘 그렇게 일찍 일어났어? 조금만 기다려 봐, 내가 얼른 씻겨 줄게."

한쪽에 놓인 바디 워시를 찾아 스펀지에 듬뿍 짜더니 하얀 거품을 내며 거침없이 다가오는 조프와,

"내가 할게요. 내가 해요."

지난번과 비슷한 상황에 얼마나 오래 욕실에 머물렀었는지, 부끄러운 생각이 머릿속을 스치며 뒷걸음치는 제이다.

"부끄러워서 빨개진 거야? 더워서 빨개진 거야?"

가느다란 팔로는 가리려야 가릴 수도 없는 아름다운 제이의 몸에서 눈을 뗄 수가 없었다.

"당신은 이 상황에서도 농담이 나와요?"

속상한 마음에도 조프의 짙은 눈빛에 여지없이 예민하게 반응하는 몸이라

니…….

"풋, 그러게. 어쩌지? 이 상황에서도 이렇게 돼 버렸는데?"

조프는 벗은 것과 다름없는 자신의 하체를 가리키며 어깨를 으쓱했다.

"하……."

또다시 붉게 달아오르는 얼굴을 두 손으로 가리며 지금 자신이 우는지 웃는지. 웃고 있다면 과연 제정신인지, 웃프다는 말을 이제서야 실감하게 된 제이와, 거품을 한가득 만들어 흐뭇한 미소를 머금은 채 천천히 다가오는 조프였다.

샤워기에서 쉼 없이 뿜어져 나오는 더운물 때문일까?

몽실몽실한 수증기로 가득 차 버린 욕실 안, 습기를 가득 머금어 제구실을 하지 못하는 뿌연 거울 속에, 흐릿하게 하나로 보이는 두 사람의 인영만이…….

도대체 무얼 하기에 새하얀 거품이 민들레 꽃씨처럼 온 욕실에 흩날리는지…….

조프는 한참이 지나서야 다 씻긴 제이 먼저 욕실 밖으로 내보내고, 함박 웃으며 흠뻑 젖은 셔츠를 훌훌 벗어 버리고 시원하게 샤워를 했다. 울긋불긋 멍이 들어 버린 우울해 보이는 몸과는 대조적으로 너무나도 개운하고 밝은 얼굴빛이었다.

도대체 어떻게 어르고 달랬는지 제이 역시 걱정을 많이 누그러뜨린 채 들어갈 때와는 판이하게 다른 모습이었다.

제이는 부랴부랴 옷을 꺼내 입고 머리를 말린 후 구급함을 찾았다. 시간을 보니 아침 6시였다. 정신없던 아침치고는 제법 여유 있게 남은 출근 시간이다.

잠시 후 욕실 문이 열리더니 조프가 샤워 가운을 꼼꼼히 여미며 나오고 있었다.

"병원은 간 거예요? 약은 발랐어요? 바르는 약 따로 있어요?"

"난 정말 괜찮다니까 그러네."

"괜찮긴 뭐가 괜찮다고 그래요? 병원부터 가 봐요, 우리."

"병원 갔다 왔어. 아무 이상 없고 약은 귀찮아서 안 발랐어."

혹시라도 강한 약 냄새가 나면 다친 걸 들키게 될까 봐 약도 바르지 않았던 조프였다.

"그럼 이리 와요. 내가 약 발라 줄게요. 마침 집에 약이 있어요."

"내가 바를게. 이리 줘 봐."

또다시 멍을 보면 눈물을 흘릴까 봐 꺼려지는 조프다. 기껏 울음을 멈추게 했더니.

"귀찮아서 안 발랐다면서. 얼른 이리 와 보라고요!!"

"또 펑펑 울려고?"

"이제 안 울어요. 다 울었어요. 누굴 울보로 아나."

"하, 울보 아니었어? 나는 천하에 둘도 없는 울보인 줄 알았는데?"

찌릿. 원래가 이렇게 눈물이 많은 사람은 아니었다. 대체로 눈물을 꾹꾹 참는 편이지 이렇게 쏟아 내는 편이 아니었는데. 누구 덕분에 이렇게 울보가 된 건지도 모르면서 놀리기만 하는 그를 야무지게 노려보는 제이였다.

"풋. 알았어. 그럼 잘 발라 줘. 아주 꼼꼼~~하게 구석~구석 다 발라 줘야 해!"

"흠. 그러죠, 뭐. 그게 뭐 어렵다고."

조프는 침대로 가서 벌렁 드러누우며 샤워 가운을 단번에 활짝 펼쳤다.

"쿨럭. 컥컥."

그의 짓궂음에는 언제쯤 적응이 되려는지.

"큽. 큭…… 푸하하하하하."

벌써 몇 번이고 안고 뒹굴며 볼 거 다 봤으면서도 여전히 민망해하며 낯을 붉히는 제이가 왜 이렇게 귀엽기만 한지.

"약 안 발라 줄 거야?"

"바, 발라요. 가요. 가잖아요."

제이는 얌전히 침대로 올라가 살포시 그의 옆에 앉으며 천천히 멍에 바르는 약을 발랐다. 혹시라도 그가 아플까 봐, 처음에는 손가락으로 조심조심 바르다 기울이는 노력에 비해 발라지는 면적이 손가락 하나로 될 법하지가 않았다. 급기야 손가락 세 개로 넓게 넓게 약을 바르며 가슴에서 복부로 내려오는데, 눈이 자꾸만 엉뚱한 곳으로 향해 버렸다.

"에잇!! 안 해, 안 해. 나 안 해!"

약을 바르다 말고 침대를 내려가는 제이와,

"푸하하하하하."

세상 편하게 대자로 누운 채로, 자신의 존재감을 여실히 드러내며 시원스레 웃음을 터트리는 조프였다.

"아직 남았어! 이제 겨우 상체만 발랐다고, 제이! 다리에는 약을 하나도 안 발랐다고!!"

"면적이 하도 넓어서 더 이상 바를 약이 없어요, 약이! 나머지는 저녁에 약사 와서 다시 발라 줄게요. 그땐 속옷 안 입으면 안 발라 줄 거예요!"

말을 하며 냅다 거실로 도망치듯 사라지는 제이였다.

조프는 너무 웃어 눈물까지 찔끔 나왔다.

"조금만 기다려. 더 이상 울지 않게 해 줄게. 매일을 지금의 나처럼 웃게 해 줄게."

제이가 나가고 없는 방에서 혼자 덩그러니 누워 다짐하듯 말하는 조프였다.

4

지난번 여벌로 가져다 둔 슈트를 꺼내어 입고서 거실로 나가 보니 앞치마를 두른 채 부지런히 무언가를 하고 있는 제이가 보였다. 조심스레 다가가 등 뒤에서 가만히 감싸 안으며 제이의 목덜미에 입술을 묻었다.

"헛. 깜짝이야. 준비 다 했어요? 이거 다 됐어요. 같이 먹고 가요."

"음…… 먹는 것보다 다른 게 더 하고 싶은데 어쩌지?"

"세상에, 체력도 좋아. 어떻게 당신은 지치지도 않아요? 대체 비결이 뭐예요?"

"비결? 당신이 내 비결이지. 함께 있으면 늘 기운이 솟아나니까, 그걸 몰라 물어? 그런 의미에서 한 번 더?"

"그만 놀리고요, 이러다 진짜 늦어요. 지난번에도 말했지만 난 그냥 회사원이라고요."

"어허!! 나도 일반 회사원 못지않게 출근 시간은 칼같이 지킨다고! 아니, 오히려 내가 훨씬 먼저 가 있거든? 그러니 항상 그렇게 선 긋기 좀 하지 말지? 가만히 듣다 보면 말이야, 당신은 대표를 너무 차별하는 것 같아. 알아?"

"풋. 알았어요. 미안해요."

요리가 끝난 제이를 돌려세우며 간지러운 버드 키스를 수없이 남발하고 나서야 손에서 놓아 주었다.

그렇게 제이가 가볍게 차린 아침까지 아무지게 챙겨 먹고서 집을 나서는데, 먼저 현관문을 열고 밖으로 나가던 제이가 다시 문을 닫고 들어오는 데는 몇 초도 채 걸리지 않았다.

"맙소사……."

"왜, 또!! 무슨 일 있어?"

놀란 그녀의 얼굴을 보며 걱정스럽게 물어보았다.

"밖에……."

"밖이 왜?"

"하…… 조프! 당신 앞으로 그냥 여기 오지 말아요. 내가 민망해서 나갈 수가 없어."

"무슨 말이야, 그게?"

조프는 도통 영문을 모르겠다는 듯 문을 활짝 열어 보았다. 열 쌍이 넘는 눈동자가 일제히 제이의 집 출입구를 뚫어져라 바라보고 있었다. 그제야 조프는 알 만하다는 듯 껄껄 웃으며 고개를 내저었다.

"이제 적응할 때도 되지 않았어? 뭘 새삼스럽게 그래? 가자!"

당당하게 말하며 제이의 손을 잡아 이끌었다.

"저게 어떻게 적응이 돼요. 평생 가도 적응 못 하겠는데……."

구시렁거리며 고개를 푹 숙인 채 조프의 등 뒤만 졸졸 따라가는 제이였다.

먼저 자신의 차에 오른 제이가 그에게 인사하려 차창을 열었다. 차 지붕을 짚고서 허리를 숙여 제이의 눈을 마주한 조프는 아쉬운 마음을 뒤로한 채 제이에게 주의를 주었다.

"운전 조심하는 거 잊지 말고! 딱 지켜볼 거야, 내가."

"알겠어요. 내 걱정만 하지 말고, 당신도 제발…… 조심 좀 해요."

"그래, 알았어. 회사에서 봐. 먼저 출발해."

"네."

제이의 볼을 쓰다듬으며 기어이 입술을 훔쳐 버리는데, 동그래진 제이의 눈을 바라보며 여지없이 웃음이 비집고 나왔다. 보는 눈이 많아 비록 가볍게 끝낸 키스였지만 하루를 시작하기에 이만한 에너지 보충이 없었다.

제이의 차량과 경호 팀이 출발하고 나서야 자신의 차에 오르며 오늘 할 일을 빠르게 머릿속으로 정리해 보는 조프였다. 어제 이 대표에게 받은 서류를 다시 꺼내 보며, 방금 제이를 대할 때와는 180도 달라진 눈빛이 아주 많이 바쁜 하루를 예고하고 있었다.

조프는 출근하자마자 각 나라별로 올라오는 전자 결재 건을 비롯한 그날의 업무를 빠른 속도로 처리해 나갔다.

급한 일을 서둘러 정리하고 어제 이준 대표에게 건네받은 서류와 제이에게서 받은 자료를 비교 검토하며 분석해 필요에 따른 순서대로 분류하고 있었다. 사안이 사안인 만큼 회사 PC가 아닌 개인용 노트북을 이용해 그 누구도 접근할 수 없도록 주의를 기울이는 것도 잊지 않았다. 그렇게 오전 반나절을 꼬박 자료 속에 파묻혀 분류 작업을 거치고 나서야 모든 자료가 일목요연하게 정리가 되며 일의 두서가 정해졌다.

똑똑똑.

"들어와요."

"대표님! 본사에 좀 가 보셔야겠습니다."

들어서자마자 거두절미하고 곧바로 요점을 말하는 크리스와,

"왜! 무슨 일 있어?"

크리스의 심상치 않은 모습에 절로 인상을 찌푸리는 조프다.

"저…… 그게…… 후…… 회장님께서 입원하셨답니다."

"뭐?! 왜?!"

크리스의 말에 놀란 조프가 자리를 박차고 벌떡 일어섰다.

"실은 입원한 지 한 이틀 되셨답니다. 대표님 걱정하신다고 절대 함구하라고 신신당부를 하셨다는데……."

"함구할 일이 따로 있지! 어디가 어떻게 편찮으신데? 아니아니, 지금 거기 몇 시지?"

"밤 10시 정도 됐을 겁니다."

조프는 곧바로 전화를 들었다. 신호음이 울리기를 몇 차례 드디어 통화가 연결되었다.

"할머니?!"

— 조프, 한창 바쁠 시간에 웬일이야!

오랜만에 들어 보는 손자의 목소리가 반가운지 할머니의 음성엔 기뻐하시는 기색이 담뿍 묻어났다.

"지금 어디십니까?"

— 어디긴 어디야? 집이지.

"들었습니다. 병원이라면서요!"

— 이런 망할! 누가 말했어? 내가 말하지 말라고 그렇게 신신당부를 했건만, 왜 괜한 소리를 해서 멀리까지 가서 일하는 사람 마음을 어지럽혀!! 누구야!!

병실에 있는 누군가를 타박하는 할머니의 목소리가 귓가에 쩌렁쩌렁하게 울려 퍼졌다.

"하…… 괜찮으신 겁니까?"

다행히 우려했던 것보다는 들려오는 목소리가 나빠 보이지 않아 안도의 한숨이 절로 나왔다.

— 괜찮다마다, 잠깐 현기증이 났던 걸 가지고 이렇게 유난들을 떨어!

"지금은요, 컨디션은 좀 어떠세요?"

— 괜찮다니까 그러네. 거기는 별일 없어? 일은 잘 진행되고 있고?

"네. 별일 없습니다. 여기 일은 곧 찾아뵙고 말씀드리겠습니다."

— 바쁜 사람이 뭘 이까짓 일로 오고 그래? 일 봐. 나도 좀 쉬련다.

"네. 할머니. 곧 가겠습니다. 조금만 힘내십시오."

— 그래. 알았다. 너무 걱정하지 말아. 아직은 괜찮으니.

아직은 괜찮다 말씀은 하시지만 평상시와 확실히 달랐다. 여느 때 같았으면 이런저런 질문을 하시며 조금이라도 더 통화를 하려고 하실 텐데 쉬겠다며 전화를 끊으려는 모습만 봐도 기운이 전 같지 않으시다는 걸 알 수 있었다.

"네. 이만 쉬십시오."

짧은 통화를 끝내고서 조프는 가만히 한숨을 내쉬었다.

"목소리에 힘이 전보다 못해. 이안은 뭐래?"

"그게…… 잠깐 혼절하셨다더군요. 혹시 몰라서 관련 검사는 다 했답니다. 다행히 별 이상은 없는데, 입맛이 없으신지 통 음식을 드시지를 못해서 기력이 없으시답니다. 답답하다고 퇴원하려 하시는데, 기력이라도 좀 차리고 가시라고 억지로 붙잡아 둬서 아직은 병원에 계신답니다."

"후……"

안타까움에 조프에게서 깊은 탄식이 흘러나왔다.

"대표님, 임원들이 걱정을 많이 합니다. 회장님께서는 편찮으시지, 대표님은 멀리 가 계시지. 당연한 일 아니겠습니까? 이참에 회장 승계를 서둘러야 한다는 목소리가 커지고 있고, 곧 임시주총도 열릴 겁니다. 한번 가 보셔야 하지 않겠습니까?"

"하…… 그래. 가 봐야겠네."

할 일이 많은데, 하필 지금 이 시점에 본사에 다녀와야 한다니 답답함에 한숨이 절로 나왔다. 일단 한번 가면 하루 이틀에 끝날 일들이 아니었다. 못해도 일주일 이상 머물러야 할 텐데……

"후…… 이를 어쩐다. 일단 스케줄부터 확인해 봐. 당장 급한 일은 지금 바로 가져와라. 네 선에서 처리할 수 있는 건 알아서 하고, 출국은 이틀 뒤. 할머니는 좀 뵙고 와야겠어. 나 가고 나면 여기는 전적으로 네가 맡아서 해."

"그럼 제이슨이라도 데려가십시오. 저 따라다니며 일 많이 배우고 있습니다. 데려가시면 도움이 될 겁니다."

크리스는 마음 같아서는 제가 대표님을 모시고 가고 싶었으나 이쪽에도 벌여 놓은 일이 많아 그럴 수가 없어 안타까웠다. 제가 갈 수 없다면 대표님을 보필할 만한 제이슨이라도 보내야 안심이 될 듯했다.

"그래. 알았다. 제이슨 준비시켜."

조프는 할머니가 무사하신 걸 눈으로 직접 확인해야 할 듯했다. 그래야 다른 일에 몰두할 수 있을 것 같았다.

"네. 알겠습니다."

"가기 전에 야당의 이강성 후보를 만나 봤으면 하는데 약속 좀 잡아 봐. 오늘 당장."

자신 때문에 제이가 선뜻 하고 싶은 일을 하지 못하고 망설이는 듯해서 마음이 쓰였다. 제이가 만나기 전에 자신이 먼저 만나 당부하고 싶은 말이 있었다.

"KR 증권사 대표와 제이 부모님도 내일까지는 만나야 해. 그리고 오늘 안으로 명우그룹 대주주 명단 가져오고, NBC, CBS, ABC, BBC 국장, 뉴욕증권거래소 대표, 한인회 회장 연락처가 필요해."

조프는 바쁘고 급할수록 냉철하게 일의 두서를 정리하며 어느 것 하나 소홀히 하지 않고 냉정하게 일 처리를 하고 있었다.

크리스는 놀랍지도 않았다. 급박한 상황에서는 누구나 당황할 만도 하건만 대표님에게서 그런 모습은 찾아보기가 힘들었다. 오히려 상황이 좋지 않을수록 냉철한 이성과 빠른 판단력으로 일을 추진하며 위기를 기회로 바꾸는 모습을 수도 없이 많이 봐 왔었다.

역시 대표님은 대표님이었다.

"네. 알겠습니다. 그리고 대표님. 한 팀장님 병원에 입원해 있었을 때 주치의를 찾았습니다. 지시하신 대로 계속 주치의 동태 파악하고 있고요. 또 이태현한테 폭행당했던 한 팀장님 선배라는 사람도 어디 있는지 찾았습니다."

"어디야?"

"그게, 우리 호텔 직원이더라고요. J& 본사 소속입니다."

"그래? 잘 됐네. 수고했다. 주치의는 잘 지켜봐. 필요시에 증인으로 세워야 하니, 선배라는 사람은 내가 가서 만나 볼게."

"네. 알겠습니다."

"그리고 크리스, 이거."

조프는 오전에 자료를 정리하며 크리스가 해야 할 일들의 목록을 정리한 파일을 한 부 내밀었다.

"일단 거기 있는 사람부터 찾아야 해. 내가 본사 다녀올 때까지는 반드시 내 눈앞에 데려와야 할 거야. 그 외의 사람들도 자료를 보면 위치 파악은 될 거다. 빨리 찾아낼 수 있을 거야. 그다음 페이지에 있는 블랙리스트 역시 일거수일투족 빠짐없이 보고 올릴 수 있도록!"

"네. 알겠습니다. 근데 이 자료는 어떻게 구하셨습니까?"

"이준 대표. 갚아야 할 빚이 많아지네. 네가 해 줘야 할 일이 많아. 조금만 더 고생해라. 끝나면 푹 쉬게 해 줄게."

"훗. 알겠습니다. 참, 그리고 이번에 본사 들어가시면 인터뷰하셔야 합니다. 더 이상 미룰 수 없을 겁니다. 어차피 회장 승계하시면 최일선에서 한발 물러나셔야 하니 이제는 얼굴이 노출되어도 상관없지 않겠습니까? 물론 좀 불편하긴 하시겠지만 감수하셔야 할 일입니다. 직원들 또한 강하게 원하고 있으니 이젠 그만 못 이긴 척 넘어가 주시죠."

"하……."

꽤 오래전부터 독촉받은 일이었으나 여전히 달갑지는 않았다. 인터뷰를 한다는 건 대외적으로 자신이 누구인지 드러내겠다는 말이며, 동시에 그룹 홈페이지에도 얼굴을 올리겠다는 말이었다.

자신의 얼굴이 노출됨으로써 따르게 될 제약이 너무도 많았다. 전 세계 호텔을 직접 둘러보며 스스로 원석을 찾고 다듬어 제 것으로 만들었을 때의 희열은 그 무엇과도 바꿀 수 없는 성취감을 맛보게 했다. 얼굴이 알려졌다면 결코 할 수 없는 일들이기에 미루고 미루었다. 아직은 사무실 책상에 앉아 올라오는 결재 서류만 들여다보기에는 너무 젊었고 일에 대한 열정도 넘쳐흘렀다.

그리고 그 무엇보다 조프가 생각하는 회사의 모토는 직원이 주인인 회사였다. 자신은 어디까지나 말 그대로 직원을 대표하는 인물일 뿐 회사의 주인은 직원 모두라는 인식에는 변함이 없었다. 그랬기에 J&그룹의 메인 홈페이지를 장식하는 표지에는 항상 직원들의 단체 사진이 자리하고 있었다. 그것도 모든 부서 팀원들의 단체 사진이 매달 교체가 되며 메인 표지를 장식했다.

조프가 대표로 자리하면서부터 생긴 변화였으며, 젊은 나이임에도 불구하고 직원들의 인정과 존경, 막강한 지지를 받고 있는 이유이기도 했다.

"편하게 생각하십시오. 대표님 의중이야 직원들 모두가 다 아는 마당에 대표님 사진 한 장 걸어 두는 걸 뭘 그렇게 꺼려하십니까? 오죽하면 직원들이 청원을 하겠습니까? 남들은 잘나지도 않은 사진 한 장 걸어 보겠다고 그 난리를 치는데. 참…… 어지간하십니다."

"하, 그깟 사진이 뭐 대수라고."

"그러니까요. 제 말이 그 말입니다. 그깟 사진이 뭐 대수라고…… 좋은 방향으로 생각을 좀 바꾸어 보십시오. 인터뷰 한 번만 하시면 앞으로는 어딜 가나 명함을 내밀지 않아도 알아볼 텐데, 그럼 일일이 누군지 소개하지 않아도 되고 얼마나 편하고 좋겠습니까? 그리고 오히려 이번 일 하는 데 도움이 될 수도 있습니다. 한 팀장님 뒤에 누가 버티고 있는지 알면, 그 누구도 쉽사리 한 팀장님 건드릴 수 없을 겁니다."

"흠…… 그래. 알았다. 해 보자, 망할 인터뷰."

크리스의 말이 옳았다.

자신의 신분이, 가진 배경이 너에게 부담이 아닌 방패가 되어 줄 수 있다면 그깟 인터뷰쯤이야 무슨 대수라고…….

"잘 생각하셨습니다. 본사에 준비시키겠습니다. 그럼 전 이만 나가 보겠습니다."

장난기를 싹 빼고 정중하게 인사를 하며 나가는 크리스였다.

"그래. 크리스!!"

"네."

"고맙다."

이미 문 앞까지 다다른 그를 보며 속내를 한번 내비쳐 보이는 조프와,

"인사는 일 다 끝난 후에 제대로 받겠습니다."

능글맞게 말하며 나가는 크리스다.

"싱거운 자식……."

무슨 일이든 믿고 맡길 수 있는 사람이 바로 옆에 있다는 건 대단히 큰 행운이었다. 조프에게는 크리스가 그랬다.

그날 오후 이강성 후보와의 만남이 이루어졌다. 전용기를 이용해 서울에 도착한 조프는 약속 시간보다 10분 정도 먼저 도착해 있었다. 서류 봉투 속에 있는 내용물을 다시 한번 더 확인한 후 봉투를 봉했다.

똑똑똑.

"대표님, 의원님 오셨습니다."

크리스가 문을 열며 이강성 후보를 안으로 안내하고 있었다.

"안녕하십니까? 어서 오십시오."

앉은 자리에서 일어서 먼저 악수를 청하는 조프와,

"네. 안녕하십니까?"

당당함이 느껴지는 남자의 손을 맞잡으며 궁금함에 유심히 관찰하게 되는 강성이다.

"일단 이쪽으로 앉으시지요."

강성은 먼저 자리에 앉으며 마주하는 남자를 바라보았다. 세계적인 그룹의 총수라는 남자는 생각했던 것보다 훨씬 더 젊어 보였다. 그동안 말만 많이 들어 봤을 뿐 실물을 보는 건 처음이었다.

비서실장이라는 사람을 통해 아주 중요한 일이라며 급히 면담을 요청한다는 말에 도대체 무슨 일인지 궁금함을 이기지 못해 바쁜 와중에 일정을 변경하면서까지 이 자리에 나왔다.

"먼저 인사드리겠습니다. 처음 뵙겠습니다. J&의 대표 조프리 휴 존슨입니다. 혹시 영어가 불편하시면 통역을 부를까요?"

"아닙니다. 통역은 필요 없습니다. 난 이강성이오. 급한 일로 면담을 요청했다기에 궁금함을 참지 못했습니다. 도대체 J&그룹의 대표께서 무슨 일로 이 사람에게 면담을 요청하셨는지……."

생각했던 것만큼 직설적이었다. 그 흔한 인사치레도 없이 곧장 본론으로 들어가는 강성이었다.

"바쁘신 분인 걸 잘 알고 있습니다. 그럼에도 불구하고 이렇게 자리해 주셔서 감사드립니다. 그럼 바로 말씀드리겠습니다."

조프는 서류 봉투 하나를 강성에게 내밀었다.

"이게…… 뭡니까?"

"글쎄요. 일단 한번 확인해 보시겠습니까?"

강성은 J& 대표가 내민 서류 봉투의 고리를 풀며 내용물을 꺼내어 살펴보았다. 처음엔 대수롭지 않게 살펴보던 강성의 눈이 점차 커지더니 급기야 동공이 심하게 떨려 왔다.

"이, 이, 이건."

"명우그룹 강주아 회장의 불법 로비 정황 여부를 확인한 서류입니다."

단순한 사건이 아니었다. 무슨 일 때문인지는 모르나 대법원장, 검찰총장, 경찰청장까지 줄줄이 굴비 엮듯 엮여 있는······.

당장이라도 국회의 해당 위원회에서 안건을 심사해 국정감사나 조사를 해야 하는 심각한 사안이 아닐 수 없었다.

게다가 명우그룹 강주아 회장이 누구인가?! 대선을 치르기도 전에 유력한 당선 후보로 점쳐지고 있는 이대훈의 부인임과 동시에, 역대 영부인 중 가장 고상하고 우아한 영부인이 될 것이라는, 국민들의 기대를 한 몸에 받고 있는 인물이 아니었던가. 오히려 대통령 후보보다 더 관심을 받고 있는 사람이 바로 강주아 회장이었다.

"이 자료 정확한 겁니까?"

"네."

"하······ 아니 왜?! 그들이 왜 이런 식의 로비를 해야 한단 말입니까? 뭐가 부족해서?"

"의원님이 보기에도 이상하십니까?"

"이상하다 뿐이겠습니까! 한 나라의 대통령 후보가 엮여 있단 말입니다. 이 게 무엇을 의미하는지 아십니까?"

너무 놀라운 사실을 접하며 강성의 목소리가 절로 높아지고 있었다.

"모르지 않습니다. 의원님도 또 다른 후보가 아니십니까?"

"이걸 나한테 가져온 이유가 뭡니까?"

"가장 적합한 분이라 판단했습니다."

"위험합니다. 의혹만 가지고 잘못 덤볐다가는 내 사람들이 모조리 다 다칠 겁니다."

강성은 섣불리 움직일 수 없었다. 저와 뜻을 함께한 사람들이 어디 한둘이겠는가. 의혹만으로 잘못 움직였다가 행여 일이 틀어지게 되면 그 타격이 저 하나에 국한되는 것이 아니었기에 걱정하지 않을 수 없었다.

"이렇게 중요한 시기에 의혹만 가지고 이렇게 찾아왔겠습니까?! 정확한 정보라고 이미 말씀드렸습니다만, 일단 저는 전달했으니 대선을 치르기 전에 그 걸 활용하고 안 하고는 전적으로 의원님께 달려 있습니다."

"이 위험한 자료를 들고 날 찾아오다니, 대체 나를 어떻게 알고? 나를 어떻 게 믿고 이런 자료를 맡기는 겁니까?"

"그 위험한 자료를 다른 분께 들고 가면 어떻게 될까요? 지지율이 미비한 다 른 후보에게 들고 가면 이미 유력한 대선 후보를 상대로 그 자료를 제대로 펼 쳐 보이기나 하겠습니까? 당사자에게 들고 가지 않으면 다행이지요. 그리고 죄 송합니다만 제가 누굴 쉽게 믿는 성격은 못 됩니다. 직접 겪어 보지 않은 다음 에야…… 더군다나 상대가 정치인이라면 더 그렇고요."

그에게 실례가 되는 말인지 알면서도 속에 담아 둘 수 없는 말이었다. 정당 을 위해서 대의를 위해서라는 온갖 허울 좋은 핑계로 손바닥 뒤집듯 정책도 신 념도 뒤집어 버리는 정치인을 어디 한두 명 보았을까. 앞에 앉은 사람은 부디 그런 부류가 아니길 바랄 뿐이었다.

"그렇다면 왜 날 찾아온 겁니까?!"

강성은 정치인을 믿지 못한다면서 이 위험한 자료를 자신에게 가져온 남자 의 저의가 궁금하지 않을 수 없었다.

"의원님은 아직 믿을 수 없지만, 의원님을 바라보는 제 연인의 안목을 믿어 보는 겁니다. 그녀가 그러더군요. 익히 알고 있는 국회의원의 모습과는 판이하 게 다른 분이다. 불의를 보고 그냥 넘어가실 분이 아니며, 주위 사람들에 쉽게 휘둘릴 분도 아니다. 자익을 위해 여론을 이용하지 않고, 다만 국익을 위해서는 누구보다 냉철하고 치밀하게 여론의 힘을 이용할 줄 아는 분이다. 편견이 없었 다면 벌써 청와대에 자리하셨을 분이다. 라고요……."

조프는 진중한 표정으로 흐트러짐 없이 자신의 말을 경청하는 듯한 강성을 보며 다시 말을 이었다.

"저는 제 연인의 오랜 경험을 믿고, 그녀의 판단력을 믿고, 그녀의 안목과 식견을 믿습니다. 그녀의 말처럼, 정말 국익을 위하는 분이라면…… 그 자료.

그냥 덮어 두지는 못하실 거라 생각합니다만. 불의를 일삼는 이들이 한 나라의 대통령 또는 한 나라의 영부인이 된다면 그 후는 불을 보듯 뻔한 일 아니겠습니까? 의원님의 목적한 바를 이루고자 드린 자료가 아닙니다. 최악은 피해야 하지 않겠습니까? 잘못 건드렸다가 정치공작쯤으로 비칠 걸 우려하신다면, 그 우려는 제가 말끔히 불식시켜 드리겠습니다. 일단 들고 계십시오. 명분은, 제가…… 만들어 드리겠습니다."

"지금 이 시점에, 이 자료를, 하필 나에게 들고 왔다는 건 J& 대표도 나에게 무언가 바라는 것이 있다는 말 아닙니까? 그러니까 대표님도 마찬가지로 나에게 또 다른 로비를 하고 있는 거 아니냔 말입니다. 대체 사람을 뭘로 보고, 대체 이 사람을 어떻게 보고!"

분명 자신에게는 더없이 유리한 상황을 만들어 줄 자료들이었다. 그리고 정말 이런 부도덕한 작자가 한 나라의 대통령이나 영부인이 되는 것을 두고 볼 수도 없었다.

그러나 이 또한 로비의 일환이라면 자신이 그들과 다를 게 무엇이 있을까. 아무런 조건도 없이 이런 위험한 자료를 제게 가지고 왔으리라 생각할 수 없는 강성이었다.

"착각하셨나 봅니다. 이따위 로비를 할 시간이 있으면 그 시간에 제 연인과 시간을 보냈을 겁니다. 이따위 로비를 할 시간이 있으면 회사를 한 번 더 돌아보겠지요. 이따위 로비를 해야 할 정도로 형편없고, 능력 없는 사람은 아닙니다. 제가."

"그렇다면 대체 왜?"

"혹시 한재희라고 아십니까?"

J& 대표의 입에서 왜 그 이름이 나오는지 의아한 강성이다.

"네. 알다마다요. 내 아내를 도와 좋은 일을 많이 한다고 알고 있소만."

아내가 입이 마르도록 칭찬하던 아가씨라 이름이 귀에 박혀 있었다. 젊은 아가씨가 능력도 좋고, 성격도 좋고, 인물도 좋아 어디 하나 빠지는 구석이 없다며 아들이 외국에서 들어오면 자리를 한번 마련해 보겠다던……..

"제가 사랑하는 여잡니다. 그녀가 의원님이나 여사님을 찾을 겁니다. 그때 그녀의 말을 경청해 주십시오. 그것 외에 제가 바라는 건 아무것도 없습니다. 그녀가 와서 하는 말은…… 믿기 어렵겠지만 모두가 다 사실입니다. 그러니 행여라도 터무니없다, 시기가 적절하지 못하다, 그냥 돌려보내지 마시고 일단 그녀의 말을 끝까지 경청해 주십시오."

놀란 표정이 역력한 강성을 보며 조프가 단호한 얼굴로 말을 이었다.

"저는 그것으로 충분합니다. 그녀가 더 이상 사람으로부터 실망하고 다치는 일은 없었으면 합니다. 더구나 믿고 있는 사람에게는 더 말할 필요가 없겠지요. 제 말은 끝났습니다. 혹시 의원님께서 하실 말씀이 있으신지요?"

'내가 없으면 분명 네가 처음 계획한 대로 저 사람부터 먼저 찾았겠지. 그럴 리 없겠지만 혹시라도 내가 없는 시간 속에서 또 너 혼자 상처받고 실망하는 일은 없기를……. 더 이상 사람에게 마음 다치는 일은 없기를…….'

제이가 그들을 찾아가 그녀가 겪어야 했던 일들을 말한다면 누구라도 쉽게 믿지 못할 것이었다. 하지만 지금 전달한 자료와의 연계성을 확인한다면 결코 무시하지는 못하리라. 또한 진실을 어렵지 않게 판단할 수 있으리라.

진심. 강성은 앞에 앉은 남자에게서 묵직한 진심이 느껴졌다.

흐트러짐이라고는 찾아볼 수 없는 시종일관 올곧은 자세, 단 한 치의 흔들림도 없는 냉철한 눈동자, 그 안에서 흘러나오는 강렬한 눈빛. 남자의 진심이 오롯이 가슴으로 전해 오는 듯했다.

"후…… 자료는 충분히 검토해 보겠소. 이게 정말 사실이라면, 이런 사람이 절대 한 나라의 대통령이 되어서는 안 되겠지. 나 역시 자질이 충분하다 할 수는 없으나, 거짓으로 살아 본 적은 없으니 그자보다는 나을 거요. 혹시 일정이 정해지면 어디로 어떻게 연락을 취해야겠습니까?"

"여기. 제 개인 번호입니다. 바쁘실 텐데 시간 내 주셔서 진심으로 감사드립니다."

명함을 한 장 건네며 정중히 고개 숙여 인사하는 조프다.

강성은 이런 남자의 마음을 훔친 여자는 대체 어떤 사람일까 궁금함이 일었다. 늘 말로만 듣던 그 한재희라는 사람을 한번 만나 보고 싶었다.

강성이 나가고 나서도 한동안 자리를 뜨지 않고 물끄러미 술잔을 바라보는 조프였다.

"어떻게 해야 네가 다치지 않게 할 수 있을까…… 어떻게 해야 너의 고통을 최소화하며 일을 해결할 수 있을까……."

현재로서는 힘이 들 듯했다. 제이의 말처럼 그녀를 감추어 두고서는 절대 해결할 수 없는 일이었다.

그렇다면 그녀의 고통이 최소화되도록 노력할 수밖에. 오늘은 그녀에게 갈 수 없을 것 같았다.

"오늘…… 약을 발라 주겠다 했는데. 젠장. 아까운 기회를 놓치네."

아쉬운 마음에 제이에게 전화를 걸었다. 신호가 몇 번 가기도 전에 조프가 내내 걱정하며 그리워하던 목소리가 들려왔다.

— 조프.

"제이, 오늘 일이 있어 못 갈 것 같아."

— 어제도 그랬던 걸로 기억하는데요? 그러다 또 밤에 와서 잠 깨우려고?

"마음은 지금이라도 가고 싶은데…… 오늘은 정말 안 되겠어. 조심해서 잘 들어가고."

— 알았어요. 당신 혹시…… 무슨 일…… 있는 건 아니죠? 목소리에…… 힘이 없어 보여요.

"아니야. 당신이 보고 싶은데 못 봐서 그런가 봐, 일이 좀 많아서. 그래서 그래."

— 그래요? 그럼 얼른 일해요. 그리고 일 끝나면 오늘은 푹 좀 쉬어요. 그만 끊을게요.

"제이."

뚜뚜뚜뚜.

냉정한 여자다. 보고 싶다 한마디를 먼저 하는 법이 없었다. 다른 여자들도 이렇게 전화를 칼같이 끊어 버리는지 문득 궁금해졌다.

"풋, 하긴…… 다른 여자들 같았으면 이렇게 끌리지도 않았겠지."

진한 위스키 한잔이 간절했지만 아직은 해야 할 일이 많았기에 술잔을 밀어 두었다.

룸을 벗어나 문밖에서 대기하고 있던 크리스를 보고 조프가 걸음을 서두르며 말했다.

"크리스, 가자!"

투자를 빙자한 증권사 대표와의 만남이 기다리고 있었다.

조프는 증권사 대표를 만나 명우그룹의 분식회계, 배임횡령 정황에 관한 정보를 조금씩 흘리며 의심을 심어 둘 것이다. 감히 지라시로 돌 수도 없을 엄청난 일이 될 것이었다.

지금 당장은 그들도 지라시든 언론이든 어디로도 섣불리 움직이지 못하고 눈치만 볼 것이나, 때가 되면 이대훈의 테마주로 끝없이 치솟는 명우그룹의 주식은 머지않아 거품이 걷히고 바닥으로 처박힐 일만 남을 것이다.

그들이 미처 정리하기도 전에, 그들이 미처 손쓸 틈도 없이.

전용기와 차를 번갈아 타며 도착한 별장은 이미 어둠에 휩싸여 있었다. 크리스는 피로가 짙은 조프를 안타깝게 바라보며 간청하듯 말했다.

"오늘 수고 많으셨습니다. 대표님! 오늘은 더 이상 일하지 마시고 제발 푹 주무십시오."

"그래. 너도 고생 많이 했다. 들어가서 좀 쉬어라."

오전부터 분주했던 조프는 자정이 넘어서야 별장으로 돌아올 수 있었다. 뼈근한 목을 주무르며 서둘러 샤워를 하고서는 노트북을 펼치며 남은 일정을 점검하고 있었다.

"하…… 보고 싶다……."

일을 하다 문득 떠오르는 제이의 모습에 자리를 털고 일어나 브리프 케이스에 있는 다이어리를 꺼내어 들었다. 다이어리를 펼치자 눈이 부시게 활짝 웃고 있는 제이의 사진이 한 페이지 가득 차지하고 있었다. 그리움에 펼쳤는데 사진을 보니 그리움이 한층 더 진해져 가슴속을 파고들었다.

'겨우 하루, 기껏해야 열여섯 시간 남짓 떨어져 있었다고 이렇게 너에게 달려가고 싶은데…… 온 마음이 너를 향해 가고 있는데…… 며칠을 못 보고도 내가 견딜 수 있을까…… 이쯤 되면 병이다. 병…….'

제이를 남겨 두고 갈 생각에 벌써부터 온갖 걱정이 밀려왔다. 조프는 오늘 밤 쉬이 잠을 이룰 수가 없을 것만 같았다.

매 시간 시간이 귀하게 흘러가고 있었다. 오전 내 정신없이 휘몰아치는 업무를 처리하며, 계속해서 시계를 확인하게 되는 조프였다.

이제 출발할 시간이 다 되었는지 노크 소리와 함께 크리스가 집무실 문을 열었다.

"대표님, 한 팀장 부모님 찾아뵈려면 지금 출발하셔야 합니다."

"도착하면 댁에는 계실까?"

"경호원들의 말에 따르면 보통 5시 이후에는 댁에 계신답니다."

"그래. 출발하자."

조프는 하던 일을 마무리 짓고 크리스와 함께 제주공항으로 향했다. 전용기에 오르며 피곤한지 미간을 꾹꾹 누르는 조프를 보며 크리스가 걱정 어린 목소리로 말을 꺼냈다.

"너무 무리하시는 거 아닌지 모르겠습니다. 본사 가서도 쉬기가 힘드실 텐데, 그러다 몸 상하지 않을까 걱정입니다. 가는 동안 잠시라도 눈 좀 붙이십시오."

"그래. 내가 부탁한 건 준비했어?"

"네. 글렌피딕 50년산으로 준비했습니다."

"더 괜찮은 건 없어?"

"대표님, 이것도 아주 어렵게 구했습니다. 지금 현재 국내에는 글렌피딕 40년, 50년 그리고 글렌피딕 빈티지 리저브 1961 이렇게 딱 세 개의 라인이 그것도 각 한 병씩만 입고돼 있었습니다. 그나마도 예약 판매 하는 걸 수소문 끝에 겨우 알아보고 구했는데, 더 괜찮은 거라니요."

"풋, 알았다. 수고했어. 꽤나 고생한 모양이네. 아주 고맙다. 신경 써 줘서."

웬만해서는 생색을 내지 않는 크리스가 볼멘소리를 하는 걸 보니 정말 구하기가 쉽지 않았나 보다. 오랜만에 툴툴거리는 크리스가 반가워 피식 웃었다.

"그리고 오늘 정식으로 인사하러 가는 것도 아니지 않습니까, 그쪽에 부담이 되면 안 되지요. 사실 여기서는 더 좋은 라인을 구하기도 쉽지 않고요. 이것도 얼마나 어렵게 찾았는데…… 생각 있으시면 이번에 들어갈 때 따로 준비해서 나오시죠?"

그들의 입에 대수롭지 않게 오르내리는 싱글 몰트 위스키 글렌피딕 50년산 한 병은 국산 신형 차 한 대 값을 훌쩍 뛰어넘는, 최고급 라인의 위스키로 국내에서는 구경조차 하기 힘든 위스키였다.

"후…… 그래야겠네."

자리에 앉아 피곤한 눈을 감고 잠시 생각에 잠긴 듯하더니 이내 스르륵 잠이 들어 버린 조프였다.

잠든 지 얼마 되지 않아 전용기는 이미 목적지에 다다른 듯 착륙을 시도하고 있었다.

"쉿!"

최종 목적지까지는 차로 한 시간가량을 더 가야 했지만, 크리스는 이동 시간을 계산하며 대략 20분 정도는 여유가 있을 듯해 잠든 지 얼마 되지 않은 대표님이 조금 더 쉬실 수 있도록 다가오는 승무원에게 고개를 흔들어 보였다.

하루빨리 일이 순조롭게 잘 해결되어 대표님이 이젠 좀 온전히 행복한 시간을 만끽할 수 있기를 마음으로 빌어 보는 크리스다.

여유 시간 20분을 다 채우고 나서야 조용히 조프를 깨웠다.

"대표님."

"어. 도착했어?"

"네. 지금 막 도착했습니다. 차를 타고 또 이동해야 합니다. 컨디션은 좀 괜찮으십니까?"

"어. 잠깐이지만 달게 잤어."

"다행입니다. 내리시죠."

차를 타고 이동을 하며 제이의 부모님 댁이 가까워질수록 저도 모르게 찾아드는 긴장감에 조프는 크게 심호흡을 해 보았다.

"대표님답지 않게 긴장하셨습니다."

"그래 보여? 그럼 안 되는데, 후…… 이게 뭐라고 이렇게 떨리냐? 하. 나참."

처음 느껴 보는 생소한 긴장감이었다. 짜릿했던 카레이서 첫 데뷔 무대에서도 느껴 보지 못했던, 심지어 그룹 대표로 취임할 때조차 느끼지 못했던 긴장감을……

"도착했습니다. 저는 차에서 대기하겠습니다."

"그래. 통역이 필요하면 부를게."

"네. 알겠습니다. 대표님. 파이팅입니다."

"싱겁기는."

주먹까지 쥐어 보이며 외치는 크리스를 뒤로하고 조프는 차에서 내려 제이 부모님 댁을 한번 스윽 훑어보았다. 아버지가 건축을 하신다더니, 건축가다운 면모가 물씬 풍기는 독특한 구조의 집이었다.

프라이빗하게 지어진 1층, 건물 외부로 이어진 심플한 듯하면서도 공중에 떠 있는 듯한 계단, 1층과는 다르게 사방이 유리로 둘러싸여 개방적인 2층, 그 앞에 펼쳐진 초록이 풍성한 넓은 공간, 보통의 평범한 집과는 1, 2층이 완전 뒤바뀐, 독특한 외관이 한눈에 시선을 확 사로잡았다.

"그 아버지에 그 딸인가."

건물을 보며 자연스레 떠오르는 제이 생각에 미소 짓다 이내 미소를 거두었다. 연락도 없이 찾아온 게 마음에 걸렸지만, 제이를 설득해 부모님을 뵙기에는 시간이 촉박했다. 제이의 부모님이 왜 그 사건을 덮어 두라 했는지 조프는 확인을 해 봐야 할 듯했다.

살짝 열린 대문 안으로 조심스레 한 발 들여놓았다.

"실례합니다. 아무도 안 계십니까?"

조프는 천천히 내부를 둘러보며 가장 먼저 눈에 띄는 빈티지 스타일의 현관을 향해 성큼성큼 걸어갔다.

딩동. 벨을 누른 후 다시 한번 심호흡하며 긴장을 여실히 드러내는 자신의 모습에 실소가 터져 나와 버렸다. 곧이어 집 안에서 인기척이 들리나 싶더니 이내 딸깍하고 문이 열렸다. 제이와 닮은, 한눈에 봐도 제이의 어머니라는 걸 알 수 있을 듯한 중년의 여자가 문 앞에 서 있었다.

"여기가 한재희 씨 부모님 댁 맞습니까?"

조프가 영어로 조심스레 물었고,

"그렇습니다만, 누구시죠?"

유창한 영어로 답이 돌아왔다.

경계심. 낯선 남자에게서 딸아이의 이름이 언급되자 바짝 긴장하는 정연이었다. 게다가 이 남자…… 외국인이었다.

"저는 조프리 휴 존슨이라고 합니다. 제이와 만나고 있습니다."

"……."

154

놀라움으로 벌어진 입을 다급히 가리는 정연과,

"그게 무슨 소리요, 우리 제이를 만나고 있다니!"

거실에서 책을 보던 동우도 놀란 마음에, 한달음에 현관으로 성큼 걸어 나왔다.

몇 년간 힘들어하던 딸아이를 모르지 않았다. 근처에 남자라고는 얼씬도 하지 못하게 방어막을 쳐 놓고 혼자서 이겨 내려 애쓰던 모습이…… 늘 심장에 가시처럼 박혀 있었다. 그런데 그런 딸이 만나는 남자라니.

"네. 말씀드린 그대로입니다. 제이와 만나고 있습니다. 제가 많이 사랑합니다."

"그래서? 그래서 어쨌단 말인가? 내 딸아이의 말을 듣기 전에는 믿을 수 없소. 둘이 좋아한다면 함께 왔겠지. 혼자 온 걸 보니 뻔하구먼. 그만 돌아가시오!!"

문전박대. 살아오며 단 한 번도 겪어 보지 못한 일이었다. 눈앞에서 매정하게 닫히는 문을 조프가 한 손으로 덥석 붙잡고서 어딘가로 급히 전화를 하고 있었다.

"이게 무슨 짓인가! 당장 그 손 놓게."

"잠시만, 잠시만 기다려 주십시오."

조프는 소리를 스피커폰으로 켜 두고 어서 제이와 전화가 연결되기만을 바랐다.

— 조프!

스피커에서 흘러나오는……,

"제이, 지금 어디야?"

— 자재 보러 나왔어요. 그것 봐, 분명히 내가 따돌린 거 아니에요. 오늘도 당신이 바빠서 같이 못 온 거지. 안 그래요? 그러게 그렇게 바쁘면서 뭘 매번 같이 보러 가재? 차라리 말을 말지.

너무나 맑고 또렷한 딸아이의 목소리에 둘 다 할 말을 잃고서 그 자리에 굳어 버렸다.

"왠지 나보다 당신이 더 서운해하는 것 같은데? 내 기분 탓인가?"

— 뭐. 오늘 보러 온 곳이 조금 독특한 곳이라 당신이 보면 좋아했을 것 같아서 조금 아쉽기는 해요. 그래도 당신 바쁜데 할 수 없지, 뭐, 어쩌나? 이제 한동안은 자재 보러 다닐 일은 없을 것 같은데?

너무나 자연스럽게 들려오는 사랑스러운 딸아이의 목소리가……,

"대단히 아쉽네. 업무 시간에 데이트할 수 있는 절호의 기회를 이렇게 놓치다니!"

— 치, 업무 시간을 허투루 사용할 사람도 아니면서, 뭘. 그냥 다음에 박람회나 같이 보러 가요. 그때는 내가 일일 가이드 확실하게 해 줄 테니까.

"아주 구미가 당기는데? 이번엔 꼭 약속 지켜. 거기도 혼자 가면 정말 재미없을 줄 알아."

— 알았어요. 꼭 기억할게요. 그런데 당신은 지금 어디예요?

아무렇지 않게 남자와 대화를 나누는 선명한 딸아이의…… 목소리가…… 거짓말처럼 들려왔다.

"나? 늘 궁금했던 곳…… 너와 함께 꼭 와 보고 싶었던 곳?"

닫으려는 문을 붙잡는 남자에게 뭐 하는 짓이냐고 호통을 치다, 들려오는 딸아이의 예쁜 목소리에 놀라, 만감이 교차하며 그저 가만히 숨죽여 그 음성을 듣고 있는 동우와 정연이다.

— 어디지? 궁금한데요?

"훗. 다음에…… 다음엔 꼭 나하고 같이 와."

'그래. 그땐 너와 같이. 우리 둘이 함께…….'

— 좋아요.

"여기가 어딘지 알고?"

— 거기가 어디든 상관없어요. 당신이 있는 곳이라면. 근데 당신 지금 좀 이상한 거 알아요?

"제이!"

— 응?

"보고 싶다…… 많이."

눈 하나 깜빡하지 않고 자신들을 주시하며 딸아이와 태연하게 통화를 하는 남자의 모습이 그제서야 하나하나 눈에 들어왔다.

범상치 않은 옷차림, 무게가 느껴지는 말투, 여유 있는 자세, 어느 것 하나도 결코 평범해 보이지 않았다.

— 누가 보면 한 며칠 못 본 사람인 줄 알겠네? 우리 오늘 아침에도 봤거든요?

"그래도 또 보고 싶다고, 당신도 나한테 할 말이 있을 텐데?"

— 풋, 이젠 놀랍지도 않아요. 하여간 못 말려. 저도 보고 싶어요. 됐어요?

"조금 부족하지만. 오늘은 이걸로 만족할게."

딸아이의 밝은 목소리에 감격에 겨워 울컥한 정연의 눈에서 눈물이 툭 떨어졌다.

"그래. 운전 조심하고, 보고 싶으면 또 전화하고."

— 알겠어요. 당신도 어딘지 모르겠지만 항상 조심해요.

조프는 전화를 하는 중에도 제이 부모님의 눈길을 피하지 않았다. 다소 무례하게 보일지도 모르겠으나 확실히 믿게 하려면 이 방법밖에는, 더 좋은 방법이 생각이 나지 않았다.

그들의 눈동자에 비친 건 일말의 희망일까. 걱정일까. 울고 있는 어머님과 자신을 뚫어져라 주시하며 생각에 잠긴 아버님을 바라보며 그저 기다리는 것 외에는 방법이 없었다.

"일단…… 들어오지."

드디어 동우의 허락이 떨어졌다. 다행히 통역은 필요치 않은 것 같아 부담 없이 집 안으로 들어서는 조프였다.

"여기 좀 앉으세요."

정연의 조심스러운 모습에 제이가 겹쳐 보이며 유려하게 입꼬리가 올라갔다.

"네. 감사합니다. 그 전에 우선 인사부터 다시 드리겠습니다. 처음 뵙겠습니다. 저는 조프리 휴 존슨이라고 합니다."

고개 숙여 정중히 인사를 하고 자리에 앉으며 가져온 위스키를 전했고, 정연은 얼떨결에 전해 오는 선물을 받아 테이블 위에 얌전히 올려 두었다.

"후……."

동우의 깊은 한숨 소리가 들려왔다.

"우리 딸과…… 만나고 있다고……."

믿기지가 않았다. 딸아이가 누군가를 다시 만난다는 것도 놀랄 노 자인데…… 심지어 그것도 외국 남자라니.

"네. 그렇습니다. 지금 함께 일하고 있습니다."

"혹시 J&에 근무합니까?"

"네. 그렇습니다."

남자의 말에서 정중함이 물씬 풍겨 나왔다.

"당신은 차라도 좀 준비해 와요."

동우는 필시 아내가 넋을 놓고 있다는 것을 보지 않아도 알 듯했다. 그러지 않고서야 인사를 하고 자리에 앉아 대화를 시작했음에도 불구하고 저렇게 얌전히 앉아 있을 수는 없는 일이었다.

"어머, 내 정신 좀 봐. 죄송해요. 너무 놀라서 그만."

정연의 얼굴이 순식간에 빨개졌다. 손님을 두고 차를 내올 생각조차 하지 못했다니, 놀라긴 어지간히 놀란 듯했다. 그제야 자리에서 일어나 부리나케 주방으로 향했다.

"제이가 어머님을 많이 닮았나 봅니다."

조프는 긴장한 중에도 순간 웃음이 터져 나와 곤혹스러웠다. 어머님의 모습을 보니 영락없는 제이의 모습이었다.

"흠흠. 죄송합니다."

동우는 고개를 돌리며 헛기침하는 남자를 보며 눈을 떼지를 못했다. 훤칠하게 큰 키에 수려한 외모, 듬직한 인상, 건장한 체격, 외국 사람임에도 불구하고 한국의 예를 갖춘 점잖은 태도와 말투. 어디 하나 나무랄 데가 없어 보였다.

하지만…… 외국 사람이었다. 과연 이 만남이 얼마나 지속될 수 있을지…… 걱정하지 않을 수 없었다.

"한국에 있을 사람은 아니군. 안 그렇습니까?"

"네. 그렇습니다."

아버님께서 어금니를 꽉 깨무시는 모습이 눈에 들어왔다.

"흠."

제이의 부모님은 조프가 상상한 그대로였다. 인자해 보이는 아버님과 제이가 쏙 빼닮은 자애로운 어머님. 계속해서 자신을 주시하는 아버님의 눈에는 근심 걱정이 가득 담긴 듯했다.

정연이 간단하게 다과를 준비해 나왔다.

"여기 좀 들어요. 캐모마일 허브티 좋아할지 모르겠네. 우리 제이는 즐겨 마시는데."

"네. 저 역시 즐겨 합니다. 어머님께서도 여기 좀 앉으시지요. 오늘은 제가 드릴 말씀이 있어 왔습니다. 제이와는 다음에 꼭 함께 와서 정식으로 인사드리겠습니다."

"음…… 내가 걱정이 돼서, 너무 조심스럽네요…… 우리 제이와는 어떻게 만났어요?"

정연의 물음에,

"1년 전쯤 스페인에서 처음 만났습니다. 그리 오래 만나지는 않았지만, 충분히 마음을 나누었다 생각했는데, 제이가 말없이 한국으로 떠나 버려 많이 힘들었습니다. 어머님."

태연하게 미소를 띠며 대답하는 조프다.

"아……."

외국 사람이라 그런가 어떻게 저런 말을 스스럼없이 자연스럽게 하는 건지.

"그럼…… 어떻게 다시 만났는지 물어봐도 될까요?"

"J& 호텔 시공사로 제이 회사가 입찰을 했습니다. 프레젠테이션이 있던 날 다시 만났습니다, 어머님."

"어떻게 그럴 수가…… 정말…… 우연이었어요? 의도하지 않은?"

"네. 그렇게 다시 만나게 될 거라고는 저도, 제이도, 그 누구도 예상하지 못했습니다. 정말 우연이었고, 둘 다 많이 놀랐습니다."

제이의 어머니가 무엇을 걱정하는지 모르지 않았기에 성실하게 답을 하는 조프와 믿기지 않는 우연에 놀라 벌어진 입을 다물지 못하는 정연이다.

"흠…… 할 말이 있어서 왔다고 했는데, 그게 뭡니까?"

가만히 듣고만 있던 동우는 밀려드는 답답함에 성급하게 물었다. 다음에 정식으로 와서 인사를 하겠다는 걸로 봐서, 오늘은 교제를 허락해 달라거나 그 비슷한 무엇도 아닌 듯한데, 무슨 일로 혼자 찾아오게 되었는지 궁금해서 참고 기다릴 수가 없었다.

"제이……의 지난 일들은 다 들어 알고 있습니다."

"뭐?"

"네?"

동우와 정연의 놀란 눈빛이 고스란히 조프에게 내리꽂혔다.

"제이가 겪어야 했던 일들을 알고 있습니다."

"우리 딸이. 당신에게. 그러니까 우리 딸이……."

말이 제대로 나오지 않는 정연과,

"대체 무슨 일을 알고 있다는 거요?!"

날카롭게 되묻는 동우다.

"이태현에 대해 다 들었습니다. 조부모님께서 누명을 쓰셨다는 것까지요."

"뭐라고?!"

"어머!"

동우와 정연은 더없이 커져 버린 서로의 눈을 마주하며 한동안 말을 잇지 못했다.

"말도 안 돼. 어떻게 그럴 수가…… 진심인가 봐, 여보. 우리 제이. 저 사람 정말 좋아하나 봐."

"그런가…… 하…… 이걸 다행이라 여겨야 하는 건가? 난 걱정이 좀 되는데."

"마음을 열었다잖아. 지금까지 누구에게도 꿈쩍도 않던 애가 누군가를 만나는 것만으로도 놀라운데, 세상에 맙소사…… 저 남자한테 다 말했다잖아."

"하…… 외국인이야, 정연아. 이렇게 만나다 훌쩍 떠나면, 이미 마음을 다 줘 버렸는데 떠나 버리기라도 하면 그때 제이가 받을 상처는 상상조차 할 수 없을 거야."

"떠나지 않습니다. 절대."

갑자기 끼어든 조프의 말에 놀라 동시에 같은 곳을 바라보는 동우와 정연의 표정에서 당황스러움이 잔뜩 묻어났다.

"하, 한국말. 알아, 들어요?"

듣고도 믿을 수 없는 말에 남편과 둘이서 한국어로 대화를 나누고 있었다. 그런데 남자가 어떻게 알아들었는지, 강하게 반박하는 말에 소스라치게 놀라며 말까지 더듬게 되는 정연이었다.

"제가 제이를 떠나는 일은 없을 겁니다. 절대, 무슨 일이 있어도 헤어지지 않습니다. 지금 잠시 본국에 다녀와야 하지만 다시 갈 때는 제이와 함께이고 싶습니다. 이건 제이와 얘기를 나눠 본 후에 함께 와서 말씀드리고 싶었는데, 너무 걱정하시는 듯해서."

"마음은…… 잘 알겠어요. 그런데…… 정말 한국말을 알아들어요?"

"네. 알아는 듣습니다. 말도 하려면 할 수야 있겠지만 듣기가 많이 불편하실 듯해서……."

크리스는 제법 자연스레 한국어를 사용했지만, 자신은 아직 갈 길이 멀어 보였다. 말투가 어찌나 어색하고 부자연스러운지 스스로 듣기에 민망할 때가 많아 크리스와 가끔 농담처럼 사용할 때를 제외하고는 군이 하지 않았고, 다행히 써야 할 일도 별로 없어, 통역이 필요할 때면 크리스를 대동하고는 했다.

"세상에……."

도대체 이 남자는 뭘 하는 사람일까, 대화를 나눌수록 궁금해지는 정연이다.

"그것보다. 아버님, 어머님. 먼저 이 말씀을 드려야 하나 말아야 하나 고민이 많았습니다. 하지만 두 분께서도 알고 계시는 편이 더 안전할 듯해서 말씀을 드리겠습니다."

"그래, 일단 들어 봅시다."

동우는 놀란 마음을 가라앉히고 다시 그를 주시했다.

"얼마 전, 이태현…… 그 사람이 다시 제이를 찾아왔습니다."

"뭐야?!"

"네?!"

경악에 찬 동우가 자리에서 벌떡 일어섰고, 정연이라고 별반 다르지 않았다.

"그 무슨 말도 안 되는 개소리요!!"

동우의 악에 받친 고함 소리가 여과 없이 흘러나왔고,

"미쳤어. 돌았어. 사람도 아니야! 어떻게 그럴 수가 있어! 어떻게 다시 나타나! 그것도 제이 앞에…… 어떻게. 흐흐흑."

정연은 놀란 마음을 다스리지 못해 결국 눈물을 쏟았다.

조프는 서둘러 자리에서 일어서 슈트에 있는 행커치프를 꺼내어 정연에게 건넸다.

"제이는 생각보다 잘 견디고 있으니, 너무 걱정하지 않으셔도 됩니다. 제이 주변에 제이를 지키는 경호원들이 있습니다. 그리고…… 허락도 없이 죄송합니다만, 여기도 경호원들이 배치되어 있습니다. 며칠 전부터요."

"하…… 그쪽. 아니,"

동우는 다리에 힘이 풀리며 소파에 다시금 털썩 주저앉았다.

"조프라고 불러 주십시오. 그리고 어머님, 좀 앉으셔야겠습니다. 그러다 쓰러질까 걱정됩니다."

얼굴을 가리며 울고 있는 정연을 보니 꼭 제이가 울고 있는 것 같아 마음이 좋지가 않아, 서 있는 정연을 조심스레 부축하며 다시 자리에 앉히는 조프였다.

"경호원들, 이라니. 하…… 열 사람이 지켜도 한 도둑을 살피지 못한다는 말이 있소. 마음은 고맙지만 그렇게 해서 해결될 일이 아닌 듯합니다."

얼마나 놀랐을까…… 얼마나…….

"정연아, 당신이 제이에게 좀 가 봐야겠어. 당분간 제이하고 함께 지내면서 좀 살펴봐. 아이는 괜찮은지, 먹는 건 잘 먹는지, 잠은 잘 자는지, 당신이 가 봐. 제이 옆에 당신이 있어 줘. 내가 강 회장 만나 담판을 지어야겠어. 이제 더는, 더 이상은 가만히 있을 수가 없어."

"어쩌려고요. 가서 어쩌려고."

"우리 제이 건드리지 못하게 해야지. 내가 죽는 한이 있어도 이번에는 끝을 내야 해. 제이 더 이상 참지 못할 거야. 지금까지야 나 때문에 겨우 참고 있었지, 더 이상 견디지 못해. 덮어 두지 못할 거야. 당신도 봤다면서, 제이 집에서…… 제이가 준비하는 것들 다 봤다면서. 제이가 하기 전에 내가 해야지. 저 다치는 건 보이지도 않을 거야. 겁도 없이 혼자 뛰어들 거라고, 그 전에 내가 먼저 해야 해."

무언가를 결심한 듯 동우의 표정에 결연함이 서렸다.

"여보, 동우 씨. 당신도 위험해요. 다른 가족도 마찬가지고요."

조프는 많이 놀란 듯한 두 분을 보며 어떻게 안심을 시켜 드려야 할까 고심하며 조심스레 말을 꺼냈다.

"아버님, 어머님. 말씀 중에 죄송합니다만, 일단 진정하십시오. 많이 놀라고 당황하신 거 잘 압니다. 하지만 저를 믿고 기다려 주십시오. 지켜보기가 힘드시겠지만 조금만. 조금만 더 참고 기다려 주십시오. 제가 해결하겠습니다."

"이걸 당신이 어떻게 해결한단 말입니까? 당신은 모릅니다. 제이가 지금 누구와 싸우려 드는지."

"이태현 부모가 누군지 잘 알고 있습니다. 제이가 준비하던 자료, 제가 다 넘겨받았습니다. 제이, 아버님 말씀처럼 그 일 덮어 둘 성격 못 됩니다. 그 일 해결하지 않고서는 마음 편히 웃지도, 온전히 행복해질 수도 없을 겁니다. 그리고…… 부모님을 편히 뵙지도 못할 겁니다. 지금처럼."

조프는 제이가 부모님께 갖고 있는 마음의 짐에서도 자유로워지기를 바랐다.

"그게 무슨 소립니까? 우리를 편히 보지도 못할 거라니."

"마음의 짐이 많은 것 같습니다. 자신 때문에 조부모님이 그렇게 되셨다고,"

"말도 안 되는 소리!! 제이 때문이라니, 제이 때문이라니!!"

놀라 소리치는 동우의 얼굴이 사정없이 일그러지고 있었다.

"제이가 그렇게 생각하고 있습니다. 그래서 찾아뵙지도, 연락 한 번을 마음 편하게 하지도 못하는 것 같습니다."

조프는 얼마 전 제이와의 대화를 떠올렸다.

'제이, 부모님과는 자주 보나?'

'음…… 아니요. 그 일이 있고부터는 아빠를 잘 못 보겠어요. 아파서…… 볼 수가…… 없어. 나 때문에 두 분이 그렇게 돌아가셨는데…… 내가 무슨 낯으로 부모님을 뵙겠어요. 아빠도 날 보면 두 분 생각에 많이 힘드실 거예요. 그러니까 내가 안 가는 게 나을 거예요……'

죄책감으로 힘겨운 제이의 모습이 아직도 눈에 선했다.

"처음부터 나였지. 처음부터 모두 내 잘못이었지!! 처음 만나게 된 것도 나 때문이었고, 괜찮은 녀석이라고…… 좋은 녀석이라는 믿음을 심어 준 것도 나였소. 그런 미친 개자식인 줄도 모르고…… 영화표까지 쥐어 줘 가며 딸하고 잘 해 보라고…… 내가, 내가."

다시 생각해도 억장이 무너져 내렸다. 왜 그랬을까. 내가 왜 그랬을까. 어떻게 사람 보는 눈이 그렇게도 형편없었을까. 매일을 후회로 물들였던 동우가 힘겹게 말을 이었다.

"내 딸을 시궁창 속에 밀어 넣어 버렸다고!! 내가…… 내가 무슨 낯으로 그 아이 얼굴을 편히 보겠소. 내 아이를 고통 속으로 밀어 넣은 장본인인 내가! 하물며 진실을 밝히려는 아이를 내 손으로 주저앉혔어. 무슨 자격으로 우리 제이 얼굴을 보겠냐 말이오."

뼈에 사무치는 고통에 가슴을 두드리며 말을 내뱉은 동우였다.

"아버님과 제이, 성격이 닮아 있나 봅니다."

두 사람 다 자신을 탓하며 서로를 밀어내고 있었다. 서로를 위로하고 감싸 안아야 했음에도 미안함에 죄책감에 서로의 마음을 제대로 들여다보지도 못하고, 밀어내기에 바빴다.

동우는 또다시 가슴을 쳐야 했다. 예전과는 확연히 다르게 자신을 보면 어려워하는 딸아이를 보며 저를 미워하나 보다, 이젠 아빠가 보고 싶지도 않은가 보다…… 생각했었다.

딸아이가 스스로를 자책하며 고통받는 줄은 꿈에도 모르고, 그저 날 보면 태현을 떠올리며 그날의 고통을 수시로 되새기게 될까 봐, 보고 싶어도 참고 멀리서 지켜보며 그렇게 아까운 시간을 보내 버렸다. 뒤늦은 후회에 통한의 눈물이 피가 되어 가슴으로 흘러내리고 있었다.

정연은 무너지는 남편을 보며 또다시 뜨거운 눈물을 쏟아야 했다. 아내인 자신조차 헤아리지 못했다. 살갑던 딸아이가 데면데면한 모습을 지켜봐야 했던 남편의 마음을, 저렇게 자책하며 딸에게 다가가지도 못하는 남편의 마음을.

자신조차 남편이 제이를 보고 싶어 하지 않는 줄 알았다. 제이를 보면 비명에 가신 부모님 생각에 고통스러울까. 멀어지는 부녀 사이를 보면서도 그 어떤 것도 해 줄 수 없었던 자신의 무능함에 대한 후회가 뒤늦게 고통스레 찾아왔다.

조프는 뜨거운 눈물을 꾸역꾸역 삼키는 아버님과 그런 아버님을 안타깝게 바라보고 있는 어머님을 보며 두 분만의 시간이 필요할 듯해 조용히 일어나 잠시 자리를 비웠다.

그러기를 10여 분 후. 현관 밖에 잠시 나와 있던 조프에게 정연이 다가왔다.

"고마워요 정말. 나도 하지 못했던 일이에요. 세상에 둘도 없던 부녀 사이였어요. 멀어지는 걸 보면서 나는 아무것도 해 주지 못했어요. 당신이 아니었다면…… 얼마나 더 오랜 시간을 이렇게 힘겹게 지내야 했을지…… 고마워요 정말. 너무 고마워요."

"아닙니다. 제가 아니었어도 머지않아 제이가 먼저 다가왔을 겁니다."

고요하게 두 손을 마주 잡은 채로 자신에게 다가와 조용조용 말하는 정연을 보며 조프는 따듯하게 웃어 보였다.

"들어가요. 그이가 기다려요."

"네. 어머님."

거실에 들어서니 어느 정도 감정의 갈무리를 한 동우가 침울한 표정으로 조프를 맞았다.

"초면에 실례가 많습니다. 부족하고 못난 아비라 그러니 이해 부탁합니다."

"별말씀을요. 전혀 그렇게 생각하지 않습니다."

"앉아요. 차라도 한잔 듭시다."

"네."

조프는 자리에 앉으며 이미 식어 버린 차를 들어 단숨에 들이켰다.

"어머 어째, 다른 차로 준비했는데 그걸 마셨어요? 다 식었을 텐데……."

정연은 새롭게 차를 준비해 나오다 말고 다 식어 버린 차를 거리낌 없이 마시는 조프를 보며 미안함에 얼굴을 붉혔다.

"아닙니다. 오히려 뜨겁지 않아 마시기에 더없이 좋습니다."

어쩜 저렇게 말도 살갑게 하는지.

저런 남자라면……. 저렇게 마음이 따뜻한 남자라면…….

어쩌면 딸아이도 남들처럼 웃고, 남들처럼 즐기고, 남들처럼 평범하게 사랑하며 살 수 있지 않을까. 희망이라는 것이 조심스레 가슴속에 꽃을 피우며, 남자의 모든 모습이 정연의 마음속에 기쁘게 자리 잡고 있었다.

"저, 아버님께 여쭤보고 싶은 게 있습니다."

"말해요."

"제이도, 그리고 이준 대표도 아무것도 하지 못하게 하셨다고 하던데, 이유를 알 수 있을까요? 물론 제이가 위험에 빠질 걸 우려해서 그랬다고는 생각합니다마는. 혹시라도 다른 이유가 더 있지 않을까 해서요."

조프의 말을 들은 동우가 깊은 한숨을 내쉬었다.

"흠…… 도대체 어쩔 생각인 겁니까? 상대가 누구인지도 알고, 그럼 섣불리 건드릴 일이 아니라는 것쯤은 알 텐데, 그럼에도 불구하고 정말 뛰어들겠다는 말입니까?"

"네. 아버님. 이미 준비하고 있습니다."

"그리 쉽게 생각할 일이 아닙니다. 제이가 할 수 있는 일이라고 해 봐야 언론에 제보하거나, 여론에 호소하거나, 본인이 직접 나서서 기자회견하는 정도일 텐데…… 지금 시점에 기자회견도 쉽지 않을뿐더러 설사, 운 좋게 한다 한들…… 그 지지자들이 가만히 있을까, 많이 힘들 거요. 증거 불충분으로 오히려 무고죄나 명예훼손으로 고소당하지나 않으면 다행이지."

"아버님, 한국 언론사로는 제보하지 않을 생각입니다. 아버님 말씀처럼 한국 언론은 곧 다가올 선거에 대한 부담감이 있으니 누구라도 건드리고 싶어 하지 않을 겁니다. 이번에 본국에 돌아가면 거기서, 거기서부터 시작할 생각입니다."

동우는 도대체 앞에 앉은 남자가 뭘 믿고 이리도 당당하게 나오는지, 도대체 어쩌려고 이러는 건지 알 수가 없었다.

"아무리 생각해도 안 되겠소. 우리 딸아이를 생각하는 마음은 내 충분히 알겠으나, 당신까지 위험에 빠지게 할 수는 없어. 온갖 구설수에 오르내리게 될 테고, 당신이 다니는 회사에서도 잘못될 수 있어요. 그러니 내가 하겠소. 우리 가족의 일이오."

"아버님. 저는 이번 일에 따른 위험이나, 악의적 소문, 그 외 일어날 모든 일들에 대해 감당할 준비가 되어 있습니다. 제이가 지난 일을 훌훌 털어 버릴 수만 있다면 기꺼이 감수할 생각입니다. 그러니 저를 믿고 무엇이든 말씀해 주십시오."

마주한 시선에서 둘 중 어느 누구도 양보할 마음이 없는 듯 흔들림이 없었다.

"후…… 젊은 사람이 겁이 없는 건가, 무모한 건가."

동우는 뚫어져라 자신을 바라보는 남자를 보며 고개를 설레설레 흔들었다.

"정연아, 잠시 자리 좀 비켜 줘."

"네?"

"이 사람하고 할 말이 있어서 그래. 잠시면 돼."

"네."

정연은 서운함을 뒤로한 채 자리에서 일어섰다. 남편이 잠시 자리를 피해 달라고 할 때는 분명 그만한 이유가 있을 테니 지금은 남편의 말을 따라야 할 때였다.

동우는 비통한 지난 일들을 돌이키며 크게 한숨을 내뱉고서 어렵게 말을 이었다.

"난 내 부모를 믿었어야 했어. 내 부모를 절대적으로 믿었어야…… 그럴 분들이 절대 아닌데…… 절대 아닌데…… 제이가 제대로 깨어나지도 못하고 횡설수설하는 모습이…… 경찰이 내미는 모든 증거와, 모든 정황이…… 내 부모를 가리키고 있었소. 정상적인 사고가 안 되더군…… 죽고 싶었어. 할 수만 있다면 그 자리에서 혀를 깨물고 죽고 싶었지. 미안함에 제이 얼굴조차 제대로 바라볼 수가 없었소."

정신을 차렸어야 했다. 고통스럽다 해서 피하고 덮어 버릴 게 아니라 사건의 본질을 제대로 들여다보고 파헤쳤어야 했는데…….

조프는 고통스레 일그러진 얼굴로 힘겹게 말을 꺼내는 동우를 보며 시선을 내려 그저 묵묵히 들어 드리는 것밖에는 할 수 있는 게 없었다.

"그러다 제이가 잠깐 정신이 돌아왔을 때…… 전혀 다른 말을 하더군. 당장 경찰서로 달려갔지. 정신이 오락가락하는 딸의 말을 믿으며 오히려 미친놈 취급을 당했지. 증거 있냐고…… 증거를 가져오라고…… 기가 막혔어. 그때가 하필…… 내 부모의 장례를 급하게 치른 후였소. 얼마나 우스웠을까. 끔찍한 내 부모를 급하게 화장하는 나를 보며 그들은 무슨 생각을 했을까……."

이가 으스러져라 꽉 깨물며 목이 메어 한동안 말을 잇지 못하는 동우에게 가만히 물잔이 다가왔다. 자연스레 물잔을 내민 손을 따라 거슬러 올라가는데,

"누구라도 그런 상황에 닥치게 되면 정상적인 사고와 판단은 불가능했을 겁니다. 저 역시 아버님처럼 하지 않았을 거라고 장담할 수 없습니다."

놀랍게도 경멸이 담기지 않은 눈빛이었다. 오히려 공감을 하는 말과 진중한 눈빛에 힘을 얻어 바닥으로 꺼졌던 기운을 끌어 올려 말을 이어 가는 동우다.

"여기저기 들쑤시기 시작했지. 늦었지만 진짜 증거를 찾아야 했어. 하지만 이상하게도 경찰이 찾아와 나에게 사정을 하더군. 제발 그만두라고, 아무리 해도 재수사는 힘들 거라고…… 도무지 그들이 무슨 말을 하는지, 그때까지도 몰랐어. 내 행동에 내 딸이 위험에 빠질 수 있다는 생각까지는……. 아이는 다시 정신을 잃었고, 그때 태현 모친, 그러니까 강주아가…… 날 찾아왔지."

그 이름을 입에 올리는 것만으로도 치가 떨렸다.

"제이가 정상적으로 사는 모습을 보고 싶으면 그만 멈추라 하더군. 나는 몰랐소. 정말…… 내 딸아이가 왜 빨리 일어나지를 못하는지…… 오랜 시간 흐린 정신으로 자다 깨기를 반복하는 딸아이가 이상했지만, 의료진을 믿었어. 정신적 충격이 너무 심해서 그런 거라고."

설마설마하던 조프의 미간이 사정없이 구겨져 버렸다.

"알고 보니 매일을 유심히 관찰하며 특정 성분이 들어 있는 주사를 링거에 주입했었다더군. 딸아이가 정신을 차릴 수 없도록, 온전하게 깨어날 수 없도록, 시간을 벌기 위해 그런 일까지 서슴없이 할 줄은…… 그 정도로 악랄하고 끔찍한 인간일 거라고는…… 웃기지 않소, 내가 그들을 도운 거나 마찬가지요. 아니. 가장 앞장서 도운 꼴이 되었지……."

참고 참았던 분노가 고스란히 조프의 얼굴에 드러나고 말았다. 사람의 껍데기를 하고, 어떻게 짐승도 하지 않을 짓을 서슴없이 할 수 있었을까.

그들은 아픈 딸에게 그 부모의 눈과 귀를 묶어 두고, 뒤에서 온갖 악행을 저지르며 철저하게 사건을 은폐시켰다. 그런 줄도 모르고 제 부모를 원망하며 얼마나 참담하고, 얼마나 비참하게 보내 드렸을까…….

조프는 이분들이 겪었어야 할 고통을 감히 마음에 그려 볼 수조차 없어, 분노를 가라앉히기가 쉽지 않았다.

"화가, 우리 가족에게만 국한된 것이 아니었어. 동생 내외, 조카사위, 사돈에 팔촌까지 낱낱이 조사를 해, 그들을 하나하나 들먹이며…… 협박까지 하더군…… 내가 할 수 있는 게 없었어."

개죽음을 당한 부모의 누명은 벗길 엄두조차 내지 못하고, 그저 딸의 앞날만을 걱정하는 불효를 저지르며 남은 가족을 지키기 급급해야 했다.

행여 딸아이가 나쁜 마음이라도 먹으면 어쩌나 전전긍긍…… 차라리 이민을 가 버릴까 했지만 완강하게 버티는 제이 때문에 그마저도 포기해야 했다.

"나는 무능한 아비요. 나는 자식으로서도 아비로서도 자격 미달이었소. 후…… 제이와 아내는…… 아직도 제이가 충격으로 일어나지 못했던 걸로 알고 있으니…… 그냥 그렇게 알고 있도록 해 주면 좋겠는데."

말을 마친 동우가 눈앞에 앉은 남자를 바라보았다. 남자의 감은 눈이 파르르 떨리고, 꽉 맞물린 입은 딱딱하게 굳어 있었다. 이윽고 감은 눈을 뜨며 자신을 바라보는 남자에게서 미처 털어 내지 못한 분노가 느껴지는 듯했다.

"네. 무슨 말씀인지 잘 알겠습니다. 어려운 말씀 해 주셔서…… 감사합니다. 그럼 혹시 아버님께서 일을 관두신 것도 그쪽에서……"

"아니. 그건 아니오. 난 학생을 가르치는 교수였소. 내 아이를 온전히 지키지도 못하고, 죄를 묻지도 못하고, 진실을 밝힐 용기도, 틀린 걸 바로잡을 수도 없는 내가 학생들을 가르칠 자격이 있을까? 교편은 내 스스로 놓았소."

"네."

"앞으로의 계획을 물어보면 말해 줄 텐가?"

"말씀드리면 걱정만 더 하실 듯합니다. 모르고 계신 편이 오히려 안전할 듯해 많이 답답하시겠지만 저를 믿고 기다려 주십사 청할 수밖에 없으니 죄송합니다. 지금은 제이와 부모님의 안전이 가장 중요합니다. 제이와 부모님이 안전하다는 믿음이 있어야 제가 일을 진행하기에도 편합니다."

"섣불리 움직이지 말라는 소리군……"

"네. 그렇습니다. 그리고 빠르면 내일, 늦어도 모레는 제가 본국에 가 봐야합니다. 일주일 정도 머물다 올 예정입니다만……"

조프는 잠시 머뭇거렸다. 요즘 신경 쓸 일이 많았던 제이가 긴 시간 혼자 있게 되면 또 악몽을 꾸게 되지는 않을까 여간 걱정스러운 게 아니었다. 그래서 가능하면 부모님이 제이의 곁에 있어 주면 어떨까 싶었다.

하지만 부모님 역시 힘든 시간을 보내는 듯한데 거기다 딸의 악몽까지 마주하게 된다면 얼마나 더 큰 고통 속에 허우적거려야 할지, 뒤늦은 망설임이 찾아왔다.

"할 말이 더 있는 듯한데 괜찮으니 해 봐요."

"아닙니다. 혹시라도 시간이 괜찮으시다면 제주도에 한번 들러 주십시오. 제이가 좋아할 겁니다."

제이를 살펴봐 달라는 말을 돌려 하는 듯했다. 아비인 자신이 해야 할 부탁을 되레 부탁하는 속 깊은 남자의 모습에 울컥해 눈시울이 뜨거워지는 동우였다.

"그렇게 하겠소. 흠. 시간이 늦었으니 식사라도 하고,"

"아! 아닙니다. 밖에 기다리는 사람이 있어 식사는 다음에 제이와 함께 와서 하겠습니다. 오늘 정말 감사했습니다."

"부디 조심해요. 혹시 무슨 일이 생기면 나에게 연락해 주면 좋겠는데. 그리고 뭐든 궂은일을 해야 하는 게 있다면 주저 없이 나에게 넘겨요. 아. 그리고 잠시만 기다려 봐요."

동우는 서재로 가서 꽁꽁 감추어 두었던 서류를 가져와 내밀었다.

"딸아이가 입원해 있을 때, 내가 그날그날 기록한 일지요. 약 이름이 적혀 있지 않은 건 기록하지 못했고, 눈에 보이는 건 다 기록해 둔 거요. 도움이 될지 모르겠지만."

일지에는 제이가 깨고 잠든 시간, 처방받았던 주사와 약, 제이 몸에 일어난 반응들. 하다못해 제이가 무의식에 내뱉은 웅얼거림까지도 세세히 다 기록이 되어 있었다. 어떤 심정으로 일지를 적어 내려갔을지. 보지 않아도 알 것 같아 조프는 마음이 저렸다.

"도움이 되다 뿐이겠습니까. 감사합니다. 그럼 전 이만 일어나야겠습니다."

"그리고…… 이건 가져가요. 술에 대해 문외한인 나도 들어 본 적 있는 이름이구먼. 받을 수 없어요. 집에 둬 봐야 마시지도 못할 거고. 가져가요. 마음은 정말 고맙게 받겠소."

"그럼 보관 부탁드립니다. 다음에 제가 와서 마시겠습니다."

"허…… 허허. 나 이것 참."

외국인이라 우려했던 마음이 서서히 걷히는 듯했다. 딸을 믿고 맡겨도 될 만큼 속이 깊고, 믿음직스러워 보이는 모습에 실로 오랜만에 동우의 입가에 웃음이 어렸다.

극구 사양하는데도 불구하고 동우와 정연이 대문 밖까지 나와 조프를 배웅하려 하고 있었다.

차에서 대기 중에도 크리스는 맡은 일을 처리하며 쉴 새 없이 울려 오는 전화를 붙잡고 바쁜 시간을 보내고 있었다. 그러다 문득 사이드 미러를 보는데, 조프가 오는 것이 보여 서둘러 차에서 내려 반갑게 그를 맞았다.

"용무는 마치셨습니까?"

"어. 생각보다 길어졌어. 이럴 줄 알았음 같이 들어갈 걸 그랬다."

"일행이 있으시면 같이 들어오시지 않고요. 날도 추운데."

정연은 추운 날 밖에서 여태 기다리고 있었을 사람을 보며 걱정이 앞섰다.

"아닙니다. 많이 바빠서 들어가 앉아 있을 수가 없었습니다. 말씀이라도 감사합니다."

정중하게 인사를 하는 크리스다.

"크리스, 인사드려. 제이 부모님."

"처음 뵙겠습니다. 크리스 에반입니다."

크리스가 한국말로 또박또박 인사를 건넸다.

"반가워요."

외모는 한국인이나, 말하는 걸 보니 외국에서 살았나 보다. 그럼에도 불구하고 싹싹하게 한국어로 인사를 해 오는 크리스가 너무 고마워 정연이 반갑게 인사를 나누는 사이 동우는 초면에 무례하다 싶을 정도로 크리스를 유심히 바라보고 있었다.

분명 처음 보는 사람인데 지나치게 낯이 익었다. 마치 친구의 젊은 한때를 보는 듯한 착각이…….

"여보, 동우 씨?"

아무 말도 없이 상대를 뚫어져라 바라보는 남편을 보며 정연이 가볍게 팔을 스치며 불렀다.

"어? 어, 어. 그래, 반가워요. 제이 아비 되는 사람입니다."

인사를 하며 한 번 더 유심히 보게 되는 얼굴이었다.

"그럼 바쁠 텐데 이만들 가 봐요. 날도 추운데 밖에 오래 세워 둬서 어쩌. 밥도 못 먹여 보내고. 다음에 꼭 다시 와요. 그땐 맛있는 밥 해 줄게요."

생각에 잠긴 듯한 남편을 대신해 정연이 배웅을 서둘러 마무리 지었다.

"감사합니다. 어머님. 아버님. 그럼 이만 가 보겠습니다. 날이 춥습니다. 들어가십시오. 크리스, 가자."

크리스는 자신을 주시하는 아버님을 바라보며 습관적으로 조프를 위해 차 문을 열어 주었다.

조프는 그런 크리스의 모습에 속으로 앓는 소리를 하며 크리스만 들을 수 있는 목소리로 말을 뱉었다.

"그냥 타."

"네? 아, 네. 그럼."

크리스는 재빨리 운전석으로 돌아가 한 번 더 가볍게 인사를 한 후에야 차를 출발시켰다.

"죄송합니다. 제가 실수했습니다. 근데 어차피 조금만 있으면 알게 될 텐데 굳이 직책을 숨길 필요가 있을까요?"

"흠. 제이 부모님이잖아. 혹시라도 제이와 생각이 비슷하신 분들이면 부담 스러워하실 거야. 가뜩이나 걱정 많으신 분들인데 보탤 일 있어?"

조프는 괜찮다는데도 불구하고 집 앞까지 배웅을 하겠다며 따라 나오는 제이 부모님을 보며 급히 크리스에게 문자를 보냈었다.

[격식은 치워라!]

"눈치채지는 못하셨겠죠?"

"글쎄…… 그러게 내가 문 열어 주는 거 그만하라고 몇 번을 말해? 내가 손이 없어? 너는 쓸데없는 것만 늘어!"

"제가 하나부터 열까지 바로 서야 비서실에 다른 사람들도 보고 배울 거 아닙니까?! 이제 그만 포기하실 때도 된 것 같은데 말입니다!"

자동차 문이야 그저 형식에 불과했다. 크리스는 조프가 가는 길이라면 어디든 열어 주고 싶었다. 그가 편히 갈 수 있도록 모든 길을 열어 줄 수만 있다면, 그곳이 어디라도 마다하고 싶지 않았다. 하물며 자동차 문 따위가 무슨 대수라고.

"말을 말자, 말을 말아!! 널 누가 말리냐!!"

조프는 타박을 하면서도 피식 웃음이 새어 나왔다. 정말 엉뚱하고, 정말 멋진 녀석이다.

"그나저나 말씀은 잘 나누셨습니까?"

"후…… 뭐든 상상한 그 이상이야."

조프는 아버님과 나눈 대화를 떠올리며 다시금 치솟는 분노에 한숨을 내쉬었다.

"참, 대표님. 리스트 중 몇 명은 벌써 해외 곳곳으로 출국을 했더라고요."

"젠장, 추적 잘 해 봐."

"네."

조프와 크리스는 이동 중에도 계속해서 앞으로 진행할 일에 대한 내용을 주고받았다.

그 시각. 정연은 정연대로 동우는 동우대로 들어차는 상념에 머릿속이 복잡해 좀처럼 움직이지 못하고 배웅한 그 자리에 머물러 있었다.

"여보…… 외국회사에서 개인 비서가 있으려면 어느 정도의 위치에 있어야 할까요?"

"글쎄…… 그건 왜?"

"그냥. 아까 그…… 크리스라는 사람이 너무 깍듯하게 대하는 듯해서 문득 궁금하네."

"그래? 난 그 사람 얼굴 보느라 다른 건 신경을 못 썼는데. 뭘 어쨌기에?"

"조프…… 그 사람이 가자마자 차에서 내려 인사하는 모습도 그렇고, 차 문을 직접 열어 주더라고요."

"그랬어?"

"그랬다니까, 글쎄. 그나저나…… 참 따듯하고 좋은 사람인 것 같아. 그러니까 제이도 마음을 열었겠죠? 좋게 보기 시작하니 이름도 멋있게 느껴지더라고,

조프리 휴 존슨이라······."

"어······ 어? 이름이 뭐······라고?"

"조프리 휴 존슨, 아까 인사할 때 못 들었어요?"

왠지 낯설지 않은 이름이었다. 아까 인사할 때는 사실 제이가 만나는 사람이라는 것만으로도 머릿속이 벅차 다른 생각이 끼어들 틈이 없었다. 아내가 말하는 지금에야 왠지 이름을 어디선가 들어 본 듯한데······.

순간 섬광처럼 스쳐 가는 생각에 동우는 발을 바쁘게 움직여 집으로 향했고, 갑자기 걸음을 서두르는 남편을 보며 정연도 덩달아 바삐 들어갔다.

집으로 들어오자마자 테이블에 놓인 노트북을 펼치며 J&그룹 홈페이지를 검색해 들어가는 남편을 보며 그저 옆에서 멀뚱멀뚱 지켜볼 수밖에 없었다.

바삐 접속해 들어간 J&그룹 홈페이지. 그룹 인사말에 나오는 회장의 이름, 그 아래에 있는 대표의 이름이 바로 '조프리 휴 존슨' 이었다.

제이가 새로운 일을 맡게 되었다고 제주로 내려간다기에 부랴부랴 그 회사를 검색해 봤었다. 어쩐지 이름이 생소하지 않더라니······.

정연은 멍하니 모니터 화면을 응시하며 걱정스러운 표정을 하고 있는 남편을 보며 도대체 왜 저러나 싶어 모니터를 살펴보았다.

"헉! 여, 여, 여보······ 동우 씨! 방금 그······ 사람······ 그 사람이 J& 대표인 거예요?"

"하······ 그런가 봐."

"맙소사······."

"하······."

깊은 탄식을 내뱉으며 고개 숙여 마른세수를 하는 동우였다. 딸아이가 하는 사랑은 왜 이렇게 버겁고 힘들기만 한지, 앞으로 어떤 일을 더 겪어야 할지. 수많은 걱정이 꼬리에 꼬리를 물었다.

말이나 행동이 범상치 않다 생각은 했지만 설마 대표일 줄이야······.

동우가 바라는 건 많지 않았다. 그저 딸아이가 남들처럼 평범하게, 남들이 누리는 소소한 일상의 행복을 느낄 수 있기를. 너무 바쁘지 않게, 삭막하지 않게, 좋아하는 일 마음껏 하면서, 제 능력 마음껏 펼치면서 성취감도 맛보고, 자유도 만끽하며 평범함 속에서 행복을 찾기를 바랐다. 누군가의 아내, 누군가의 며느리가 아닌, 한재희로서의 삶을 살아가길 바랐다.

무한한 가능성을 가진 딸아이가 가두어지지 않고 떳떳하고 당당하기를…….

앞으로 겪어야 할 딸아이의 앞날이 결코 순탄치만은 않을 듯해 복잡한 심경에 나오는 건 한숨뿐이었다.

"우리 제이 또 상처받으면 어떡해…… 이미 마음을 다 준 것 같았는데……."

정연이라고 다르지 않았다. 제이의 그릇에 담기에는 너무 엄청난 사람인 듯했다.

그렇게 대단한 배경이면 주위에서 남자에게 거는 기대 또한 엄청날 터. 쉽지 않은 길을 내딛는 딸아이의 마음이 또다시 다치면 어떻게 해야 하나 전전긍긍 정연의 속은 새까맣게…… 타들어만 갔다.

5

제이는 오전부터 호텔 인테리어를 위한 준비를 하느라 바쁜 시간을 보내고 있었다.

우재가 있었다면 현장은 어느 정도 맡겨 두고 자신의 일에 전념하겠으나 지금은 우재가 본사에 일이 있어 잠시 자리를 비운 터라 현장도 나가 봐야 해 여간 마음이 급한 게 아니었다.

똑똑똑.

"팀장님, 점심시간입니다. 식사하러 안 가세요?"

노크를 하자마자 문을 활짝 열고서 해맑게 물어보는 지은이었다.

"미안해요. 시간이 벌써 이렇게 된 줄도 몰랐네요. 먼저들 다녀와요. 난 나중에 먹을게요."

"에이, 이러다 또 안 드실 거면서. 초밥이라도 포장해서 올까요?"

"아니에요. 오늘은 꼭 챙겨 먹을 테니까 걱정 말고 다녀와요. 고마워요. 지은 씨."

끼니를 잘 거르지 않는 제이였으나 한번 일에 집중을 하게 되면 또 그만큼 쉽게 식사 때를 놓치는 제이였다.

"네. 그럼 꼭 드셔야 해요. 다녀오겠습니다."

제이는 1년 차 지은을 보며 피식 웃었다. 가끔 실수를 해서 머리를 지끈거리게 만들 때도 있지만 늘 밝고 다소 엉뚱한 지은이 싫지 않았다.

그렇게 점심시간도 거른 채 일에 몰두하다 보니 1시가 다 되어서야 겨우 오전 중에 봐야 할 서류를 다 검토하고 현장에 나갈 준비를 할 수 있었다.

주섬주섬 가방을 챙기고서 사무실을 나서려니 직원들이 하나둘 자리로 되돌아오고 있었다.

"우성 씨, 현장에 좀 다녀올게요."

"네, 팀장님. 조심해서 다녀오십시오."

사무실에서 나와 엘리베이터를 타러 가려는데, 마침 맞은편에서 미라와 민주가 다가오며 얘기를 나누는 소리가 들려왔다.

"너 들었어?"

"뭘?"

"J& 대표님 곧 본사로 돌아가신대."

갑자기 발걸음이 우뚝 멈춰 선 제이다.

"정말? 에이, 아직 공사 다 끝나지도 않았는데? 잘못 들은 거 아니야?"

"아니야. 정말이야. 내가 방금 J& 사무실에 서류 갖다주러 갔다가 직접 들었어."

쿵쿵, 쿵쿵, 쿵쿵. 제이의 심장이 위험하리만치 성급하게 내달리고 있었다.

"왜? 왜 벌써야, 왜?"

"회장님이 편찮으시다나? 아무튼 그래서 급히 들어가시는 거래."

소문은 망설임이라는 걸 몰랐다. 소문은 머뭇거림이 없었고, 소문은 발이 없어도 훨훨 잘만 날아다녔다.

"어휴. 그럼 그 비서실장님도 같이 가시는 거야? 안 돼! 어째 이런 일이!"

"그러게. 두 분 보는 재미로 다니는데, 두 분 가고 나면 이제 무슨 낙으로 사나? 이번에 가면 아마 다시 한국에 오기는 힘드시겠지?"

"그러게."

마주 보며 재잘재잘 떠들다 그제서야 제이를 발견한 미라와 민주였다.

"어. 팀장님? 괜찮으세요?"

사무실 앞에서 창백한 얼굴로 멈춰 서 있는 제이의 모습에 깜짝 놀라 물어보는 미라와,

"팀장님. 얼굴이 너무 창백하세요. 혹시 어디 아프신 거 아니에요?"

한마디 더 보태는 민주였다.

"아, 아니에요. 괜찮아요. 점심을 안 먹었더니 잠시 현기증이 나나 봐요. 얼른 들어가서 일 봐요."

"네…… 네."

점심시간 전까지만 해도 평소와 다름없는 모습이었는데, 한 팀장님의 창백한 얼굴에 놀란 두 사람이 걱정스러운 표정으로 제이를 스쳐 지나갔다.

제이는 한계치까지 오른 심박동에 한 손으로 벽을 짚고서 떨리는 몸을 지탱하며 간신히 한 발 한 발 내디뎠다. 울면 안 되는데, 여기서 이러면 안 되는데, 수많은 감정들이 봇물 터지듯 흘러넘쳐 기어이 버티지 못하고 다리에 힘이 빠지며 스르륵 주저앉아 버렸다.

'잘된 거야. 차라리 잘된 거야. 예상했잖아. 어차피 갈 사람이었잖아. 왜 이래. 바보같이.'

눈물이 차오르고 있었다.

'참아. 제발 참아.'

제이는 자신이 정말 지긋지긋했다. 왜 이놈의 눈물은 마르지도 않는 망할 샘물 같은지…….

언제쯤이면, 언제쯤이면 눈물과 이별할 수 있을지, 과연 그런 날이 오기나 할지…….

신경질적으로 흐른 눈물을 닦아 버리고, 더 이상 눈물이 흐르지 못하도록 입술을 아프게 베어 물었다. 겨우 몸을 추스르고 자리에서 일어나 엘리베이터를 타려는데, 때마침 문이 열리며 지은이 내렸다.

"어. 팀장님! 무슨 일…… 있으세요? 괜찮으세요?"

지은은 엘리베이터 앞에서 마주친 팀장님의 젖은 눈동자를 보며 물었다.

"네. 얼른 들어가서 일 봐요. 현장 다녀올게요."

"네. 네……."

저런 모습은 처음이었다. 항상 당차고 당당하고 자신감 넘치는 팀장님의 모습만 보다가 저렇게 여려 보이는 모습은 처음이다. 혹시 몸이 안 좋은 건 아닌지, 저대로 혼자 보내도 되는지 걱정이 되는 지은이다.

엘리베이터를 타자마자 눈물이 기어이 볼을 타고 흘러내렸다. 여기서 이러면 안 되는데, 아무리 고개를 들어 고이는 눈물을 가두려 해도 눈가를 타고 흐르는 눈물을 막을 수가 없었다.

다행히 엘리베이터는 다른 누구도 태우지 않고 곧장 지하로 내려갔고, 제이는 쉴 새 없이 흐르는 눈물을 대충 닦아 내며 서둘러 차로 향했다.

차에 올라 문을 닫자마자 핸들 위로 무너지듯 몸을 기대며 참았던 눈물을 쏟아 내었다.

"젠장. 지겹다. 정말. 흑…… 어쩜 이래…… 왜 자꾸 이렇게 약해지기만 하는 거냐고! 이래서 뭘 하겠다는 거야. 겨우 이 정도도 견디지 못하면서 대체 뭘 어쩌겠다는 거야! 한심해. 한심해 죽겠어. 흑흑흑."

제이는 몰랐다. 여기서도 지켜보는 눈이 있다는 걸 잠시 잊고 있었다.

똑똑똑. 흐느낌에, 똑똑똑. 노크를 하는 소리도, 똑똑똑. 들리지 않았다.

벌컥. 문이 열리고 나서야 놀라 고개를 드는 제이다.

"괜……찮으십니까?"

알파였다.

"흡."

서둘러 눈물범벅이 된 얼굴을 조수석으로 돌리며 손으로 흐르는 눈물을 훔쳤다. 어떻게 잊을 수가 있지? 자신은 울 자격조차 없는 사람이었는데, 미처 정리되지도 않은 얼굴이라 알파를 마주 보지도 않으며 말을 했다.

"네. 괜찮아요."

말과는 달리 턱 끝으로 눈물이 뚝뚝 떨어졌다.

"여기."

눈앞에 와 있는 그의 손수건을 보며, 아프도록 어금니를 앙다물었다. 그가 건넨 손수건으로 얼굴을 가리며 꾸역꾸역 눈물을 삼켰다.

"잠시 대기하겠습니다만, 오늘 운전은 하지 않으시는 게 좋을 것 같습니다."

"아뇨. 이제 괜찮아요. 지금 가 봐야 해요."

"감정이 불안정한 상태에서 운전은 위험합니다."

"괜찮아요. 내가 괜찮다고요!! 괜찮다고 하잖아요!!"

그는 잘못한 게 하나도 없다. 그는 자신을 지키는 고마운 사람이다. 그는 그저 자신의 할 일을 충실히 하고 있을 뿐인데, 왜 엉뚱한 사람에게 화를 보이고 말았는지…… 하나둘 늘어만 가는 실망스러운 자신의 모습에 깊은 한숨이 터져 나왔다.

"하…… 죄송합니다. 죄송해요. 제가 무례했어요. 이젠 정말 괜찮아요. 하지만 현장은 꼭 둘러봐야 해요."

"절대로 이대로 운전하게 둘 수는 없습니다. 꼭 가셔야 한다면 제 차를 타고 함께 가시죠. 제가 모시겠습니다."

혼자만의 시간이 간절했다. 너덜거리는 마음을 추스를 시간이 필요했고, 쥐어짜듯 아픈 심장을 다독일 시간이 필요했다.

하지만 마주친 알파의 눈에 어린 단호함에 혼자만의 시간도 사치라는 걸 알았다.

"하…… 네…… 그럴게요."

제이가 자신의 차 트렁크에 있는 짐을 내리는데 알파가 덥석 대신 들어 올리며 자신의 차로 가져갔다.

알파와의 신경전으로 다행히 눈물은 멈추었다. 그의 차에 오르며 거울을 보니 얼굴이 형편없었다. 왜 계속 괜찮으냐고 물어보는지 이해하고도 남을 것 같았다.

알파는 우는 그녀를 보며 이상하게 심장이 아려 왔다. 그저 평소보다 조금 언성이 높았던 것을 제외하고는, 화를 냈다고 볼 수도 없는 사소한 일에도, 심지어 마음이 제대로 진정되지도 않은 상태에서 너무나 예의 바르게 사과하는 그녀를 보며 믿기 어렵게도 심장이 두근두근 뛰어 왔다. 경호원으로서 결코 느껴서는 안 될 감정이었다.

차가 출발하자 제이는 가방 속에서 파우치를 꺼내어 눈물 자국을 닦아 내고 가볍게 메이크업을 했다. 혼자 운전하고 갔더라면 하지 못했을 호사였다. 다행히 현장에 도착했을 때는 다소 붉어진 눈을 제외하고는 평소와 다름없는 모습으로 되돌아와 있었다.

알파는 차분해진 그녀를 보며 서둘러 불편한 감정의 찌꺼기를 털어 버렸다.

"지금부터 저와 브라보는 직원입니다. 현장에서 평소 직원들에게 시키던 일이 있다면 편하게 말씀하십시오."

"네. 그렇게 할게요. 저, 아까 실었던 짐 들고 가야 해요. 현장 식구들 간식이에요."

"네! 제가 챙기겠습니다."

행동이 빠른 브라보였다.

제이는 늘 하던 대로 현장을 둘러보며 이것저것 세세한 부분까지 살피고 있었고, 그런 제이를 보며 현장에서 일하는 분들이 반갑게 인사를 해 왔다.

"어이. 한 팀장 왔어?"

"네. 아저씨, 별일 없으시죠?"

"그럼! 별일 없지."

"지난번에 다친 곳은 괜찮으시고요?"

제이는 열심히 손을 흔들며 반갑게 다가온 현장 인부에게 지난 안부를 물었다.

"그럼그럼, 한 팀장 덕분에 치료도 잘 받고 지금은 다 나았어! 걱정해 줘서 고마워."

"별말씀을요. 앞으로도 조심하세요. 귀찮다고 안전모 벗어 두지 마시고요, 안전화도 꺾어 신으시면 안 돼요! 또 다치시면 그땐 정말 재미없어요!"

공사 현장에서 일어나는 사고만큼 위험하고 큰일이 없었다. 지난번 다른 공사 현장에서 불편하다고 안전모를 벗어 두고서 안전화도 제대로 신지 않았던 인부가 발을 헛디뎌 넘어지며 발목과 어깨를 다쳐 얼마나 혼비백산했는지 모른다.

안전 장구만 제대로 착용했어도 피할 수 있었을 부상이었기에 제이가 다시 한번 주의를 주었다.

"하하하. 그럼그럼. 한 번 실수했으면 됐지 뭘, 또 그러면 내가 한 팀장 동생이다, 동생. 앞으로 우리 한 팀장한테 안 혼나게 잘 해야지! 조심할게."

"네. 그 약속 잘 지키시는지 제가 똑똑히 지켜볼 거예요! 그런데 소장님은요?"

"양반은 못 되는 모양이야. 저기 오네."

현장 인부가 가리키는 곳을 보니 소장님이 빠른 걸음으로 자신을 향해 걸어오는 게 보였다. 소장님이 오시는 쪽으로 제이 역시 발맞춰 가며 반갑게 인사했다.

"안녕하셨어요?! 여기서 뵈니까 훨씬 더 반가워요 소장님! 아주머니는 이제 좀 괜찮아요?"

"그럼. 우리 한 팀장 덕분에 무사히 퇴원했고, 잘 회복하고 있어."

"정말 다행이에요. 걱정 많이 했는데, 그런데 어떡해요? 이렇게 떨어져 지내셔서?"

소장님이 이곳 현장 책임자가 된 건 반가운 일이었지만 서울에 계신 아주머니와 떨어져 지내야 하는 게 마음에 걸리는 제이였다.

"괜찮아. 공사하러 다니다 보면 늘 그렇지 뭐."

"네. 그나저나 역시 우리 소장님 계신 곳은 현장 분위기 자체가 달라요! 일이 너무 잘 진행되는데요? 어디 하나 입 댈 곳이 없어요. 우리 소장님 최고!"

"허허 이것 참, 이러니 내가 농땡이를 부릴 수가 없어!"

"저 고단수죠? 갈수록 쓸데없이 이런 것만 늘어요. 참, 간식. 저기 브, 음. 저쪽 테이블 위에 올려 주시면 돼요."

제이는 바로 옆에 소장님이 있어 간식을 들고 있는 브라보를 부르기가 참 애매했다. 차라리 이럴 때는 원래의 이름을 부르는 게 더 자연스러울 것 같은데, 그렇다고 얼마나 더 볼지 알 수도 없는 경호원들의 이름을 알려 달라 하기에도 좀 우스웠다.

"뭘 매번 챙겨 와? 여기서도 시간 되면 따박따박 간식 나오는구먼."

"가끔 별식도 드셔 보세요."

"나 참, 이런 데 돈 쓰지 말고 부지런히 모아, 그래야 시집을 가지. 이렇게 남 좋은 일 다 시키다 시집갈 땐 어쩌려고 그래?"

"시집은요, 무슨, 됐어요. 얼른 가셔서 같이 좀 드세요."

제이는 두 번 다시는 새로운 누군가를 만날 마음이 없었다. 지금도 너무 힘들고 지치고 지독할 만큼 고통스러웠다.

"그래, 그런데 직원이 바뀌었어? 못 보던 사람들이네?"

"아…… 그게…… 얼마 안 됐어요. 아직 수습, 이라 다음에 인사드릴게요."

소장님이 제이 뒤에 있는 건장한 남자 둘을 슬쩍 보니 알파와 브라보가 눈치껏 정중하게 인사를 하는 모습이었다.

"전 이만 가 볼게요."

"그래. 조심해서 가."

제이는 일이 잘 진행되는 모습에 안도하며 또다시 파고드는 그의 생각에 머리를 흔들었다.

앞서 걸어가는 제이의 뒤로 알파와 브라보가 일정 간격을 유지하며 따르는데 갑자기 우뚝 걸음을 멈춰 서는 제이다.

저 앞에서 경호원과 직원들을 대동한 조프와 크리스가 대화를 나누며 성큼
성큼 걸어오고 있었다. 제이는 잠시 잠깐 못 본 척 뒤돌아 가 버릴까 하다가 마
음을 고쳐먹었다.

어차피 볼 시간이 얼마 남지 않은 듯했다. 남은 시간만큼이라도 볼 수 있을
만큼, 눈으로 담을 수 있을 만큼 가득 담아 두어야 했다.

이쪽으로 걸어오는 그는 아직 자신을 보지 못했는지 부지런히 크리스에게
무언가를 말하며 다가오고 있었다. 이윽고 고개를 앞으로 돌리더니 그제야 제
이를 발견하고서는 함박웃음 짓는 조프였다. 눈이 부신 그의 모습을 보며 다시
울컥한 마음에 크게 심호흡하며 출렁거리는 마음을 진정시켰다.

"대표님."

그를 부르며 고개 숙여 인사를 하는 제이였다.

조프는 단정하게 인사하는 제이를 보며 반가움에 활짝 웃어 보였다.

"한 팀장, 또 현장 둘러보러 오셨나 봅니다."

"네. 대표님."

"별일 없습니까?"

"네. 소장님께서 워낙 일을 잘해 주셔서 순조롭게 잘 진행되고 있습니다."

제이는 다정한 그의 말투와 자연스레 아래로 휘어지는 그의 눈매에도 마음
이 울컥거리며 목이 메어 목소리가 떨리지 않도록 신경 써야 했다.

"지금 다 보고 가는 길이에요?"

"네. 대표님."

"그래요. 그럼 조심해서 들어가요. 회사에서 봅시다."

"네. 대표님. 그럼 먼저 들어가겠습니다."

정중하게 인사를 하며 그의 팀을 스쳐 지나갔다. 알파와 브라보 역시 직원처
럼 자연스럽게 인사하며 제이를 뒤따랐다.

"크리스, 오늘따라 제이 얼굴이 좀 어두워 보이는데, 나만 그렇게 보이는 건
가?"

"아니요. 웃고 있기는 한데. 어딘지 모르게 평소와는 좀 다른 것 같습니다."

"그렇지? 흠……."

"하긴. 곧 대표님 들어가신다니 심란하시기도 하겠지요."

"아직 말도 안 했는데 무슨,"

말을 꺼내기가 무섭게 조프의 귓가에 크리스의 놀란 음성이 파고들었다.

"네에? 아직 말씀 안 하셨다고요?"

"아우 깜짝이야!"

"내일이면 떠나실 분이 아직 말씀을 안 하시면 어떻게 합니까?"

"오늘 만나 말해야지. 어제, 오늘 계속 정신없이 바빠서 말할 타이밍을 놓쳤어."

"하아…… 아까 리준 사무실 잠깐 들렀었는데 대표님 아예 본사로 복귀하시는 걸로 알고 있었습니다. 우리 직원이 본사에서 들은 얘기를 한 모양인데."

당연히 대표님이 말씀하셨을 거라 생각했던 크리스는 안타까운 마음에 한숨을 내쉬었다.

"뭐야?! 그럼 제이도……."

"리준 직원들이 그렇게 알고 있다면 한 팀장님 역시 그런 걸로 알고 있지 않겠습니까? 그러게 이런 일은 미리미리 말씀을 하셨어야죠!"

"이런 젠장!"

조프는 곧장 휴대폰을 꺼내 제이에게 전화를 걸었다.

그 시간 알파의 차를 타고 가며 한마디 말도 없이 차창만 바라보는 제이였다.

알파는 아무런 말 없이 창밖을 주시하며 이따금씩 흐르는 눈물을 손수건으로 몰래 닦아 내는 그녀를 보며 또다시 마음이 불편해지고 있었다.

Rrrr.

울려 오는 진동음에 휴대폰을 보니 그에게서 걸려 온 전화였다. 목소리가 떨릴 것 같아 차마 전화를 받지 못했다.

"하……."

이런 자신의 모습이 너무 한심해 저도 모르게 한숨을 내쉬었다. 잠시 진동이 멈춘 휴대폰을 멍하게 바라보다 다시 창밖으로 고개를 돌려 버렸다.

Rrrr.

몇 분 지나지 않아 또다시 울려 오는 진동음 역시 그였다. 제이는 파도처럼 부서지는 마음을 다독이며 전화를 받았다.

"네."

— 어디야?!

"호텔 거의 다 왔습니다."

— 주차장에서 기다려.

툭. 할 말만 하고서 냉정하게 끊어진 전화였다. 왜 그의 목소리에 냉기가 흐르는 건지 알 수가 없다.

알파와 일행의 차가 주차장으로 들어섬과 동시에 뒤이어 조프와 일행들의 차 역시 주차장에 들어서고 있었다.

주차 라인에 정확히 주차를 하는 알파와는 달리, 조프는 성급하게 차를 몰아 주차장 한가운데 날카롭게 멈춰 세웠다. 조프와 크리스가 다급히 차에서 내리는가 싶더니 조프가 알파의 차로 성큼성큼 다가와 조수석의 문을 벌컥 열었다.

"내려."

그의 얼굴에 화가 자리하고 있었다. 의아한 마음에 머뭇거리는 것도 잠시, 자신의 손을 잡아 이끄는 그를 따라 차에서 내렸다.

제이의 얼굴에 미처 감추지 못한 아픔이 깊게 묻어났다. 붉게 충혈된 촉촉한 눈가를 보니 화가 울컥 치밀어 올랐다. 진작 말해 줄걸.

말할 타이밍을 놓친 탓도 있지만, 괜히 미리 말해 봐야 걱정만 할 것 같아 조금 미룬 것뿐인데, 혼자서 얼마나 애를 태웠을까. 그사이 상한 얼굴을 보니 속이 쓰려 왔다.

제이의 손을 잡고 이끌며 자신의 차에 태우는 조프다.

"제이, 시간이 별로 없어. 선약이 있어 바로 또 나가 봐야 해. 당신 지금 나한테 하고 싶은 말 없어? 묻고 싶은 말이든, 하고 싶은 말이든 뭐든. 없어?"

또다시 눈시울이 붉어지는 제이를 보며 바로 오해를 풀어 줄까 했지만, 제이도 고쳐야 할 듯했다.

어디서 무슨 말을 들었다면 자신에게로 와서 확인을 해야 했다. 혼자 애태우며 속상해할 게 아니라 자신을 찾아와 먼저 사실을 확인하고 물어봤어야 했다.

혼자 단정 짓고, 혼자 슬퍼하고, 혼자 이별하고, 혼자 울고 있는 제이는 좀 더 강해져야만 했다.

"없어?"

'나한테 직접 들어, 나에 대한 그 무엇이든 다른 사람을 통해서가 아니라 나한테 직접.'

"언제…… 가요?"

제이는 마음으로 가만히 생각했다. 피할 수 없다면 부딪혀 보겠다고…….

"질문이 틀렸어. 언제 갔다가 언제 돌아오냐고 물어봤어야지."

"……돌아……온다고?"

"하…… 똑똑한 줄 알았더니 순 바보 멍청이였어!"

언젠가 떠나지 않겠다던 그를 향해 제이가 퍼부었던 말들이 부메랑이 되어 제이에게 그대로 되돌아왔다.

"정말 내가 본사로 아예 가는 줄 알았던 거야? 맙소사, 도대체 당신은 나를 어떻게 생각하는 거야?! 나를 뭘로 보는 거냐고! 네가 여기 있는데, 널 두고 나 혼자 어딜 간다는 거냐고!"

그가 다시 돌아온다는 안도감에 붉어진 눈시울에서 눈물이 울컥울컥 쏟아져 나왔다.

"흑…… 흑흑……."

"하…… 이런 헛똑똑이."

화를 내다가도 우는 제이의 모습에 또다시 마음이 약해진 조프다.

"그래. 앞으로도 내 앞에서만 울어. 뒤에서 몰래 숨어서 울지 말고! 뒤에서 혼자 슬퍼하지도 말고!! 다른 사람 앞에서 울지 말고 내 앞에서만 울어. 그리고 다른 사람이 하는 말 듣지 마. 나에 관한 건 아무리 사소한 거라도 혼자 듣고 속상해하지 말고, 나한테 와서 직접 물어봐. 궁금한 건 무엇이 되었든 숨기지 말고 나에게 직접 와서 묻는 거야. 내 말 알아들어?"

수도꼭지처럼 줄줄 흐르는 눈물을 닦아 주며, 두 눈을 맞추며 신신당부를 하고 있었다. 그제야 입가에 미약하나마 미소를 띠며 고개를 끄덕이는 제이를 보니 화난 마음이 눈 녹듯 사라져 버렸다.

"아기다, 아기. 어떡하냐. 이렇게 눈물이 많아서."

제이는 자신의 두 볼을 감싸고 있는 따뜻한 그의 두 손에 자신의 손을 얌전히 포개어 올렸다.

"그래서. 언제 가서 언제 올 거예요?"

"이제 물어봐?"

"빨리 말해 줘요. 애태운 시간 아까워 죽겠으니까."

"이제야 우리 제이 같네. 내일 가게 됐어. 아마 일주일 정도 걸릴 것 같아."

예정대로였다면 오늘 밤에는 떠났어야 했다. 하지만 생각보다 일이 많아 하루 미루어진 게 다행이다 싶었다.

"할머니는 많이 안 좋으신 거예요?"

"소문이 대체 어떻게 난 거야?"

"할머니께서 편찮으시다면서, 그러니 나야 당연히 가서 돌아오지 못할 줄 알았죠. 어쩔 수 없는 상황이니까……."

"그런 상황이었다면 가장 먼저 당신에게 말했겠지! 다행히 할머니는 괜찮으시대. 연세가 있다 보니 기운이 없어 입원하셨나 봐. 임원들이 걱정을 많이 해서 안심시켜 주러 가는 거야. 그러니까 잘 기다리고 있을 수 있지?"

"네."

"다른 걱정은 하지 말고, 당신 일도 내가 준비하고 있으니까 기다려 줬으면 좋겠다. 혼자 애쓰고 속 태우지 말고, 나 믿고 얌전히 기다리고 있어. 당신을 감춰 둘 수는 없겠지만 최대한 힘들지 않게 최대한 빨리 끝낼 수 있게 준비 중이니까, 믿고 기다려. 응?"

"네. 그럴게요."

만족한 대답을 들으며 제이의 얼굴을 끌어다 이마를 마주했다.

"그리고 오늘 회사 마치는 대로 곧장 집으로 가 있어. 나도 일 끝나면 바로 갈게. 오늘 밤에는 재우지 않을 거야, 밤새 안을 거야. 그러니까 각오 단단히 하고 있어. 알았어?"

말 잘 듣는 아이처럼 순순히 고개를 끄덕이는 제이를 보니 화가 났었던 마음은 이미 사라지고 없었다.

"춉."

조프는 어느새 눈물을 멈추고서 입가에 보일 듯 말 듯 한 미소를 그리는 제이의 모습에 피식 웃으며 이마를 떼고서 가볍게 입술을 맞추었다. 여기서 그치려 했는데 너무 아쉬워 제이의 입술을 부드럽게 가르며 따듯한 입 속을 헤집어 놓았다.

"하."

옅게 뱉어 내는 숨소리에 이성을 놓쳐 버릴 것만 같아 힘겹게 얼굴을 떨어트려 놓는 조프다. 지금이 주차장 한가운데만 아니었다면, 지켜보는 눈동자가 수십 개가 아니었다면, 선약이 없었다면. 얼마나 좋을까 싶었다.

"얼굴이 달아올랐어. 내릴 수 있겠어?"

"헛."

차 안이었다. 맙소사. 그것도 주차장 한가운데……

주변에 눈이 몇 개가 있을까 어림잡아 머릿속에 떠올리다 고개를 푹 숙였다. 왜 그와 함께 있기만 하면 시야가 흐려지는지, 왜 그와 함께하기만 하면 주변의 모든 움직임이 멈추어 보이는지 알 수가 없었다.

"5분만 시간을 줘요. 아니. 저분들 잠시만 다른 데로 보내면 안 돼요? 아니 아니. 그냥 주차장을 빠져나가요. 로비로 들어가게."

"하하하, 빨리 저녁이 되면 좋겠다."

"지금은 그런 말 하지 말라고요."

"귀까지 빨개."

조프는 열심히 손부채질을 하는 제이를 따라 자신도 두 손을 펼쳐 제이의 열기를 식혀 주려 손부채질해 주었다.

"안 되겠다. 로비로 가자. 다른 방법이 없네, 방법이."

"그래야 할까 봐요."

"대체 무슨 상상을 하면 그렇게 달아오르는 거야? 가만 보면 당신, 은근히 밝혀."

"조프!"

"큽."

'귀엽다. 우리 제이. 귀여워 죽겠다, 아주.'

조프가 차창을 열었다. 그때까지 차 주위를 서성이며 초조하게 기다리던 크리스가 냉큼 조프의 앞으로 다가갔다.

"크리스, 제이 로비로 들어갈 거야. 경호원들한테 알려 주고 여기서 대기하라고 해."

"네. 알겠습니다."

"나는 바로 약속 장소로 간다. 나중에 보자."

"네. 대표님."

크리스에게 간단하게 할 말을 마친 조프는 천천히 차를 몰아 주차장을 빠져나갔다. 이윽고 로비 앞에 도착한 차가 부드럽게 멈춰 섰다. 조프는 아쉬운 마음을 감추지 못한 채 제이의 얼굴을 어루만지며 입을 열었다.

"제이, 일 열심히 하고 꼭 정시에 퇴근해. 일 더 하지 말고, 알았어?"

"네. 나중에 봐요. 들어갈게요."

"그래. 조심해서 들어가."

제이가 로비로 들어가는 걸 보고서야 서서히 차를 출발시키는 조프다.

사무실로 돌아온 제이는 갑자기 뭐가 그리 바쁜지 남은 업무를 서둘러 처리하고, 현장 점검표를 작성하며 연신 시계를 흘끔거리고 있었다.

"휴우…… 다 됐다!"

겨우 일을 마치고서 시계를 보니 오후 3시를 막 넘어서고 있었다.

제이는 주변을 정리하고 사무실을 나서며,

"지은 씨, 나 오늘 오후 반차 쓸게요. 일이 있어 지금 좀 가 봐야겠어요. 현장 점검표 회신해 뒀으니 모두들 한번 확인해 봐요. 급한 일 생기면 바로 전화 주고, 먼저 갈게요."

"네! 팀장님."

대답은 했지만 지은을 포함한 모두들 어안이 벙벙했다.

워커홀릭이라 평소 월, 연차도 잘 사용하지 않고 일에만 열중하시는 분이, 혹여 사용할 일이 있다 하더라도 일주일 전부터 미리 공지해 주시던 분이 갑작스러운 오후 반차라니.

"아까 어딘가 좀 안 좋아 보이기는 했어. 그지?"

"그러게. 얼굴이 창백해 가지고 난 곧 쓰러지는 줄 알았다니까."

미라와 민주가 사무실을 나서는 팀장님을 보며 하는 소리에,

"어? 대리님들도 보셨어요? 저도요. 아까 한 팀장님 눈에 눈물이 그렁그렁하시던데, 여태 그런 모습 처음 봤어요."

지은 역시 쉽게 잊히지 않던 팀장님의 모습을 전하며 걱정스러운 눈빛을 보냈다.

미라와 민주는 궁금함을 떨치지 못하고 고개를 갸웃하며 대화에 열중했다.

"그런데 지금은 또 괜찮은 거 같지? 오늘 정말 이상하단 말이야."

"정말 식사를 못 하셔서 현기증이 난 걸까?"

"에이 설마, 그렇다고 울 것까지는⋯⋯."

"갑자기 컨디션이 안 좋아지면 그럴 수도 있지, 뭐."

"아니야, 아니야. 그런 거 아니었어. 분명 뭔가 있어 보였는데⋯⋯."

"그래. 요즘 팀장님 정말 예전과 달라 보여."

"내 말이, 요즘은 달라. 뭐라고 콕 집어 말할 수는 없지만, 아무튼 달라."

제주에 오고부터 이상하게 안 하던 행동을 하나둘 보여 주며, 조금씩 변화해 가는 팀장님의 모습에 궁금증만 늘어 가는 직원들이다.

"근데, 우리 팀장님은 참⋯⋯ 사람이 약지를 못해. 다른 팀장님들 같으면 이 시간에는 그냥 외근하는 척하며 잘도 퇴근하시던데, 아깝게 반차를 쓰시네. 퇴근이 몇 시간 남지도 않았고만."

미라가 하는 말에 지은도 고개를 끄덕이며 말을 받았다.

"그러게 말이에요. 다른 팀원들 일 있을 땐 그냥 보내 주시면서, 자신한테는 너무 인색하신 것 같아요."

"이러니 내가 반하지 않을 수가 없다. 아무튼 멋있다니까!"

같은 여자인데도 반하지 않을 수 없는 매력에 민주가 감탄을 하며 자리를 떴다.

팀원들이 자신을 두고 무슨 대화를 하는지도 모른 채 제이는 부지런히 걸음을 서둘러 벌써 지하 주차장에 다다랐다.

크리스는 대표님의 본사 일정을 정리하며, 어쩌면 조프보다 더 분주한 시간을 보내고 있었다.

모든 스케줄 정리를 마친 크리스는 마지막으로 한 번 더 이상이 없나 확인을 하고서야 일정표를 들고 조프의 집무실 문을 두드렸다.

일에 몰두하고 있는 조프에게 서둘러 다가가 일정표를 한 부 내밀었다.

"대표님, 내일 오전 11시 30분 출국입니다. 스케줄 확인해 보십시오. 빠듯하지 않게 조정한다고 했는데, 그래도 많이 바쁘실 겁니다."

일정표를 눈으로 훑는 대표님을 보며 크리스가 말을 이었다.

"첫날은 그나마 여유가 있을 겁니다. 도착하면 가장 먼저 회장님 뵙고 오시면 될 듯합니다. 다음 날은 오전부터 본사 임원 회의를 시작으로 일정이 꽉 찼습니다. 이건 본사 회의 안건 자료 정리한 겁니다. 시간 날 때 봐 두시면 도움이 될 겁니다."

"알았어. 제이슨한테 인수인계 확실히 해 줘."

"대표님 일 보시는 데 지장 없도록 확실히 준비시켜 둘 테니 걱정 마십시오."

"그리고 공항으로 마중 나오는 거 절대 하지 말라고 단단히 일러둬. 안 그래도 바쁜 사람들이 왜 그렇게 쓸데없는 짓들을 하는지."

"안 그래도 몇 시에 도착하는지 꼬치꼬치 캐묻기에 곧장 병원으로 가셔야 하니 나오지 말라고 신신당부해 뒀습니다."

"역시! 수고했어. 그만 나가 봐."

조프는 퇴근 시간을 조금이라도 앞당기기 위해 잠시도 쉬지 않고 남은 일을 해치워 나갔다.

제이는 자신의 차에 올라타며 장을 어떻게 봐야 할지 머릿속으로 차근차근 목록을 정리하고 있었다. 아무리 빨리 장을 보고 집으로 돌아간다고 해도 4시가 넘을 텐데, 시간이 넉넉하지 않아 조바심이 일었다.

마트에 도착하자마자 망설임 없이 필요한 물건들을 카트에 쓸어 담으며, 기록적인 속도로 장보기를 마치고 계산대 위에 물건들을 쌓아 올렸다. 봉투에 주섬주섬 구입한 물건을 담는데, 보다 못한 알파가 다가와 거들었다.

"감사해요. 사실, 정말 마음이 급했거든요."

제이의 인사에 보일 듯 말 듯 한 미소만 지어 보이는 알파였다. 봉투 두 개가 금방 그득 찼다.

알파는 문득 궁금했다. 아픈 눈물을 흘리며 슬퍼할 때가 불과 몇 시간 전인데, 어떻게 이렇게 다시 활기를 되찾았는지. 게다가 항상 남들보다 먼저 출근하고, 늦게 퇴근하던 VIP가 업무 시간 중에 장보기라니, 혼자 들기에는 엄청난 양이었다.

도대체 뭘 하려고 이렇게나 많이 사는지, 결코 궁금해하지 않아도 되는 일들이 궁금해지기 시작하는 알파다.

집에 도착한 제이는 외투만 벗어 두고 앞치마를 걸치고선 곧바로 요리를 시작했다. 현재 시간 4시 10분. 조금만 서두르면 생각했던 음식 몇 가지 정도는 가능할 듯싶었다. 4구 전기 레인지가 한꺼번에 뜨거운 열기를 뿜어내며 열일하는 사이 식탁보를 새로 깔고 플레이팅에 필요한 그릇들도 챙겨 놓고, 요리할 재료를 씻고 다듬으며 집중하는 제이였다.

6시가 넘어서야 음식이 하나둘 완성이 되어 갔다. 제이는 음식이 완성되자마자 미리 준비해 둔 여섯 개의 도시락 용기에 음식을 가득 옮겨 담고 보온병마다 된장국을 담아 서둘러 현관문을 열고 밖으로 나갔다.

"저기. 알파?"

주변을 경계 중인 알파를 부르며,

"네."

"아직 식사 전이시죠? 여기요. 따듯할 때 좀 드세요. 입맛에 맞으실지 모르겠어요."

조심스레 도시락이 담긴 가방을 건넸다.

"……고맙습니다. 잘 먹겠습니다."

알파는 묵직한 가방을 받아 들며 브라보에게 전해 주고 보니, 이 서늘한 날씨에 얼마나 분주하게 움직였는지 발갛게 상기된 VIP의 이마에 땀이 송골송골 맺혀 있었다.

볼에 묻은 새하얀 밀가루를 털어 주고 싶은 마음에 손가락이 근질거리는 걸 꾹 눌러 참아야 했다.

"가만히 생각해 보니 인사 한 번을 제대로 못 한 것 같아서…… 항상 감사합니다. 그리고 아까는…… 정말…… 죄송했어요. 그럼 수고하세요."

할 말을 마친 VIP가 바삐 집으로 들어가는 모습을 보며 달갑지 않은 미소가 입가에 머물러 한숨을 내쉬며 마음을 정돈하는 알파였다.

제이는 단 한 번도 자신의 눈 밖에 있어 본 적이 없던 경호원들이 평소 어떻게 끼니를 해결하고, 어떻게 자고, 어떻게 교대를 하는지 전혀 알 길이 없었다. 다만 한 번쯤 따뜻한 식사라도 대접하고 싶었는데, 마침 오늘 음식을 해야겠기에 하는 김에 6인분을 추가로 만들었다.

다시 후다닥 집으로 뛰어 들어와 테이블 위 준비된 음식을 덮어 두고 주변을 깔끔하게 정리하고서야 욕실로 향했다. 서둘러 샤워를 끝낸 후 여성스러움이 물씬 풍기는, 무릎까지 내려오는 순백의 레이스 원피스를 입고서 머리를 말리며 시계를 보는데, 언제 7시를 넘겨 버렸는지…….

'후…… 겨우 시간 맞췄네…… 그나저나 오늘은 또 왜 이렇게 떨려?'

여느 때와는 다르게 잔뜩 긴장하는 자신을 느끼며 호흡을 길게 내뱉어 보는 제이였다. 때마침 전화가 울렸다.

"네."

— 나야. 도착했어. 문 앞이야.

말 한마디로 심장이 춤추게 만드는 남자. 목소리만으로도 짜릿한 전율을 선물하는 남자…….

제이는 떨리는 가슴을 안고 현관 앞으로 가 천천히 문고리에 손을 올렸다.

조프는 오후가 언제 어떻게 흘러갔는지, 무슨 일을 했는지도 기억나지 않았다. 오로지 제이에게 한시라도 빨리 가고픈 생각뿐.

급히 도착한 제이의 집 앞에서 서둘러 전화하며 바쁘게 현관으로 향하는데 수화기로 전해 오는 그녀의 짧은 음성에도 마음이 일렁이고 있었다.

살며시 열리는 문 사이로 제이의 청량한 향이 먼저 나와 반겼다. 크게 숨을 들이켜며 제이의 향을 가슴 가득 채워 넣었다.

"생각보다 일찍 왔네요? 조금은 더 걸릴 줄 알았는데."

"쉬지 않고 일했지. 누가 보고 싶어 견딜 수가 있어야지."

제이는 미소를 감출 수가 없었다.

"저도요. 보고…… 싶었어요."

'오늘따라 더…… 많이.'

뜻밖의 담백한 대답에 마치 사랑 고백이라도 들은 것처럼 가슴이 떨려 오는 조프였다. 예쁘게 차려입은 제이를 끌어안으며 지그시 눈을 감았다.

"오늘 하루도 수고했어요."

품 안에 포옥 안겨 오며 자신의 등을 토닥여 주는 제이의 손길에 슬며시 입꼬리가 올라갔다. 이렇게 수고스러웠던 하루를 위로받을 수 있다면, 얼마든지 더 고된 수고스러움이라 할지라도 기꺼이 감당할 수 있을 듯했다.

"배고프겠다, 얼른 가서 손 씻어요. 식사 준비 할게요."

"아니. 지금은 배보다 더 고픈 게 있어."

조프는 제이의 얼굴을 두 손으로 소중히 감싸며 버드 키스를 했다.

"조프. 오늘은 식사부터 하고……."

"츕. 츕."

제이의 말은 아랑곳 않고, 다시 촉촉한 입술로 콕콕 도장을 찍으며, 그윽하게 바라보는 그의 시선에, 꼴깍. 침이 넘어갔다.

"안 돼요. 당신 식사부터……."

"츕."

피할 수가 없다.

"조프……."

"춉."

결국 그의 사랑스러운 애정 공세에 방긋 웃고 말았다.

오고 가는 눈빛에 담뿍 담긴 애정이 예쁘기만 했다.

오늘만큼은…… 절대 의지를 굽히지 않고 그의 식사부터 챙기겠다던 다짐은 여지없이 무너져 버렸다. 제이는 그의 뜨거워진 눈빛에 결국 두 손 두 발 다들어, 더 이상 버티지 못하고 그의 목을 빈틈없이 끌어안으며 서로의 숨을 나누어 삼켰다.

조프는 자신의 목을 끌어안은 채 키스하는 제이의 허리를 감싸 안으며 그대로 번쩍 들어 침실을 향해 천천히 걸음을 옮겼다.

서로의 입술을 아프지 않게 베어 물며 누가 먼저랄 것도 없이 상대의 거추장스럽게 느껴지는 옷을 하나둘 풀어 헤쳤다.

열기로 가득 찬 그의 뜨거운 몸을 감싸 안으며, 온기로 가득한 그녀의 따스한 몸을 감싸 안으며, 서늘했던 방 안의 공기는 온데간데없이 순식간에 뜨거운 열기로 가득 채워지고 있었다.

"제이. 참지 말고 들려줘. 당신이 느끼는 모든 걸 듣고 싶어. 부끄럽다 숨지 말고, 쑥스럽다 감추지도 말고. 당신을 보여 줘. 당신의 모든 걸 다 내가 느낄 수 있게 해 줘."

그가 가진 또 다른 힘이었다. 그의 속삭임은 제이를 대담하게 만들었다. 그의 속삭임을 듣고 있으면, 더 이상 부끄럽지도, 민망하지도 않았다. 그의 속삭임을 듣고 있으면 자신조차 알지 못했던 본능이 깨어나는 듯했다.

미약했던 신음을, 입술을 깨물며 억눌러 있던 신음을, 더 이상 가두어 둘 수가 없었다. 그의 입술이 스치는 곳마다 환희가 번졌고, 그의 손길이 닿는 곳마다 희열이 물결치고 있었다.

더 이상 참지 않고 느끼는 감정을 서서히 드러내기 시작하는, 제이의 사소한 변화에도 가슴 가득 퍼지는 짜릿한 전율을 만끽하며, 자신의 온 마음이 제이에게 스며들도록 품고 또 품는 조프였다.

또 잊지 못할 사랑을 추억의 한 페이지에 고이 장식하고서, 침대에 나란히 누워 호흡을 가다듬다 보니 때늦은 허기가 찾아들었다.

"우리 뭐 좀 먹을까? 밤새우려면 체력 보충을 좀 해야 할 것 같은데?"

"설마. 진짜 밤새우려는 건 아니죠?"

"왜 아니야? 내가 각오하라고 했던 말 어디로 들었어?"

말을 하며 제이의 허리를 잡아채려는데 냅다 침대에서 몸을 일으키며 나이트가운을 걸치고서 옷을 찾는 제이였다.

"당신 옷, 여기 있는데?"

그의 손에서 찰랑거리는 원피스라니. 그의 얼굴 가득 퍼져 있는 짓궂은 장난기를 보니 쉽사리 돌려줄 것 같진 않았다.

"안 줄 거예요?"

"그대로가 좋아. 어차피 또 벗어야 할 텐데, 뭘 번거롭게 챙겨 입으려고 해? 내 수고스러움을 조금이라도 덜어 줄 생각은 없어? 아, 물론 당신의 옷을 벗기는 수고스러움이야 얼마든지 기쁘게 할 수 있지만 말이야."

찌릿. 날카로운 눈빛을 날리며 잽싸게 방을 빠져나가는 제이였다.

"푸하하하하하."

제이는 방 안에서 울려 퍼지는 우렁찬 그의 웃음소리가 새삼 따뜻하게 느껴졌고, 눈물이 나도록 행복했다.

"하. 못 당하겠어, 정말."

그가 떠나고 나면, 당장 저 시원한 웃음소리가 가장 먼저 그리울 것 같았다.

'아니, 짓궂은 농담? 아니지…… 사랑스러운 눈빛? 아니야. 온몸 구석구석 각인돼 버린 그의 손길? 그것도 아니면 그의 섹시한 입술의 감촉? 미쳤다. 어떡해…… 그의 흐트러진 머리끝부터 남자다운 발끝까지 다 그리울 거야…… 하다못해 면도하지 못한 까슬까슬한 그의 턱수염까지도 그리울 거야…… 못 살아…… 한재희 드디어 돌았구나……'

제이는 고개를 설레설레 흔들며 주방으로 가 보았다.

조프도 가운만 걸쳐 입고서 제이를 따라 주방으로 나왔다.

"맙소사! 내가 뭐랬어? 오늘은 식사부터 하라니까. 음식 다 식었어요. 맛도 없게 생겼어. 이거 어쩔 거예요?"

손수 지은 제대로 된 따뜻한 밥 한 끼, 먹여 주고 싶은 마음에 오후 내 얼마나 부산스레 움직이며 준비했는데 보람도 없이 다 식어 버린 음식을 보며 제이는 속이 상했다.

"좀 식으면 어때? 다시 데우면 되는걸."

"금방 한 음식이랑, 데운 음식이랑 같아요?"

속상해하는 제이를 보며 조프가 살며시 다가와 등 뒤에서 제이의 허리를 가만히 감싸 안았다.

제이의 한쪽 어깨 위에 턱을 떡하니 걸치고서는,

"괜찮아. 당신이 하는 거라면 다 타 버린 식빵도 맛있게 먹을 수 있을 것 같아."

목에다 자잘한 키스를 퍼붓는 그를 느끼며, 등 뒤에 다가온 그의 남성을 고스란히 느끼며, 속상함은 어느새 사라져 버렸다. 결국 피식 웃어 버린 제이다.

"가서 앉아요. 얼른 준비할게요."

"내가 도와줄 건 없고?"

"당신은, 가만히 앉아 있어 주는 게 도와주는 거거든요?"

"알았어."

금세 기분이 풀어진 듯한 제이를 두고 식탁 의자에 가만히 앉아 음식을 준비하는 제이를 눈으로 좇으며 그의 얼굴에선 흐뭇한 미소가 떠나지 않았다. 남들에게는 그저 평범한 일상일 듯한 시간들이 조프에게는 모두 하나같이 귀하고, 새롭고, 흥미롭기만 했다.

제이는 그런 조프는 신경 쓸 여력도 없이, 부디 그의 입맛에 맞기를 바라며 준비한 음식을 데워 각기 예쁜 그릇에 옮겨 담았다.

자신을 뚫어져라 쳐다보는 그의 뜨거운 눈빛을 오롯이 감당하며, 그가 얌전히 앉아 기다리고 있는 식탁으로 가 깔끔한 디자인의 테이블 매트를 깔고서 두근거리는 마음으로 음식을 하나하나 놓기 시작했다.

어느새 식탁 위에는 오색 빛깔의 나물이 곱게 놓인 보기에도 먹음직스러운 비빔밥과 배추된장국, 잡채와 갈비찜, 세 가지의 전이 정갈하게 차려져 있었다.

"맙소사. 이게 다 당신이 한 거란 말이야? 직접?"

"네. 시간이 촉박해서 몇 가지밖에 못 했어요. 당신 입맛에 맞을지 모르겠어요."

조프는 한눈에 보기에도 정성이 듬뿍 들어간 음식들을 보며 감회가 새로웠다. 언젠가 제이와 데이트를 하던 날 자신에게는 음식을 못 해 주겠다던 그녀의 말에 가슴이 철렁했던 적이 있다. 그때만 해도 이렇게 그녀의 집에서 그녀가 정성 들여 만든 음식을 먹게 될 줄은 생각지도 못한 조프였다.

"잘 먹을게."

"잠시만, 이건 내가 해 줄게요."

제이는 그의 앞에 놓인 비빔밥을 가져와 양념장과 고루 어우러지도록 조심스레 비볐다.

"먹어 봐요."

조프는 천천히 음식을 먹으며 음미해 보았다.

"음식 잘한다더니 빈말이 아니었어! 정말 맛있어. 하나도 맵지 않고, 자극적이지도 않아. 도대체 당신은 못하는 게 뭐야?"

보기에도 예쁘고 먹음직스러워 보이던 비빔밥은 식감도, 맛도 너무나 훌륭했다. 부드러워 먹기 좋은 갈비찜도, 고소한 전도, 잡채 역시 외국인인 자신이 먹기에도 더없이 맛있었다.

제이는 맛있게 먹어 주는 조프를 보며 가슴 가득 뿌듯함이 차올랐다.

"당신은 왜 안 먹어? 많이 좀 먹어. 그래야 이따가 내가 잡아먹어도 미안하지 않지."

"뭐예요? 당신 머릿속에는 온통 그 생각뿐인가 봐."

"왜 아니야? 당신이 좀 예뻐야 말이지. 얼굴도 예뻐, 마음도 예뻐, 몸매도 예뻐, 가슴도 예뻐, 엉덩이는 더 예뻐, 게다가 쓸데없이 뭐든 잘하지. 일도 잘해, 음식도 잘해, 섹."

"조프!!"

"제이, 당신 무슨 상상을 하기에 그렇게 단풍잎이 되어 가고 있을까? 섹시하다고, 말도 못 하게……."

"뭐예요? 하, 하하. 정말 그 말 하려고 한 거 아니잖아요! 지금 나 놀리는 거 맞잖아!"

"아닌데? 정말 그 말 하려고 했는데? 당신과 사랑을 나눌 때 당신이 내는 신음 소리가 기가 막히게 섹시하거든, 그 소리를 들으면 정말 미칠 것 같아. 휴우…… 이러다 당신한테 기운 다 빨리고 일어나 제대로 할 수 있을지 모르겠네."

"하아……."

어떻게 저런 말을, 밥을 먹다 말고, 얼굴색 하나 바뀌지 않고, 태연하게 할 수 있는지. 정말 대단한 능력이 아닐 수 없었다.

'이 음란 마귀!'

민망한 말을 내뱉는 건 항상 저쪽인데, 부끄러움은 왜 항상 자신의 몫인지, 펄펄 끓어 뚜껑이 열릴 것 같은 열기에 결국 수저를 놓고 얼굴을 가리는 제이다.

"푸하하하하하."

하나씩 읊을 때마다, 그녀의 얼굴이 아니, 목부터 시작해서 단풍잎에 물이 드는 것처럼 서서히 온도가 올라가더니 급기야 그 말을 내뱉으려는 순간, 말을 끊는 모습이라니.

"맞는데, 당신이 생각하는 그 단어. 당신은 모르겠지만, 처음과 비교하면 정말 일취월장했다고, 이렇게 말하면 당신은 또 기겁하겠지? 어쩌냐, 앞으로 새롭게 가르쳐 줄 사랑도 무궁무진한데. 아마 틀림없이 당신은 잘할 거야. 뭐든지 다 잘하는 제이니까, 기대된다. 그때마다 보여 줄 너의 예쁜 표정이…… 벌써부터 기대가 된다고, 꼭 밥을 다 먹어야 하나? 당장 다시 방으로 들어가면 안 되나?

잠시 고민하다가 혼자 미친놈처럼 피식 웃으며, 남은 밥을 맛있게 싹싹 긁어먹는 조프다.

오늘은 선전포고 했으니까, 오늘은 재우지 않겠다고 했으니까, 시간은 아직도 내 편이니까.

"제이, 당신은 이제 좀 쉬어. 뒷정리는 내가 할게."

"아니에요. 내가 해요. 식기세척기에 넣을 거예요. 금방 끝나요."

"그러니까 좀 쉬라고, 내가 넣을게. 이 정도는 나도 할 수 있다고, 혹시 집에 와인 있어?"

"당신 입엔 안 맞을 텐데? 스파클링 와인은 있어요."

"잘 됐네. 가볍게 와인 한잔 하자. 당신은 와인 좀 준비해 줘. 여기는 내가 얼른 치우고 갈게."

"흠…… 알았어요. 그럼."

제이는 뒷정리를 하는 조프의 옆에서 스파클링 와인과 함께 곁들일 만한 카프레제 샐러드를 준비해 거실로 들고 나갔다. 와인과 잔까지 준비하고 보니 그도 뒷정리가 다 끝났는지 거실로 나오고 있었다.

"풋."

제이는 자신의 공간에서 아주 근사한 남자와 단둘이, 그것도 나이트가운만 입은 채 거리낌 없이 앉아 있는 모습이 어이가 없어 웃음이 터져 나왔다.

"수상한데? 같이 좀 웃지?"

"우리 지금. 너무 웃겨요."

"왜? 엄청 편하고 좋은데? 이참에 아예 홀딱 벗겨 놓을까?"

"꿈도 꾸지 말아요!"

나이트가운을 꼭 여미며 말하는 제이였다.

"글쎄? 꿈은 꾸라고 있는 거지. 뭐. 기회는 언제든 또 있으니까. 오늘은 특별히 봐줄게. 거기 있지 말고 내 옆으로 와. 오늘 지나면 어차피 떨어져 있어야 하는데 이럴 거야?"

많고 많은 자리 중에 하필 혼자 앉는 암체어에 자리를 잡은 제이를 가만히 두고 볼 조프가 아니었다.

제이는 자신의 옆자리를 툭툭 치며 당장 오라고 짙은 눈빛을 마구 쏘아 대는 그를 바라보며 피식 웃고 말았다.

"일부러 여기 앉은 거 아니에요. 테이블 준비하다 보니 어쩌다 앉게 된 거지."

그의 곁으로 다가가며 차림이 차림인지라 절로 다소곳해지는 몸가짐이었다.

조프는 얌전히 두 손 모아 앉아 있는 제이를 보며 웃음을 참느라 입가에 경련이 일어날 듯했다.

"나 좀 봐."

천천히 자신을 바라보는 제이의 긴 머리카락을 정돈해 한쪽 어깨로 넘겨 주고 보니 희고 가녀린 목이 조프의 눈앞에 훤히 드러났다.

그의 손길에 제이는 저도 몰래 고여 버린 침을 꼴깍 삼키고 말았다.

긴장한 듯 꼴깍 침이 넘어가는 제이의 하얀 목덜미를 부드럽게 어루만지며 참지 못해 입술을 가져가는 조프다.

"읏."

강하게 흡입하는 듯한 그의 키스에 또다시 온몸이 떨려 왔다.

잠시 후 제이의 목에서 입술을 떼며 만족스러운 듯 음흉한 미소를 짓는 조프라니…….

새하얀 그녀의 목이 너무 탐스러워 결국 진한 흔적을 남기고 말았다. 쇄골 뼈 위에 자리한 발간빛을 띠는 흔적을 어루만지며…… 이 흔적이 다 사라져 버리기 전에 돌아오겠다고…….

조프는 자신의 손목에 걸린 무언가를 풀더니 그대로 제이의 목에 걸어 주었다.

"이게 뭐……예요?"

"이제야 주인을 찾게 된 목걸이?"

"그게…… 무슨 말이에요?"

"당신 주려고 준비했던 목걸이…… 당신이 떠났던 그날 밤에 걸어 주려고 했었지."

"……미안해요. 그땐 정말……."

그때 생각에 눈시울이 붉어지는 제이였다.

"괜찮아. 이미 다 지난 일이야. 지금이라도 주인 찾았으니 됐지, 뭐. 그리고 이거."

"이건…… 또 뭐예요?"

그의 손 위에 놓인 액세서리 케이스를 보며 물었다.

"열어 봐."

조심스레 열어 본 케이스에는 한눈에 봐도 화려하고 예쁜 귀걸이와 반지가 들어 있었다.

"당신이 좋아하지 않을 거 아는데, 그래도 가지고 있어. 혹시 필요할 때가 있을까 봐."

제이는 과연 이렇게 화려한 액세서리가 자신에게 필요한 때가 언제일까 떠올려 보았지만 없었다. 아무리 생각해도 이렇게 화려한 장신구는 할 일이 없을 듯해 사양하려는데, 고개를 흔들며 직접 액세서리를 꺼내 보여 주며 손에 맞나 확인을 하는 조프다.

"조프…… 이런 걸…… 어떻게."

"쉿. 우리 지금 시간을 너무 아깝게 보내고 있어. 와인은 안 줄 거야?"

사용할 일이 없으면 그만이었다. 아니. 그녀가 사용할 일이 없기를 바라는지도 모른다.

하지만 왠지 너에게 필요할 것만 같아서…….

"알았어요. 줄게요."

잔에 와인을 따르는데 조프의 뜻 모를 말이 들려왔다.

"내 와인은 따르지 마, 난 당신이 주는 와인만 마실 거야!"

"그러니까요. 지금 주려고 하잖아요?"

미간에 살짝 주름을 새기며 고개를 설레설레 흔드는 모습이 뭔가 마음에 들지 않는 듯했다. 제이는 그의 의중을 알아채지 못하고 따르다 만 와인을 들고 멍하니 그를 바라보기만 했다.

보다 못한 조프가 잔에 조금 따라 둔 와인을 한입 가득 머금더니 그대로 제이의 얼굴을 감싸며 제이의 입술로 조금씩 흘려 넣어 주었다.

놀라 눈이 동그랗게 커져 버린 제이는 그가 주는 달콤한 와인을 꼴깍꼴깍 삼키다 이내 스르륵 눈을 감았다. 세상 어디에서도 맛보지 못한 가장 달콤하고도 가장 부드러운 와인이었다.

그들의 사랑이 다시 시작되고 있었다.

조프의 말처럼 두 사람의 밤은 잠들지 않았다. 끊임없이 사랑을 나누며, 이따금씩 도란도란 이야기를 나누며, 서로가 없이도 일주일을 버텨 낼 수 있을 만큼의 사랑을 차곡차곡 쌓아 가고 있었다.

다음 날. 크리스가 조프의 집무실에 들어섰다. 창가에 서서 창밖을 물끄러미 내려다보는 조프를 잠시 지켜보다 떠나야 할 시간이 얼마 남지 않아 가만히 조프를 불렀다.

"대표님. 시간 다 됐습니다."

크리스의 부름에 뒤를 돌아보았다. 제이를 두고 가는 마음이 편치 않아 긴 한숨이 흘러나왔다.

"후…… 크리스, 너 믿고 간다. 알지? 너 없었으면 제이 혼자 두고 갈 생각도 못 했을 거야."

"네. 알고 있습니다. 잘 지키겠습니다. 걱정하지 마시고 다녀오십시오."

"그래. 혹시 무슨 일 있으면 시간 상관 말고 바로 전화해."

"네. 알겠습니다. 그리고 기내에서는 되도록 일하지 마시고 꼭 쉬셔야 합니다. 눈을 보니 어제도 제대로 못 주무신 듯한데 꼭 주무십시오. 그러다 정말 큰일 나십니다!"

"그래."

조프는 크리스의 잔소리를 귓등으로 흘려보내고 책상에 놓인 인터폰을 들어 비서를 호출했다.

— 네. 대표님.

"앨리, 한 팀장은 아직입니까?"

떠나기 전 얼굴이라도 한 번 더 보고 가려고 호출했는데. 다른 때 같으면 제때 잘도 오더니 오늘따라 늦는 제이를 기다리려니 조바심이 났다.

— 네. 대표님. 아직…… 어? 지금 막 오셨어요!

"바로 들어오시라고 해요."

— 네. 대표님.

앨리는 인터폰을 끊으며 다가오는 한 팀장에게 어서 들어가시라 재촉하고서 대표님 집무실로 향하는 그녀를 보며 눈빛을 반짝였다.

제이는 그의 집무실 문고리를 잡고서 울컥하는 마음을 다잡았다. 가는 그도 마음이 편치 않을 텐데 우는 모습으로 그를 보내고 싶지 않았다.

"대표님."

문을 열고 들어서며 그의 옆에 크리스가 있어 쉬이 이름을 부르지 못하고 또다시 격식을 차리게 되는 제이였다.

두 눈이 마주친 제이와 크리스는 미소로 인사를 나누었다.

"하여간 당신도 참. 이리 와 봐."

조심스레 가까이 다가오는 제이를 보며,

"나 이제 가 봐야 해. 나 없는 동안 크리스가 이 자리 지키고 있을 거야. 혹시라도 무슨 일 있으면 주저 말고 크리스에게 도움을 청해. 내 말 무슨 뜻인지 알겠어?"

밤새 함께 시간을 보냈음에도 두고 가려는 마음은 불안하기만 하고,

"알았어요. 그러니까 내 걱정은 제발 그만하고, 당신도 몸 조심히 잘 다녀와요."

밤새 제대로 쉬지도 못한 그를 보내야 하는 마음 또한 좋지만은 않았다. 예쁘게 웃는 모습으로 보내 주고 싶은데, 왜 이렇게 얼굴이 말을 듣지 않는지.

"가 있는 동안 전화는 하기 힘들 거야."

제이는 말없이 고개를 끄덕이며 씩씩하게 그에게 말을 건넸다.

"할머니 잘 보살펴 드리고, 당신 하는 일에만 집중해요. 내 걱정은 절대 하지 말고요. 잘 지내고 있을 거니까."

"대표님, 이제 그만 가셔야 합니다."

크리스는 잠시 잠깐 자리를 비켜 줄까 싶다가도, 분명 자리를 비켜 주면 비행 시간을 맞추기란 불가능할 것 같아 차라리 자신이 나서서 끊어 줘야 할 듯싶었다.

"빨리 가 봐요. 얼른."

"후…… 그래. 같이 안 나가고?"

"J& 팀이 다 배웅할 텐데 그 사이에 제가 있기엔 좀 그래요. 저는 조금 있다 나갈게요."

차마 당신이 가는 뒷모습까지는 볼 자신이 없다고 말할 수가 없다.

"그래. 그럼 잘 다녀올게."

차마 떨어지지 않는 발걸음을 돌려 조프가 집무실 문을 열고 나가자 비서실 직원들이 먼 길 다녀올 대표님을 향해 인사를 건넸다.

크리스가 비서실 문을 열자 조프가 밖으로 한 발 내딛다 말고 다시 뒤돌아서며 재빨리 집무실로 되돌아가는 모습에 다른 비서들이 듣지 못하게 조용히 한숨짓는 크리스였다.

집무실 문이 벌컥 열렸다.

"훗!"

문을 등지고 서 있던 제이의 팔을 덥석 붙잡아 돌려세우며 한 손은 그녀의 가녀린 허리를 또 다른 한 손은 그녀의 목뒤를 받치며 성급한 키스를 하는 조프였다.

놀란 마음도 잠시 제이는 그의 허리를 마주 끌어안으며 함께 아쉬운 마음을 나누며 달래 주었다.

제이의 입술에 화인 같은 흔적을 남기고 바람처럼 다시 집무실을 빠져나가는 조프였다.

떠난 그의 흔적이 고스란히 남아 있는 입술을 가만히 어루만지며 제이는 기어이 참았던 눈물 한 방울을 또르르 흘려보냈다.

그가…… 떠났다.

이대훈의 의원실에 대훈과 보좌관이 마주하고 앉았다.

"의원님, 이번 주 코어 리서치 센터 여론조사 결과가 나왔습니다. 의원님이 43퍼센트로 현재 1위에, 그 뒤로는 이강성 의원이 지난주보다는 소폭 상승한 37퍼센트까지 올라섰습니다. 신뢰도 94퍼센트, 표본오차는 ±3퍼센트 포인트, 격차가 있는 만큼 너무 신경 쓰지는 마시고 이 기세를 몰아 주요 정책들과 민생경제에 주력하시면 걱정하실 일은 없을 듯합니다. 의원님도 그렇지만 강 회장님의 이미지가 좋아서 두 분이 함께 모습을 드러내시는 것도 도움이 많이 될 겁니다."

대훈은 보좌관의 보고를 받으며 예상했던 대로 순조롭게 흘러가는 분위기에 한쪽 입꼬리를 비스듬히 말아 올렸다.

"그래요. 수고 많았어요. 앞으로도 올라오는 여론조사는 계속 체크해서 보고하도록."

보좌관이 집무실을 떠나고 나서야 아내에게 전화를 걸었다. 전화 연결이 되자마자 본론부터 꺼내는 대훈이다.

"태현이는 좀 어때?"

— 걱정하기는 해요? 흠. 좋아지고 있어요.

"잘 지켜봐. 한 번만 더 사고 치면 그땐 호적에서 아예 파 버릴 테니, 그리고 오늘 저녁은 외식하지."

— 알았어요. 준비할게요.

"일반 식당 갈 거니까 꾸미지 말고 최대한 수수하게 나와. 가방도 수수한 걸로, 자신 없으면 아예 가방을 들지 말든지!"

— 일 절만 해요. 알아들었어요!

주아는 남편 대훈의 말 같지 않은 잔소리를 들으며 한숨부터 나오려 했다. 오늘도 연극을 해야 할 모양이었다.

평소라면 발도 디디지 않을 불결한 재래시장에 들러 입에도 맞지 않는 음식을 꾸역꾸역 입 속으로 밀어 넣을 생각을 하니 벌써 식욕이 뚝 떨어지고 속이 뒤틀리고 있었다. 대체 오늘은 무슨 옷을 입어야 하나…….

도무지 이해할 수가 없었다. 정치인들이 돈 많은 건 세상천지가 다 아는 사실인데 뭘 굳이 수수하게 보이려 애를 써야 하는지. 게다가 자신이 어디 일반 사람이던가, 명색이 명우그룹 회장이었다. 사회적 지위에 걸맞은 격식 있는 차림을 해도 모자랄 판에 수수한 스타일이 어디 어울리기나 할까.

기가 차서 말이 나오지 않았지만 이런 고생도 없이 그런 자리에 오를 수 있을까 하는 생각에 마음에 안 들어도 곧잘 참아 내고 있었다.

늘 불평불만 하면서도 영부인이 되어 가장 높은 곳에 서 있을 자신을 생각하며 주아는 고고한 미소를 지었다.

모두가 원한다면 그까짓 쇼야 얼마든지 해 줄 수 있었다. 팅팅 불어 터진 어묵이든, 누린내 나는 국밥이든 뭐든. 먹고 뒤돌아서 다 게워 내 버리면 그만인 것을.

"그래, 그 정도는 해 준다 내가."

<u>6</u>

조프가 떠나고 괜스레 쓸쓸해지는 마음에 제이는 오전 내 정신없이 일에 매달렸다. 다행히 공사는 순조롭게 진행돼 가고 있었고, 딱히 신경 쓰이는 일도 없어 확인 중이던 현장 점검 파일을 덮고 자리에서 일어서 잠시 창밖을 내다보았다.

그가 떠나기 전날 저와 관련한 일들을 준비하고 있다고, 혼자 애쓰며 속 태우지 말고 얌전히 기다려 달라고 했지만 제이는 마냥 그에게 모든 짐을 다 떠넘길 수 없었다.

어쩌면 가장 빠르고 가장 효율적으로 사건을 드러낼 수 있을 만한 분을 떠올리며 오랜 망설임 끝에 결심한 듯 어렵게 전화를 들었다. 신호가 몇 번 가지 않아 부드러운 음성이 제이의 귓가로 흘러들었다.

— 한 팀장?

"사모님, 그동안 안녕하셨어요?"

— 그래요. 한 팀장 잘 지냈어요? 제주로 간 뒤로는 통 만나지를 못해서 얼

마나 아쉬운지 몰라.

"저도 마찬가지예요. 오랜만에 한번 뵙고 싶은데, 요즘 시간 좀 괜찮으세요? 의원님이 한창 바쁠 때라 여쭙기가 조심스럽습니다."

— 바빠도 한 팀장은 만나야지! 언제가 좋아? 나는 오늘 당장이라도 괜찮은데. 한 팀장은 어때요?

"저도 좋습니다. 제가 어디로 갈까요?"

— 한 팀장도 바쁠 텐데 여기까지 올 수 있겠어요?

"네. 마침 서울에 볼일도 있고요, 제가 찾아뵙겠습니다."

— 그래요, 그럼. 한 팀장만 괜찮다면 우리 집에서 봤으면 싶은데, 간단하게 저녁이나 같이 해요.

제이는 집으로 초대할 거라고는 생각지 못했기에 잠시 망설임이 스쳤지만 지금은 장소를 가릴 상황이 아니었다.

"저는 괜찮습니다만, 사모님이 번거롭지 않을까 걱정이 됩니다."

— 내가 좋아서 하는 일이야. 쓸데없는 걱정일랑 붙들어 매고 저녁에 봐요. 7시면 괜찮을까?

"네. 사모님. 그럼 저녁 7시까지 가겠습니다."

— 그래요. 나중에 봐요.

제이는 전화를 끊고서 과연 잘한 일인지, 어수선해지는 마음을 다잡으며 서둘러 국내선 비행기 시간을 확인해 보았다.

서두르면 2시에 출발하는 비행기를 탈 수 있을 듯싶어 급히 알파에게 전화를 했다.

갑작스레 서울에 다녀와야 한다는 말에도 알파는 좀처럼 당황하지 않았다. 오히려 당황한 사람은 제이였다.

서울은 혼자 다녀올 생각이었는데 당연하다는 듯이 함께 가겠다는 그를 말릴 수 없었다. 결국 알파와 함께 공항으로 가게 된 제이였다.

한편 제이와 통화를 끝낸 영은은 이틀 전 남편이 했던 말을 떠올리며 가만히 미소 지었다.

'한재희 씨라고 했나? 당신이 전에 말했던? 혹시 그 아가씨한테 연락이 오면 나도 한번 같이 봅시다.'

아들 일은 아들이 알아서 하게 두라던 남편이 무슨 바람이 불어 한창 바쁠 텐데도 불구하고 한 팀장을 보려 하는지 알 수 없는 일이나, 때마침 한국에 들어온 아들에게도 보여 줄 겸, 겸사겸사 잘된 일이 아닐 수 없었다.

그날 저녁 제이는 서울에 위치한 자재 관련 업체 한 군데를 들러 볼일을 보고 난 후, 알파의 차를 타고 이동하는 중에 궁금함을 이기지 못해 입을 열었다.
"경호 팀 본사도 서울인가요?"
"네."
알파의 짧은 대답에 고개를 끄덕였다. 그저 서울에 일이 있어 가 봐야겠다고 말했을 뿐인데 그는 서울에서까지 경호할 준비를 해 두고 있었다.
비행기에서 내려 게이트를 빠져나오자마자 처음 보는 두 사람이 다가와 알파에게 정중하게 인사를 하며 그들의 차로 안내했다. 보아하니 또 다른 경호원인 듯했다.
그들과 함께 볼일을 보러 다니는데 왜 그렇게 마음이 불편하던지. 제이는 자신 때문에 여럿 번거롭게 하는 듯해 한숨이 새어 나왔다.
"어디 불편하십니까?"
알파는 가만히 앉아 손에 있는 봉투를 꼭 쥐며 한숨을 쉬는 VIP를 보며 무슨 문제가 있는 건 아닌지 걱정하지 않을 수 없었다.
"아니요. 불편하지 않아요. 다만…… 여러 사람 번거롭게 하는 것 같아서."

제이는 한 사람은 운전을 또 한 사람은 조수석에서 빠른 길을 안내하는 두 경호원을 번갈아 바라보며 뒷좌석에 나란히 앉게 된 알파에게 조용히 말했다.

"그런 거라면 전혀 신경 쓰실 필요 없습니다. 누차 말씀드리지만 이게 우리가 하는 일입니다."

"네. 알겠어요."

이미 벌여 놓은 일에 자신이 신경을 쓴다고 뾰족한 수도, 달라질 것도 없었기에 물끄러미 창밖을 바라보며 심란한 마음을 달래다 무심코 시계를 확인하는데, 어느새 훌쩍 다가온 약속 시간에 마음이 조마조마했다.

바보같이 왜 서울의 복잡한 도로 사정을 계산에 넣지 못했을까, 제이의 초조한 마음을 아는지 경호원이 운전하는 차는 이리저리 막히지 않는 길로 요령껏 빠져나가더니 정확히 약속 시간을 5분 남겨 두고 목적지에 도착했다.

"감사합니다. 덕분에 시간 맞춰 잘 도착했어요. 그나저나 시간이 얼마나 걸릴지 모르겠네요. 아마 한 시간은 족히 걸릴 것 같은데…… 끝나면 전화드릴게요."

"우리는 신경 쓰지 마시고 편히 일 보십시오."

그동안 VIP를 주의 깊게 살피다 보니 그녀의 성격도 어느 정도 파악이 되었다. 밖에서 기다릴 자신들을 걱정하고 있을 게 분명했기에 미리 선을 그어 버리는 알파였다.

제이는 손에 든 봉투를 한 번 더 확인하고서 다가올 일에 집중하려 애썼다. 크게 심호흡을 한 번 하고 떨리는 마음을 가다듬으며 대문 앞 벨을 눌렀다.

— 한 팀장?

"네. 사모님. 지금 도착했어요."

기다려도 문이 열리지 않아 고개를 갸웃하는데,

"어서 와요. 한 팀장!"

직접 마중 나와 문을 활짝 열어 주며 제이의 손을 꼭 맞잡는 영은이었다.

"오랜만에 뵙습니다. 사모님. 그냥 문만 열어 주시면 되는데 추운데 왜 여기까지 나오셨어요?"

"우리 집에 처음 오는 사람인데 당연히 나와서 맞아야지, 멀리서 오느라 고생했네. 얼른 들어가요."

영은은 차가운 제이의 한 손을 꼭 잡아 집으로 이끌었고,

"네."

제이는 잡은 손이 너무나 따뜻해 가만히 미소를 지으며 따라 들어갔다.

"별장하고는 느낌이 많이 다르지? 인테리어 하는 사람이라 은근히 긴장되네?"

"사모님도 참, 사모님 안목 훌륭하세요. 제가 일전에 말씀드렸었잖아요."

제이는 오래 알고 지내면서도 직접 댁으로 방문한 건 처음이었기에 행동이 조심스러웠다.

집에 들어서자 화려하지 않지만 단정하고 깔끔한 인테리어가 그녀의 무던하고 따뜻한 성격을 너무 잘 드러내 주는 것 같아 포근한 느낌마저 들었다.

"아늑하고 포근해요. 마치 사모님처럼요. 제가 상상하고 기대했던 그대로예요."

"이것 봐. 이렇게 예쁘게 말하는데 내가 어떻게 좋아하지 않을 수가 있어?!"

"어머니."

때마침 2층에서 내려오며 두 사람의 대화에 예고 없이 끼어들게 된 영은의 아들 선우였다.

"어, 선우야 이리 와 봐. 한 팀장, 우리 아들이에요. 선우야, 이쪽은 엄마가 항상 도움받고 있는 한재희 씨. 어서 와서 인사해."

영은은 눈빛을 반짝 빛내며 자신을 향해 느긋하게 다가오는 아들을 재촉했다.

"안녕하세요, 처음 뵙겠습니다. 말씀 많이 들었습니다. 이선우라고 합니다."

선우는 속내가 훤히 드러나 보이는 엄마의 미소를 흘깃 바라보며 형식적인 인사를 건넸다.

"네. 안녕하세요. 한재희……입니다."

제이는 자신의 생각과 의도와는 다르게 흘러가는 분위기에 불편함이 느껴졌다. 집으로 초대받았을 때, 자신이 꺼내야 할 이야기의 성격상 밖에서 나누는 것보다는 차라리 안전한 집이 더 나을 수도 있을 것 같아 선뜻 응했던 게 실수는 아니었을까. 뒤늦은 후회가 밀려오고 있었다.

딩동. 초인종 소리에 영은이 활짝 웃으며 한 팀장을 향해 말했다.

"우리 그이 왔나 봐. 한 팀장 편하게 있어요. 선우야 우리 한 팀장 좀 부탁해."

선우는 어색한 미소를 띠며 제 어머니의 뒤꽁무니를 눈으로 좇는, 당황스러움이 여실히 묻어나는 여자를 보며 코웃음이 났다. 남의 집에 초대받아 오면서 이런 상황을 전혀 예측하지 못했던 걸까?

눈에 빤히 보일 것 같은 가식에 고개를 설레설레 흔들었으나 제이는 그런 선우에게 시선을 돌릴 여유가 없었다.

오늘 그것도 당장 의원님까지 댁에서 뵙게 될 줄은 미처 예상하지 못했기에 놀라지 않을 수 없었다. 대선을 앞두고 있지 않았을 때도 늘 처리할 일이 많아 늦게까지 의원실에 머문다는 말씀을 수없이 들어 왔기에 이렇게 이른 시간에 댁에서 마주치게 될 거라고는…… 어쩌면 차라리 잘되었다 싶기도 했다.

사모님께 전달하는 것보다 직접 뵙고 말씀드리는 게 더 나을지도 모르겠다 위안하며 떨리는 마음을 다잡았다.

"나 왔소."

"어서 와요! 생각보다 일찍 오셨네? 한 팀장, 아니 한재희 씨도 지금 막 도착했어요."

"그래?"

강성은 아내가 약속을 잡았다는 말에 급한 일만 처리하고서 부랴부랴 집으로 향했다. 영은은 남편의 서류 가방을 받아 들며 한쪽 팔을 다정하게 잡고서 제이가 있는 곳으로 이끌었다.

"안녕하십니까? 의원님. 한재희라고 합니다."

"반가워요."

이 아가씨인가 보다. J& 대표가 자신에게 신신당부를 하고 갔던, 깨끗하고 단정하게 차려입은 슬림한 블랙 슈트가 너무나도 잘 어울려 한눈에 보기에도 품위와 지성미가 느껴지는 듯했다. 게다가 청초하기까지 하니 자신이 보기에도 뭇 남성들이 첫눈에 반하고도 남을 듯싶었다.

아내가 그렇게 애원할 때 진작 아들 녀석과 만남이라도 갖게 해 보았더라면 어땠을까? 아들의 옆에 나란히 서 있는 아가씨를 보자니 뒤늦은 아쉬움에 입맛이 썼다.

"얼른 씻고 나올 테니 손님 먼저 대접하지."

제이는 가볍게 고개를 숙이며 인사하고 영은을 따라 응접실로 자리를 옮겼다.

"사모님 이거. 지난번에 제 사무실에서 드셨던 차예요. 좋아하시는 것 같아서 좀 가져왔어요."

"직접 만들었다던?"

"네."

"어머, 세상에."

영은은 제이에게 건네받은 선물 박스를 조심스레 열어 보았다. 박스 안에는 정성 들여 포장한 자몽청, 유자청, 레몬청, 모과청이 가지런히 놓여 있었다.

"이 귀한걸! 고마워요. 잘 먹을게. 정말 고마워요."

영은은 색깔도 너무 고운 네 가지의 수제청을 보며 입이 활짝 벌어졌고, 다시 박스를 조심스레 닫고서 한쪽 테이블 위에 선물을 잘 올려 두었다.

"아닙니다. 별것도 아닌데 기쁘게 받아 주시니 제가 더 감사해요."

"별거 아니긴. 이게 얼마나 손이 많이 가는데. 얼른 앉아요, 앉아. 선우야 넌 엄마 좀 도와주고."

"제가 좀 도와드릴게요."

"아니야! 손님이 무슨. 한 팀장은, 아니, 재희 씨라고 해야 하는데 입에 붙었어."

"그냥 편하신 대로 불러 주세요. 저도 늘 한 팀장으로 듣다 보니 그게 더 익숙해요."

"그래, 아무렴 어때, 그지? 한 팀장은 거기 딱 가만히 앉아 있어요. 응?"

제이는 부랴부랴 움직이는 영은을 보며 서지도 앉지도 못한 채 어색함에 몸 둘 바를 몰랐지만 도움을 줄 수 있는 방법도 딱히 없어 결국 어정쩡하게 우물쭈물하다 하는 수 없이 자리에 가만히 앉았다.

한편 영은은 준비한 음식을 하나둘 옮겨 담으며 작은 소리로 조심스레 아들의 마음을 떠보았다.

"선우야. 한 팀장 어떠니?"

"풋, 어머니 역시나 그런 거였어요? 나 소개해 주려고? 여자가 보기보다 당돌하네. 아무리 소개해 준다 해도 초면에 남의 집에 덥석 오고?"

"어머어머, 얘 좀 봐? 그런 거 아니야. 한 팀장 그런 사람 아니야. 오늘 너 있는 거 모르고 왔어. 한 팀장 굉장히 어려운 사람이야, 얘! 혹시라도 관심 있으면 잘 보여 둬. 눈 하나 깜짝할지 모르겠지만."

"그게 무슨 말씀이세요? 어려운 사람이라니?"

"여태껏 한 팀장 옆에서 지켜보면서 데이트 신청받는 걸 내가 한두 번 본 줄 아니? 모두 단칼이야. 단 한 번도 응하는 걸 본 적이 없어. 오죽하면 회사 직원들 사이에서 철옹성이라는 별칭까지 생겼겠니?"

"철옹성이라……."

그럼 아까 자신을 보며 머뭇거리고 주저하던 모습이 가식이 아니라는 말인가?

"가식 없이 깔끔한 사람이야, 얘. 그래서 첫인상이 어떠냐니까?"

"아시면서 뭘 물어요? 첫인상 좋네요. 사람이 지적이고 맑아 보이는 게."

"그렇지? 어머, 너도 생각보다 사람 보는 눈 있다!"

영은은 아들의 단 한마디에도 이미 마음이 콩밭을 향하고 있었다.

모자의 속살거림을 아는지 모르는지, 제이는 앞으로의 일에 대한 고민으로 마음속에 근심이 가득 찼다.

"자. 식사는 준비 다 됐어요?"

응접실로 들어서며 다정하게 물어 오는 강성이었다.

"다 됐어요. 이제 놓기만 하면 끝이에요. 얼른 앉아요들, 선우 너도 이제 앉아. 도와줘서 고맙다, 아들!"

제이는 살갑게 엄마를 도우며 다정해 보이는 모자의 모습에 아들치고는 참 마음결이 부드러운 사람이구나 싶었다. 그렇게 하나둘 식탁을 채워 가는 음식을 바라보며 보기에도 손이 많이 가는 정성이 듬뿍 들어간 차림에 입이 떡 하니 벌어져 버렸다.

"세상에. 이걸 다 사모님께서 하신 거예요?"

"보기만 그럴듯하지 별거 없어요. 놀라기는, 한 팀장 어머니께서 요리 연구가 아니신가? 그럼 나보다 훨씬 뛰어나실 텐데 뭘 이걸 보고 그래?"

"그러니까요. 왠지 엄마가 정성 들여 차려 주는 생일상을 보는 기분이에요."

"하하하, 보기 좋은 떡이 맛도 좋아야 할 텐데. 어서 먹어요. 식으면 맛없어."

"그래요. 당신도 차린다고 수고했겠네. 얼른 듭시다."

강성이 수저를 들자 모두 함께 수저를 들어 음식을 먹기 시작하는데, 제이는 전혀 식욕을 느낄 수가 없었다. 자리도 편치 않거니와 쉽지 않은 말을 꺼내려 와서 어떻게 편하게 음식을 먹을 수 있을까, 그럼에도 수고스러웠던 성의를 생각해 조심스레 식사하기 시작했다.

음식은 하나같이 짜지 않아 담백했고, 자연스레 오가는 대화와 따뜻한 배려로 다행히 우려했던 것보다는 한결 편하게 먹을 수 있었다.

"제가 눈치 없이 가족들 모이는 자리에 끼어든 건 아닌지 모르겠어요."

제이는 식사하는 내내 가족이 오붓하게 함께 하는 자리에 불청객이 된 것 같은 기분을 떨칠 수가 없었다.

"한 팀장! 섭섭하게 무슨 그런 말이 다 있어? 끼어들기는 누가 끼어들었다고. 다 내가 그러고 싶어서 집으로 초대한 건데 그런 생각은 하지도 말아요!"

영은은 제이가 불편함을 느끼지 않기를 바랐다.

조용히 식사하며 아내의 말을 듣고 있던 강성이 말을 거들었다.

"그래요, 불편하다 생각 말고 편히 들어요. 아내를 도와 아무런 대가도 없이 좋은 일 많이 한다고 익히 들어 알고 있어요. 나 역시 언제 한번 인사한다, 한다 하면서 바쁘다는 핑계로 이제야 보는구먼."

"다 제가 좋아서 하는 일인데요, 사모님이 하시는 일에 비하면 그 정도야 아무것도 아닙니다."

"그래도 말이 쉽지, 한재희 씨같이 능력 출중한 사람은 자기 일만 해도 차고 넘칠 텐데. 남들 다 쉬는 주말이면 쉬고 싶기도 하련만 도움 요청할 때마다 주저 없이 나서는 게 어디 쉬운가?"

강성은 매사 신중하고 의젓한 언행과 태도를 보이는 여자를 유심히 살피며 그 남자의 안목에 고개를 끄덕이지 않을 수 없었다.

"그럼요, 당신 말 한번 잘했어요. 케케묵은 집에 들어가 작업하면서도 인상 한 번을 쓰는 걸 본 적이 없어, 내가. 어떨 땐 사비 털어 곰팡이 핀 도배장판 다 바꿔 줘, 아이들 복작거리는 그 좁은 보육원에 어쩜 그렇게 효율적으로 인테리어를 잘 했는지, 사람들이 왜 한 팀장을 찾는지 알겠더라니까?!"

우연히 봉사활동을 하다 만난 인연이었다. 다들 쉬는 사람들 틈에서도 혼자서 구슬땀 흘려 가며 어찌나 분주히 움직이던지, 그러다 제이가 뭐 하는 사람인지 알게 되고 그 인연으로 자신의 별장도 의뢰하며 자신이 봉사하는 단체에서 함께 일하면 좋지 않을까 싶어 은근슬쩍 말을 흘렸는데, 두말 않고 돕겠다 나섰었다.

"어머니, 식사 대접 하러 부르신 거 아니셨어요? 정작 당사자는 한 술도 못 뜨는데?"

선우는 계속되는 칭찬에 난처한 기색이 역력해 보이는 여자를 보며 어머니의 과함을 저지시켰다.

"어머어머. 미안, 미안해요. 어서 먹어요."

"네. 잘 먹고 있습니다."

가식도 거짓도 없는 엄마와 같은 포근함이 느껴지는 영은의 모습에 웃음이 비집고 나왔다.

그렇게 모두 각기 다른 생각을 가슴에 품고서 식사를 이어 가고 있었다.

식사를 마친 후 거실로 자리를 옮겨 다과를 앞에 두고 제이가 어렵사리 입을 열었다.

"오늘 음식 맛있게 잘 먹었습니다. 사모님."

"차린 것도 없는데 맛있게 잘 먹어 줘서 내가 더 고마워요. 한 팀장."

"사모님, 의원님."

어렵게 입을 열었으나 쉽게 나올 말은 아니었다.

"한재희 씨? 우리한테 뭔가 하고 싶은 말이 있는 듯한데 맞나요?"

자신을 어려워하는 건지, 해야 할 말이 어려운 건지. 망설임이 느껴지는 제이를 보며 강성이 물었다.

"네. 두 분께 잠시 드릴 말씀이 있습니다."

"이선우, 자리 좀 비켜 줘야겠다."

"네. 아버지."

선우는 식사 때와는 달리 침전한 분위기에 의아해하며 서재로 발걸음을 옮겼고, 영은 역시 선우와 다르지 않았다.

평소 밝아 보이던 한 팀장에게서 왜 이렇게 무거운 분위기가 흐르는 건지, 왠지 모르게 남편만이 자연스레 이 분위기를 받아들이는 듯했다.

"후…… 먼저 말씀을 드려도 될까. 고민 많이 했습니다. 하지만…… 저에게는 이번이 마지막 기회인 것 같아서 실례를 무릅쓰고 말씀드리겠습니다. 5년 전 제가 겪었던 일에 상대편 진영의 이대훈 의원이 연관되어 있기에, 더없이 조심스럽습니다. 겉으로는 저를 이용해 주십사…… 찾아뵀지만, 실상은 제가 짊어져야 할 부담을 떠넘기게 되지 않을까 싶어 죄송스럽기도 하고요."

"한 팀장. 무슨 일인데 그렇게 비장해요? 속 시원히 말해 봐요. 우린 들을 준비 됐으니까."

"네. 사모님."

제이는 울렁거리는 마음을 다스리며 어렵사리 말을 꺼냈다.

제발 목소리가 떨리지 않기를, 말이 왜곡되지 않도록 객관적인 사실을 중점적으로, 자신이 그간 겪었던 일과 앞으로 해야만 하는 일들을 최대한 담담하게 말하려 애썼다.

자신을 제외한, 무엇 하나 확실한 증거도 없이 의혹을 뒷받침할 내용들만 잔뜩 가지고서 찾아뵈었기에 무슨 말을 듣게 될지 우려하지 않을 수 없었고, 혹시라도 일거에 거절당하면 어쩌나 노심초사 약해지는 마음 또한 어쩔 도리가 없었다.

그렇게 힘겹게 들고 온 말들을 다 풀어 버렸고, 다행히 떨지 않고 있었다.

"한 팀장! 지금 한 말이 다 사실……이에요?"

듣고도 믿을 수 없는 말에 영은의 눈에서 굵은 눈물이 쉴 새 없이 쏟아져 나왔고,

"말도 안 돼. 이건 정말 말도 안 돼! 어떻게 인간이 그럴 수가 있어. 인간이 어떻게 그럴 수가 있냐고. 사람이 아니야, 그건 사람이 할 짓이 아니라고! 말도 안 돼."

끓어오르는 화가 진정이 되지 않아 언성까지 높아지고 말았다.

강성 또한 아내의 참담한 심정과 다를 바가 없었다. 듣고도, 당사자를 눈앞에 두고도 믿을 수가 없었다. 불현듯 J& 대표의 말이 뇌리를 스쳤다.

'그녀가 와서 하는 말은…… 믿기 어렵겠지만 모두가 다 사실입니다. 그러니 행여라도 터무니없다, 시기가 적절하지 못하다, 그냥 돌려보내지 마시고 일단 그녀의 말을 끝까지 경청해 주십시오. 저는 그것으로 충분합니다. 그녀가 더

이상 사람으로부터 실망하고 다치는 일은 없었으면 합니다.'

그가 이런 당부의 말을 할 수밖에 없었던 이유를 이제서야 이해할 수 있을 듯했다. 그에게 받은 자료가 결코 이 사건과 무관하지 않음을……

"말을 꺼내기가 쉽지 않았을 텐데, 힘든 얘기 해 줘서 고마워요."

강성은 두 손을 꼭 맞잡은 채 촉촉한 눈을 들어 자신을 바라보는 제이를 보며 그녀의 눈동자에 어린 희망의 불씨가 꺼지지 않기를 마음으로 바랐다.

제이는 말없이 끝까지 들어 준 것만으로도 고마운 사람은 자신인데, 되레 고맙다고 말하는 강성을 보며 마음으로 안도했다.

"한재희 씨 당신이 아까 말하기를 이용해 주십사 한다고 했는데 그 말은 내가 당신을 이용해 발판으로 삼아 그 자리에 오르기를 바란다는 말로 들리는데?"

"네. 의원님. 저의 조부모님의 누명을 벗겨 드릴 수만 있다면, 무슨 일이든 마다하지 않을 겁니다. 기자회견을 해야 한다면 당장이라도 하겠고 자리만 만들 수 있다면, 발언해야 할 자리가 있다면, 그곳이 어느 곳이라도 피하지 않겠습니다. 저는 그분들께서 그곳에서라도 편히 잠들 수 있게 해 드리고 싶습니다. 그 외에 다른 바라는 것은 없습니다."

"나는…… 이미 충분히 다치고 깨진 당신을 이용할 마음은 추호도 없소. 또한 그런 사람들이 그 자리에 오르게 둘 수도 없어요. 자료는 내가 한 번 더 신중하게 확인해 보고 그에 따른 조치를 취하겠소. 누가 누구를 이용하는 게 아닌, 우리 서로 도와 한번 잘 헤쳐 나가 봅시다. 실례가 안 된다면 악수…… 한 번 청해도 될까?"

"긴장으로 땀이 흥건합니다. 의원님."

강성은 제이의 말에는 아랑곳 않고 손을 내밀며 말했다.

"긴장한 마음까지 내 가슴에 새겨 두지."

제이는 천천히 손을 내밀어 조심스레 강성의 손을 잡았다.

"한재희 씨. 무슨 일이 있어도 그 누구에게라도 당신을 이용하라는 말은 하지 말아요. 스스로를 지키기에 적합한 말도 아닐뿐더러, 하늘에 계신 분들 또한 마음이 많이 아프실 테니. 내 보기에 당신은 충분히 당차고 강한 사람이니 이 또한 잘 이겨 낼 거요. 지금까지 해 온 것처럼 잘해 봅시다. 많이 힘들었을 텐데, 오늘 용기 내 줘서 다시 한번 정말 고마워요."

제이는 고개를 숙이며 두 눈에 고인 눈물을 바닥으로 떨구어 버렸다. 다시 고개를 들었을 때에는 반짝거리는 눈동자만이 강성을 향하고 있었다.

"감사합니다. 의원님…… 감사합니다."

영은은 두 사람을 바라보며 말없이 응원하는 것 말고는 해 줄 말이 없었다.

어렵게 말을 꺼낸 한 팀장이 딱하면서도 당당하게 남편을 마주하는 모습을 보며 자신의 눈이 틀리지 않았음을, 또한 남편 역시 이 시점에 건드리기에 예민할 수 있는 사안을 접하고도 의연한 모습에 존경의 마음이 들지 않을 이유가 없었다.

"오늘 시간 내 주셔서 너무 감사합니다. 또 뵙겠습니다."

"그래요. 오늘 힘들었을 텐데 가서 푹 좀 쉬어요, 한 팀장."

영은은 가려는 한 팀장의 손을 두 손으로 꼭 잡고서 등을 어루만지며 말했다.

"사모님. 그 날 봉사할 때 사모님을 만난 건 저에게 너무 큰 행운이었어요. 늘 감사합니다."

"나 참. 내가 행운이지. 이렇게 예쁜 사람을 만났으니. 훌쩍. 그만 가 봐요. 아 참, 뭐 타고 왔어요? 다시 공항 가야 하는 거지? 우리 아들한테."

"아니에요, 사모님. 가는 차 있습니다."

"그래요 여보, 아까 오면서 보니 집 앞에 차가 있더구먼."

강성은 차에 있는 사람이 여자를 지키기 위한 사람들이라는 건 물어보지 않아도 알 듯했다.

정중하게 인사하며 제이가 집을 나선 뒤 강성이 아내와 아들을 불렀다.

"이선우, 관심 두지 마."

"네?"

"만나는 사람이 있어. 절대로 헤어질 일 없는 사람들이니 아예 관심을 두지 말라는 말이다."

강성은 식사하는 내내 그녀를 유심히 바라보는 아들의 시선이 마음에 걸렸다. 아까운 사람임에는 틀림없지만 아들과는 인연이 아니었다. 더 좋은 울타리가 되어 줄 남자를 만났으니 마음으로 응원해 줄 일이다.

"여보, 그게 무슨 말이에요? 한 팀장이 만나는 사람이 있다니!"

"대단한 남자를 만나고 있더군. 아까 그 일, 나 혼자 감당하기에는 벅차. 시간도 턱없이 부족하고. 한데 그 남자는, 그 남자라면…… 왠지 해낼 것 같은 기분이 들어."

강성은 자신감에 차 있던 그를 떠올리며 고개를 설레설레하더니 아내에게 그와의 만남을 이야기해 주었다.

"세상에, 난 그런 줄도 모르고. 선우야."

"알겠어요. 어머니도 참. 오늘 한 번, 그것도 다 같이 식사 한 번 한 걸 가지고 무슨 별걱정을 다 하십니다. 관심 끌 테니 아무 걱정 마세요."

말을 하면서도 아쉬운 마음이 떠나지 않는 건 어쩔 수 없는 일이었다.

서재에서 자신의 방으로 올라가려다 말고 들려오는 차분한 말소리에 저도 모르게 귀를 기울이게 되었다. 엿들으면 안 된다는 것쯤은 알면서도 끌리는 목소리에 벽에 등을 기대어 기어이 다 듣고 말았다.

얼마나 단단한 사람이면 그 힘든 일을 겪고도 저렇게 당당하고 흔들림이 없는지…… 배울 점이 많을 것 같은 여자였다.

'옛말 하나 틀린 거 없어. 어른 말을 잘 들으면 자다가도 떡이 생긴다더니. 어머니가 한 번만, 딱 한 번만 만나 보자 노래를 부를 때 시간 좀 내 볼걸. 하…….'

2층으로 올라가며 괜스레 싱숭생숭해지는 마음에 냉수 한 잔이 간절해지는 선우였다.

집으로 되돌아가는 길. 복잡하게 파고드는 상념에 멍하니 차창만 바라보게 되는 제이였다.

"도착했습니다."

"네."

서울에서부터 비행기를 타고 제주의 집에 도착할 때까지, 말 한마디 없이 먼 곳만 바라보는 VIP를 보며, 알파는 걱정이 되지 않을 수가 없었다. 분명 사소한 일이라도 VIP에게 무슨 일이 생기면 크리스에게 연락을 해야 했다.

"괜찮으십니까?"

"네. 괜찮아요. 오늘 감사했어요. 덕분에 잘 다녀왔어요."

엷은 미소가 스치는 모습에 다행히 우려했던 것보다는 괜찮은 듯 보여 한시름 마음을 놓는 알파와, 차에서 내려 무거운 발걸음을 옮기며 집으로 향하는 제이다.

낮은 대문을 열고 들어서며 현관 앞에 다다랐는데, 멀리서 들려오던 차 소리가 점점 가까워진다 싶더니 제이의 대문 앞에서 멈추어 섰다.

제이는 현관문을 열다 말고 뒤돌아보는데, 차에서 내리는 사람은 놀랍게도…… 부모님이었다.

"엄마, 아……빠?"

현관에서 천천히 한 발 한 발 내디디며 낮은 대문을 향하는데, 순식간에 경호원들에게 에워싸인 부모님의 모습이라니.

"부모님이에요. 제 부모님이에요."

제이의 말을 듣고서야 경호원들이 경계를 해제하고 있었다.

"엄마, 아빠. 오셨……어요? 이 시간에 어떻게 여기까지……."

제이는 언제부턴가 늘 서먹서먹하던 아빠가 자신을 유심히 바라보는 모습에 어찌할 바를 몰랐다.

"일단 들어오세요."

쭈뼛쭈뼛 대문을 여는데 무거운 아빠의 목소리가 들려왔다.

"여보, 정연아. 당신 먼저 좀 들어가 있을래? 난 제이랑 얘기 좀 했으면 하는데……."

"그래요. 그래! 난 들어가 있을게. 다녀와요, 날이 추우니 멀리까지는 가지 말고."

"그래, 알았어."

동우는 수척해 보이는 딸아이를 보며 마음이 짠했다. 그동안의 공백을 메우기에 턱없이 부족한 시간이겠지만 오늘은 딸아이와 온전한 대화를 해 보고 싶었다.

"제이, 괜찮겠어? 아빠하고 둘이…… 나가도?"

"……네. 아빠……."

예전 같았으면 벌써 아빠의 팔짱을 끼며 이런저런 이야기들을 늘어놓았을 녀석이 멀찌감치 떨어져 걸어오는 모습에 또다시 심장이 쿡쿡 아프게 쑤셔 왔다.

5분 정도 걸었을까? 산책로에 놓인 차가운 벤치에 동우가 먼저 앉았다.

제이가 그런 아빠를 보며 몸 둘 바를 몰라 머뭇거리자 동우가 옆자리에 자신의 외투를 벗어서 깔아 주며 앉으라는 듯 툭툭 두드렸다.

"날이 추워요. 아빠."

어릴 때부터 항상 맨바닥에 앉아야 할 때면 자신의 옷이나 손수건을 꺼내어 깔아 주시는 다정한 아빠였다.

"아빠는 괜찮아. 안에 옷을 두껍게 입어 지금 하나도 안 추워. 그러니까 걱정 말고 얼른 앉아. 여자는 차가운 바닥에 앉는 거 안 좋아."

동우는 속에서 뜨거운 불길이 치솟은 듯 가슴이 뜨거웠다. 걱정하는 딸아이의 조심스러운 목소리에도 눈시울이 붉어지고 있었다. 얼마 만에 이렇게 딸아이와 마주하는지, 부디 너무 늦은 게 아니기를. 너무 늦어 버린 게 아니기를. 마음으로 바라고 또 바랐다.

제이는 조심스레 아빠의 옷 위에 앉았고, 느껴지는 따뜻한 온기에 눈가가 뜨거워져 갔다.

두 사람 중 어느 누구도 쉽사리 말문을 열지 못했다.

"딸."

"네. 아빠……."

"딸."

오랜만에 들어 보는 살가운 아빠의 음성에 제이의 눈에서 눈물이 왈칵 쏟아져 내렸다.

훌쩍.

"네. 아빠……."

"아빠가…… 미안하다."

아빠와의 대화가 얼마 만인지 기억조차 나지 않았다. 그저 명절에 오면 '왔니? 밥 먹어라. 잘 가거라.' 그 정도의 짧았던 인사가 다였다. 그런데 아닌 밤중에 홍두깨도 아니고 느닷없이 찾아와 미안하다니?

후두둑 쏟아지는 눈물을 닦으며 제이는 묻지 않을 수 없었다.

"그게…… 무슨 말씀이세요?"

"아빠가 많이 미안했어. 아빠가 부족했다."

먼저 손 내밀어야 했다. 미안하다고 아이를 외면할 것이 아니라 먼저 손을 내밀었어야 했다. 설사 아이가 원망한다 하더라도, 그 원망이라도 달게 받아야 했고, 아이가 혼자 허우적거리지 않게 지켜 내야 했다.

그런데…… 그런데 그 어떤 것도 해 준 것이 없었다.

"흡. 아빠가 왜요…… 다 제 잘못인데. 저 때문에…… 할머니, 할아버지가. 흑흑. ㅎㅎㅎ흑."

"당치 않은 소리! 아빠가 처음부터 너에게 그 자식을 소개하지만 않았어도,

네가 그 험한 일을 당하지는 않았을 텐데, 아빠가."

"아빠! 그 사람을 만났던 건 제 선택이었어요. 맙소사. 설마 여태 그렇게 생각하신 거예요? 아빠 때문이라고? 말……도 안 돼."

전혀 생각하지도 못했던 전개였다. 어떻게 그런 생각을 하실 수 있는지, 이미 다 큰 성인이었다. 누구를 만나든, 누구를 사랑하든 선택과 결정은 다 큰 성인이었던 본인의 몫이었다.

물론 괜찮은 사람이라는 아빠의 말이 결정을 하는 데 전혀 관여를 하지 않았던 건 아니었지만, 어쨌든 몇 번을 만나며 고민 끝에 만남을 이어 가기로 결심한 것도, 전부 본인의 몫이지 아빠의 잘못이 아니었다.

그런데 어떻게 그런 생각을 하고 계셨을까, 어떻게 그렇게 생각하셨을까, 단한 번도 아빠 때문이라고 생각해 본 적이 없던 제이로서는 너무나 큰 충격이었다.

"저도 성인이었어요. 누구를 만나고 말고는 전적으로 저의 판단이고, 저의 결정이었어요."

조금이라도 미심쩍은 마음이 있었을 때, 잘라 내지 못하고 우유부단하게 끌려다닌 것도 본인의 결정이었지 아빠의 잘못이 아니었다. 그런데 어떻게…….

"딸. 제이야. 미안하다. 그동안 나는 우리 딸이 무슨 생각을 하는지도 모르고 등신같이 살았어. 바보 등신같이 내 딸이 어떤 고통을 받는지도 모르고, 아빠 생각만 했어."

담담하게 말하려 애쓰는 동우의 목소리가 떨려 오고 있었다.

"아니에요 아빠 아니에요. 내가 못나서, 내가 부족해서…… 아빠가 그런 생각을 하는 줄은 꿈에도 몰랐어요. 흑."

"네가 못난 게 아니야. 그 자식이 미친놈이지, 그 자식이 제정신이 아니었던 거지. 네가 못난 게 아니야. 아빠가 할머니, 할아버지를 믿었어야 했어. 절대 그럴 분들이 아닌데, 아빠가 믿었어야 했어. 아빠가 눈이 뒤집혔었나 보다. 아빠가…… 내 부모조차 믿지 못하고, 내 속으로 낳은 내 딸이 무슨 생각을 하는지도 몰랐던 아빠 잘못이 크다. 그러니 너는 행여라도 너 때문이라는 생각은 하지도 말아. 너 때문 아니야. 네 잘못 아니야!"

동우는 이렇게 쉽게 풀릴 일인 것을. 여태 속 끓이고 애태운 수없이 많은 날들이 안타깝기만 했다.

미안하고 또 미안했다. 늘 단단한 껍질 속에 숨어 버린 듯한 딸을 보면서, 왜 한 번도 두드려 볼 생각을 하지 못했을까, 왜 섣불리 다가가서는 안 된다고 참고 또 참았을까.

원망일 줄 알았다. 원망이라고 생각했다.

제이가 그 자식을 처음 만나게 됐던 것도 자신 때문이었고, 제 부모를 믿지 못해 그 자식이 빠져나갈 빌미를 주게 된 것도 모두 무능한 제 탓이라 여기며 살아왔다.

그런데 딸아이가 가진 감정이 자신에 대한 원망이 아니라 죄책감일 줄은…… 꿈에도 생각하지 못했다.

올곧은 딸아이의 마음 하나 제대로 헤아리지 못했던…… 이 얼마나 무능한 아비인가…….

고개 숙여 가만히 울고 있는 딸을 보며 속에서 피눈물이 나는 듯 심장에 이루 말할 수 없는 통증이 전해져 왔다.

천천히 조심스레 손을 뻗어 울고 있는 딸아이의 등을 어루만지며 토닥여 주었다.

"울지 마. 아빠 마음 아프다."

"네. 흡. 흑흑흑……."

소리 내어 울지도 못하고 흐느끼는 딸아이를 보며 용기 내어 조금 더 다가가 살며시 안아 주는데, 마치 기다렸다는 듯 품 안으로 기대어 오는 딸아이였다.

그동안 기댈 언덕이 얼마나 필요했을까. 혼자서 그 힘든 시간 쉴 만한 언덕도 없이, 마음을 의지할 곳도 없이 얼마나 고되고 많이 아팠을까…….

가슴을 적셔 오는 딸아이의 흐느낌이 고통스러워 마주 끌어안으며, 부끄럽게도 굵은 눈물이 딸의 어깨 위로 후둑후둑 떨어졌다.

한동안 그렇게 서로의 통증을 눈물로 씻어 내리며, 부녀의 얼굴에는 어느새 짙었던 어둠이 서서히 걷히고 있었다.

"그만 일어날까? 엄마가 기다리다 목 빠지기 전에?"

"네. 가요."

제이는 씩 웃으며 얼른 일어나 아빠의 외투를 툭툭 털어 아빠가 입기 편하게 펼쳐 들고 있었다.

동우는 딸이 들고 있는 외투에 한 팔, 한 팔 집어넣으며 다시금 눈시울이 뜨거워져 이를 악물어야 했다.

출근하기 전이면 엄마를 대신해 늘 자신이 하겠다며 쪼르르 달려와 이렇게 옷을 펼쳐 들고 있던, 앙증맞고 깜찍했던 어린 시절의 딸, 제이가. 성인이 되어서도 이따금씩 출근하는 아빠의 넥타이를 고쳐 주며 엄지손을 치켜들어 주던 사랑스러웠던 딸, 제이가. 사정없이 기억 속을 파고들었다.

"흠흠…… 녀석, 목이 왜 이렇게 허전해?!"

차오르는 기억을 밀어 두고 목에 두른 목도리를 풀어 제이의 목에 칭칭 감아 주며 머쓱함에 천천히 앞서가는 동우였다.

제이는 아직도 아빠의 온기가 따뜻하게 남아 있는, 든든하게 감긴 목도리에서 나는 포근한 아빠 냄새에 얼굴을 파묻으며 눈물을 털어 버렸다.

언제 저렇게 어깨가 굽어졌을까, 흰머리는 또 왜 저렇게 많아졌을까. 앞서가는 아빠 뒤를 따라 걸으며, 예전에는 수도 없이 잡아 이끌던, 아빠의 거칠어진 손을 조심스레 파고들었다.

동우는 떨림이 전해지는 딸아이의 손을 아프지 않게 꽉 그러쥐며 목도리에 푹 파묻힌 딸의 모습을 바라보았다. 눈만 빼꼼 나와 있는 딸아이의 얼굴을 보며 눈꼬리가 아래로 향하는 예쁜 모습에, 목도리 속에 감추어진 입이 위로 활짝 휘어 있을 거라는 건 굳이 확인해 보지 않아도 알 것 같았다.

"가자."

갈 때는 남처럼 서먹하게 걸어갔던 산책길을, 올 때는 다정한 연인처럼 걸어오는 두 사람이었다.

그 시간, 정연은 조바심에 집 안에 얌전히 앉아 기다리고 있을 수가 없었다. 어둠이 짙게 깔려 캄캄하다 못해 시커먼데 부녀는 어딜 가서 아직 돌아오지 않고 있는지. 부쩍 추워진 날씨에 몸이라도 상할까 안절부절못했다.

부녀 사이가 좀 나아졌을까 궁금함에 오매불망 두 사람을 기다리며 결국 대문 앞을 서성이게 된 정연이었다.

두텁게 챙겨 입어도 불어오는 시린 바람을 막기에는 턱없이 부족한 듯 연신 옷깃을 여미며, 차가워진 손을 입김으로 후후 불며 부녀를 기다리고 있었다.

그때, 짙은 어둠 속에서 천천히 모습을 드러내는 두 사람은…… 놀랍게도 다정하게 손을 잡고 걸어오고 있었다. 이 얼마나 오랜만에 보는 모습이던가…… 너무나 바라고 바라던 모습에 정연이 왈칵 눈물을 쏟았다.

"흐윽. 잘했네. 잘했어…… 흡."

멀리서 그 모습을 바라보던 동우와 제이도 또다시 눈시울이 붉어지는 듯했다.

"추운데 안에서 기다리지 왜 밖에서 이러고 있어! 감기라도 걸리면 어쩌려고."

"여보. 동우 씨. 흑흑흑…… 고마워요. 고마워. 잘했어요. 잘했어. 제이야, 내 딸 잘했어. 잘했어. 고맙다."

정연은 딸아이를 가슴 가득 품으며 연신 제이의 등을 따뜻하게 어루만졌다.

제이는 서서히 녹아드는 가슴속 응어리에 부모님이 갑자기 왜 이렇게 찾아왔는지 생각할 여유는 없었다. 아빠와의 오해가 풀리고, 둘 사이를 아슬아슬하게 오가던 엄마의 마음이 이제는 힘들지 않아도 되겠다는 마음에 그저 감사하고 또 감사할 뿐이었다.

조프는 공항 입국 게이트를 빠져나오며 대기 중인 차에 바로 올라탔다.

"제이슨, 병원으로 바로 가."

"네. 대표님."

마음이 급했다. 부디 할머니께서 말씀처럼 무사하셔야 할 텐데.

할머니께서 입원하셨다는 병원에 도착하자마자 성급하게 걸음을 옮기는데, 마침 저쪽에서 이안이 마중 나오고 있었다.

"조프리!"

"이안, 할머니는 좀 어때?"

서로의 안부는 얼굴을 보는 것만으로 충분했고, 조프는 곧장 걱정스러운 할머니의 상태부터 물었다.

"크리스한테 들어 알겠지만 검사상에는 특이 소견이 없었어. 아무래도 연세가 있으시다 보니 기력이 달리시는 것 같아. 드시는 거라도 좀 잘 챙겨 드시면 기력이 많이 회복되실 텐데, 통 못 드셔서 걱정이야. 어서 들어가 봐. 할머니 많이 좋아하시겠다."

"어. 그래. 너도 일이 많을 텐데 먼 길 오가느라 수고 많이 했다."

조프는 제가 신경 쓰지 못한 할머니를 챙기고 애써 준 이안이 고마워 사촌의 어깨를 두드리며 고마운 마음을 전했다.

똑똑똑. 병실 문을 두드리고서 들어오란 소리가 들리기도 전에 문을 열었다.

"할머니."

"조프! 괜찮다는데 기어이 왔구나. 많이 바쁠 텐데 일은 어쩌고 왔어?"

자리에서 일어나 앉는 할머니를 보며 떠난 지 얼마나 됐다고 그사이 여윈 모습을 보니 조프의 마음이 편치가 않았다.

"크리스가 직무대행으로 남아 있습니다. 어차피 이번 일 끝나면 크리스에게 맡겨 볼 생각이었는데 경험 삼아 해 보는 것도 나쁘지 않겠지요."

"그래."

앤은 또다시 기운이 빠졌다. 올라오는 보고를 확인해 보면 일은 순조롭게 잘 진행이 되는 듯해 크게 걱정할 게 없었지만 정작 기다리던 소식은 들려오지 않았다.

분명 좋은 소식이 있으면 먼저 말했을 텐데 아무런 말이 없는 걸 보니 아직 찾지 못했나 보다. 이 생을 마치기 전에 녀석이 가정을 이루는 걸 볼 수 있으려나 했는데, 상심이 이만저만 아니었다.

"할머니, 지금 할머니께서 이러고 계실 때가 아닙니다만."

"그건 또 무슨 소리야?"

"저한테 할머니 말고 또 누가 있습니까?! 할머니께서 제 결혼식 주관하시고 챙겨 주셔야죠."

"어휴, 그래 결혼식 해야지. 해야지. 결혼식…… 주관?"

반쯤 감긴 앤의 눈이 갑자기 번뜩 떠졌다. 머릿속에 섬광처럼 스쳐 가는 단어가…… 뭐라고? 결혼식?

"너 방금 뭐라고 했어? 겨, 겨, 결, 혼식? 결혼식?!"

내가 기어이 귀까지 썩었나 보네. 귀도 탈이 났나 봐…….

앤은 설마 하는 마음으로 주책없이 떨리는 마음을 애써 진정하며 손자의 입을 뚫어져라 바라보는데 손자의 입꼬리가 슬그머니 올라가더니 드디어 말이 흘러나왔다.

"풋, 어지간히 놀라셨나 봅니다. 네, 결혼식이요. 제 결혼식! 할머니께서 신경 안 써 주시면 누구를 믿고 맡길까요?"

"네, 네, 네가 결혼을 하겠다는 말이냐? 조프 네가?"

"네, 할머니."

"누, 누구하고? 누구? 빨리빨리 말 안 해?"

너무 놀라 말까지 더듬으며 조프를 재촉했다.

"누구긴요, 제가 마음을 준 사람이 제이 말고 또 누가 있습니까?"

"찾았어? 찾았어? 그런 게야? 오, 세상에 맙소사. 찾았어!! 찾은 게야!!"

흥분으로 목소리가 한껏 올라가고 말았다. 앤은 너무나 반가운 소식에 기쁜 마음을 감출 수 없었다.

"찾은 게 아니라, 찾아들어 왔습니다."

"아니 잠깐, 내가 지금 이럴 때가 아니지, 에이미!! 에이미!! 에이미!!"

앤은 다리를 덮고 있던 거추장스러운 이불을 휙 걷어 버리고 급히 병실 밖에 있는 비서를 불렀다.

"네. 회장님!"

"지금 당장 먹을 것 좀 가져와. 의사한테 물어보고 지금 먹어도 된다는 건 다 가져와!"

"네. 네! 회장님 바로 준비하겠습니다."

앤은 갑자기 식욕이 마구 솟구치는 듯했다. 절로 입에 침이 고이고, 허기가 진 듯 배 속이 꼬르륵거렸다.

"그리고 영양제, 영양제도 좀 놔 달라고 해. 지금 당장!"

잘 드시지를 못해 영양제라도 맞자고 그렇게 애원을 해도 귀찮다 마다하시던 분이 알아서 영양제를 찾으신다.

"이제 기운이 좀 나십니까?"

조프는 병실을 들어서며 보았던 힘없는 모습에서 180도 달라진 할머니의 밝아진 표정과 쩌렁쩌렁 울리는 목소리를 들으며 그제야 마음이 놓이고 있었다.

"내가 요즘 의욕을 잃어 통 입맛이 없더니, 이제야 뭐가 먹고 싶네. 그래. 이제 말해 봐, 어떻게 절로 찾아들어 왔단 말이야?"

"지금 우리 호텔 공사, 제이가 있는 회사에서 맡아 하고 있습니다. 책임자 역시 제이고요, 시공 입찰 프레젠테이션하러 왔더라고요."

"세상에 맙소사. 인연은 인연인가 보다, 어떻게 그런 일이 있어? 거봐라. 내가 뭐라고 했어? 한국에 호텔 지어야 한다고 했어? 안 했어?!"

"네. 이게 다 할머니 덕분입니다. 할머니 아니었으면, 다시 못 만났을 거예요.”

“고 녀석 잘 지내고 있더냐? 일은 잘 하고?”

“네.”

조프는 PT 할 때의 제이 모습이 불현듯 떠올라 웃음이 입가에 번졌다.

“보시면 깜짝 놀라실 겁니다. 능력이 아주 좋습니다. 우리 회사 임원들도 스카우트 욕심낼 정도로요. 지금은 저보다 더 많이 바쁩니다. 실은 아직 프러포즈도 못 했습니다. 맡은 일이 많은 것 같던데…… 걱정이 되네요, 순순히 결혼을 하겠다고 할지.”

“무슨 말도 안 되는 소리야 그게! 이번엔 도망 못 가게 잘 잡아! 꽉 잡아! 무조건 잡아!!”

“할머니는 대체 제이 어디가 그렇게 마음에 드세요?”

“글쎄다. 나도 몰라. 그냥 처음부터 이상하게 자꾸 눈에 들어오더라. 왜 그러는지는 모르겠지만 그냥 끌렸어. 나도 그게 참 신기하더라고, 왜 자꾸 고 녀석이 눈에 밟히는지.”

앤은 파티에서 잠깐 대화를 나누었던 다정한 모습의 제이가 떠올라 입가에 흐뭇한 미소를 그리며 다시 말을 이었다.

“무엇보다, 그 아이가 옆에 있으니 네가 웃더라. 내 평생 네가 그렇게 환하게 웃는 모습은 처음이었어. 다른 거 하나 바라는 거 없다. 그저 너 힘들고 지칠 때 네가 쉴 수 있는 여자라면, 또 너를 그렇게 웃게 해 줄 수 있는 여자라면, 그걸로 충분해. 어떠냐? 그 아이가 그러하냐?”

“……네. 그냥 옆에만 있어도 숨통이 트입니다. 하루 종일 두통에 시달리고 가슴이 꽉 막혀 있다가도 제이를 보면…… 제이만 보면, 신기하게도 답답했던 모든 게 다 사라집니다. 훗, 제가 할머니께 이런 말을 하게 될 줄은 몰랐네요. 고맙습니다. 할머니.”

“녀석, 이제야 철이 좀 드는 게냐?”

앤은 전에 없이 살가워진 손자의 모습을 보는 것만으로도 마음에 행복이 찾아왔다. 이런 따뜻한 모습을 보게 되기를 얼마나 학수고대했던가. 이제서야 녀석도 정말 사람답게 살 수 있겠구나 마음이 놓이지 않을 수 없었다.

"그래. 그거면 됐지, 뭐가 더 필요해?! 잘했어. 잘했다. 아주 잘했어. 녀석, 지금까지 한 일 중에 가장 마음에 드는구먼."

할머니와 제이에 대한 이야기를 하다 보니 더욱더 보고 싶고 그리웠다. 제이를 떠나온 지 겨우 얼마나 됐다고 하루빨리 그녀가 있는 곳으로 돌아가고 싶은 마음뿐이었다.

"할머니……."

조프는 말을 하려다 말고 일순 망설였다. 아직 기력을 회복하지도 못한 할머니께 제이의 일을 알려 드리려니 걱정이 앞섰다. 하지만 어차피 알려질 일을 타인이나 매체를 통해 알게 할 수도 없는 일이었다.

"무슨 말을 하다가 말아?"

"할머니! 제가 할머니 얼마나 의지하는지 아십니까?"

"녀석. 무슨 말을 하려고 뜸을 들여?"

"……제이에게 약간의 문제가 있습니다. 건강상이나 뭐, 제이 신변에는 전혀 문제없으니 엉뚱한 생각은 하지 마시고요. 제이가 제이 조부모님께 안고 있는 마음의 짐을 좀 덜어 줄까 합니다. 그래서 제가 아직 해야 할 일이 많습니다. 할머니께서 건강하게 굳건히 버텨 주셔야 제가 마음 놓고 일을 할 수 있을 것 같습니다. 그러니 빨리 회복하셔서 자리 지켜 주세요. 자세한 사항은 할머니 몸이 회복되면 그때 말씀드리겠습니다."

"뭐야?! 당장 말 못 해?"

무슨 일로 이렇게 뜸을 들이는지 답답함에 소리를 버럭 질렀다.

"궁금하면 빨리 털고 일어나시든지요."

조프는 아직 건강이 완전히 회복되지 않은 할머니께는 조금 더 이따가 말씀드리는 편이 나을 듯싶었다.

"저런 고얀 녀석 같으니라고! 에이미!! 음식은 아직이야?"

"회장님 지금 들어갑니다."

테이블 위에 하나둘 놓이는 음식을 앤은 하나도 남기지 않고 싹싹 비웠다. 먹지 않아도 기운이 펄펄 살아날 마당에, 음식까지 먹고 나니 온몸이 활개를 치는 듯했다.

"하…… 역시 할머니께는 너만 한 약이 없나 보다. 며칠을 제대로 드시지를 못하시더니."

갑자기 음식을 찾으신다는 소리에 잠시 쉬다가 달려온 이안이었다. 조프가 오기 전까지만 해도 파리하게 누워만 계시던 할머니가 빠른 속도로 기력을 회복하는 모습에 어이가 없어 고개를 설레설레 흔들고 말았다.

미국 J&의 본사 앞에 많은 사람이 웅성거리며 모여 있었다.

곧이어 조프가 본사 앞에 당도하자 대기 중이던 임원 수십 명이 다가와 반갑게 인사하며 조프를 맞았다.

"오셨습니까, 대표님!"

"네, 오랜만에 뵈니 모두 반갑습니다. 그간 안녕들 하셨습니까?"

"우리야 대표님 덕분에 늘 잘 지내고 있습니다만, 대표님도 얼굴이 많이 좋아지셨습니다."

"하하하, 그렇습니까? 감사합니다. 자, 시간이 별로 없어서 지금 바로 회의해야겠습니다. 다들 회의실에서 봅시다."

시원스레 웃으며 엘리베이터에 먼저 오른 조프가 잠시 집무실에 들렀다 회의실에 도착하니 이미 수십 명의 임원들이 가득 자리하고 있었다.

분기별로 하는 총회의가 열렸다. 전 세계 곳곳에 위치한 호텔 지사장과 임원들이 한자리에 다 모이는 날이기도 했다.

각 호텔의 재정 상태와 관리 현황 보고를 받고, 긴급 현안과 직원들의 복지

와 관련된 굵직굵직한 사안에 대한 회의를 하다 보니 이미 회의를 시작한 지 두 시간이 훌쩍 넘어가고 있었다.

"호텔마다 운영에 차질 없이 잘 흘러가고 있으니 더없이 만족스럽습니다. 이게 모두 여러분의 노고 덕분이 아니겠습니까? 곧 다가올 연말에 노고에 대한 보상은 충분히 하겠습니다. 그리고 회장님은 지금 회복 중에 있으니 걱정하지 마시고, 모두의 뜻에 따라 한국에서의 모든 일정을 마치고 돌아오는 대로 회장 승계 절차를 따르도록 하겠습니다. 오늘 회의는 이것으로 마치고, 제가 여러분들께 개인적으로 당부드릴 말씀이 있습니다."

매사 공과 사의 선을 분명히 긋던 대표가 개인적인 당부라 하니 임원들 모두 의아함에 바라보았다.

조프는 앞으로 자신으로 인해 일어나게 될 수많은 문제들을 떠올리며 천천히 한 사람 한 사람을 둘러보며 결심한 듯 말을 이었다.

"지금까지 단 한 번도 제가 회사에 누를 끼치거나 폐가 되는 일은 없었을 겁니다. 하지만 조만간 어쩌면 저로 인해 호텔이 조금은 소란스러워질지도 모르겠습니다. 주가에도 영향을 미칠 소지가 다분히 있습니다. 그러나 저로 인해 주가가 다소 하락하게 되더라도 걱정 말고 기다려 주십시오. 반드시 제자리로 돌려놓겠습니다."

"지금 우리 그룹이 이 정도로 도약할 수 있었던 것도 다 대표님 덕분인 것을 모르는 사람이 없는데, 무슨 그런 말씀을 다 하십니까?"

"맞습니다. 대표님께서 허튼 일 벌이실 분도 아니고, 다 그만한 사정이 있으니 하시는 일이겠지요. 위험한 일만 아니라면 믿고 기다리겠습니다."

모두 지사장들의 말에 동조를 표하며 고개를 끄덕이고 있었다.

"그리고 또 한 가지, 개인적인 일로 회사 법무 팀의 도움을 좀 받았으면 싶은데, 괜찮으시겠습니까? 아무리 둘러봐도 우리 회사 법무 팀만 한 인재를 찾기가 쉽지가 않아서 말입니다."

조프는 회사 법무 팀의 도움이 필요했고,

"대표님의 일이 어떻게 한낱 개인의 일이겠습니까? 대표님 개인이 이미 우리 그룹인 것을요. 당연히 도움이 필요하면 적극 도와야 될 일, 이렇게 우리 의견까지 물어 주시니 감사할 따름입니다."

중역들에게는 이미 무의미한 질문이나 다름없었다.

"그렇게 이해해 주신다니 감사합니다. 여러분의 무조건적인 신뢰에 마음이 무겁습니다만, 보여 주신 신뢰가 허물어지는 일 없도록 저 역시 열심히 노력하겠습니다. 그럼 이것으로 오늘 회의는 모두 마치겠습니다. 그만 돌아가 보셔도 좋습니다."

모두 자리에서 일어섰고, 조프는 다가오는 한 사람 한 사람과 눈을 맞추며 정중히 악수를 교환하고 있었다.

중역들이 하나둘 회의실을 다 빠져나가고 나서야 자리에 앉는 조프다.

"제이슨, 다음 일정은?"

"대표님, 오늘은 이것으로 일정이 마무리되었습니다. 시차 때문에 힘드실 텐데 오늘만큼은 들어가서 푹 쉬셔야 합니다. 내일 일정이 만만치가 않습니다. 일단 내일 오전에 뉴욕증권거래소 오프닝 벨 행사를 기점으로, 인터뷰, 각 방송사 국장들 미팅이 예정되어 있고……."

스케줄을 읊어 주는 제이슨의 말을 들으며, 그녀는 지금쯤 무얼 하고 있을까? 자연스레 제이에게로 생각이 흐르고 있었다.

제이는 아침 일찍 출근하며 현장을 미리 둘러보고 사무실로 향했다.

"안녕하세요. 한 팀장님! 강 팀장님 오셨어요. 지금 팀장님 사무실에서 기다리고 계세요."

"네. 지은 씨 고마워요."

지은에게 인사를 하며 사무실로 들어가려는데,

"팀장님! 차 드릴까요?"

"지은 씨도 참, 새삼스럽게. 아니요. 괜찮아요."

웬만해서는 직원에게 차 심부름은 시키지 않는 제이였다. 직원들 역시 익히 잘 알고 있는 사실이라 오늘따라 별스럽게 물어보는 지은이 의아하기만 했다.

다시 사무실로 향하는데,

"팀장님! 제가 드리고 싶어서 그러는데 차 한잔…… 하시면 안 돼요?"

"그래요, 그럼. 허브티로 부탁해요. 고마워요."

초롱초롱 동그란 눈을 뜨고서 애처롭게 말하는 지은을 보며 부탁 아닌 부탁을 하고서야 사무실로 들어갈 수 있었다.

"선배 오셨네요."

"어, 그래. 한 팀장. 현장 들렀다 오는 거야?"

작업 의뢰가 들어와 본사에서 협의 과정을 마치고 돌아온 우재였다.

"네. 갔던 일은 어떻게 하기로 했어요?"

"여기 일 마무리 지을 때까지 기다리겠다네."

"그럴 줄 알았지. 그건 선배 말고는 할 사람이 없어요."

"한 팀장보다 내가 한가해 보였나 봐? 현장은 별일 없고?"

"네. 다행히 별일 없이 잘 진행되고 있어요."

똑똑똑. 노크 소리가 들리더니 지은이 쟁반에 차를 들고 조심스레 들어왔다.

"한 팀장 차 부탁했어?"

고객이 방문했을 때에도 특별한 일이 없고서야 보통은 직접 차를 준비하던 제이였기에 차를 들고 오는 지은을 보며 의아하지 않을 수가 없었다.

"음……."

제이는 말을 하려다 말고 지은을 유심히 바라보았다. 발그레한 얼굴, 힐끔힐끔 우재를 향하는 수줍은 눈동자, 미세하게 흔들리는 찻잔, 영락없이 자신이 조프를 바라보는 모습 그대로였다.

그제야 왜 갑자기 차를 주겠다고 했는지 알게 된 제이의 눈꼬리가 빙그레 아래로 휘었다.

"고마워요. 지은 씨. 잘 마실게요."

"고마워요."

우재 역시 인사를 하며 찻잔을 들었고, 제이는 활짝 웃으며 나가는 지은의 모습에 덩달아 밝은 미소를 지었다.

지은의 애틋한 짝사랑이었다. 특유의 친화력으로 J& 대표님 비서실의 앨리와 친분을 쌓으며, 하소연 아닌 하소연을 하던 중 우연히 한 팀장님이 만나는 사람이 있을 거라는 말을 들었다. 하지만 그 상대가 강 팀장님은 절대 아니라고 못을 박는 앨리였다.

늘 강 팀장님에게 향하는 눈길을 거둘 수 없어, 몰래 훔쳐보고는 했는데…… 그때마다 강 팀장님의 눈이 어디로 향하는지 지은은 잘 알고 있었다. 아무리 한 팀장님이 남자에게 차갑다 해도, 강 팀장님이라면 왠지 한 팀장님의 마음을 얻을 수 있지 않을까 싶어 혼자서 노심초사했었는데…… 한 팀장님의 마음은 이미 다른 곳에 머문다고 하니…….

지은은 출장으로 잠시 자리를 비웠던 강 팀장님이 돌아오니 새삼 의욕이 치솟았다.

이른 아침 조프는 공식 업무를 보기 전에 J&의 법무 팀에 가장 먼저 들렀다.

"대표님! 안녕하십니까?"

"수고들 많습니다. 오늘은 내가 개인적으로 부탁할 일이 있어 찾아왔습니다."

"네, 대표님, 말씀하십시오."

조프는 두꺼운 서류 파일을 법무 팀에 전해 주었다.

"명우그룹, 본사는 한국입니다. 미국에 지사가 있는데 문제가 좀 있는 것 같

아서 서류 면밀히 검토해 봐요 FCPA(Foreign Corrupt Practices Act 미국 해외부패
방지법)에 위반되는지, 그렇다면 처벌은 어떻게 되는지, 그리고 이 서류는 한국
본사의 분식회계 정황, 이것도 검토해 봐요. 우리 팀에 한국 법률 전문가가 있
는 걸로 알고 있는데."

"네. 접니다. 대표님."

누군가 손을 들어 말했고,

"다니엘! 잠깐 나 좀 봅시다."

얼굴을 알아본 조프가 그의 이름을 부르며 법무 팀 안쪽에 위치한 소회의실
로 걸음을 옮겼다.

"이 USB 확인해 보고 혹시 한국 법으로 내 행동에서 문제 될 건 없는지,
역으로 상대편에게 법률적인 책임을 얼마나 물을 수 있는지 검토해 줘요. 이
USB는 일단은 다니엘 당신만 보고 확인했으면 하는데…… 중요한 증거자료예
요. 보안에 주의 부탁해요. 지금은 여러 사람 알아 봐야 걱정만 할 테니."

"네 대표님. 그렇게 하겠습니다."

조프는 스카우트를 해 왔을 때부터 명성이 자자했던 다니엘에게 중요한 증
거를 맡기며 믿음직스러운 모습에 간단명료하게 지시하고 소회의실을 나왔다.

"자! 모두들 바쁘겠지만 부탁합시다. 오후 1시에 돌아와서 결과 보고 듣겠습
니다. 그럼 수고해요."

직원들을 독려하며 빠르게 법무 팀을 벗어났다. 아침부터 바쁘게 하루 일과
를 시작하는 조프였다.

공식적인 첫 일정이 예정되어 있는 세계 금융의 중심 Wall Street에 위치한
뉴욕증권거래소에 조프가 들어섰다.

거래소에 상장되어 있는 기업의 주요 인사들이나, 미국을 대표하는 사회 저

명인사들이 참여하는 행사로 오프닝과 클로징 벨을 울리게 되는데, 오늘은 조프가 초청받아 오프닝 벨을 울리게 되었다.

조프가 벨을 울림과 동시에 뜨거운 함성과 환호가 울려 퍼지며 치열한 거래소의 하루가 시작되었다.

"대표님, 수고하셨습니다. 그동안 그렇게 초청해도 마다하시더니, 이렇게 뵙게 되어 영광입니다. 다음에 클로징 벨도 한번 울려 주시기를 고대하겠습니다."

"하하하, 초대해 주셔서 감사합니다. 제가 영광이죠, 다음에도 불러 주신다면 기쁘게 참석하겠습니다. 그럼 이만."

관계자들과 인사를 나누고 증권거래소를 나오니 여기저기서 카메라 플래시가 터져 나오며 쏟아지는 질문들로 일대가 소란스러졌다. 조프는 그저 미소로 화답하며 다음 일정을 위해 재빨리 차에 올랐다.

"대표님, 곧바로 인터뷰가 있습니다. 이동하겠습니다."

"그래. 가지."

조프는 잠시도 쉴 틈 없이 타이트하게 돌아가는 일정을 생각하며 속으로 한숨을 삼켰다.

두 번째 일정인 인터뷰를 앞두고 있었다. 이제 정식으로 인터뷰까지 마치고 나면 사생활에 많은 제약이 따를 것이다. 여전히 아쉬운 마음이 없지 않지만 제이를 생각하며 기쁜 마음으로 인터뷰 자리에 들어섰고, 자신을 위해 마련된 자리에 편하게 앉았다.

"안녕하십니까? 대표님. 이렇게 실물을 뵙게 되어 영광입니다. 저는 NBC의 줄리안입니다."

긴 머리의 굵은 웨이브가 인상적인 금발의 미녀 리포터가 조프에게 친근하게 인사를 건넸다.

"네. 안녕하십니까? J& 대표 조프리 휴 존슨입니다. 반갑습니다."

조프는 인터뷰가 처음인 사람답지 않게 자연스럽고 편하게 인사하며 웃음 지었다.

"우와. 대표님 과연 듣던 대로 미남에 목소리까지 좋으십니다."

"감사합니다."

"그동안 철저히 베일에 싸여 궁금해하시는 분들이 많았는데요, 왜 그렇게 노출을 꺼리셨는지 여쭤보고 싶습니다."

"아무래도 얼굴이 노출되면 일하는 데 제약이 많을 수밖에 없어 부득이하게 그렇게 되었습니다."

"그럼 이제 제일선에서 물러나시는 건가요? 들리는 소문에 곧 회장 승계 절차에 들어간다고 하던데요."

"아직은 아닙니다만…… 곧 그래야 할 듯싶습니다."

"대단하시네요. 젊은 나이에 대표 자리에 오르신 것도 엄청난 일인데 곧 그룹의 회장 자리까지, 게다가 임직원들의 지지 또한 엄청나다고 들었습니다. J&을 향한 경쟁기업들의 견제도 상당하고요. 여기에 대해서 어떻게 생각하십니까?"

"임직원들이 보내 주는 지지와 신뢰는 저 역시 대단히 감사하게 생각하고 있습니다. 저 또한 우리 회사 임직원들을 전적으로 믿고 의지하고 있고요. 타 기업들의 견제라. 우리 그룹을 향한 견제라기보다는…… 동종 업계이다 보니 으레 그런 거겠지요."

줄리안은 이 젊은 나이에 대표를 뛰어넘어 회장이 되는 남자는 과연 어떤 사람일까 늘 궁금했었다.

인터뷰를 진행하라는 말에 다른 오너들처럼 자신의 눈 아래 사람 없이 교만하고 예의도 없는 사람이면 어쩌나, 피곤한 인터뷰가 되겠다 우려했던 마음이 무색할 만큼 남자는 시종일관 정중하게 예의를 갖춰 말을 하고 있었고, 생각 또한 여느 오너들과는 차원이 다른 듯 보였다.

"너무 겸손하신데요? 그럼 다른 질문을 해 볼까요? 최근, 아니 대표님께서 그 자리에 오르시고부터 J&이 각종 여론조사의 모든 기록을 갈아 치우고 있습니다. 세계에서 가장 선호도가 높은 호텔 1위, 재방문율이 가장 높은 호텔 1위, 그 외에도 가족이나 연인과 가고 싶은 호텔, 서비스가 좋은 호텔, 분위기가 좋은 호텔, 브랜드 선호도가 높은 호텔 1위 등 모든 여론조사에서 1위를 차지하셨어요. 게다가 특히 주목할 만한 점이, 가장 닮고 싶은 CEO, 기대되는 CEO, 가장 입사하고 싶은 회사 1위로 선정되기도 했죠. 도대체 어떻게 하면 이런 결과들이 나올까요? 대표님?"

조프는 너무나 뻔히 예상했던 싱거운 질문을 들으며 피식 웃어 버렸다.

"글쎄요. 이 또한 우리 직원들 모두가 자신이 위치한 곳에서, 맡은 바 업무를 충실히 수행하기에 가능한 결과 아니겠습니까? 저는 전적으로 그렇게 믿고 있습니다."

"모든 공을 직원들에게 다 돌리시는군요. 직원이 주인인 회사를 모토로 대표 홈페이지에도 직원들 사진을 게재한다더니, 역시 듣던 대로 직원들 생각을 끔찍이 하시는 것 같습니다."

"그들 한 사람 한 사람이 곧 우리 그룹이며, 얼굴이니 당연한 일입니다. 그들이 없었다면 결코 J&이 지금 이 자리에까지 올 수 없었겠죠?"

"왜 가장 입사하고 싶은 회사로 선정이 되는지 알 만하군요. 복지 또한 타 기업들과는 비교 불가라더니 저도 가고 싶어지는데요?"

본의 아니게 질문에 사심이 섞여 버린 줄리안이었고,

"이거 다 녹화되고 있는 거 아닙니까? 상당히 위험한 발언으로 들립니다만, 그래도 한번 도전해 보시겠습니까? 저야 물론 대환영입니다."

조프는 자신의 직장을 저버리겠다는 리포터의 발언이 걱정스러웠지만, 부드럽게 미소를 지으며 도전을 받아들였다.

"하하하, 정말 도전해 보고 싶습니다만…… 애석하게도 입사 경쟁률이 어마무시하다는 소문을 익히 들어 알고 있기에 지금 하는 일만 열심히 하겠습니다."

이후로도 쉴 새 없이 질문이 쏟아졌고, 조프는 능수능란하게 답을 하며 유쾌한 시간이 지나고 어느덧 인터뷰는 막바지를 향하고 있었다.

"지금까지 인터뷰 성실히 임해 주셔서 너무 감사드립니다. 대표님. 솔직히 말씀드리면 지금까지 수없이 많은 기업의 오너분(owner)들과 인터뷰를 진행하면서 이렇게 정중하게 응하시는 분은 거의 처음인 것 같습니다. 다시 한번 진심으로 감사 인사 드립니다. 마지막으로 한 가지만 더 여쭤봐도 될까요?"

"저야말로 첫 인터뷰를 이렇게 편하게 할 수 있도록 배려해 주셔서 진심으로 감사드립니다. 마지막 질문 하시죠."

"올해로 서른일곱, 부와 명예를 모두 다 가지신 분이 아직 혼자이다 보니 주변에서 쏟아지는 관심이 엄청나더군요. 이 질문만큼은 반드시 해 달라는 간곡한 요청이 있기에 실례를 무릅쓰고 질문드리겠습니다. 혹시 지금 만나는 여자분이 계신지요?"

질문지에 무려 별이 일곱 개나 그려져 있었다. 아마 별이 그려져 있지 않았다 해도 묻고 싶을 만큼 줄리안은 이미 그에게 빠져들어 버렸다.

"하하하하하."

조프는 지금까지 받았던 질문 중 가장 마음에 드는 질문을 받아 들고서 파안대소를 하며 고개를 설레설레 흔들었다.

"와우, 지금까지 인터뷰하던 중 가장 밝게 웃으시는데요? 이 웃음이 의미하는 바가 뭘까요? 사뭇 궁금합니다. 대표님."

"그 질문이 언제쯤 나올까 궁금하던 차였습니다. 하하하."

이미 머릿속을 가득 채우는 나만의 그녀를 떠올리며 번져 나온 웃음을 감출 수 없는 조프와, 그의 감미로운 웃음소리에 온 심장이 후덜후덜 떨려 오는 리포터 줄리안이었다.

"네. 있습니다. 만나는 사람."

내 머릿속을 단 한 순간도 떠나가지 않는 한 사람, 매시간, 매 순간을 보고 싶은 단 한 사람.

"맙소사! 있으셨군요. 저를 포함한 많은 여성분들이 대성통곡하는 소리가 들려오는 것 같습니다. 누군지 여쭤봐도 되겠습니까? 우리가 알 만한 분일까요?"

줄리안은 단번에 알 것 같았다. 그가 그녀를 얼마나 사랑하는지.

시종일관 정중한 태도로 대답을 하던 그가 유일하게 눈빛을 반짝인 순간이며, 온 얼굴에 환희가 가득했다. 마지막 질문을 했던 그 순간······ 숨길 수 없는 그의 표정이 이미 모든 걸 말해 주는 듯했다.

"아니요. 일반인입니다. 지금은 제가 옆에 있어 줄 수 없는 상황이라, 기사가 먼저 나가면 그녀가 곤혹스러운 일을 당할 듯싶어, 말을 아끼겠습니다."

"일반인이라······ 대표님의 연애관에 대해서도 인터뷰를 하고 싶습니다만, 대표님의 일정이 바쁘시다고."

"네. 죄송합니다만, 곧바로 다음 일정이 있어 오늘 인터뷰는 여기까지 해야 할 것 같습니다."

"그럼 그분 이니셜만이라도 말씀해 주실 수 있을까요? 아니면 미들 네임이라도?"

줄리안은 J& 대표가 만나는 여자가 한국 사람일 거라고는 전혀 생각하지 못했고,

"하하하. 이니셜······ 이니셜이라······ J, 제이입니다. 그녀의 이니셜."

조프는 당당하게 제이의 이름을 밝혔다.

"누군지 모르겠지만 정말 부럽습니다. 오늘 인터뷰 너무 감사했습니다. 대표님, 다음에 기회가 된다면 또 만나 뵙고 싶습니다."

"나 역시 고마웠어요. 그럼 또 봅시다."

조프는 특별할 것 없는 장시간의 인터뷰에서 마지막 질문만이 기억에 남아 있었다.

'보고 있나? 한재희?'

인터뷰를 마친 조프는 미련 없이 자리를 박차고 일어나 고생한 스태프들과 인사를 나눈 뒤 스튜디오를 벗어났고, 리포터인 줄리안을 비롯한 스태프들은

인성조차 잘생긴 남자의 뒷모습에서 눈을 뗄 수가 없었다.

조프가 인터뷰를 마치고 나온 지 채 한 시간도 지나지 않아 J& 홍보 팀으로 전화가 엄청나게 빗발쳤다.

광고계를 비롯한, 방송사, 각종 행사, 파티, 사회 저명인사들의 모임 등 수없이 많은 러브콜이 그야말로 물밀듯 쏟아져 들어오고 있었다.

홍보 팀의 때아닌 수난을 아는지 모르는지 조프는 예정된 일정을 무리 없이 소화하고 있었다.

그날 저녁 각 방송사에서 앞다투어 메인 방송으로 그의 인터뷰 장면을 송출하는가 하면, 그의 호텔이 위치한 나라 곳곳에 그의 인터뷰 장면이 전파를 타고 뻗어 나갔다.

그의 얼굴을 전 세계에 알리는 데 불과 하루도 채 필요치 않았다.

"한 팀장님! 부재중 전화 메모 남겨 뒀습니다."

"네. 고마워요. 지은 씨."

팀장 회의를 마치고 돌아온 제이는 자리에 앉아 부재중 메모를 넘기며 확인하는데,

'강주아.'

결코 다시는 보고 싶지 않은 이름을 확인하며 인상이 구겨지고 말았다.

"지은 씨. 혹시 여기 이 메모. 별다른 말 없었어요?"

"네. 별말 없이 그냥 팀장님 찾으시더라고요. 자리에 오면 꼭 연락 달라고,
참…… 팀장님 스케줄을 꼬치꼬치 물어보셨어요. 일단은 대충 둘러대긴 했지만요."

"고마워요."

제이는 다시 자리에 앉으며 메모에서 눈을 떼지를 못했다.

강주아. 이태현의 모친. 태현과 헤어진 직후 딱 한 번 전화 통화를 한 적이 있었다. 그때의 불쾌했던 감정이 다시금 되살아나는 듯했다.

그때가 태현과 헤어진 지 얼마 되지 않았을 때였다. 부지런히 교정을 벗어나는데 낯선 여자가 다가와 제 이름을 불렀다.

"한재희 씨?"

"네. 제가 한재희입니다만……."

"잠시만 차에 함께 타시겠어요?"

제이는 처음 보는 사람이 대뜸 함께 차에 타자는 소리에 잔뜩 경계하며 여자에게 물었다.

"누구시죠?"

"이태현 씨 모친께서 보내셨어요. 저는 그분 비서고, 3분도 걸리지 않을 거예요."

"무슨 일인지부터 말씀하시죠."

"여기서 말하기는…… 한재희 씨 당신이 더 곤란할 거예요. 걱정 말아요, 어디 데려가려는 건 절대 아니니까. 차 안에 아무도 없어요, 나밖에는."

"……."

그의 이름을 다시 듣는 것조차 반갑지 않은데 도대체 그의 모친은 왜 비서를 저에게 보냈을까. 궁금했지만 그와 관련해서는 결코 안심할 수 없었기에 차에 타기가 망설여졌다.

그런 제이의 망설임을 눈치챘는지 비서의 딱딱한 목소리가 다시 흘러나왔다.

"흠. 정 불안하면 창문은 다 내릴게요."

주아의 여비서는 나이답지 않게 신중하고 경계가 심한 여자를 보며 짜증이 솟구치고 있었다.

"네. 그럼 창문은 다 내려 주세요."

그렇게 차에 타자마자 제이의 다리 위에 놓인 봉투 하나…….

"이게…… 뭔가요?"

"잠시만요."

여비서가 어딘가로 전화를 걸더니 제이에게 전화기를 건네주었다.

제이는 왠지 모를 불편함을 느끼며 전화를 귀에 가져가는데 날이 선 목소리가 들려왔다.

― 한재희 씨?

"네. 말씀하세요."

― 나. 태현이 엄마예요.

"……아. 네."

헤어진 사람의 엄마가 무슨 일로 전화를 했나 싶어 당혹스러움에 말이 나오지 않았다.

― 말이 짧네요? 만나고 있는 사람의 모친이면 적어도 인사 정도는 해야 하는 거 아닌가?

"아! 안녕하십니까, 그런데 뭔가 오해가,"

― 내가 바빠서 먼저 말할게요. 방금 봉투 받았어요? 부족하지 않게 넣었어요. 우리 태현이 만나지 말아요. 내 말 무슨 말인지 알아들어요?

이미 헤어졌는데 이건 또 무슨 말인지 의아해하지 않을 수 없었다.

"죄송합니다만, 무슨 말씀……이신지?"

― 알면서 모른 척하는 거예요? 아님 내 말을 못 알아들을 정도로 어리석은가?

"이미 헤어진 사람과 만나지 말라고 하시니 의아해서 여쭤봤습니다."

잔뜩 날이 선 까칠한 목소리도 달갑지 않은데, 억측도 정도껏이었다.

― 뭐…… 뭐라……고? 이미 헤어져?

"네. 분명 그렇게 말씀드렸습니다. 그 사람과는 이미 헤어졌습니다."

제이는 자신이 처한 상황이 상당히 불쾌하게 느껴졌고,

"그럼 이만 전화 끊어도 될까요?"

말이 곱게 나오지 않았다.

— 하…… 정말 헤어진 거 맞아요?

주아는 믿을 수가 없었다. 아들은 결혼하고 싶은 사람이 생겼다며 결혼을 하겠다고 난리인데. 여자는 헤어졌다니…….

"네. 확실히 헤어졌습니다. 다시 시작할 일도 없으니 전혀 걱정하지 않으셔도 됩니다. 그럼 전 이만 끊겠습니다."

뚝. 제 할 말을 전하고서 대답도 듣지 않고 곧장 전화를 끊어 버렸다.

"이거 받을 이유 없습니다. 방금 들으셨다시피 그 사람과는 이미 헤어졌어요. 다시는 절 찾아오는 일 없었으면 좋겠네요."

제이는 다리 위에 올려진 봉투를 좌석에 그대로 두고 차에서 내렸다.

다시 떠올리고 싶지도 않은 냉랭한 목소리가 한동안 귓가에 맴돌아 정신을 무던히도 어지럽혔다. 이번에는 또 무슨 말을 들어야 하나…….

먼저 연락이 올 거라 예상은 했기에 놀랍지는 않았지만, 그럼에도 떨리는 마음은 쉬이 진정되지 않았다. 피해서 될 사람이 아니었다. 아니, 차라리 먼저 움직여 주니 고맙다고 절이라도 해야 할까? 제이는 한참을 망설이다 전화를 걸었다.

Rrrrr.

신호가 두 번 울리기도 전에 전화가 연결되었다.

— 명우그룹 회장실입니다.

"강주아 회장님 계시나요? 저는 한재희라고 합니다."

— 네. 전화 연결하겠습니다.

이미 언질이 되어 있었는지 비서실에서 곧장 전화 연결을 했다.

— 강주아예요.

"한재희입니다."

— 예나 지금이나 똑같네. 예의가 없는 게. 여전히 말이 짧네요? 우리 한번 만나죠? 할 말도 좀 있고.

"하······ 회장님도 변하신 게 없네요."

누가 누구에게 예의를 운운하는지 어이가 없었다. 예나 지금이나 상대방에 대한 배려 따위는 찾아볼 수가 없는 변하지 않은 목소리를 들으며 신경이 잔뜩 곤두서고 있었다.

— 하긴 사람 본성이 어디 쉽게 변하나? 아무튼 시간 좀 내 봐요.

"만나야 할 일도 없을뿐더러, 일이 바빠서 서울로 올라갈 수도 없습니다."

— 지금 만나는 남자가 있다고 들었는데, 괜찮겠어요? 나를 무시해도? 정 바쁘다면 내가 거기로 가죠.

"······그럼 직접 오시죠, 이쪽으로. 시간 장소 정해서 연락 주세요. 끊겠습니다."

거칠게 전화를 끊어 버리고, 어금니를 앙다물며 끓어오르는 화를 간신히 참아 내고 있었다. 어차피 한번은 만나 봐야겠다 싶었고, 만난다면 조프가 한국에 없는 지금이 차라리 나을 듯싶었다.

조프는 잠시도 쉴 틈 없던 빠듯했던 오전 일정을 마치고 회사로 돌아오며 가장 먼저 법무 팀에 들렀다.

"대표님, 오셨습니까?"

"네, 다들 고생이 많네요. 아까 내가 준 자료는 검토 끝났습니까?"

"네. 명우그룹 해외 지사의 뇌물 수수 건은 중대한 법 위반 행위로 FCPA 규정을 적용받습니다. 과징금 폭탄은 피할 수 없을뿐더러 최고경영자 측에도 엄청난 타격이 갈 겁니다. 게다가 밝혀지면 국제적 신뢰 하락은 불 보듯 뻔한 일이며, 현재 진행 중인 해외 M&A 계약 또한 장담할 수 없습니다. 앞으로의 영업은 말할 것도 없고요. 여기 관련 내용 보고서입니다."

"수고했어요. 다니엘, 잠깐 나 좀 봅시다."

"네. 대표님."

두 사람은 다시 법무 팀 내부에 있는 소회의실에서 마주했다.

"어떻습니까? 검토해 봤습니까?"

"후…… 네. 대표님, 그런데…… 몸은 괜찮으십니까?"

눈앞에 있는 대표님을 다시 보게 된 다니엘이다. 평소에 운동을 즐겨 하신다는 건 알았지만 운동신경이 그 정도일 줄은, 평소에도 냉철한 이성과 빠른 판단력으로 혀를 내두르게 하지만, 심지어 싸움을 하면서도 그런 면모를 과시하실 줄은 예상 못 했다. 늘 대단한 분이라 생각은 하고 있었지만, 대단하다는 말로도 포장하기가 부족할 줄은 미처 몰랐다.

경악을 금치 못했던, 보고도 차마 믿을 수 없었던 영상을 떠올리며 대표님의 안전을 걱정하지 않을 수 없는 다니엘이다.

"난 전혀 문제없으니 말해 봐요."

"네. 대표님의 행동에는 전혀 문제 될 것이 없습니다. 반면 저들은 밤에, 그것도 2인 이상의 집단이 가담했고, 흉기까지 소지했으니 폭력 행위 등 처벌에 관한 법률에 따라 가중처벌을 피할 수 없습니다."

"내 행동에는 전혀 문제 될 게 없다…… 그럼 필요시 이 영상을 증거로 제시해도, 나에게 불리한 건 없다는 말이군."

"네. 그렇습니다. 대표님."

"수고했어요."

USB를 받아 들고서 만족할 만한 대답에 마음을 놓으며 소회의실에서 빠져나와 법무 팀의 직원들을 바라보며 말을 이었다.

"자, 여러분. 며칠 뒤, 내가 한국으로 갈 때 여기 계신 몇 분과 함께 가야겠습니다. 자원자 우선으로 하겠습니다. 다니엘, 당신은 미안하지만 반드시 포함되었으면 하는데."

"네. 알겠습니다. 대표님. 준비하겠습니다."

"고마워요. 그럼 모두들 수고하고 자원하실 분은 제이슨에게 알려 줘요."

큰 과제를 남기고 유유히 법무 팀을 빠져나가며 명우 해외 지사 관련 보고서를 손에 쥔 조프는 각 방송국장과의 미팅을 서둘렀다. 오전과 다름없이 빽빽한 일정을 소화하며 피로가 엄습할 때마다 떠오르는 제이 생각에 입가에 잠시 미소가 머물렀다.

계획했던 모든 일정을 마치고 집무실로 돌아온 조프는 뻐근한 어깨를 가벼운 스트레칭으로 풀어 주며 누군가를 기다리다 제이슨에게 말을 걸었다.

"제이슨, 내일 일정은 어떻게 되지?"

"저…… 그게. 내일은 대표님 화보 촬영이……."

"뭐? 화보라니, 그런 일정은 없었는데, 내가 연예인이야? 무슨 말도 안 되는 소리!"

썩 내키지 않았던 간지러운 인터뷰도 간신히 마쳤는데 화보라, 어이가 없어 말이 안 나왔다.

"저…… 그게. 미리 아시면 분명 못 하게 될 거라고, 비서실장님이 가서 말씀드리라고 하셨습니다. 매거진에 올릴 사진들이 좀 필요하다고."

제이슨은 사정없이 구겨지는 대표님의 얼굴을 보며 등 뒤로 식은땀이 주룩 흘러내렸다.

"크리스! 하…… 나 이 자슥, 끙. 제이슨 취소해, 지금 당장."

"죄송합니다만, 대표님. 여기……."

제이슨은 대표님이 안 한다고 버티면 전하라던, 크리스에게서 받은 쪽지를 슬며시 전했고, 조프는 내밀어 오는 쪽지를 단번에 펼쳐 보았다.

「대표님, 순순히 하십시오. USB 원본 J 보여 드릴까요?」

꽁.

'크리쓰으!! 악!! 망할. 그래. 한다, 해, 너는 딱 기다려. 가서 보자.'

조프는 가뜩이나 긴장한 채로 있는 제이슨을 앞에 두고 차마 괴성을 지르지 못해 표정 관리를 하며 속으로 발악하고 있었고, 제이슨은 어금니를 빠득 깨물며 쪽지를 구기는 대표님의 손에서 우두둑 소리가 들려와 또다시 긴장하게 되는데, 때마침 구세주 같은 호출 소리가 들려왔다.

삐—

— 대표님, 하현우 씨 오셨습니다.

"들어오시라고 해요. 제이슨, 그만 나가 봐, 내일 일정은. 하…… 예정대로."

"네. 알겠습니다. 대표님."

제이슨은 속으로 안도의 한숨을 내쉬며 황급히 자리를 벗어났다. 그와 동시에 문을 열고 현우가 들어왔다.

"안녕하십니까? 처음 뵙겠습니다. 대표님, 하현우입니다."

현우는 늘 존경해 오던 대표님을 보며 정중히 인사를 했고,

"우리 처음 보는 건가요?"

조프는 자리에서 일어서 다가오는 현우를 향해 손을 내밀었다.

제이의 사건과 관련한 사람이 자신의 회사, 그것도 본사에 있다는 게 놀라울 따름이었다.

"네. 대표님. 면발치에서 뵌 적은 있는데, 직접 뵙는 건 처음입니다."

"아무튼 반가워요. 거기 편히 앉아요."

"네. 감사합니다."

"차 한잔 하죠, 혹시 즐겨 하는 차가 있습니까?"

"저는 물이면 됩니다. 대표님."

"그러지."

삐—

"베키, 생수 두 병 부탁해요."

키폰에서 손을 떼며 현우를 바라보는데, 생수를 든 비서가 들어왔다.

"베키, 지금부터 나는 외출하고 없는 겁니다."

"네, 대표님. 그렇게 하겠습니다."

비서가 물러가자마자 조프가 입을 열었다.

"제이와는 어떻게?"

"아, 학교 후배입니다."

"음…… 내가 왜 불렀는지 알고 있습니까?"

"네. 비서실장님께 대충 들어 알고 있습니다."

재희와 헤어진 이태현이 다시 재희를 찾아와 힘들게 하는 모양이었다. 그래서 대표님께서 이태현과 관련한 일들을 알아보고 계신다고.

처음 연락을 받았을 때, 자신의 과거를 대표님께서 알고 계신다는 사실에 아연실색했고 대표님이 재희와 연인 관계라는 사실은 한동안 사고가 정지될 만큼 큰 충격으로 다가왔다.

과연 둘 중에 어느 사실이 더 놀라웠을까? 과거를 드러내 보인 수치스러움이 우선일까, 아니면 보고도 믿을 수 없는 인연의 고리가 우선이었을까.

대표님의 인터뷰를 보며 결코 가볍지 않은 그의 마음에 한 번 더 놀란 현우였다.

"그럼 바로 본론으로 들어가도 되겠네요. 이태현 그 사람이 저지른 협박, 폭행에 대한 직접적인 증거, 증인이 필요한데,"

"죄송합니다만…… 그 전에 하나 여쭤봐도 되겠습니까?"

"물론."

"지금 하는 일이 누구를 위한 일인지요?"

"제이."

"이미 많은 시간이 흘렀습니다. 공소시효가 이미 지났을지도 모르고요."

"한국 법으로 상해는 공소시효가 7년이라고 하더군. 아직 충분히 남아 있으니 그건 걱정 말아요. 힘들겠지만 그때의 일 말해 줄 수 있겠어요?"

조심스레 묻는 대표님의 진지한 표정에 긴장하며 꿀꺽 침을 삼켰다.

남에게 쉽게 내보일 수 없는 상처였다. 두 번 다시 겪고 싶지 않은 일이었고 떠올리기도 싫은 일이었다. 하지만 자신의 증언으로 그 자식에게 죄를 물을 수 있다면, 그래서 죗값을 치르게 할 수만 있다면 두 번이고 세 번이고 말하지 못할 것도 없었다.

현우는 긴장으로 목이 타 대표님께 양해를 구하고서 앞에 놓인 생수를 급히 한 모금 들이켜고는 어렵게 말을 시작했다.

"그 때가 제가 그 친구한테 고백하고, 한 이틀 정도 지났을 때였습니다. 아르바이트 끝나고 집으로 가는데 누군가 부르는 소리에 돌아보니 남자 네댓 명이 다짜고짜 폭행을 하기 시작했습니다. 본능적으로 넘어지며 머리를 감쌌는데 무차별적으로 폭행을 하면서도 얼굴이나 팔은 전혀 공격하지 않았습니다. 그땐 몰랐는데 병원에 입원을 하고 보니 노출이 되는 곳은 단 한 곳도 폭행의 흔적이 없었습니다."

현우는 그때의 고통이 다시금 머릿속에 되살아나며 심장이 불쾌하게 두근거렸다. 속으로 가만히 한숨을 삼키며 다시 입을 열었다.

"병원에서도 의아해하더라고요. 이상했습니다. 살면서 누군가에게 집단 폭행을 당해야 할 정도로 형편없이 살지 않는데. 도대체 누가 왜? 라는 의문이 가시지를 않았습니다. 입원 시에 경찰에 신고도 들어갔는데 조사도 제대로 이루어지지 않았고요. 그런데 그다음 날 뜻밖에도 이태현 그 사람이 병문안을 왔었습니다. 경황이 없어 그 누구에게도 입원 사실을 알릴 수도 없었는데 말입니다."

현우는 치욕스러웠던 그날의 기억을 천천히 떠올렸다.

'재희 근처에 얼씬도 하지 마. 다시 한 번 더 접근하면 그땐, 이 정도로 끝나지 않아. 그리고 혹시라도 이 일을 발설하거나, 경찰에 신고하려 들면 출국조차 할 수 없을 거야. 어렵게 해외 기업에 입사했을 텐데. 조심해야지? 곧 내 변호

사가 올 거야. 원하는 조건 말하고 합의해.'

"그때 알았습니다. 그 자식이 누굴 믿고 그렇게 날뛰는지."

"그럼에도 불구하고 제이에게 말을 해 준 겁니까?"

꺼내기가 쉽지 않은 말이었을 것이다. 좋아했던 사람에게 치욕스러웠던 일을 말하기가 어디 쉬울까. 게다가 협박까지 받았음에도 끝내 제이에게 말해 준 현우가 조프는 너무 고마웠다.

"떠나기 직전에야…… 겨우 말할 수 있었습니다. 그냥 가기에는 그 친구가 너무 안타까웠습니다. 착한 녀석이라. 아, 죄송합니다. 호칭이…….

그녀를 무어라 칭해야 할까, 그제야 고민이 되는 현우다. 이미 말실수를 한 건 아닌지 뒤늦게 아차 싶었다.

"아니 신경 쓰지 말아요. 괜찮습니다. 힘든 기억이라 말 꺼내기가 쉽지 않았을 텐데 고마워요."

"아. 네. 그때 진단서와 사진들은 보내 드리겠습니다. 무슨 일인지는 모르겠지만 혹시 필요하시면 말씀해 주십시오. 증언하겠습니다."

"고맙습니다. 그리고 개인적으로 뭐 하나 물어봐도 됩니까?"

"네. 말씀하십시오."

"학교 다닐 때 어땠습니까? 제이."

제이에 관한 모든 것이 다 궁금했다.

"저희 학교에서 모르는 사람이 없었습니다. 퀸카 중에 퀸카였으니까요."

네가 없는 시간 속에서도 너를 만나고…….

"예쁘고 공부 잘하고, 당당하고, 자신감 넘치고, 게다가 성격까지 좋았으니 인기가 없을 수가 없었습니다. 남자 학우들이 모이기만 하면 늘 그 친구가 화두에 올랐습니다. 알게 모르게 고백도 많이들 했고요. 물론 차이기 일쑤였지만요."

내가 없던 시간 속의 너를 몰래 들여다본다.

"오늘 고마웠어요. 그만 가 봐도 좋습니다."

조프는 제이가 미치도록 보고 싶었다. 목소리라도 듣지 않으면 견딜 수 없을 것 같아 손목시계를 확인하며 한국과의 시차를 계산하고 있었다.

제이는 평소와는 달리 출근 준비에 많은 시간을 허비하고 있었다. 마지막으로 차림을 한 번 더 살펴보고 나서야 제 방을 나섰다.

거실에서 조그만 화초에 물을 주던 정연은 제게 다가오는 딸을 보며 놀라 눈이 커져 버렸다. 늘 단정한 차림으로 출근하던 딸과는 전혀 다른 모습에 유심히 바라보다 궁금함을 이기지 못해 물었다.

"딸, 오늘 어디 가? 누굴 만나는데 이렇게 신경을 써?"

거실 소파에 앉아 책을 읽던 동우가 아내의 말에 무심코 고개를 돌려 딸을 보는데 아내가 왜 그렇게 물었는지 알 것 같았다. 평소와 확연히 다른 모습에 동우 역시 자리에서 일어나 제이에게 다가갔다.

"엄마. 그냥 의뢰인이에요."

"보통 사람이 아닌가 보네? 네가 이렇게 신경을 쓰는 걸 보면?"

어느새 다가온 아빠까지 두 분이 저를 뚫어져라 바라보는 모습에 제이는 잠시 머뭇하다 이내 대수롭지 않다는 듯 답을 했다.

"음…… 뭐…… 네."

"그래. 조심해서 잘 다녀와라. 운전 특히 조심하고."

부모님의 배웅을 받으며 이상하게 코가 찡했다. 내색하지 않으려 두 분을 돌아보며 씩씩하게 인사했다.

"네. 아빠, 엄마. 다녀올게요."

부모님과의 관계 회복을 기뻐할 여유도 없었다. 제이는 부모님께 차마 오늘 누구를 만나러 가는지 말할 수가 없었다.

7

부모님께는 밝은 모습으로 웃으며 인사를 하고 나왔지만, 현관 밖으로 나오자마자 긴 한숨을 내쉬는 제이다.

조심조심 계단을 내려가며 낮은 대문으로 천천히 걸어가는데, 도살장에 끌려가는 소가 이런 기분일까. 세상 온갖 근심 걱정이 발아래 묶인 듯 디디는 발걸음은 무겁기만 하고, 느리기만 했다.

"이제 가십니까?"

VIP의 모습이 평소와는 180도 달라져 있다. 평소 꾸밈없이 맑고 깨끗했던 이미지와는 달리, 오늘은 머리끝에서 발끝까지 꾸민 모습이…… 마치 아주 화려한 연예인을 보는 듯한 착각이 들 정도였다.

자신이 이럴진대, 다른 팀원들은 어떨까 싶어 서둘러 경호 팀을 둘러보며 눈으로 단속하는 알파다.

"아. 네. 오늘은 제가 좀 늦었네요."

가끔 이렇게 생각이 많거나 복잡할 때면 이분들을 잊어버린다는 게 신기할 따름이다.

"아닙니다. 출발하시죠."

"네."

"그런데."

"네?"

"설마, 그 구두를 신고 운전을 하실 생각은 아니겠죠?"

평소 신던 운동화나, 굽 낮은 슈즈가 아닌 하이힐이었다. 아무리 운전에 베테랑이라 한들, 급한 상황에 저 높은 하이힐을 신고 브레이크를 밟다가는 열에 아홉은 급제동보다 사고가 먼저일 듯싶었다.

"아……그러네요. 말씀해 주셔서 감사해요. 모르고 그냥 운전대를 잡을 뻔했네요."

주차된 차 트렁크를 열어, 만약을 위해 항상 가지고 다니던 운동화로 갈아 신었다.

"이제 됐죠?"

"네. 이제 출발하시죠."

분명 걱정이 있는데, 분명 머릿속을 어지럽히는 일이 있음에도 불구하고, 짜증 한번 내지 않고 신발을 갈아 신는 VIP를 보며 문득 궁금했다.

도대체 오늘은 무슨 일일까…….

사무실 문을 열어 한 발 들여놓기가 무섭게 직원들의 놀란 목소리가 제이의 귓가를 때렸다.

"어머, 팀장님."

"헉. 팀장님 맞으세요?"

"우와…… 정말……."

제이는 깜짝 놀라는 직원들의 모습을 보며 불안감이 스멀스멀 피어올랐다.

"많이 이상……해요?"

익숙하지 않은 차림, 익숙하지 않은 구두, 익숙하지 않은 액세서리…… 모든 게 다 어색하고 불편하기만 하니, 이상할 만도 했다.

"아니요! 이상하긴요. 왜 진작 이렇게 안 하셨어요? 완전 최고! 너무 아름다우세요."

태현의 모친과 만나기로 한 날이었다. 약해 보이고 싶지 않았다. 쉽게 얕잡아 보지 못하도록, 함부로 대하지 못하도록, 강하게 보이고 싶었다.

그가 선물해 준 목걸이를 하고, 그가 선물해 준 귀걸이를 하고…….

다소 과한 듯한 액세서리와는 대조적으로 볼륨감 있는 롱 웨이브 헤어는 깔끔하게 로우 포니테일 스타일로 단정하게 마무리를 했다.

그런 제이를 유심히 바라보던 지은이 눈빛을 반짝이며 말을 건넸다.

"오늘은 안 하던 귀걸이도 하셨네요? 귀걸이가 특이해요. 너무 예쁜데요?"

"그……래요?"

제이는 불안한 듯 귀걸이를 한번 만져 보았다.

"너무 눈에 띄나요?"

"아뇨. 정말 멋있어요, 빈말이 아니라 너무 예뻐요. 옷이랑도 너무 잘 어울리고, 화장까지 하니까 진짜 연예인이라고 해도 믿겠어요. 여기가 아니라 왠지 레드 카펫을 밟아야 할 것 같은데요?"

지은은 놀라지 않을 수가 없었다. 항상 활동하기 편한 스포티한 옷에 운동화를 즐겨 신으며 화장도 거의 하지 않은 청초한 모습이었는데, 오늘은 각선미를 드러내는 미디 길이의 블랙 드레스에 같은 블랙 색상의 스트랩 힐을 신고 있었다. 옅은 화장에도 도도함이 묻어 나오며 기품 있고 우아한 분위기가 물씬 풍겼다. 남자들이 왜 다들 한 팀장님만 보면 정신을 못 차리는지 이해하고도 남을 것 같았다.

"고마워요. 지은 씨, 안심이 되네요."

때마침 사무실로 들어오던 우재 역시 제이를 보며 깜짝 놀랐다. 지금까지 봐오면서 저렇게 꾸민 모습은 거의 처음 보는 듯했다. 대표님도 없는데 왜 저렇게 차려입은 건지…… 그러면 안 되는 걸 알면서도 그녀에게 향하는 마음이, 두근거리는 심장이 우재는 야속하기만 했다.

제이는 제 사무실로 들어와 앉아 서류를 보면서도 내용이 눈에 들어오지 않았고, 그 어떤 일도 손에 잡히지 않았다. 협박 같지도 않은 협박에, 아니 어쩌면 제 필요에 의해 약속을 잡기는 했지만 불안하고 불편한 마음은 가시지를 않았다.

결국 눈에 들어오지도 않는 서류 파일을 한쪽으로 밀어 두고 통유리로 되어 있는 넓은 창가로 가서 밖을 물끄러미 내려다보며 목에 걸린 목걸이만 만지작거리게 되는 제이였다.

'조프…… 조프…… 나, 지금 좀 불안해요.'

Rrrrr.

때마침 걸려 온 그의 전화였다.

— 제이?

"조프!"

그의 목소리를 듣자마자 가슴 가득 차오르는 그리움에 코끝이 찡해 오며 눈물이 핑 돌았다. 그가 떠난 지 겨우 며칠이나 지났다고…… 다시 돌아올 걸 알면서도 왜 이렇게 불안하기만 한지 모르겠다.

— 지금 어디야? 당신 사무실이면 영상통화라도 할까?

"한 번만 봐줘요. 지금은 영상통화 곤란해요."

분명 평소와 달리 한껏 치장하고, 귀걸이까지 한 자신을 보면 걱정할 걸 알기에 보여 줄 수가 없었다.

— 흠. 그래? 이거 섭섭한데?

"이번 기회에 저도 밀당이라는 걸 한번 해 볼까 봐요. 나 보고 싶어 견딜 수 없게, 한시라도 빨리 오라고…… 어때요? 내 수법이 먹혀들까요?"

섭섭해하는 그에게 미안한 생각이 들어 마음에도 없는 농담을 던졌다.

— 하하하. 수법은 마음에 들지 않지만, 효과는 만점일 것 같다는 생각이 드네. 지금 당장이라도 가고 싶으니 말이야.

평소 잘 하지도 않던 농담을 하는 모습이 다소 의아했지만 심각하게 받아들이지 않고 유쾌하게 넘겨 버린 조프였다.

"농담이에요. 저 되게 철없죠? 미안해요, 일하는 사람 심란하게 만들어서. 아 참, 할머니는요. 할머니는 어때요? 괜찮으세요?"

— 말 돌리기는. 차라리 철없이 해맑았으면 좋겠네. 할머니는 다행히도 기력 회복 중이야, 누구 덕분에.

"누구? 이안?"

— 아니, 당신.

"저요? 무슨 말이에요 그게?"

— 홋, 그런 게 있어, 가면 말해 줄게. 제이, 당신은 별일 없어?

목소리는 밝아 보이는데…… 조프는 이상하게 뭔가 마음에 걸렸다.

"음…… 있어요."

그에게 하고 싶은 말은 많았다. 하지만…….

— 뭐? 무슨 일 있어?!

제이는 겨우 말 한마디에도 뛸 듯이 놀라는 그를 보니 차마 곧이곧대로 말을 할 수가 없었다.

놀란 조프는 느긋하게 의자에 기대어 있다 벌떡 일어나 앉았다.

"놀라지 말아요! 안 좋은 일 아니니까, 실은…… 지금 집에 부모님이 와 있어요."

— 정말? 듣던 중 반가운 소식이네, 언제 오셨는데?

최소한 한밤중에 제이 혼자 악몽으로 허덕이거나 힘들어하지는 않겠다는 안도감으로 조프의 입가에 미소가 머물렀다.

"당신이 떠났던…… 날."

그날 밤 자신의 앞에서는 담담함으로 애써 미소를 지어 보이며 표정을 감추셨던 아빠가, 다들 깊이 잠든 후 홀로 거실에 앉아 흐느끼던 모습이 떠올라 결국 울컥하고 말았다.

— 괜찮아? 당신?

조프는 떨림이 고스란히 느껴지는 제이의 목소리에 가슴 한편이 아릿하게 저려 왔다.

"음…… 괜찮아요. 다만 아빠가 나 때문에 너무 마음고생을 많이 한 것 같아서 마음이 아파요. 내가 너무 어리석었나 봐요. 조금 더 빨리 용기를 냈어야 했는데. 많이…… 늙으셨어요."

— 기특하네. 부모님도 아마 알고 계실 거야. 당신이 부모님을 얼마나 생각하는지, 얼마나 걱정하고, 얼마나 그리워하는지도. 아직 늦은 거 아니야. 어리석지도 않고! 그래서 대화는 많이 했어?

"네. 당신은 잘 모르겠지만, 나…… 말 되게 많아요. 예전에는 아빠하고 한번 대화하기 시작하면 끝이 없었어요. 오죽했으면 참다못한 엄마가 서재로 들어와 아빠와 나 사이에 놓인 책상 위에 드러누운 적도 있어요."

그때의 일이 왜 불현듯 떠올랐는지 모르겠다. 아빠와 건축에 대해 이야기를 나누다 보니 물 흐르듯 흘러가던 대화는 결국 토론이 되었고, 좀처럼 끝날 기미가 보이지 않는 부녀를 보며 서재로 들어와 슬며시 책상 위에 드러눕던, 얌전했던 엄마의 뜬금없는 행동에 박장대소하며 웃었던 때가 마치 어제처럼 생생하게 스쳐 지나 입가에 웃음이 그려졌다.

— 풋. 푸하하하. 그게 정말이야?

조프는 아직도 또렷하게 기억이 나는 인자하기 그지없던 어머님께 그런 모습이 있다는 게 믿기지 않아 웃음을 터트렸다.

"흠. 내가 별소리를 다 해. 당신 바쁘지 않아요? 나 때문에 일 방해받지 말아요."

— 아니야! 오늘 일은 대강 마무리했어. 그러니 전화 끊을 생각 마. 조금만

더. 조금만 더 들려줘. 이렇게라도 하지 않으면 지금이라도 당장 공항으로 갈지도 몰라.

"알았어요."

― 그래서 기분은 어때?

"음…… 내가 이래도 되나…… 싶을 정도로 행복해요. 어제도…… 그리고…… 지금도."

들려오는 목소리마저 죄책감이 스며 있었다.

― 제이, 당신은 충분히 그래도 돼! 아니, 이젠 제발 그래야 해. 많이 웃고, 떠들고, 즐기고, 표현하고, 그거야말로 더 늦기 전에 해야 해. 이미 지나 버려 어쩔 수도 없는 일에 더 이상 얽매이며 고통받지 마. 그건 당신이나, 당신 부모님께도 못 할 짓이고, 앞으로 나아갈 수도 없어.

옆에 있으면 좋았을걸. 그럼 다 괜찮다고, 이젠 충분히 그래도 된다고. 다독이며 안아 줄 수 있을 텐데.

"……."

'정말 그래도 되나요? 정말 그래도 될까요?'

힘이 실린 그의 말 한 마디 한 마디에 응답하듯 눈물이 뚝뚝 떨어지더니 급기야 얼굴이 온통 눈물로 얼룩져 버렸고, 꽉 잠겨 버린 목소리는 쉬이 열릴 것 같지도 않았다.

조프는 눈으로 보지 않아도 알 것 같았다. 또 혼자서 입술을 깨물고서 눈물을 삼키며 버티고 있을 제이가 눈에 선했다.

― 후…… 제이…… 더 이상은 지나간 일을 반추하려 하지 말고, 스스로를 책망하거나, 원망하지도 마. 이미 충분히, 차고 넘치도록 고통은 받을 만큼 받았어. 그만해. 입술 깨물지 말고, 앞으로는 그럴 시간에 행복해지기 위한 노력을 해. 제이, 행복은 스스로 받아들일 준비가 되어 있는 사람에게 찾아드는 선물이야. 받아들일 준비를 하라고! 그래. 기왕에 말이 났으니 말인데 어때? 난 이미 제이 당신을 선물로 받은 것 같은데, 당신은, 나를 선물로 받을 준비가 되

268

어 있나?

'난 내 모든 걸 너에게 던질 준비가 되어 있다고. 너는…… 받을 준비 되어 있어?'

"……."

말없이 그의 음성을 들으며 눈물 흘리고 있던 제이의 두 눈이 서서히 그 크기를 키워 가고 있었다.

— 제이, 듣고 있어?

"……네."

— 내 말, 알아들어? 나 지금, 당신한테…… 프러포즈하는 거야!

이런 식으로 프러포즈를 하려던 건 아니었다. 이런 식으로 뜬금없이, 그것도 전화로? 절대 아니었다.

하지만 그냥 두자니 이 여자 불안하다. 자신이 없는 며칠 동안 무슨 생각을 어떻게 하고 있을지…….

혹시라도 또다시 흔들리면 어쩌나 싶은 마음에 결국 마음속에 간직했던 말을 던지고 말았다.

"허."

제이는 놀라 들이쉬던 숨소리가 너무 크게 느껴져 손등으로 급히 입을 가렸다.

— 제이! 당신은 나를 선물로 받을 준비가 되어 있냐고 물었어!

불안하게도 이 여자가…… 답이 없다.

— 제이!!

"……하…… 세상에서…… 가장…… 욕심나는 선물이네요."

'감히 내가 욕심내도 되는 거예요? 감히 내가? 감히 당신을?'

— 그래서? 답을 해. 나를 받을 준비는 끝났나?

"……."

— 제이!! 당신 설마 다른 생각 하는 건 아니지?

좀처럼 들을 수 없는 대답에 조바심이 일어 결국 자리를 박차고 일어나 한 손을 바지 주머니에 꽂으며 창가로 향했다.

"욕심난다고 다 가질 순 없어요. 하지만 당신 옆에 있을게요. 당신이 원한다면 언제라도…… 어디라도…… 당신 곁에 있을게요."

난 당신 옆에만 있어도 충분하다고. 더 이상 욕심내지 않겠다고.

— 제이! 대답이 틀렸어. 당신 가치를 스스로 떨어트리지 마! 그건 내가 용납 못 해! 절대 당신을 세컨드 따위로 둘 수는 없어. 다시 생각해. 이번엔 제대로 된 답을 해야 할 거야.

"하…… 조프…… 내가 당신한테 가당키나 해요? 말이 되는 소리냐고요!! 내가 괜찮다고 하잖아요. 내가 다 괜찮다고."

— 젠장, 내가 괜찮지가 않아. 내가!! 가서 얘기해. 지금 바로 갈게.

또다시 제 품에서 빠져나갈 것 같은 불안감이 엄습해 왔다. 또다시 1년 전 그때로, 고백한 후에 사라져 버렸던 그때로 돌아갈 것만 같은 불안감이…….
보고 말해야 했다. 전화가 아니라 직접 보고 말을 해야 했다.

"조프?! 조프!! 조프!!"

여기가 어디라고. 지금 바로 온다는 말에 화들짝 놀라며 다급하게 그를 불렀다.

— 하…… 말해. 듣고 있어.

들려오는 그의 대답에 그제야 가슴을 쓸어내렸다.

제이는 기어이 그의 일까지 망치려 드는 자신이 답답해 죽을 지경이었다. 언제부터 흘러내리기 시작했는지 모를 눈물을 닦을 생각조차 하지 못한 채 유리창에 이마를 기대어 달아오른 열기를 식혀야 했다.

— 당신 답, 기다리고 있어. 다른 생각은 절대 하지 마. 나만 생각해. 나 하나만 보고 결정해.

"세상 사람들이 날 보고 손가락질해도 좋고, 욕을 해도 좋아요. 흐흡…… 가지고 싶어요. 가져야겠어요. 그 선물…… 내가 가질래요."

— 하······.

조프는 폐부에 한동안 머물러 있던 공기를 일시에 뿜어내고서,

— 흐읍······.

다시금 크게 숨을 들이마셔 놀랐던 심장에 산소를 불어넣어 주고서야 비로소 욱신거려 오던 심장이 서서히 안정을 되찾아 가는 듯했다.

— 다재다능한 줄은 알았지만 사람 피 말리는 재주까지 있을 거라고는 생각지도 못했어. 아니, 고민하고 말고 할 게 어디 있어? 내가 그렇게 결정을 망설여야 할 정도로 형편없는 사람이 아닐 텐데?! 이제라도 옳은 답을 말했으니 이번 한 번만 용서해 줄게. 다음부터는 고민하지 말고 바로 대답해. 알았어?

결코 느끼고 싶지 않았던 통증을 선사했으니 이 정도 하소연쯤은 달갑게 받으라고 하는 조프다.

"네."

제이는 눈물을 멈추지 못하고 훌쩍거리고 말았다.

— 아직도 우는 거야? 내 앞에서만 울라고 했더니······ 오늘만 봐줄게.

"봐줘요. 좋아서. 너무 좋아서 우는 거니까."

— 그럴 걸 뭘 그렇게 망설였어? 내 말 명심해. 다음에 내가 또 같은 걸 물으면 그땐 망설임 없이, 그 어떤 주저함도 없이 대답하는 거야 알았어?

"알았어요. 그럴게요."

조프는 만족스러운 대답을 듣고 나서야 마음에 평온이 찾아오며 통유리에 이마를 맞대어 끓어오르던 열을 식혔다. 사랑하면 닮는다더니, 하는 행동도 닮아 가는 두 사람이었다.

— 그리고 걱정 마, 그 누구도 당신한테 함부로 하지 못해. 내가 그렇게 안 둬.

"말이 그렇다고요. 그런데 조프. 우리 이대로 괜찮을까요?"

— 응?

"난 귀가 좀 뜨거워요."

― 왜 아니겠어? 내 목소리 들으니 막 안고 싶고 그래?

"풉. 큭."

눈물이 채 마르지도 않았건만 웃음이 터져 버렸다.

― 뭐야? 왜 웃어?

"당신은 귀 안 뜨거워요? 당신 휴대폰이 좋은 건가 봐. 내 휴대폰은 지금 불나기 일보 직전이라고요."

― 뭐야? 풉, 푸하하하 그 말이었어? 난 또 좋다 말았네?

'나는 농담이 아니라고, 진심을 다해 너에게 가고 싶다고. 그것도 지금 당장!'

마음속으로만 외쳐 보는 조프다.

"못 말려, 정말."

아닌 게 아니라 정말 보고 싶었다. 당장이라도 그의 품에 안기고 싶었다. 빠져들 듯한 그의 눈을 바라보며 키스하고 싶었다.

제이는 지금…… 그 어느 때보다 그의 따스한 품이 너무나도 그리웠다.

― 제이, 난 지금 당장 당신을 안고 싶어. 나만 그래?

조금 전까지만 해도 크게 웃던 그의 목소리가 자못 심각하게 들려왔다.

"……아니요. 나도…… 그래요."

― 하…… 알아? 그동안 내가 얼마나 많이 참아 왔는지? 다시 돌아가면 그때, 그동안 참아 왔던 거. 다 할 거야. 당신이 부끄러워해도 이번엔 다 해 볼 거야. 머리끝에서 발끝까지 남김없이…… 키스할 거야.

그의 말을 들으며, 그 모습을 상상하며, 이미 울어서 달아오른 얼굴이 더 발갛게 달아올랐다.

"……네. 기다릴게요."

끙. 조프의 입에서 절로 앓는 소리가 나왔다.

― 예뻐 죽겠네.

"이제 그만 끊어요."

— 하…… 그래.

"일도 쉬어 가며 해요. 너무 무리하지는 말아요."

— 그래…… 제이, 당신도 마찬가지야. 무리하지 마.

"네……."

— 제이, 사랑해.

"……고마워요…… 당신 먼저 끊어요."

제이는 넘치는 그리움에 고개를 하늘로 치켜들었다. 눈가로 긴 눈물 자국이 새롭게 생겨나고 있었다.

— 그래. 끊을게.

'기다릴 거야. 당신이 나에게 사랑한다는 말을 당당하게 해 줄 때까지.'

조프는 가만히 마음으로 다짐하며 아쉬움을 뒤로하고 전화를 끊었다.

뚜뚜 뚜뚜 뚜뚜.

"조프…… 나…… 오늘. 그 사람 엄마 만나기로 했어요. 가도 될까요? 사실은 정말 가고 싶지 않은데. 절대 만나고 싶지도, 목소리조차도 듣기 싫은 데…… 피할 수 없을 것 같아…… 왠지…… 피하면 안 될 것 같아…… 괜찮다고, 다 괜찮다고 한마디만 해 줄래요?"

제이는 이미 끊어져 버린 휴대전화에 대고 미처 할 수 없었던 말을 멍하니 흘려보내고 있었다. 대답 없는 휴대폰을 천천히 내려 두고, 멈추지 않는 눈물을 정리하며 마음을 다잡아 본다.

약속한 시간이 다가오고 있었다.

제이는 약속 시간까지 남은 시간을 가늠하며 자리에 앉아 화장을 고쳤다.

너무 울어 눈이 발갛게 충혈된 것 빼고는 출근할 때와 크게 다르지 않은 듯 싶었다.

모든 준비가 끝났다.

마지막으로 가방을 열어 그가 선물했던 반지를 꺼내어 조심스레 손에 끼웠다. 익숙하지 않아 몇 번을 만지작거리고서야 사무실 문을 열고 나서는 제이였다.

"지은 씨, 나 잠깐 나갔다 올게요. 이 서류 강 팀장님에게 좀 전해 줘요. 부탁할게요."

"네, 팀장님. 잘 전달하겠습니다. 다녀오세요."

지은은 오늘따라 더 아름다우신 팀장님을 보며 활짝 웃어 보였다.

제이가 주차장에 내려가니 자신에게로 성큼성큼 다가오는 알파가 보였다.

"어디 가십니까?"

"네, 잠깐 가야 할 곳이 있어요. 그런데 혹시 내 일정이 크리스에게 매일 보고가 되는 건가요?"

"네. 그렇습니다."

"알파…… 부탁이 하나 있어요."

책임감이 강한 이 사람이 과연 내 부탁을 들어줄까, 걱정스러웠지만 혹시나 하는 기대감을 안고 말을 꺼냈다.

"말씀하십시오."

"오늘만…… 내가 어디를 가는지, 누구를 만나는지 크리스가 몰랐으면 좋겠어요. 아니, 지금부터 딱 두 시간만, 내 동선을 알리지 않았으면 좋겠는데…… 가능할까요?"

"그래야 할 이유라도 있습니까?"

"괜한 걱정 하게 하고 싶지 않아요."

"그건 제가 상황을 보고 판단해야겠습니다."

제이는 자신이 예상했던 답과 크게 다르지 않으나 단번에 거절당한 건 아니니 희망을 가져 보았다.

"그리고 오늘 약속 장소에 도착하면…… 그냥 레스토랑 외부에서 기다려 주셨으면 좋겠어요."

"그건 안 됩니다. 지금까지 해 왔던 것처럼 상대방이 눈치채지 못하도록 잘

침투해 있을 테니 걱정 마시고."

"아뇨. 오늘은 그러지 않았으면 좋겠어요. 오늘은 그분과 단둘만 만나고 싶어요. 아마 레스토랑에 도착하더라도 룸으로 들어갈 것 같아요. 감시하기가 쉽지 않을뿐더러, 쉽게 눈치챌 수도 있는 분이라⋯⋯ 그렇다고 걱정하실 필요는 없어요. 오늘 만나는 사람⋯⋯ 명우그룹 강주아 회장이에요. 절대 외부에서, 그것도 공개적인 장소에서 무슨 일을 벌일 만큼 허술한 사람 아니에요."

"⋯⋯그분을 왜?"

"그 질문에는 답을 할 수 없어서 죄송해요. 그리고⋯⋯ 10분에 한 번씩 저한테 전화 좀 해 줘요. 부탁할게요. 제가 아닌 다른 사람이 받거나, 아예 안 받으면 바로 와 주세요. 그리고 제가 전화를 받더라도, 당신 이름을 말하면⋯⋯ 저에게 와 주세요. 이 정도면 그렇게 문제 될 일은 없을 것 같은데⋯⋯."

"그렇게까지 신경을 쓰고, 대비를 한다는 건 신변에 위협을 느끼는 거 아닙니까? 그렇다면 그 부탁은 들어드릴 수가 없습니다."

알파는 느낌이 좋지 않았다. 이렇게 구체적인 대안을 제시한다는 건 분명 뭔가 꺼려지는 구석이 있다는 말이었고, 자신이 통제할 수 없는 환경에 의뢰인을 노출시키는 일 자체가 마음에 들지 않았다.

"신변의 위협을 느껴서라기보다⋯⋯ 이건 어디까지나 만에 하나를 대비하는 거예요. 말씀드렸잖아요. 누굴 만나는지. 강주아, 영부인을 바라는 사람이에요. 이처럼 중요한 시기에 어리석은 짓은⋯⋯ 하지 않을 거예요."

"오늘 약속 장소에 꼭 나가셔야 하는 겁니까?"

"네. 꼭 가야 할 일이 있어요."

"크리스에게 알리게 되면 어떻게 되는 겁니까?"

"가장 먼저는 약속 장소에 나가지 못하게 되겠죠. 조프가 하던 일을 멈추고 돌아오게 될 거고, 강주아가 나에게 접근했다는 사실만으로도 경호를 강화하게 되겠죠. 그럼 강주아는 사태 파악을 하기 시작할 테고, 경계하게 되겠고, 몸을 사리게 되겠죠. 침착하게 전체를 볼 시간을, 여지를 주게 될 거고, 또 도망갈 수 있는 기회를 주게 될 거예요. 그렇게 되면 내가 하려는 일 역시 더 복잡하고 더 어려운 길을 돌아가야 할 거고…… 더 할까요?'

뭐가 이렇게 심각할까, 뭐가 이렇게 복잡할까. 영부인이 될지도 모를 사람을 만나러 가는 사람의 표정이, 왜 꼭 도살장에 끌려가는 소와 같이 슬퍼 보일까. 왜 저렇게 비장해 보일까.

'또 도망갈 수 있는 기회를 주게 된다…….'

그녀가 한 말 중 가장 중요하게 느껴지는 말을 떠올리며,

'중요한 증인입니다. 내 여자이기도 하고.'

언젠가 저를 불러 경고를 하던 남자의 말도 머릿속을 스쳤다.

증인과, 도망을 가야 할 사람이라…….

도망가야 할 사람은 지금 매우 중요한 시기에 놓여 있었다. 도망 대신 선택을 해야 한다면 증인의 입을 막는 것.

하지만 증인이 가장 피해야 할 사람을 군이 자진해서 만나러 갈 이유는 뭐가 있을까. 이는 그 역시 무언가 필요한 게, 위험을 무릅쓰고라도 반드시 알아내야 할 무언가가 있다는 말인데…….

짧은 시간, 알파는 어지럽게 파고드는 여러 상념을 떨치며 결단을 내렸다. 여러 날을 지켜본 바로 VIP는 생각보다 단단한 사람이었고, 섣부르게 행동할 만큼 어리숙한 사람도 아니었다. 감성적이었으나 필요할 때는 냉철하고 단호했으며, 때로는 굽힐 줄 모르는 성격이었다.

지금 그녀는 무슨 일이 있어도 그 사람을 만나기로 마음을 먹은 것 같았고, 막아 봐야 들을 것 같지도 않았다.

"장소가 어딥니까?"

"○○레스토랑이요."

"알겠습니다. 우선 차에 타시고 잠시만 기다려 주십시오."

제이가 차에 타는 모습을 확인하고서 급히 브라보에게 다가선 알파다.

"줄루 아직 제주에 있나?"

"네. 그렇습니다."

"바로 연락해. 지금 당장 ○○레스토랑에 가서 작업하라고 해. 아마도 룸일 확률이 높을 것 같으니까 시간이 없다면 룸 우선으로 하되, 플랜 A가 힘들면 B라도 무조건 가능하게 만들어."

"네. 알겠습니다."

브라보에게 지시를 하고 옆에 다가와 있던 에코와 델타에게도 지시를 내렸다.

"에코, 델타. 오늘 두 사람은 원거리에서 VIP를 지켜본다. VIP를 따라 들어 갈 수 없으니 목적지 도착하는 즉시 인근 건물에 올라가 VIP를 찾아. 조금의 이 상이라도 발견되면 곧바로 무전 하고."

"네."

그녀를 막을 수 없다면, 이중 삼중으로 안전망을 쳐 지켜 내면 그만이다. 알 파는 짧은 지시를 마치고서 성큼성큼 제이에게 되돌아갔다.

"그럼 출발하시죠. 조심하셔야 합니다."

"네…… 감사해요."

가볍게 목례를 하며 브레이크 페달에 올려 둔 발을 한 번 더 확인하는 알파 의 성실한 모습에 웃음이 비집고 나왔다.

'설마 구두를 신었을라고.'

"정말 철두철미한 사람이야."

차를 출발시키며 제이는 저도 모르게 속엣말을 입 밖으로 흘려보냈고, 알파 는 씩 웃으며 제이의 차를 바짝 따라붙었다.

알파는 아까 VIP와 대화를 나누던 중 그녀에게서 감지된 긴장과 위험에 몰 래 VIP의 가방에 도청 장치를 부착해 두었다. 그녀의 신경을 분산시키기 위해 주제넘게 이것저것 물어야 했지만, 옆에서 지켜볼 수 없다면 이렇게라도 하는 수밖에……. 아무런 장치도 없이 VIP를 위험에 노출시킬 수 없어 할 수 있는 방법은 다 해 보는 알파였다.

VIP의 모습이 평소와는 너무 달라 보여 누굴 만나는지 궁금했는데 명우그룹 회장이라니…… 도대체 그녀에게 무슨 일이 벌어지고 있는 건지 알 수가 없어 답답함만 더했다.

제이는 약속한 장소에 도착해 차를 주차하며 건물 5층에 위치한 한적한 레스토랑을 물끄러미 바라보았다. 차에서 내려 신발을 바꿔 신고서 크게 심호흡을 하며 레스토랑으로 향했다.

도착한 레스토랑은 한 층을 통째로 비웠는지 점심시간이 다가오는데도 단한 명의 손님도 없었다. 불안감이 엄습했지만 애써 마음을 다독이며 입구에 마중 나와 있던 주아의 비서를 따라 들어갔다.

"안녕……하셨습니까."

결코 마주하고 싶지 않았던 사람을 대면하며 끓어오르는 감정을 누르고 애써 차분하게 인사를 건넸다.

레스토랑에 알파가 도착하자마자 줄루가 뛰어왔다.

"작업 완료했습니다. 시간이 아슬아슬해 위치까지는 신경을 쓸 수가 없었습니다."

줄루는 빠듯한 시간에 급히 플랜 A를 실행에 옮겼고,

"수고했어. 지켜보다가 이상 있으면 바로 호출하고, 상황 종료되면 잘 챙겨둬. 그리고, 오늘 보고 듣는 모든 내용은 절대 함구하도록."

알파는 또 하나의 보험을 확인하며 안도의 한숨을 내쉬었다.

"네. 알겠습니다."

— 알파, 여기는 에코, VIP 발견 주시 중. VIP 포함 총원 세 명, 특이 사항 5층이 비었음. 오버.

알파는 시종일관 매서운 눈으로 주변을 살피며 인이어에 귀를 기울였고, 에코와 델타는 인근 건물 옥상에 올라가 망원경으로 제이를 주시하고 있었다.

"롸저(Roger 알았다). 브라보, 찰리, 지금 바로 1층부터 4층까지 정찰. 폭스, 건물 외부 정찰. 특이 사항 없으면 모두 4층에서 대기, 이동!"

"네!"

알파의 지시에 그들은 순식간에 눈앞에서 사라지고 없었다. 간략하게 모든 지시를 마친 알파는 손목시계에 9분 단위로 시간을 설정하며 주변을 훑어보았다.

일부러 이렇게 조용한 곳을 택한 듯, 주위는 고요하기만 했다.

주아는 주눅 들지 않은 당당한 자세로 다가와 꼿꼿하게 서 있는 제이를 보며 코웃음을 쳤다.

"이 비서, 이 아이 외투, 가방, 휴대폰 모두 치워. 그리고 몸도 수색해 봐!"

"지금 뭐 하시는 겁니까?!"

예상은 했지만 이렇게 형편없는 사람일 줄은……

"요즘 세상이 어떤 세상인지 몰라? 쓸데없이 발전을 해서 말이야. 툭하면 도청에 녹음, 몰카까지. 이 정도 조심성은 있어야 하지 않겠어?"

국민 모두가 익히 알고 있는 그 우아하고 품위 있는, 차기 영부인을 바라는 강 회장의 모습이 아니었다. 제이의 앞에서 이제야 본성을 드러내는…… 표독한 태현의 엄마 강주아일 뿐이다.

"회장님, 외투와 가방에 녹음기가 있습니다."

비록 여비서라 해도 몸을 더듬는 손길은 수치스럽기 그지없었다. 무너지면 안 된다. 겨우 이 정도로 흔들리는 모습을 보일 수는 없었다.

혹시나 하는 마음에 눈에 띄는 녹음기를 가방과 외투에 넣어 시선과 생각을 분산시킨 게 다행이다 싶었다. 어느 정도 예상은 했지만, 그 예상을 한 치도 벗어나지 않는 실망스러운 모습에 여지없이 비릿한 조소가 떠올랐다.

"그럼 그렇지. 모두 가지고 나가 있어, 내가 부르기 전까지는 들어오지 말고."

"네. 회장님."

"훗. 똑똑한 줄 알았더니…… 어리석구나. 그깟 허술한 녹음기 하나 가지고 날 잡겠다고?"

'그렇지, 그깟 허술한 녹음기 가지고는 당신을 잡을 수 없겠지, 생각보다 참 단순해. 그깟 녹음기 하나 발견했다고 우쭐하는 모양이라니…… 예상에서 벗어나지 않아 참…… 고맙네.'

"휴대폰은 주시죠. 10분마다 전화가 올 거예요. 제가 받지 않으면 회장님이 곤란해질 겁니다. 이 정도 준비도 없이 만나러 오겠습니까? 회장님을?"

'그러니 허튼짓은 할 생각도 마세요.'

제이는 허리를 꼿꼿하게 세우고 앉아 주아를 주시하며 당당하게 요구했다.

"하! 제법이구나. 이 비서! 이 아이 휴대폰으로 전화가 오면 그 즉시 가지고 와."

"네. 회장님."

알파는 들려오는 소리를 들으며 경악했다. 미디어를 통해 익히 들어 알고 있던 고상한 사람의 목소리가 아니었다. 도대체 왜 저렇게까지 하는 건지, 다행히 자신이 설치한 도청 장치는 들키지 않았으나 대화하는 곳에서는 멀어져 대화 내용이 잘 들리지가 않았다.

"에코, 델타. 도청 장치가 무용지물이다. 현재 이상 없나? 오버."

― 현재 이상 무. 대화 중, 한 명 룸 아웃, 특이 사항 발생 시 호출하겠음. 오버.

"롸저."

알파는 근무 중 이런 상황을 가장 싫어했다. 뭐든 자신의 시야 안에 두어야 직성이 풀렸다. 이렇게 된 이상 알파는 차선을 택할 수밖에 없었다. 시간 체크를 하며 그녀의 말대로 10분 후 전화를 해야 했다.

― 알파, 여기는 브라보. 현 위치 4층, 요주의 두 명 발견, 주시 중. 오버.

"롸저."

― 알파, 여기는 폭스. 외부 정찰 이상 무, 4층으로 이동 중. 오버.

"롸저."

4층은 커피숍이 있는 곳이었다. 팀원들은 알아서 상황에 맞게 각자의 위치에서 대기하며, 조금의 이상이라도 감지되면 곧바로 VIP에게 달려갈 것이었다. 상황이 마음에 들지 않지만 지금은 팀원을 믿고 지켜봐야 했다.

제이는 말없이 자신을 노려보는 주아를 바라보며 먼저 말을 꺼냈다.

"말씀하시죠. 왜 보자고 하셨는지."

"많이 변했구나. 그땐 꾸밀 줄도 모르더니."

주아는 살짝 후회가 되기도 했다. 그냥 그때 결혼을 시켜 버렸으면 어땠을까? 하고. 집안이 성에 차지는 않았지만 그렇다고 나쁘지도 않았다. 교수 아버지에, 요리 연구가 어머니, 저 아이 역시 제법 똑똑한 데다 평판이 좋았다. 아들이 이 정도로 목매고 정신 못 차릴 줄 알았다면······.

제아무리 잘난 집, 잘난 아이와 엮어 주려 해도 도대체가 저 아이에게서 벗어나지 못하는 아들이 원수같이 느껴질 정도였다.

'그냥…… 차라리 못 이긴 척 눈 감고 결혼을 시켜 버렸으면 어땠을까…… 그랬다면 최소한 사고는 막을 수 있었을 텐데…….'

상념에 젖어들 틈도 없이,

"저는 통화한 기억밖에 없는데, 저를 본 적이 있으신가 봅니다."

무뚝뚝하게 들려오는 통명한 말투다.

"그래. 학교 앞에서 한 번 봤었다."

"……일을 하다 나왔습니다. 바로 가 봐야 해서요. 용건부터 말씀하시죠?"

"넌 내가 두렵지 않은가 봐? 내 앞에서 어떻게 그렇게 당당하지?"

"회장님 앞에서 당당하지 못할 이유 단 하나도 없습니다. 그런 회장님은 어떻게 그렇게 당당할 수가 있습니까? 그것도 제 앞에서?"

'당신이야말로 그렇게 고개를 빳빳하게 치켜들고 떳떳하게 앉아 있으면 안 되지. 그건 아니지. 사람이라면…… 그러면 안 되지.'

"훗. 그래. 피차일반이다 이거냐? 하긴. 이런 말장난할 시간은 나도 없구나."

예전에 한 번 통화했을 때나, 지금이나, 자신의 앞에서도 전혀 기죽지 않고, 도도하고 당찬 모습을 보니 놓친 게 아깝기는 했다.

하지만 이미 완벽하게 틀어져 버린 아이, 다시 엮일 가능성은 단 1퍼센트도 없는 인연이니 기어오르지 못하도록 밟아 놓을 수밖에.

"아주 대단한 사람을 만나고 있었다지? 그런데 떠나더구나. 혹시 다시 온다던? 착각하지 마."

"도대체 지금 무슨……."

그는 건드리지 않기를 바랐다. 그 사람만큼은…….

"그 사람이 너 따위 때문에 다시 올 것 같으냐고, 그렇게 분수를 알아야지, 당치도 않아. 내가 충고 하나 할까? 너는 그 사람의 장난감일 뿐이야. 그런 사람들은 말이다. 아무하고나 엮이지 않아. 자유를 만끽하다가도 결혼은 비슷한 집안끼리 하는 거란다. 넌 그냥 잠시 스쳐 가는 바람, 그 이상도 그 이하도 아닐 거야. 지금쯤이면 벌써 다른 여자를 만나 뒹굴고 있지 않겠니?"

수준 이하. 딱 그 말밖에는 딱히 떠오르는 말이 없었다. 말 같지도 않은 말을 들으며 콧방귀도 나오지 않았다.

방금 전 그와 통화를 하고 온 나에게. 방금까지 사랑을 속삭였던 그에게. 방금 전 프러포즈를 했던 그에게. 이 무슨 말 같지도 않은 소리를 한단 말인가.

"무슨 말씀을 하고 싶은 겁니까?! 요점만 말씀하세요."

흔들리지 않을 자신 있었다.

"그동안 그 사람 믿고 여기저기 들쑤시고 다닌 거 내가 모를 줄 알았어?! 겁이 없는 건지 무식한 건지. 너 나 몰라? 나 강주아야! 내 남편이 곧 이 나라의 대통령이 될 거라고!! 어디서 겁도 없이 나대, 나대길!! 그 사람을 알고 있다는 말 한마디에 여기까지 겁도 없이 나온 걸 보면 넌 진심인 거겠지? 참 재미있어. 그지? 그 남자 온전하게 두고 싶으면, 네가 하던 거 다 멈춰. 일 더 키우지 말고! 여기서 그만두지 않으면 그 사람에게 이로운 일이 없을 거야."

"무슨 짓을 하려는 거예요?! 도대체 또 무슨 짓을 하려는 거냐고요! 당신들이 지금까지 한 짓으로도 모자라? 나한테 한 걸로도 모자라요?!"

흔들리지 말아야 했다. 제이는 앞에 앉은 사람이 정말 끔찍하게 느껴졌다. 독한 말을 쏟아 내면서도 고고한 척, 우아한 척 미소를 유지하고 있는 얼굴이 너무나 역겨웠다.

허울뿐인 가면을 벗겨 내고 싶었다.

"그 사람 일류 호텔의 총수야. 인적 서비스로 먹고사는 호텔, 그 서비스에 컴플레인이 발생하면 어떻게 될까? 그것도 한두 군데가 아닌 세계 곳곳에서 동시다발적으로 말이야. 모르긴 몰라도 타격이 없지 않을걸? 내가…… 못 할 것 같니?"

'휘둘리지 마, 절대 휘둘리지 마.'

제이는 이를 악물고 버텼다.

똑똑똑. 노크 소리와 함께 주아의 여비서가 안으로 들어섰다.

"저. 회장님, 한재희 씨 전화 왔습니다."

"이리 줘 봐."

휴대폰 액정에 발신자의 이름이 나와 있었다. 알파.

"알파? 이건 또 뭐야? 훗. 그 사이에 다른 남자라도 만나니? 능력도 좋아."

"주세요, 전화. 분명 말씀드렸습니다. 지금 그 전화 안 받으면 곤란해지실 거라고."

"하! 받아 봐."

주아는 던지듯 휴대폰을 테이블 위로 팽개쳤다. 아직도 자신의 앞에서 당당함을 유지하고 있는 모습이 꽤나 불쾌하게 느껴져 이성적인 사고를 할 수 없었다.

주인이 떠난 마당에 아직도 지키는 개가 있을 줄은······.

"네. 저예요."

VIP의 꽉 잠긴 목소리에 심상치 않음이 느껴졌다.

— 괜찮으신 겁니까?

제이는 알파의 목소리를 들으며 안도감에 눈물이 차오르는 듯했다. 동요한 마음이 목소리로 흘러나오지 못하도록 어금니를 꽉 깨물어야 했다.

— 지금 바로 올라가겠습니다.

대꾸도 없이 억눌린 숨소리만 들려오는 휴대폰을 붙잡고 건물로 뛰어가는 알파였다.

"아니요. 괜찮아요."

목소리가 떨려 오지 않도록 온몸에 힘을 주고 간신히 말을 내뱉었다.

"난 괜찮으니까 그냥 기다려 줘요. 부탁이에요."

자신을 쏘아보는 주아의 사나운 눈길을 피하지 않았다.

— 하······ 호출 리모컨은 외투에 있습니까?

"네."

외투 역시 비서가 가지고 나갔을 테니 무용지물이었다.

— 지금 계신 곳 우리가 지켜보고 있습니다. 4층에 세 명 대기 중이고, 여차하면 바로 갈 테니 크게 걱정하지 마시고 볼일 보십시오. 10분 뒤 다시 걸겠습니다.

"고마워요."

통화 종료를 누르자마자 다시 전화를 들고 나가는 주아의 비서였다.

주아는 겨우 전화 한 통화에 마음을 다스리며 침착을 되찾는 아이의 모습이 여전히 마음에 들지 않았다.

'과연 네가 언제까지 그렇게 초연하고 고상하게 있을 수 있을까?'

"하. 정말 대단한 집안이네요. 아들은 성폭행범에, 살인자인 것도 모자라 부모 역시 별반 다를 게 없네요. 방금 절 협박하신 건가요?"

"하! 누가 성폭행범이고, 누가 살인자야?!"

"절 겁탈하려고 했어요. 조부모님이 때마침 오지 않았다면 꼼짝없이 당했을 거라고요. 누구보다 잘 아시잖아요! 안 그래요?"

'침착하자. 침착해.'

제이는 끓어오르는 화를 참으려 애쓰며 주아를 조금씩 자극하고 있었다.

"그래서? 관계했어? 결국은 못 했잖아, 아무 일도 없었잖아!!"

"하! 아무…… 일이 없어요? 반항하는 내 팔을 묶고, 입을 틀어막아 기절까지 시켰어요. 말리려던 할머니를 밀쳐 죽게 만들고, 내가 보는 앞에서, 내가 두 눈 똑바로 뜨고 지켜보는 그 앞에서!! 할아버지까지 칼로 찔러 죽였는데 아무 일도 없어요? 그 잘난 당신 아들이 우리 할머니, 할아버지를 다 죽였다고요. 그런데 살인자가 아니에요?"

제이의 목소리가 어쩔 수 없이 떨려 왔다. 침착하게 대화를 이끌어 내고 싶었지만, 그럴 수가 없었다. 사람 같지도 않은 사람과 대화를 하려니 숨이 막혀 죽을 것만 같았다.

"그건 사고였다. 어쩌다 일어난 사고!!"

"어쩌다 일어난 사고요?! 그러면 모든 게 다 용서가 되는 건가요? 실수였다, 고의가 아니었다. 그러면 다 용서가 되나요? 정말 실수였다면, 정말 사고였다면, 그렇게 하지 말았어야죠!! 그렇게까지는 하지 말았어야지!! 왜 그랬어요? 왜 우리 할아버지를 파렴치한으로 만들어요?! 왜 우리 할머니를 살인자로 만들었냐고! 왜!! 살아 있었어요. 우리 할아버지 살아 있었다고요. 병원으로 빨리 이송만 했어도…… 흡. 어떻게 사람이 그렇게까지 할 수가 있어요? 어떻게?! 법 없이도 사는 분들이셨어요. 너무 선한…… 너무 선한 분들이셨다고요!!"

결국 울분을 참지 못하고 토해 내고 말았다.

"다 했니?"

그럼에도 눈 하나 까딱하지 않는, 지겹다는 듯이 눈을 내리깔며 한숨을 내쉬는 이 사람.

"허…… 뭐라고요?"

더 이상 놀랍지도 않을 거라 생각했다…….

"화풀이 다 했냐고."

"화……풀이?"

아직 남았나 보다…… 지금까지 강 회장의 바닥을 들여다보는 기분이었다. 그런데 여기가 바닥이 아닌가 보다.

어떻게 버텨야 하지? 지금도 죽을 만큼 힘이 든데 어떻게 버텨야 해. 어떻게 참아 내야 해?!

절망이 제이를 덮쳤다.

"그러게 넌 왜 그렇게 쓸데없이 버텨서 일을 그렇게 크게 만들었니? 네가 얌전히 두 다리 벌리고 있었으면 그런 일이 있었겠어?"

제이는 듣고도 믿을 수 없는 말에 경악하고 말았다. 일순…… 귀에 소름 끼치는 이명이 들려왔다.

삐―

자신의 귀에 이상이 있는 건 아닐까…… 생각했다.

과연 자신이 제대로 들은 게 맞는지…….

충격으로 환청이 들리는 건 아닌지…….

의심이 들 정도였다.

"뭐……라고요? 지금 뭐……라고 하셨……어요?"

허물어졌다. 단단하게 쌓아 올렸다고 생각했던 마음이, 강하게 붙잡고 있겠다고 다짐했던 마음이, 어떻게든 버텨 보겠다 다잡았던 마음이 결국 와르르 허물어져 버렸다.

사람이 아니다. 앞에 앉은 사람은 더 이상 사람이 아니었다. 사람의 탈을 쓰고 앉아 있는…… 끔찍한 괴물이었다.

"그날 네가 얌전히 있었으면, 얌전히만 응했으면 손녀가 즐기는 걸 보고서도 집 안으로 들어왔을까? 서둘러 자리를 피해 주셨겠지! 안 그래?"

"회장님!!"

제이의 새된 고함 소리가 레스토랑 가득 울려 퍼졌다. 더 이상은. 더 이상은 견딜 수가 없었다.

눈물이 솟구쳤다. 참을 수도, 막을 수도 없었다. 턱이 아프도록 이를 악물며 참고 버텨도 기가 막혀 흐르는 눈물은 어찌할 도리가 없었다.

"넌 뭐가 그렇게 유별나니? 넌 뭐가 그렇게 특별해?! 우리 아들이 어디가 어때서? 우리 아들이 뭐가 부족해서?! 남들 다 하는 거 너도 그냥 한번 해 주지 그랬어?"

"하…… 하. 지금…… 그게 사람이 할 소리예요? 더구나 한 나라의 영부인을 바라는 사람이? 당신 같은 사람이 같은 하늘 아래에 있다는 게 믿기지가 않아요. 당신은 자격 미달이야. 당신은 정말 최악이야! 당신의 추악한 가면을 벗길 거예요. 당신의 그 더러운 가면을 반드시 벗기고 말 거야. 이번에는 절대 숨지도, 돌아가지도 않을 거예요. 절대 물러나지 않을 거야."

명백한 도전이었다.

"하, 네가 무슨 수로?"

주아는 악을 쓰며 울고 있는 아이가 가소롭기 그지없었다.

"그건 두고 보면 알겠죠. 지렁이도 밟으면 꿈틀해요. 하물며 사람인데 지렁이보다 나아야 하지 않겠어요?!"

"아직도 모르겠니? 넌 나한테 안 돼. 너 하나쯤 어떻게 하는 거? 일도 아니야."

"하…… 제가 잠시 망각하고 있었네요. 아들의 죄를 덮기 위해 당신들이 한 일을 내가 잠시 잊었네…… 증거 조작에 증인도 다 빼돌려, 할아버지를 파렴치한으로 만드는 것도 모자라 우리 할머니를 살인범으로 누명까지 씌웠는데, 그 끔찍한 일도 아무렇지 않게, 눈 하나 깜짝 않고 하는 사람이…… 저 하나쯤 뭐가 대수겠어요?"

"홋. 잘 아는구나. 이럴 때 보면 제법 말귀를 잘 알아듣는단 말이야? 내가 하나 알려 줄까? 세상은 말이야, 돈과 권력이면 안 되는 일이 없고, 못 할 일도 없어. 봐. 그 일을 저질러 놓고서도 우리 아들은 지금도 아주 잘 지내고 있잖니? 그러니 너는 살고 싶으면, 정말 살고 싶다면, 아무것도 하지 말고, 입 닥치고 조용히 쥐 죽은 듯 살아."

"맙소사, 이런 당신의 실체도 모르고 고상하네, 어쩌네. 역대 가장 아름다운 영부인이 될 거라 칭송하는 국민들이 안타깝네요. 이런 당신의 모습을 알게 될 그들의 상실감을 어떻게 보상해야 할까요?!"

"홋. 그들은 절대 알 수 없어. 그들은 감히 내 얼굴을 똑바로 쳐다보지도 못하게 될 거야. 나는, 그들이 원하는 대로 가장 고상한 영부인이 될 거야. 나는, 그들이 원하는 대로 역대 가장 아름다운 영부인이 될 거야. 그러니 너는,"

제이는 온몸이 부들부들 떨려 왔다. 속에서 뜨거운 불길이 치솟아 말 그대로 속이 새까맣게 다 타 버린 듯 온몸에서 힘이 모조리 빠져 버렸다.

똑똑. 성급하게 들려오는 노크 소리에 말을 마치지 못한 주아가 괴팍하게 인상을 쓰자 사색이 되어 들어온 비서가 주아의 귀에다 대고 무어라 말을 했다.

"뭐야?! 뜬금없이 그게 무슨 소리야?! 해외 지사가 갑자기 왜?!"

지금까지 제이의 그 어떤 말에도 동요가 없던 강 회장의 얼굴이 말 그대로 붉으락푸르락 달아오르며 자리를 박차고 벌떡 일어나 역정을 내고 있었다.

"네 사람들 지키고 싶으면 입 닥치고 있으라는 내 말 명심하는 게 좋을 거야."

주아는 고고한 가면을 한쪽으로 제쳐 두고 표독한 얼굴로 제이에게 쏘아붙였다. 무슨 일이 그리 급한지 주아가 뒤도 돌아보지 않고 서둘러 자리를 벗어나자 주아의 비서 또한 제이의 가방을 가져와 테이블 위에 내팽개쳐 두고서 제이를 한번 흘겨보더니 자리를 떠났다.

— 알파, 여기는 에코, 델타. 두 명 룸 아웃. 상황 종료. 오버.

"일단 대기하라. 오버."

— 롸저.

"저…… 회장님. 지금 두 사람이 지시 기다리고 있는데 어떻게 할까요?"

"무슨 말이야, 그게!"

주아의 머릿속은 이미 혼돈 그 자체였다.

"한재희 씨, 예정대로 하라고 할까요?"

4층에 두 명이 대기 중이었다. 강 회장의 지시만 내려지면 당장이고 한재희를 망가트릴 준비가 되어 있는…….

"미쳤어?! 지금 그깟 계집애가 대수야? 회사가 어떻게 될지도 모르는데?! 다시 연락한다고 해. 지금 여기서 다른 잡음까지 생기면 곤란해. 알았어?"

"네. 회장님."

알파는 강 회장이 다급히 건물에서 빠져나와 차를 타고 가는 모습을 지켜보며 인이어에 귀를 기울였다. 가방을 다시 받았는지 분명 소리가 들려오는데 명확하지가 않았다.

"에코, 델타, 상황 보고. 오버."

— VIP 미동 없음. 오버.

"돼저."

— 알파, 여기는 브라보. 4층 요주의 두 명 건물 밖으로 아웃, 상황 종료. 오버.

"돼저."

다행히도 우려했던 일은 일어나지 않았다. 그럼에도 아직 내려올 생각을 않는 VIP에게 직접 가 봐야 할 듯했다.

알파가 서둘러 건물로 들어가는데,

— 알파, 여기는 에코. VIP가 엘리베이터를 지나쳐 비상구로 이동. 더 이상 확인 안 됨. 오버.

"돼저."

제이는 잔뜩 흐트러지고 다친 마음을 다스리고 다독일 시간이 필요했다. 힘없이 가방을 들고서 엘리베이터가 아닌 계단으로 천천히 무거운 발걸음을 옮겼고, 긴 계단을 한 칸 한 칸 내려가다 말고 결국 다리에 힘이 풀려 버렸다. 한 손으로 벽을 짚으며 주르륵 미끄러져 내렸다.

"흡…… 윽…… 흑흑…… 흑……."

손에 끼워진 반지의 무언가를 만지며 더욱 복받쳐 오르는 제이였다.

어디선가 간헐적으로 들려오는 억눌린 울음소리…… 알파는 급히 휴대폰으로 전화를 하며 건물 비상계단을 향해 내달렸다. VIP가 전화를 받지 않았다.

알파는 자신의 귀로 고스란히 들려오는 그녀의 울음소리에 심장으로 강한 통증이 전해져 왔다.

도대체 왜 이렇게 힘겹게 흐느끼는지.

"브라보, 찰리, 폭스. VIP 찾아!! 난 1층부터 찾아 올라간다. 오버."

― 롸저.

4층에 대기 중인 그들에게 무전으로 지시하고 1층 비상계단 문을 활짝 열어젖혔다. 순식간에 계단 5층에 다다랐는데 계단의 한쪽 끝, 자신의 다리 위에 두 팔을 괴고 앉아 얼굴을 파묻고서 힘겹게 흐느끼는…… VIP가 있었다.

그리고 그 아래에는 4층에서 VIP를 찾아온 브라보, 찰리, 폭스가 난처한 얼굴을 하고서 속수무책으로 그녀를 바라보고 있었다.

차라리 무슨 일이라도 생겼으면 해결을 하겠으나, 터트리지도 못하는 울음을 서럽게 흐느끼는 사람을 어떻게 대해야 하는지…… 도무지 알 수가 없는 알파 팀이었다.

그들은 그저 지켜보는 수밖에 다른 방법이 없었다.

"에코, 델타. VIP 찾았다. 철수하라. 오버."

― 롸저.

알파는 마지막 무전을 하고 한쪽 인이어를 빼냈다.

제이는 계단을 뛰어 올라오는 소리를 들으며 눈물을 그치려 안간힘을 써야 했다. 전화를 받지 않아 찾으러 온 모양이었다.

눈물을 그쳐야 하는데…… 그만해야 하는데…… 눈물샘에 구멍이라도 뚫렸는지 멈출 수가 없었다.

"죄송한데…… 흡…… 혼자 있고 싶어요. 흐윽……."

제이는 숙인 고개를 차마 들지도 못하고 조용히 부탁했다.

"후…… 네. 알겠습니다."

알파는 브라보와 찰리, 폭스에게 내려가라는 눈짓을 보낸 뒤 손수건을 꺼내어 그녀의 손에 가만히 쥐여 주고, 입지도 않은 채 가방과 함께 옆에 그대로 놓여 있는 그녀의 외투를 들어 등에 살며시 덮어 주며, 가방에 부착했던 도청 장치를 떼 내었다.

그러고선 자신은 그녀가 눈치채지 못하도록 순식간에 그녀를 스치고 올라가 위쪽 계단에 자리 잡으며 가만히 벽에 등을 기대었다.

알파는 그 어떠한 경우에도 안전이 보장되지 않은 상황에서 VIP를 혼자 내 버려 둘 수는 없었고, 마음이 조금 불편하더라도 차라리 우는 걸 보고 있는 편 이 나았다.

"흡…… 읍…… 흑…… 흑흐흑……."

제이는 완벽히 혼자가 되고 나서야 참았던 눈물을 쏟아 내고 있었다.

제이는 몰랐다. 지켜보는 눈이 남아 있다는 것을…….

알파는 남은 한쪽 인이어마저 빼내었다. 빼내도 들려오는 아픈 흐느낌은 한 동안 멈출 기미를 보이지 않았다.

차를 타고 이동하던 주아의 휴대폰이 쉴 새 없이 울려 대고 있었다.

Rrrr.

남편의 번호가 뜨자 그제야 전화를 받는데,

— 강주아!!

악에 받친 대훈의 목소리가 사정없이 주아의 고막을 뒤흔들었다.

— 당신 뭐 하는 사람이야? 해외 지사 문제가 지금 왜 터져?! 일 처리 똑바 로 하라고 했지! 뒤처리 제대로 하라고 했지! 됐고, 일단 지금 바로 집으로 와.

"지금 바로 못 가요. 한두 시간 걸릴 거예요."

— 당신 대체 지금 어디야!! 지금 어디냐고?! 도대체 어디에 정신을 팔고 다 니는 거야악!! 하. 몰랐어? 전혀 몰랐어? 이게 하루아침에 벌어질 일이야? 사전 에 무슨 조짐이 있었을 거 아니야!! 이 지경이 되도록 어디서 뭐 했어? 어? 회

사가 이 지경이 되도록 도대체 어디서 뭘 하고 다녔냐고!!

"하…… 말 다 했어요? 그럼 끊어요!!"

— 강주아!! 뭘 잘했다고 큰소리야!!

"지금 알아보고 있어요!! 안 그래도 바쁜데 전화하지 말라고!!"

악을 쓰며 전화를 끊어 버리고서는 차 바닥으로 휴대폰을 내동댕이쳐 버렸다. 화가 머리 꼭대기까지 차올랐다.

절대 밝혀질 수 없었던, 밝혀져서는 안 되는 사실이 밝혀졌다. 왜? 어떻게? 다른 건 생각할 여력이 없었다. 일단 막아야 했다.

"막아야 해. 언론이든 SNS든 국내에는 들어올 수 없게 막아야 한다고."

"회장님…… 확인 즉시 우리 홍보 팀과 정보기술 팀이 함께 매달려 작업하고는 있습니다만, 확산 속도가…… 너무 빠릅니다……."

미국의 주요 TV 지상파 방송사에서 FCPA 위반 한국의 모 기업을 공무원 뇌물 수수 혐의로 조사에 착수한다는 뉴스가 일제히 보도가 되자, 낯부끄러운 교민들이 강하게 질타를 하며 SNS로 내용을 알리고 있었다.

비록 희미하게 모자이크 처리를 했다고는 하나, 희미함 뒤에 있는 브랜드 심벌마크는…… 우리나라 사람이라면 모르려야 모를 수가 없는…… 명우그룹의 그것이었다.

수시로 손목시계를 확인하는 알파의 눈에 초조함이 서리고 있었다.

차가운 바닥, 차가운 벽에 기대어 10분째 그 자세 그대로 움츠린 채 아프게 흐느끼는 VIP를 언제까지 두고 봐야만 하는 걸까. 여려 보이는 몸, 그 어디서 이렇게 많은 눈물이 쏟아져 나오는지…….

저러다 탈진이나 하지 않을까 심히 걱정스러움에 이제 그만 말려 봐야겠다 싶어 조심스레 다가가는데 VIP의 휴대폰이 울려 왔다.

그제야 상체를 천천히 일으키더니 가방을 열고서 휴대폰을 찾고 있는 VIP였다.

한참을 울던 제이는 희미하게 들려오는 전화벨 소리에 가방을 열어 휴대폰을 꺼내 들었다.

— 한 팀장, 어디야?

"흠흠…… 선배…… 볼일이 있어 잠시 나왔어요."

얼마나 참고 버텼는지, 목이 꽉 잠겨 있어 목소리가 쉬이 나오지 않았다.

— 한 팀장, 목소리가 왜 그래? 무슨 일…… 있어?

콜록콜록. 제이는 잠긴 목을 풀어 주려 기침을 하며 통화에 집중하려 애썼다.

"아니에요. 그냥 컨디션이 좀 안 좋아서. 회사에 무슨 일 있어요?"

— 아니, 일은 무슨, 자재 샘플이 왔는데 같이 좀 봐야 할 것 같아서. 이건 내일 보면 돼, 힘들어 보이는데 오늘은 좀 쉬어.

"네, 선배. 아무래도 그래야 할 것 같아요. 죄송한데 오후에 반차 좀 쓸게요, 지은 씨한테 전달 좀 부탁해요."

제이는 갑자기 핑 도는 듯한 느낌에 이마를 짚어 보았다. 차가운 식은땀이 흥건해 있었다.

— 어, 그래그래. 쉬어.

제이는 전화를 끊고 가방에 넣으며, 예사롭지 않은 몸 상태를 감지했다.

머리고, 눈이고, 목이고 할 것 없이 통증이 느껴지고, 계속해서 식은땀이 스며 나오며, 으슬으슬 한기까지 더해 오는 듯했다.

서둘러 가방 속 액세서리 케이스를 찾아 불편했던 귀걸이와 반지를 빼 겨우 챙겨 넣는데 손이 바들바들 떨려 오며, 급기야 시야가 흐려지고 있었다.

'도대체 몸이 왜 이래…….'

벽을 지지대 삼아 손으로 지탱하며 천천히 일어서는데…….

"하아…… 하……."

갑자기 눈앞이 빙글빙글 돌며, 마치 지진이라도 난 듯 계단이 아래위로 요동치는가 싶더니, 순식간에 사방이 어둠 속으로 잠겨 버렸다.

알파는 전화를 끊고서 주섬주섬 가방을 챙기는 모습을 보며 어떻게 인기척을 내어야 VIP가 놀라지 않을까 잠시 잠깐 고민하는데, VIP의 움직임이 어딘지 모르게 어색해 보였다. 조심스레 다가가 보려는데, 그대로 옆으로 쓰러지듯 기울어지는 VIP다.

위험을 감지한 알파의 반응속도는 전광석화와 같았다. 서둘러 그녀가 기울어지는 방향 아래로 차고 들어가며 온몸으로 VIP를 받아 낸 알파였다.

"제기랄!"

비록 계단 모서리에 정강이며, 팔꿈치가 온통 찍히고 긁히는 상처를 입었으나 통증 따위는 느껴지지 않을 만큼 놀란 가슴을 쓸어내리기에 바빴다.

조금, 조금만…… 0.1초라도 더 늦었다면 그녀가 얼마나 크게 다쳤을지, 놀란 심장이 사정없이 쿵쾅거리며 튀어나올 듯 요동치고 있었으나, 지금은 요동치는 자신의 심장 따위를 걱정할 때가 아니었다.

시간이 없었다. 한시라도 빨리 VIP를 병원으로 데려가야 했다. VIP가 굴러떨어지지 않도록 주의하며 천천히 일어나 그녀를 번쩍 안아 올리고, 옆에 놓인 가방과 외투를 챙겨 서둘러 엘리베이터로 향했다.

건물 밖으로 나가자마자 기다렸던 팀원들이 놀라며 달려왔다.

"탈진한 것 같다. 브라보 네가 운전해. 제주대학병원으로 가자. 찰리, 크리스에게 연락해."

"네!"

단 1초의 시간도 허비하지 않고, 일사불란하게 움직이는 알파 팀이다.

그 시각 크리스는 조프의 빈자리를 메우느라 비서실에서 밀린 업무를 처리하며 분주한 시간을 보내고 있었다.

Rrrrr.

"네, 크리스입니다."

— 알파 팀 찰리입니다.

크리스는 제이를 호위하는 경호원의 전화에 즉시 하던 일을 멈추고 긴장했다.

"무슨 일 있습니까?"

— VIP께서 쓰러지셨습니다. 지금 제주대학병원으로 이동 중입니다.

"네?! 알겠습니다. 지금 바로 가죠."

크리스는 전화를 끊자마자 외투를 챙겨 들고 급히 비서실을 나서며 앨리에게 짧은 지시를 남겼다.

"앨리, 자리 비웁니다. 급한 일 아니면 전화 연결하지 말아요."

"네. 알겠습니다. 실장님."

대표님이 자리를 비운 이후로 무슨 일이 그리 많은지, 한시도 자리를 벗어나지 않고 일에 열중하시던 분이 부리나케 달려가는 모습을 보며 앨리는 의아함에 고개를 갸웃했다.

제주대학병원 응급실. 브라보가 문을 활짝 열어젖히며 의사를 찾는 사이 알파는 축 늘어진 VIP를 안고서 급히 응급실에 들어섰다.

하필, 또다시 이 시간 응급실을 지키게 된 신우였다.

"어떻게 오셨습니까?"

"탈진한 것 같습니다."

알파는 간호사가 안내해 주는 자리로 가서 조심스레 VIP를 눕히며 구두를 벗겨 한쪽으로 내려놓았다.

신우가 다가와 여자를 살펴보는데, 창백하게 질려 실낱같이 옅은 숨을 내뱉는 여자는…… 결코 한번 보면 잊을 수 없는, 함께 왔던 남자와 더불어 이따금 머릿속에 떠오르곤 했던 바로 그 얼굴이었다.

그런데, 맙소사…… 이번엔 남자들이 바뀌었다. 그것도 건장한 한국 남자 셋씩이나!

도대체 뭐 하는 여자이길래?!

'어후…… 그때 그 남자들이 아닌 게 어디야?'

함께 온 사람도 체격은 그들 못지않았으나, 왠지 그들보다는 덜 까다로울 듯해 안심하고 있었다.

"어쩌다 이렇게 되셨습니까?"

"스트레스를 많이 받은 것 같습니다. 많이 울었고요."

알파의 대답에 다시 한번 여자를 찬찬히 살펴보는데, 도대체 어디가 어떻게 안 좋은 건지, 싸늘한 날씨에도 얼굴이 온통 식은땀으로 번들거리고 있었다.

신우의 손짓에 간호사들이 서둘러 다가와 혈압과 맥박, 호흡을 체크하더니, 체온을 확인하고, 곧바로 수액을 주사했다.

그때, 응급실 문이 벌컥 열리더니 신우가 두 번 다시 볼 일은 없으면 좋겠다 싶었던 인물이 들어왔다.

크리스는 심각한 표정으로 들어와 누군가를 찾아 두리번거렸고, 신우는 그를 보자마자 조용히 한숨을 내쉬었다.

"어떻게 된 겁니까?"

응급실 한가운데 우뚝 솟은 알파를 발견하곤 곧장 다가와 힘없이 몸을 축 늘어트린 제이를 보며 크리스가 걱정스레 물었다.

"하…… 이게 대체…… 무슨…… 대체 어쩌다……."

'부디 별 탈이 없어야 할 텐데…….'

아픈 것도 아픈 거지만, 그녀의 모습이 평소와는 많이 달라 보였다. 분명 무슨 일이 있었음을 어렵지 않게 짐작할 수 있었다.

"잠깐 저 좀 보시죠."

알파는 걱정을 떨치지 못하는 크리스를 불러 잠시 밖으로 나왔고, 두 사람이 자리를 비우자 곧바로 브라보와 찰리가 제이 옆에 다가와 자리를 지켰다.

알파는 크리스에게 아까 있었던 일을 대강 설명해 주었다.

"하, 겁도 없이 혼자서 그 사람이 누구라고……."

"걱정 끼치고 싶지 않다고, 말하지 말아 달라고 부탁하시더군요. 많이 우셨습니다. 역시나 약속 장소에 나가지 못하도록 말렸어야 했나 봅니다. 죄송합니다."

"아닙니다. 그게 말린다고 될 일도 아니고요. 언제 한번 터져도 터질 일이었는데, 하필 대표님이 안 계실 때…… 그래도 덕분에 다치지 않았으니 천만다행입니다. 정말 감사합니다. 하지만, 차후에 이런 일이 또 일어난다면 그냥 넘어가기 힘들겠습니다. 한 팀장님이 아무리 말하지 말아 달라고 부탁을 해도 저에게 반드시 알려 주셔야 합니다. 부탁드리겠습니다."

"네. 그렇게 하겠습니다."

쓰러지는 그녀 곁에 알파가 없었다면 그 뒤는 상상만으로도 끔찍했다. 불행 중 다행이라 생각하며 짧은 대화를 마친 크리스와 알파가 다시 제이에게로 다가갔다.

"어떻습니까?"

차트에 무언가를 적고 있는 신우에게 크리스가 물었다.

"네. 지난번 오셨을 때 혈압은 정상이었는데 지금은 혈압과 맥박이 많이 높습니다. 혹시 요 근래 식사는 제대로 하신 겁니까?"

두 사람 다 대답을 할 수가 없었다.

"혹시 환자분 다이어트 중입니까?"

"다이어트 중은 아닐 겁니다. 다이어트가 필요한 분도 아니시고요."

"아, 네. 혹시나 해서 여쭤봤습니다. 지금 나타나는 증상들이 주로 무리한 다이어트를 했을 때 일어나는 부작용과 같아서 말입니다. 탈수 증상에, 체온도

낮고, 바이털 사인이 전체적으로 불안정합니다. 더 이상의 스트레스는 곤란합니다. 스트레스받지 않도록 유의해 주시고, 식사도 충분히 하셔야 합니다. 그리고 평소 수분 섭취에도 신경을 좀 쓰셔야겠습니다. 아무리 많이 울었다고는 하나 그 정도로 탈수까지 오기는 쉽지 않아서요. 일단 수액 맞으면서 경과 한번 지켜보겠습니다."

"네. 알겠습니다. 그리고, 이곳 말고 개인 병실로 옮겨 주십시오. 여기는 쉬기가 적당치 않아 보입니다."

"아…… 입원까지는 필요하지 않을 듯싶습니다만……."

"단 한 시간을 있더라도 조용히, 편히 쉬실 수 있도록 개인 병실로 옮겨 주십시오."

"개인 병실이라면 지금 특실이 비어 있기는 한데."

"좋습니다. 바로 이동하죠."

"네. 알겠습니다."

신우는 웬일로 오늘은 별말 없다 했더니 역시나 남달랐다. 겨우 한두 시간 있을 건데 특실이라니…….

결국 크리스의 뜻대로 특실로 옮겨진 제이는 잠깐 눈을 뜨는가 싶더니 그대로 다시 감아 버렸다. 크리스는 미세한 움직임조차 느껴지지 않아 걱정스러운 마음에 그녀의 코 앞으로 손바닥을 가만히 갖다 대어 보는데, 옅게 흘러나오는 숨결이 느껴지자 비로소 안심할 수 있었다.

겨우 한숨 돌리게 된 크리스는 온종일 고생하며 애썼을 알파를 바라보며 말을 건넸다.

"여기는 제가 지키고 있겠습니다. 오늘 고생 많이 하셨을 텐데 나가서 좀 쉬세요."

"네. 알겠습니다. 필요하면 연락 주십시오. 그럼."

알파는 VIP를 한번 보고 나서 크리스에게 인사를 하며 병실을 나섰다.

크리스는 누워 있는 그녀를 한참이나 들여다보며 대표님 생각에 그만 한숨이 나와 버렸다. 불과 두어 시간 전, 자신에게 또 한 번 신신당부를 했었다.

'대표님, 이만하면 시작하셔도 충분할 듯싶습니다. 다만, 아쉽게도 분식회계 가담한 블랙리스트 몇 명이 지금 국내에 없습니다. 출국한 시점이 비슷한 게 대선 전에 혹시 모를 사태에 대비해 미리 손을 써 둔 듯하고요.'

— 어, 안 그래도 해외 지사는 벌써 시작했어. 그쪽에도 지금쯤 정보가 흘러들어갔을 거야. 반응 한번 살펴봐. 그 외의 블랙리스트 인물들 동향은 어때?

'네. 대법원장을 비롯한 불법 로비 당사자들은 모두 잘 살펴보고 있습니다. 생각보다 허술하던데요? 다른 사람들도 입국 확인되는 즉시 사람 붙이겠습니다.'

— 그래, 제이는 별일 없어?

'야당 의원님은 만난 듯하고요. 부모님이 왔습니다.'

— 어, 그건 들었어.

'통화하셨나 봅니다. 그런데 뭘 또 물어보십니까?'

— 목소리가 마음에 걸려서 그래. 부탁 좀 하자. 혼자 곤란한 일 당하지 않게. 우리가 여기저기 들쑤신 곳이 많아서, 그쪽에서 알게 되기라도 하면 제이, 많이 흔들어 놓을 거야. 후…… 알아서 숨고 피하면 좋겠지만, 제이 성격에 그럴 것 같지가 않아서 하는 말이야.

'네. 알겠습니다. 제가 이따가 한번 찾아뵙고 얘기 나눠 보겠습니다.'

— 그래. 크리스, 고맙다.

'네. 오늘 고생 많으셨다 들었습니다. 내일도 하루 종일 일정이 빠듯하실 텐데 오늘은 푹 좀 쉬십시오.'

— 그래. 너도 수고해라.

대표님의 우려 섞인 음성이 아직도 귓가에 맴돌았다.

'하…… 아까 바로 찾아봤어야 했는데…… 도대체 무슨 말을 들었길

래······.'

크리스는 안쓰러움에 제이에게서 쉬이 눈길을 거둘 수가 없었다. 한 시간 뒤 쥐 죽은 듯 누워 있던 그녀에게서 움직임이 느껴졌다. 소파에 앉아 제이를 지켜보던 크리스가 벌떡 일어서 제이에게 다가왔다.

"으음······."

제이의 눈이 천천히 떠졌다. 낯선 곳, 낯선 냄새, 전혀 익숙하지 않은 환경에 깜짝 놀라며 벌떡 일어나려는데 다시금 현기증이 이는 듯했다. 크리스가 서둘러 일어나려는 제이의 등을 받쳐 도와주었다.

"괜찮으십니까? 좀 더 누워 있지 않고요."

"크리스, 여기가 어디예요?"

"기억 안 나십니까? 비상계단에서 쓰러지셨습니다."

순간 제이는 눈을 질끈 감아 버렸다. 결국 크리스까지 알게 되었구나······.

"그에게 연락했나요?"

"아니요. 아직."

"제발······ 말하지 말아 줘요. 부탁할게요."

"네······ 안 그래도 연락하면 바로 오실 것 같아서 차마 말씀······ 못 드렸습니다."

"하······ 고마워요."

"그런 일이 있으면 저에게 먼저 말씀을 하셨어야죠! 제가 여기 왜 남아 있는지 잘 아시지 않습니까? 이런 일 혼자 당하지 않도록 그렇게 신신당부를 하고 가셨는데······ 위험한 인물입니다. 앞으로는 절대 혼자 만나는 일은 없어야 합니다."

"네. 이제 더는 개인적으로 만날 일 없어요. 알고 싶은 건, 듣고 싶은 건 이미 다 들었으니까."

제이는 말을 하며 자신의 몸을 살펴보았다. 순간 정신을 잃고 쓰러졌다는데 몸에 상처 하나 없었다.

제 몸을 살피며 어리둥절한 표정을 짓는 제이의 모습에 크리스가 얼른 말을 꺼냈다.

"쓰러지실 때 알파가 몸으로 받아 냈나 봅니다. 다행히 다친 곳은 전혀 없습니다."

"그럴 리가요. 분명 경호원들 모두 내려가는 소리를 들었는데."

그는 내려가지 않았나 보다. 그는 비상계단 어딘가에 말없이 남아 있었나 보다.

결코 누구에게도 보이고 싶지 않은 나약한 모습을 고스란히 들켜 버려 제이는 여간 속상한 게 아니었다.

"하…… 제 가방은요. 혹시 제 가방 못 보셨어요?"

병실을 대강 눈으로 훑어보는데 제 가방이 어디에도 보이지 않았다. 제이는 순간 가슴이 덜컥 내려앉았다. 그에게 선물 받은 귀걸이와 반지가 그 가방 속에 있었다. 온종일 마음 쓰며 고생한 일이 물거품이 되지 않을까 걱정스레 물어보는데,

"가방도 알파가 챙겼습니다. 차에 있을 겁니다."

"네……."

다행히 알파가 챙겨 뒀다는 말에 그제야 마음을 놓았다.

"오늘 하루는 이곳에서 푹 쉬십시오. 수액 하나 더 올 겁니다."

"아니에요. 집에 부모님이 있어요, 안 오면 걱정하실 거예요. 집에 가서 쉴게요."

"요즘 식사는 제대로 하고 계십니까, 몸 상태가 좋지가 못합니다. 이렇게 무리하시면서 식사도 제대로 안 하시면, 언제 또 쓰러질지 알 수가 없습니다."

"걱정하게 해서 죄송해요. 주의할게요."

신경 쓸 일이 많아 식사를 제대로 하지 않은 탓도 있지만, 현재 스트레스가 극에 달해 있었다. 온몸이 힘들다 아우성을 치는 듯 몸은 한없이 무겁기만 했다.

"제발, 조심하십시오. 한 팀장님 잘못되기라도 하면. 하…… 대표님을 생각하신다면 부디 건강 챙기셔야 합니다."

"네. 그럴게요. 진짜 조심할게요."

미안한 마음에 크리스를 볼 면목이 없어 사과하며 침대에서 내려와 구두를 신는데,

"한 팀장님……."

불러 놓고 말이 없어 고개를 들어 크리스를 바라보았다.

"많이 죄송했습니다."

"네?"

"전에…… 제가…… 독하게 말했던 거."

조퇴를 한 그녀의 집에 혼자 찾아갔던 날. 그녀가 어떤 마음으로 조프를 밀어내는지도 모른 채 무던히도 냉정하고 독한 말로 그녀를 다그쳤었다. 그녀가 왜 그럴 수밖에 없었는지 알게 된 지금. 언제고 기회가 오면 사과를 하고 싶었는데 지금이 그 기회인 듯싶었다.

"뭘 그런 걸 아직 마음에 두고 계세요. 전 정말 괜찮아요. 오히려 고마웠어요. 그의 옆에 크리스, 당신이 있어 얼마나 감사한지 몰라요. 그만 가요."

"네……."

하지 않았으면 좋았을, 상처로 남았을 그 말들을 떠올리면 그녀를 볼 때마다 미안한 생각에 마음 한편이 늘 불편했는데, 사과를 하고 나서야 마음의 짐을 널어 놓을 수 있었다.

크리스의 차를 타고 집으로 돌아오는 내내 걱정을 늘어놓는 크리스의 모습에 결국 웃어 버린 제이다.

"웃을 일이 아닙니다. 정말, 조심하셔야 합니다. 우리 대표님이 화나면 얼마

나 무서운 분인지 한 팀장님은 아직 모르십니다. 물불을 가리지 않으십니다. 그러니 부디 몸조심하십시오. 이제 더는 혼자만 생각해서는 안 된다는 말씀입니다."

"크리스, 이러다 귀에 딱지 앉겠어요. 정말 조심할게요. 이제 알파에게 그런 부탁 하지도 않을 거고, 아니…… 이제 그런 부탁 할 일도 없어요. 그러니까 걱정은 그만해요. 장담할게요."

"네…… 대표님도 대표님이지만…… 저 역시 한 팀장님 다치는 건 더는 보고 싶지 않습니다."

"고마워요, 정말. 정말 고마워요. 저 때문에 오늘 고생 많이 하셨는데 가서 푹 쉬어요."

"네. 한 팀장님도 오늘은 아무 생각 말고 푹 주무십시오. 식사 좀 잘 하시고요."

피식 웃으며 차에서 내리는 그녀를 따라서 같이 내렸다. 어서 들어가시라 배웅하며 아무리 괜찮다고 해도 정말 괜찮을까. 크리스는 쉽사리 발이 떨어지지 않았고, 제이는 좀처럼 갈 생각을 하지 않고 걱정스러운 눈빛을 보내는 그의 모습에 결국 등 떠밀어 보내 버렸다.

크리스가 가는 모습을 보고서야 집으로 향하는데 알파가 다가오며 가벼운 목 인사를 건넸다.

"오늘…… 원하는 건 얻으셨습니까?"

알파가 조심스레 말문을 열었다. 병원에서 잠시 휴식을 취하며 줄루에게 연락을 했었다. 줄루에게 확인한 내용은 경악을 금치 못할 만큼의 큰 충격이었고, 그런 끔찍한 사람과 맞선 VIP의 용기에는 감탄하지 않을 수 없었다.

그래서일까. 알파는 VIP가 자신을 괴롭히면서까지 원치 않은 사람과 만나야 했던 목적을 달성했는지 확인이 필요했다.

"……네. 충분히."

경호원의 본분을 잃지 않아도 되는 만족할 만한 대답에 저도 모르게 희미한 미소가 입가에 스쳐 지났다. 그 누구도 알아채지 못할 만큼 짧게…….

역시나 그녀는 기대 이상이었다.

"저…… 오늘 너무…… 감사했어요. 그리고 너무 죄송했고요. 혹시…… 어디…… 다친 곳은 없으세요?"

힘든 부탁으로 그를 곤란하게 만든 것도, 그에게 들켜 버린 약한 모습도, 온통 미안하고 민망한 마음에 그를 볼 면목이 없었다.

"저는 괜찮습니다. 비일비재하게 겪는 일이니 전혀 신경 쓰지 않으셔도 됩니다."

묻고 싶은 말도, 하고 싶은 말도…… 신중히 속으로 삼켜 버린 더없이 신중한 알파다.

"오늘 고생 많으셨습니다. 그만 들어가 쉬십시오."

"네. 고마워요. ……수고하세요."

고마운 마음을 표현하고 싶지만, 모든 걸 다 꿰뚫어 보는 듯한 그의 눈빛에 얼른 뒤돌아서 버렸다. 더는 부족한 모습을 타인에게 드러내고 싶은 마음이 없었다.

서둘러 경호원들에게 인사를 하고 집으로 들어서며, 불현듯 스치는 생각에 고개를 갸웃하는데, 때마침 문을 열고 나오는 엄마였다.

"잘 다녀왔어? 퇴근 시간도 아닌데 빨리 왔네? 어? 그런데 너, 얼굴이 왜 이래? 얼굴이……."

나갈 때와는 달리 반나절 사이에 수척해진 얼굴이었다. 눈은 또 왜 이렇게 충혈이 되어 있는지.

"엄마…… 요즘 좀 피곤했나 봐요. 쉬고 싶어 일찍 왔어요."

"어? 어. 그래, 잘했어. 얼른 들어가, 얼른."

정연은 애써 감정을 숨기려는 딸아이를 보며 무슨 일인지 궁금했지만 입을 꾹 다물었다.

"아빠는 어디 가셨어요?"

"응. 승철 아저씨 보러 가셨어."

"엄마……."

"어. 그래, 무슨 일 있어? 엄마한테 말해. 엄마 괜찮아."

"아니야. 일은 무슨. 그것보다 엄마, 엄마는 왜 아무것도 안 물어봐요?"

"뭘?"

"집 앞에, 집 앞에 사람들이 있는데 누구냐고, 왜 있냐고, 뭐 하는 사람이냐고 왜 아무것도 안 물어봐요?"

자신조차 아직도 익숙해지지 않는 그들의 모습인데…….

집 앞에 있는 그들을 보면서도, 늘 자신을 따르는 그들을 보면서도…… 왜 궁금해하지 않으셨는지, 왜 아무것도 묻지 않으셨는지, 이제야 갑작스레 찾아온 부모님이 의아했다.

"제이, 우리 딸, 이리 좀 와 봐."

정연은 딸아이의 손을 잡아 이끌며 노트북 앞에 앉아 보이는 화면에 PLAY 버튼을 눌렀다. 화면 속에는…… 놀랍게도 조프가 있었다.

— 아니요. 일반인입니다. 지금은 제가 옆에 있어 줄 수 없는 상황이라, 기사가 먼저 나가면 그녀가 곤혹스러운 일을 당할 듯싶어, 말을 아끼겠습니다.

— 그럼 그분 이니셜만이라도 말씀해 주실 수 있을까요? 아니면 미들네임이라도?

— 이니셜. 이니셜이라. J, 제이입니다. 그녀의 이니셜.

너무나 그리운 그의 얼굴을 마주하며, 흐트러짐 없이 부드럽게 흘러나오는 그의 음성을 들으며 애써 참았던 눈물이 봇물처럼 다시 터져 나왔다.

"이 사람이 찾아……왔었어. 집으로."

의아함에 젖은 눈을 들어 엄마를 바라보았다.

"미국으로 떠나기 전에, 너 혼자 두고 가기가 많이 불안했나 봐. 우리를 찾아왔었어. 누군지를 몰라 문전박대를 했더니, 너한테 전화를 하더라고. 네 목소리 듣고서야 집으로 들였어…… 사람이 얼마나 자상하고, 진중한지…… 우리에게까지 경호원을 붙여 두었더구나. 우린 몰랐어. 누군가 우리를 지키고 있는 줄은…… 우린 이 사람이 가고 나서야 누군지 알았어."

그 날이었나 보다. 외부에서 전화 통화를 하며, 어딘지 모르게 평소와는 조금 달랐던 그날, 혼자서 부모님을 뵈러 갔었나 보다. 제이는 저도 모르게 울음이 터져 버렸다.

"흐윽. 엄마. 흡…… 엄마. 흑. 흑흑."

태현이 다시 나타나고, 앞으로 자신이 해야 하는 일에 대한 고민에 빠져 있느라, 부모님께도 위험이 닥칠 수 있다는 생각은 미처 하지 못했던 제이였다.

딸인 자신조차 계산에 넣지 못한 일을…… 그가 먼저 나서서 부모님을 보호하며, 찾아뵙기까지 했다니…….

자신에게는 너무 과분하기만 한 그의 사랑이…… 불안하고 헛헛한 마음에 넘치도록 채우고 또 채워 주는 그의 사랑이 오롯이 마음으로 전해져 오는 듯했다. 하루 종일 긴장으로 똘똘 뭉쳐 응어리져 있던 마음이, 하루 종일 송곳 같은 독한 말에 찔려 피 흘리던 심장이, 비로소 어루만져지고 있었다.

"좋은 사람 같더라. 그런데…… 너무, 너무, 대단한 사람이라 엄마는 걱정이 돼서…… 울지 마, 울지 마……."

정연은 우는 딸아이가 안쓰러워 품에 안고서 등을 쓰다듬어 주며 말했다.

"엄마는 우리 딸이 더 이상 상처받는 일만 없으면 좋겠는데……."

"엄마. 엄마. 엄마…… 흐흐흐흑……."

제이는 하루 동안 힘들고 고단했던 마음을 엄마의 따뜻한 품에 안겨 눈물로 흘려보내며, 그의 벅찬 사랑에 고통스럽기만 했던 오늘 하루도 견디어 넘어갈 수 있을 것 같았다.

"엄마…… 나…… 오늘 프러포즈받았어요."

"뭐? 뭐라고?!"

"그 사람이…… 오늘 프러포즈했어. 나한테."

정연은 안긴 딸아이를 품에서 떼어 내며 얼굴을 뚫어져라 바라보았다.

"맙소사, 그게 정말이야? 오…… 세상에…… 엄마는…… 너 또다시 상처받을까 봐…… 너 또 상처받을까 봐 얼마나 걱정을……."

더 이상 말을 이을 수가 없었다. 어느새 정연의 눈에도 눈물이 한가득 차오르며 볼을 타고 흘러내리고 있었다.

"그래서 운 거야? 그래서? 이렇게 얼굴이 반쪽이 되도록 운 거야? 너는 뭐랬는데? 뭐라고 했는데?"

"나, 욕심난다고 했어요. 그러면 안 되는 거였는데, 나도 갖고 싶다고. 그 사람 옆에 내가 있어 봐야 그 사람한테 좋을 거 하나 없는데…… 아는데. 알면서도, 좋다고 했어요. 좋다고 해 버렸어."

"잘했네, 잘했어…… 용감하네. 우리 딸."

딸아이의 고민이 오롯이 가슴으로 전해져 왔다. 누군가를 사랑하고 사랑받기에 부족함이 없는 딸아이가, 수없이 고민하고 망설여야 했던 시간들에 못내 마음이 아파지는 정연이었다.

"잘했어, 괜찮아. 이젠 그래도 괜찮아, 그래야지, 너도 행복해져야지."

정연은 부디 그와 딸아이가 가는 길이 순탄하기를, 더 이상 딸이 상처받는 일만은 없기를. 간절히 바라고 또 바랐다.

그날 밤, 정연과 동우는 끊어질 듯 고통스레 신음하며 악몽에서 쉽사리 헤어나지 못하고 식은땀으로 온몸을 적시는 제이를 마주해야만 했다.

간신히 악몽에서 깨어나 오히려 괜찮다고 자신들을 위로하는 딸을 보며, 오랜 시간 딸아이 홀로 버텨야 했던 끔찍했을 그 시간들을 되뇌며…… 눈물로 밤을 지새우며, 말없이 뜬눈으로 딸아이 곁을 지키는 부부였다.

떠나기 전 걱정스레 자신들을 바라보며 말을 아끼던…… 딸아이를 향한 마음을 감추지 않던 그의 마음이 어떤 것이었는지, 부부의 마음속에 깊이 새겨지고 있었다.

명우그룹의 기업윤리가 도마 위에 올랐다. 대선 후보인 이대훈을 의식해 기사를 회피하던 국내 주요 언론사에서도 뒤늦게 사태의 심각성을 깨닫고 재빨리 외국 언론사의 보도 내용을 인용해, 명우그룹의 당면한 문제점과 앞으로 전개될 양상에 대해 심도 있게 기사를 다루고 있었다.

"회장님, 미국뿐만 아니라 영국 지사에서도 같은 문제가 발생했습니다. 현재…… 수사 개시되었고…… 위반이 확실시되면 처벌 수위가 높습니다. 벌금역시…… 일례로 프랑스 로지 사가 다수 국가에 FCPA 위반이 확인되어 미국에서만 7억 달러(한화로 대략 7,857억)의 벌금을 낸 적이 있다고 합니다."

집무실에서 비서의 보고를 듣던 주아가 깊은 한숨을 내쉬었다.

"하……."

돌파구가 보이지 않았다. 아무리 머리를 굴리고 생각하고 고민을 해도 빠져나갈 구멍이 보이지 않았다. 도대체 무엇이 어디서부터 어떻게 어디까지 잘못된 것일까? 주아는 멍하게 앉아. 고통스러운 현실을 받아들여야 했다.

주아는 알지 못했다. 자신이 감히 누굴 건드린 건지, 주아는 미처 알지 못했다. 이것은 시작에 불과했음을…….

이미 J& 대표의 인터뷰 기사가 파다하게 퍼졌음에도 살펴볼 엄두조차 내지 못했다.

주아는 당면한 문제 해결만으로도 머리가 터져 나갈 듯했기에 다른 생각은 할 여력이 없었다.

"이 비서, 전화선 다 뽑아. 시끄러워. 정신이 하나도 없어!!"

"네. 회장님."

가뜩이나 정신없는데 울려 대는 전화에 신경 잔뜩 날카로워져 있었다. 휴대폰에는 대훈의 부재중 전화가 수도 없이 찍히고 있었고, 지금쯤 길길이 날뛰며 열을 올리고 있을 대훈의 모습을 떠올리자 쓴 물이 올라왔다.

"아아아악!!"

주아는 결국 화를 참지 못하고 닥치는 대로 책상 위에 놓인 모든 것을 손으로 흐트러트리고 집어 던지며 화풀이를 해 댔다.

거짓으로 쌓아 온 공든 탑에 균열…… 균열이 생기고 있었다.

동우는 제주에 온 김에 오랜 벗의 얼굴이나 볼까 하여 J& 호텔 공사 현장을 찾았다. 이곳은 벗이 있는 곳이기도 하나, 딸아이가 일하는 곳이기도 했다.

동우는 승철을 기다리는 동안 천천히 현장을 둘러보며 딸아이의 흔적을 밟아 나갔다. 제법 공사가 많이 진행된 호텔은 지금까지 봐 왔던 기존의 호텔들과는 확실히 달라 보였다. 뛰어난 외관만큼이나, 차별화된 설계가 돋보여 둘러보는 내내 동우의 입가에 흐뭇한 미소가 떠나지를 않았다. 완공되었을 때 과연 어떠할지 상상해 보는 것만으로도 자랑스러움에 뿌듯한 마음이 가슴속을 가득 메우고 있었다.

"동우!"

승철은 멀리서도 한눈에 보이는 벗을 발견하고는 반갑게 소리쳐 불렀다.

"그래, 어서 와. 내가 바쁜데 찾아온 건 아닌지 모르겠네."

동우는 부랴부랴 자신에게로 다가오는 벗을 보며 활짝 웃어 보였다.

"그럼 여기까지 와서 나도 안 보고 그냥 가려고? 그럼 섭섭하지! 얼굴이 몰라보게 좋아졌는데? 이렇게 웃는 모습을 얼마 만에 보는 건지 모르겠네. 그러게 진작 제이하고 대화를 좀 해 보지 그랬어?"

"그러게, 다 내가 못나서 그렇지 뭐. 그나저나 제수씨는 좀 어때?"

"늘 그렇지 뭐. 이게 어디 치료가 되는 병인가…… 마음의 병인 것을."

"후······ 그렇지."

해마다 한 번씩 그 달이 될 때면 한 달을 꼬박 몸져눕는 승철의 아내였다. 알 수 없는 통증에 시달려 혹시나 싶어 매번 검사를 해도 결과는 같았다.

'병명을 알 수 없음.'

벌써 30년이 지났음에도 자식을 잃은 부모의 마음은 늘 그 자리에 머물러 있는 듯, 해마다 같은 고통을 되풀이하는 친구의 부부가 안타깝기만 했다.

"얼마 전에 자네 젊은 시절의 모습을 너무 많이 닮은 사람을 봐서, 자네 생각이 많이 나더라고."

"잘생겼나 보네? 내가 젊었을 땐 한 인물 했잖아? 하하하."

"품. 그래, 그랬지. 잘생겼더라. 난 정말 자네가 회춘해서 온 줄 알고 깜짝 놀랐다니까!"

"이런, 실없는 사람. 참. 하하하. 얼마나 닮았길래 그러는지 궁금하네. 잘 아는 사람인가?"

"아니, 나도 이제 겨우 한 번 본 사람이라, 다음에 기회가 되면 한번 봐. 자네도 보면 깜짝 놀랄 테니."

"그러지 뭐. 덕분에 나도 회춘한 기분이라도 좀 느껴 보게 말이야."

"그래."

동우는 다음에 또 만날 기회가 되면 정확한 나이라도 좀 물어봐야겠다 싶었다. 벌써 지나 버린 세월이 30년이다. 그럴 리는 없겠지만, 계속 그 사람의 서글서글했던 인상이 기억 속을 파고들어 마음 한구석이 찜찜한 게 확인을 해 봐야 할 듯했다.

계속되는 강행군으로 조프는 제이의 생각이 더욱더 간절해지고 있었다. 여기저기 쏟아지는 러브콜에 못 이겨 결국 홍보 팀에서 최종 절충안으로 파티,

행사 일정을 몇 개 추가하는 바람에 가뜩이나 바쁜 일정이 더 빠듯해졌다.

오전 내 귀찮기 짝이 없는 화보 촬영을 하고, 반드시 참석해야 한다는 행사에도 얼굴을 내비쳤다. 화보 촬영을 하는 중에는 크리스의 욕을 실컷 퍼부어 주는 것도 잊지 않았다.

웃음이 안 나는데 왜 자꾸 웃으라고 난리들인지, 결국 단 한 컷도 웃는 모습을 찍을 수 없던 촬영 팀이었다.

오후에는 주요 호텔 두어 군데를 둘러본 후 저녁 행사와 파티에 참석해야 했다.

"하…… 망할 파티."

반갑지 않은 파티였다. 불필요한 만남, 영양가 없는 대화, 아깝게 흘러가는 시간일 뿐이다.

자신이 진심으로 즐겼던 단 한 번의 파티를 떠올리곤 한국으로 돌아갈 날을 손꼽으며, 조프는 그리움을 더한 미소를 조용히 덧그리고 있었다.

지끈거리는 머리를 흔들며 정신을 차리고서 오늘 둘러보기로 했던 주요 호텔 로비에 막 들어서는데, 결코 들려와서는 안 될 고성이 호텔 내부에 울려 퍼지고 있었다.

있을 수 없는 소란스러운 모습을 보며 의아함에 다가가는데, 무슨 일인지 직원 한 명에 총지배인, 그들 앞으로 고객으로 보이는 한 사람과 시끄러운 소음에 인상을 쓰며 흘끔 쳐다보는 사람들이 보였다.

"제이슨, 무슨 일인지 좀 알아봐."

"네. 바로 다녀오겠습니다."

조프는 제이슨이 다녀오는 동안 주변인들을 유심히 살펴보았고,

"대표님, 고객에 대한 예의가 없다며 호텔 측에 항의하는 중이랍니다."

제이슨은 재빨리 사태를 파악해 조프에게 다가와 상황을 알렸다.

"그게 무슨 말이야? 저 직원, 내 기억이 맞는다면 지난해에 우수사원상을 받았던 케이트야. 무슨 착오가 있겠지."

지금 고개 숙인 채 죄송하다며 읍소를 하는 직원은 해마다 고객들을 대상으로 한 설문조사에서 우수한 성적을 거두어 우수사원상을 받았던 모범 직원이었다.

"가지."

대처하는 걸 좀 더 지켜보고 싶었으나 그러기에는 너무 많은 이목이 집중되고 있었다. 더 소란스러워지기 전에 정리를 해야 할 듯싶었다.

거듭되는 사과에도 고객의 화가 풀리지 않았는지, 마치 주위 사람들이 들으라는 듯 고래고래 고함을 지르고 있었다.

"무슨 일이십니까?"

"대…… 대표님 오셨습니까?"

총지배인과 케이트가 조프를 보고 깜짝 놀라며 인사를 해 왔다.

대표님이 오셨다는 말에 우리 호텔에도 한 번쯤 둘러보러 오시겠구나 예상은 했었으나, 그게 하필 지금, 이 시점은 아니었다. 두 사람 다 시기적절하지 못한 상황에 안타까운 마음만 가득했다.

"대, 대표?"

윤기는 심장이 철렁했다. 하필 지금 대표가 여기로 올 게 뭐란 말인가. 하지만 이미 벌어진 일. 어차피 저 대표야 자신을 알 리 없을 테니 빨리 치고 빠져야겠다는 생각만 머릿속에 맴돌고 있었다.

"당신이 대표요? 직원 교육을 대체 어찌 시키는 겁니까? J&이 고객 응대를 잘하네 마네, 직원들 수준이 높네 마네 하더니만 나 참 어이가 없어서!!"

"네. 제가 대표 맞습니다만, 혹시 우리 직원이 고객님께 무슨 실수라도 했습니까?"

조프는 정중히 말을 건네며 고객을 유심히 보게 되는데, 그 앞에 서 있는 케이트는 눈물을 참으려는 듯 입술을 꽉 깨물고 있었다.

"저 직원이 앞도 제대로 보지 않고 가다가 부딪혀서 서류를 떨어트려 지금 엉망이 됐지 않습니까! 이거 어떻게 할 거요? 지금 당장 중요한 미팅을 하러 가야 하는데 이거 어떻게 할 거냔 말이오!"

조프는 그제야 바닥에 흩어져 있는 서류를 살펴보았다. 바닥에 흩어진 서류에는 놀랍게도 한국어가 쓰여 있었고, 조프는 천천히 한쪽 무릎을 꿇어 바닥에 있는 서류를 한 장 한 장 그러모으며 들어 올려 보았다.

한눈에 보기에도 중요한 미팅을 하러 가기 위한 서류와는 거리가 멀어 보였다. 여행 일정표. 그리고 여행지에 관한 소개 글, 그 외에도 생활비 내역으로 보이는 여러 장의 서류들. 누가 봐도 억지.

"우선 바쁘신 듯한데 이런 불편을 초래하게 되었으니 대단히 죄송합니다만, 일단 우리 측에서도 자초지종부터 제대로 파악을 해야 할 듯하니 잠시만 기다려 주십시오."

고객에게 말을 하자마자 조프는 옆에 있던 제이슨에게 빠르게 지시했다.

"제이슨, 지금 이곳을 찍고 있는 사람들 중, 오른쪽에 검은색 정장 입은 여자, 왼쪽에 흰색 드레스, 그리고 우리 뒤쪽에 남자, 이렇게 세 명! 혹시 사건 초기부터 찍고 있었는지 여쭤보고 그렇다 하면 정중하게 부탁드려 방금 찍은 영상화면 좀 보자고 해 줘."

지시를 마친 조프가 케이트와 옆에 선 총지배인을 향해 말했다.

"그리고 총지배인님?"

"네. 대표님."

"여기 계신 분들께 소란을 일으켜 죄송하게 되었으니 오늘 숙박비는 받지 않습니다. 그리고 지사장, 법무 팀의 대외 대응 담당 변호사, 대회의실로 지금 당장 오라고 하세요."

모든 지시를 마치고 다시 고객을 바라보며 정중히 말을 건넸다.

"고객님, 바쁘시겠지만 잠시 함께 가 주시겠습니까?"

분명 본 적이 있는 얼굴이다.

"아, 아, 아니…… 그렇게까지 할 건 아니고 난 지금 바빠서……."

"금방 끝날 겁니다. 직원 교육에 문제가 있다면 반드시 개선해야 하지 않겠습니까? 차후 이런 일이 반복되지 않도록 하기 위함이니 바쁘시더라도 잠시만 시간을 내 주십시오. 부탁드리겠습니다."

블랙리스트. 이제야 생각났다.

"아니 됐어요. 난 사과만 받으면 됩니다. 하하하. 뭘 또 이렇게까지."

명우그룹 분식회계 담당자! 나이스! 조프는 섬광처럼 뇌리를 스치는 얼굴에 속으로 쾌재를 불렀다.

무거웠던 머리가 일순 가벼워지는 듯했다. 어찌나 미꾸라지처럼 잘도 숨어 다니는지, 찾기가 여간 쉽지 않은 사람이었다. 이미 해외로 출국했다던, 찾지 못한다 해도 있는 증거자료만 가지고도 충분했기에 다음 계획을 바로 진행해야 겠다 싶었는데, 때마침 이곳, 이 자리에 있을 줄이야.

"네, 당연히 사죄드려야지요. 직원 교육에 문제가 있다면 대표인 저에게도 책임이 있으니 사죄는 물론이며 그에 따른 보상도 하겠습니다. 그러니 함께 가 주시지요. 제이슨?!"

"네, 대표님, 고객님은 제가 대회의실로 모시고 가겠습니다!"

조프는 고개를 끄덕이며 제이슨이 그를 데리고 가는 모습을 바라보고 있었다. 뭐가 그리 불안한지 시종일관 주위를 두리번거리며 어정쩡하게 걷는 모습은 실소를 자아내기에 충분했다.

"총지배인님, 케이트는 오늘 하루 쉬게 하겠습니다. 그래도 되겠습니까?"

"네? 아, 네. 네. 물론입니다."

조프는 조심스레 케이트 앞으로 자리를 이동했다.

"케이트?"

"죄송합니다. 대표님."

케이트는 억울했다. 그냥 걸어가고 있었을 뿐 고의가 아니었다. 속상함에 말도 나오지 않았지만 일단 이런 사태를 초래한 장본인이기에 그 말밖에는 할 말이 없었다.

하필 이 시점에 대표님께서 우리 호텔을 찾으실 줄이야⋯⋯.

"고개 들어요. 난 당신이 지난해 우리 호텔의 우수사원으로 뽑혔던 걸 기억해요."

크지 않은 목소리였지만 케이트는 정확하게 들었다. 고요하게 들려오는 중저음의 목소리를…….

"내 예상이 맞는다면 케이트, 당신은 지금 굉장히 억울한 상황에 직면한 걸로 보이는데, 맞습니까?"

천천히 고개를 드는데 눈물이 뺨을 타고 흘렀다.

"대표님, 저는 단 한 번도 불손하게 고객을 대한 적이 없습니다."

"난 당신을 믿어요. 그러니 내가 도울 수 있게 방금 일어난 일에 대해 대충 말해 줄 수 있겠어요?"

"걸어가는데 마주 오는 고객이 뛰어오다 부딪혀 서류가 흩어졌습니다. 얼른 주워 드리려고 하는데, 그럴 필요 없다더니 대뜸 고함을 고래고래 지르며 억지를 부리기에, 일단은 부주의해 죄송하다고 거듭 사과를 드렸으나 화가 풀리지 않으셨나 봐요."

"말해 줘서 고마워요. 많이 놀랐을 텐데 오늘은 일단 들어가서 좀 쉬어요. 필요하다면 내일도 쉬어도 좋아요. 총지배인에게 말해 둘게요. 당신이 다시 출근할 땐 모든 문제가 말끔히 정리되어 있을 겁니다. 내 말 알아듣겠어요?"

"네. 흑……."

"항상 고맙게 생각하고 있어요. 앞으로도 지금처럼만 잘 부탁해요. 오늘 일은 내가 대신 사과하지."

케이트는 의아했다. 대표님께 사과받을 일은 아니었다. 절대.

눈물이 났다. 수많은 직원 중에 자신을 기억해 주신 것도, 자신에게도 자초지종을 설명할 기회를 주신 것도, 자신의 말만 듣고도 믿어 주신 것도, 징계가 아닌 따뜻한 배려에도, 모든 것이 너무 감사했다.

"감사합니다. 대표님."

"이만 가 봐요. 오늘은 아무 생각 하지 말고 푹 쉬어요. 자! 우리도 그만 갑시다. 여기 계신 분들께 다시 한번 사죄 말씀 드립니다. 남은 기간 편히 지낼 수 있도록 저희 직원들이 최선을 다할 겁니다. 감사합니다."

조프는 총지배인을 재촉하며, 아직도 주변에 모여 있는 고객들에게 정중히 인사를 건네고서 유유히 대회의실을 향해 발걸음을 옮겼다.

윤기는 사태를 어떻게 벗어나야 할지 난감했다. 그냥 컴플레인만 걸고 분위기만 엉망으로 만들어 두고 벗어나고자 했다. 그런데 일이 이렇게 커질 줄이야.

대회의실의 문을 열어젖히며 조프가 들어섰다.

"모두 모였습니까? 제이슨, 영상 확보됐나?"

"네. 대표님."

"영상 지금 바로 보여 줘."

제이슨이 회의실 앞으로 가 큰 화면에 영상을 켰다. 영상 속 모습은 누가 봐도 억지스러운 윤기의 모습이 고스란히 담겨 있었다.

직원의 태도에는 아무런 잘못도 문제도 없었다. 오히려 고객이 직원에게 잘못을 한 상황에도 의연하게 일단 사과부터 하며 사태를 수습하고자 애쓰는 모습이었다.

영상을 다 돌려 본 후 조프의 눈매가 날카로워지며 윤기를 직시했다.

"하실 말씀이 있으십니까? 고객님은 지금 말도 안 되는 행위로 우리 호텔의 이미지를 실추시키는 것으로도 모자라 영업 방해를 했으며, 우리 직원에게도 무례를 저질렀습니다. 법무 팀?!"

"네 대표님."

"이 정도의 사안이면 우리가 고소할 경우 어떤 처벌이 가능한가?"

법무 팀의 담당 변호사 한 명이 윤기가 받게 될 처벌을 줄줄이 읊었다.

"저, 저. 그, 그게…… 죄송합니다. 제가 실수를……."

앞에 앉은 남자는 부드러운 미소를 띠며 정중하기 그지없던, 아까 본 그 남자가 아니었다. 날카로운 발톱을 드러내며 차갑게 응시하는 눈이, 먹이를 사냥하기 직전의 맹수, 그것과 닮아 있었다. 윤기는 말 그대로 오금이 저렸다.

"이제 와서 실수라고 하시면 우리 직원이 받은 정신적인 피해에 대한 보상은 어떻게 하시겠습니까?"

"아. 저. 그…… 하……."

윤기는 입이 딱 달라붙었다. 일이 꼬여도 단단히 꼬였다.

"제이슨, 각 호텔에 연락해. 이와 유사한 사례가 최근 있었는지 확인해 보고, 있다면 해당 지사장들 호출해. 오후 5시까지 본사 회의실로. 부득이 참석이 안 될 경우 화상 참여도 가능하게 준비해 주고."

"네. 알겠습니다. 대표님."

"자. 모두들 자리로 가서 일들 보세요."

윤기는 침을 꼴깍 삼키며 휴대폰만 만지작거리고 있었다.

제이슨을 제외한 직원들이 모두 회의실을 나간 뒤 조프가 가만히 남자의 이름을 불렀다.

"강윤기 씨?"

"네? 네."

"명우그룹 분식회계, 비자금 장부 관리한 장본인 맞습니까?"

"꺽!! 대, 대, 대표님께서…… 어…… 어떻게…… 아니. 그게 무슨 말씀……이십니까?"

"훗. 발뺌하기에는 얼굴에 너무 확연히 드러나는데, 누가 시켰습니까? 우리 호텔에서 이렇게 말도 안 되는 짓거리를 하라고 누가 시켰습니까?"

"시, 시키다니요. 무슨 그런 말도 안 되는."

"이미 아실지 모르겠으나, 여기가 한국과는 법이 많이 다릅니다. 한국의 솜방망이식 처벌과는 차원이 다르지요. 업무 방해, 직원의 정신적 피해 보상, 우리 호텔이 오늘 하루에 입은 손실, 호텔 이미지 실추로 인해 발생하는 모든 손해배상! 감당할 자신이 있습니까?"

"……."

"대답이 없네요. 좋습니다. 제이슨, 법무 팀 다시 불러. 여기 이 사람 지금

318

당장 경찰에 넘기고 고소해. 죄목 하나하나 빠짐없○.”

“강 회장입니다. 강주아 회장이…….”

조프가 말을 마치기도 전에 성급히 대답하는 윤기였다.

“제이슨, 잠깐 자리 좀 비켜 주지.”

“네. 대표님.”

“이제야 대화가 통하네요. 지금부터 하나도 빠짐없이 말해요. 무슨 일을 어떻게 지시받고 왔는지.”

조프는 한동안 윤기와 독대를 하며 회의실을 나오지 않았다.

한참이 지난 뒤에야 회의실을 나서는 두 사람의 얼굴은 확연히 달라져 있었다.

들어갈 때와는 달리 얼굴에 느긋한 미소를 보이는 조프와, 반대로 사색이 되어 곧 죽을 상을 하고 있는 윤기였다.

오후 5시 J& 본사 대회의실에 각 호텔 지사장들이 모여 있었다.

조프는 정확히 약속한 시간에 회의실에 들어서며 지사장들의 면면을 확인해 보았다.

“다들 모이셨습니까?”

“네. 대표님.”

웬만해서는 이렇게 급하게 회의를 하시는 분이 아니었다. 각 지사장들을 배려하며 일정 기간, 일정 시간에 회의를 진행하던 대표님께서 갑작스레 소집하신 회의라 지사장들은 긴장하지 않을 수가 없었다.

“다들 바쁘실 텐데 이렇게 와 주셔서 감사합니다.”

조프는 유사한 문제가 발생했던 각 호텔의 컴플레인 건을 보고받으며 생각에 잠겼다.

"근래 들어 발생한 컴플레인이 유사한 점이 많습니다. 누군가 고의적으로 행한 일이고, 그 당사자 또한 제가 알고 있는 사람이니, 제가 처리를 하겠습니다만, 여러분들의 대처에는 조금 실망스럽습니다. 물론, 고생들 많이 하시는 거 잘 알고 있습니다만, 실무자들을 조금만 더 배려해 주실 수는 없으셨습니까?"

대부분이 일의 자초지종을 확인하기에 앞서 직원을 몰아세우며 사과하기에 급급했다. 아무리 고객 응대가 중요하다고는 하나 잘못하지도 않은 일에 대한 대처가 그런 식으로 이루어지는 건 옳지 않았다.

지사장들도 오늘의 일을 대충 전달받아 알고 있었기에 대표님의 심기가 불편할 거라 예상했었다.

"잔소리 같아서 미안합니다만, 오늘은 한 소리 해야겠습니다. 직원들이 부당한 일을 당할 때, 무조건 사과하고 일을 무마하려 하지 마시고, 우리 직원에 대한 처우와 대처에도 조금 더 신경을 써 주십시오. 우리 법무 팀에 유능한 인재들이 많지 않습니까? 귀찮다고 사과해 버리고 어물어물 그냥 넘어가지 마시고, 반드시 제대로 된 확인 절차를 거쳐야 할 겁니다. 혹시라도 우리 직원이 정말 잘못한 게 확인되면 재교육 철저히 하시고요. 아시겠습니까?"

"네. 대표님."

"또한 우리 직원을 하대하고, 명확한 이유도, 잘못도 없이 직원에게 함부로 대하거나 희롱을 일삼는 고객은 우리 호텔을 두 번 다시 찾지 않아도 좋습니다. 그게 누구라고 해도 말입니다. 그에 따른 책임은 제가 지겠습니다."

"네. 알겠습니다. 대표님."

"현장에서 직접 고객을 응대하는 직원들이 가장 힘이 든다는 것은 여기 계신 분들도 잘 알고 계실 겁니다. 실무자들이 자신의 직업에 자부심을 가질 수 있도록 힘써 주십시오. 우리 호텔 직원들의 자질은 업계에서도 알아주지 않습니까? 아까운 인재들을 놓치지 않게 잘 부탁드리겠습니다. 그리고 명심하세요. 우리 직원이 호텔 문 밖을 나서는 순간 그들 역시 우리의 고객이 될 수도 있음을. 우리 직원들이 휴가 갈 때 가장 많이 이용하는 호텔 또한 우리 호텔입니다. 물론 직원 우대가 있기는 합니다만, 우대율을 적용한다 하더라도 타 호텔에 비해 상대적으로 고가인 곳도 망설임 없이 선택합니다. 잊지 마세요. 직원도 우리의 고객입니다."

"네, 대표님."

"그럼 수고들 하십시오. 먼저 일어나겠습니다."

조프는 회의실을 벗어나며 지금 누구보다 블랙리스트를 찾기 위해 혈안이 되어 있을 크리스에게 먼저 전화를 걸었다.

그 시각. 크리스는 실시간으로 전송되는 블랙리스트와 관련한 사람들의 동향을 살피는 것으로 하루를 열고 있었다. 빠르게 확인을 마치고 업무와 관련한 이메일이 온 게 없나 열어 보려는데 옆에 놓인 휴대폰에서 진동이 울렸다. 반가운 발신자를 보고 씩 웃으며 전화를 받았다.

― 크리스, 어디야?

"출근 준비 중입니다. 대표님. 별일 없으십니까?"

― 별일이 없어? 하…… 내가 오늘 오전부터 하도 쓸데없는 일을 많이 해서 말이다. 어떤 별일부터 말을 해야 할지 모르겠네?

"풉, 화보 촬영은 잘 하셨습니까? 제이슨한테 메일로 좀 보내라고 했는데 확인 한번 해 봐야겠습니다."

― 시끄럽고! 오늘 별일의 하이라이트만 간략하게 말한다. 잘 들어. 출국했다던 블랙리스트 중에 명우그룹의 분식회계 담당자 강윤기. 찾았다.

"네? 어떻게요?"

이미 출국한 그 사람을 바쁘신 분이 어떻게 찾았다는 말인지 선뜻 이해하기가 쉽지 않은 크리스였다.

― 강 회장이 친절하게도 직접 갖다 바쳤더라고. 증인을, 그것도 강윤기 포함해서 무려 다섯 명씩이나. 이렇게 유치하게 놀 줄은 꿈에도 생각 못 했어. 아참. 거기 반응은 어때?

"좀 실망스럽습니다."

― 뭐가?

"겨우 이 정도로 저렇게 정신을 못 차리니 말입니다. 이제 시작인데 벌써 놀란 듯싶으니 어쩌면 좋습니까?"

— 어쩌긴 뭘 어째? 친히 증인까지 보내 주셨는데, 불난 집에 부채질 좀 시원하게 해 드려.

"그래야겠습니다. 그런데 대표님 지금쯤 파티에 갈 준비 하셔야 하는 거 아닙니까?"

— 하…… 닥쳐.

"풋. 그럼 고생하십시오."

— 그래. 제이는 잘 있지?

"왜 안 여쭤보나 싶었습니다. 잘 계시니 걱정 마시고 일 보십시오. 끊습니다!"

— 하! 세상천지에 너같이 건방진 비서는 아마 없을 거다. 수고해라.

크리스는 대표님의 마지막 말에 실없는 웃음을 흘리며 고개를 절레절레 흔들었다.

그렇게 잠시 웃다가도 정작 이쪽의 별일을 알리지 않은 것에 대한 죄송함에 한숨이 흘러나왔다. 하지만, 가뜩이나 고생하고 계실 대표님께 걱정거리를 더하고 싶은 마음은 추호도 없었다. 오늘 하루 펼쳐질 다이내믹한 상황을 머릿속에 그려 보며 출근하기 전 이메일을 열어 확인해 보는데,

"하…… 답이 없다, 답이 없어. 웃어야 인상이 좀 더 부드럽게 나올 텐데, 어째 웃는 사진이 한 장도 없어! 어휴. 아차차…… 내가 그 생각을 못 했네. 내가 잘못했네, 잘못했어. 여기서 촬영을 시킬걸, 한 팀장만 앞에 데려다 놓으면 되는 거였는데, 그 생각을 못 했네."

제이슨이 보내온 대표님의 화보 사진을 들여다보며 혼자서 구시렁구시렁. 표정을 보아하니 촬영하는 내내 얼마나 자신의 욕을 많이 했을지 보지 않아도 눈에 훤한 모습에 코웃음이 났다.

<u>8</u>

대훈은 정치 인생을 통틀어 일생일대의 위기를 맞이하고 있었다. 그간 착실히 쌓아 온 이미지와 공적이 있기에, 아직은 지지율의 하락 폭이 크지 않았으나, 당면한 문제를 해결하지 못하거나, 선거를 치르기도 전에 명우그룹의 해외 부패방지법 위반이 사실로 밝혀질 경우 그 뒤의 일은 어떻게 될지 불을 보듯 뻔한 일이었다.

어떻게 해서든 버텨야 했다. 선거가 끝날 때까지만 버텨 준다면, 그렇게만 된다면.

아직도 미련을 버리지 못한 대훈은 측근 참모진들과 추후 대처 방안을 논의하며 밤낮 없는 시간을 보내야 했다.

한편 주아라고 대훈과 처지가 다르지 않았다. 전혀 예기치 않았던 일들을 맞이하며 주아는 이른 아침부터 정신없는 시간을 보내야 했다.

어떻게 해서든 해외 지사에서 터진 일을 원만하게 해결해야 했다. 법률적으로 어떤 문제가 있으며, 이미 발생한 일에 대해 앞으로 어떻게 해결해 나아갈지 그룹의 법률 고문과 함께 대형 로펌을 찾아 자문을 구하며 바쁜 일정을 소화하고 있었다.

로펌의 한 사무실에서 변호사들과 심각한 대화를 주고받는데 성급한 노크 소리가 들렸다.

똑똑똑.

"무슨 일이야?"

중요한 대화를 방해받은 주아의 말투가 곱게 나갈 리 없었다.

"잠시 드릴 말씀이 있습니다."

문을 열고 들어오는 비서의 낯빛이 좋지가 않았다. 급한 일이 아니라면, 이렇게 중요한 시기에 자신의 일을 방해할 만한 사람이 아니었기에 무슨 일인지는 모르나 일단 들어 봐야 할 듯했다. 양해를 구하며 로펌 사무실을 나와 복도로 향하자 비서가 기다렸다는 듯 말을 쏟아 내기 시작했다.

"지금 인터넷에 회장님의 분식회계와 배임, 횡령에 관련한 기사가 삽시간에 퍼지고 있습니다."

"뭐야?!"

절대 알려질 수 없는 내용이었다. 사건에 깊숙이 가담한 임원들은 이미 해외로 다 출국을 한 상태였다.

무료해하는 그들에게 소소한 일거리를 주고, 그들이 그곳에서 지내며 불편함이 없도록 하나부터 열까지 세심하게 관리하며, 하다못해 생활비까지 비서를 통해 보내 주며 예의 주시하고 있었다. 그들의 약점을 자신의 손아귀에 다 틀어쥐어 그 누구도 허튼짓을 할 사람은 없었다. 증인도 증거도 없는 마당에 이무슨 얼토당토않은 말인지.

"어디야? 겁도 없이 어느 언론에서 의혹만 가지고 그따위 말도 안 되는 짓을 한단 말이야?! 아직 하나가 해결되지도 않았어. 여기서 또 터지면 정말 끝이야. 기사고 뭐고 SNS에 퍼지지 못하게 올라오는 족족 막아!! 모두 다 막으란 말이야!!"

화가 다스려지지 않는 얼굴은 붉으락푸르락 변화무쌍했고, 성질대로 내지를 수 없는 곳이라 속으로 꾹꾹 화를 누르며 주아는 목소리가 커지지 않도록 용을 써야만 했다.

"저…… 그게…… 이상하게도 기사가 모두 해외에서 시작되어. 현재로서는 손쓸 방법이 없습니다."

"그게 무슨 말이야? 해외에서 왜? 해외에서 어떻게!!"

"그게 NBC, CBS, ABC, 영국의 BBC를 중심으로 퍼지기 시작해서, 해외 한 인들 SNS를 통해서 걷잡을 수 없이 번지는 바람에 손쓸 수조차 없습니다. 해외 지사 건 터졌을 때와 양상이 비슷합니다. 회장님."

"하! 말도 안 돼."

총체적 난국이 아닐 수 없었다. 도대체 갑자기 왜 이런 일들이 자신에게 일어나고 있는지 도무지 이해할 수가 없었다.

마치 누군가 작정을 하고 자신을 공격하는 것 같은 착각이 들 정도였다. 그러지 않고서야 하루아침에 이렇게 동시다발적으로 일어날 수는 없는 일이었다.

누가, 도대체 누가 왜?!

그때 비서의 전화가 울렸다.

"네에?! 하. 네. 알겠습니다. 바로 말씀드리겠습니다."

주아는 자신만의 생각에 빠져 있느라 통화를 하는 비서의 목소리가 예사롭지 않음을 인지하지 못했다.

"회장님, 전화 꺼 두셨습니까? 지금 바로 본사로 가 보셔야겠습니다."

주아는 비서의 일그러진 표정을 보며, 또 다른 문제가 발생했음을 직감할 수 있었다.

"회사에 일이 생겨 좀 가 봐야겠습니다. 차후에 다시 만나 논의하죠."

"네. 회장님. 살펴 가십시오."

서둘러 로펌 사무실에 들어간 주아는 가방과 자료들을 챙겨 나오며 짤막한 인사만을 남기고 바삐 걸음을 옮겼다.

"이번엔 또 뭐야?! 무슨 일인데?"

초조한 마음에 비서를 다그치는데,

"지금 본사에 압수수색이."

"뭐?!"

정신없이 걸어가던 주아의 걸음이 우뚝 멈추어 섰다.

"압수……수색? 하…… 이 무슨. 빨리 가! 서둘러!"

평소 아무리 급한 일이 있어도, 사회적 지위와 체면이 있다며 여간하여서는 뛰는 법이 없던 주아가 헐레벌떡 꽁지 빠지게 뛰어가고 있었다.

회사로 들어가는 중에도 주아의 휴대전화는 물론이며 이 비서의 전화까지 쉴 새 없이 울려 왔다. 대훈은 말할 것도 없이, 자택, 계열사 사장, 비서실 등 여기저기서 빗발치는 전화에, 사태가 생각보다 훨씬 더 심각하다는 걸 짐작하고도 남음이었다.

명우그룹 본사에 도착한 주아가 급히 회전문을 통과하며 로비에 들어서는데, 평소와는 판이하게 다른 어수선한 분위기에 기가 막혔다.

최고의 회사라 자부심을 가지며 일하던 직원들 또한 심상치 않게 흘러가는 분위기에, 일이 손에 잡히지 않아 삼삼오오 모여 우려를 표하고 있었다.

로비에서 주아를 기다리던 임원진들은 막 회사로 들어서는 주아를 보며 서둘러 다가갔고 그중 한 명이 급히 말을 건넸다.

"회장님 오셨습니까?"

"뭐야? 압수수색을 받아들였어? 영장은. 압수수색 영장은?!"

"압수수색 영장 발부되었고, 절차에는 이상이 없었습니다. 회장님."

"하! 겨우 해외 지사 건 하나 터진 걸 가지고, 뭐가 이렇게 요란한 거야?!"

법조계는 남편 대훈이 꽉 잡고 있었다. 절대 압수수색 영장 따위가 발부될 수가 없었다.

그런데 있을 수 없다 생각했던 일들이 하나, 둘 일어나고 있었다. 이건 공든 탑뿐만이 아니라, 자신이 이뤄 왔던 모든 것이 뿌리째 흔들리고 있었다.

"회장님, 보는 눈이 많습니다. 일단 회의실로 자리를 옮기시지요."

주아는 부들부들 떨려 오는 몸을 추스르며 임원의 뒤를 따랐다. 회의실에 들어가 자리에 앉자마자 임원 중 한 사람이 리모컨을 들어 TV를 켰고 자연스레 눈길이 TV로 향했다.

— 명우그룹의 해외 FCPA 위반 관련한 수사가 현재 진행 중인 가운데, 이번에는 국내에서 또 다른 문제가 발생했습니다. 검찰은 명우그룹 강주아 회장이 분식회계, 배임. 횡령으로 수십억 원대 비자금을 조성하고, 불법 로비를 한 정황을 포착하여, 오늘 오전 10시 강주아 회장의 자택을 포함해 그룹 본사 집무실과 명우 호텔, 명우 건설, 명우 쇼핑 등 계열사 다섯 곳에, 이례적으로 강도 높은 압수수색에 나섰습니다.

특히 불법 비자금 조성에 적극 가담한 것으로 알려진 강 모 이사를 비롯한 핵심 임원의 사무실을 집중 수색하고 있으나, 이미 이들 다섯 명 모두 출국을 한 것으로 밝혀져 충격을 더하고 있습니다.

검찰에서는 대선과는 전혀 상관없이, 압수된 하드디스크와 회계장부, 강주아 회장의 개인 자산 거래 내역 등, 확보한 자료를 바탕으로 비자금이 어디로 흘러 들어갔는지, 집중 수사한다는 방침입니다.

강주아 회장은 명우그룹의 총수이자 이대훈 대선 주자의 아내로, 사실상 후보자인 남편보다 더 많은 국민적 관심과 지지를 받고 있던 인물로, 이 모든 일이 사실로 밝혀질 경우에 미칠 사회적 파장은…….

주아는 자신에게 닥쳐오고 있는, 앞으로 닥쳐올 사태에 아연실색하며 거친 호흡을 내뱉고 있었다.

"하…… 하…… 하…… 이게 대체……."

TV에서 끊임없이 흘러나오는 아나운서의 냉정한 목소리가 주아에게는 더 이상 들려오지 않았다. 누군가 자신의 숨통을 틀어쥐고서 서서히 조여 오는 듯한 기분이 들 정도였다.

"이럴 수는 없어. 이럴 수는!!"

주아는 절체절명의 위기에 빠진 자신을 돌아보며, 있을 수 없는 현실에 망연자실할 수밖에 없었다. 낯빛이 더없이 창백하게 질려 버린 주아는 온몸에 피가 다 빠져나가는 듯 오한이 들며 온몸이 덜덜 떨려 오고 있어, 말을 이을 수도 없었다.

그 시각, 제이는 회사에서 일을 하다 말고, 직원들의 웅성거리는 소리에 결국 자리를 박차고 일어나 직원들에게로 발걸음을 옮기고 있었다.

직원들에게 가까이 다가갈수록 점점 커져 가는 소리에 귀를 기울이다 발걸음이 멈추어 버린 제이였다. 놀란 마음에 눈은 더없이 커지고, 입에서 탄식이 흘러나왔다.

"팀장님! 뉴스 보셨어요? 팀장님도 놀라셨죠? 우와. 이게 진짜 사실이면, 대박! 그동안 청렴한 기업문화를 위해 앞장서겠다느니, 기업인들이 바뀌어야 경제가 살아난다며 그 선두에 자신이 서겠다, 일장 연설을 하던 강 회장의 모습이 전부 가식이었다는 말이잖아요?!"

'가식 맞아요. 그 사람 하나부터 열까지 진실이라고는 담겨 있지 않은 사람이니까. 지금 드러난 건 빙산의 일각일 뿐이에요.'

"어머, 말도 안 돼. 앞에서 저러면서 뒤에서 온갖 비리를 다 저질렀다고? 설마, 사람이 그렇게까지 할까? 그럼 완전 지킬 앤 하이드지!! 어우야, 생각만 해도 소름 끼친다. 안 그래요? 팀장님?"

'완벽한 이중인격자. 앞에서는 고상하고, 우아하고, 더없이 상냥하게. 뒤에서는 온갖 악행을 서슴없이 일삼는, 말 그대로 악녀! 그 사람이 바로 강 회장이에요.'

"그럼, 아무런 잘못도 없는데 대한민국 검찰이 미쳤어? 차기 영부인 영순위로 꼽히는 저 사람을 건드리게? 지금 이 시점에? 분명 뭔가 있으니까 저러는 거 아니야?! 아무리 대한민국 검찰이 무능하네 마네 해도, 아무 근거 없이 일을 저지를 정도로 무능하지는 않다고 본다, 나는."

'이번만큼은 나도 믿고 싶네요. 대한민국의 검찰. 이번만큼은 무능이 아닌 유능한 검찰로 거듭났으면 좋겠어요. 하나도 빠짐없이 낱낱이 죄목을 다 밝혀, 죗값을 받게 했으면 좋겠어요. 나도…… 제발 그렇게 해 줬으면 좋겠어요. 제발……'

"팀장님! 한 팀장님?"

초점 없이 멍하게 서 있는 한 팀장님을 의아하게 바라보던 미라가 큰 소리로 외치자 그제야 머리를 흔들며 팀원들에게 시선을 주는 제이였다.

"네."

"무슨 생각을 그렇게 골똘히 하세요? 팀장님도 놀라셨죠? 우리나라는 선진국 반열에 오르기에는 아직 한참 멀었나 봐요. 정치나, 경제나, 청렴과는 담을 쌓았으니, 어휴……"

"……그러게요."

그때 누군가 자신을 부르는 소리가 들렸다.

"한 팀장님! 사장님 전화 왔습니다!"

팀장실에 울리는 전화를 지은이 대신 받고서 제이를 소리쳐 불렀다.

"들었죠? 어떻게 이렇게 귀신같이 알고 전화하셨을까요? 다들 그만 일들 합시다!"

"넵!"

그제야 자신의 자리로 돌아가 각자의 일을 시작하는 팀원들이었다.

제이는 서둘러 팀장실로 들어가 전화를 들었다.

"네. 사장님."

— 한 팀장, 아니 처제, 뉴스…… 봤어?

"네. 방금."

— 괜찮아?

"제가 괜찮지 않을 이유, 있나요?"

— 그래, 우리 생각보다 일이 훨씬 빨리 진행이 될 모양이야.

"그게. 무슨 말씀이세요?"

― 그런 게 있어. 아무튼, 너무 동요하지 말라고. 그냥 하는 일 열심히 잘 하고, 언니가 처제한테 전화했는데 안 받는다고 걱정하기에 내가 전화해 본 거야. 시간 되면 언니한테 전화해 줘. 참! 가능하면 전화는 두어 시간 이따가 해 줘.

"그건 또 왜요?"

― 요즘 리안이가 밤에 잠을 잘 못 자. 리준이 덕분에. 아마 지금쯤 리준이하고 같이 잠들었을걸?

"못 말려, 정말. 알았어요. 우리 사모님 잠 깨우지 않을게요. 혹시 제가 전화하기 전에 언니한테 다시 연락 오면 저는 잘 있으니 절대, 걱정 말라고 해 줘요. 부모님도 와 계신다고."

― 정말이야?!

"반응이 왜 이래요? 내 부모님이 내 집에 와 있는 게 이렇게 놀랄 일인가? 흠흠."

자신의 처지를 누구보다 잘 알고 있던 언니 부부였다. 제이는 아무렇지 않은 듯 말하고도 민망함에 귀가 후끈 달아올랐다.

― 오우, 장족의 발전이야. 기분 좋은 변화라 반갑네. 고마워, 처제.

"인사는 제가 해야 하는데, 왜 매번 바뀐 것 같죠? 늘, 항상, 고맙고, 감사한 건 저예요. 언니도 그리고 형부도요."

― 그래, 그렇게 생각해 주니 고맙네. 수고해, 조만간 내려갈 테니 그때 보자고.

"네. 형부, 수고하세요."

그들에 대한 고마움이야, 말로 다 표현할 수 없었다.

한때의 악연으로 인해 오랜 시간 고통에 허우적거려야 했지만, 그들이 있었기에, 주위에 좋은 사람들이 머물러 있기에 참고 버틸 수 있었다.

전화를 끊으며, 불현듯 떠오르는 그의 생각에 전화라도 한번 해 볼까 싶어 휴대폰을 꺼내어 만지작거리다, 혹시 그가 일을 하고 있지는 않을까. 그것도 아니면 고단함에 쉬고 있지는 않을까 하는 생각에 방해가 될까 싶어, 얌전히 책상 위에 휴대폰을 내려놓았다.

강성은 뉴스를 보며 혀를 내둘렀다. 불과 며칠 전 자신을 찾아왔었던 그의 흔들림 없던 목소리가 다시금 귓가를 파고드는 듯했다.

'잘못 건드렸다가 정치공작쯤으로 비칠 걸 우려하신다면 그 우려는 제가 말끔히 불식시켜 드리겠습니다.'

그리고 또 뭐라고 했지?
'명분은 제가 만들어 드리겠습니다.' 라고 했었나?
"명분 정도가 아니군, 엄청나게 큰 판을 벌여 놨어."
'어떻게 명우그룹을, 그것도 지금 이 시점에, 저렇게까지 뒤흔들어 놓을 수 있단 말인가. 이건 뭐 빠져나갈 구멍조차 보이지 않는구먼. 대단한 사람이야, 정말 대단한 사람이야……. 그만큼 지켜야 할 사람이 귀하다는 뜻인가…… 그래, 자기 사람을 지키려면 저 정도의 배포는 있어야겠지.'
"곁에 두고 오래도록 알고 싶은 사람이구먼…… 후우…… 그럼 내 쪽에서도 가만히 있을 수 없지. 슬슬 움직여 볼까?"
강성은 그가 보내는 무언의 메시지를 간과할 수가 없었다. 때는 바로 지금이라고.
이미 예견되어 있던 일인 만큼, 그간 준비해 온 대로 일을 진행시키기만 하면 되는 거였다. 그날 늦은 오후 강성을 주축으로 한 야당 의원들의 심상치 않은 회동이 시작되었다. 국회는 마치 폭풍 전야와 같은 분위기가 엄습하고 있었다.

늦은 밤, 파티에 참석한 조프는 지독한 향수 냄새에 더 이상 견디지 못하고 정원으로 빠져나왔다. 아직도 코끝에 남아 맴도는 역겨운 향수 냄새에 절로 미간이 찌푸려지며, 제이의 은은한 체 향이 못 견디게 그리웠다.

"하⋯⋯ 젠장."

가슴이 답답해 한숨을 내쉬는데 슈트 상의에 넣어 둔 휴대폰에서 진동이 울려 곧장 꺼내 들었다.

─ 대표님, 바쁘십니까?

"말해. 머리가 아파서 잠시 정원에 나왔어."

바쁜 걸 뻔히 알면서 물어보는 크리스가 얄미워 퉁명하게 말을 던졌다.

─ 요즘 너무 무리하신 거 아닙니까? 그러게 밤에 잠이라도 좀 잘 주무셨어야죠! 통 잠도 안 주무시고 서류만 들여다본다고 하더니, 결국 또 몸 상한 거 아니냔 말입니다!

"크리스, 제이슨이 내 비서냐 네 비서냐? 시시콜콜 다 일러바치는 거야? 이 사람 안 되겠네?"

네가 쓸데없는 파티만 스케줄에 넣지 않았어도 이렇게 피곤하겠냐는 말이 목구멍까지 올라왔지만 잘 씹어 삼키고 애꿎은 제이슨을 나무라는데,

─ 대표님! 일에도 순서가 있고 보고에도 체계가 있는 거 아니겠습니까? 제이슨은 저한테 보고해야 할 의무를 다한 것뿐, 무슨 문제 될 게 있습니까? 일만 잘하는데.

아니나 다를까 팔은 안으로 굽는다더니 제이슨을 감싸고 도는 크리스였다.

"훗, 이게 말이면 다인 줄 아나, 그게 업무와 연관이 있어? 얼다 대고 보고 체계를 들먹여? 잠을 자고 안 자고는 지극히 내 개인적인 권리라고, 이런 걸 두고 사.생.활. 침해라고 하는 거야."

─ 대표님, 그 시간에 보신 서류가 회사 업무와 관련된 서류 아닙니까? 업무

의 연장이니 당연히 연관이 있지요. 그리고, 일도 웬만큼 하셔야지요.

"하아…… 말을 말자, 말을 말아. 웬일로 요즘 잔소리를 안 한다 싶더니."

— 그러니까 제 말은, 이제 혼자도 아니신데 몸 생각 좀 하시라고요, 대표님 편찮으시면 누가 엄청 걱정할 것 같아서 말입니다.

자신이 대표님의 옆에 있었다면 알아서 일을 조절하며 컨디션도 관리를 했을 테지만 아직 제이슨은 그럴 수 있을 정도는 아니었다. 옆에서 잔소리하는 사람이 없다면 보나 마나 자신을 돌보는 건 뒷전이고 일만 파고들 게 뻔했기에 특효약인 누군가를 효율적으로 팔아먹었다.

"그렇지? 하하하, 그럼 안 되지."

조프는 크리스의 말에 단번에 제이가 떠올라 기분이 좋아졌고,

— 생각만 해도 그렇게 좋으십니까?

언제 불평을 하셨나 싶게 밝은 목소리를 들으며 크리스도 덩달아 기분이 밝아졌다.

"입 다물어. 지금 기분 좋아졌으니까!"

— 알겠습니다. 기분 좋으신 김에 제이슨도 잘 부탁드리겠습니다.

"하, 내가 잡아먹어?"

— 풋. 제이슨은 대표님 직접 모시는 거 처음이지 않습니까? 저야 워낙 능력이 출중하고 유능한 데다, 오랜 기간 단련이 되었으니 아무 문제 없지만, 저 아닌 다른 사람이 대표님 보좌하기 쉽지 않을 겁니다. 대표님 일 처리하시는 속도 맞춰 따라가려면 모르긴 몰라도 죽어날 겁니다.

"왜? 제이슨이 뭐라 그래?"

— 통화할 때마다 목소리가 거의 초주검 상태라 그럽니다.

제이슨과 통화를 할 때마다 그 옛날 자신의 모습이 떠올랐다. 대표님의 업무 속도를 따라가느라 얼마나 진땀을 흘렸을지. 자신을 대신해 보낸 것도 안쓰러운데 해 보지 않은 과중한 업무에 스트레스를 받지는 않을까 걱정하지 않을 수 없었다.

"그래. 힘들 만도 하겠지, 그래도 할 수 없어. 앞으로 제이슨이 너를 대신해야 할 텐데 힘들어도 참고 견디라고 해. 너도 처음에 죽을 둥, 살 둥 해도 지금은 네 말처럼 능력 출중하시고! 유능하시고! 안 그러냐?"

— 그게. 무슨 말씀이십니까? 제이슨이 저를 대신……한다니요?

"크리스, 언제까지 내 보좌만 할 거야? 이제 너도 지사장 직함 맡을 때도 됐잖아?"

— …….

"네 입이 쉬는 걸 다 본다? 오래 살고 볼 일이네? 지금 설립 중인 호텔 너한테 맡겨 볼까 하는데. 내 욕심만 차리자면 언제까지라도 내 옆에 두고 싶다만, 그러기에는 네 능력이 너무 아까워. 너와는 비교가 될 수 없겠지만, 제이슨도 곧잘 하더라. 그러니 잘 생각해 봐."

곧잘 하기는 한다만, 크리스가 아니기에 힘이 든 건 사실이었다. 크리스는 뭐든 말하지 않아도 자신의 눈빛, 손짓 하나만 보고도 늘 한발 앞서 일을 처리해 나가곤 했다. 어느 순간 그게 너무 당연하게 느껴져, 요 며칠 답답함에 제이슨 몰래 한숨을 쉰 게 몇 번이나 되는지 모르겠다.

크리스가 없는 요즘 그의 빈자리를 유독 크게 느끼게 되는 조프였다.

— 너무 갑작스럽습니다.

크리스는 전혀 예상하지 못했던 제안에 어안이 벙벙했다.

"한국 갈 때부터 너를 염두에 두고 시작한 일이었어. 그때 말해 본다는 게, 제이 신경 쓰느라 좀 늦어서 미안하다. 제이 일은 이제 곧 마무리될 것 같으니, 너도 찾고 싶은 분 찾아봐야지. 내내 마음에 걸렸어. 나도 도울게."

— 후…… 지금은 답 못 드립니다. 저도 생각할 시간을 좀 주십시오.

"그래, 천천히 생각 한번 해 봐. 네가 그 자리에 간다면 다른 중역들도 무리 없이 받아들일 거야. 이미 다들 예견하고 있을지도 모르고, 너라면 누구보다 잘해낼 테니."

조프는 확신이 있었다. 두뇌가 비상하고 일 처리 속도도 남달랐다. 수년간 자신의 옆에서 한시도 떨어지지 않으며 누구보다 열정적으로 성실히 업무에 임하던, 맡은 일은 무슨 일이 있어도 기어코 해내고 마는 그의 끈기는 누구도 따라올 수 없는 장점이었다.

그런 크리스라면 어느 자리에 있어도 분명 잘 해내리라 믿어 의심치 않았다.

— 후…… 네. 두통은 좀 나아지셨습니까?

"아니, 향수 냄새가 너무 독해. 머리가 지끈거리는 게 이제 그만 빠져나가야겠다."

크리스와 대화를 나누다 보니 파티 중에 잠시 빠져나왔다는 사실을 잊었다. 다시 파티장 안으로 들어가야 한다는 생각만으로도 또다시 머리가 지끈거리는 듯했다.

— 아하! 지금 파티 중, 오호~ 제법 오래 자리 지키고 계십니다.

"하…… 너 말 한번 잘했다! 이게 다 네 짓이라며? 어? 네가 홍보 팀과 합작해서 정한 거라던데?"

— 흠흠흠. 아이고. 이거 휴대전화가 뜨거워서…… 소리가 잘…… 대표님? 대표님!!

"하! 야 됐어! 어디서 되지도 않는 수작 부리고 있어?! 봐주는 건 오늘까지다. 그래 그쪽 상황은 어때? 제일 중요한 걸, 아직 말도 안 하고 있어?"

— 그러게 말입니다. 뭐 이쪽은 우리 예상대로 진행되고 있습니다. 명우그룹 고강도의 압수수색 들어갔고, 이강성 의원님도 시작하신 것 같습니다. 대표님께서 따로 걱정하실 일은 없으실 겁니다.

"그래. 알았다. 그리고, 명우그룹 주식 동향 잘 살펴보고, 이제 매수 들어가. 임원들이야 문제가 많지만, 아무것도 모르고 열심히 일만 하는 직원들이 무슨 죄가 있겠어? 강 회장이야 알아서 끌어내려지겠지만, 다른 대표를 선임할 때는 제대로 된 사람이 선임될 수 있게, 권리 행사는 할 수 있도록."

잘못은 임원들이 다 저지르고, 그에 따른 타격을 가장 많이 받는 건 열심히 일하는 직원들일 수밖에 없었다. 그렇다고 묻어 둘 수는 없는 일, 자신이 할 수 있는 일이라고는 좋은 대표가 선임될 수 있도록 도와주는 것, 그 외에는 없을 듯싶었다.

— 넵! 잘 알겠습니다.

"호텔 현장은 어때? 당연히 별일 없겠지?"

— 그쪽도 걱정 전혀 안 하셔도 됩니다. 우리가 업체 선정은 기가 막히게 한 듯합니다. 리준은 말할 것도 없고, 리준의 일을 도맡아 한다는 현장 소장님도 꼼꼼하기가 이루 말할 수가 없습니다. 얼마나 바쁘게 움직이시는지 아직 한 번을 뵙지도 못했습니다. 한 팀장님도 그분이 현장에 있을 때만큼은 걱정 없이 온전히 맡긴다고 하니 말 다 했죠, 뭐. 여기는 모든 일이 순조롭게 잘 진행되고 있으니, 대표님 일정 마무리 잘 하시고 건강하게 돌아오시기만 하면 됩니다!

"그래. 네가 있어 안심이 된다. 계속 수고해라."

— 네! 대표님도 그만하면 성의는 보이신 듯하니 그만 들어가 쉬십시오.

"그래. 끊는다."

지금 막 끊은 휴대전화가 따끈했다. 따끈한 휴대전화를 들고서 제이를 떠올리는 모습이라니…….

언제, 어느 곳에서, 무엇을 하든지 모든 순간, 모든 시간을 그녀와 연관 지어 생각하게 되는 자신의 모습이 더 이상 어색하지 않았다. 조금만…… 조금만 있으면 내 모든 순간, 내 모든 시간은 너와 함께일 거라고. 이렇게 생각하는 것만으로도 가슴이 벅차오르는 걸 너는 알기나 할까?

그렇게 한동안 정원을 서성이다 그만 돌아가려는데, 보고 싶지 않은 얼굴이 자신에게로 다가오고 있었다. 제이 생각으로 몸과 마음을 정화하고, 기분 좋게 돌아가려던 조프의 생각이 틀어져 버렸다. 그 얼굴을 보자마자 순식간에 조프의 얼굴이 냉기로 가득 찼다. 자신을 주시하며 정원을 가로질러 오는 모습에 갑갑한 한숨을 내쉬었다.

"오랜만이에요. 드디어 온전히 모습을 드러냈네요. 축하해요."

아나는 자신의 손아귀에 도무지 잡히지 않던, 세상에서 가장 욕심나는 남자

를 보며 눈빛을 반짝였고,

"……."

조프는 그녀의 말에 대꾸할 필요조차 느끼지 못했는지, 마치 이곳에 자신 외에는 처음부터 아무도 없는 듯 태연하게 등을 돌려 발걸음을 옮기고 있었다.

"조프!!"

완벽하게 자신을 무시하고 돌아서는 그를 보며 모멸감에 치가 떨렸다. 철저하게 자신을 배척하는 남자, 놓아 버리면 그만이었다. 보지 않으면 그만이었다. 그런데, 그렇게 자신을 업신여기고 무시하는, 자신의 자존감을 깡그리 무너뜨리는 남자…….

그만을 원했다. 아나는 그를 미치도록 갖고 싶었다. 그 어떤 남자를 만나도 채워질 수 없는 마음이었다.

그동안 무던히도 언론 노출을 꺼리던 그가 드디어 모습을 온전히 드러내었다. 온종일 그를 향해 쏟아지는 스포트라이트, 동경 어린 눈빛들, 가만히 서 있기만 해도 빛을 발하는 존재감. 가뜩이나 다가서기 어려웠던 남자가, 이제는 닿을 수 없는 곳까지 날아가 버리는 듯했다.

이미 만나는 여자가 있음을 인터뷰를 통해 공공연하게 밝혔음에도 파티에 참석한 내로라하는 미혼 여성들의 추파는 끊이질 않았다. 그의 정중한 거절에도 추근거리는 그녀들에게 노골적인 냉소를 보이며 근처에도 오지 못하게 선을 긋는 그를 보며, 도대체 그의 마음을 차지한 여자가 누구인지 궁금해 죽을 지경이었다.

설마 그 사람이 한때 자신과 마주했던 제이라고는 상상조차 할 수가 없었다.

"조프!!"

이미 저만치 걸어가는 그를 보며 다시 한번 불러 보지만, 역시나 그는 들은 척도 하지 않았다.

"J, 라고 했나요? 지금 만나는 사람이?"

성큼성큼 걸어가던 그의 걸음이 그제야 멈추어 섰다. 몇 번을 불러도 멈출 수 없었던 그의 발걸음이, 그 여자의 이름도 아닌, 이니셜 하나에 믿을 수 없게도 멈추어 섰다.

　J라는 여자는 그런 여자인가 보다. 자신에게는 한없이 무거운 그의 걸음도 멈추게 할 수 있는 여자…… 아나는 얼굴도 모르는 여자에게 질투라는 달갑지 않은 감정이 마구 솟구쳤다.

　"만나기는 해도 드러내기에는 적당하지 않은가 봐요? 이런 자리에 혼자 온 걸 보면."

　말을 하며 서둘러 그의 가까이로 다가가는데,

　"멈춰!"

　"……?"

　"거기서 딱 멈추라고!"

　무려 1미터나 남은 거리였다.

　"조프!"

　"후…… 제발 관심 좀 꺼! 나에 대한 건 그 무엇이라도 관심 끄라고. 내가 단 한 번이라도 당신에게 마음을 준 적이 있었던가? 단 한 번이라도 우리가 몸을 섞은 적이 있었나? 나는 당신에게 그 어떤 빌미조차 제공하지 않았는데 왜 이토록 나에게 집착을 하는지 그 이유를 알 수가 없어. 내가 아니라도 남자 많잖아? 당신 좋다는 남자 널리고 널렸다며? 나에게 향하는 모든 관심을 그들에게로 돌려. 그리고, 나의 그녀에 대해 궁금해하지도, 관심에 두지도 마. 그 입에 오르내리는 것조차 아까운 사람이니까."

　"하…… 아깝다고요?"

　"그래. 훗. 드러내기에 적당하지 않아? 하하하."

　조프는 어처구니없는 말에 고개를 설레설레 흔들었다.

　"누가 보면 닳지는 않을까 겁나긴 하지. 나만 두고 보기에도 아까운 여자야. 할 수만 있다면 꼭꼭 숨겨 두고 나만 꺼내 보고 싶은 그런 여자라고. 그러니 쓸데없는 관심은 정중히 사양하지. 아! 그리고, 허튼수작 부릴 생각은 하지도 마."

　조프는 눈을 동그랗게 뜨고서 의아해하는 듯한 가식적인 표정의 아나를 보고 콧방귀를 뀌며 말을 이었다.

"너무 진부하지 않아? 어떻게 그 치졸한 성격은 바뀌지를 않나? 저기 저 남자, 아까부터 사진 찍으려고 대기 중인 것 같은데, 괜한 고생 시키지 마. 경고하는데, 또다시 수작 부리다 걸리면 그땐 절대 그냥 넘어가지 않아. 분명히 경고했어. 내 경고를 무시할 정도로 어리석은 사람은 아니길 바랄게."

크리스와 통화를 마친 후 정원을 거닐다 문득 느껴지는 시선에 도대체 뭔가 싶었는데, 아나가 다가오자 순간 아차 싶었다. 계속해서 자신들을 주시하며 휴대전화를 만지작거리는 모습이라니.

언젠가 할머니의 소개로 만나 보게 된 여자였다. 화려한 외모와는 달리 성품이 유하고 단정한 듯 보여 잠깐 관심이 갔던 것도 사실이었다. 하지만 만남을 가질수록 왠지 보이는 모습이 다가 아닐 것 같은 기분에 선뜻 마음이 움직이지 않았다. 그녀의 실체를 알게 되기까지는 그리 많은 시간이 필요치 않았다.

뜻밖의 시간, 뜻하지 않은 장소에서 그녀의 본성을 간파하게 된 조프는 한 치의 망설임도 없이 이별을 말하고, 할머니께 그녀의 실체를 고하며 앞으로 두 번 다시 만남을 주선하지 말라는 으름장을 놓았다. 덕분에 한동안 할머니의 관심에서 조금은 멀어질 수 있었기에 썩 나쁜 일만은 아니었다고 생각하며 넘어갔는데 문제는 따로 있었다.

그녀의 무서운 집착. 어떻게 해서든 자신의 눈에 띄려는 그녀를 보며 진저리를 쳐야만 했다.

"조프, 오해예요. 조프!! 조프!!"

아나의 부름에도 조프는 더는 뒤돌아보지 않았고 그대로 냉정하게 뒤돌아서 가 버렸다.

"망할 자식!!"

독기가 가득 차오른 아나의 눈에 눈물이 맺혔다. 이런 취급을 받으면서도 도무지 왜 포기가 안 되는 건지 답답해 미칠 지경이었다.

다음 날 오전 조프는 제이슨에게 건네받은 오늘의 스케줄을 확인하며 인내의 한계를 느꼈다.

이미 기력을 회복하신 할머니는 병원에서 퇴원해 자택에서 편히 쉬며 몸과 마음을 추스르는 중이셨고, 자신의 전결이 필요한 사항 또한 이미 마무리 지었다. 남은 일이라고 해 봐야 자신의 기준으로는 결코 중요하다 할 수 없는, 형식적인 행사와 파티밖에 없었다.

수없이 날아든 초대장 중 고르고 골라 J&의 대표로 정말 필요하다 싶었던 곳은 이미 다녀왔다. 세계에서 가장 규모가 큰 재단인 B&MGF(빌 & 멀린다 게이츠 재단으로 재정이 투명하게 운영되는, 전 세계 자선재단 중에서도 가장 선도적인 단체로 인정받는 재단) 모임을 시작으로, 아동과 청소년 자선단체, UNHCR(유엔 난민기구) 행사 등, 평소 그룹 이름으로 기부는 하되 얼굴은 드러내지 않았던 곳은, 인터뷰를 하고 얼굴을 알린 이상 참석할 필요성이 있었기에 다녀왔지만 그외 모임은 정말이지 사양하고 싶었다.

그럼에도 불구하고 크리스와 홍보 팀에서 선정한 모임과 파티 두 곳도 다녀왔다.

여기까지가 한계였다.

"제이슨, 자네가 보기에도 내가 이 모든 행사에 다 참석해야 한다고 생각하나?"

제이슨은 대표님의 말씀에 오늘 참석해야 할 초대장 목록을 살펴보았다. 세계에서 가장 영향력 있는 100인을 위한 파티, 경제인 모임, 우수 기부 업체 감사 행사 등등. 자신이 보기에는 당연히 참석해야 마땅하고, 참석할 것 같은, 모두들 참석하고 싶어도 참석하지 못해 안달인 곳들이었으나 대표님의 생각은 다른 것 같았다.

대표님의 눈치를 한번 슬쩍 보며 고민을 거듭하다 소신껏 말씀을 드렸다. 아마 실장님이었다면 두말 않고 '네.'라는 대답이 나왔을 것 같았다.

"흠흠…… 네…… 대표님, 이 행사들은 정말 추리고 추려 반드시 참석해야 할 필요성이 있는 것들로만……."

말을 하는 중에도 대표님의 고개는 NO를 말하는 듯 계속 좌우로 흔들거렸다.

"지금 나의 몸과 마음이 상당히 지치고 피곤한데, 이런 나의 컨디션과는 무관하게 반드시 참석해야 할 필요성이 있는 곳이니 가야 한다?!"

"아. 저. 그게 비서실장님께서도 꼭, 참석하셔야 한다고."

제이슨은 정말 피곤해 보이는 대표님을 바라보며 고민이 되었지만, 어디까지나 자신은 지금 실장님을 대신해 이 자리를 지키고 있었다. 그러니 실장님의 말씀을 그대로 전하는 것 외에 다른 방법이 딱히 떠오르지 않았다.

"난 지금 크리스의 의견을 묻는 게 아니야. 나는 제이슨, 자네의 의견을 묻는 거라고! 지금은 크리스가 내 보좌를 하고 있지 않잖아? 지금 나를 보좌 중인 사람은 크리스가 아니라 자네라고! 그러니 다시 한번 잘 생각해 봐."

흔히들 말하는 동공 지진이 제이슨의 눈동자에 이는 듯했다. 조프는 그 모습을 꽤나 흥미롭게 바라보았다. 크리스에게도 저럴 때가 있었지 아마?

오래전 그때가 생생하게 떠올라 웃음이 비집고 나오려는 걸 어금니를 꽉 깨물고 두 눈을 질끈 감으며 참아 내야 했다. 자못 심각하고 비장하게 서 있는 제이슨 앞에서 차마 웃을 수는 없는 일이었다.

'꾹 참고 2, 3년만 버텨 봐. 그럼 너도 크리스 못지않을 테니.'

"아. 네. 저는 행사도 중요하지만, 무엇보다 대표님 심신의 안정이 더 중요하다고 생각합니다. 그러,"

"그렇지?!"

조프의 얼굴에 순간 화색이 돌았다. 바로 자신이 원하는 대답 그대로였다.

"대, 대표님."

'헉! 대표님, 아직 말이 끝나지 않았다고요! 그러니까 제 말은 대표님의 심신의 안정이 더 중요하다고 생각합니다만, 딱 세 곳만 더, 딱 세 곳만, 피곤하실 테니 얼굴만 잠깐 비치시는 게 어떻겠습니까? 이렇게 대답하려 했습니다만…… 대표님이 이렇게 얼굴색이 바뀌시면 아무 힘도 없는 저는 대체 어쩌라고…….'

"역시 제이슨! 그래. 무엇보다 나의 마음이 안정되어야 일도 잘할 수 있는 거 아니겠어? 지금 나는, 하루라도 빨리 한국으로 돌아가 쉬고 싶은 마음뿐이야. 내 마음의 안식처가 거기에 있다고. 하루라도 빨리 가야 내 마음에 안정이 찾아올 거란 말이야. 내 말 알아듣지?"

'제이가 보고 싶어. 지금까지도 오래 버렸다. 그녀가 나의 안식처이자, 내 마음의 풍요란 말이야. 그러니 알아서 해. 난 무조건 한시라도 빨리 가야겠다고, 자네한테는 좀 미안하게 됐지만 말이야.'

크리스에게 말하면 녀석은 분명 잔소리부터 해 댈 게 분명했다. 어차피 해 줄 거 기분 좋게 해 주면 될 텐데, 꼭 한마디씩 잔소리를 읊어 대며 사람 속을 벅벅 긁는다. 그마저도 조목조목 따져 보면 옳은 소리만 골라 하는 데다, 마땅히 반박할 이유조차 남기지 않는 냉정한 녀석이었다.

그러니 자신보다 제이슨이 하는 게 백번 낫다 싶었다. 크리스가 제이슨을 끔찍이 위하니, 제이슨이 앓는 소리를 하면 별말 없이 들어줄 것이다.

"……네에."

'아니요. 전혀 모르겠습니다. 어디든 머리 대고 누우면 그곳이 안식처지 뭘 굳이 거기까지 가셔서 쉬신다고…… 대표님 정말 저한테 너무하십니다!'

제이슨의 콧등에 땀이 송골송골 맺혔다.

젠장, 비서실장님께는 뭐라고 하고 홍보 팀에는 또 뭐라고 둘러대야 하나? 이럴 땐 어떻게 해야 하지?

'차라리 빡세게 일을 시키세요. 시키는 일은 뭐든 다 할게요. 이런 난처한 일만은 제발…… 파티가 뭐 어때서? 누구는 살면서 한번 보지도 못할 연예인이나 모델, 사회 저명인사들이 다 모이는 곳인데 왜 그곳을 마다하시냔 말입니다!!'

제이슨의 머릿속에 소리 없는 아우성이 울려 퍼졌다.

'살려 주세요 실장님!!'

"좋아. 자네가 날 그렇게까지 생각해 주다니 감동인데? 이제부터 자네의 능력을 십분 발휘해 봐. 하루빨리 출국할 수 있도록! 기대하지, 나가 봐."

"……네. 대표님."

제이슨은 결국 입도 뻥긋 못 하고 그냥 집무실에서 나와 한숨만 푹푹 내쉬었다. 이미 일은 벌어진 듯하고, 혼자서 수습은 불가하니 실장님께 전화를 걸어 보는 제이슨이다.

통화 연결음이 몇 번 들리더니 곧바로 전화가 연결되었다.

― 크리스입니다.

"실장님, 도와주십시오!"

다급함에 인사도 생략해 버렸다.

― 왜, 대표님께 무슨 일 있어?

제이슨의 다급한 목소리에 무슨 일이라도 생겼나 싶어 놀라 되물었다.

"아닙니다. 대표님이 아니라 저한테…… 무슨 일이 생긴 것 같습니다."

― 하…… 사람 놀라게 하고 있어. 피곤하다, 알아듣게 빨리 말해.

"대표님께서 이 시간 이후로 모든 모임, 행사, 파티 다 못 가시겠답니다. 하루라도 빨리 한국에 가서 쉬시겠답니다. 이제 어쩝니까, 실장님?"

'푸핫, 그럼 그렇지.'

크리스는 속으로 제법 오래 버티셨다 싶었다.

― 어쩌긴 뭘 어째? 못 가겠다는데 취소해야지.

"네…… 네? 취소한다고요?"

크리스의 생각보다 제법 오래 버티셨다.

삶의 기준이나, 우선순위, 삶의 방식이나 계산이 남들과는 판이하게 다른 분이다. 어디 하나 보편적이거나, 평범함과는 거리가 있는 분.

남들은 어떻게든 그런 자리에 참석해 인맥을 넓히려 노력하는데, 대표님은 예외였다. 그분의 성향을 알기에 애당초 초대장을 분류할 때부터, 다 갈 거라 생각지도 않았던 크리스였다. 물론 다 가면 좋기야 하겠지만, 워낙 그런 자리를 피곤해하시는 분이니.

하긴 이해 못 할 것도 없었다. 대표님이 참석하면 주위에서 가만히 놔두지를 않았다. 게다가 이번엔 자신이 누군지 밝히기까지 하셨으니 그에게 몰려드는 사람들이야 굳이 보지 않아도 눈에 훤했다. 그 피곤함이야 이루 말로 다 할 수 없다는 것은 당연지사.

그럼에도 이번엔 꼭 가야 할 자리는 다 참석하셨다. 이만하면 대표님께서도 할 만큼 하셨으니, 그분의 마음에도 평안을 드려야겠지?

— 지금까지도 오래 버티신 거야. 워낙 그런 자리 달가워하지 않는 분이야. 몰랐던 것도 아니면서 뭘 그렇게 당황하고 그래?

"그야 그렇지만, 실장님께서 꼭 참석하셔야 한다고."

— 그렇게라도 말해 둬야 반이라도 가실 것 아니야?! 가장 우선순위에 있었던 곳들은 다 다녀왔으니 됐어. 나머지는 내가 알아서 처리할게. 홍보 팀에도 내가 연락할 테니 걱정 말고 대표님이나 잘 보필하라고. 출국은 내일 오전, 준비는 지금부터 해야 할 거야. 대표님께서 원하시는 차량 반드시 체크할 것, 혹시 인원 변동 있으면 알려 줘. 그리고 오실 때 기내에서 반드시 주무실 수 있게 신경 써. 여기 오셔도 제대로 못 주무실 테니.

"네? 거기 가셔서 쉰다고 하셨는데요? 안식처가 거기에 있다고."

— 풉. 안식처라…… 밤낮 없어도 안식이 된다면 안식처겠지.

"……네?"

— 그런 게 있어. 제이슨, 자넨 아무 걱정 말고 대표님 오실 때까지 불편함 없게 잘 모시기나 해.

그렇게 해서 조프가 한국으로 돌아가게 되는 일정이 딱 하루 앞당겨졌다.

기다리고 기다리던 출국일이 다가왔다. 조프의 들뜬 기분도 할머니 앞에서는 주춤할 수밖에 없었다. 처음 봤을 때보다 훨씬 많이 좋아지셨으나, 그래도 연세 많으신 분을 두고 다시 가려니 마음이 편치만은 않았다.

"할머니, 다녀오겠습니다. 중역들에게 일러뒀으니 회사 일은 걱정하지 않으셔도 됩니다. 할머니께서는 몸 잘 추스르시고, 건강에만 신경 쓰십시오."

"오냐, 기어이 무슨 일인지는 말 안 해 주고 가려고?"

빠듯한 일정에 지치기도 하련만, 손자의 얼굴은 그림자 하나 없이 활짝 개었다. 분명 제 짝을 보러 갈 생각을 하며 밝아진 얼굴이겠지.

"음…… 제 생각만큼의 회복은 되지 않으신 듯한데 말입니다."

어쭈? 미간에 인상을 그리며 제법 심각하게 말하는 중에도 입꼬리가 씰룩거리는 게 장난기가 얼굴에 다분했다. 못 보던 사이 냉철하고 차가워만 보이던 녀석의 얼굴에도 부드러운 온기가 자리한 것을 더없이 만족스럽게 바라보며, 당연한 듯이 제이를 떠올리게 되는 앤이었다.

하루라도 빨리 보고 싶은 아이였다. 자신의 마음이 이러한데, 손자의 마음이야 오죽할까.

"이런 고얀 녀석 같으니라고, 듣자 하니 법무 팀까지 데려간다고? 무슨 일인지 모르겠지만 조심해야 한다. 필요하면 리처드도 함께 가지 그러냐?"

단 한 번도 자신의 일에 회사의 인력을 사용한 적이 없었던 손자였다. 그랬던 손자가 무슨 일로 법무 팀까지 데려가려는지, 혹시라도 위험한 일은 아닌지 확인은 해야겠기에 슬쩍 떠보았다.

"상상의 나래가 지나치십니다. 제 경호까지야 필요 없을 듯싶습니다만, 필요하다면 거기도 훌륭한 경호원들 많이 있으니 걱정은 붙들어 매십시오. 그러니 할머니께서는,"

"알았어. 그만 말해, 귀에 딱지 앉아. 건강 조심하고 있을 테니 너나 조심해서 잘 다녀와. 우리 손자며느리한테 안부 전해 주고, 여건이 되면 그 아이 목소리도 듣고 싶구나."

"풋, 손자며느리라…… 듣기 좋네요. 다녀올게요. 할머니. 전화드리겠습니다.”

활짝 웃으며 나가는 조프를 눈으로 좇으며 부디 무사히 일을 잘 마치고 돌아오기를 앤은 마음으로 빌어 주었다.

J&의 비서실이 갑자기 분주해졌다. 내일이나 모레쯤 오신다던 대표님께서 일정을 앞당겨 오늘 오신다고 하니 그에 맞춰 준비할 것들이 많았다.

비서실장의 지시에 순차적으로 일을 처리하며 모두들 바쁜 하루를 시작하고 있었다.

“실장님, 리준 팀에도 알릴까요? 대표님 오시면 바로 공사 진행 사항부터 확인하실 텐데, 그쪽에서도 준비하셔야 하지 않을까요?”

눈치 빠른 앨리다.

“아니, 아직 알리지 말아요. 앨리, 그건 내가 알아서 할게요.”

오매불망 자신을 기다리는 걸 알 텐데 하물며 본인 또한 그러할진대 일정을 앞당겨 오시는 분이 그분께 알리지 말라니, 대표님의 말에 의아함도 잠시, 깜짝 놀라게 해 주고 싶다나? 어쩐다나? 어이가 없어 웃음도 나오지 않았다.

자신이 그 오랜 기간을 모셔 온 지극히 냉정하고 냉철하며, 이성적이고 합리적인 그분이 맞나 싶을 정도였다.

과연 이게 숨긴다고 숨겨질까?

대표님이 간과한 게 있었다. 자신의 유명세와 한국 통신망의 위대함을…….

“후…… 그나저나 오늘부터는 한 팀장님 활짝 웃는 모습 좀 볼 수 있으려나?”

크리스는 요 며칠 마음고생이 심했던 한 팀장님을 떠올리며 하루라도 빨리 돌아오는 대표님이 그저 반갑게 느껴졌다.

9

제주국제공항 착륙장에 J&의 이름이 큼직하게 새겨진 전용기가 착륙을 시도하고 있었다.

출국장에 대기 중이던 승객들은 멀찌감치 보이는, 웅장한 위용을 떨치며 착륙을 시도하는 J& 전용기를 뚫어져라 쳐다보며 저마다 기념사진을 찍기에 여념이 없었다.

며칠째 거의 모든 미디어에 이름이 오르내리는, 현재 전 세계의 이목을 집중시키고 있는 J& 대표의 입국 소식에 공항이 때아닌 몸살을 앓고 있었다.

세계적인 그룹의 총수가 제주에 머물고 있을 거라고 누가 상상이나 했을까?

하지만 실제 그런 일이 있었고, 일을 마치고 며칠 만에 다시 제주로 입국하고 있었다.

그가 본격적으로 매스컴을 통해 모습을 드러낸 이후, 그의 일거수일투족이 기사화될 만큼 화제의 중심에 있는 인물이기에 기자들이 그의 입국 소식을 알아내기란 그리 어렵지 않았다.

이미 공항에는 그의 입국을 기다리는 기자들로 발 디딜 틈이 없었다. 특이할 만한 건 경제부 기자와 더불어 연예부 기자들 또한 대거 자리하고 있다는 것, 그만큼 그의 외모나 배경이 결코 평범하지 않음을 나타내는 단적인 증거일 것이다.

저마다 좋은 자리를 잡기 위해 치열한 몸싸움을 벌이는 그때 드디어 입국장의 문이 천천히 열리며 그가 모습을 드러내었다.

192센티의 훤칠한 키에 모델을 능가하는 우월한 바디, 배우 뺨치는 조각 같은 외모와 더불어 완벽한 슈트 차림에 모두들 벌어진 입을 다물지를 못했다.

젊은 나이에 대표 자리에 오른 것도 놀랄 일인데, 이제 곧 명실상부한 J&의 완벽한 주인이 될 이 젊은 대표에게 쏠리는 관심은 실로 어마어마했다.

"저기 온다!"

"왔어, 왔어! 빨리 찍어."

조프는 입국장으로 한 발 내딛기도 전에 쏟아지는 엄청난 플래시 세례에 눈조차 제대로 뜨고 있을 수가 없었다. 절로 미간에 인상이 그려지며 쏟아지는 불빛을 급하게 손으로 가려 보는데, 옆에 있던 제이슨이 선글라스를 불쑥 내밀었다.

"훗, 고마워. 센스 있네."

"네. 대표님, 실장님께서 꼭 챙기라고 하셨습니다."

"역시 크리스!"

피식, 웃으며 선글라스를 쓰는데 더욱더 세차게 쏟아지는 플래시 세례라니, 의도치 않게 모여 있던 기자들에게 A컷을 선사하고 있었다.

그렇게 선글라스를 쓰고 나서야 입국장을 빠져나오는데, 줄곧 대기 중이던 크리스와 경호원들이 다가오며 조프의 주위를 에워쌌다.

오랜만에 마주하는 대표님을 반기며 크리스가 인사를 했다.

"잘 다녀오셨습니까? 대표님."

"그래, 고생했다. 가자."

"네."

조프가 한 발, 한 발 내디딜 때마다 그에 맞춰 여기저기서 셔터 소리가 요란하게 울려 퍼졌다.

조프와 크리스를 선두로 그들을 에워싼 여덟 명의 듬직한 경호원, 그 뒤로 여덟의 비서진들, 그리고 J&의 법무 팀이 함께 입국하고 있었다.

법무 팀에는 이미 유명세를 떨친 바 있는 한국계 재미 교포 다니엘까지 포함되어 있었다.

기자 중 다니엘을 알아본 박 기자가 호기심을 강하게 내비쳤다.

"무슨 일로 다니엘까지 입국했지?"

박 기자의 호기심일랑 아랑곳없이 다른 기자들은 한 컷이라도 더 건지기 위해 쉬지 않고 셔터를 누르기 바빴다.

조프와 같은 입국장을 빠져나오던 사람들 또한, 멀리서 보아도 느껴지는 그의 카리스마에 압도되어 가던 발걸음도 멈춘 채 넋을 놓고 구경하고 있었다.

드디어 그가 돌아왔다.

제이는 지난 며칠간 개인 사정으로 업무에 태만했던 자신을 돌아보며, 오늘만큼은 부지런히 맡은 바 업무에 충실하고자 마음을 다잡았다.

"오늘은 일하자, 일. 집중해라, 집중!"

지금까지 일에서만큼은 그 누구보다 열심히 했고, 직원들에게 떳떳하지 못할 행동을 한 적은 단 한 번도 없었다.

그랬던 자신이 요즘 들어 흐트러진 모습을 자주 보이게 되는 것만 같아 팀원들 보기에도 여간 민망한 게 아니었다.

똑똑. 노크 소리가 들리더니 오늘도 상큼하게 웃으며 들어오는 지은이었다.

"팀장님, 여기 결재해 주세요."

"지은 씨 무슨 좋은 일 있어요? 오늘따라 표정이 더 밝아 보여요."

평소에도 해맑은 지은이었지만, 오늘따라 유독 더 밝아 보이는 모습에 덩달아 기분이 좋아지는 듯했다.

"그래요? 헤헤, 왠지 오늘은 좋은 일이 생길 것 같은 기분이 들어요."

조금 전, 아주 잠깐이었지만 강 팀장님과 단둘이 엘리베이터를 타게 되어 들뜬 마음을 숨길 수가 없었다.

"아, 참. 팀장님. 오늘 J& 대표님 오신다고 하던데, 팀장님도 알고 계셨어요?"

"네?"

깜짝 놀라지 않을 수가 없었다. 자신에게는 오늘 온다는 그 어떤 말도 없었는데……

"설마, 아직 일정이 좀 더 남았을 텐데? 대표님 일주일 예정으로 가신 걸로 알고 있어요."

"에이 팀장님, 아직 인터넷 못 보셨죠? 벌써 인터넷에 쫙 깔렸어요, 대표님 입국 사진. 우와, 저는 대표님 대단하신 분인 줄은 알았지만, 이 정도일 줄은 상상도 못 했어요."

제이는 지은의 말을 흘려들으며 서둘러 인터넷을 열어 보았다.

분명 자신이 익히 잘 알고 있는 제주공항이었다. 제주공항 입국장에 그가 있었다.

"맙소사, 이게 대체 언제인 거예요?"

"언제긴요, 조금 전이죠."

"조금 전에 입국했는데…… 그게 지금 뜬다고? 실시간으로?"

"그럼요. 대표님 지금 완전 핫이슈예요. 제 친구들 SNS도 벌써 난리 났어요. 대표님 인터뷰하시고부터 파파라치가 붙었는지, 일거수일투족이 다 올라와요. 팀장님 바쁘셔서 못 보셨나 보네요. 혹시 인터뷰는 보셨어요? 못 보셨으면 시간 날 때 꼭 한번 보세요. 정말 멋있으세요. 만나는 사람이 있다고 하셨는데,

그분 곤란해질까 걱정된다며 이니셜만 말씀하셨거든요, 누군지 몰라도 J라는 분 정말 부러워요."

지은 역시 몰랐다. 그 J가 바로 자신의 앞에 앉아 있는 한재희 팀장님일 줄은……

제이는 지은이 하는 말을 들으며, 그의 모습을 인터넷으로 접했다. 자신이 만나고 있는 사람이 누구인지, 얼마나 대단한 사람인지, 그제야 자신의 처지를 직시하게 된 듯 서서히 벌어진 입을 다물지를 못했다.

"맙소사, 내가…… 도대체 누굴 만나는 거야……"

"네? 팀장님, 한 팀장님?"

지은은 멍하니 빨려 들어갈 듯 모니터 화면을 주시하는 팀장님을 보며 의아함에 불러 보았다.

"네. 지은 씨, 이건 확인하고 결재할게요. 나가 봐요."

"네. 팀장님."

지은이 나간 후에도 한참을 그렇게 멍하게 그의 모습을 바라보고 있었다.

지금 보고 있는 모습이 자신이 알고 있던 그가 맞는지, 사진 속 그의 모습은 영향력 있는 사업가의 면모가 물씬 풍겨 왔다.

나에게만큼은 한없이 너그럽고 다정한, 내가 해 주는 소박한 음식을 맛있게 먹어 주고 나에게 농도 짙은 달콤한 키스를 해 주던, 가끔 짓궂은 농담으로 당황하게 만들던 그 장난기 많던 사람이 맞는지, 모니터를 통해 보고 있는 그는 자못 달라 보였다.

이제 곧 그를 다시 볼 수 있다는 반가움과 함께 자신이 그에게 해를 끼치게 될 것만 같은 두려움이 엄습해 왔다.

'당신은 이렇게 나와는 전혀 다른 사람이었는데, 당신은 더 높은 곳에 닿아야 할 사람인데…… 나 때문에 당신 날개가 다치기라도 하면…… 나 때문에 당신 날개가 꺾여 버리기라도 하면…… 나는 어떻게 해야 하는 거예요?'

또다시 흔들리는 제이의 마음이, 그를 향한 변하지 않는 견고함으로 바뀌기까지는 불과 한 시간도 채 필요치 않았다.

조프는 차에 타고 나서야 선글라스를 벗을 수 있었다. 본국에서처럼 차로 이동하는 중에도 사진을 찍어 대지는 않으니 그나마 다행이다 싶었다.

"오시면서 좀 쉬셨습니까?"

"말도 마, 제이슨도 절대 만만치 않아. 뭘 어쨌기에 아무것도 못 하게 해? 노트북 안 됩니다. 서류도 안 됩니다. 회의도 안 됩니다. 뭐든 하려고만 하면 다가와서는 무조건 잠만 자라고 하는데, 나 참 어이가 없어서."

조프는 제이슨의 기행을 떠올리며 그의 말투를 따라 흉내 내고 있었다.

"풋. 그래서 어쩌셨습니까?"

"뭘 어째? 아무것도 못 하게 하는데, 잠이나 자야지."

"푹 주무셨습니까?"

"그래. 숙면에 도움이 된다나 어쩐다나, 음악을 들려주는데 효과가 있었나 봐. 덕분에 아주 푹 잘 잤어. 몸도 가뿐하고 말이야."

"다행입니다."

며칠 떨어져 있지도 않았건만 무슨 할 말이 그리 많은지 대화가 끊이지 않는 두 사람이었다. 그런데 그때,

끼이이이익— 쾅!

어디선가 들려오는 굉음에 앞서 달리던 차들이 급정거를 하는 듯했고,

"대표님, 조심하십시오!"

끼이이이익—

크리스가 말을 내뱉음과 동시에 크리스의 차를 포함한 여러 대의 차량이 소름 끼치는 소리를 내며 급정거를 하고 있었다.

조프가 전방을 유심히 살피는 사이 누군가 다가와 차창을 두드리는 소리가

들렸다.

똑똑.

"괜찮으십니까? 전방에 교통사고가 났습니다."

급정거하자마자 다가와 안부를 묻는 경호원들이었다.

"우린 괜찮은데, 우리 측 다른 사람들도 괜찮습니까?"

조프는 일행들이 걱정될 수밖에 없었다.

"확인 중입니다. 일단 우측으로 차량 이동하시고 잠시만 기다려 주십시오."

사고는 순간이라더니 눈 깜짝할 사이 충돌사고가 일어났다. 한산하던 도로에서 느닷없는 교통사고라니, 경호원의 안내에 따라 크리스가 길 한쪽으로 무사히 차량을 이동 정차했다.

"대표님, 정말 괜찮으십니까?"

"난 괜찮아. 너도 괜찮아?"

"네, 무슨 일인지 알아보고 오겠습니다."

크리스가 나가자 조프도 뒤이어 차에서 내렸다. 함께 온 직원들은 모두 무사한지 직접 확인해야 했다. 다행히 법무 팀과 경호원들이 타고 있던 차량도 안전하게 우측으로 이동하고 있었다.

하지만 가장 앞서가던 비서들이 타고 있던 차량 중 한 대에 문제가 있는 듯했다. 서둘러 그쪽으로 가 보려는데, 다급히 뛰어오는 크리스가 눈에 들어왔다.

"대표님, 경호원들이 사고 신고하고 조치는 취했습니다. 다행히 사고 차량 중에 사망자는 없는 듯하고요, 곧 구급차도 올 겁니다. 한 명이 남아 뒷수습할 테니 대표님께서는 직원들과 호텔로 먼저 돌아가 계십시오."

"너는 안 가고?"

"제이슨이 조금 다쳤습니다. 본인은 괜찮다는데, 차량 측면에 머리를 부딪쳤는지 이마가 좀 찢어져서 치료하고, 혹시 모르니 사진도 찍어 봐야겠습니다. 차에 함께 타고 있던 오웬도 외상은 없지만, 혹시 모르니 검사해 보려고요. 지금 바로 병원으로 가 봐야겠습니다."

"나도 간다. 우리 차에 태워. 내가 운전할게."

"네."

이런 상황에서는 만류해 봐야 듣지 않을 거라는 걸 누구보다 잘 알고 있었기에 간결하게 대답하는 크리스였다.

조프는 경호원 한 팀을 제외한 다른 직원들은 모두 호텔로 먼저 보내고, 사고 수습을 위해 한 명만을 현장에 남겨 두고 서둘러 제주대학병원으로 출발했다. 조프가 출발하고 얼마 되지 않아 구급차들이 사이렌을 울리며 그가 운전하는 차 옆을 스쳐 지났다.

"제이슨, 오웬, 괜찮나?"

조프가 걱정스러운 마음으로 물어보았고,

"저는 괜찮습니다. 대표님."

오웬의 대답 뒤로,

"걱정 끼쳐 죄송합니다. 대표님. 저도 괜찮습니다. 그저 살짝 찢어진 것뿐인데……."

대표님께서 운전하는 차를 타고 가려니 마음이 무겁기만 한 제이슨이다.

"쓸데없는 걱정 하지 말고 편히 앉아 쉬어. 금방 도착해. 지혈 잘 하고."

조프는 이미 이곳 지리가 익숙한 듯, 빠른 길을 찾아 막힘없이 운전에 집중하고 있었다.

"그나저나 사고가 어떻게 난 거야?"

한산했던 도로에서의 갑작스러운 사고가 의아했던 크리스가 물었다.

"그게 워낙 순식간이라…… 차 한 대가 갑자기 중앙선을 넘어와 앞서가던 차들과 충돌했는데, 그중 한 대가 충격을 이기지 못하고 전복되면서 우리 쪽으로 굴러와 받아 버렸습니다."

아직도 놀란 마음이 진정되지 않은 듯 말을 하는 오웬의 목소리에 작은 떨림이 느껴졌다. 그사이 조프가 운전하던 차를 미끄러지듯 제주대학병원 주차장에 주차하며, 각자 한 명씩 부축해 응급실로 들어갔다.

조프와 크리스는 누가 먼저랄 것도 없이 익숙한 얼굴의 의사에게로 다가가며 사고 내용을 말하고 치료를 부탁했다.

신우는 이제 더는 그들을 봐도 놀라지 않겠다 다짐했었다. 그의 인터뷰를 보기 전까지는. 첫눈에 예사롭지 않다 생각했었지만, 세상에나 맙소사 그가 J&그룹의 대표일 줄이야. 치료를 해야 하는데, 그때의 잔상만이 계속 머릿속에 떠돌고 있었다.

'그 여자가 인터뷰에서 언급한 그 여자인가? 아니면 다른 여자가 있나? 분명 그때의 분위기로 봐서는 보통 사이는 아닌 듯했는데.'

서둘러 떠오르는 상념을 털어 내고 신우는 치료에 집중했다.

그 시각 제이는 우재와 외근을 나가기 위해 서둘렀다. 자신이 호텔로 돌아오기 전에 조프가 먼저 올 수도 있기에 공사 진행 상황을 정리해 그의 집무실로 들고 올라갔다. 운이 좋아 혹시 그가 일찍 도착하면 얼굴이라도 한번 보고 갈 수 있지 않을까 했는데, 생각보다 도착이 늦어지는 듯싶었다.

"앨리, 오늘 대표님 오신다고 하던데 맞나요?"

"……네. 한 팀장님."

앨리는 조금 전 받았던 전화 때문에 정신이 하나도 없었다.

— 앨리, 가는 길에 교통사고가 났어요. 지금 제주대학병원 응급실이에요. 대표님과 나는 좀 늦을 것 같으니…… 앨리 잠시만.

말을 끊고 누군가에게 말하는 크리스의 목소리가 들려왔다.

'피를 많이 흘리지는 않았는데, 차 측면에 머리를 부딪친 게 걱정이 되네요. 검사 잘 부탁합니다. 혹시 모르니 다른 곳도 필요하다면 검사해 주십시오.'

전화기를 통해 대화 내용이 여과 없이 앨리에게 전달되고 있었다.

— 앨리?

'네…… 실장님.'

— 다른 직원들 도착하면 안내 부탁해요.

뚜뚜— 뚜뚜—

그렇게 급하게 끊겨져 버린 전화였다.

앨리의 머릿속에는 병원, 응급실, 피, 부딪힌 머리, 검사…… 이런 단어들만 뱅글뱅글 맴돌았다.

"오늘 업체와 선약이 있어 미루기가 곤란해서요. 대표님 오시면 공사 진행 상황부터 찾으실 듯해서 가져왔어요. 대표님께서 찾으시면 전달 부탁해요. 앨리? 내 말 듣고 있어요?"

자신의 말에 통 집중하지 못하고 멍하니 저를 바라만 보는 앨리가 이상해 다시 불러 보는데,

"앨리, 괜찮아요?"

"한…… 팀장님."

앨리는 이 일을 말해야 하나 말아야 하나 입이 달싹거렸다. 하지만 자신은 알고 있지 않은가, 대표님이 말한 J가 바로 눈앞에 계신 분임을…….

"네. 앨리, 말해요. 무슨 일…… 있어요?"

"그, 그게…… 대표님께서 오시는 길에 사고가."

"……뭐라고요?"

자신이 제대로 들은 게 맞는지 확인해야 할 필요가 있었다. 하지만 제이에겐 단편적인 앨리의 음성만이 들려왔다.

"사고…… 지금 제주대학병원 응급실이라고."

순식간에 제이의 온몸이 얼어붙은 듯 수초간 움직임이 없이 앨리의 입만 바라보고 있었다. 또다시 악몽이 시작되려 하고 있었다. 제이의 사고가 그대로 멈추어 버렸다.

언제 어떻게 사무실로 내려갔는지, 어떻게 차 키를 챙겨 주차장으로 뛰어 내려왔는지, 자신을 불러 세우는 우재에게 무슨 말을 했는지 제이는 알 수가 없었다.

제이는 떨리는 손으로 조프와 크리스에게 계속 전화를 했지만 두 사람 중 그

누구도 전화를 받지 않고 있었다. 온갖 최악의 상황을 상상하며 극으로 치닫는 감정을 대신해 본능적으로 몸이 알아서 움직이기 시작했고 정신을 차렸을 때는 이미 도로 위를 정신없이 질주하고 있었다.

당황하기는 경호원들도 마찬가지였다. 외근이나 외출 시에는 늘 미리 말을 하고 움직이던 VIP가 아무런 말도 없이 사색이 된 얼굴을 하고서 다급히 차에 오르더니 단 1초의 망설임도 없이, 순식간에 주차장을 빠져나가 버렸다.

"젠장! 뭐 해?! 따라붙어!!"

알파의 다급한 외침에 4대의 차가 동시에 요란한 소리를 내며 주차장을 빠져나갔다.

얼마나 급하게 운전을 하는지, 겨우 VIP의 차를 따라잡은 알파 팀이었다.

"망할, 지금까지 우리를 배려했던 거였어? 저게 원래 본모습이야?"

난폭하게 운전하는 그녀의 모습에 알파는 모골이 송연해지는 듯했다. 지금 운전하고 있는 VIP의 모습은 지금까지 보던 모습과는 사뭇 달랐다.

첫날 알파가 주의를 시킨 이후로 항상 자신들의 차를 살피며 기준속도 이하로만 달리고, 신호도 칼같이 지키며 순한 양처럼 운전하던 VIP가 아니었다. 지금 그녀는 마치 이곳이 서킷인 듯 곡예 운전을 하는 카레이서와 다를 바 없었다.

그녀의 뒤를 쫓느라 알파 팀은 무전을 할 정신도 없었다. 그저 본능적으로 눈치껏 그녀의 차를 보호하듯 양옆, 앞뒤에서 그녀가 속도를 더 높이지 못하도록 제동을 거는데, 자신들을 인지하지 못했는지, 왜 가는 길을 막냐는 듯 신경질적으로 경적을 울려 대는 VIP라니…….

제이는 알지 못했다. 반대쪽 차선, 자신의 차를 스치며 지나가는 차들이 그와 함께 도착한 J&의 직원들이 타고 있는 차임을…… 알 길이 없었다.

"와우, 여기 굉장히 살벌하다. 운전 조심해야겠어. 여차하면 사고 나겠는데?"

그녀의 차와 더불어 몇 대의 차가, 일반 도로에서 마치 경주를 하듯 질주하는 모습에 호텔로 가고 있던 J&의 직원들 역시 혀를 내둘렀다.

제이는 곡예 운전을 하면서도 제발 무사하기를, 제발 그가 무사하기만을 빌었다.

그마저 잘못되면 정말 살 수 없을 것 같았다. 그마저 잘못되면 자신을 평생 용서할 수 없을 것 같았다. 눈물이 시야를 가리자 신경질적으로 눈물을 닦아 내며, 운전에 집중하려 애써야 했다.

아까부터 자꾸 자신의 진로를 방해하는 차들에 짜증이 밀려오며 저도 모르게 난폭하게 경적을 울려 댔다. 흐려지는 시야만큼이나 흐려진 사고력이었다. 그 차들이 자신을 경호하는 차라는 것도 생각하지 못할 만큼 혼이 나가 버렸다.

그에게 하고 싶어도 하지 못했던 수없이 많은 말들을 떠올리며 흐느끼던 울음소리를 점점 키워 가고 있었다.

"조프, 조프…… 흑흑흑. 말할걸, 다 말할걸. 아직 하고 싶은 말은 한마디도 못 했는데…… 흡. 흑흑흑, 다 할게요. 당신이 하자는 대로, 당신이 원하는 대로 다 할게요. 살아만 있어 줘요. 제발…… 흑흑흑."

죽어 가는 제이의 마음을 아는지 모르는지, 조프와 크리스는 응급실에서 무사히 검사와 치료를 마친 제이슨과 오웬을 데리고 나오며 상쾌하기까지 한 시원한 바람을 맞이하고 있었다.

"이만하길 다행이다. 겁도 없이 음주 운전이라니, 그것도 대낮부터. 어휴."

자신들보다 뒤늦게 응급실에 도착한, 중앙선을 침범했던 사고 당사자는 음주 운전자였다. 대낮부터 술을 마시고 음주 운전을 하다가 차 3대와 충돌하고, 이 사달을 일으킨…….

"그러게 말입니다. 대표님, 이제 그만 가시죠?"

이제 막 가려는데 크리스의 전화에 진동이 울렸다.

Rrrr.

"네. 크리스입니다."

— 실장님, 큰일 났어요.

호텔에 도착하는 직원들을 안내하며 앨리는 뒤늦게 자신이 한참 잘못 알고

있었다는 걸 인지했다. 다급함에 전화 예절이고 뭐고 할 말부터 냅다 쏘아붙이는데,

"앨리?"

— 한 팀장님이요. 대표님이 사고 난 거로 알고 있어요. 병원으로 바로 출발하신 것 같아요.

"뭐?! 그게 무슨,"

— 한 팀장님이 오늘 대표님 오는 거 알고 저한테 서류 전달하러 오셨는데요. 제가 대표님 사고 나서 병원에 계신다고 말씀을 드렸,

"앨리. 일단 알겠어요."

크리스는 전화를 끊고 서둘러 제이에게 전화 걸었다.

"무슨 일이야? 호텔에 무슨 일 있어?"

크리스답지 않게 서두르는 모습을 보며 물어보는 조프였다.

"한 팀장님이 대표님이 다친 줄 아는 모양입니다. 병원으로 간 것 같답니다."

"뭐야?! 왜? 그게 무슨 말도 안 되는 소리야!!"

"대표님 오시는 거 알고서 앨리한테 서류 전달하러 왔다가 들은 모양입니다. 제가 아까 직원들 도착하면 안내하라고 전화했었거든요. 저하고 대표님 늦는다고 했더니 앨리가 대표님이 다친 거로 착각했나 봅니다."

말을 하면서도 계속해서 여기저기로 전화하기 바쁜 크리스였다.

조프 역시 전화를 해 보려 서둘러 자신의 몸을 더듬어 봐도 휴대전화가 없었다. 차에 두고 내린 모양이었다.

"하아…… 젠장."

"지금 보니 부재중 전화도 제법 와 있습니다. 병원이라 진동으로 해 두는 바람에 전혀 받지를 못했는데…… 알파 팀도 모두 전화를 안 받습니다. 후……."

크리스는 앨리에게 제대로 전달하지 않은 자신의 불찰을 뼈저리게 후회하며 제발 그녀가 사고 없이 무사히 와 주기만을 바랄 수밖에 없었다.

역시나 진작 말했어야 했던 모양이다. 깜짝 놀라게 해 주려다 사람 잡게 생겼다. 조프는 뒤늦은 후회를 하며 조바심에 속이 바짝바짝 타들어 가는 듯했다. 놀란 마음에 운전하다 잘못되기라도 하면, 상상하는 것만으로도 심장이 쪼개질 듯 아파졌다.

"경호원들한테 계속 전화해 봐."

그때,

끼이이이이익─

낯익은 차 한 대가 굉음을 내며 응급실 전용 주차장에 과감한 스키드 마크를 그려 넣고 있었다.

'설마 아니겠지. 설마…… 설마. 설마!'

이윽고 그 차에서 내린 차주를 봤을 때 조프는 경악을 금치 못했다. 그녀였다.

마치 카레이싱을 방불케 하듯 매섭게 운전하며 주차장으로 들어선 사람은 다름 아닌,

제이…… 나의…… 그녀였다.

'오…… 마이 갓…….'

그녀와 간발의 차로 주차장에 진입하는 차들 역시 앞다투어 요란한 불협화음을 내며 주차했다. 그녀를 경호하던 사람들이 서둘러 차에서 내리며 저마다 가슴 깊은 곳으로부터 뿜어 나오는 깊은 탄식을 내뱉자 뜨거운 입김이 하늘로 곧장 올라갔다.

알파라고 다르지 않았다. 차에서 내리며 차 지붕 위에 양손을 얹고서 입김을 뿜어내는 폼이, 멀리서 봐도 알파, 그가 얼마나 많이 참고 있는지 느껴질 정도였다.

제이는 마치 혼이 나간 사람처럼 창백한 얼굴로 서둘러 응급실을 찾았다. 그런데 침상에 쓰러져 누워 있을 줄만 알았던…… 그가 응급실 앞에서 두 다리로 굳건히 서 있는 모습이 보였다.

제이는 아무 생각도 아무 계산도 할 수 없었다. 그의 신분이나 배경, 사회적인 위치, 직위, 직급 따위가 다 뭐라고, 그는 그저 조프였다. 제이에게는 그저 자신이 사랑하는 그대로의 그, 조프일 뿐이었다.

지금 제이의 눈에는 조프 외에는 그 누구도 들어오지 않았다.

하염없이 흐르는 눈물을 연신 훔치며, 가슴 가득 퍼지는 안도감에 힘이 다 빠져 버린 다리를 애써 지탱하며 천천히 한 발, 한 발 그에게 다가가는데 그가 팔을 활짝 벌렸다.

그가 무사했다.

굳게 버티고 선 두 다리도, 활짝 펼친 두 팔도,

"제이!"

시원시원한 목소리도…… 그는 무사했다.

'오. 하나님. 감사합니다. 감사합니다.'

수없이 인사를 하며, 흐르는 눈물 사이로 가만히 미소가 번지고 있었다.

"안 뛰어?!"

뛰어야지. 당신이 뛰어오라는데. 남아 있는 온 힘을 그러모아 반가운 마음을 가득 안고서 그를 향해 최선을 다해 달려갔다.

반면 그들의 사정을 알 리 없는 새로 온 경호원들은 대표님을 향해 달려오는 여자를 보며 조프를 에워싸러 다가오고 있었다.

"멈춰요. 그녀는 당신들이 보호해야 할 대상입니다. 막아서야 할 대상이 아니라!"

크리스가 경호원들에게 말하며 그들을 저지시켰다. 이분이 알파가 모시는 VIP라는 걸 그제야 인지한 경호원들이었다.

조프 역시 아무도 눈에 들어오지 않았다.

무사했다. 잠깐이었지만 자신의 심장을 쪼그라들게 했던 그녀가, 걱정될 만큼 난폭하게 운전하던 그녀가 안전하게 자신의 앞에 와 있었다.

긴 머리를 휘날리며, 우는지 웃는지 모를 얼굴을 하고, 눈물이 범벅이 된 채 자신에게 최선을 다해 달려오고 있는…… 제이만을 눈에 가득 담았다.

조프는 넘치는 기쁨으로 그녀가 다가올 시간을 가늠해 보았다.

5, 4, 3, 2, 1.

와락, 그녀가 제 품에 안겼다.

세상에 살면서 이렇게 화끈한 포옹을 받아 본 사람이 몇이나 될까? 온몸으로 부딪혀 안겨 오는 제이를 품 안 가득 꼭 끌어안으며, 어디 갈비뼈 한 군데가 나가지 않았으면 다행이라고, 아니 까짓 그 많은 갈비뼈 중 하나쯤 금이 가거나 부러지는 게 뭐가 대수냐고…….

가슴 가득 파고드는 그녀의 은은한 향기에, 차가운 바람이 가득 실어다 나르는 그녀의 달콤한 향기에 절로 미소가 그려지며, 비로소 한국에 돌아온 걸 실감하게 되는 조프였다.

하지만 제이를 으스러지도록 품에 꼭 끌어안으면서도, 제 품에 폭 안긴 그녀가 예뻐서 미칠 것 같으면서도 마냥 기뻐할 수만은 없었다.

"으흑흑…… 당신이, 흑흑…… 잘못된 줄 알고…… 흑흑."

"괜찮아, 괜찮아, 난 아무렇지도 않아. 난 티끌만큼도 다치지 않았다고."

조프는 자신의 허리를 꼭 끌어안고 있는 제이를 자신에게서 천천히 떼어 두고 서둘러 외투를 벗어 그녀의 어깨에 걸쳐 주었다. 이 추운 날씨에 외투도 걸치지 않고, 눈물이 차가운 공기와 만나 얼굴이 발갛게 얼어 버렸다.

큼직한 손으로 양 볼을 감싸고서 흐르는 눈물을 닦아 주며, 훌쩍이는 그녀가 너무 예뻐 다시 품 안 가득 꼭 껴안았다. 생각 같아서는 당장이라도 입 맞추며 울음을 멈추게 하고 싶었으나, 제이를 난처하게 할 듯싶어 잠시 마음을 밀어 두었다.

가슴팍을 흠뻑 적실 정도로 펑펑 울고 있는 제이를 다독이면서도, 조금 전 급하게 운전하던 그녀의 모습이 쉽사리 잊히지 않았다. 그 어떤 상황이라도 위험을 담보로 한 운전은 절대 그냥 넘어갈 수 없는 문제였다.

"당신, 나한테 혼 좀 나야겠어."

그의 목소리에서 비장함마저 감돌았다.

제이는 그의 말을 듣지 못했다. 지금 제이의 귓가에는 힘차게 펄떡이고 있는 그의 심장 소리만이 강하게 울려 퍼지고 있었다. 안정을 되찾아 주는 그 소리에만 집중하느라 그가 무슨 말을 하는지 들을 수가 없었다.

"제이, 내 말 듣고 있어?"

"……."

"제이!!"

조금 더 커진 목소리에,

"네?"

그제야 그의 가슴에서 얼굴을 떨어트려 그를 보며 답을 하는 제이였다.

"당신, 나한테 혼 좀 나야겠다고."

분명 화를 내야 하는데, 앞으로 두 번 다시 운전을 저렇게 할 수 없도록 단단히 일러야 하는데, 촉촉하게 젖은 커다란 눈을 동그랗게 뜨고서 말똥말똥 바라보는 모습이라니. 귀엽기까지 하구나, 그래도 어째. 도저히 그냥 넘어갈 수는 없는데.

"음?"

제이는 사뭇 심각해 보이는 그의 얼굴을 보며 의아하기만 했다. 큼직한 손으로 연신 자신의 머리카락을 쓸어 주고, 귀 뒤로 넘겨 주며 흐르는 눈물을 닦아 주고, 등을 쓰다듬는 그의 행동은 이루 말할 수 없이 다정하기만 한데. 얼굴은 왜 이렇게 굳어지고, 말투는 왜 이렇게 무거운 건지.

"하…… 당신 여기까지 어떻게 왔어?"

조프는 차마 큰소리는 낼 수 없고, 놀란 마음을 조용히 속으로 삭이며 물어보았다. 하지만 대답은커녕 훌쩍이는 소리만이 들려왔다.

"대답 안 할 거야?"

"어떻게 오긴요, 차 타고 왔죠."

훌쩍이며 당연한 걸 뭘 물어보냐는 듯, 의아하게 자신을 쳐다보는 제이를 보니 그만 헛웃음이 나와 버렸다. 자신이 오늘 몇 명이나 혼비백산하게 했는지, 그녀는 과연 알기나 할까?

"그러게. 직접 운전해서? 카레이서처럼?"

"흐흐흑."

제이는 놀랐던 그때가 생생히 떠올라 또다시 눈꼬리를 타고 눈물을 흘려보내야 했다.

조프는 우는 그녀를 달래면서도 화가 나고, 속이 상했다. 하마터면 사고로 그녀가 잘못될 수도 있었다 생각하니 속에서 불길이 치솟았다.

"크리스, 제이 차에 블랙박스 메모리, 그리고 알파에게 양해 구하고 그 차 메모리 카드도 가져와 봐."

"네."

크리스 역시 제이가 차를 몰고 오는 모습을 두 눈으로 똑똑히 지켜보았으니, 딱히 할 말이 없었다. 저 정도로 참고 말하는 대표님이 대단하다 생각될 뿐이었다.

"헉, 알파!"

제이는 조프에게서 알파라는 이름이 나오자 화들짝 놀라고 말았다.

"맙소사……."

"이제 생각이 나?"

조프의 말에 황급히 뒤를 돌아보는데, 저 멀리 표정을 굳힌 채 서 있는 알파와 경호원들이 제이의 눈에 가득 들어왔다.

"……어떡해."

말없이 와 버려 놀랐을 경호원들을 생각하니 미안함이 드는 것도 잠시,

"헉!! 그럼 아까 주위에 있던 차들이…… 엄……마야…… 내가 미쳐."

뒤늦은 깨달음에 조프의 가슴에 이마를 찧으며 눈을 질끈 감아 버렸다.

제이는 애써 침착하게 찬찬히 기억을 되돌려 보았다. 그러고 보니 병원으로 오는 내내 끈질기게 자신의 차 주위를 맴돌며 진로를 방해한다 생각했던 차들

이…… 바로 그들의 차량이었나 보다.

"어떡해. 어떡해. 난 그것도 모르고."

왜 진작 몰랐을까? 바보같이 왜 그 생각을 못 했을까? 뒤늦게 자신의 어리석음에 한탄하며 속이 바짝 타고 있었다.

제이의 늦어 버린 후회에는 아랑곳하지 않고, 크리스는 묵묵히 제 할 일을 하고 있었다.

제이의 차량으로 가서 메모리를 빼고 알파에게 다가가 양해를 구하려는데, 크리스가 입을 떼기도 전에 마치 기다렸다는 듯 자신의 차량 블랙박스 메모리 카드를 불쑥 건네는 알파였다.

동병상련이라고 제이 덕분에 본의 아니게 긴장 속에 애태워야만 했던 두 사람은 서로 눈이 마주치자 누가 먼저랄 것도 없이 한숨을 쉬며 고개를 절레절레 흔들었다.

알파는 설사 조프가 원치 않는다 하더라도 반드시 보게 할 생각이었다. 아무리 생각해 봐도 어이가 없었다.

긴박한 작전 중이거나, 전투 상황도 아닌, 하물며 일반인을 호위하면서 이런 경험을 하게 되리라고는…….

그동안 수없이 많은 이를 경호하면서도 이렇게 운전을 거칠게 하는 VIP는 알파에게도 처음이었다. 병원에 막 들어설 때는 막아서려는 자신의 차량을 아슬아슬하게 비껴가며 앞지르기까지 했다. 곱씹을수록 황당함에 실소가 터져 나왔다.

곧 블랙박스를 확인하게 될 그녀의 연인에게 마음으로나마 심심한 위로를 전하고 싶었다. 자신이 호위하는 VIP는 보통의 여자가 아니었다.

"당신은, 나 좀 봐."

조프는 크리스에게 받은 블랙박스 메모리 카드를 들고, 제이의 어깨를 감싸 안으며 자신의 차로 향했다.

"조프…… 앞으로는 조심할게요. 그러니까 이건…….

조금 전의 운전하는 모습만은 보여 주고 싶지 않은 제이와,

"아니, 난 지금 당장 확인해야겠어."

제이의 안전만큼 중요한 게 없기에 반드시 확인해 보려는 단호한 모습의 조프였다.

결국 조프와 자동차 뒷좌석에 나란히 앉아 노트북을 주시하게 되었다. 알파의 차량에 있던 블랙박스 영상이 보이기 시작한 지 몇 분 되지도 않아, 알파의 격한 육성이 고스란히 그들의 귓가에 내리꽂혔다.

— 망할! 지금까지 우리를 배려했던 거였어?! 저게 원래 본모습이야?

처음이었다. 이토록 당황한 알파의 음성이라니…….

여기서 그쳤다면 더없이 좋았겠지만, 그의 당황은 이제 시작인 듯했다.

— 윽.

— 오, 이런 젠장.

— 속도를 늦춰, 제발 늦추라고오!

— 안 돼, 안 돼. 막아 막아!!

— 후.

— 제기랄.

— 하.

— 찰리, 조심해, 조심하라고.

— ㅇㅇㅇ윽.

간간이 터져 나오는 알파의 울분에 찬 외침만으로도 상황이 얼마나 급박하게 돌아가고 있었는지 짐작하고도 남았다. 제이는 울상을 지으며 옆에 앉은 조프의 눈치를 살피는데……. 시시각각 변하는 그의 표정이라니, 참으로 가관이었다.

마치 자신이 알파의 차에 타고 있기라도 한 듯, 알파의 육성이 울려 퍼질 때마다 움찔하며, 주먹을 불끈 쥐지를 않나, 눈을 질끈 감지를 않나, 급기야 어금니를 꽉 깨무는 그의 모습에 안절부절못하는 제이였다.

자신도 미처 몰랐다. 저렇게 위협적으로 운전했을 줄은…….

조프는 그녀의 운전 실력을 보며 경악을 금치 못했다. 속도는 말할 것도 없거니와 아슬아슬하게 주변의 차들을 피해 가며 거칠게 운전하는 모습이라니. 알파 팀의 상황 대처 능력이 조금이라도 부족했다면, 그녀의 순발력이 조금이라도 부족했다면, 그 뒤는 상상만으로도 끔찍했다.

"하아……."

아무런 말도 없이 영상을 보던 조프에게서 깊은 탄식이 흘러나왔다. 알파의 영상이 끝나자마자 조프는 매서운 눈빛으로 제이를 한번 노려보았다. 이제 제이의 시야도 확인해야 했다. 도대체 어떤 생각으로 어떻게 운전을 하며 여기까지 왔는지 제이 차에 있던 블랙박스 영상도 확인해야 하는데, 도무지 엄두가 나질 않았다.

그럼에도 조프는 기어이 제이의 블랙박스 메모리 카드를 노트북에 연결하고 있었다.

"조프, 그만 봐요. 내가 잘못했어요. 앞으로는 절대 안 그럴게요. 평소에는 이렇지 않아요. 정말이에요!"

"쉿! 정말이지 나도 보고 싶지 않아. 하지만, 확인해 봐야겠어."

어쩔 수 없는 그의 단호함에 꼬리를 슬그머니 내리며, 부디 과하지 않기를…….

그에게 쓸데없는 걱정을 더하지 않기만을 바라며 자신의 영상을 확인하는데, 앞서 알파의 블랙박스 영상을 확인했음에도, 또다시 놀라기에 충분했다.

알파의 영상과 달라진 게 있다면, 제이의 영상은 처음부터 흐느낌으로 온 차 안을 가득 메우고 있다는 것…….

"하…… 제이, 제이, 제이!! 당신 정말 나 죽는 꼴 보고 싶어? 운전을 어떻게 이렇게…… 후…… 저기가 서킷이야? 카레이서들도 일반 도로에서는 저렇게 운전 안 해!"

조프는 중간중간 한숨을 내쉬며 화를 다스리려 애써야 했고, 제이는 그의 말이 하나도 틀린 게 없기에 입이 열 개라도 할 말이 없었다.

"죽지 않고 내 앞에 와 있는 게 기적이라는 거 알기나 해? 여차하면 바로 사고로 이어져! 오늘 당신은, 당신뿐만 아니라 여러 사람을 벼랑 끝으로 몰아세웠어. 알아? 당신, 앞으로 운전 못 해. 운전기사 고용할 테니 그렇게 알아."

"헉! 조프…… 오늘은 특수한 경우예요. 오늘은 내가 너무 놀라서."

"안 돼. 당신한테 운전 못 시켜."

"제발…… 앞으로는 절대 이런 일 없을 거예요. 정말 조심할게요. 난 정말 당신 어떻게 됐을까 봐."

조프는 도저히 더는 못 보겠는지 노트북을 거칠게 닫으려는데,

— 조프, 조프…… 흑흑흑. 말할걸, 다 말할걸. 아직 하고 싶은 말은 한마디도 못 했는데…….

흐느낌만 가득했던 차 안에 제이의 음성이 흘러나오기 시작했다.

"헉."

화들짝 놀라 버린 제이의 얼굴이 순식간에 달아오르고 있었다.

"다…… 다, 닫아요 얼른."

제이는 노트북을 닫으려고 손을 뻗었고,

"동작 그만!"

조프는 그런 제이를 가볍게 품에 가두며 노트북으로 다시 시선을 돌렸다.

"조프, 제발 그만 봐요. 그만 보라고!!"

"쉿!"

— 흑흑흑. 다 할게요, 당신이 하자는 대로, 당신이 원하는 대로 다 할게요. 살아만 있어 줘요. 제발…….

결국 다 듣고 말았다.

"미쳐…… 정말 내가 미쳐……."

절망도 잠시

'아차! 그는 모르잖아, 그는 들어도 모르잖아! 그는 한국어를 아직 모르잖아!

오, 하나님 감사합니다. 감사합니다.'

속으로 쾌재를 부르는 어리석은 제이였다.

곧, 무슨 말을 했는지 물어보면 뭐라고 대답을 하지? 고민하는데,

"그래서 하고 싶은 말이 뭐였어?"

"……네?"

전혀 예상 밖의, 느닷없는 그의 질문에 갑자기 온몸에 소름이 돋아 버렸다.

"나한테 하고 싶은 말이 뭐였냐고? 한 마디도 못 했다고 저렇게 서럽게 울면서 말하잖아? 자! 나 여기 있어. 그러니 나중에 또 후회하지 말고 지금, 하고 싶은 말 해 봐. 난 준비됐어. 완벽히."

"조……프, 다…… 당신 한국……말 알아들어요?"

"그걸 이제야 알았어?"

"맙소사…… 정말 알아들어요? 그럼 뭐야? 지금까지 내가 하는 말 다 들은 거예요?"

"무슨 말 했는데? 우리 둘이 있을 땐 줄곧 영어로 대화했잖아?"

"그러니까요. 그렇죠? 영어로 대화했죠. 그럼요."

'그런데 뭐가 이렇게 찜찜하죠? 전에도 이런 비슷한 상황이 있었던 것 같은데? 분명 뭔가 있었는데?'

"이것 봐라? 이런 식으로 유야무야, 그냥 넘어가겠다는 거야? 운전을 저렇게 위험하게 해 놓고?"

"아니, 그건 아니고요, 난 단지 당신이 한국어를 알아듣는다는 게 신기해서……."

갑자기 시무룩해지는 제이를 보며 결국 참지 못하고 피식 웃고 말았다. 정말 다양한 색을 가진 여자였다. 어떻게 한 사람에게 이렇게 다채로운 모습을 발견할 수 있는지…….

성품은 연약한 듯하나 절대 연약하지 않고, 사랑을 나눌 땐 수줍은 듯하나 정열적이다. 일할 땐 프로페셔널하면서, 다른 면에서는 순진하기 이를 데 없고,

성숙한 여인이나 어떨 때 보면 어린아이같이 귀엽기만 하니. 아무리 봐도 지루할 틈이 없을 것 같아…….

"당신이 한 말에 책임은 져야지?"

'난 한번 잡은 기회는 절대 놓치지 않아.'

"네? 그게 무슨…….'"

"내가 원하는 대로 다 한다고 들은 것 같은데?"

'힘겨웠던 오늘의 가장 큰 수확이 아닐까 한다고.'

"에이, 무슨, 잘못 들은 거 아닐까요?"

"다시 돌려 볼까?"

'당신이 원한다면 얼마든지 다시 확인시켜 줄 수 있는데.'

"아. 아니요. 뭐. 그럴 것까지야 아하하하…….'"

운전에만 집중할 것이지 그 와중에 무슨 말을 저렇게 많이도 했는지…….

"자! 일단 키스."

"네?"

"원하는 대로 다 한다며? 일단 키스! 내가 보고 싶었던 만큼, 날 그리워한 만큼, 날 안고 싶었던 만큼, 날…… 사랑한 만큼 아주 뜨겁게. 자! 시작!"

"그…….'"

'그럼, 온종일 해도 모자랄 텐데?'

필터링도 되지 않은 말이 입 밖으로 나오려는 순간, 아차 싶었다. 입 밖으로 그 말을 흘려보내는 순간 회사가 아닌 집으로 직행할 것만 같아, 현명하게 말을 아꼈다.

'좋아! 선방했어.'

"뭐 해? 시작 안 하고?"

"정말 해요? 밖에 사람들 다 기다릴 텐데? 여기서?"

"어. 지금 당장. 너무 오래 참았어. 죽을 것 같아."

조프는 뜨거운 눈으로 제이를 주시하며 세상 가장 편안한 포즈로 느긋하게 등을 기대앉았다.

제이의 눈에서 순간 반짝 빛이 났다.

"그럼…… 당신의 화가 좀 누그러질까요?"

"글쎄? 여간해서는 그럴 것 같지가 않아. 그러니 최선을 다해 봐. 놀란 내 마음이 조금이라도 진정될 수 있게."

"당신보다 더 놀란 사람도 있는데……."

"누구?"

"나요. 나! 말이야 바른 말이지, 당신이 전화만 제때 받았어 봐요. 내가 이렇게까지 놀라 달려올 일이 있나……."

"그래서, 지금 나한테 키스해 주기 싫다는 말이야?"

"아뇨!!"

'망했다.'

빛과 같은 속도는 이를 두고 하는 말일 테지. 어쩜 대답이, 한 번을 망설이지도 않고 툭 튀어나와 버리는지, 뒤늦은 민망함에 한숨이 절로 나왔다.

"풋. 하하하. 키스가 정말 하고 싶었나 봐? 진작 말을 하지 그랬어? 분명히 말하지만, 난 언제 어디서든 준비가 되어 있다고, 그러니 망설일 필요 없어. 시도 때도 없이 묻지도, 따지지도 말고 덤벼!"

"흠."

그의 화가 아직 다 풀린 게 아닌데 이를 어쩌지?

"계속 기다리게 할 거야?"

기대감에 조프의 눈빛이 여느 때보다 반짝반짝 빛이 나고 있었다. 다른 때 같으면 이렇게 말할 시간에 벌써 덮쳐 버렸겠지만, 그녀가 어떻게 나올지 지켜보는 짜릿함이라니, 흥미롭다. 한재희.

"용서해 줘요. 그럼 바로 해 줄게요. 뜨겁게……."

그의 표정을 보며 결심한 듯 그의 코앞까지 바싹 다가갔다.

"그 얘긴 나중에 다시 해. 일단 지금은 키스부터."

그의 눈빛이 더없이 짙어지고 있었다. 제이는 이렇게 짙어진 그의 눈빛이 너무 좋았다. 당장이라도 그의 입술에 닿고 싶었지만, 조금만 더 참아 보기로 했다.

맞닿은 허벅지가 둘의 분위기를 감지한 듯 열기를 더하며 차 안은 팽팽한 긴장감마저 감도는 듯하다.

"한 번만 봐줘요. 네? 정말 다시는 그렇게 운전하지 않을게요."

속삭이듯 말하며 그의 넓은 가슴에 손을 펼쳐 놓는데, 뜨거운 그의 온기가 고스란히 제이의 손으로 전해 오고 있었다. 동시에 싱싱한 활어만큼이나 펄떡이는 그의 심장 박동이 그렇게 섹시하게 느껴질 수가 없었다.

꼴깍.

'젠장, 당신 너무 멋있어. 빨리 용서한다고 말하라고요. 제발. 제발……'

자신의 그 어디서 이런 말도 안 되는 능청스러움이 도사리고 있었는지, 행동에 대담함이 점점 더해지고 있었다. 입술이 닿을 듯 말 듯, 바싹 붙어 앉아 조프의 빛나는 눈동자를 마주하고 보니, 그의 뜨거운 숨결이 고스란히 제이의 얼굴로 와 닿으며 흩어졌다.

꿀꺽.

조프의 울대가 크게 상하로 움직이며, 흥미로운 듯 입꼬리가 서서히 하늘을 향해 갔다.

"이런 건 또 어디서 배웠을까?"

그녀의 교태가 이루 말할 수 없이 반가웠다.

제이의 숨결이 코앞까지 와 닿았다. 그런데, 이 여자가 사람 애간장을 여간 태우는 게 아니다.

자신의 온몸이 그녀에게 닿기를 소원하며 온몸의 세포들이 미친 듯 요동을 치는 듯한데, 다가오기만 하고 좀처럼 닿지를 않으니, 조금만 더 기다려 보자 싶으면서도 본능이 성큼 그녀에게로 향하는데 슬쩍 몸을 뒤로 빼며 자신의 가슴을 밀어 내는 제이였다.

그르렁. 조프가 마치 맹수처럼 목을 울리며 경고했다.

"제이, 당신 지금 위험해. 자꾸 자극해 봐. 어떤 일이 벌어지나. 지금 내 심장이 입 밖으로 튀어나오기 일보 직전이라고!"

"그러니까 한마디만 해 줘요. 용서한다고, 이번 한 번만 봐주겠다고, 내가 잘못했다고 하잖아요. 다시는 그렇게 안 해요. 정말이에요. 놀라게 해서 미안해요."

코앞에서 그의 섹시한 체향을 느끼며 참고 있기에는 제이 역시 무척이나 힘이 들었다. 1초라도 빨리 그의 부드러운 입술에 내려앉고 싶은데. 이 남자 왜 이렇게 자신의 마음을 몰라주는지.

끙.

"좋아. 딱 이번 한 번이야. 처음이자 마지막이라고, 다시는 안 봐줘. 아니 못 봐줘, 흣."

말을 끝맺기도 전에, 말캉하고 부드러운 제이의 입술이 조프의 입술 위에 내려앉았다. 키스 하나는 기가 막히게 잘 가르쳤나 보다.

제이의 입술이 자신의 입술을 부드럽게 감싸는가 싶더니 강하게 빨아들이는가 하면 뜨거운 무언가가 곧장 입 속을 파고들어 다급하게 무언가를 찾아 헤매는데, 조프는 이때다 싶어 마주 반기며 사랑스레 환영 인사를 받았다.

날씬한 제이의 몸을 한 팔 가득 당겨 안으며 한 손으로 제이의 머리를 받쳐 후퇴할 여지조차 남겨 두지 않았다. 이젠 누가 먼저랄 것도 없이 서로의 입술을 남김없이 탐하며, 떨어졌던 지난 시간을 달래고 있었다.

어느새 서늘했던 차 안은 뜨거운 열기와 열망이 깃든 숨소리만이 가득했고, 오로지 그들의 가쁜 호흡만으로 차 유리가 도배되고 있었다.

그렇게 그들은 또 잠시 잊어버렸다.

지금은 몇 시? 여기는 어디? 나는 누구? 너는 내 사랑…….

크리스는 기다리다 지쳤다. 쉽게 끝날 것 같지가 않아 경호원들은 차에서 대기하라고 하고, 자신은 밖에서 걱정스러운 마음에 오도 가도 못 하며 대기 중인 게 벌써 30분을 훌쩍 넘기고 있었다. 도대체 얼마나 혼을 내기에 아직도 감감무소식인지.

저러다 마음 약한 한 팀장님 또 눈물 바람 할까, 자신이라도 말려 봐야겠다 싶어 조심스레 대표님 차에 다가가는데…….

응? 이 추운 날 시동도 켜지 않고, 차 유리는 온통 습기를 머금고 있었다. 습도가 과했는지 차 안쪽에 맺힌 물방울들이 또르르 굴러떨어지기 시작하는데, 크리스는 거기서 걸음을 멈추어야 했다. 한 발, 두 발 가까이 다가갈수록 왠지 모르게 뒤통수가 싸한데…….

결국 차 앞까지 다가가서야 못 볼 걸 봤는지 눈을 질끈 감으며 냉큼 뒤돌아서 버렸다.

"하. 참. 크리스, 여자를 멀리한 지 오래라 감 많이 떨어졌다. 쓸데없는 걱정을 했네. 쓸데없이 걱정했어. 푸하하하하."

한동안 그렇게 혼자서 미친 사람처럼 어깨를 들썩이더니, 이 추운 날에 갑자기 외투를 벗으며 넘치는 혈기를 다스리려 애쓰는 외로운 크리스였다.

"하…… 덥다, 더워."

혈기 왕성한 크리스의 기다림은 계속되고, 그렇게 10여 분이 더 흐르고 나서야 조프 차의 엔진이 우는 소리가 들려왔다.

조프는 차 시동을 걸고서 옷매무새를 가다듬는 제이를 보며 웃음을 터트렸다.

"하하하. 그만해, 예뻐. 아무렇지도 않아."

보기에 예쁘기만 한데 뭘 그렇게 신경을 쓰는지, 조프의 눈에는 제이의 부푼 입술만 눈에 들어왔다. 내가 너무 격했나?

어디선가 들려오는 전화벨 소리에 차에 놓고 내린 전화를 찾아 드는데,

— 대표님? 대화는 잘 끝나셨습니까?

차 시동 소리에 냉큼 전화한 크리스였다.

"그래, 제이 차는 네가 몰고 와. 제이는 내가 데려갈게. 가서 보자."

— 네, 알겠습니다. 아차, 대표님, 가는 길에 립밤이라도 하나 사 드릴까요?

"무슨 소리야?"

— 입술이 남아나지를 않을 것 같아서 말입니다. 시간이 아주 그냥, 어? 남아도나 봅니다.

"시끄러워. 너 말 한번 잘했다. 내가 아주 시간이 남아돌지? 어? 내가 너 때문에 1년 치 립밤은 다 발라 본 것 같은데, 어디 립밤뿐이야? 메이크업까지 받았어!! 어디 내 허락도 없이 화보 촬영을 네 마음대로 결정하,"

— 헉. 죄송합니다. 대표님! 한 팀장님 차는 제가 안전하게 목적지까지 가져다 두겠습니다. 먼저 가겠습니다!

뚜 뚜 뚜—

"풋, 싱거운 녀석."

제법 오래 기다리게 한 것 같아 미안했던 마음도 잠시, 립밤 타령 하는 녀석의 말을 듣다 보니 불현듯 화보 촬영을 했던 때가 떠올라 욱해서 말했더니, 냉큼 전화를 끊어 버리는 크리스였다.

'그래. 내가 화보 촬영 때문에 허비한 시간이 얼만데, 겨우 몇십 분 기다린 걸로 면박을 줘? 가소로운 자식.'

피식 웃으며 가볍게 크리스의 말을 일축하고 제이를 보는데, 표정이 그다지 밝지가 않다.

"당신 표정이 갑자기 왜 그래?"

"봐준다고 하지 않았어요? 한번 봐준다면서 왜 크리스한테 내 차를 맡겨요?"

"봐준다고 했지, 당장 운전해도 좋다고는 안 했어."

"화장실 들어갈 때 마음 다르고 나올 때 마음 다르다더니 이제 와서 다른 말 하기 있어요?"

제이가 일을 하자면 차는 필수였다. 어쩔 땐 하루에도 몇 번씩 외부에 나가야 할 때도 있는데 그때마다 번번이 다른 사람이 운전하는 차를 타고 다니는 건 정말이지 사양하고 싶었다.

그랬기에 그에게 되지도 않는 도발을 하며 겨우 용서를 구했건만, 한번 봐준다는 말에 마음을 놓고 있었는데 이제 와서 당장 운전은 안 된다니.

"오늘만 참아. 내 마음에도 진정할 시간이 필요하다고. 오늘 하루로 끝내는 걸 감사하게 생각해야 할 거야."

"그럼 내일부터는 운전해도 되는 거예요?"

"하하하, 그래. 규정 속도 잘 지키고, 신호 위반하지 않을 것, 무조건 안전을 최우선으로 한다는 전제하에 허락하는 거야. 알파에게 일일이 확인할 거라고, 알았어?"

뾰로통하던 것도 잠시, 금세 얼굴이 활짝 피는 걸 보니 웃음이 비집고 나왔다.

"좋아요! 평소에는 정말 운전 조심해서 잘해요. 그러니까 걱정은 하지도 말아요."

"믿어 볼게. 자, 그럼 이제 갈까?"

차에서 내려 제이가 앉은 쪽 문을 활짝 열어 주었다.

"어. 저는 그냥 여기 있으면 안 돼요? 아니, 그냥 알아서 앞으로 이동할게요. 문 닫아 줘요."

도저히 민망해서 차 밖으로 나갈 수가 없고,

"왜? 추워?"

움츠리는 제이를 보며 의아하기만 한데,

"아니요. 그냥 닫아 줘요. 밖을 통하지 않고도 앞으로 이동할 수 있어요. 그러니까 그냥 빨리 좀 닫아 줘요."

"왜? 그냥 편하게 나와서 다시 타면 되지."

춥지도 않다면서 왜 불편하게 안에서 이동을 하겠다는 건지.

"민망해서 그래요. 민망해서. 얼굴이 뜨끈해요. 안 봐도 얼마나 달아올랐는지 알겠는데, 그걸 굳이 내 입으로 말해 줘야 해요? 그리고, 지금 우리 차 안에 얼마나 오래 머물렀는지 알아요? 하…… 당신 뒤를 좀 보라고요."

조프가 차에서 내리자 일제히 차에서 내리며 그를 뚫어지게 주시하던 경호원들이었다.

"풉. 하하하. 괜찮아. 연인들이 다 그렇지 뭐. 계속 이렇게 세워 둘 거야?"

찌릿. 눈썹을 실룩거리는 그를 한번 노려봐 주고 얼른 뒷자리에서 내려 잽싸게 앞자리로 가 버렸다.

제이가 앉은 자리의 문을 닫아 주고 운전석에 앉으면서까지도 조프의 웃음은 멈추지 않았고, 제이는 듣기 좋은 웃음소리에 덩달아 피식, 웃음이 나와 버렸다.

"당신은 좋겠어요. 얼굴이 두꺼워서. 전화 좀 할게요."

"얼마든지."

Rrrrr.

— 한 팀장!!

급하게 나가는 제이를 걱정하던 우재의 목소리가 유난히 크게 들려왔다.

"죄송해요. 선배, 진짜 죄송해요. 급한 일이 있었어요."

— 알아. 네가 말했잖아. 기억 안 나?

"아, 죄송해요. 기억이 안 나요. 아까 너무 경황이 없어서."

정말 무슨 정신으로 운전을 해 병원까지 왔는지 지금 생각해도 아찔했다.

— 그런 것 같더라. 그렇다고 이 추운 날에 외투도 안 챙기고 그냥 가? 그래서 대표님은 어때?

허둥지둥 나가는 제이를 보며 급히 그녀의 외투를 챙겨 지하 주차장으로 갔지만 이미 떠난 후였다.

"하. 제가 도대체 뭐라고 하고 갔어요?"

— 그에게 사고가 난 것 같다고, 당장 병원에 가야 한다며 차 키만 챙겨서 부리나케 나갔어.

"걱정하게 해서 진짜 죄송해요. 정말 제가 이러면 안 되는 건데. 뵐 면목이 없어요."

— 나라도 그 상황이면 한 팀장과 별다르지 않았을 거야. 그러니 미안해할 필요 없어. 그래서, 지금은 어때?

"대표님, 사고 안 났어요. 잘못 알았나 봐요. 업체 미팅은 어떻게 됐어요?"

— 대표님 무사하시다니 그나마 다행이네, 그런데 희한하지? 업체 사장님도 사고가 났다네? 너 가고 얼마 안 있어 전화가 왔더라고, 갑자기 교통사고를 당해서, 약속을 좀 미뤘으면 한다고.

"네? 어쩌다가 사고가 났대요? 사장님은 안 다쳤어요?"

— 어. 다행히 크게 다치지는 않았나 보더라고, 음주 운전 차가 중앙선을 넘어와서 충돌했나 봐. 지금 제주대학병원 응급실에 계신대.

"그래요? 빨리 전화해 볼걸, 이제 막 병원 빠져나왔는데."

— 지금 정신없으신 것 같았어. 가 봐야 방해밖에 안 됐을 거야. 볼일 끝나면 그냥 바로 호텔로 들어와.

"네, 지금 가고 있어요. 이따 뵐게요."

인사를 하고 전화를 끊는데,

"무슨 일 있어?"

본의 아니게 통화 내용을 듣게 된 조프가 무슨 일인지 궁금해 물었다.

"다행히 약속은 취소가 됐는데, 취소된 이유가 좀 그러네요."

"왜?"

"업체 사장님도 교통사고를 당했대요. 음주 운전자가 중앙선을 넘어와 충돌했다나 봐요."

"뭐? 그럼 아까 우리 사고 날 때 함께 주행 중이던 차량이었나? 우리도 음주 운전자가 중앙선을 넘어와서 사고 난 거였거든."

"그래요? 정말 신기하네?"

조프가 말해 주는 사고 경위를 들으며, 함께 사고당한 차량이 맞을 수도 있겠다 싶어 고개를 끄덕이는데, 말하다 말고 갑자기 제이에게로 불똥이 튀어 버렸다.

안전 운전 수칙에 대한 일장 연설을 듣고 나서야 차가 호텔 앞에 멈추어 섰다.

"마음 같아서는 지금 바로 집으로 가고 싶은데, 좀 참아야겠지?"

제 연인을 바라보는 조프의 눈빛에 진한 아쉬움이 묻어났다.

"네. 근래에 자리를 좀 자주 비워서 팀원들 볼 낯이 없어요."

"흠…… 그럼 퇴근은 제때 할 수 있어?"

"글쎄요. 지금도 이렇게 땡땡이치고 있으니…… 그래도 최대한 서둘러 봐야죠."

"그래. 최.대.한. 서둘러 줬으면 좋겠어. 마치면 곧장 집으로 갈 것! 나도 마치고 바로 집으로 갈게."

"집에 부모님 와 계세요."

"아차! 그렇다고 했지? 그럼 내 별장으로 가. 그러고 보니 당신 아직 한 번을 안 와 봤네?"

"그러게요. 그런데. 별장에서 크리스와 함께 지내는 거 아니에요?"

제이는 당연히 둘이 함께 지내는 거로 알고 있었다.

"무슨 말도 안 되는 소리야? 크리스도 머무는 곳 따로 있어. 특별한 일이 있을 때를 제외하고는 대부분 따로 지내. 그러니까 그런 걱정은 하지도 마."

"그렇구나. 그럼 오늘 가서 봐야겠네? 당신은 어떻게 지내는지?"

"하…… 설레서 일이나 제대로 할 수 있을지 모르겠다."

빈말 없는 사실 그대로였다.

"피곤하지는 않아요? 시간이 정반대잖아요."

"올 때 푹 자서 괜찮아."

"그래도 무리하지 말고 오늘은 쉬엄쉬엄해요."

"그래. 뜨거운 사랑을 위해서 체력을 좀 비축해야겠지?"

"풉. 여하튼 못 말린다니까. 먼저 들어갈게요."

더 있어 봐야 그의 입에서 나올 말이란 뻔했다. 또다시 얼굴이 붉혀질 말들을 하며 민망함에 오도 가도 못하리라는 건 불을 보듯 뻔한 일. 얼른 차에서 내리려는데, 조프가 제이의 팔을 덥석 붙잡았다.

"제이, 지난번에 내가 전화로 했던 말 기억해?"

장난스러웠던 목소리는 어디로 가고 갑자기 진지해진 그의 목소리에,

"……무슨 말?"

긴장하며 되묻게 되는데,

"내가 다시 돌아오면 그땐 그동안 참아 왔던 거 다 할 거라고, 당신이 부끄러워해도 이번엔 당신 머리끝에서, 발끝까지 남김없이 키스 흡."

꼴깍. 이럴 줄 알았다. 저도 모르게 오른손을 들어 그의 입술을 막아 버렸다. 손바닥에 느껴지는 촉촉한 입술의 감촉이 끈질기게 제이를 유혹하는 듯했다.

마주친 그의 짙은 눈빛에, 팔을 움켜쥔 그의 뜨거운 체온에, 기대감으로 심장이 제멋대로 날뛰기 시작하며 호흡이 가빠 오고 있었다.

꼴깍. 왜 이렇게 침이 꼴깍꼴깍 넘어가는지.

"내가 내 명에 못 살 것 같아요. 당신하고만 있으면 심장이 두 배, 세 배로 날뛰는 거 알기나 해요?"

손바닥 아래 느껴지는 그의 입술이 양옆으로 길게 늘어지며, 그의 눈꼬리가 아래로 슬그머니 내려오고 있었다.

제이의 말에 자신의 입을 가리고 있는 제이의 손을 잡아 내리며, 천천히 자신의 가슴으로 가져갔다.

"나라고 다를 것 같아?"

제이의 손바닥 아래, 미친 듯 날뛰는 그의 심장의 고동이 고스란히 전해져

왔다.

"그래서? 이번엔 부끄러워하지 않을 자신 있나? 이번에는 날 막아 세우지 않을 거냐고?"

"뭐. 솔직히 부끄러워하지 않을 자신은 없지만, 그렇다고 막지도 않을 거예요. 당신 원하는 대로, 당신 뜻대로 해요. 기다리고 있을게요."

발그레한 얼굴을 하고, 다소곳이 눈을 내리깔고서 할 말 다 하는 제이라니, 너무 예뻐서 미칠 것 같았다. 이런 모습을 보며 깨물어 주고 싶다고 하나 보다.

"오늘은 시간이 초와 같았으면 좋겠어. 1초가 한 시간이면 얼마나 좋을까? 시간 참 더럽게 안 가. 들어가 봐. 내 마음 바뀌기 전에, 1초라도 더 있다가는 당신 내려 주지 못할지도 몰."

벌컥. 쾅. 후다닥. 아직 말도 다 끝나지 않는데, 여전히 기가 막히게 동작이 재빠른 제이였다. 차 문을 열고 닫고, 달려가기까지 몇 초나 걸렸을까?

"발목에다 모래주머니라도 채워야 할까 봐. 무슨 여자가 동작이 저렇게 빨라?!"

풉. 붉어진 얼굴을 푹 숙이고, 긴 머리로 얼굴을 가린 채 후다닥 달려가는 제이의 뒷모습이 왜 이렇게 사랑스럽기만 한지…….

한동안 수그러들 기미가 보이지 않는 신체의 변화에 한탄하며 조프는 차에서 내릴 엄두도 내지 못했다.

호텔로 돌아온 크리스는 가장 먼저 앨리를 찾았다.

"앨리. 나 좀 잠깐 볼래요?"

앨리는 마치 기다렸다는 듯 비서실 옆 소회의실로 향하는 크리스를 조용히 따르고 있었다.

"실장님. 오늘 일은 정말 죄송합니다. 저는 정말로 실장님과 대표님께 무슨 일이 생긴 줄 알고…….”

소회의실에 들어서자마자 크리스에게 자신이 했던 잘못에 용서를 빌었다.

“오늘 일은 나 역시 경솔했어요. 그건 나도 사과하지. 내가 제대로 전달을 해야 했는데. 그러지 못했으니 내 책임도 커요. 흠. 혹시 앨리, 한 팀장님과 대표님 관계에 대해서 뭐 아는 거 있어요?”

비서실 직원들의 입은 무거워야 했다. 게다가 여기는 대표님 직속 비서실이었다.

회사 내 가장 중요한 포지션에서 온갖 기밀문서와 고급 정보를 다루는 곳이었기에, 비서를 채용할 때부터 그런 포지션을 고려해 그에 따른 자질을 면밀히 살펴 적합한 인물들로 대표님 비서실을 채웠고, 그건 비서실장인 크리스 자신의 몫이었다.

분명 대표님의 신변에 문제가 발생했을 경우, 일단은 비서실장인 자신에게 제대로 확인하여 신중에 신중을 더해 처리해야 함은 당연지사.

오늘 앨리의 행동에는 분명 무언가 석연치 않은 구석이 있었다. 둘의 관계를 알지 않고서야, 이렇게 쉽게 말을 옮기지는 않았을 거라는 생각에 묻지 않을 수 없었다.

“실은…… 오래전에 대표님 집무실에서 한 팀장님 사진을 본 적이 있어요. 처음에는 누군지 몰랐는데, 여기 와서 한 팀장님 계속 마주치다 보니 생각이 나서. 두 분이 특별한 관계인 줄 알았어요. 죄송합니다.”

역시나 말하지 말았어야 했다. 자신이 말을 하자마자 혼비백산하며 나가는 한 팀장님을 보고 그제야 아차 싶었던 앨리였으나, 후회하기에는 이미 늦어 버렸다.

“흠, 맞아요. 앨리 당신이 생각하고 있는 그대로일 겁니다. 하지만 어디까지나 대표님의 사생활입니다. 우린 그분이 하는 모든 일을 서포트함과 동시에 사생활도 지키고 보호해야 할 의무가 있어요. 공식 일정 이외의 대표님과 관련한 사항은 모두 함구해야 하는 거 잘 알고 있죠?”

"네. 실장님."

"앨리, 당신은 선의에서 했겠지만, 오늘 자칫하면 큰일이 날 수도 있었어요. 당신 말처럼 그분, 대표님께는 아주 특별한 분입니다. 그런 분께 오늘 큰 사고가 날 뻔했어요. 천만다행으로 무사하시지만, 대표님께서 많이 걱정하고, 놀라셨어요. 앞으로는 오늘과 같은 일, 절대 일어나서는 안 됩니다. 내 말 알겠어요?"

"네. 명심하겠습니다."

"대표님의 개인 생활에 대해서는 봐도 못 본 척, 알아도 모른 척 일절 관여해서는 안 됩니다. 그리고 앞으로 대표님 신변에 이상이 생기거나, 의문이 있으면 반드시 나한테 먼저 확인하도록 해요. 당신의 포지션이 얼마나 중요한지 잊지 말아요. 앨리."

"네. 실장님. 명심하겠습니다."

"오늘 나 대신해서 직원들 인솔하고, 챙겨 줘서 고마워요. 수고 많았어요. 그만 가서 일 봐요."

"네. 알겠습니다."

비록 좋지 않은 소리를 듣기는 했지만, 앨리에게는 비서의 자질을 한 번 더 생각하게 하는 계기가 되었을 것이다.

조프 앞에서는 가끔 실없는 농담을 하기도 하고, 어리숙한 모습을 보일지언정, 비서실 수장으로서의 모습은 매섭기 그지없는 크리스였다.

집무실에 돌아온 조프는 가장 먼저 공사 진행 상황부터 확인하고, 자리를 비운 동안 크리스가 처리한 사안들을 살펴보며 흐뭇함에 미소 지었다. 기대 이상이었다.

자신의 빈자리가 느껴지지 않을 정도로 모든 일을 완벽하게 잘 처리한 크리스였다.

단 한 번도 자신의 기대에서 어긋나지 않았던, 조프에게 있어 크리스는 비서이기에 앞서 완벽한 파트너였다.

"젠장. 쓸데없이 일도 잘해. 나쁜 자식."

흐뭇하면서도 한편으로는 아쉬웠다. 어디 하나라도 부족함이 있어야 더 데리고 있을 핑계라도 만들 텐데, 역시나 놓아 줘야 하나 보다. 저도 모르게 가슴 깊은 곳에서 한숨이 새어 나오는데, 감상에 젖을 틈도 없이 들려오는 벨 소리였다.

울리는 벨 소리에 액정을 보니 이강성 의원이었다.

"네. 의원님. 안녕하셨습니까?"

— 오랜만입니다. 본국은 잘 다녀오셨는지.

"네. 덕분에 잘 다녀왔습니다."

— 먼저 전할 소식이 있어 연락합니다. 명우그룹과 관련한 각종 비리의 진상 규명을 위한 국정조사를 실시하기로 했습니다. 국정조사 특별위원회가 정해지면 운영 일정 합의에 따라 1, 2차 기관 보고, 그 뒤로 곧이어 청문회가 열릴 거요. 그리고 고위공직자도 비리에 연루된 만큼, 특별검사법안도 준비 중입니다. 이 또한 무리 없이 통과되게 될 거요. 이건 결정되는 대로 연락하겠소.

"감사합니다."

— 이 사람이 뭘 한 게 있어 인사를 받겠소? 시작부터 끝까지 모두 당신이 다 한 일인 것을.

"아닙니다. 의원님이 나서지 않았다면, 일이 이렇게 빨리 진행이 되지 않았겠지요. 절대 쉽지 않은 일임을 잘 알고 있습니다."

— 시국이 이러하니 서두를 수밖에. 난 이만 바빠서, 또 연락합시다.

"네. 의원님."

짧은 통화를 끝내고 조프는 비서실 호출 벨을 눌렀다.

"크리스, 잠깐 들어와."

— 네. 대표님.

조프는 앞으로의 일정을 머릿속에 그리며 집무실로 들어오는 크리스를 바라보았다.

"부르셨습니까?"

"여긴 역시나 내가 없어도 되겠어. 생각은 좀 해 봤어?"

"흠. 뭐가 그리 급하십니까? 다른 것도 아니고 저의 미래가 걸린 일인데, 좀 더 생각해 볼 여유는 주셔야 할 것 아닙니까? 넉넉하게 주십시오. 심사숙고하겠습니다."

'고민하고 말고 할 것 없이, 하겠다 하면 끝날 일을, 분명 저에게는 최고의 기회임에는 틀림이 없는데, 왜 이렇게 망설여지는지 모르겠습니다. 온갖 미운 정 고운 정 다 들게 만들어서는 이 중요한 순간에 망설이게 만드십니까?'

"말은 잘 한다. 그래. 주야장천 생각만 해 보든가? 그러다 취소하는 수가 있다. 내 마음이 변하기 전에 빨리 결정해. 알았어?"

"풋. 네. 노력해 보겠습니다. 그런데 제 거취 문제로 부르신 겁니까?"

"아니, 좀 앉아 봐."

함께 소파로 이동해 자리에 앉았다.

"곧 청문회가 열릴 거야. 우리 법무 팀에 자료 넘겨주고, 검토해 보라고 해. 뇌물 받은 공무원 처벌 수위, 경찰의 증거 인멸, 명예훼손과 살인 누명에 관한 처벌, 필요하다면 국가를 상대로 한 소송 가능 여부, 미필적 고의에 의한 의료 행위 처벌 수위, 불법 정치자금 수수 혐의 등, 그 사건 관련해서 연루되어 있는 사람 모두, 검토해 볼 수 있도록."

"네. 알겠습니다. 그런데 청문회 할 때 직접 나서실 겁니까? 흠…… 너무 일을 키운 것 아닐까요? 회장님께서 많이 놀라실 텐데."

크리스는 회장님의 건강 상태도, 분명 타격을 받게 될 그룹의 주가도 그에 따른 임원들의 우려도 걱정하지 않을 수 없었다.

"하기 전에는 말씀드릴 거야. 할머니도 이해해 주실 거고, 지금으로서는 그게 가장 빨리, 효율적으로 일을 마무리 지을 수 있는 방법이야."

"그래도 지금 모은 증거와 증인, 자료만 해도 충분할 텐데요."

"그래, 우리가 가진 증거, 증인, 자료들만 해도 충분히 잡아넣을 수는 있어. 하지만, 그게 다야. 법적으로 해 봐야 한국은 법이 약해서 요리조리 법망 다 피할 거고, 처벌 수위 또한 상상할 수 없을 만큼 낮을 거야."

알아본 바로 권력층이나 재벌들은 그마저도 특별감형이나 형 집행 정지, 특별사면으로 죗값도 다 치르지 않고 나오는 일도 부지기수였다. 조프는 고작 그 정도로 만족할 수 없었다. 절대 그들이 법망을 빠져나가게 둘 수가 없었다.

"결정적으로 재판에 이르기까지 걸리는 시간만 해도 한 세월이야. 그러다 덜컥 대통령이라도 되면? 그땐 정말 답이 없어. 전 국민이 알아야지. 그들이 철석같이 믿고 있는 후보자가 어떤 사람인지, 영부인으로 점찍어 둔 사람이 어떤 사람인지."

국가의 원수가 되려는 사람이 아들의 죄를 어떤 식으로 덮었는지, 그들의 치부를 낱낱이 밝혀 한 점 미련도 남지 않도록 해야 했다. 그래야만 누가 대통령이 되더라도 뒤탈이 없을 듯했다.

조프는 믿었다. 국민적 공분이 그들을 더 적극적으로 더 확실한 방법으로 처벌하게 될 거라고.

"전 국민이 지켜봐야 해. 봐주기식 처벌? 어림도 없지. 나는 가장 빠르고 확실한 방법을 원해. 대한민국 국민의 힘을 믿어 보는 거지. 곧 특검법도 통과될 거라고 하니, 우리 법무 팀 검토 끝나는 대로 특검에 적극적으로 협조할 수 있도록 준비하고."

"대표님, 혹시 정치하실 생각은 없으십니까? 대표님 같은 정치인이 있으면 참 괜찮을 것 같습니다만."

정말 이런 정치인이 있다면, 이렇게 국민을 위하는 정치인만 있다면 좀 더 나은 세상이 되지 않을까, 잠시 떠올려 본 생각에 피식 웃고 말았다.

"쓸데없는 소리는 집어치워. 내 일만 해도 벅차. 너는 사람 피 말리지 말고 하루빨리 거취 정해 알려 줘. 알았어?"

'아차. 실수. 저 자식 앞에서 속마음을 드러내면 안 되는데. 젠장.'

"풉. 제가 없으면 막 피가 마를 것 같고 그렇습니까?"

이런 말을 그냥 흘려들을 크리스가 절대 아니었다.

"누가? 내가? 속이 시원하지 무슨 피가 말라? 네가 잘못 들은 거야. 쓸데없는 소리 하려거든 당장 나가!"

녀석은 쓸데없이 귀도 더럽게 밝았다.

"푸흡, 넵! 그럼 저는 또 열심히 일하러 가 보겠습니다."

뭐가 그리 좋은지 대표님 집무실을 나서는 크리스의 얼굴에 참지 못한 웃음기가 다분했다.

제이는 오후 내 자리를 지키고 앉아, 정신 못 차릴 정도로 바쁘게 밀린 일을 다 처리하고 나서야 허리를 쭉 펴며 시간을 확인해 보는데, 어느새 시계가 6시를 향해 가고 있었다.

"어머, 시간이 벌써 이렇게 됐어? 휴. 그래도 시간 안에 마무리할 수 있어 다행이다."

Rrrrr.

때마침 조프에게 전화가 걸려 왔다.

"조프."

— 일은 다 했어?

"네. 이제 겨우 마무리했어요."

— 잘했네. 근데 어쩌지? 난 조금 더 해야 할 것 같아. 지금 로비로 내려가면 크리스가 기다리고 있을 거야. 별장으로 먼저 가서 기다려 줘.

"그냥 내 차 가지고 갈게요."

오전에 그 난리를 치고서 망신스러워, 제이는 그 누구도 볼 낯이 없었다.

— 오늘은 분명 안 된다고 말했을 텐데? 얼렁뚱땅 넘어갈 생각 말아.

"알았어요. 그럼 당신은 얼마나 더 걸릴 것 같아요?"

— 한 시간쯤? 당신 먼저 가서 좀 쉬고 있어. 내가 가면 쉴 틈을 주지 않을 생각이니까. 분명히 예고했다. 그러니 기회가 있을 때 푹 쉬어. 나중에 피곤하다고 딴말하지 말고.

그의 말에 고개를 설레설레하며 피식 웃고 말았다.

"아무리 피곤해도 당신만 할까요? 오자마자 쉬지도 못하고 일만 하는데, 자신의 체력을 너무 과신하진 말아요. 아무리 기내에서 쉬었다 해도 시차 적응이 그리 쉬운가? 몸 생각도 해 가며 쉬엄쉬엄 일해요. 그러다 큰일 나요."

가뜩이나 평소에도 일이 많은 사람이 그 먼 거리를 이동하고서도 잠시도 쉬지 못하고 늦게까지 남아 일하는 모습이 걱정스러웠다.

— 하하하, 아까는 깜찍한 도발을 겁도 없이 하더니, 지금 발언은 뭐지? 내 체력에 대한 도전인가? 그 도전 기꺼이 받아들이지. 당신은 아직 나에 대해서 모르는 게 너무 많아. 오늘, 내가 확실히 보여 줄게. 기대하라고.

"도. 도전이라니요!! 말도 안 돼. 어쩌면 그 말을 그런 식으로 곡해할 수 있어요? 난 정말 순수한 마음으로 당신을 걱정한 거라고요."

당황스러웠다. 정말 그가 자신보다 훨씬 더 피곤할 것 같아서, 다른 걱정은 말고 당신 건강을 조금 더 신경 쓰기를 바라는 마음에 꺼낸 말이었는데, 어떻게 그 말을 도전으로 받을까.

— 훗, 이제 와 아차 싶지? 어쨌든, 딱 기다리고 있어. 1초라도 빨리 가려면 일해야 해. 끊어.

뚜뚜뚜. 끊어진 전화를 멍하니 바라보았다.

"내가 무슨 큰 실수를 한 것 같은 이 찜찜한 기분은 뭐지? 내가 무슨 말을 잘못했기에 도전으로 받아들이는 건데?"

'잠깐. 내일 해야 할 일이 많은가? 아이고, 일단 가서 쉬자. 쉬어.'

그의 황당한 말을 곱씹으며 신중히 생각한 결과, 지금은 쉬는 것만이 답인 듯했다. 그의 정력이야 말해 뭐 해. 게다가 며칠 만에 만났으니…… 잠이나 잘 수 있을지도 의문이었다.

제이는 지금까지 그가 허튼 말을 하는 걸 본 적이 없었다. 괜스레 걱정해 준답시고 잠자는 사자의 코털을 건드린 건 아닌지, 부랴부랴 자리를 정리하며 사무실을 나섰다.

"오늘도 다들 수고 많았어요. 어서 퇴근들 해요."

"네. 수고하셨습니다. 팀장님. 안녕히 가세요."

휴식의 필요성과 자신을 기다리고 있을 크리스를 생각하며 부지런히 걸음을 재촉했다.

로비로 나오니 이미 크리스가 차에 시동을 걸고 대기하고 있었다.

"번거롭게 해 드려 죄송해요. 제가 운전해서 가도 되는데, 내 말이 전혀 먹히질 않네요."

제이는 크리스가 운전석에서 내리려는 듯한 모습을 보며 그가 다가와 차 문을 열어 주기 전에 잽싸게 조수석에 들어가 앉았다.

"당연하죠! 그나마 대표님이니 오늘 하루로 끝나는 겁니다. 저였다면 어림도 없었을 겁니다. 아까 놀란 걸 생각하면 어휴…… 앞으로는 정말 조심하셔야 합니다. 그리고 다음부터는 무조건 뒷자리에 앉으십시오. 한 팀장님의 자리는 거기입니다. 아직은 적응이 안 돼 어색하고 불편하시겠지만, 익숙해지셔야 합니다."

"네…… 다음부터는 그렇게 하도록 할게요."

"혹시 뭐 필요한 건 없으세요? 오늘 하루 지내려면 필요한 게 있으실 것 같은데. 말씀만 하시면 가는 길에 사서 가려고요."

"어…… 하루 지낼 건 아니에요. 집에 부모님이 있어서 밤에라도 가야 해요. 딱히 필요할 건 없을 것 같아요. 고마워요."

그와 밤을 지새우는 걸 당연하게, 아무렇지 않게 받아들이는 크리스를 보며 민망한 마음에 진땀이 배어 나왔다.

"저…… 크리스?"

제이는 언젠가부터 크리스에게 물어보고 싶은 말이 있었는데, 쉽게 꺼낼 수 있는 내용이 아닌 데다 예전과는 다르게 부쩍 깍듯이 대하며 거리를 두는 듯한 그의 태도에 더욱 조심스러워지고 있었다.

"네. 편히 말씀하십시오."

망설임이 느껴지는 목소리가 의아해 룸미러를 슬쩍 보며 답을 했다.

"후…… 생각처럼 말이 쉽게 나오지 않네요. 음…… 예전에, 그러니까 스페인에서 저한테 말씀하신 거 혹시 기억해요? 입양 전 부모님에 대해 알고 싶다고, 부탁할 일이 생길지도 모르겠다고……."

"아, 그걸 여태 기억하고 계셨습니까?"

"사실 그게 계속 제 마음에 걸렸었어요."

"괜히 말했나 봅니다. 그때야 한 팀장님하고 불편하지 않게 대화하려다 깊이 생각 않고 나온 말이었어요. 너무 신경 쓰지 마세요."

"혹시 알아는…… 보셨어요?"

"아니요. 아직…… 사실 저도 아직 고민 중입니다. 과연 찾는 게 맞는 일일까 하고요. 어떤 사정으로 저를 보냈는지도 모르는데."

'혹시라도 원치 않아 버린 거라면. 그런 거라면 찾고서 후회하지 않을 자신, 없습니다.'

지금까지 잘 살아왔는데, 괜히 들쑤셔 굳이 알고 싶지 않았던 사실을 알게 되지는 않을까, 정말 버린 거라면, 그런 거라면 힘든 고비도 잘 넘기며 악착같이 살아온 시간이 너무 허무할 것만 같았다.

"후회 안 할 자신 있으세요? 바쁜 분이 여기까지 오기가 쉽지는 않잖아요? 일 끝나고 돌아가면 언제 다시 올 수 있을지도 모르고, 혹시 나중에라도 다시 한국으로 올 일이 있다고 해도 그분들 연세가…… 어떻게 될지 알 수가 없으니까요. 더 늦기 전에 시도해 보는 게 좋지 않을까 해서…… 주제넘었다면 미안해요."

"아닙니다. 생각해 보니 그러네요. 해도 후회, 안 해도 후회."

"혹시 음…… 친부모님이 입양 보낸 건 확실해요? 만약 그게 맞는다면 입양 정보 공개 청구라는 게 있던데…… 입양 기관을 알고 있다면, 그 기관에 신청하면 부모의 소재지를 확인하고 친부모가 동의를 하면 만날 수도 있다고 하더라고요. 물론, 소재지 확인되는 경우가 많지 않다고는 하지만."

제이도 쉽게 권할 만한 일은 아니었다. 알아본 바에 의하면, 소재지 확인이 안 되는 경우도 많지만, 부모가 연락을 받고서도 만남을 회피하는 경우도 허다하다고 하니 오히려 찾는 입장에서는 더 큰 상처를 받을 수도 있는 일이었다.

그래서 말을 꺼내기가 쉽지는 않았지만, 그에게 이런 기회 또한 쉽게 주어질 것 같지는 않았다.

크리스는 생각 않고 내뱉은 말이다 둘러대지만, 그를 옆에서 지켜본 제이로서는 그 말을 곧이곧대로 믿을 수가 없었다. 그는, 그런 말을 아무렇지 않게 내뱉을 만한 사람은 결코 아니었다.

"사실 제 경우는 입양 과정도 불명확하더군요. 그래서 찾기가 더 힘들 겁니다."

자신의 뿌리가 궁금하지 않을 사람이 어디 있을까? 자라는 내내 궁금했다. 친부모는 어떤 사람일까? 왜 이 먼 곳까지 그 어린아이를 입양 보내야만 했을까? 궁금함을 이기지 못해 성인이 된 후 시도해 보려고도 했으나 입양을 왔을 당시의 정보가 남아 있지 않아 시도조차 쉽지가 않았다.

"보통 입양을 하면 정보가 남기 마련인데…… 그럼 혹시 입양으로만 알아볼 게 아니라 다른 가능성도 한번 생각해 보는 건 어때요?"

"다른…… 가능성이라면."

"이를테면 실종이 돼서 입양되었다거나…… 사실 우리나라가 실종 아동에 대한 보호가 제대로 되지 않았다고 알고 있어요. 요즘에야 실종 아동 예방 차원에서 여러 정책이 나오곤 하지만, 옛날에는 관리가 제대로 되지 않아 해외로 입양 보내는 경우도 많이 있었다 하더라고요."

괜히 잘 살고 있는 사람, 공연히 건드려 심란하게 만드는 건 아닐까, 괜한 희망으로 더 큰 고통을 주게 되는 건 아닐까, 그저 조심스럽기만 했다. 하지만 주위에 또 그런 분이 계시니 그냥 넘어가기에도 마음에 걸리는 무언가 있었다.

"실은 제가 아는 분 중에, 어릴 때 아이를 잃어버려 지금까지도 고통받는 분이 계세요. 그래서 저도 이쪽으로 관심을 두다 보니…… 기사를 봐도 예사로 그냥 넘길 수가 없더라고요."

"아. 몰랐네요. 한 팀장님 주위에 저와 같은 경우가 또 있다니 말입니다."

"그분들은 생업도 포기하시고 전국 방방곡곡을 안 다녀 본 곳이 없으세요. 아이를 보육하는 시설이면 가리지 않고 다 찾아다니셨는데, 그 어디에서도 찾을 수가 없어, 혹시라도 입양된 건 아닌지도 알아보셨거든요. 결국 아직 찾지는 못하셨지만요. 그분들 보면, 그 오랜 세월이 흘러도 희망의 끈을 놓지 못하시는 것 같았어요. 왜 안 그렇겠어요. 주위에서 포기할 때도 됐다고, 그만하면 할 만큼 다 했다고 하는데도, 자식 잃은 부모가 할 만큼 다 한 게 말이 되느냐고, 찾기 전에는 죽어도 눈을 감을 수가 없다고……."

크리스는 전해 듣기만 하는데도 그분들의 고통이 오롯이 전해지는 듯했다. 부러웠다. 그분들이 찾고 있을 누군가가 너무나 부러웠다. 적어도 그 사람은 버림받은 건 아닐 테니까……

"어딘가에 반드시 살아 있을 거라는 희망 하나로 버티시는 것 같았어요. 그러니…… 크리스, 당신도 시도는 해 봤으면 좋겠어요. 혹시 모르니까요. 당신의 경우에는 입양 관련 자료도 없는 것 같으니 경찰에 도움 요청이라도 해 보는 건 어때요?"

"하…… 실종이라……."

그게 아니면 어쩌죠? 라는 말이 입가에 맴돌았지만 차마 할 수 없었다.

"어디서부터 어떻게 시작해야 할지도 막막합니다. 어릴 때 정보라고 해 봐야 처음 발견됐을 때 입고 있던 옷 정도 외에는 없으니 말입니다."

"음. 제가 말씀드린 그분은 작년에 경찰서에 가서 유전자 등록을 했어요."

우연히 40년 동안 소식이 끊겼던 모녀가 상봉했다는 기사를 접한 제이가 승철 아저씨에게 말해, 유전자 등록을 권유했었다.

아저씨는 그길로 경찰서에 가서 유전자 등록을 했으나 안타깝게도 지금까지 맞는 DNA가 없었다.

"언제라도 시간이 되면 경찰서 한번 방문해 보세요. 사정 설명하고 실종자로 유전자 등록을 할 수 있는지, 아니면 그분을 한번 만나 보실래요? 그분이라면 경험이 있어 많은 도움이 될 텐데. 마침 지금 우리 현장에 소ᄌ,"

"아닙니다. 가뜩이나 신경 쓸 일 많은 분께서 제 일까지 신경을 쓰십니까?!"

아직 마음의 준비가 되지도 않았는데 점점 더 구체화되는 그녀의 제안을 덥석 받을 수가 없었다. 혼란스러웠다. 찾아도 될지. 물어야 할지. 여전히 혼란스러웠다.

"그래도……."

"정 돕고 싶으시면, 한 팀장님 일 해결이 되고 나면, 그때 도와주십시오. 저도 다시 한번 신중히…… 생각해 보겠습니다. 그리고…… 신경 써 주셔서 고맙습니다."

"별말씀을요. 제가 받는 도움에 비할까요. 언제라도 마음이 바뀌면 말씀해 주세요. 정말 돕고 싶어요."

여기까지였다. 제이가 해 줄 수 있는 말은 더 없는 듯했다. 본인이 원한다면 기꺼이 돕겠지만, 아직은 그에게 시간이 더 필요한 듯했다.

"조금만 더 가면 도착합니다. 피곤하지는 않으십니까?"

크리스는 머릿속을 파고드는 온갖 상념을 떨쳐 내려 화제를 전환시켰다.

"저는 괜찮은데, 그도 괜찮을까요? 대표님, 평소 건강관리는 잘 하시는 거죠?"

마음이 무거워진 듯 보이는 크리스의 기분이 환기되기를 바라며 궁금했던 질문을 던졌다.

"그럼요. 건강검진도 꼬박꼬박 받으시고, 워낙 자기 관리가 철저하신 분이라, 대표님 건강은 끄떡없습니다만, 무슨 걱정거리라도 있으십니까?"

호언장담하더니, 정말 체력이 좋은가 보다. 하긴, 밤을 새우고도 다음 날 눈하나 깜짝 않고, 바쁜 일정을 소화했었지.

"아니요. 그냥. 시차도 있고, 오자마자 컨디션을 회복하기도 전에 저렇게 일을 많이 하니 걱정이 되기는 해요. 오늘은 푹 좀 쉬셔야 하는 게 아닌가…… 하고."

"그런 걱정일랑 붙들어 매십시오. 대표님 체력은 저보다도 좋습니다. 지난해 건강검진에서는 신체 나이가 10대로 나왔었습니다. 주치의도 깜짝 놀랄 정도라면 말 다 했죠, 뭐."

"혁. 10, 10대요? 20대도 아니고? 10대?"

'미쳤어. 실수했네. 실수했어. 신체 나이가 나보다 젊어. 대체 누가 누굴 걱정한 거야?!'

"네! 게다가 오실 때 기내에서 아주 푹 잘 쉬셨다고 하니, 걱정하지 않으셔도 됩니다. 저는 지금 대표님보다 한 팀장님이 더 걱정스럽습니다만. 오늘 많이 놀랐을 텐데, 눈도 충혈되고 많이 피곤해 보입니다."

대표님을 걱정해 주는 마음은 고마우나, 그분 걱정할 처지는 아닌 듯했다. 대표님이 자리를 비운 며칠간 전전긍긍하며 지낸 것으로 모자라, 오늘 그 난리를 겪었으니 심신이 많이 고단할 듯싶었다.

분명 오늘 밤에도 제대로 주무시기는 틀려먹은 듯한데, 누가 누굴 걱정하는 건지.

"아. 하하. 저는 괜찮아요."

'아니, 괜찮을까요?'

말은 괜찮다고 했지만 속으론 은근히 걱정이 스미는 제이였다.

차가 멈추고 도착했다는 크리스의 말에 차에서 내려 그의 별장을 바라보는데 저절로 입이 스르륵 벌어지고 있었다.

"제주도에 이런 곳이 있는지는 몰랐네요."

여행을 하며 또 일을 하며 제주도 구석구석 안 다닌 곳이 없었다. 제주도만큼은 정말 제 손바닥 안이라고 생각했는데 왜 이런 곳을 발견하지 못했을까.

"준공된 지 몇 개월 안 된 곳입니다. 우리가 한참 부지 알아볼 때 대표님 지낼 곳도 함께 알아보고 있었는데, 마침 준공이 끝난 별장이 급매물로 나왔더군요. 인테리어까지 완벽하게 마무리된 상태에서요. 개인 사정으로 급히 이민 가게 생겼다고 입주도 해 보지 못하고 매도한다기에 바로 매입했습니다. 대표님이 몇 개월 지내기에는 그리 나쁘지 않을 것 같아서요."

"와, 이런 건물을 왜 아직 제가 못 봤죠? 건축가가 누구지?"

민가가 거의 없는 프라이빗한 공간, 아름다운 자연 풍경, 느리고 여유롭기만한 고즈넉한 분위기에 클래식함까지 갖추었다만…… 제이가 보기에 조금의 아쉬움이 있었다.

"딱 몇 군데만 손을 보면 완벽할 텐데……."

속삭이듯 내뱉은 혼잣말인데,

"품. 그 정도면 직업병입니다. 들어가시려면 한 시간은 걸릴까요?"

용케도 알아들은 크리스였다.

"어머, 죄송해요. 바쁘실 텐데."

크리스가 말하지 않았다면 주변을 넋을 잃고 둘러보며 정말 한 시간쯤이야 충분히 허비하고도 남았을 뻔했다.

"하하하. 저야 바쁠 것 없지만 한 팀장님은 괜찮겠습니까? 대표님이 눈에 불을 켜고 일하시던데, 지금 들이닥친다 해도 이상할 게 없습니다."

"헉!!"

잠시 잊고 있었다. 최소한 그가 오기 전에 씻기라도 하고 싶었다. 그렇지 않으면 무슨 감언이설로 함께 욕실로 들어갈지 알 수 없는 일이었다.

"내부도 제법 잘 꾸며져 있습니다. 구경하다 보면 기다리기가 지루하지는 않으실 겁니다. 그리고 냉장고에 음식 준비해 뒀습니다. 죄송합니다만, 제가 아직 한 팀장님 식성을 몰라 대표님 식성 위주로 준비했는데,"

"제 걱정은 하지도 마세요. 저는 아무거나 다 잘 먹어요."

"다행이네요. 그럼 저는 이만 가 보겠습니다."

"고마워요. 크리스."

"네."

입가에 미소를 머금고 별장을 벗어나며, 대표님의 넓은 아량으로 부디 내일 한 팀장님의 환한 모습을 보고 싶었다. 다크서클이 광대뼈 아래로 내려온 퀭한 모습이 아니라.

하지만 크리스는 알고 있었다. 전자보다 후자의 가능성이 99.9퍼센트일 거라는 사실을……

대표님은 체력이 좋아도 너무 좋았다. 그 좋은 체력을 오늘 어디다 쏟아부을지는 그분만이 아시겠지.

그도 없는 그의 공간에 조심스레 한 발 들여놓았다. 그의 아지트에 몰래 숨어든 것만 같은 이 짜릿함이라니.

"하…… 제법 잘 꾸며졌다고? 그가 몇 개월 지내기에는 그리 나쁘지 않아?"

크리스가 했던 말을 떠올리며 어처구니가 없어 고개를 절레절레 흔들었다.

한눈에 봐도 인테리어를 한 사람이 들인 시간과 정성, 노고가 고스란히 느껴지는 듯, 어느 한 곳도 평범한 곳이 없었다. 최고급 바닥재, 고가의 가전과 가구, 감각이 돋보이는 인테리어 소품, 거기다 통유리로 외부의 경치를 보며 느긋하게 즐길 수 있는 최고급 스파 시설, 천장이 열리는 실내 수영장, 역시나 통유리로 되어 있는 사치스러운 욕실……

제법 잘 꾸며진 정도가 아니었다.

"어마어마하다. 후."

동종 업계에 있음에도 이렇게 고가의 제품들을 한꺼번에 볼 수 있는 기회는 흔치 않았다.

대충 둘러봐도 자재들을 비롯한 내부에 있는 모든 것들이 해외 유명 브랜드들의 제품들밖에 없어 놀라움으로 벌어진 입이 다물어지지를 않았다.

"어머, 내가 지금 이럴 때가 아니잖아!"

한참을 넋 놓고 구경하다 뒤늦게 아차 싶었다. 그가 오기 전에 먼저 씻고 있어야 하는데…….

막상 씻으려고 하니, 이것저것 신경이 쓰이기 시작했다. 샤워하더라도 입은 옷을 다시 입기는 싫고, 입었던 속옷 또한 마찬가지였다.

"아! 빨래건조기가 있었지? 일단 속옷만이라도 빨아서 건조해야겠어."

그가 올 시간을 예상하며 부랴부랴 욕실로 들어가 샤워를 하고 속옷을 빨았다.

얼른 몸을 닦고 나와 그의 가운을 걸쳐 입는데, 손은 온데간데없이 보이지도 않고, 발목까지 내려오는 샤워 가운을 보니 한숨이 절로 나왔다.

"하. 안 돼. 이건 아니야."

치렁치렁한 게 활동하기에도 여간 불편한 게 아니었다. 일단 빨아 둔 속옷을 건조기에 넣고 시간 설정을 한 후, 서둘러 그의 드레스 룸을 찾아 들어갔다.

"헉."

드레스 룸이 아닌, 엄청난 규모의 백화점 명품관을 찾은 듯한 기분에 당황한 마음도 잠시, 한쪽 벽면 끝에서 끝까지 일렬로 나열된 화이트 셔츠 중 하나를 꺼내며, 거추장스러웠던 가운을 벗어 버리고 그의 셔츠로 갈아입었다.

마찬가지로 손은 온데간데없으나 원피스처럼 허벅지까지는 가려 주니, 소매만 걸으면 활동하기에는 더없이 편할 듯싶었다. 그제야 만족의 미소를 띠며 드레스 룸을 벗어나려는데, 한쪽 유리 장식장 안에 자리한 상반신의 마네킹이 제이의 눈길을 사로잡았다. 그냥 나갈까 하다가 궁금함을 이기지 못해 다시 발길을 되돌리는데,

"뭐야? 특별할 것도 없어 보이는데, 왜 이것만 장식장에 둔 거지? 어? 저건⋯⋯."

유리 장식장 안, 오른쪽에 붙어 있는 네모난 포스트잇⋯⋯ 너무나 익숙한 필체⋯⋯.

조프.

오늘 당신에게 중요한 날이라 혹여 방해가 될까 봐 말없이 떠나는 걸 용서하세요.

당신과 함께한 모든 시간 진심으로 즐거웠고, 행복했고, 감사했어요.

늘⋯⋯ 건강하세요.

—J

"하⋯⋯."

눈앞이 흐려지는 게, 또 눈물이 나오려는 모양이다. 잔뜩 흐린 눈에 어렴풋이 보이는, 마네킹이 입고 있는 화이트 셔츠와 넥타이, 커프스 버튼은 그 언젠가 여행 중에 그를 생각하며 제이가 직접 골라, 그를 떠나올 때 선물로 두고 온⋯⋯ 바로 그것이었다.

"이걸 여태⋯⋯ 보관하고 있었던 거야?"

그와 헤어지고 나서, 쓰레기통에 쑤셔 박히지는 않았을까 했던 선물이, 너무나도 소중하게 보관된 모습에 저도 모르게 울컥하고 말았다.

그가 오면 울고 있는 모습만큼은 보이고 싶지 않아 얼른 감정을 추스르며,

속옷이 다 건조되었는지 확인하러 가는데 저쪽으로 문이 활짝 열린 곳을 보고 서는 궁금함에 또다시 발걸음이 멈추었다.

'지금은 구경할 때가 아니야. 언제 그가 들이닥칠지 모른다고, 옷부터 챙겨 입어야 하는데.'

이성과는 달리 제이의 두 다리는 무언가에 홀린 듯 문이 활짝 열린 곳으로 향해 버렸다.

제이에게 오늘 처음 본 이곳은 놀고 싶고, 구경하고 싶고, 구석구석 다 알아보고 싶은 놀이터와 같았다.

"와……."

보자마자 감탄하는 이곳은 바로 조프의 침실인 듯했다. 이 별장에서 그나마 가장 작은 공간이 아닐까 싶었다.

퀸 사이즈 침대의 두 배는 되는 듯한 독특한 디자인 침대가 방 한가운데 떡하니 자리하고, 그 옆으로는 작은 테이블만이 있었다. 깔끔하고 모던한 분위기에 은은한 조명까지 더하니, 온 방이 아늑하고 따스하게만 느껴졌다.

이 별장을 의뢰한 사람은 잠을 중요시하나 보다. 이 공간은 오로지 잠을 자기 위한 공간으로 최적화되어 있는 듯했다.

제이 역시 이 방에 들어서자마자 침대로 뛰어들고 싶은 마음이 굴뚝같았다.

왜 이렇게 하품이 쏟아지는지…….

'잠시만, 잠시만 누워 볼까? 아니야. 그러다 그가 오기라도 하면…… 아니야. 아직 시간이 좀 남았을 거야.'

혼자서 무슨 내면의 갈등이 그리 많은지. 결국은 유혹을 이기지 못했다. 구름처럼 가볍고 포근한 호텔식 화이트 이불을 젖히며 살포시 그 속으로 들어가 보니, 너무나 익숙했던 향기가 제이의 온몸을 감싸 안으며 마치 그에게 안긴 듯한 착각이 들게 했다.

"흐음…… 하."

그의 향기를 듬뿍 들이쉬며 가슴 가득 차오르는 행복에 절로 만면에 만족스런 미소가 피어났다. 베개에 머리를 묻으며 그의 향기에 흠뻑 취하고 보니 그제야 고단했던 하루를 위로받는 듯했다.

많이 울어 충혈되고 따끔거리던 눈도, 집중해서 일하느라 똘똘 뭉친 어깨도, 찌뿌둥하기만 했던 몸도, 긴장이 풀어지며 나른하게 가라앉아 버렸다.

"5분만…… 딱 5분만……."

결국 포근함에 못 이겨 제이의 눈이 스르륵 감기고 말았다.

그 시간, 일을 마치고 집무실 안쪽 룸에서 샤워를 서두르는 조프의 마음은 봄바람처럼 산뜻하고 가벼웠다. 온종일 그녀에게로 향하는 몸과 마음이 한시바삐 별장으로 돌아가라고 아우성을 치고 있었다.

오는 동안 푹 쉬었을지언정 어느 한 곳의 불편함은 쉬이 해소가 되지 않아 피로가 쌓였고, 그 피로는 제이를 안아야만 해소가 될 피로함인 듯했다.

샤워를 마치고 집무실로 들어서는데 소파에 느긋하게 앉아 흥미롭게 바라보는 크리스의 눈빛이라니.

"그 와중에 운동까지 하셨습니까? 일분일초가 바쁘신 분인 줄 알았는데 생각보다 여유가 있으십니다."

샤워하고 나오는 대표님의 가슴과 복근 근육이 선명하게 두드러져 보이는 것이 운동을 하신 것 같아 장난스레 말을 하는 크리스와,

"바로 퇴근하랬더니, 왜 다시 와? 제이는 잘 데려다줬어?"

장난을 맞받아칠 여유도 없이, 새로 꺼낸 드레스 셔츠를 걸쳐 입고 바쁘게 단추를 하나하나 채워 나가는 조프였다.

"당연한 걸 물으십니다."

"별장은 마음에 든대?"

"제가 말없이 지켜보기만 했다면, 한 시간이고 두 시간이고 들어가지도 않고 밖에 머무르셨을걸요?"

"풋."

제이의 행동이 예상하고도 남을 듯해 웃음이 나왔다.

"아마 안에 들어가서는 더 놀라셨겠지요? 신혼부부가 살 곳이었다는 걸 과연 눈치챌까요?"

그랬다. 그 별장은 신혼부부의, 신혼부부에 의한, 신혼부부를 위한 모든 것이었다. 모든 신혼부부의 성적 판타지를 충족시켜 줄 만한 요소들이 곳곳에 자리하고 있었다.

"글쎄다. 제이 역시 그런 신혼부부의 의뢰를 받아 본 적은 없지 않을까? 아무튼 멋진 사람들이라니까."

"하. 처음 별장을 보셨을 때와는 반응이 사뭇 다르십니다?!"

처음 별장을 둘러보며 죽일 듯 노려보던 대표님의 얼굴이 아직도 눈에 선했다. 결국 에로틱함이 과하던 침실과 그 외 몇 곳은 대표님의 취향대로 인테리어를 조금 손보기도 했다.

"하하하, 그때와 지금이 같아?"

처음 별장에 들어섰을 때, 의아함으로 고개를 갸웃거렸던 조프였다. 도대체 이 공간은 무얼 하려 이렇게 꾸며졌을까, 침실은 왜 이렇게 화려하며, 욕실은 프라이버시도 없이 왜 이렇게 오픈되어 있으며, 천장이 열리는 공간은 굳이 필요한 것이었을까…….

그 집에 살기로 예정되어 있던 부부는 모르긴 몰라도 굉장히 정열적인 부부가 아니었을까 싶었다.

처음 혼자 그곳에 들어섰을 때는 불만투성이였던 모든 것들이, 달라진 지금의 사정에서는 하나같이 만족스럽지 않을 수가 없었다. 오히려 침실 인테리어를 바꾼 지금이 조금은 후회가 될 정도였다.

혼자가 아닌 제이와 함께 머물고 싶었던 공간. 그 공간 안에 지금 제이가 있었다.

조프는 그 모든 공간의 활용도와 효율성을 앞으로 찬찬히 알아볼 생각이었다.

"가시죠. 대표님 모셔다드리고 저도 퇴근하겠습니다."

"자식, 고생을 사서 한다. 가자."

"미국에서 오늘 들어오신 분 맞습니까? 한 팀장님이 쓸데없는 걱정을 하던데 말입니다."

차에 오르며 유난히 활기차 보이는 대표님의 얼굴에 웃지 않을 수 없었다.

"무슨?"

"시차 적응도 안 됐을 텐데, 대표님 오늘 좀 쉬셔야 하는 거 아니냐고요. 평소 건강을 잘 챙기는지도 걱정하시더라고요."

"그래서 뭐라고 했는데?"

"작년 건강검진 때 신체 나이가 10대였다고 말씀드렸죠. 놀랄 일이기는 하지만 그 정도로 놀라실 줄은 몰랐습니다."

"푸하하하하하."

제이가 혼자서 무슨 상상을 하며 시간을 보내고 있을지 심히 궁금해 죽을 지경이었다. 오늘따라 막힘없이 쭉 뻗은 한산한 도로가 너무나 반가웠다.

"푹 쉬십시오. 내일 뵙겠습니다."

"고생했다. 조심해서 들어가."

크리스에게 인사를 건네고, 정원을 거의 뛰다시피 하며 현관 앞에 닿았다.

드디어 도착했다. 이 문만 열면 너무나 그리워한 그녀를 볼 수 있다는 기대감에 기분 좋은 두근거림이 시작되고 있었다.

"제이!"

일부러 그녀의 이름을 부르며, 현관문을 활짝 열고 들어가는데 함박 웃으며 문 앞으로 달려 나와 반겨 줄 거라 생각했던 그녀의 모습은 온데간데없이, 익숙했던 적막과 황량함만이 하릴없이 조프를 반겼다.

"흠……."

'또 뭐에 홀려서 내가 오는 것도 모르고 있는지…… 혼내 버릴까?'

보고 싶은 얼굴이 보이지 않자 아쉬운 마음에, 활짝 웃고 있던 얼굴이 서서히 본래의 모습으로 돌아가며, 그 얼굴엔 심통이 자리하고 있었다. 서둘러 거실, 주방, 욕실, 드레스 룸 곳곳을 살펴보는데, 어디에도 제이가 보이지 않았다.

"뭐야? 도대체 어디 있는 거야?"

제이가 자신의 침대에 누워 있으리라고는 상상조차 하지 않았다. 가뜩이나 부끄러움 많은 여자가, 겁도 없이 날 잡아 잡숴. 하고 침대에 누워 있으리라고는……

그 한 곳을 제외한 나머지 곳곳을 살펴보며, 기대감이 걱정으로 바뀌고 있었다. 분명 가방도 그대로 있는데, 전화는 받지도 않고, 외투도 그대로, 신발도 그대로…… 찾아볼 곳은 다 찾아봤다. 둘이 지내기에는 넓은 곳이 절대 좋지만은 않다는 생각을 하며 마지막 남은 문 앞에 섰다.

"설마 여기에도 없는 건 아니겠지?"

조프는 마지막 남은 침실 앞에 서서 천천히 문을 열어 보았다.

"후……."

그제야 안도의 숨을 길게 내쉬며 조용히 침대 옆으로 다가가 살포시 걸터앉았다. 얼마나 깊이 잠에 빠져들었는지 사방은 고요한데 제이의 달콤한 숨소리만이 색색 들려왔다.

늘 혼자 잠들던 자신의 침대에, 너무나 자연스럽고 당연한 듯이 잠들어 있는 제이가 왜 이렇게 사랑스럽기만 한지…… 가슴 가득 뿌듯한 만족이 스미는 것도 잠시,

"당신 이러면 반칙이야. 내가 너무 늦었나 봐. 푸시업까지는 하지 말 걸 그랬어."

들려줄 의사가 없는 듯, 속삭이듯 말하는 조프의 얼굴에 진한 아쉬움이 묻어 나왔다. 자신을 걱정하는 제이에게, 건강함을 과시하기 위해 일을 끝내자마자 열심히 푸시업과 상체 위주의 근력운동을 잠깐 하고서 샤워까지 하고 왔는데……

"나쁜 여자."

얼굴에서 아쉬움을 지우지 못한 채 고민에 빠졌다. 제 욕심을 채우자면 지금

당장이라도 깨워야겠고, 오늘 하루 힘들었을 제이를 생각하면 그냥 쉬게 해야 겠고.

결국 불타는 욕정을 누르며, 제 이기심을 잠시 뒤로 미루어 두었다.

이불에 폭 파묻혀 겨우 얼굴만 빼꼼 내밀고서 곤히 자는 그녀의 평온함을 아직은 깨고 싶지가 않았다. 그렇게 조프는 침대에 걸터앉아, 엷은 미소를 띠며 자는 제이를 뚫어져라 바라보고 있었다.

조심스레 흘러내린 머리카락을 넘겨 주고, 참지 못해 살며시 다가가 얼굴을 마주하며, 달콤한 제이의 내뱉는 숨을 한껏 들이마셔 보았다. 엷은 미소가 감도는 제이의 입술에 버드 키스를 하자 제이의 미소가 조금 더 진해졌다. 잠결에서도 조프의 입맞춤에 행복을 느끼는 제이였다.

"당신 잠든 거 맞지? 나 속이는 거 아니지?"

나지막이 들리지도 않을 소리를 내면서 다시 한번 확인하듯 물어본다. 또 얼마나 더 인내하며 기다려야 할까?

"하아……."

조프는 침대에서 일어서며, 이미 반응해 버린 육체를 옥죄어 오는 듯한 옷가지들을 훌훌 벗어 버렸다. 많이 힘은 들겠지만, 참더라도 당신 옆에서 참겠다고, 제이가 깨지 않도록 조심스레 이불 속으로 들어가 제이의 등을 살포시 끌어안는데 부드럽게 스치는 그녀의 맨……다리라니.

"후……."

'희망 고문이 심해도 너무 심하잖아.'

불편함에 제이가 하의를 벗고 자는 듯했다. 미칠 듯 솟구치는 욕정에 이를 악물며, 자신의 미약한 인내력을 나무라야 했다.

'딱 한 시간만 참아 볼게. 그 시간만큼이라도 푹 쉬어. 혹시라도 그 전에 깨어나면, 더 많이 사랑해 줄게. 더 많이 예뻐해 줄게.'

조프의 애처로운 기다림이 시작되려 하고 있었다. 넓은 아량으로 제이에게 시간을 주고 나서도 부디 일분일초라도 빨리 깨어나기를 바라는 마음에,

'깨어나라, 깨어나라, 깨어나라.'

텔레파시를 보내는데…….

텔레파시가 통했을까 갑자기 돌아누우며 자신의 품속을 비집고 들어와 안기는 모습에 흐뭇한 미소를 감출 수가 없었다. 꿈결에서도 자신이 안길 가슴은 용케도 알아보는 제이와, 그런 제이를 더없이 사랑스럽게 마주 당겨 꼭 안아 보는 조프였다.

"흐억."

말캉하게 와 닿는 그녀의 가슴의 감촉이 고스란히 전해지며, 보드라운 그녀의 다리가 조프의 거친 두 다리 사이로 쏙 들어와 버렸다.

꿀꺽. 조프의 울대가 크게 요동쳤다.

'오, 마이 ㄱ……'

"응? 잠깐……."

'뭐…… 뭐야…… 뭔가 너무…… 새로운데?'

조프의 눈이 서서히 커져 가고, 너무나 건강한 신체의 어딘가 역시 그 크기를 더욱더 키워 가는 듯했다. 지나치게 정직한 심장과 신체 반응이 때는 지금이라고 말을 해 오는 듯한 착각마저 들었다. 미친 듯이 풀떡거리는 조프의 심장 소리와, 거친 숨소리만이 고요한 정적을 깨고 있었다.

도대체 잠을 자는 건지, 깬 건지 저 편하자고 꼼지락거리는 그녀 때문에 조프의 이성은 이미 저만치 내빼는 듯했다. 신체 나이 건강한 10대, 성욕이 오를 대로 오른 실제 나이 건강한 30대의 조프는 더는 참지 못하고, 기대감에 천천히 이불 속으로 손을 뻗었다.

보드라운 그녀의 다리를 천천히 쓸어 올리며 조심스레 궁금함의 근원지를 찾아가는데…….

탄력적인 둔덕을 향할 때까지 손에 걸리는 게 하나도 없었다.

"하하 맙소사…… 사람 놀라게 하는 재주까지?"

하의뿐만이 아니라 속옷도 입지 않았다. 이건 명백한 제이의 유혹이었다. 조프에게는 그랬다. 아니 제발 그래야 했다. 순간 소리 없이 활짝 웃으며 속으로 쾌재를 부르짖었다.

너무나 사랑스러운 '유혹에 더는 머뭇거리지 않고, 잠결에도 미소를 띠고 있는 제이의 입술을 살포시 머금었다. 또다시 올라가는 그녀의 입꼬리라니. 이번에는 좀 더 대담하게 제이의 입술을 가르며 들어가 여린 속살을 부드럽게 훑어내렸다. 꿈결처럼 비집고 나오는 제이의 신음이 이렇게 황홀할 줄이야. 그녀의 작은 신음에도 온몸이 화르르 타오르며 뜨거워지고 있었다.

그제야 제이의 눈이 게슴츠레하게 떠지다 감기기를 반복했다.

"음…… 조프. 언제 왔어요?"

"방금. 방금 왔어. 많이 기다렸어?"

말을 하는 순간에도 입술을 떨어트리지 않고, 제이의 입술을 탐했다.

"네…… 음……."

제이는 아직도 잠에서 덜 깨 몽롱한 정신에도 조프의 목을 끌어안으며 그의 부드러운 키스에 열렬히 응답하고 있었다.

"흐음, 너무 좋아. 당신 향기."

아직 잠에서 깨지 못한 제이가 웅얼거리며 하는 소리를 기가 막히게 잘 알아듣고서 피식 웃었다.

"나도 좋아. 당신 향기."

조프는 입가에 미소를 지우지 못한 채 쉬지 않고 키스를 하며, 천천히 그녀가 입고 있는 셔츠 단추를 하나하나 풀어 나갔다.

맨살에 보드랍게 닿아 오는 이불의 감촉, 그의 뜨겁고도 거친 다리의 움직임, 몸을 쓸어내리는 따뜻한 그의 손길, 그런데 뭐가 이렇게 허전하지?

'응?'

서서히 잠이 달아나고 있었다.

'분명 그를 기다리고 있었는데…… 속옷을 가지러 가고 있었는……데?'

"헉! 속옷! 하……."

갑자기 떠오른 생각에 화들짝 놀라며 한숨을 내쉬었다.

"훗."

자신의 어처구니없는 실수를 바로잡을 새도 없이 조프의 애정 공세에 혼을 빼앗겨 버렸다. 그의 뜨거운 입술이 스쳐 지나갈 때마다 온몸이 열렬히 환호하며 호흡이 가빠 오기 시작했다. 너무나 황홀한 기분에 참지 못한 신음이 절로 새어 나왔다.

조프 또한 다르지 않았다. 제이의 미약한 신음을 들으며, 온몸에 흥분이 끝을 모르고 치솟아 올랐다. 귓불을 할짝거리고 곱게 드러난 희고 고운 목에도 뜨거운 입술을 스치며 자신의 흔적을 짙게 새겨 둔 쇄골에 다다랐다.

너무 옅어져 버린 흔적이 마음에 들지 않은 듯 다시금 강하게 흔적을 덧그려 버렸다.

"앗."

선명하게 새겨진 단 하나의 흔적을 아주 흡족한 듯 바라보며 그 뒤로는 더없이 다정하고 조심스레 제이의 몸을 입술로 부드럽게 어루만졌다.

매끈한 제이의 복부와 옆구리를 쓰다듬으며 뜨거운 입술로 어루만지는데, 입을 맞추는 곳마다 움찔움찔 떨고 있는 제이의 몸짓은 왜 그리 사랑스러운지, 한동안 입술로 배 위를 배회하며 제이에게도 마음의 여유를 주고 있었다.

충분히 긴장이 풀렸을 거라 생각이 될 즈음 조프의 입술이 천천히 더 아래로, 아래로 향하고 있었다.

"조……프……."

망설임이 느껴지는 떨리는 그녀의 음성에도, 자신의 팔을 잡으려는 그녀의 움직임도 오늘은 조프를 방해할 수 없었다.

제이는 끝을 알 수 없는 부끄러움과 난처함, 그리고 이에 상충하는 흥분과 기대감이 뒤섞여 어찌해야 할 바를 몰랐다. 그러지 않기로 수없이 다짐을 했으나, 점점 아래로 향하는 그의 손을, 그의 얼굴을 잡아 멈추게 하고 싶은 마음을 어찌할 수가 없어, 차라리 두 손으로 침대 시트를 꼭 그러잡았다.

"조프!! 조프!! 조프읏!!"

왜 이토록 다급하게 그의 이름을 부르게 되는지 제이는 알 수 없었다. 난생처음 느끼는 생소한 감각에 주체할 수 없이 온몸이 떨려 오며 헤어 나올 수 없는 감각의 소용돌이 속으로 빨려 들어가는 듯 정신을 차릴 수 없었다.

"조프!!"

그와 사랑을 나눌 때와 마찬가지로 호흡과 심장 박동이 사정없이 빨라지며 한 곳으로 감각이 집중돼 버렸다. 더 이상 참을 수 없는 지경에 이르러 저도 모르게 온몸에 힘을 주며 그의 이름을 크게 외쳤다.

그제야 온몸에 똘똘 뭉쳤던 긴장이 스르륵 풀리며 고여 있던 눈물 한 방울이 눈가로 주르륵 흘러내렸다. 마치 격렬한 운동을 한 뒤 찾아오는 휴식과 같은 노곤함에 온몸이 착 가라앉아 버렸다.

그렇게 제이가 숨을 고르는 사이 조프는 제이의 양손에 꼭 말아 쥔 침대 시트를 슬그머니 빼며 한 손, 한 손 주물러 주고 있었다. 전해져 오는 통증에 그제야 자신이 얼마나 침대 시트를 강하게 틀어쥐고 있었는지 알게 되었다.

"하아…… 손가락이 아파요."

숨을 고르며 느껴지는 손아귀의 통증에 인상이 절로 찌푸려졌다.

"금방 괜찮아질 거야. 사랑해. 제이."

조프는 온전히 자신에게 모든 걸 내맡기고서 온몸으로 느끼는 제이를 보며 강한 소유욕과, 벅차오르는 감정을 주체할 수가 없었다.

"끝날 때까지는 끝난 게 아니야 제이, 내 사랑은 이제부터가 시작이라고."

짧지만 강렬한 한마디를 남기고 자신과 눈을 맞추며, 뜨거워진 몸을 겹쳐 오는 조프를 말없이 바라보는 제이의 얼굴은 더없이 반짝반짝 빛이 나고 있었다.

"내 어깨를 안아. 얼마든지 꽉 잡아도 괜찮아."

익숙한 기대감이 가슴 깊이 자리하며 그의 강한 어깨에 천천히 손을 올려놓았다.

제이는 그의 타오르는 듯한 눈빛을 피하지 않았고, 조프 역시 흔들림 없는 제이의 눈빛을 바라보며 뿌듯한 만족감을 느끼고 있었다.

달콤한 듯 진하게 뜨거운 키스를 퍼붓는 그를 보며, 아직 그의 사랑이 끝나지 않았음을…… 또 다른 그의 사랑이 기다리고 있음을 온몸으로 느끼게 된 제이였다.

그로부터 한참이 지나고 나서야 함께 호흡을 가다듬으며 제이가 조프의 젖은 등을 사랑스레 어루만졌고, 조프는 제이가 힘들 것 같아 몸을 굴려 하늘을 향해 누웠다.

"행복하다. 미치도록."

힘이 실린 조프의 말투에,

"음…… 저도요."

남은 기력을 다해도 힘없이 늘어지는 목소리였다.

"그냥 자려고? 사랑을 하기만 하면 이렇게 기운이 없어?"

힘없이 누운 제이의 머리를 제 한쪽 팔에 올려 팔베개를 해 주고서 품으로 끌어안았다.

"그러게 말이에요. 당신과 사랑을 나누기만 하면 온몸이 나른해. 손 하나 까딱할 힘이 없어요. 당신이 나한테는 최고의 신경안정제임과 동시에 수면제인가 봐."

정말 신기했다. 그와 사랑을 나누기만 하면 온몸이 부드럽게 풀리고 힘이 쭉 빠지며 그대로 잠에 빠져들고만 싶었다.

"뭐야? 하하하 그거 엄청 좋다는 말이지? 오늘 어땠어? 좋았어?"

알면서도 확인하고만 싶었고,

"뭘. 그, 그런 걸 물어요?!"

아직도 이런 대화는 민망하고 부끄럽기만 한 제이다.

"연인끼리 이런 대화를 안 하면 누구와 하나?"

"그거야 말 안 해도 아는걸. 뭘. 부끄럽게."

"부끄럽긴 뭐가 부끄러워? 절대 그렇게 생각하지 마. 연인끼리 할 수 있는 지극히 평범한 대화의 일부이자, 가장 중요한 대화이기도 하니까. 그래서 말인데, 오늘 당신 정말 최고였어. 난 당신이 내 침대에서 그렇게 예쁘게 기다리고 있을 줄은 꿈에서도 상상 못 했지. 어떻게 그런 기특한 생각을 다 했을까?"

다시 생각해도 너무 행복했다.

"그, 그게…… 건조기에 빨래를. 아니 속옷을 빨아서 건조기에 하…… 민망해 진짜. 말도 제대로 안 나와. 그게 아니라 잠깐 건조하는 사이에 진짜 딱 5분만 누워 있는다는 게…… 당신 침대가 그렇게 포근할 줄 알았나 어디? 실수예요 실수. 진짜 창피해."

붉어진 얼굴을 감추려 조프의 품속에 완벽히 숨어 버린 제이였다.

"그런 거였어? 에이…… 난 또 좋다가 말았네."

"뭐가요?"

"당신이 날 유혹하는 거라고, 내가 얼마나 행복했는지 알아? 그런데 그게 실수였어? 하…… 그 말 취소해라. 실수라는 말 취소하라고, 나는 그냥 그렇게 알고 싶다고."

정말 깜빡 속고 말았다. 그게 실수였을 거라고는…….

"당신 좋을 대로 생각해요 그럼. 난 괜히 밝, 히는 여자로 보면 어쩌나 걱정했는데."

"난 제발 그랬으면 좋겠는데? 그런 유혹이라면 언제든 대환영이라고, 너무 섹시했어. 그러니 부끄러워 말고 자신감을 가져. 그런 이벤트가 자주 있으면 더 좋겠다."

'정말이야. 그런 이벤트라면 하루하루가 행복할 것 같은데…….'

"제이, 당신은 내가 왜 좋아?"

"뭔가 좀 바뀐 것 같지 않아요? 보통 그런 질문은 여자가 잘 하지 않나?"

"편견이야. 누가 하면 어때? 궁금한데. 말해 봐. 내가 왜 좋아? 내 어디가 그렇게 좋아 죽겠어?"

"풋. 음 글쎄요…… 좋아 죽을 것까지야?"

장난스러운 제이의 말투에,

"뭐야?"

발끈한 조프였다.

제이는 그런 조프를 보고 싱긋 웃으며 대수롭지 않게 말했다.

"그냥 좋은데? 그냥…… 다."

"너무 추상적이야. 좀 더 정확하게 말해 봐."

"정말이에요. 그냥 좋아요. 함께 있는 것만으로도 다 좋아요. 뭐가 더 필요해요? 그런 당신은 콕 집어 말할 수 있어요? 내가 왜 좋은지 어디가 어떻게 좋은지?"

콕 집어 말할 수가 없었다. 그의 모든 것이 다 좋은데. 그의 생각, 성품, 태도, 자세. 무엇 하나 좋지 않은 게 없는데 그걸 말로 하기에는 쑥스럽기만 했다.

"그림! 당연하지. 말해 줄까?"

그의 품에 안겨 얼굴을 살짝 들어 올려다보는데, 그의 눈빛이 반짝거리고 있었다.

이거 불안한데? 표정이 개구쟁이 같아졌어.

"글쎄요. 궁금, 하기는 한데…… 왠지 들으면 안 될 것 같기도 하고……."

"풋, 뭐가 그렇게 복잡해? 궁금하면 들으면 되지. 내가 말해 줄게 잘 들어봐. 잘 듣고, 다음에는 당신도 꼭 이렇게 말해 줘야 해. 알았어?"

"음…… 당신 말하는 거 들어나 보고 결정할게요."

"까다롭기는. 아무튼 잘 들어봐. 당신의 어디가 좋으냐 하면? 음. 우선 부드러운 머릿결이 너무 좋아. 그 머릿결이 내 침대 위에 흩어져 있을 땐 더더욱 좋고."

제이는 가만히 숨죽여 그가 하는 말을 귀담아듣고 있었다.

"그리고, 날 바라볼 때 반짝이는 당신 눈빛도 너무 좋아. 그 눈빛이 사랑을 나눌 때 얼마나 섹시하게 변하는지 그건 나만 알겠지?"

"계속할 거예요? 으, 손가락이 살짝 굽어지려 하는데?"

제이는 낯간지러운 말들을 잘도 쏟아 내는 그의 입을 그냥 둬도 될까? 잠시 고민에 빠졌다.

"무슨 말이야 그게! 아직 제대로 시작도 안 했어. 말 끊지 말아 줬으면 좋겠어. 내 말 끊으면 다시 안을 거야. 빈말 아닌 거 알지?"

말을 하며 제이의 허리를 당겨 안았다. 흥분한 그의 몸이 고스란히 느껴져 또다시 그의 품에 얼굴을 묻어 버리는 제이였다.

"하하하, 그러니까 내 말 끊지 말고 딱 기다려. 그리고 말이야. 당신의 오똑한 코도 예뻐. 키스할 때 내쉬는 숨소리도 기가 막히게 황홀하거든."

꼴깍. 침 넘어가는 소리에 살짝 민망해진 제이였다.

그가 하는 말을 듣고 있노라니 그와 맞닿아 있는 몸에 열기가 더하며 달아오르는 게 느껴졌다.

조프 또한 제이가 침을 꼴깍 삼키는 소리를 들었다. 제이가 어디까지 참고 들을 수 있는지 시험하며 웃음이 비집고 나오려는 걸 참느라 이를 악물어야 했다.

"흠흠. 당신 입술도. 이건 말 안 해도 알겠지? 당신 키스를 기가 막히게 배웠어. 선생이 아주 훌륭한 모양이야. 촉촉하고 부드럽고, 달콤해. 사랑을 나눌 때는 또 어떻고? 우리가 사랑할 때면 당신 입술이 조금 더 붉어진다는 걸 알아? 음. 점점 참기 힘들어지고 있어."

"그, 그만해요. 이제 알겠어요. 당신 마음 알겠으니까 이제 그만해요."

"쓰읍…… 아직이야. 기다려. 당신 귀, 예민한 당신 귀도 좋아. 부끄러울 땐 지금처럼 붉어져, 흥분의 척도를 가늠할 수 있는 바로미터 같다고나 할까? 귀여워."

"망할 녀석이네요. 감정을 숨기려야 숨길 수가 없는 게 그 녀석 때문이야."

"푸하하하하, 음. 그리고 당신의 가늘고 긴, 희고 고운 목도 좋아. 당신 그거 알아? 당신 목에 성감이 얼마나 좋은지? 입술이 스치기만 해도 그 예쁜 목에서 날 미치게 만드는 신음이 나와. 반응이 즉각적이야. 사랑하지 않을 수가 없어.”

꼴깍.

'망할. 왜 자꾸 침이 넘어가? 미쳤나 봐!'

그의 말을 듣고 있노라니 계속해서 머릿속으로 사랑을 나눌 때의 모습이 그려지며 몸이 점점 더워졌다.

“내 손을 가득 채우는 풍만한 가슴은 또 어떻고? 사랑을 나눌 때면 흡,”

“이제 그만해요. 알겠으니까 그만해요.”

어째 그가 말하는 신체 부위가 점점 더 아래로 내려가는 게 수상해, 계속 듣고 있다가는 아무래도 민망한 말을 듣게 될 것만 같은 직감에 결국 그의 입을 손으로 막아 버렸다.

“어허! 내 입을 막고 싶으면 손으로는 안 되지!! 어림도 없어!! 내 입을 막고 싶다면 당신 입술을 가져와!! 당신 입술 외에는 내 입을 막을 수 있는 건 아무것도 없어. 알겠어?”

끙.

“엉큼해.”

“뭐야? 속옷까지 다 벗고 기다린 사람이 할 소리는 아닌 것 같은데?”

놀려 먹는 재미가 있는 내 여자.

“내가 이럴 줄 알았어. 실수라고 분명히 말했잖아요. 너무해.”

“그 말 취소하라고 했잖아. 그래도 아직 당신 취소 안 했다고!! 난 정말 황홀했다고. 완벽하게 환상적이었다고. 그런데 그게 실수라니!! 난 상처받았어. 흠. 그리고 내 말 아직 말 안 끝났어. 기다려. 매끈한 당신 옆구리도, 탄력적인 당신 배도 너무 예뻐. 내 손이 스치기만 해도 근육이 움찔거리며 반응하는데 하…… 기가 막히게 섹시하지.”

“그리고…… 당신의 거ㄱ 흡!!”

결국 입술로 그의 입을 막아 버렸다. 매섭게 휘몰아치듯 키스를 하며 그의 입을 완벽하게 차단해 버렸다.

그럴 줄 알았다는 듯 제이를 꼭 끌어안으며 다시금 제이의 몸 위로 무겁지 않게 체중을 실었다.

잠시 입술이 떨어지는 사이,

"실수 아니에요. 내가 유혹한 거 맞아. 됐어요? 까짓 내가 유혹했어요. 그게 뭐 어렵다고."

"쿡. 그럼 다음에도 또 그렇게 기다려 줄래?"

"흠. 뭐. 알겠어요. 그러지 뭐. 다아아아아음에."

"너무 오래 걸리지는 마. 늘 기대하고 있을게."

"기대하진 말아요. 부담스러우니까. 그냥 잊고 있어요."

"뭐야? 무슨 희망을 줬다가 뺏어? 흠…… 아까 하던 말 마저 해야겠네. 당신 거기도 기가 막히게 예쁘고 사랑스러웠어!!"

순식간에 새빨갛게 달아오른 얼굴을 하고, 놀라 함지박만 하게 떠지는 제이의 눈을 흥미롭게 바라보며 무언가 말을 하려 입을 달싹거리는 제이의 입술을 덥석 물어 버렸다. 함박 웃으며 장난처럼 시작된 조프의 키스는 또다시 사랑의 도화선이 되고 말았다.

보내야지, 이제 그만 보내야지 하다 보니 밤 11시가 훌쩍 넘어가 버렸다. 그저 사랑을 주고, 사랑을 받고, 또 사랑을 나누며, 출출함에 야식을 먹은 것 외에는 딱히 한 것도 없는데, 무슨 시간이 이리도 빨리 지나가는지 조프는 아쉬운 마음을 감출 수가 없었다.

"정말 보내기 싫다."

"당신 피곤하지 않아요? 한밤중에 또다시 왔다 갔다. 이게 무슨 고생이야."

'그러게 그냥 내 차를 운전하게 내버려 두지, 고생을 사서 하고 있어요.'

이런 말을 해 봐야 아무런 소용이 없다는 걸 알기에 뒷말은 조용히 삼켜 버렸다.

경호원 차를 타고 가겠다는 제이의 말도 가볍게 묵살해 버리고 기어이 직접 바래다주겠다며 별장을 나서는 조프였다.

"고생은 무슨, 가는 동안만이라도 함께 있을 수 있으니 얼마나 좋아? 뭐, 아예 안 가면 더 좋겠지만 말이야. 후……."

'언제쯤이면, 언제쯤이면 온전히 내 옆에 둘 수 있을까? 좀 더 서둘러야 할까 봐. 한시도 떨어지고 싶지 않으니.'

조프는 차에 타자마자 제이의 안전벨트를 확인하며, 아쉬움에 또다시 두 손으로 제이의 얼굴을 따뜻하게 감싸고서 키스했다. 지난 사랑의 흔적이 고스란히 남아 버린 제이의 부푼 입술을 보며 미안한 마음에 부드럽게 혀로 어루만지며 아프지 않게 베어 물었다.

"입술이 조금 부은 것 같은데? 아프지 않아? 괜찮은 거야?"

말을 하면서도 입술을 떼지를 못하는 조프와,

"괜찮아요. 당신도 만만치 않아. 상처 나지 않았어요? 입술?"

마찬가지로 자잘한 버드 키스를 하며 그와 장단을 맞추었다.

그의 입술 또한 자신과 다를 것 없어 보였다. 조심스레 그의 얼굴을 어루만지며 아쉬운 작별 키스를 하고 있었다.

더 늦기 전에 출발해야 하는데, 아쉬운 마음은 자꾸만 둘의 시간을 지체시키고 있었다. 제이의 이마에 자신의 이마를 갖다 대며 말없이 아쉬운 한숨을 내쉬는 조프를 보며 제이 또한 그와 마음이 한 치도 다르지 않았기에 가만히 아쉬운 미소만 짓고 있었다.

"하루라도 빨리 내 곁에 데려와야겠어. 이러다 병날 것 같아."

"……네."

조용히 대답하는 제이의 몸을 자신에게로 이끌며 마지막 포옹을 하고 있었다.

그들은 잠시도 헤어지기 싫은 평범한 연인들이었다.

10

그 시간 동우와 정연은 자신들이 제이의 집에 온 이후로 단 한 번도 이렇게까지 늦어 본 적이 없는 딸아이를 기다리며 거실을 서성였다.

일이 있어 늦을 거라는 전화는 왔지만, 오늘 딸아이가 사랑하는 그 남자가 돌아왔다는 걸 알고는 있지만, 그와 함께 있을 거라 짐작은 하고 있었지만, 그렇다고 늦은 밤까지 오지 않는 딸이 걱정되지 않을 수 없었다.

커튼을 달지도 못한 채 오며 가며 창밖을 주시하는 정연과, 무심한 듯 소파에 앉아 책을 읽으면서도 이따금 바람을 쐰다는 핑계로 이 추운 날씨에도 밖으로 나가 정원을 서성이게 되는 동우였다.

때마침 조용히 집 앞에 다다른 예사롭지 않은 차 한 대와, 그 뒤를 따르는 차량을 보며 자신의 짐작이 틀리지 않았음을…….

동우는 운전석에서 내려 딸아이가 타고 있는 조수석 문을 열어 주는 남자를 유심히 바라보았다.

창밖을 주시하고 있던 정연 역시 거실에서 바삐 걸어 나오며 한 번 더 보고 싶었던, 딸아이와 함께 서 있는 남자를 흐뭇하게 바라보았다.

따로 보았을 때도 근사했지만, 딸아이 옆에 함께 있는 모습이 너무나 잘 어울려 절로 입가에 미소가 그려졌다.

"아빠, 엄마. 추운데 왜 나오셨어요? 늦었는데 그냥 주무시지 않고요."

이렇게 기다릴 거라는 것도 모르고 제 욕심만 채우다 왔다. 죄송하기도 하고, 왠지 나쁜 짓을 저지르다 들켜 버린 아이처럼 부끄럽고 민망하기도 해 부모님 얼굴을 제대로 바라볼 수가 없었다.

"왔어요? 네가 아직 들어오지도 않았는데 어떻게 자. 이제라도 왔으니 됐어. 추운데 얼른 들어가자."

정연이 조프에게 반갑게 인사를 하고서, 딸아이의 손을 따뜻하게 감싸며 말했다.

"안녕하셨습니까? 저 때문에 많이 늦었습니다. 먼저 인사부터 드리러 왔어야 했는데, 걱정을 끼쳐 죄송합니다. 아버님, 어머님."

"아니에요. 일하다 보면 좀 늦어질 수도 있고 그렇지 뭐."

보면 볼수록 마음에 드는 남자였다. 정중한 태도와 말투, 풍기는 분위기가 듬직하고 믿음직스러워 한결 마음이 놓이는 정연이었다.

"흠흠. 무사히 데려와 주어 고마워요. 그래도 다음엔 좀 일찍 들여보내 줘요. 일하는 사람들이 푹 쉬어야 다음 날 일하는 데도 지장을 주지 않을 테니. 밤이 늦어 운전하기가 불편할 텐데 조심해서 잘 가요."

아내의 말에 의하면, 딸아이가 사내에게 프러포즈를 받은 듯했다. 제아무리 잘난 사내라 해도, 아무리 마음에 흡족한 사내라 해도 일단은 외국인이었다. 이제 막 관계를 회복한 딸아이를 자신에게서 멀리, 아주 멀리 데려가려는 남자.

딸아이가 결혼해서 아이를 낳고, 소소한 행복을 누리며 사는 모습을 곁에서 지켜보고 싶었던 동우의 바람은 이루어질 수 없을 듯했다. 딸아이를 보내 줘야만 하는, 왠지 모르게 딸아이를 빼앗기는 것 같은 서운한 마음에 정연과는 달리 아쉬운 소리도 해 보는 동우였다.

"네. 아버님. 명심하겠습니다."

'역시나 좀 더 서둘렀어야 했는데. 젠장.'

별장을 나서기 전, 이 늦은 밤에 편한 옷을 입지 않고 웬 슈트를 꺼내 입냐는 제이의 말에, 씨익 웃으며 '당신한테 멋있게 보이려고.' 농담을 했었다.

슈트를 입지 않아도 멋있기만 하다는 제이의 말에도 어깨를 으쓱하며 기어이 슈트를 차려입었다. 충분히 예상 가능했던 상황이었다.

자신이 본 그녀의 부모님이라면, 늦은 시간이라도 그녀를 기다리고 있을지도 모르겠다 싶었다. 딸을 데려가려는 입장에서, 조금이라도 흐트러진 모습을 보이고 싶지 않았다.

믿음직스럽고 듬직한 모습으로, 아무 걱정 없이 딸을 믿고 맡길 수 있도록 최상의 모습을 보여야 했다. 그 누구의 앞에서도 긴장하지 않고 늘 당당한 자신이 유일하게 어려워하고 긴장할 수밖에 없는 상대. 바로 제이의 부모님이었다.

예상했음에도 좀 더 서두르지 못했던 자신을 책망하며 그나마 옷이라도 격식을 차려 다행이다 싶었다.

"얼른 가요. 운전 조심하고요."

조프가 부모님을 뵌 적이 있다는 걸 알지만, 자신과 함께 정식으로 인사를 한 적은 없기에 어색함에 괜스레 속닥거리며 조프를 재촉하게 되는 제이다.

"어, 잠시만, 당신에게 줄 게 있어."

조프는 차 트렁크에서 쇼핑백을 몇 개 꺼내어 제이에게 건넸다.

"이게 다 뭐예요?"

커다란 쇼핑백이 한두 개가 아니었다. 양손 가득 받아 들고서 놀란 눈으로 그를 바라보며 물었다.

"당신 생각나서 샀어. 잘 맞을지 모르겠다. 아버님, 어머님 것도 있으니 가서 열어 봐. 얼른 들어가 부모님 기다리고 계셔."

"네, 고마워요. 들어갈게요."

머뭇거리며 돌아서 가는데,

"조만간 다시 찾아뵙고 인사드리겠습니다. 그만 들어가십시오. 들어가시는 거 보고 가겠습니다."

등 뒤로 조프의 우렁차고 듬직한 목소리가 들려와 부모님이 보고 있다는 것도 잊은 채 씩 웃어 버렸다. 뒤돌아 그를 한 번 더 보고 싶은 마음이야 굴뚝같았지만, 그러면 정말 발이 떨어질 것 같지가 않아 그대로 집으로 걸어 들어갔다.

정연은 행복한 미소를 지으며 집으로 들어가는 제이를 보며 뭉클함에 눈시울이 촉촉하게 젖어 왔고, 동우 역시 마음이 편안해 보이는 딸아이의 모습이 애잔해 헛기침하며 짠한 마음을 가다듬어야 했다.

부부는 그를 배웅하고 집으로 들어가려 했으나, 말하는 걸 보아하니 자신들이 집으로 들어가는 걸 보기 전까지는 갈 것 같지가 않아 당당하게 버티고 선 사내에게 눈으로 인사하고 집으로 가는 걸음을 재촉할 수밖에 없었다.

제이와 부모님 모두 집으로 들어가고 나서도 조프는 한동안 경호원들과 얘기를 주고받으며 제이 집 앞을 쉬이 벗어나지 못했다.

제이는 집으로 들어와 그가 건넨 쇼핑백을 하나하나 열어 보았다.

"이게 다 뭐야?"

자신의 사이즈에 꼭 맞는 운동화가 다섯 켤레, 아빠의 선물인 듯한 고가의 시계, 엄마의 선물인 듯한 명품 가방이 들어 있었다.

옆에서 함께 보고 있던 정연이 깜짝 놀라며 급히 말을 꺼냈다.

"아니 이게 대체…… 어휴, 제이야. 그 사람 아직 안 갔어. 이건 너무 비싸. 부담스러워서 하고 다니지도 못할 거야. 그러니 네 운동화만 빼고 나머지는 다시 돌려주고 와. 응?"

동우 역시 아내의 말을 거들고 나섰다.

"그래. 네 엄마 말대로 해. 일전에도 너무 고가의 술을 두고 가 부담스러웠는데, 이런 물건을 덥석 받을 수는 없어. 마음만 고맙게 받겠다고 전해."

너무 고가인 듯한 시계와 가방을 보며 화들짝 놀란 엄마와 단호한 아빠의 목소리에 제이의 마음도 무거워졌다. 제이 역시 부모님과 생각이 다르지 않았으나, 정신없이 바쁜 중에도 부모님 선물까지 준비한 그의 마음도 더는 거절할 수가 없었다.

"엄마…… 아빠…… 그냥 받아 주시면 안 돼요? 사실 저도 그 사람이 사 주겠다는 걸 계속 마다해서. 항상 미안해요. 아빠는 어차피 시계 늘 착용하시잖아요. 엄마도 가방이야 늘 가지고 다니는 건데 뭘…… 그냥 받아 주세요. 저도 더는 거절하는 말은 하고 싶지가 않아요. 그 사람 실망하는 모습도 더는 보고 싶지 않고요."

뭐든 해 주고 싶어 안달이 난 사람이다. 매번 이것도 필요 없다. 저것도 필요 없다. 거절만 하는 것 같아 여간 미안한 게 아니었다.

검소하신 부모님이 불편할 건 알지만, 자신의 부모님까지 생각해서 준비해 온 그의 성의가 너무 고마워 더는 그의 마음을 다치게 하고 싶지 않았다.

차 엔진 소리가 들려오는 걸 보니 그가 가려는 모양이다. 제이는 얼른 일어나 창가로 가서 보는데, 차창을 열고서 환하게 웃으며 손을 흔드는 그가 보였다. 부모님이 있으니 마주 손을 흔들어 주지는 못하고 제이는 조용히 미소로 그를 배웅하고 있었다.

서둘러 짐을 정리해 두고, 잠시 부모님과 대화를 나눈 후, 부모님이 방으로 들어가는 걸 보고서야 자신의 방으로 돌아와 조프에게 전화를 걸었다.

"잘 갔어요?"

— 어. 선물은 봤어? 마음에 들어? 이번에도 거절하는 건 아니겠지?

"내 사이즈는 어떻게 알았어요? 운동화 너무 예쁘고, 편해서 좋아요. 고마워요. 잘 신을게요. 부모님도 고맙다고 전해 달래요."

— 후, 다행이다. 안 받겠다고 하면 어쩌나 걱정했는데, 그거 다 내가 직접 고른 거야.

사치라고는 눈을 씻고 찾아봐도 없는 여자였다. 운동화는 늘 즐겨 신으니 그 정도는 받지 않을까 했는데 다행히 좋다고 하니 마음을 놓았다. 운동화는 하나

같이 해당 브랜드의 리미티드 에디션으로 일반인은 구하려야 구할 수도 없고 구경하기도 쉽지 않은 제품들이었다. 제이 성격에 알고서는 마음 편히 못 받았을 텐데, 차라리 그런 쪽으로 관심이 없는 게 다행이다 싶었다.

"그런데 그거 알아요? 우리나라에서는 흔히들 하는 말인데…… 연인에게 신발 선물하면 도망간다는 말?"

— 당장 버려! 신지 마!! 절대 신지 마!!!

"풉. 난 도망 안 가요. 걱정하지 말아요."

— 그럴 거면서 왜 서늘한 농담을 하고 그래?! 나 만나러 올 때 그 운동화 신고 더 힘껏 달려와, 걸어오지 말고. 좋더라. 갈비뼈가 으스러질 것 같은 게.

"왜 흉보는 것 같지? 많이 아팠어요? 내가 너무 심하게 안겼었나 봐."

— 심하긴 뭐가 심해?! 나 통뼈야, 당신이 아무리 내 위에서 누르고 굴러도 끄떡없어. 내일 당장이라도 테스트해 볼래?

"됐거든요!!"

— 안 넘어오네. 오늘 많이 힘들었을 거야. 푹 잘 자고, 내일 호텔에서 봐.

"네. 당신도 잘 자요."

끊을 듯 말 듯, 특별히 주고받는 말도 없이, 영양가 없는 대화를 하면서도 쉽사리 누구 하나 먼저 전화를 끊지 못하고 뜨거운 휴대전화를 붙들고 있다.

30분이 지나서야 제이가 잠에 빠져들며 휴대전화를 손에서 놓쳤다. 밤새 전화를 끄지도 않고 제이의 숨소리를 자장가 삼아 잠을 청하던 조프와, 배터리 방전으로 전화가 꺼져 버려 결국 아침에 알람 소리도 듣지 못해, 잠을 깨우러 온 엄마 덕분에 겨우 지각을 면할 수 있게 된 제이였다.

대훈이 콧김을 뿜으며 자신의 의원실로 들어섰고, 보좌관이 그 뒤를 따르고 있었다.

결국 일이 이 지경까지 와 버렸다. 명우그룹 비리 관련한 국정조사 요구가 관철되었다. 그 많은 여당 의원들이 있음에도 막을 도리가 없었다.

"으아아아악!!"

대훈은 의원실 문이 닫히는 소리를 듣자마자 참아 왔던 울분을 토하며 온갖 집기들을 집어 던지며 분풀이를 하고 있었다.

대훈은 작금의 상황이 도무지 이해가 가지 않았다. 연달아 발생하는 일련의 사건들이 왠지 우연은 아닐 것 같은, 여기서 그칠 것 같지 않은 불길한 예감에 간담이 서늘해 오는 듯했다. 누군가 분명 자신을 겨냥하고 있다. 그렇지 않고서야 베일에 싸여 있던 일들이 이리도 쉽게 밖으로 드러날 수는 없는 일이었다.

마치 작정이라도 한 듯 온 사방팔방에서 쏘아 올리는 화살이 여기저기 쑤셔 박히며 자신이 그간 쌓아 온 모든 것을 쑥대밭으로 만들려 하고 있었다. 자신의 주변이 철저히 고립무원이 되어 버리는, 자신의 힘이 닿을 수 없는 일들이 더 생겨날까 전전긍긍. 앞으로 자신에게 불어닥칠 시련을 감히 상상조차 할 수가 없었다.

본격적인 대선 레이스에 돌입해야 할 중요한 시점에 터져 버린 고름이, 대훈의 숨통을 사정없이 조여 오고 있었다.

"여론은 어때? 지지자들 반응은?"

"아무래도 영향을 받을 수밖에 없습니다. 그나마 다행인 건 지지율 하락 폭이 우려했던 것보다는 크지 않습니다. 지지자들도 대선 전 흠집 내기가 아니냐며 추후 상황을 지켜보겠다는 분위기가 압도적입니다. 압수수색 결과나, 청문회에 우리의 명운이 달려 있다고 해도 과언이 아닐 겁니다. 일정이 최대한 늦춰지면 좋겠는데……."

"하…… 절차가 어떻게 되지?"

"곧 조사 위원회 구성이 있을 겁니다. 조사 위원회 확정되고 나면 본회의 승인 설자를 거쳐 국정조사가 실시될 겁니다. 다른 때 같으면 시일이 제법 소요가 될 텐데, 지금은 시기가 이렇다 보니 국민의 진상 규명 촉구가 거세, 일정이 많이 앞당겨질 것 같습니다.”

“도대체 어떻게 이런 일이, 하…….”

대훈은 주춤주춤 책상 앞으로 가 자리에 털썩 주저앉으며 지끈거리는 머리를 감쌌다. 답답함에 나오는 건 한숨뿐이었다. 왜 하필 지금이어야 한단 말인가. 왜. 왜!!

대훈은 쓰러져 가는 공든 탑을 아슬아슬 위태롭게 받치며 버티고 섰다.

명우그룹 본사에 심상치 않은 분위기가 감돌고 있었다.

주아의 비서는 회장 집무실에 들어서며 긴 한숨을 내쉬었다.

“회장님! 의원님 선거캠프에도 문제가 생긴 것 같습니다.”

“뭐? 왜!!”

주아는 문을 열고 들어오는 이 비서의 우울한 낯빛을 보며 또다시 일이 터졌음을 직감했다.

“그게…… 우리 그룹과 관련한 각종 비리의 진상 규명을 위한 국정조사와 청문회가…….”

“뭐야? 그게 무슨 소리야!! 국정조사라니, 청문회라니?! 무슨 비리? 내가 뭘 어쨌는데?! 그이는 도대체 뭘 하는 건데! 무슨 말 같지도 않은 소리를 하고 있어?!”

너무 어이없는 소식에 놀라 자리에서 벌떡 일어섰던 주아는 지끈거리는 두통을 이기지 못하고 결국 머리를 부여잡으며 다시 제자리에 주저앉아 버렸다.

똑똑. 노크 소리에서조차 다급함이 느껴지더니 허락도 없이 집무실 문이 벌컥 열렸다.

“회장님!! 오늘 오후 긴급 이사회가 소집되었답니다.”

비서실 남자 직원의 다급한 목소리가 가뜩이나 날카로운 주아의 신경을 잔뜩 긁어 대고 있었다.

"누구 맘대로, 내 허락도 없이 누구 맘대로 긴급 이사회가 소집된단 말이야?!"

"그게, 안건이……."

가뜩이나 지금도 화를 주체하지 못하는 강 회장이었다. 그랬기에 더더욱 입이 떨어지지 않는 직원이었다.

"빨리 말 안 해? 누구 숨넘어가는 거 보고 싶어 환장했어?!"

"하…… 그게. 회장님 해임안으로……."

"뭐, 뭐라고? 누구 해임안? 하! 지금 나를 자르겠단 말이야? 나를?!"

"회장님, 지금 이럴 시간이 없습니다. 지금이라도 이사들을 만나 회유해야 하지 않겠습니까? 그들의 약점을 틀어쥐고 있지 않습니까? 아직 늦지 않았습니다. 회장님!"

넋을 놓고 있는 강 회장을 보며 이 비서는 화가 솟구쳤다. 정신을 바짝 차려도 모자랄 판에, 이럴 시간이 어디 있단 말인가? 강 회장이 쫓겨나게 되면 자신 또한 무사하지 못할 터, 지금의 여유로운 생활은 고사하고, 이리저리 조사한답시고 불려 다니지 않으면 다행이었다.

짧은 시간 빠르게 손익계산을 하며, 이 비서는 어떻게 처신해야 할 것인지 고민이 깊어졌고, 주아는 이 비서의 말에 정신이 번쩍 들어 자리에서 벌떡 일어섰다.

"그래, 이렇게 쉽게 무너질 수는 없지. 일단은 버텨야 해. 여기서 내려와 버리면 그땐 정말 끝이야. 가자."

그래, 그들의 약점을 쥐고 있다. 그 몇 명만 요리하면, 몇 명만 움직이면, 해임안은 부결시킬 수 있을 듯했다. 일단 발등에 떨어진 불부터 꺼야 했다.

회장직에서만큼은 절대 물러날 수가 없었다.

'내가 이 자리에 어떻게 올라왔는데, 무슨 짓을 벌이며 여기까지 올라왔는데, 이렇게 허무하게 끌려 내려갈 수는 없지!! 그래. 그럴 수야 없지!!'

주아에게는 천금과 같은 일분일초가 바쁘게 지나가고 있었다.

크리스가 조프의 집무실에 노크를 하며 급히 들어왔다.

"대표님, 명우그룹에 긴급 이사회가 소집되었답니다. 강 회장, 지금 이사들 만나러 다니느라 정신없나 봅니다."

소식을 전하는 크리스의 얼굴에는 감추지 못한 미소가 머물러 있었다.

"훗, 생각보다 이사회 소집이 늦네, 심상치 않음을 이제야 눈치챈 거야? 반응이 뭐 이리 늦어?"

"그러게 말입니다. 생각보다 더디네요. 아직도 이대훈 후보에 대한 기대를 저버리지 못한 거 아니겠습니까?"

"그럴 수도…… 강주아, 생각보다 훨씬 더 독한 사람이야. 시간도 촉박한데 이사들을 일일이 만나러 가는 걸 보면 분명 뭔가 있을 거야. 아무런 대책도 없이 무작정 이사들을 만나러 가지는 않았을 거야. 긴급 이사회 결과 나오는 대로 알려 줘. 아직 주가는 큰 변동 없나?"

"네. 이대훈의 테마주로 워낙 급등이 심했었습니다. 급등 전으로 내려오고는 있습니다만, 아직은 만족할 만한 수준이 아니라서 매수는 보류 중입니다."

"후…… 이렇게 사전에 주식을 정리할 시간을 줘도 미련을 못 버리다니. 이러다 폭락하면 그땐 어쩌려고 그러는지…… 이제 곧, 국정조사와 청문회 소식이 퍼지면 급락은 피할 수 없을 거야. 그때 주식 쓸어 담아. 공시하지 않아도 될 정도까지만, 나하고 네 이름으로, 이준 대표한테는 내가 말하지."

답답했다. 곧 추풍낙엽이 될 주가인데, 왜 주주들은 미련을 버리지 못하고 붙잡고 있는 걸까, 안타까웠다. 누군가에게는 전 재산이나 다름없는 주식일 텐데…….

"네, 알겠습니다."

"그쪽 이사회 명단 챙겨 봐. 강주아 우호 지분이 얼마나 되는지도 알아보고, 그들이 못 하면 우리가 끌어내릴 수밖에."

"이렇게 많은 문제가 불거졌음에도 해임안이 부결된다면, 그 회사의 구조적인 문제가 심각하다고 봐야죠. 일단 한번 지켜보시죠. 긴급 이사회 끝나면 다시 보고드리겠습니다."

"그래. 그건 그렇고 크리스, 혹시 그거 알아?"

"뭐 말입니까?"

"한국에서는 연인한테 신발 선물하는 거 아니라 하던데?"

"대표님께서 그걸 어떻게 아셨습니까? 그렇다 하더라고요. 신발 선물하면 그 신발 신고 도망간다나 어쩐다나."

"알고 있었어?! 그럼 말을 해 줬어야지!!"

이렇게 중요한 사실을 알면서도 알려 주지 않은 크리스에게 소리를 버럭 질러 버렸다.

"아후. 깜짝이야!"

'했네, 했어. 벌써 신발을 선물하셨어. 푸핫.'

고함을 버럭 지르는 조프를 보며 장난기가 발동해 버렸다.

"너도 알고 있었다는 말이잖아!! 그런 중요한 사항은 나한테 째깍째깍 알려 줘야 할 거 아니야?!"

"하, 나 참. 요즘 세상에 누가 여자한테 신발을 선물합니까? 가방이나 목걸이, 반지, 팔찌 등등 여자들이 좋아하는 액세서리만 해도 종류가 수십 수백 가지가 될 텐데, 설마…… 신발 선물하신 건 아니죠?"

입을 꽉 다물고 있는 대표님을 보며 웃음이 터져 나오려는 걸 필사적으로 참고 버렸다.

"왜 아니야? 했다, 했어. 그것도 한 켤레나 두 켤레도 아닌 다섯 켤레를 내가 했다, 했어. 어? 아주 그냥 그거 신고 총알처럼 도망가겠네? 어?"

"푸흡. 큽. 흠흠."

"웃어? 이게 알면서 사람을 가지고 논다, 그거지? 나한테 아주 불만이 많지? 하…… 죽고 싶어?!"

중요한 정보를 알려 주지 않은 것도 괘씸한데, 이미 운동화를 선물했다는 걸 눈치챘으면서도 능청스럽게 사람 속을 뒤집는 모습에 욱했다.

"큼…… 죄송합니다. 흠흠. 그러게 뭘 그렇게 돌려 말씀하십니까? 하필 신발을 선물해 찝찝하다고 말씀하시면 될걸, 게다가 대표님답지 않게 뭘 그런 말 같지도 않은 말에 신경 쓰십니까!! 한 팀장님도 그런 말에 신경 쓸 타입은 아니지 않습니까? 요즘 들어 참 다채로운 모습을 많이 보여 주십니다."

"시끄러워! 한 번만 더 기어올라 봐!! 자리에 앉을 틈도 없이 만들어 줄 테니."

"지금도 딱히 앉아 있지는 않습니다만."

오늘 사람 염장을 지르려 작정을 한 모양이었다. 매서운 눈빛으로 크리스를 바라보는데,

"흠흠, 한 팀장님은 신발을 다섯 컬레나 사 주시고, 저는 아무것도 없습니까? 너무 섭섭합니다."

더 약을 올렸다가는 정말 화를 돋우게 될 것 같아, 역공을 펼쳤다.

"내가 네 것까지 신경을 써야 해? 그 정도로 한가한 사람이야? 내가? 실없는 녀석, 나중에 시간 날 때 내 차 트렁크나 열어 보든가."

다른 물욕은 없으면서 운동화에 유독 강한 애착을 갖고 있는 크리스였다.

조프는 본국에서 참석했던 자선 경매 파티에서 크리스가 평소 갖고 싶다 노래를 불렀던 조던의 운동화를 발견하자마자 거금을 들여 낙찰받았다. 녀석이 보면 얼마나 좋아할지 안 봐도 눈에 훤했다.

"역시!! 제 것까지 준비하시고 대표님 최곱니다!! 잘 신겠습니다!"

"신는다고? 그걸? 조던 리미티드 에디션 중에서도, 네가 평상시 갖고 싶다 노래를 불렀던 그 모델인데?"

조프는 크리스가 집무실을 벗어남과 동시에 차로 내달릴 거라 100퍼센트 확

신하고 있었다.

"저, 저, 정말입니까? 그게…… 경매에 나왔다고요? 그걸 대표님이 낙찰받으셨다고요?! 흠흠. 전 바빠서, 일하러 가 보겠습니다. 대표님."

자리에서 일어나 천천히 집무실을 벗어나는 크리스의 심장이 쿵쿵 쿵쿵 뛰고 있었다. 집무실 문을 닫자마자 뒤도 안 돌아보고 날듯이 비서실을 박차고 나가는, 대표님 비서실의 수장 크리스다.

업무 회의가 모두 끝난 회의실에 우재와 제이 두 사람이 남아 공사 진행 현황 보고서와 추후 일정을 검토하고 있었다.

"공사 진행이 아주 순조롭다. 이대로만 가면 조금 일찍 끝낼 수도 있겠어."

우재는 어디 한 군데 틀어짐 없이 계획대로 일이 진행되는 모습에 흡족했다.

"그러게요. 워낙 현장에서 일을 잘해 주시니 크게 걱정할 일도 없네요."

"그래도 확인은 하러 가 봐야겠지? 지금 바로 갔다 오자. 내 차로 가!"

"아니에요. 선배. 저는 현장 둘러보고, 개인적으로 누굴 잠깐 만나야 해서, 따로 가는 게 좋겠어요."

"그래? 그럼 현장에서 보자."

"네."

잠시 후 J& 호텔 공사 현장에서 두 사람이 다시 만나 함께 현장을 둘러보고 있었다.

"어때요. 선배?"

"기대 이상이야. 완공 후, 실외 조경까지 더하면 제주도에서는 감히 따라올 만한 호텔이 없겠어!"

"겨우 제주도? 완공 후에 다시 한번 잘 보세요. 국내에서는 따라올 만한 곳이 없을 테니, 우리에게 일을 맡긴 걸 절대 후회하지 않을 거예요."

"도대체 그 자신감은 어디서 오는 거지?"

"우리 같은 일을 하면서 이 정도 자신감도 없으면 누가 믿고 일을 맡겨요? 신축이었다면, 더 멋진 공간을 연출할 수도 있었을 텐데 그게 좀 아쉽기는 해요."

하얀 백지에 그림을 그리는 것보다, 그려진 그림을 고치는 게 더 힘들었다. 하물며 그게 건물이라면 더 말해 뭐 할까, 어쩔 수 없는 아쉬움은 있었지만 충분히 만족할 만한 결과물이었다.

"일에 대한 욕심은 널 따라가기가 힘들어. 보기 좋다."

"감사합니다. 칭찬으로 들을게요. 그리고, 선배! 아직 만나는 사람 없죠?"

"갑자기 그건 왜?"

"주변을 잘 살펴봐요. 굉장히 멋진 누군가 있을 것 같으니까."

"뜬금없이 그게 무슨 말이야?"

"제가 말했잖아요. 회사에 선배 좋아하는 여직원들 많다고, 눈 크게 뜨고 잘 살펴보라고요. 은근히 선배 그런 쪽으로 둔해요. 관심을 가지지 않아서 그런지 모르겠지만, 그러다 아까운 사람 놓쳐요."

"하…… 훗, 이런 식으로 연애하는 걸 티를 낸다, 그거지? 대표님과는 잘 지내?"

'네가 할 소리는 아니잖아. 네 옆을 맴돌던 나도 몰라봤던 게 누구였더라? 지금 누가 누구더러 둔하다는 거야?'

저만 아는 사실에 우재가 피식 웃었다.

"네. 잘 지내요. 제가 괜한 소릴 했나 봐요. 죄송해요. 사무실로 바로 가실 거죠? 전 소장님 좀 뵙고 갈게요. 먼저 들어가세요."

제이는 남몰래 우재 곁을 맴도는 지은을 보며 안타까웠다. 마음을 내보이지도 못하고, 속앓이하는 게 정신적으로 얼마나 피로한 일인지 잘 알고 있기에 그 마음을 몰라주는 우재가 조금은 답답했다.

개구리 올챙이 적 시절은 생각하지도 못하고, 지은의 마음이 빨리 우재에게 닿기를 바라는 제이였다.

"그래, 볼일 보고 천천히 와. 나 먼저 갈게."

제이는 우재가 가고 난 뒤, 한쪽에서 공사 현장을 관리 감독하는 현장 소장님께 종종걸음으로 다가갔다.

"소장님!"

"어, 왔어?"

"네. 별일 없으시죠? 오늘은 부탁이 있어서 왔어요."

"왜, 어디가 또 잘못됐어? 그럴 리가 없을 텐데?"

"네. 잘못된 곳 없어요. 완벽해요. 오늘은 일 때문 아니고요. 개인적인 부탁이요."

"그래? 말해 봐. 한 팀장 부탁이라면 뭐든 들어주지 내가."

"음, 그러니까……"

역시나 말 꺼내기가 조심스럽다. 아무리 오랜 세월이 흐르고 흘러, 예전보다는 다소 무뎌졌다고는 하나, 아저씨 입장에서는 생각하는 것만으로도 마음이 힘들 거라는 걸 알기에 말이 입 밖으로 쉬이 나오지 않았다.

"너답지 않게 뭘 망설이고 그래? 괜찮아. 말해 봐."

"흠…… 네. 항상 이런 얘기 꺼낼 때는 조심스러워요. 아저씨 마음 안 좋을 거 아니까. 실은…… 제가 아는 분 중에 어릴 때 입양된 사람이 있는데, 입양됐을 때 정보가 거의 없어서 부모님 찾기가 쉽지 않나 봐요. 그래서 제가 실종자로 등록하는 방법도 있다고 말은 했는데, 제대로 알려 준 게 맞나 모르겠어요."

"언제 입양됐는데?"

"세 살 때쯤이라고 들은 것 같아요. 지금이 서른셋인가? 음…… 그럼 30년이 지났다는 말인데."

"흠…… 그래?"

승철은 자기 아들이 지금 어딘가에 살아 있다면 그 나이와 같지 않을까…… 제 아들도 살아 있다면…… 그 사람과 같이 부모를 찾으려 할까. 사무치는 그리움에 대화 중이라는 것도 잊은 채 혼자만의 생각에 잠겨 버렸다.

"아저씨…… 아저씨!!"

"어? 어! 그래. 오래됐네. 그때는 뭐든 제대로 되는 일 없이 허술했지. 입양이든, 실종이든, 관리도 후속 조치도 제대로 되지 않아서 그런 일이 비일비재할 거야. 지금처럼 서류가 잘 작성되거나 자료가 잘 보관되지도 않을 때여서…… 그래, 입양 정보가 없다면, 실종자로 등록하는 방법도 알아보고 시도해 봐야지."

"그런데 그분이 아직은 좀 망설이는 것 같기도 하고, 두려움이 있는 것 같기도 하고, 마음이 좀 복잡해 보이더라고요. 그래서 말인데, 그분한테 아저씨 연락처 줘도 될까요? 저보다는 아저씨가 더 많은 도움을 줄 수 있을 것 같아서……."

"그래, 같은 처지에 돕고 살아야지. 연락처 줘. 필요하면 언제든 연락하라고 해. 도움이 될까 모르겠다만, 그래도 많이 경험해 본 내가 낫겠지."

"네…… 감사해요, 아저씨. 아! 그분 아저씨 좀 닮았어요."

"요즘따라 나 닮았다는 사람이 왜 이렇게 많아? 동우도 그러더라, 나 젊었을 때하고 똑 닮은 사람을 봤다나 어쨌다나."

옛날에는 닮았다는 한마디에도 심장이 철렁 내려앉았었다. 수없이 뿌린 전단 속 아이와 닮았다고만 하면 그곳이 부산이건, 대전, 대구, 목포, 울산, 하다못해 이름 모를 섬까지도 일일이 찾아가고는 했었다.

그 아이의 나이가 청년쯤 접어들었을 때도, 젊은 시절의 자신과 닮았다는 한마디에도 애간장이 타고 녹아, 아닐 걸 알면서도 굳이 찾아가서 얼굴이라도 한번 보고, 말이라도 해 보고 발걸음을 돌려야 했던 승철이었다.

오랜 세월 속고, 또 속고 좌절과 절망으로 십수 년을 버티다 보니 이젠 그마저도 무뎌져 버린 듯 크게 동요하지 않았다.

"아빠가요? 그럼 같은 사람인가 봐요. 어쩌면 아저씨도 한 번쯤은 만나 봤을 법도 한데? 여기 J& 대표님 한 번씩 오지 않아요?"

"왜 안 와? 자주 오나 보더라, 나야 워낙 여기저기 있다 보니 가까이서 보지를 못했다만, 사람이 참 괜찮다더구나."

"그분 비서예요. 아까 제가 말했던 분이요. 대표님 계신 곳에는 거의 빠짐없이 계실 텐데."

"아. 그래?"

"네. 혹시라도 연락 오면 잘 부탁드려요."

"그럼그럼. 걱정하지 마. 누구 부탁이라고, 어휴…… 어쩌자고 그 어린것을 입양 보냈을까? 그 부모 속도 말이 아니었겠어."

"그렇……겠죠? 어쩔 수 없었던 거겠죠? 부디 나쁜 상황만 아니었으면 좋겠어요. 그럼 제가 너무 미안할 것 같아요. 지금도 잘 지내고 있는데."

'그래도 그분 아버지가 꼭 아저씨 같을까 봐, 아저씨같이 이렇게 힘들게 버티며 살고 계실까 봐, 모른 척하지도 못하겠어요. 저 잘한 거 맞을까요 아저씨?'

"후…… 그럼 저는 이만 가 볼게요. 수고하세요. 아저씨."

"그래. 조심해서 가."

'우리 아들도 살아 있으면, 살아서 나를 찾아 주면 얼마나 좋을까……'

강산이 수도 없이 많이 바뀌고 바뀌었을 시간, 그 오랜 시간이 지났음에도, 퇴근길 집 앞마당까지 달려 나와 소리치고 손뼉 치며 좋다고 와락 안기던, 세 살 그 주먹만 한 아들의 봄날 햇살 같던 밝은 얼굴이 잊히지 않아 가슴이 무너졌다.

한동안 멍하니 그 얼굴을 떠올리며 마르지도 않는 눈물을 훔쳤다.

"어디서 죽었는지, 살았는지…… 생사만이라도 알 수 있으면 얼마나 좋을까…… 도훈아…… 하…… 죽도록 보고 싶다…… 내 아들."

강성은 선거운동 준비로 밤낮이 없는 회의와 토론, 그 외 산적한 일들을 처리하며 한시도 쉴 틈 없는 강행군을 이어 가고 있었다.

"의원님! 특검 임명되었습니다."

절차대로 하자면 며칠이나 소요가 돼야 했을 일들이 급박한 시국에 맞추어, 특검 도입부터 임명까지 그야말로 일사천리로 진행이 되고 있었다.

"그래요? 다행입니다."

강성은 소식을 듣자마자 그 남자가 떠올랐다. 이 소식을 얼마나 기다리고 있을지 보지 않아도 알 듯했다. 지체 없이 수화기를 들었다. 신호가 얼마 가지 않아 전화를 받는 소리가 들려왔다.

"이강성이오."

— 네. 의원님, 안녕하십니까?

"덕분에 바쁘게 지내고 있습니다. 본론부터 합시다. 국정조사와 더불어 특별 검사 수사 또한 실시할 겁니다. 특별 검사보 세 명과 파견 검사 열다섯 명, 특별 수사관 수십 명이 약 100일간 수사하게 될 거요. 특검의 검사들은 나도 다수 아는 인물입니다. 능력 출중하니 기대해도 좋을 거요. 명우그룹의 로비 의혹 특검 법안으로 통과되었지만, 그 과정을 좇다 보면 한재희 씨 관련한 일들도 낱낱이 파헤쳐지게 될 겁니다."

— 우려와 달리 진행 속도가 상당히 빠릅니다. 의원님, 감사합니다.

"계속 인사를 하는데, 당연히 해야 할 일을 하는 것뿐입니다. 어찌 보면 내 쪽에서 인사해야 할 일인데 말이오."

— 아닙니다.

"국정조사 위원 중에 우리 당의 위원은 경찰, 판사, 검사 출신들로 채워지게 될 겁니다. 여당 쪽 방어가 만만치 않겠지만, 우리 측 증거가 워낙 확실하니 걱정할 만한 일은 전혀 없을 거요. 증거는 현재로서는 나 혼자 가지고 있소. 혹시라도 상대 진영으로 정보가 흘러 들어가면 무슨 짓을 벌일지 모르니 말이오. 청문회가 임박해 오면 그때 자료를 전달할 생각이오. 청문회 중간중간 필요시 우리 측 보좌진들이 시기적절하게 그들에게 정보를 제공하며 위원들을 도울 거고, 다만 이렇게 준비를 한들 주요 증인이 출석할지……."

— 주요 증인이라면…….

"강주아 회장 말입니다. 건강상의 이유나, 일신상의 이유로 출석을 회피할 게 뻔한데."

— 출석할 겁니다. 아니, 하게 만들어야지요. 그건 제가 알아서 할 테니 걱정하지 마시고 의원님께서는 모든 일정 차질 없이 잘 진행되도록 힘써 주십시오. 그 외 주요 증인들 또한 이미 제 쪽에서 손을 써 두었으니 걱정하지 않으셔도 됩니다.

"그럽시다. 청문회 일정은 메일로 보내 줄 테니 확인해 봐요."

강성은 강주아 회장이 청문회에 참석할 거라 믿어 의심치 않았다. J& 대표의 일 처리는 무서울 만큼 깔끔하고 확실했다.

— 네. 의원님. 그럼 수고하십시오.

조프는 전화를 끊자마자 비서실 호출 버튼을 눌렀다.

삐—

"앨리, 크리스 오는 즉시 나 좀 보자고 해 줘요."

— 네. 지금 들어오셨습니다. 바로 말씀 전하겠습니다.

똑똑. 말이 끝나자마자 노크 소리와 함께 크리스가 들어왔다.

"대표님."

"크리스, 이대훈 강주아 관련해서 여론은 어때?"

"참 대단합니다. 일련의 사건들로도 여론이 기대만큼 쉬이 돌아서지를 않으니 말입니다. 그들의 이미지가 생각보다 훨씬 더 견고하게 잘 포장되어 있나 봅니다. 그래도 불안은 떨칠 수가 없는 모양입니다. 아직 어떠한 입장도 밝히지 않으면서, 한편으로 여론을 호도해서 혼란을 가중, 조작까지 하는 듯하니, 시간이 얼마 남지 않았으니 버텨 볼 만하다 판단한 거 아니겠습니까? 명우그룹이나, 후보자 관련 인터넷 기사, SNS를 두루 살펴봐도 어찌나 관리를 잘하는지. 악성 댓글은 올라오는 즉시 삭제 처리되던데요?"

"잘됐네. 그들이 하는 조작을 우리라고 못 할 것 없지. 그들의 구미에 맞게 좀 놀아 줄까? 그쪽 관련 SNS로 들어가 지지 코멘트 확실히 날려 줘. 쉽게 포기하고 손 놓을 수 없게, 아직도 수없이 많은 지지자가 있다는 걸 보여 주라고, 미련을 버릴 수 없도록, 결국 이대훈의 야심이 강주아를 사지로 내몰게 될 거야. 자신이 살아남으려면, 대중이 납득할 수 있을 만한 성의는 보여야 하지 않겠어? 자신의 아내라 할지라도 필요하다면 얼마든 내칠 수도 있는 사람이라고."

이미 그들이 하는 조작이니, 그에 보태 주는 건 그리 어려울 것 없었다.

"죽을 자리인지도 모르고 청문회 나가라고 하겠죠. 청문회야 어차피 형식이고, 과거의 경험으로 비추어 보아 모른다고 잡아떼면 그만이니 말입니다."

"내 생각도 그래. 이대훈이 끝까지 욕심을 버리지 못하면 아내의 결백을 주장하며 꼬리 자르기도 하고 어떻게든 버티려고 하겠지. 길어 봐야 한 달도 안 되는 시간, 진실 공방 한다고 하세월, 무엇 하나 결정된 것 없는 상황에서 국민들이 바른 판단을 제대로 할 수 있을까? 그걸 노리는 거겠지. 자신이 지금까지 쌓아 온 청렴한 이미지, 청문회도 피하지 않고 되레 떳떳하게 출석하면 결백을 밝히려는 의지로 보일 테고, 결국은 피해자인 척 동정표까지 가져갈 수도 있으니."

"과연 우리 뜻대로 움직여 줄까요? 만약 후보 사퇴하면요."

"여당에서 이대훈을 대체할 만한 사람이 없어. 역대 가장 힘 있는 야당 후보가 버티고 있는 상황에서 그를 대신해 내세울 만한 사람이 없어. 사퇴? 안 할 거야. 하게 된다면 청문회 이후가 되겠지. 그때는 사퇴가 아니라 끌려 내려오는 게 되겠지만 말이야. 만에 하나라도 그 전에 사퇴하는 일이 생기고 강 회장이 청문회 출석 거부하면, 다른 거 있잖아. 협박이 주특기인 사람한테 협박 한번 해 보지 뭐."

하지만 조프는 확신했다. 그들의 욕심은 끝이 없고, 결국 그 욕심에 파면까지 이를 거라는 것을.

"네. 알겠습니다. 한번 해 보죠. 뭐."

조프의 지시가 떨어지자마자 이대훈과 강주아와 관련한 인터넷 기사, 그들의 SNS, 열성 지지자들이 운영하는 인터넷 카페에는 수십 수백 개의 댓글이 시차를 두고 올라오기 시작했다. 하나같이 그들의 결백을 믿으며, 지지한다는 내용 일색이었다.

글은 대부분 지지자를 가장한 조프의 사람들이 한 일이었으나 그들의 욕심을 부추기기에 부족함이 없었다. 그들은 아직도 사태의 심각성을 제대로 인지하지 못했고, 미련의 끈을 놓지도 못했다. 명예롭게 사퇴하려는 마음 따위도, 범법자로서의 뉘우침도 찾아볼 수 없었다.

"앨리 좀 들어오라고 해. 넌 나가서 일 봐."

크리스와 대화를 마친 조프는 앨리를 집무실로 불러 달라 요청했다.

"네. 입국했을 때의 일은 제가 알아듣게 잘 말했습니다. 앞으로는 그런 일 없을 겁니다."

"알았어. 문책하려 부르는 거 아니니까 걱정하지 말고 가! 너 때문에 내가 비서실에 싫은 소리도 제대로 못 해!! 대신 너한테 다 퍼부을 거니까 각오하라고!"

말은 저렇게 해도 실상 싫은 소리 자체를 달갑지 않게 여기시는 분이었다. 아무리 화가 나도 스스로 감정을 충분히 조절한 후에, 최소 한 번은 걸러서 객관적 기준으로 타이르는 분이시기에 직원들 모두 업무적으로 지적을 받더라도 불만이 없다는 걸 크리스는 잘 알고 있었다.

"언제는 저한테 안 하셨습니까? 저야 뭐. 이골이 나서."

그래서 가끔 이런 식으로 대표님의 화를 돋우고, 발끈하는 대표님을 보며 소소한 즐거움을 느끼는 짓궂은 크리스였다.

"나가!!"

"네. 대표님."

씩 웃으며 집무실을 나서자마자 앨리에게 들어가 보라고 말하는데 앨리의 표정이 급격히 어두워지는 게 보였다.

"앨리, 아직도 우리 대표님을 모르겠어요? 걱정하지 말아요. 그냥 당부하시려고 부르는 듯하니 겁먹을 필요 없어요."

"네. 실장님, 그럼 들어가 보겠습니다."

앨리는 씩씩하게 대답을 하고 조심스레 집무실에 노크하고 들어갔다.

"대표님, 부르셨습니까?"

"앨리, 제이. 아니 한 팀장과 나와의 관계를 알고 있다고 하던데."

"죄송합니다, 대표님. 제가 실수를 해서."

"아니, 아니. 그 때문에 부른 건 아니에요. 다만 당부할 게 있어 그러니 긴장하지 말아요. 앨리, 당신이 알고 있다는 걸 한 팀장은 몰랐으면 해요. 만약 한 팀장이 그 사실을 알게 되면, 내 집무실 근처에는 얼씬도 하지 않으려 들 거예요. 나야 지금이라도 당장 밝히고 싶지만, 한 팀장이 아직은 부담스러워해서 말이에요. 어차피 곧 밝혀지겠지만, 그때까지만이라도 한 팀장 마음이라도 편하게 모르는 척해 줘요."

"네! 대표님. 그런 문제라면 걱정하지 않으셔도 됩니다. 절대 함구하겠습니다."

"그래요. 부탁할게요. 나가 봐도 좋습니다. 참, 한 팀장 호출 좀 해 줄래요? 앞으로의 공사 진행 일정 보고서 지참해 달라고도요."

"네. 대표님. 그렇게 전하겠습니다."

앨리는 이렇게 무사히 넘어가게 된 걸 감사하게 생각하며 남몰래 한숨을 내쉬었다.

"휴우…… 그나저나 빨리 불러 드려야겠지?"

대놓고 로맨틱하신 대표님을 보며 한 팀장님이 한없이 부럽기만 했다.

제이는 대표실에서 호출이 올 때마다 두근거리는 심장이, 곧 그를 만난다는 설렘에 의한 것인지, 아니면 이러다 들킬지도 모른다는 우려 때문인지 알 수가 없었다.

호출할 때마다 가지고 오라는 서류는 어떻고. 그 서류는 이미 회의 때 다 보고를 올리는 서류인 것을, 이러다 들키는 건 시간문제가 아닐까 싶었다.

"하…… 그나저나, 그때 그렇게 놀라서 뛰어나갔는데, 이상하게 생각하면 어떡하지? 혹시라도 물어보면 뭐라고 해야 해? 아휴……."

제이는 대표실로 올라가는 내내 앨리가 물어보면 무어라 답할까 고민하며 겨우 핑계 댈 만한 내용을 생각해 두고서 두근거리는 마음으로 비서실에 들어섰다.

"어? 한 팀장님 오셨어요? 대표님 기다리세요. 얼른 들어가 보세요."

"아. 네."

제이는 죄지은 것도 아닌데, 괜스레 그의 집무실에 오는 게 점점 더 민망하기만 했다.

얼른 그의 집무실로 들어가려는데 갑자기 뒤에서 자신을 부르는 소리가 들려왔다.

"한 팀장님!"

"네?"

저도 모르게 화들짝 놀라 목소리가 살짝 올라가 버렸다.

'묻지 말아요. 제발 아무것도 묻지 말아요.'

"차는 뭐로 준비해 드릴까요?"

"아…… 고맙지만 사양할게요. 이미 마시고 왔어요. 그럼 들어가 볼게요."

'사내 연애? 아무나 하는 거 아니야. 이거 두 번은 못 하겠다. 으.'

뒤통수가 뜨거워 서둘러 그의 집무실로 들어갔다.

"제이!"

집무실에 발을 들여놓기가 무섭게 반갑게 이름을 부르며 맞이하는 조프다.

"조프, 분명 부른 용건이 명확해야 할 거예요."

"오늘은 왜 이렇게 까칠할까?"

자리에서 일어나 제이에게 성큼성큼 다가가는데 고운 얼굴을 삐죽거리는 새

침한 모습이, 오늘은 한층 더 어려 보이는 듯했다.

"업무상의 일은 이미 회의할 때 충분히 논의하는데도 불구하고, 이렇게 자주 부르면 비서실에서 무슨 생각을 하겠어요? 아직 눈치 못 챈 걸 다행이라 생각하라고요."

보폭이 어찌나 넓은지 벌써 코앞까지 와 닿았다. 허리를 천천히 숙이며 눈높이를 맞추어 싱그럽게 웃고 있는 그의 모습에 더해, 너무나 좋아하는 그의 향기가 한 번에 훅하고 제이의 가슴속을 파고들었다.

'어쩌지? 이미 다 눈치챘는데?'

"난 눈치챘으면 하고 바라는데? 아직 몰랐어? 당신이 고집부리지만 않았으면 벌써 다 말했을 거라고. 그리고 이제 더는 감추고 싶어도 감출 수가 없어."

"그게 무슨 말이에요?"

"말해 줄게. 그 전에 잠시만 안아 보자."

눈을 맞추며 말하던 그의 얼굴이 옆으로 가는가 싶더니 순식간에 자신의 목을 파고들었다. 동시에 등허리에 손을 받치며 바싹 끌어당기자 힘없이 그의 품에 폭 안겨 버렸다.

"밤새 보고 싶어 얼마나 힘들었는데 보자마자 이럴 거야? 당신은 잘만 자더라. 난 잠 한숨 제대로 못 잤는데 말이야."

"왜? 전화 끊고 바로 안 잤어요?"

"당신 잠자리 지키고 있었지. 숨소리도 달더라. 참, 당신 코도 골던데? 밤새 귓가를 파고드는 숨소리는 왜 그리도 달콤한지."

그렇게 안고 보냈음에도 또 안고 싶은 생각이 간절해 제이만큼 쉽게 잠들지 못한 지난밤이었다.

"네? 말도 안 돼! 코 안 골거든요?!"

'설마 진짜 코 골며 잔 거야? 그럴 리가. 하지만 잘 때의 내 모습은 나도 모르잖아! 맙소사, 정말 골았으면 어떡해…….'

아직 가족 친지 통틀어 자신이 코를 곤다는 소리는 단 한 번도 들어 본 적이 없었는데, 그럼에도 사람 일은 모르니 혹시라도 정말 코를 골았으면 어쩌나 걱정하지 않을 수가 없었다.

"농담이야, 농담. 놀라기는."

겨우 코를 곤다는 한마디에 놀란 토끼 눈을 하며 깜빡이는 모습은 또 어찌나 귀여운지, 결국 참지 못하고 얼굴을 끌어다 키스를 퍼부었다.

"회사에서 이러지 말아요. 이러면 온종일 제대로 일을 할 수가 없어요."

입술이 떨어지자마자 두근거리는 마음을 다스리며 툴툴거렸다.

"그건 또 무슨 말이야? 왜 일을 할 수가 없어?"

"온종일 여기가 벌렁벌렁하고, 계속 보고 싶고, 생각나고…… 뭐 그러니 일에 집중이 되겠어요? 그러니 제발 일할 때만큼은 마음에 불 좀 지르지 말라고요."

"풉. 뭐야? 하하하."

가슴에 손을 얹고서 자못 심각한 얼굴로 듣기에도 예쁜 말을 하는 제이를 보며, 행복이 듬뿍 담긴 웃음이 터져 버리고 말았다.

"쉿! 아우. 내가 정말 무슨 말을 못 해, 진짜!! 이럴 거야, 정말? 이럴 거면 부르지 말라고 했죠? 이상하게 생각할 거라고요. 이러다 정말 눈치챈다고요."

제이는 그의 웃음소리에 놀라 급히 그의 입을 손으로 막아 버리고선 제법 매서운 말투로 톡 쏘아 말을 했다.

'이미 눈치챘다고 이 여자야. 그러니 이젠 그만 포기해.'

"좋아서 그래. 좋아서. 이게 감춘다고 감추어져? 조금만 조심해 볼 테니 이리 와서 좀 앉아 봐. 할 말이 있어."

달아오른 얼굴에 연신 손부채질하며 식히는 제이의 모습에 계속해서 웃음이 비집고 나왔다. 생각 같아서는 당장 옆에 있는 룸으로 데려가고 싶은 마음뿐.

하루하루 지나면 지날수록 제이를 향한 갈증은 더 심해지고 있었다.

"청문회 일정이 나왔어. 내가 말했지? 당신 혼자 안 보내. 나도 함께 가게 될 거야. 그러니 당신과 내 사이가 밝혀지는 건 이제 시간문제지. 안 그래?"

"정말…… 청문회를 한다고요? 정말?"

일이 이렇게까지 진전된 것에 대해 정말 놀라지 않을 수가 없었다. 준비하고 있는 게 있으니 믿고 기다리라고는 했지만, 이렇게 빨리 진행이 되리라고는……

"어. 나 없을 때 이강성 의원 찾아갔다며? 다 당신이 이끌어 낸 결과야. 잘했어. 말이 거창해 청문회지 그냥 당신은 사실만 말하면 돼. 기자회견이나 별반 다를 것 없다고 편히 생각해. 기자회견이라면 그저 관심 있는 사람들이 보는 거로 그치겠지만, 청문회는 전 국민이 관심을 가지고 보게 될 거야. 그러니 지금까지와는 많이 다를 거야. 절대 권력을 휘두를 수도, 쉽게 빠져나갈 수도 없을 거야. 당신 조부모님의 억울함도 밝힐 수 있을 거야."

"네…… 고마워요. 정말."

"내가 뭘 했다고? 다 당신이 한 거야. 당신이 준비한 자료가 없었으면, 당신이 이강성 의원을 찾아가지 않았으면, 이렇게 빨리 진행될 수 없었을 거야. 용감하다. 우리 제이, 말 꺼내기가 쉽지 않았을 텐데…… 고생했어. 참. 그리고 이강성 의원 만난 것 말고는 별다른 일은 없었어?"

"……네."

대답이 한 템포 늦었지만, 크리스도 경호원도 별말이 없었기에 조프는 별다른 생각은 하지 못했다.

"제이, 그래서 말인데 당신 부모님께 정식으로 인사드리고 싶어. 부모님 편한 시간으로 약속 좀 잡아 봐. 난 이번 주 안으로 찾아뵀으면 좋겠는데."

'청문회에 갈 때는 당신이 만나는 남자나 연인이 아닌, 당신의 약혼자 자격으로 떳떳하게 함께 하고 싶어. 그 누구도 당신에 대해 함부로 말하거나, 함부로 대하지 못하도록.'

"네. 말씀드려 볼게요."

"그래."

"이젠 가 봐야 해요. 벌써 시간이 제법 지났어요."

"좋아. 내 요구 한 가지만 확실히 들어주면 바로 보내 줄게."

"흐음…… 그 요구가 왠지 짐작되는데?"

"눈치도 빨라? 지금부터 내 혼이 쏙 빠질 정도로 날카롭고, 뜨거운 키스를 해 줘. 그럼 보내 줄게. 얼렁뚱땅할 생각은 하지도 말아. 그럼 절대 내 집무실을 벗어날 수 없을 거야."

"하…… 어째 요구가 점점 구체적인 것 같아요."

"그래서 싫어?"

"누가 싫대요?"

끙.

'이런 대답은 좀 늦게 해도 되잖아! 쓸데없이 솔직해…….'

민망한 마음에 속으로 울상을 짓는 제이였다.

"와, 반응 좋고! 뭐 해? 빨리 안 하고?"

조프는 제이의 등 뒤 소파에 팔을 올려 두고 오늘은 또 어떻게 다가올까 흥미로운 눈으로 바라보았다.

"딱 키스만이에요. 아무리 좋아도 그냥 보내 주기! 나 완전 자신 있거든요. 만약 조금이라도 다른 마음 먹으면, 다시는 불러도 안 올 거예요."

"호언장담하는 만큼 출중하길 바라."

제이는 흥분으로 반짝반짝 빛나는 그의 눈을 바라보며, 그의 가슴 위에 손바닥을 펼치고서 망설임 없이 그의 입술과 마주했다. 촙촙 가볍게 시작한 입맞춤이 진득하게 농밀해지기까지는 불과 몇 초 걸리지 않았다.

자신의 허리를 바짝 끌어당기며 다리 위로 올려 앉히는 그의 움직임에 맞추어, 버티지 않고 자연스레 그의 다리 위에 올라가 찰싹 붙어 앉았다. 그의 목을 끌어안으며 끝이 보이지 않는 키스를 선사하니 되레 흥분해 온몸이 달아올라 버렸다. 맞닿은 몸에서 느껴지는 그의 급격한 신체의 변화가 없었더라면, 아무 경계 없이, 흘러가는 시간도 잊은 채 넋 놓고 그에게 빠져 있을 거라는 건 이제 더는 놀랍지도 않은 사실이었다.

간신히 정신을 차리며 그의 입술을 놓아 주는데, 깊고 짙게 변한 섹시한 그의 눈빛이라니…….

이끌리듯 다시 한번 강하게 그의 입술을 파고들었다. 거칠어지는 그의 숨소리와 절박한 몸짓에 정신이 아득해 오며, 온몸에 힘이 쭉 빠지는 듯했다. 더 하다가는 자신이 그의 손을 잡고, 집무실 옆에 있는 룸으로 이끌 것만 같아 서둘러 그의 다리 위에서 내려와, 최대한 그와 눈을 맞추지 않고 문을 향해 돌진했다.

조프는 새삼 감탄했다. 정말 놀라운 여자였다. 자신만 더 힘들어질 걸 알면서도 키스를 시켜 버렸다. 키스 한 번으로도 이렇게 자신의 온몸과 마음을 사정없이 뒤흔들어 버릴 만큼 멋진 여자.

잠시 느꼈던 꿀 같은 달콤함을 다시 맛보려면 또 얼마나 견뎌야 할까…….

냅다 도망가는 제이를 따라가 등 뒤에서 덥석 안아 버렸다. 발갛게 달아오른 목이, 열기가 전해지는 그녀의 따듯한 볼이, 자신의 팔 아래에서 강하게 오르내리는 그녀의 가슴이 그녀 또한 자신과 다르지 않음을 알게 했다.

"하…… 제이……."

길어야 한 달 남짓, 그녀의 마음의 짐을 덜어 내고 내 옆에 데려오기까지 걸리는 시간.

부디 시간이 속히 가기를 마음으로 간절히 바라는 것밖에는 할 수 있는 게 없었다.

"후…… 좀 돌아봐. 그리고 나가면 당신이 여기서 뭘 하고 나왔는지 다 눈치챌걸?"

뜻 모를 그의 말에 놀라 휙 돌아보았다.

"왜요? 나 요즘 평소 잘 안 하던 메이크업을 얼마나 열심히 하는데? 얼굴 많이 빨개요?"

제 얼굴을 걱정스레 만지는 모습에 피식 웃으며 말없이 제이의 흐트러진 머리카락을 정돈해 주고, 번들거리는 입술을 엄지손으로 조심스레 닦아 주며 제이의 이마에 뜨거운 입술을 내리눌렀다.

"이제 됐어. 오늘 저녁은 함께 할 수 있나?"

"미안해요. 오늘은 부모님과 식사하기로 했어요."

"그래. 알았어. 대신 집에 도착하면 전화 꼭 하고, 부모님께 내 얘기 전하는 거 잊지 마. 날짜 정해지면 바로 알려 줘. 나도 준비해야 하니까."

"알았어요. 그만 가 볼게요."

돌아서 몇 걸음 가다 말고 되돌아와 조프의 품에 파고들며 그의 턱에 입술 도장을 꾹 찍고서 미처 잡을 새도 없이 부리나게 문을 열고 나가는 제이였다.

"하아…… 누가 누구한테 불을 지른대? 정작 불 지르고 냉정하게 돌아서 가는 사람이 누군지 모르겠네."

그녀의 잔향이 은은하게 남아 도는 집무실에서 그리움에 혼자 몸부림쳤다.

"앨리, 비서실장님은 어디 가셨어요?"

제이는 그의 집무실에서 나오자마자 크리스를 찾고 있었다.

"방금 나가셨어요."

"고마워요."

제이는 서둘러 비서실을 나오며 앞서가는 크리스를 불러 세웠다.

"크리스!"

자신을 부르는 익숙한 목소리에 크리스가 뒤돌아섰다.

"네. 한 팀장님."

"이거요."

제이는 서류 파일에 꽂아 둔 소장님의 명함을 조심스레 크리스에게 내밀었다.

"이게 뭡니까?"

"제가 말씀드렸었죠? 오래전 아들이 실종……됐다던. 우리 현장 소상님이세요. 제 마음대로 그분께 당신 얘기를 해 버렸어요. 죄송해요. 허락도 없이……. 화내도 괜찮아요. 하지만…… 언제든 당신이 원하면 돕겠다 하셨어요. 정말 좋은 분이세요. 너무 불편해하지 말고 연락이라도 한번 해 보셨으면 좋겠어요."

"분명 본인 일에 집중하시라 말씀드린 걸로 기억합니다만…… 흠. 이렇게까지 신경 쓰지 않으셔도 되는데…… 알겠습니다. 시간 날 때 한번 연락해 보겠습니다."

"네! 고마워요."

"한 팀장님이 왜요? 제가 고맙죠."

"화내지 않아서 고맙고, 괜한 참견이 아니었다는 것만으로도 고맙다고요. 가 볼게요. 수고하세요."

"네."

크리스는 자신을 스쳐 지나는 한 팀장에게 가볍게 인사를 하며 손에 들린 명함을 물끄러미 바라보았다.

"박승철…… 현장 소장님이라……."

크리스는 명함을 슈트 안쪽에 챙겨 넣으며 무거워진 발걸음을 돌렸다.

이보다 더 나쁠 수는 없을 듯했다. 일생일대의 위기를 맞은 주아에게 새로운 하루는 괴롭기만 했다. 살면서 단 한 번이라도, 자기 뜻대로 되지 않은 일이 있었던가. 단 한 번이라도 좌절을 경험해야 했던 적이 있었던가. 주아가 생각하기로는 결단코 없었다.

남들이 흔히 말하는 금수저, 온실 속 화초, 꽃길은 모두 자신을 위해 존재하는 단어였다. 지금까지는 분명 그랬다. 그런데…… 그 모든 게 하루아침에 무너질 듯 위태롭기만 했다.

어디서부터가 문제였을까? 주아는 살아온 삶의 방식이 너무나 잘못되어 있었지만, 아직도 자신이 무얼 어떻게 잘못했는지 전혀 깨닫지 못했다.

해외 지사 문제를 시작으로, 분식회계와 배임, 횡령에 불법 로비 정황까지 드러났다. 게다가 그로 인해 청문회, 특검까지 한다는 소식은 그야말로 삽시간에 걷잡을 수 없이 퍼져 나갔다. 자기 뜻대로 되는 일이 하나도 없었다.

다행히 긴급 이사회에 상정된 자신의 해임안은 간신히 방어했으나, 이도 얼마나 버틸 수 있을지 장담할 수 없었다. 불과 얼마 전까지만 해도 자신의 앞에서 설설 기며 눈도 마주치지 못하던 이사진들이 고개를 빳빳하게 치켜들고서 그 어떤 주저함 없이 해임을 요구하는 모습에 끓어오르던 분노를 어떻게 참았는지 놀라울 따름이었다.

어떻게 자신에게 이런 일이 일어날 수 있는지…….

믿기지 않는 현실을 마주하며 주아는 또 다른 벽에 부딪혀야만 했다.

"회장님. 우리 그룹 주식이…… 장 시작하자마자 하한가를…….."

주아의 비서는 차마 말을 마무리할 수가 없었다.

"하. 우리 회사가 망하기라도 했어? 도대체 왜 이 난리들이야!! 어리석은 개미들 같으니라고, 매도 주체가 도대체 어디야?!"

"그게…… 외국인이고, 기관이고, 개인이고 할 것 없이 앞다투어 매도에 나서고 있습니다. 전방위로 지금 악재가 쏟아진 데다 특검에, 청문회까지 한다는 소문이 이미 파다하게 퍼지는 바람에…….."

"그래서 얼마나 빠졌는데!!"

"그룹 관련 상장사 열두 개를 대상으로 확인해 본 결과 오늘 하루 동안 그룹 시가 총액 5조 원 넘게 증발했습니다."

"뭐……라고? 5조…… 원? 하. 하. 하."

주아의 웃음이 을씨년스럽기 이를 데가 없었다.

"지금까지 테마주라 큰 폭으로 올랐던 주가들이 잇단 악재로 원점으로 되돌아온 시점에, 특검, 청문회 소식이 기름을 부은 듯합니다. 여기서 악재가 마무리되지 않는다면 더한 폭락도 피할 수 없을 듯합니다. 게다가 해외 지사 또한 분위기가 심상치 않습니다. 부정한 업체라며 우리 회사 제품에 대한 불매운동으로까지 이어지고 있습니다."

"망할! 무슨 방법이 있을 거야. 방법이……."

'이대로 손 놓고 있을 수는 없어. 절대로 이렇게 무너지지 않아. 재수 없게 악재가 겹쳤지만 충분히 해결할 수 있어. 버텨야 해. 어떻게 해서든 선거가 끝날 때까지만 버티자. 그래 그러면 돼. 남편이 대통령이 되기만 하면, 모두 한 번에 해결할 수 있어.'

무엇이 그리 바쁜지 이렇게 힘든 상황에서도 며칠째 얼굴조차 보지 못한 남편이었다.

그럼에도 지금은 감정을 억눌러야 했다. 지금, 주아가 기댈 수 있을 만한 언덕은 남편인 대훈밖에 없었다. 사랑이라고는 없는 결혼 생활에서 서로의 이익에 의지하며, 지금까지 잘 버텨 왔다. 앞으로도 그렇게 하면 되는 것이다.

주아가 간신히 정신력을 무장하는 사이 남편 대훈에게서 전화가 걸려 왔다. 주아는 심호흡하며 가까스로 감정을 정리하고 전화를 받았다.

"나예요."

— 하…… 내 발등을 내가 찍었어. 그때 배경 하나 믿고 당신과 결혼하는 게 아니었어. 안 그래? 누구 덕분에 나까지 시궁창에 처박히게 생겼다고. 지금이 어떤 시기인데, 때가 어느 때인데, 선거운동만으로도 시간이 부족한데, 돕지는 못할망정 왜 내가 지금 당신 때문에 이런 어처구니없는 일에 휘말려야 하는 거냐고!!

주아는 남편의 말을 들으며 속에서 쓴 물이 치받고 올라오는 걸 느끼며 이를 악물어야 했다. 지금 누구 덕분에 그 자리까지 올랐는데, 그 돈이 다 어디서 나왔는데. 권력에 끼지 못해 빌빌거리던 사람을 자신이 무슨 짓까지 하며 저 자리까지 끌어다 올려놓았는데, 적반하장도 유분수지 이제 와서 결혼을 하는 게 아니었어?

결혼으로 인해 단번에 지위가 껑충 올라갔을 뿐 아니라 가장 많은 득을 본 남편의 어처구니없는 말을 곱씹으며 욕지거리가 튀어나오려 해 입술을 꽉 깨물어야만 했다.

겨우 진정하고 입을 떼는데 비릿한 피 맛이 느껴지는 게 궁지로 내몰린 자신의 처지를 여실히 드러내 주는 듯했다.

"그래서, 지금 화풀이나 하자고 전화했어요? 이렇게 바쁜 시기에?"

— 하, 아직도 기가 죽지 않았군. 그래, 그 기세를 살려 청문회 준비 잘해. 꼼수 부려 숨을 생각은 하지 않는 게 좋아. 더는 내 얼굴에 먹칠하지 마, 어떻게 해서든 버텨. 한 달, 딱 한 달만 버텨 보라고, 그럼 당신이 그렇게 앉고 싶어 하는 그 자리, 그 자리에는 앉혀 주지. 당신 잘하는 거 있잖아. 당신의 주특기를 십분 활용하라고, 분식회계든 뭐든! 모두 떠넘기고 잘라. 그리고 관련된 사람들 청문회 나오지 못하게 손써 봐. 증인도 없이 당신 혼자 앉아 있으면 청문회가 제대로 되겠어? 더 이상 날 실망하게 하지 마.

"이미, 가담자들 모두 출국했어요. 지금 나를 뭐로 보고 이따위 훈계를 하는 거예요?! 당장 현실적으로 도울 수 있는 게 없다면 이따위 전화 하지 마!! 지금까지 내가 온갖 더러운 짓 다 하며 뒷바라지했으니, 이젠 당신도 뭔가를 보여 줘야 할 때 아니겠어요? 어떻게 해서든 그 자리 앉아 봐요. 그 자리 앉아서 한 번이라도 나에게 도움이 좀 되어 보라고!!"

결국 참지 못하고 질러 버렸다.

'네까짓 게 뭔데 나를 짓밟아, 네까짓 게 뭔데 감히 나를 이렇게 비참하게 만들어!! 망할 개자식!!'

— 하! 좋아. 그 기세로 잘 버텨. 끊어!!

주아가 내지르는 고함 소리에 인상을 쓰며 전화를 끊은 대훈이다.

살아오며 끔찍하게도 싫어하던 모습이었다. 어떤 상황에서도 기가 죽는 법이 없어 상대방의 기가 질리게 만드는 여자. 이번만큼은 그 모습이 차라리 다행이다 싶은 대훈이었다.

조용한 옥외 정원으로 나온 크리스는 찬 바람을 쐬며 한 팀장이 주고 간 명함을 들고서 망설이고 있었다.

　"하…… 후회해도 늦었어. 그분이 이렇게 집요한 면이 있을 줄은 몰랐네. 분명 또 물어볼 텐데…… 하…… 신경 쓰여."

　크리스는 알 수 없는 긴장감에 뻐근해 오는 어깨와 목을 스트레칭하며 시린 바람을 맞고 서 있었다.

　한참을 망설이다 결심한 듯 큰 한숨을 내쉬며 휴대전화를 꺼내어, 명함에 적힌 번호를 꾹꾹 눌렀다.

　Rrrrr.

　― 네. 박승철입니다.

　마음의 준비를 할 겨를도 없이 신호가 두 번 가기도 전에 전화를 받아 버린 현장 소장이었다. 생각과는 달리 말투나 목소리가 거칠지도, 성급하지도 않은 중후하고 점잖은 목소리가 크리스의 귓가로 흘러들었다.

　"안녕하십니까. 저는 크리스 에반이라고 합니다. 한 팀장님이 이 번호로 전화를 한번 해 보라고……."

　― 아! 그 비서실장님?

　제이가 왔다 간 뒤로 행여나 시끄러운 현장 소리에 전화 소리를 듣지 못하게 될까, 진동으로 바꾼 휴대전화를 손에서 놓지 못한 승철이었다. 아직은 조금 어색하게 들려오는 한국어였지만 그저 고마운 마음에 승철의 목소리에도 반가움이 듬뿍 묻어났다.

　"네. 맞습니다."

　― 아이고, 전화 잘했어요. 잘했어. 제이한테 대강 말은 전해 들었어요. 뭐든 궁금하거나, 필요한 일이 있으면 주저 말고 물어봐요. 내 힘닿는 데까지 도울 테니.

"말씀만으로도 감사합니다만…… 실은 한 팀장님이 분명 확인해 볼 것 같아서 이렇게 전화합니다. 지금 그분 일만으로도 벅찬 시기에, 저 때문에 괜한 데 신경을 쓰시는 듯해서 말입니다."

— 제이가 원래 좀 그렇지. 마음이 넓은 녀석이라 주위에서 힘든 걸 그냥 보아 넘어가지를 못해요. 그래도 기왕 이렇게 전화를 했으니, 뭐 묻고 싶은 건 없어요?

승철은 전화기로 들려오는 미세한 소리라도 들으려 귀를 바짝 붙였지만 들리는 거라곤 사내의 망설임이 묻어나는 호흡, 내뱉는 숨소리 외에는 없었다.

— 내가 이런 말 해도 될지 모르겠지만…… 후회를 남길 것 같으면 실망을 하더라도 시도는 해 보는 게 낫지 않겠소? 그러면 최소한 살면서 미련은 남지 않겠지. 그 미련이라는 게 말이오. 참 사람 환장하게 만드는 거거든…… 하긴 아무리 하고 또 해도 그놈의 미련이라는 건 끝도 없더라마는. 그래도 할 수 있는 건 뭐든 다 해 봤으니 미치지는 않고 살아 있어요…… 그마저도 안 했더라면 평생을 죄책감에 괴로워하다 미쳐 버렸겠지…… 아이고. 내가 바쁜 사람한테 별소리를 다 하네. 미안해요.

쉽지 않은 일이라는 걸 누구보다 잘 아는 승철이었다. 내 아이를 찾겠다고, 수없이 많은 아이와 대면하며, 그 아이들의 상처를 들여다보는 것은 더한 고통이 아닐 수 없었다.

불현듯 궁금증이 일었다. 이 남자의 살아온 과정은 어떠했을까? 좋은 가정에 입양되어 순탄하게 잘 보냈을까? 지금 있는 위치를 보아하니 성공한 것임에는 틀림없어 보였다.

그럼에도 쓸쓸함이 느껴지는, 망설임이 느껴지는, 전화기를 타고 들려오는 남자의 나지막한 한숨 소리가 왜 이렇게 자신의 마음을 어지럽혀 놓는지 알 수 없는 일이었다.

"아닙니다…… 말씀…… 감사합니다. 후…… 저 같은 경우는 어릴 때 기억도, 자료도 없어 힘들 것 같기는 합니다만. 혹시…… 유전자 등록,"

— 어, 그거 간단해. 아주 간단해요. 내가 문자로 보내 줄게요. 어디서 어떻게 하는지. 생각 아주 잘했어요. 그렇게 시작하면 되지, 뭐. 고마워요.

"소장님께서 왜……."

— 포기하지 않아서…… 고마워요.

자신의 아들도 포기하지 않기를, 이 남자처럼 자신의 아들도 용기 내어 주기를 간절히 바라고, 또 바라며, 마치 자신의 아들이 자신을 찾는 듯 감정이 이입되어 울컥해 버리고 말았다.

"감사……합니다. 많은 도움이 되었습니다."

오히려 고맙다고 말하는 현장 소장님의 목소리에서 느껴지는 미세한 떨림에, 감정을 애써 억누르는 듯한 그의 음성에 왜 자신의 마음이 이토록 아려 오는지…… 가슴이 먹먹해 인사도 쉽게 할 수가 없었다.

그렇게 전화를 끊은 지 몇 분이나 지났을까? 화면을 꽉 채울 정도로 빼곡하고 세심하게 작성된 문자 한 통이 크리스의 전화로 날아들었다. 문자 한 통에도 그의 성실함이 엿보이는 듯해 크리스의 얼굴에 엷은 미소가 남겨졌다.

문자의 제일 아래…… 그가 남긴 한마디 말에…… 목구멍이 뜨거워지며 눈시울이 붉어졌다.

[당신의 부모님이…… 진심으로 부럽습니다. 고맙습니다.]

크리스는 그렇게 한동안 울컥거리는 마음을 어찌지 못해 고개를 젖혀 먼 하늘을 바라보며, 얼음처럼 차가운 바람을 온몸으로 맞이해야만 했다.

그의 눈가에 차가운 날씨와는 너무나 온도가 다른, 뜨거운 눈물 한 방울이 기어이 주르륵 흘러내렸다.

'당신들도 이분처럼 나를 기다립니까? 당신들도 이분처럼 내가 그립습니까?'

온몸이 꽁꽁 얼 정도로 한기가 들어 덜덜 떨릴 지경이 되어서야 감정을 갈무리하며 사무실로 되돌아갔다.

그날 저녁 제이와 부모님은 함께 앉아 오랜만에 여유로운 식사를 하고 있었다.

"제이, 엄마랑 아빠 다음 주에는 가 봐야 할 것 같은데…… 혼자 괜찮겠어?"

다행히 그날 이후로 더 이상 악몽을 꾸지는 않았지만, 그날 애처로웠던 딸아이의 모습만 생각하면 쉽게 입이 떨어지지 않는 정연이었다.

"네. 전 괜찮아요. 지금까지도 혼자 잘 지냈는데, 뭘. 엄마도 참 별걱정을 다 해요. 내 나이가 몇인데."

"네 나이가 많아? 그래 봐야 우리가 볼 때는 물가에 내놓은 철부지 아이와 다를 게 없어. 늘 걱정되고 마음이 쓰이고 그래."

"네. 알아요. 알지, 그럼. 걱정하지 마세요. 진짜. 저 완전 씩씩하잖아요. 그렇지 않아도 일도 다 미루고 오셔서 말씀드릴 참이었어요. 아 참! 엄마, 아빠. 그 사람이 인사드리고 싶다고…… 우리 편한 시간으로 말해 달라고 하는데……."

"그래?"

화색이 도는 정연과는 달리,

"아……."

어색한 미소를 짓고 있는 동우였다.

올 것이 왔다. 기어이 데려가겠다는 말 하러 오는 거겠지.

이제야 딸아이를 마음껏 바라보며 그간의 아쉬움을 달래려는데, 그마저 쉽지 않을 듯해 안타까운 한숨이 나오려는 걸 간신히 참았다.

"그럼, 우리가 가기 전에 보면 좋겠다. 금요일 저녁 어때? 여기로 데려와. 엄마가 음식은 다 준비할게."

벌써 딸아이 곁에 다정하게 붙어 있을 남자를 떠올리며 기쁨이 충만한 정연이었다.

자신의 말 한마디에도 붉으락푸르락하는 남편의 조바심 나는 마음은 알지도 못한 채.

"뭘요. 엄마 힘들게. 그냥 레스토랑에서 보면 안 될까요?"

"제이!! 엄마가 요리 연구가야! 내 전문인데 뭘 나가서 먹어? 직접 해서 먹일 거야. 그러니 집으로 데려와 알았어?!"

흥분했다. 정연의 머릿속에는 무슨 음식을 해 먹일까, 딸아이의 남자가 무슨 음식을 좋아할까? 벌써부터 상차림 메뉴를 부지런히 떠올리며 얼굴에 웃음꽃 이 피고 있었다.

"흠흠…… 정연아. 당신 진정해. 너무 좋아한다. 남의 속도 모르고."

"네? 그럼 좋지 안 좋아? 당신은 안 좋아요? 설마 그 사람 마음에 안 들……어 요? 당신?!"

"어험, 험. 누가 마음에 안 든대? 급해서 그러지, 급해서……."

'인사하고 나면 곧 결혼하겠다 할 게 뻔한데, 당신은 딸을 그렇게 빨리 보내 고 싶어? 그것도 한국도 아닌 미국까지? 속도 좋다. 속도 좋아. 어휴. 내 속만 탄다. 타.'

"급하기는?! 당신 설마…… 질투하는 거예요?"

"푸흡……."

동우는 먹던 음식을 본의 아니게 확인하며, 냅킨으로 테이블에 흩어진 지저 분한 음식 파편을 닦아 정리하고 있었다. 대충 정리를 하고서 아내를 바라보는 동우의 인상이 사뭇 무섭게 찌푸려졌다.

그 모습을 본 정연이 괜히 미안한 마음에 남편이 좋아하는 반찬을 하나 집어 넌지시 건네며 말했다.

"아니 뭐 그렇다고 음식을 뱉어요? 난 그냥 당신이 워낙 정색하니까…… 쿡…… 큭큭. 백 마디 말보다 확실했어요. 안 그래 제이?"

"큽…… 엄마는 무슨, 아빠가 질투한다고 그래요?"

제이는 다시는 맞이할 수 없을 것만 같았던 이 순간이 너무 행복했다.

딱 몇 년 전이 지금과 같았다. 식탁에서는 대화가 끊이질 않고, 늘 투닥투닥

일생이 연애하는 것마냥 꽁냥거리는 엄마 아빠가 그렇게 좋을 수가 없었다.

엄마의 농담에 늘 발끈하면서도, 못 이긴 척 넘어가는 아빠도, 그런 아빠에게 쉼 없이 농담을 하며 장난치는 소녀 같은 엄마도, 둘 사이에서 늘 갈팡질팡 누구의 편도 들어 주지 못하고 중립을 유지하느라 애써야 했던 어린 날의 그날을 떠올리며 눈시울이 붉어지려는 걸 겨우 참고 넘겼다.

"쓸데없는 소리 말고 밥이나 먹어! 금요일에 데려와 보든가!!"

그래도 몇 달은 여유가 있겠지? 우리 딸, 가까이에서 좀 더 지켜볼 수 있는 여유가 몇 달은 주어지겠지?

동우는 미처 몰랐다. 사위가 될 사람이 번개보다 급한 성격에, 제트기와 같은 추진력을 장착했을 줄은…….

긴장감이 감도는 조프의 집무실. 여느 때와는 달리 온종일 집무실을 서성이며 조프는 좀처럼 일에 집중하지 못하고 있었다.

오늘이 바로 제이의 집에 정식으로 인사를 하러 가는 날이었다. 이미 한 번, 아니 두 번이나 뵈었음에도 오늘만큼은 마음이 남달랐다. 무슨 일이 있어도, 반드시, 기필코, 마땅히, 필히!! 결혼 승낙을 받아야 했다.

처음 말도 없이 불쑥 방문했을 때 문전박대당한 기억과 두 번째 제이를 바래다줬을 때 아버님의 무뚝뚝했던 모습이 새록새록 떠오르며 조프의 긴장감을 더욱더 부추기고 있었다.

분명 어머님은 마음에 들어 하는 모습을 수없이 보였음에도, 조프의 기억에는 아버님의 못마땅했던 표정만이 반복해서 떠오르고 있었다.

"하…… 젠장. 설마 반대하시지는 않겠지? 아니야. 제이의 아버님이라면 그럴 수도 있을 것 같아. 하…… 제기랄."

답답함에 한숨을 내쉬며 자리에 앉아 신중히 키보드를 두드리는데, 심각한 표정으로 모니터 화면을 주시하는 그의 시선이 향한 곳에는……

'결혼 승낙받는 법.'

이라는 문구와 함께, 그 내용들이 온 화면을 가득 채우고 있었다.

똑똑똑.

"대표님, 대표님? 대표님!!"

크리스가 집무실에 들어와 대표님을 부르는데, 무얼 저리 심각하게 보고 계시는지 몇 번을 불러도 대답이 없었다. 의아해하며 대표님의 옆으로 걸어가 대표님의 귓가에다 친히 다시 한번 외쳐 보았다.

"대표님!!"

"으악!! 야 이 미친, 어디서 고함이야? 간 떨어질 뻔했잖아! 죽고 싶어 환장했어?!"

기함하듯 놀라며 모니터 화면을 책상에 그대로 엎어 버렸다.

"풉. 아이고 죄송. 큭. 죄송합니다. 뭐 못 볼 거라도 보셨습니까? 그렇다고 모니터를 엎을 것까지야. 솔직하게 저는 아무것도 보지 못했습니다. 대표님!"

아무리 놀랐다 한들 모니터를 엎을 줄이야!

정말이었다. 크리스는 그저 대표님이 너무 집중한 나머지 불러도 모르기에 귓가에 대고 친히 불러 드린 것뿐인데, 무슨 몹쓸 것을 보고 계셨는지 모니터를 엎으시며 당황하는 모습에 빵 터져 버렸다.

"못 볼 거라니 뭐?! 못 볼 거 뭐?!"

"그러니까 뭐. 이를테면 야한 시청각 자료나. 뭐 그렇고 그런 거 있잖습니까?"

"무, 뭐, 뭐라고? 야한? 시, 청각 자료? 이게 보자 보자 하니까 말이면 다인 줄 알아?! 내가 왜 그딴 걸 봐야 하는데? 어? 그딴 건 줘도 안 봐! 다 너 같은 줄 알아?"

"에이, 강한 부정은 강한 긍정이라는,"

"하! 이게 진짜. 오늘 중요한 날이라 참는다. 어? 오늘 중요한 날이라 참는 거라고!!"

"그러게요, 그렇게 중요한 날 뭘 그리 열심히 보고 계십니까? 마음의 준비를 해도 모자랄 판국에! 그나저나 모니터 세울까요?"

"놔둬. 내가 할 테니."

모니터가 박살 나지 않은 다음에야 보고 있던 내용이 고스란히 펼쳐져 있을 텐데, 차마 모니터를 세우지 못하고 가만히 컴퓨터 전원을 꺼 버렸다. 아무리 친하다고는 하나 이런 모자란 듯한 모습까지는 보이고 싶지 않았다.

"궁금한데 말씀해 주시면."

"진짜 한 대 맞을래?"

"큭, 한 대만 맞으면 됩니까? 그럼 말씀해 주시는 겁니까?"

"하아…… 내가 막 우스워 죽겠지? 어?"

"농담입니다. 농담. 거참 삭막하시네. 지금부터 천천히 준비하십시오. 챙겨 갈 것들은 다 준비되어 있습니다. 결재 건도 다 처리하셨고, 더 하실 일은 없으십니다."

"그래. 그러자."

조프는 크리스의 말에 한 번 더 시간을 확인하며 씻으러 갔고, 크리스는 그런 대표님을 보며 감회가 남달랐다.

대표님 역시 살아온 환경이 결코 순탄치만은 않은 분이셨다. 어린 시절 부모님에 의한 그분의 상처는 자신을 포함한 극소수만 알고 있는 아픔이었다.

결코 그 누구에게도 곁을 주지 않을 거라 생각했던 분이 완벽하게 변화되었다. 그 변화된 모습이 더할 수 없이 반갑고 고마워 코끝이 찡해져 오며, 한편으로는 이런 변화를 가능하게 해 준 한 팀장님을 얼싸안고 진한 키스라도 퍼붓고 싶은 마음이었다.

부디 대표님의 바람이 반드시 이루어지기를, 반드시 성취하시기를 간절한 마음으로 기도하는 크리스였다.

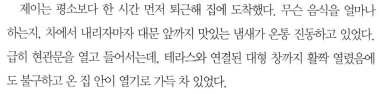

11

제이는 평소보다 한 시간 먼저 퇴근해 집에 도착했다. 무슨 음식을 얼마나 하는지, 차에서 내리자마자 대문 앞까지 맛있는 냄새가 온통 진동하고 있었다. 급히 현관문을 열고 들어서는데, 테라스와 연결된 대형 창까지 활짝 열렸음에도 불구하고 온 집 안이 열기로 가득 차 있었다.

주방으로 가니 분주한 엄마 옆에서 아빠도 두 팔 걷어붙이고 전을 뒤집고 계신 것이 꼭 명절을 지내는 듯한 분위기를 자아내고 있었다.

"저 왔어요. 무슨 음식을 이렇게 많이 하세요? 누가 보면 명절인 줄 알겠어요!"

"어, 왔어? 많기는, 그냥 이것저것 조금씩 한다는 게 종류가 많아져서 그렇지, 많지도 않아!"

아내인 정연의 말에 입을 떡하니 벌리고서 고개를 설레설레 흔드는 동우였다.

일을 마치고 온 딸아이가 반가워 잘 다녀왔냐고 인사나 할까 싶어, 엉덩이를 들썩이자마자 전 다 탄다며 꼼짝 말고 예쁘게 잘 뒤집으라 명하는 아내였다.

"제이 말이 다 맞지. 뭐야. 무슨 설 명절도 아닌데 뭘 이렇게 많이 차리는지, 원, 누가 다 먹는다고?"

"이걸 다 못 먹는다고? 저기 밖에 서 있는 장정이 모두 몇인데?"

"아하!!"

사윗감만 생각했지 미처 밖에서 고생하는 경호원들은 생각지도 못했다.

장 볼 때부터 너무 많이 사는 거 아니냐는 말에, 헷갈리니까 잠시만 기다려 달라며 무얼 그리 열심히 체크를 하는지 말도 못 붙이게 하더니, 집에 와서도 자신에게 소소한 일거리를 던져 주며 부랴부랴 일을 서두르는 아내를 보며 행여 방해될까 입 꾹 다물고 시키는 일만 부지런히 돕고 있었다.

그런데 돌아온 제이의 질문에 답하는 아내의 말을 들으며, 그제야 이렇게 음식을 많이 하는 아내의 깊은 뜻을 헤아려 고개를 끄덕이며 커다란 전을 신중하게 뒤집었다.

"저도 도울게요. 뭐부터 하면 돼요?"

서둘러 손을 씻고 나오며 팔을 걷어붙이는데,

"넌 쉬어. 지금까지 일하다 왔는데. 힘들어."

아빠의 말에,

"그래. 넌 지금 이럴 때가 아니야, 들어가서 예쁘게 화장도 좀 하고, 옷도 갈아입고 나와. 응?"

엄마의 말이 보태어졌다.

"아니 뭘, 인사하러 오는 것뿐인데 그렇게까지 할 필요가……."

단지 교제 중이라 정식으로 인사만 하러 오는 건데 너무 과한 건 아닌지 살짝 걱정되기 시작했다.

"그렇게까지 할 이유 있어. 있어. 무조건 있어. 그러니 들어가서 좀 꾸미고 나와, 얼른!"

요리하다 말고 아직도 멀뚱히 서 있는 딸아이의 등을 떠미는 정연이었다.

결국 제이는 못 이긴 척 방으로 들어와 화장도 하고, 옷도 여성스러움이 물씬 풍기는 깔끔한 미디 길이의 원피스를 챙겨 입고서 다시 거실로 나왔다.

한사코 뿌리치는 엄마의 말을 가볍게 묵살하며 앞치마를 입고 부지런히 엄마를 돕기 시작했다.

요리를 하나씩 완성해 가며 보기에도 좋게 데커레이션까지 잔뜩 신경 쓰며 그릇에 옮겨 담고 있는 엄마였다.

마지막으로 테이블 세팅까지 마치고 나니 그가 올 시간도 다가오고 있었다.

그사이 동우는 아내가 바리바리 싸 주는 음식들을 경호원들에게 가져다주고 들어왔다.

"후우, 이제 다 된 건가? 우리도 옷 갈아입어야지?"

"그래요. 얼른 갈아입고 나와요."

엄마의 말이 떨어지기가 무섭게 두 분이 순식간에 제이의 눈앞에서 사라졌다가 잠시 후 다시 나타났다. 정장을 멋지게 차려입은 아빠도, 우아하고 점잖은 원피스를 입은 엄마도 너무 멋있고, 아름다웠다.

그렇게 모든 준비를 마치고 거실에 나와 소파에 잠시 앉았는데, 초조한 듯 시계를 흘끔거리는 부모님을 보며 덩달아 긴장으로 입이 타는 듯했다.

정각 7시. 딩동. 벨 소리에 세 사람이 동시에 벌떡 일어섰다.

"제가 나가 볼게요. 엄마, 아빠 긴장 푸세요."

남자 친구, 아니, 애인을 부모님께 정식으로 소개하는 건 제이 역시 처음이었다.

긴장되는 건 마찬가지였지만, 부모님의 긴장하는 모습이 색달라 피식 웃음이 터져 버렸다. 얼른 현관 앞으로 가 웃음을 정리하며 문을 활짝 여는데, 머리 끝에서 발끝까지 너무나도 멋지게 차려입은 조프가 함박 웃으며 서 있었다.

깔끔하게 정돈된 헤어스타일에 막 새로 꺼내 입은 듯한 먼지 하나 보이지 않는 깔끔한 클래식 슈트, 그에 너무 잘 어울리는 포인트를 준 멋진 구두까지, 그가 이 시간을 위해 얼마나 신경을 썼는지 알 것 같았다.

"와. 오늘 진짜 너무 멋있어요!!"

속삭이듯 말하는 제이를 보며 조프는 더욱 활짝 웃어 보였다.

"보고 싶었어. 나 이제 들어가도 될까? 합격이야?"

조프는 넋을 놓은 채 들어오라고 말할 낌새조차 보이지 않는 제이를 보며 말했다.

"어머, 미안해요. 깜빡했어. 내 정신 좀 봐. 들어와요. 부모님께서 많이 기다리셨어요."

그제야 길을 트며 조프를 안으로 안내하고 있었다.

거실로 들어서며 조프는 한 손 가득 들고 있던 쇼핑백을 내려놓고서 한 아름 안고 있는 꽃다발을 정연에게 내밀며 인사했다.

"안녕하십니까? 정식으로 인사드리겠습니다. 제이와 만나고 있는 조프리 휴 존슨입니다. 어머님, 아버님."

"어서 와요. 바쁜데 여기까지 오느라 고생했어요. 뭘 이런 걸 다, 너무 예뻐요. 고마워요. 나 꽃 좋아하는 건 어떻게 알았나 몰라."

안 그래도 예쁜 사람이 예쁜 짓만 골라 하니 예뻐하지 않을 수가 없는 정연과,

"어서 와요. 일하고 와 많이 시장할 텐데, 우선 식사부터 합시다."

그런 빈틈없는 남자에게서 나올 말이 심상치 않을 듯싶어 분위기를 재빨리 전환하는 동우였다.

"그래요. 일단 식사부터 해요."

정연도 음식이 식기 전에 먹여야겠기에 오자마자 식사를 권해야 했다.

"감사합니다."

조프 역시 여유가 필요했다. 대뜸 딸을 달라고 했다가 퇴짜 맞으면, 그건 생각만으로도 끔찍했다.

각자의 마음을 숨긴 채 식사를 하려는데, 6인용 테이블에 음식이 빈틈없이 놓인 모습을 보고 조프의 입이 더없이 크게 벌어지고 말았다.

"아니. 이, 많은 걸 어떻게 다…… 설마 직접 하신 겁니까?"

"당연하지. 내가 직접 만들었어요. 우리 그이도 많이 도왔어요. 그러니 맛있게 많이 먹어요."

"네, 네. 그럼요. 맛있게 잘 먹겠습니다."

요리 연구가라고 들었으나 이 정도일 줄은 몰랐다. 하나같이 정갈하고 예쁘게 담겨 있는 모양이나, 색감, 종류, 냄새가 조프의 식욕을 마구 자극하고 있었다.

한식이 이처럼 다채로웠던가? 제이가 해 주었던 음식만 해도 놀라웠는데, 어머님의 음식 솜씨는 단연코 으뜸인 듯했다.

맛보는 음식마다 너무 훌륭해 골고루 다 먹다 보니 어느새 배가 가득 차 버렸다. 그때 자신의 행동을 하나하나 유심히 살펴보는 아버님의 모습을 발견하고서는 다시 긴장이 스며들며 갑자기 맛있게 먹은 음식들이 가슴에 턱 걸리는 듯한 느낌에 수저를 가만히 내려놓았다.

"식사는 다 했어요?"

"네, 음식이 하나같이 너무 맛있습니다. 이렇게 맛있는 음식을 맛보게 해 주셔서 감사합니다. 어머님, 아버님."

"아유, 이렇게 맛있게 먹어 주니 내가 더 고마워요. 어쩜 이렇게 잘 먹을까? 더 들지 않고?"

"충분히 많이 먹었습니다. 어머님, 지금 배가 꽉 찼습니다."

"그럼 술이나 한잔할까? 어떻게 술은 즐겨 합니까?"

그래. 다른 건 몰라도 술버릇만큼은 확인을 해 보고 싶은 동우였다. 제아무리 멋진 사람이라 해도 술 마시면 다른 사람이 되어 버리는 그것만큼 또 고약한 건 없지 싶었다.

"가끔 한 잔씩 좋은 사람들과 마시는 건 즐기지만, 자주 하지는 않습니다. 아버님."

"음."

'일단 합격, 그래 술을 자주 마셔 봐야 좋을 것 없지. 가끔 한 잔씩? 좋아!'

"혹시나 싶어 술은 제가 준비했는데, 한번 드셔 보십시오. 아버님 마음에 드실 겁니다."

조프는 거실로 자리를 옮기며 생각에 잠겼다. 드디어 올 것이 왔다.

크리스의 말에 따르면, 한국에서는 결혼하기 전 사위의 술버릇부터 본다고 했다. 자신이야 술을 마시면 말없이, 적당히 마시는 편이었고, 실수는 절대 하지 않았다. 그리고 혹시나 많이 마시게 되더라도 누가 건드리지만 않으면 거의 그냥 자는 것 외에는 별다른 버릇은 없기에 전혀 걱정은 없었다.

다만 아버님의 주량이 어떻게 되는지 알 길이 없어 저도 모르게 마음을 굳게 먹었다.

'제이에게 아버님 주량을 물어본다는 걸 깜빡했네. 하…… 지면 안 되는데.'

"그 전에 아버님, 어머님께 드릴 말씀이 있습니다."

조프는 술을 마시기 전에 확실히 해 두고 싶었다. 술을 마시고 말을 꺼내게 될 경우, 진심이 닿지 않을 걸 염려하지 않을 수가 없었다. 그만큼 오늘의 목적은 뚜렷하고 의지는 확고했다.

"아버님, 어머님. 제이와 결혼하고 싶습니다. 허락해 주십시오."

거실로 나와 제이의 부모님이 자리에 앉자마자 담담하게 꺼내는 조프의 말에 제이의 눈이 번쩍 떠졌다. 인사를 드리러 온다고 했지, 결혼하겠다는 말을 오늘 할 줄은 미처 몰랐는데…… 갑작스런 그의 고백에 당황한 제이가 그를 불렀다.

"조……프?"

"우리 딸아이는 몰랐던 모양인데, 제대로 말도 하지 않았나 보군, 혼자만의 결정이오?"

이미 예상을 했음에도 떨려 오는 마음이었다. 게다가 딸아이의 놀라는 눈치를 보니 제대로 얘기가 안 된 건 아닌지 걱정이 앞섰다.

"그럴 리가 있겠습니까? 단지 오늘 말 꺼낼지 몰랐던 터라 당황한 것뿐입니다. 그렇지 않아, 제이? 당신 나와 결혼할 거지?"

이미 제이의 마음은 확인했고, 확신이 있었기에 그 어느 때보다 당당했다.

"그야…… 당연히…… 네. 하지만."

제이는 더는 말을 이을 수가 없었다. 자신보다 더 당황해하는 듯한 부모님을 보며 지금은 조용히 입 다물고 있는 게 그를 돕는 일 같았다.

조프는 아주 흡족한 듯 고개를 끄덕이며 자신만만한 미소를 띠었다.

"흠. 그래. 한다면 언제……쯤?"

동우는 딸아이의 대답에 약간 움찔했지만, 예상하지 못한 반응은 아니었기에 표정 관리가 어렵지는 않았다.

"올해를 넘기지 않으면 합니다. 아버님, 어머님."

"뭐?!"

동시에 놀라 물은 동우와 정연이다.

"12월이 지나기 전에 결혼하고 싶습니다."

"조프! 그건 너무 빨라요."

제이 역시 이 정도로 서두를 거라고는 생각지 못했다. 늘 말로는 당장이라도 옆에 데려와야겠다고 말은 했었지만…… 올해라니!!

"아니. 난 지금도 늦었다고 생각해. 가능하기만 하면 내일 당장이라도 나는 식을 올리고 싶어. 그럴래?"

"아니요."

"안 돼!!"

제이와 부모님, 세 사람의 말이 동시에 앞다투어 쏟아져 나왔다.

"맙소사. 번갯불에 코코코, 콩 볶아 먹는다더니 이게 무슨 귀신 씻나락 까먹는 소리냐 말이야. 올해라고 해 봐야 지금이 벌써 11월 중순인데 한 달 반도 채남지 않았구먼 그사이에 결혼을 해? 이 무슨 말도 안 되는 소리!!"

놀란 마음에 동우는 채신없이 말까지 더듬어 버리고 말았다.

"그래, 맞아요. 마음은 알겠지만, 여자 쪽에서 준비할 게 한두 가지가 아닌데 시간이 촉박해도 너무 촉박해요. 그리고 무엇보다 그쪽 어른들은, 어른들도 허락했어요?"

정연 또한 남편과 생각이 별반 다르지 않았다. 결혼은 인륜지대사이거늘, 천천히 시간을 두고 준비해도 부족하고 빠듯하다 느끼는 일생에 한 번뿐인 행사를 그 짧은 시간에 어떻게 준비하라고, 게다가 이 대단한 집에서 딸아이를 허락이나 했을지도 아직 몰랐다.

"네. 당연히 허락받았습니다. 오히려 저보다 더 기다리고 계십니다. 제가 당장 내일이라도 하겠다고만 하면, 뭐든 가능케 하실 분이십니다. 그러니 그런 걱정은 하지 않으셔도 좋습니다. 어머님. 그리고 제이 측에서 준비할 건 아무것도 없습니다. 저는 그녀 하나만으로도 충분합니다. 살 집은 이미 마련되어 있고, 결혼에 필요한 모든 것들은 제 쪽에서 다 준비할 겁니다."

제이 부모님의 당황스러운 표정을 보며 더 망설이기 전에 쐐기를 박아야 할 듯했다.

"그리고, 뉴스 보셔서 아시겠지만, 곧 청문회가 열릴 겁니다. 그때 제이가 단순히 만나는 남자로 있고 싶지 않습니다. 그렇게 되면 제이에게 온갖 추문과 억측이 난무할 겁니다. 저는 제이 옆에 약혼자의 자격으로 당당히 서고 싶습니다. 허락해 주십시오. 아버님, 어머님."

"아. 아니…… 너, 너무 갑작스러워서."

아무리 사윗감이 마음에 들어도 너무 급하게 서두르는 모습에 덜컥 걱정이 앞서는 정연이다.

반면 처음에 불안해 마지않던 동우는 오히려 차분하게 현실을 직시하며 말없이 조프를 지켜만 보고 있었다.

"당신 아직 술상 안 봤어? 일단 술 한잔 합시다. 내 답은 그 후에 하지."

조프는 답을 회피하는 아버님을 보며 불안이 스멀스멀 피어올랐지만 애써 담담한 척 태연함을 가장하며, 어떻게 해야 제대로 된 허락을 받을 수 있을지 머릿속이 복잡해져 왔다.

순식간에 술상이 차려지고, 아버님께 잔을 건네받는 순간부터 저도 모르게 시험에 들고 있었다. 주시는 술을 말없이 묵묵히 받아 들고서 한 잔 마시고 잔을 내려놓기가 무섭게 또다시 채워지고 있었다.

'이제 시작인 건가?'

왠지 작정하고 마시게 하는 듯한 느낌을 지울 수가 없어 조프는 작전을 조금 바꾸었다.

"아버님도 한잔 드시지요. 제가 이번에 오면서 아버님과 마시려고 특별히 신경 써서 준비한 술입니다. 이 좋은 술을 저만 마시기에는 아까우니 함께 드시지요."

아버님의 표정이 순간 움찔한 듯 보이는 건 혼자만의 착각이려나? 살짝 당황한 듯 보이는 아버님께 술을 한 잔 따르고 아버님이 마실 때까지 바라보았다.

동우는 멈칫했다. 사내가 이렇게 나올 줄은 몰랐다. 그저 주면 주는 대로 다 받아 마실 줄로 생각했다. 낭패였다.

사실 동우는 술이 약했다. 평소 독한 양주는 말할 것도 없이 그 흔한 소주도 잘 마시지 못했다. 겨우 마셔 봐야 와인이나 맥주나 마실까. 도수가 높은 양주는 엄두도 나지 않았으나, 차마 사윗감 앞에서 못 마신다고 하기에는 자존심이 상해 홀떡 한 잔 마셔 버렸다.

사위의 주사를 알아보려다 되레 주사를 부리게 되는 건 아닌지 심히 우려되고 있었다.

조프는 술 한 잔을 호기롭게 마시는 아버님을 보다가 슬쩍 눈을 돌리는데, 그런 아버님을 걱정스러운 눈빛으로 바라보는 모녀의 모습이라니…….

'오호라, 아버님께서 술이 약하시구나…….'

단박에 약점을 눈치채 버렸다.

동우는 겨우 한 잔 마셨을 뿐인데 목구멍만 아니라 식도가 타들어 가는 듯한 느낌에 화들짝 놀라며 연신 기침을 콜록거려야 했다.

"아버님, 괜찮으십니까?"

"어험. 험. 내가 감기 기운이 좀 있다 보니…… 괜찮네. 뭘 이 정도로, 자네도 한 잔 더 하게."

이대로 질 수는 없었다. 서둘러 잔 가득 술을 따라 조프에게 권하는 동우는 몰랐다. 술에 놀란 가슴에 말이 편하게 나와 버렸다는 것을…….

그렇게 기 싸움 아닌 기 싸움을 하며 주거니 받거니 하다 보니 어느새 위스키 한 병이 다 비었다. 그때까지도 조프는 멀쩡한 듯 보이는 반면, 동우는 초점이 흐려지고 있었다.

"아빠 그만 드세요. 이러다 큰일 나겠어요. 조프, 당신도 그만 마셔요."

보다 못한 제이가 중재에 나섰다.

"그래. 둘 다 그만 마셔요. 안주도 안 먹고 계속 술만 마시면 어떡해요. 동우 씨, 당신 괜찮아?"

"괜찮아, 마시면 얼마나 마셨다고? 우리 사위가 주니까 하나도 안 취해."

'이 사람 취했네, 취했어. 내가 그럴 줄 알았어. 사위 마시게 한다더니, 그걸 주는 대로 넙죽넙죽 받아 마실 때부터 알아봤어 내가!!'

괜찮다는 사람의 혀가 벌써 노곤하게 풀려 버렸다. 정연은 남편의 어눌한 발음을 들으며 이를 어쩌나 고민스러운데 대뜸 들려오는 조프의 말에 입을 떡 벌리고 말았다.

"아버님!! 방금 사위라고 하셨습니다. 사위요!! 결혼 허락하시는 겁니다!! 나중에 딴말하기 없습니다. 아버님!! 어머님 들으셨습니까? 제이, 당신도 들었지? 아버님!! 다시 한번 말씀해 주십시오."

"아 거참. 귀찮아. 사위, 내 사위, 조프리 한잔 더 하자고."

기회는 이때였다. 취중 진담이라 했던가? 녹음기가 없는 게 얼마나 안타까운지.

정연과 제이는 점점 몸이 한쪽으로 기울어져 가는 동우를 보며 비집고 나오는 웃음을 막으려 애써야만 했다.

술에 취해 가물가물하는 남편도 남편이지만, 이미 정신이 나간 사람에게 확답을 받으려 애쓰는 사위의 모습도 평범해 보이지는 않았다.

"아버님? 결혼도 올해 안에 하는 겁니다. 12월이 지나기 전에요. 아버님? 오케이 한마디만 해 주십시오!!"

"응? 뭐? 오케에에이?"

"네. 아버님. 오케이?!"

"훗. ㅎㅎㅎㅎㅎ. 조쿠…… 오케에에에에이!!"

조프는 두 주먹을 불끈 쥐며 속으로 기쁨에 가득 찬 함성을 내질렀다. 생각 같아서는 집이 떠나가라 시원하게 내지르고 싶었으나 하나 남은 이성이 자중하라고 소리치는 듯했다.

결국 오케이란 한마디를 끝으로 사위의 주사 테스트는 시작해 보지도 못하고 장렬히 전사하고 만 제이의 아빠 동우였다.

조프는 어머니의 안내에 따라 아버님을 방에 조심스레 뉘어 드리고 다시 거실로 나왔는데, 끝인 줄 알았던 테스트는 또 다른 시작을 준비하는 듯했다.

방금까지 아버님께서 앉아 계시던 자리에 어머님께서 앉으셨다. 만면에 부드러운 미소를 보이며 아주 인자하신 표정으로 말씀하시는데, 왜 이 모습이 아버님보다 더 섬뜩하게 느껴지는지 조프는 알 수가 없었다.

"이리 와요, 내 술도 한 잔 받아야지? 가져온 위스키가 두 병이나 남았던데. 나랑도 함께 마셔요."

"아, 네. 어머님."

앉아 계신 자세부터 고수의 향기가 물씬 풍겨 오는 듯했다. 혹시나 싶어 어머님 옆에 태연하게 앉아 있는 제이를 쳐다보는데 대수롭지 않게 어깨를 으쓱하는 모습이라니…….

당최 자신을 도울 의사가 있는지 없는지, 금방이라도 웃음이 터질 듯 입을 꾹 다물고 있는 모양이 뭔가 심상치 않은 일이 일어날 것만 같은 불길한 예감이 들기 시작했다. 얼마 안 가 조프의 불길한 예감은 어김없이 맞아떨어졌다.

정연은 술 먹기에 최적화된 신체와 정신의 소유자였다. 살아오면서 단 한 번도 술에 취해 쓰러진 적이 없고, 단 한 번도 다음 날 숙취로 인해 괴로워해 본 적이 없었다.

"시작할까요? 우리?"

조용조용 말을 시작하며 아버님 때와 마찬가지로 사이좋게 한 잔씩 나누어 마시는데 아까와는 양상이 전혀 달랐다. 자상하게 안주도 하나씩 건네며, 얼음물도 간간이 권하며 천천히 마시라고 말하는데……

조프는 그 말이 조금씩 아득하게, 멀게만 느껴졌다. 어느 순간 조프의 눈이 조금씩 조금씩 풀리고 있었다.

정연 또한 약간의 취기가 느껴졌지만 딱 기분 좋을 만큼이었다. 사위가 가져온 술은 정말 화끈하면서도, 목 넘김이 훌륭하고, 뒷맛도 깔끔한 게 너무나 좋았다.

정연은 절대 알 수가 없었다. 이 술의 가격 따위야, 그때 놓고 간 위스키와는 비교할 수도 없을 만큼 고가의 것이라고는……

"조프? 뭐라고 불러야 하지? 존슨 서방? 아…… 이건 뭔가 어감이 좀 그래…… 조 서방. 오, 조 서방 딱 좋네. 어때요? 조 서방이라는 호칭 마음에 들어요?"

헉.

"엄마 너무 앞서가요. 천천히 하세요. 천천히."

난데없는 엄마의 너무 앞선 발언에 제이는 얼굴이 화끈거렸다.

"네, 어머님. 좋습니다. 조 서방."

반면 조프는 한국에서 사위를 부를 때 성 뒤에 서방을 붙인다는 걸 알고 있었다. 어머님이 자신을 조 서방이라고 부른다는 것은 이미 사위로 인정한 것이나 다름이 없다는 것을 잘 알고 있기에 넙죽 좋다며 조 서방이라는 말을 한국어로 따라 말하고 있었다.

"그래요. 조 서방? 우리 제이, 아직 가르쳐야 할 것도 많은데…… 올해는 너무 빨라요. 내년에 따듯한 봄에 하면 안 될까? 결혼?"

자신이 했던 방식으로 똑같이 역공격을 받고 있었고, 조프는 정신이 가물가물한 와중에도 정신을 집중하려 애썼다. 내년 봄이라고?

"안 됩니다. 그럴 수는 없습니다. 올해 12월 아니면…… 내일, 그것도 아니면 지금…… 당장…… 하겠습니다. 결혼."

누가 봐도 취한 눈에 취한 몸짓이건만, 신기하리만치 온전한 정신에 다소 느리지만 온전한 발음이었다.

"아이참. 너무 이르다니까 그러네. 내년에 해요. 따듯한 봄날에 예쁘게 응? 봄의 신부가 그렇게 예쁘다는데……"

"제이는 지금도 충분히 예쁩니다. 12월…… 최대한 봐줘도…… 12월…… 더는 안 됩니다!! 지금도 예쁩니다. 예뻐서 죽겠습니다. 지금도 충분히 예쁩니다아아."

풀썩…….

급기야 조프도 아까의 동우처럼 소파에서 풀썩 쓰러지듯 누워 버렸고, 제이는 그런 조프가 안쓰러우면서도 그 모습이 너무나 사랑스러워 웃음이 났다.

결국 정연은 자기 뜻을 관철하지 못했다. 그럼에도 불구하고 정연의 기분은 나쁘지만은 않았다. 취했음에도 그의 뜻은 확고했고, 취한 중에도 그 확고한 뜻은 굽힐 줄을 몰랐다. 술에 취해 몽롱한 정신에도, 분명 자신과 대화를 하고 있음에도 딸아이를 향하는 그의 눈은, 딸아이만을 바라보는 그의 눈빛에는 거짓이라고는 없었다.

취한 중에 정신이 나가 귀한 딸을 넙죽 주겠다고 오케이를 외치던 누구와는 사뭇 달라 보여 믿음직스러움에 감격스럽기까지 한 정연이었다.

"합격! 우리 딸 남자 하나 기가 차게 잘 골랐네."

"못 살아, 정말. 어떡해요. 이 사람 너무 커서 옮기지도 못할 텐데."

"뭘 어떡해? 난방 잘 되는데 여기서 재워야지. 이불 가져와."

정연은 얌전히 잠들어 버린 사위를 보며 모처럼 행복을 만끽하고 있었다.

정연은 몰랐다. 소파에 곤히 잠들어 버린 사위를 다음 날 뜻밖의 장소에서 조우하게 될 거라고는……

아침 일찍 잠에서 깬 정연은 가장 먼저 거실에 있는 소파로 향했다. 워낙 체격이 크기에 제이와 둘이서 옮기다가는 다치게 할 것 같아 소파에 그대로 재우긴 했지만, 귀한 손님을 거실에 재워 여간 신경이 쓰이는 게 아니었다.

그런데 막상 나와 보니 그곳에 당연히 잠들어 있을 줄 알았던 사위가 없었다. 벌써 일어나 씻으러 갔나 싶어 정연은 부랴부랴 해장국을 끓이며 아침을 준비하고 있었다.

한참을 정성 들여 음식을 만들고 상을 차리는데, 그때까지도 사위의 모습이 보이지 않아 의아함에 고개를 갸웃거렸다.

"이상하네? 뭘 하기에 아직도 기척이 없어? 설마 아침도 안 먹고 간 거 아니야? 이를 어째, 좀 더 일찍 일어났어야 했나 봐."

늦게 일어났다며 자책하는 정연이 바라보는 시계는 아침 7시 30분을 가리키고 있었다. 혹시나 해서 현관으로 가서 신발을 확인해 보는데,

"어? 이거 우리 조 서방 구두잖아. 안…… 갔어? 그럼 대체 지금 어디 있는 거야?"

정연은 덜컥 걱정되기 시작했다. 미안한 마음에 새벽까지도 나와서 사위의 잠자리를 계속해서 살펴보았다. 마지막으로 자는 모습을 확인한 시각이 새벽 3시, 그때까지도 세상모르고 잠들어 있던 사위는 어디에……

"어머. 어떡해. 술 취해 자는 사람을 혼자 두는 게 아니었어. 어디 쓰러져 있는 거 아니야?"

놀란 마음에 서둘러 화장실이며 드레스 룸이며 여기저기 기웃거리며 사라져 버린 사위를 찾기 바빴다. 그러다 순간 섬광처럼 스치는 생각에 멈칫하며 그

자리에 멈추어 섰다.

"에이…… 설마……."

설마가 사람 잡는 걸 한두 번 보았던가? 결국 강한 의혹을 뿌리치지 못하고 딸아이의 방문 앞에서 떨려 오는 가슴을 진정시키며 조용히 귀를 기울이는데…… 아무런 소리도 들려오지 않았다. 내심 안도하며 조심스레 방문을 열어 보는데…….

"허억!!"

'엄마야 이를 어째.'

혹시라도 놀란 외침이 새어 나올까 황급히 두 손으로 입을 틀어막으며 눈만 껌뻑껌뻑 그대로 다리가 바닥에 붙어 버렸다.

이른 아침부터 옷을 시원하게 홀렁 벗고서 천하태평하게 숙면에 빠진 사위의 모습을 딸아이의 방에서 보게 될 줄이야. 천만다행스럽게도 그나마 속옷 한 장은 갖춰 입고 있어 안도의 한숨을 내쉬는 것도 잠시,

'아이고, 우리 딸 숨이나 제대로 쉬고 있는 거야? 숨통은 틔워 줘야지!!'

사위가 딸아이를 어찌나 꼭 끌어안고 자고 있는지, 보기만 하는데도 제 숨이 턱 막히는 듯했다.

자신은 홀렁홀렁 벗고 자면서도, 딸아이는 머리끝까지 어찌나 꼼꼼하게 이불을 덮어씌웠는지, 오로지 사위의 가슴팍 위로 보이는 브라운 색상의 머리카락만이 딸아이도 함께 있다는 걸 알려 주고 있었다.

'그나저나 이 일을 어째. 우리 동우 씨가 보면 난리 날 텐데. 깨울까? 아니야. 옷을 저렇게 벗고 있는데 내가 어떻게 들어가? 미쳐 정말. 그 장인에 그 사위 아니랄까 봐 아휴 내가 내 명에 못 살겠다.'

고개를 푹 숙이며 지끈거리는 머리를 부여잡고서, 그 옛날 혼비백산했던 한 때가 마치 어제 있었던 일인 것처럼 선명하게 떠올라 온몸에 소름이 돋으며 고민에 빠졌다. 냉큼 들어가 깨우자니 민망스럽기가 이를 데 없고, 그렇다고 남편이 일어나 이 모습을 보게 할 수도 없어 발만 동동 구르게 되는 정연이었다.

딸아이가 자다가 답답했는지 팔로 이불을 걷어 내고서 사위를 등지며 돌아 눕는데 그 작은 틈새도 마음에 들지 않는지 잠결에도 뒤돌아 누운 딸아이의 허리를 잡아채며 자신에게로 빈틈없이 당겨 안는 사위였다.

'아이고, 머리야.'

게다가 딸아이를 한번 더듬고서 팔을 휘적이더니, 이내 딸아이가 걷어 낸 이불을 잡아당겨 다시금 꼼꼼하게도 덮어 주며 딸아이의 목덜미에 얼굴을 파묻는 모습이라니…….

'자네!! 지금 자는 거 맞지?'

자면서도 딸아이를 살뜰히 보살피는 사위를 보며 웃어야 할지 울어야 할지, 그만 나가야지. 일단은 나가야지. 하면서도 눈을 떼지 못하고 보게 되는 건 도대체 무슨 마음인지…….

'하는 짓이 예뻐서 혼낼 수도 없겠어!! 어휴…….'

결국 정연은 사위 편이었다. 조용히 문을 닫으며 부디 남편보다는 사위가 먼저 깨어나기를 마음으로 기도하는데, 불행하게도 하늘은 정연의 기도를 들어줄 여력이 없었나 보다. 저쪽에서 남편의 인기척이 먼저 들려왔다.

"하…… 망했다."

정연은 달아오른 얼굴을 식히며 종종걸음으로 남편에게로 다가가며 이 사태를 어떻게 수습해야 할지 고심하기 시작했다.

"여보, 정연아, 나 어제 실수한 거 없어?"

"어? 아. 네. 그럼 실수한 거 없지. 뭐가 있겠어요. 동우 씨 일단 좀 씻어요. 응? 너무 부스스해. 이런 모습 보이면 좀 그렇잖아."

"아침에 자다 일어나면 다 똑같지. 뭘, 새삼스럽게. 아차, 그 사람 아직 안 갔어? 설마, 그 사람도 나처럼 술이 약하던가? 취해서 곯아떨어졌어?"

자신만 술에 약한 게 아닐 거라고 혼자만의 착각을 하며 내심 기대를 안고 물었다.

정연은 그런 남편을 보며 속으로 작은 한숨을 내쉬었다.

'그래. 차라리 그렇게 생각해요. 당신 마음이라도 편하게.'

"그래요. 그러니 얼른 들어가서 좀 씻고 나와요. 응?"

정연은 한시라도 빨리 남편을 제이의 방과 멀리 떨어진 곳으로 보내야 했다.

"어. 그래. 좀 씻어야겠네. 이런 모습을 보일 수는 없지. 그런데…… 그 사람은 어디 있어? 아직 자는 거야?"

꼴깍……

'오! 맙소사, 그걸 왜 물어봐? 묻지 마! 묻지 마!! 난 아무것도 모른다고!!'

정연은 태연함을 가장한 채 속으로 절규하고 있었다.

"어? 어. 아직 안 나오는 거 보면 자는 거겠지 뭐. 당신은 잔말 말고 얼른 가서 좀 씻으라니까아!!"

답답함에 급기야 말끝에 어금니를 꽉 깨물고 말았다. 보통은 '알았어.' 하며 바로 씻으러 가는 양반이 오늘따라 왜 이렇게 어물어물 굼뜨기만 한지 답답해 미칠 것 같았다.

동우는 이제야 아내의 불안정한 행동이 눈에 들어왔다. 불안한 듯 초점이 흔들리는 눈동자, 초조한 듯 꽉 맞잡은 두 손, 조바심이 느껴지는 성급한 말투, 평소라면 차분하고, 부드럽게 조곤조곤 말을 이어 갈 사람이, 오늘은 달라도 너무 달랐다.

"어디 있어? 그 사람?"

짚이는 데가 있어 목소리를 낮게 깔고 다시 물었다.

"아이참, 아까부터 당신은 자꾸 그 사람, 그 사람 그래요? 우리 조 서방한테!!"

"우리…… 조, 조, 조 서방?"

"그래요. 우리 조 서방! 당신이 어제 허락했잖아. 오케이 했잖아요!!"

"내, 내가 뭘?!"

"기억 안 난다고 할 생각이라면 입도 뻥긋하지 말아요. 내가 들었고 제이가 들었고, 우리 조.서.방.이 정확하게 들었으니까!! 결혼도 단번에 오케이, 12월에 하는 것도 단번에 오케이, 다 좋다고 오우케이!! 라고 외친 사람은 다른 누구도 아닌 바로 당신이라고요, 바로 당신!!"

지금 다시 생각해 봐도 어제의 상황이 너무 어이가 없어 말이 곱게 나오지 않았고, 가시를 담은 말끝에 검지를 곧추세워 남편의 가슴을 쿡쿡 찔렀다.

"헉!! 설마! 지, 진짜? 내가 그랬다고?"

"나중에 조 서방한테 확인해 보든가요!! 아니 술도 약한 사람이 어쩌자고 주는 술을 넙죽넙죽 다 받아 마셔요? 마시길!! 혼자 취해서 기분 좋다고 사위 어쩌고저쩌고하더니, 우리 사위는 그 기회를 놓치지도 않고 잘도 허락을 받아 냅디다!! 내가 그거 수습하려고 똑같이 해 봤는데 우리 사위는 꿈쩍도 안 했다고요!!"

시시각각 변하는 남편의 표정이 아주 볼만했다.

"어제 우리 조 서방이 직접 당신 업어다 방에 눕혔어. 그것도 기억 안 나요?!"

"끙. 좀 말리지 그랬어. 이게 무슨 주책이야?!"

"안 말렸겠어요?"

남편이 자신의 페이스에 말려들고 있었다. 그래 이렇게라도 정신을 다른 곳으로 분산시킬 수만 있다면 뭔들 못 하리. 정연은 속으로 애타게 기도했다.

'제발 일어나라, 미련퉁이 사위야!!'

동우는 아내의 말을 들으며 절망했다. 도대체 얼마나 추한 모습을 보인 건지, 사위와의 첫 술자리에서 겨우 몇 잔에 꼬르륵 넘어가 버린 장인이라니, 체면이 말이 아니었다.

"그래서, 이 사람 지금 어디 있냐고?!"

"이 사람이라니!!"

"최정연!! 말꼬리 잡고 자꾸 빙빙 돌리지 말고 바로 말해 주지? 어디 있어? 그…… 어휴. 그래. 우리 사위 어디 있냐고!!"

"아! ……그, 그, 그러니까…… 그게."

말꼬리를 흐리며 눈동자를 데굴 굴리는 아내의 모습을 보며 더는 물을 필요가 없다는 걸 알았다. 동우는 성큼성큼 거실을 지나며 딸아이의 방으로 향했다.

　"여보오! 동우 씨!! 일단 내 말 좀 들어 봐요. 응? 동우 씨!"

　막으려는 정연과,

　"이거 놓지?"

　금남의 문을 향하며, 말리는 아내를 끌어안고서 힘겹게 한 발 한 발 옮기는 동우였다.

　그 방 안에 있는 두 사람은 문 하나를 사이에 두고서, 그 문 뒤에서 벌어지고 있는 웃지 못할 해프닝을 전혀 알 길이 없었다. 쏟아져 들어오기 시작하는 햇살에도 눈 하나 깜짝 않고, 깊은 잠에서 헤어나지를 못하는 두 사람이었다.

　결국 동우가 이겼다. 힘겹게 도달한 딸아이의 방문 앞에서, 막아서는 정연을 품 안에 가두고서 문을 활짝 열어 보는데, 옷을 훌러덩 벗고 있는 사위가 되려는 놈과, 딸아이가 마치 한 몸인 양 딱 달라붙어 있었다.

　"내, 내, 내…… 어흐……."

　말도 제대로 나오지 않았다.

　하필 그때 등을 돌리고 누워 있던 딸아이가 때마침 다시 돌아누우며 사위의 품속으로 쏙 빨려 들어가듯 안기는 모습이라니…….

　동우의 눈동자가 심하게 요동치며, 그에 맞추어 심장 또한 사정없이 두방망이질해 대고 있었다.

　"하! 하! 내, 이, 이것드 흡."

　크게 고함이 터져 나오려는 찰나, 온몸에 힘이 풀려 버린 동우의 품에서 간신히 벗어난 정연이 남편의 입을 틀어막으며 문밖으로 끌어내고 있었다.

　"최정연!! 이게 뭐 하는 짓이야!!"

　동우의 머릿속에는 조금 전 사위의 품으로 빨려 들어가듯 안기던 딸아이의 모습이 지워지지 않았고, 무슨 조홧속인지 그 장면이 계속해서 되풀이되며 이마에 핏대가 두드러지고 있었다.

"아직 결혼도 안 했는데, 내 딸을…… 꿀꺽! 우리가 버젓이 이렇게 한집에 있는데도 내 딸을!! 내 이놈을!"

당장이라도 다시 딸아이의 방으로 건너가 사위를 끌어낼 것 같은 남편의 모습에 정연은 정신없이 말리기 바빴다.

밖에서 그렇게 옥신각신하는 사이 제이가 먼저 이상한 낌새를 감지한 듯 꿈틀거렸다. 너무나 따뜻하고, 포근한 꿈에서 깨고 싶지 않은데, 그런 포근함과는 어울리지 않는 이질적인 소음에 자꾸만 신경이 쓰여 결국 눈이 떠지고 말았다.

'응? 뭐지? 이 단단하면서도 딱딱하지 않은 익숙한…… 벽은?'

어딘지 모르게 익숙한 체온을 느끼며 더듬더듬 만져 보다 화들짝 놀라며 벌떡 일어났다.

"헉! 조프!!"

"흐으음…… 제이, 조금만 더 자. 이리 와."

조프는 사태의 심각성을 전혀 인지할 수 없었다. 벌떡 일어난 제이를 다시금 자신에게로 끌어당겨 제이의 품에 얼굴을 파묻고서 비비적거리며 그녀의 체향을 음미하기에 바빴다.

"자, 잠시만요. 조프!! 다, 당신이 왜 여기 있어? 어제 소파에서 잤잖아요!! 일어나요. 얼른. 얼른 일어나라고요!!"

자꾸만 가슴을 파고드는 조프의 어깨를 붙잡고, 최대한 크지 않은 소리로 말을 하며 그를 흔들어 깨웠다.

그제야 눈을 뜨며 정신을 차려 보는데, 익숙했던 제이의 방, 제이의 향기 모든 게 지극히 자연스러운데 왜 그녀는 저렇게 당황한 모습을 하고 있으며, 이 소란스러움은 대체 무어란 말인가. 서서히 정신을 차려 보는데…….

"오 이런!! 내가 왜 여기 있어?"

"그걸 나한테 물어요, 지금?"

조프는 천천히 지난밤을 되짚어 보았다.

어머님과 술을 마시다 쏟아지는 눈꺼풀을 이기지 못해 눈을 감았다. 새벽녘 왠지 모를 불편함에 잠에서 깨어 보니 제이의 집은 분명한데 엉뚱한 곳에 잠들어 있었다. 몽롱한 정신에도 제 짝을 찾아가는 성실함이란.

자는 제이를 보자마자 어디가 불끈 솟으며 사랑을 갈망하지만, 하나 남은 이성이 지금은 참아야 할 때임을, 아기처럼 곤히 잠든 그녀의 잠을 깨우는 대신 그녀의 온기라도 느끼려 습관처럼 옷을 훌렁훌렁 벗어 버리는데, 마지막 남은 방어막까지 치우고 나면, 그 하나 남은 이성마저 믿을 수 없을 것 같아 속옷 한 장만을 남겨 두고 제이를 품에 안았다.

그제야 제자리를 찾은 듯 비로소 편하게 숙면을 취할 수 있었는데…….

"하…… 부모님이 나 여기 있는 거 아시는 거야? 지금?"

들리는 소음은 잦아들 기미가 보이지 않았다. 어제까지만 해도 너무나 만족스러운 결과를 손에 쥐었는데, 이런 큰 실수를 하다니 눈앞이 까마득했다.

'설마, 했던 말을 번복하는 일은 없으시겠지?'

"나도 잘 모르겠어요."

정확히는 모르지만 간간이 들리는 소리를 보아하니 아무래도 자신들 때문인 듯했다. 당황해하는 제이를 보며 조프는 얼른 자리에서 일어나 순식간에 옷을 챙겨 입었다.

"내가 나가서 잘 말씀드릴게. 일단 당신은 방에 있어. 나오지 마. 아버님, 어머님 화가 좀 가라앉으면 그때 나와. 알았지?"

"그냥 같이 나가요."

"혹시 모르니 일단 있어 보라고, 내가 먼저 나가 볼게. 응?"

조프는 천천히 방문을 열어 보았다. 아직도 두 분이 의견의 합치를 이루지 못했는지 옥신각신하기에 여념이 없었다. 하는 수 없이 두 분 말씀이 끝나기를 가만히 기다리고 있는데…….

"사돈 남 말 하고 있어 정말! 개구리 올챙이 적 생각 못 한다더니 당신이 딱 그 짝이에요. 그 장인에 그 사위지 뭐야? 어? 옛날에 당신이 한 건 잊었어요?

말이야 바른 말이지. 당신 우리 집에 인사 와서 그날 어떻게 했어요? 어? 술도 못 마시면서 주는 술 다 받아먹고 취해서는 거실에서 자다 말고 새벽에 나 찾아 들어와 어떻게 했냐고요!!"

정연은 저도 모르게 점점 말이 빨라지고 목소리도 높아지고 있었지만 인지하지 못할 만큼 흥분해 있었다.

"우리 부모님이 버젓이 다 있는 집에서 어? 어떻게 했는데에!! 어떻게 술 취했다면서 밤새도록 잠도 안 재우고 말이야!! 그때 우리 제이가 생겼잖아!! 뭐가 달라요? 그러면서 왜 우리 사위를 못 잡아먹어 안달이야, 왜!! 당신이 더하면 더했지, 절대 덜하지 않는다고!"

결국 참았던 말을 시원하게 내뱉으며 씩씩거렸다.

그 옛날, 문제의 그 날 아침, 자신의 방에 있던 지금의 남편 동우는 엄격한 자신의 아버지에게 들켜, 목검을 들고 쫓아오던 아버지에게 흠씬 두들겨 맞을 뻔한 걸, 엄마가 기를 쓰고 말리는 바람에 겨우 위기를 모면할 수 있었다.

결과적으로는 덕분에 결혼을 서두르게 되었지만, 열 달, 정확히 10개월을 다 채우고 나온 딸아이를 두고 왜 이렇게 애가 빨리 나오냐며 주위에서 어찌나 걱정하는 말들을 많이 하던지.

동우는 아내가 이렇게 자신을 쏘아붙인 적이 살면서 단 한 번이라도 있었던가 생각해 보았다.

결혼해서 처음. 이렇게 강하게 자신을 압박하며 쏘아붙이는 것도 처음. 이렇게 빨리 말하는 것도 처음. 이렇게 화를 내는 것도 거의 처음인 듯싶었다.

그놈의 사위가 뭐라고? 딸아이도 모자라 아내까지 제 편으로 만들어 버렸는가! 섭섭함이 물밀듯 밀려오는 것도 잠시, 뭔지 모를 싸한 느낌에 딸아이의 방 쪽으로 눈길을 돌리는데……

"허험. 흠흠. 정연아. 나 씻고 올게."

"이건 또 무슨, 그렇게 씻으라고 할 때는 귓등으로도 안 듣더니 뭐요? 나 말 아직 다 안 끝났는데? 이제 시작인데? 당신이 한 일은 생각하지도 않고 왜 우리 사위만 뭐라ㄱ 읍."

"정연아. 아하하하, 이 사람이 지금 무슨 말을 그만…… 그만해. 응?"

정연은 얼굴이 터질 듯 시뻘겋게 달아오르며 열심히 표정으로 무언가를 말하려 애쓰는 남편을 보며 아차 싶었다. 잠깐 흥분해 목소리가 너무 커져 버렸나 보다.

제발 아니기를…… 아니기를 바라며 뒤를 돌아보는데, 왜 슬픈 예감은 한 번도 비껴가지를 않는지.

그곳에는 눈을 질끈 감고서 한 손으로는 벽을 짚고, 남은 손으로는 입을 틀어막은 채 어깨를 들썩이며 웃음을 꾸역꾸역 삼키는 조 서방과, 황당한 얼굴을 하고서 얼굴이 새빨갛게 달아오른 딸아이가 떡하니 버티고 서 있었다.

"엄마야…… 나 몰라."

부끄러움에 동우의 품에 얼굴을 감추어 버렸다. 어쩌다 사위 앞에서 이런 꼴을 다 보이고 말았는지.

"엄마, 아빠…… 나 허니문 베이비 아니었어요?"

본의 아니게 출생의 비밀을 알아 버린 제이가 제 눈을 피하는 부모님을 보며 물었다.

"몰라!!"

토라진 듯 말을 하며 재빨리 주방으로 사라지는 엄마와 덩달아 욕실로 사라져 버린 아빠였다.

조프와 제이는 서로를 마주 보며 한참을 어깨를 들썩이며 나오는 웃음을 참지 못하고 낄낄거려야 했다.

다소 어색할 수 있었던 아침, 사위의 엉뚱한 발언으로 난감했던 분위기가 180도 반전되며 뜻하지 않게 웃음꽃이 만발했다.

"아버님, 존경합니다. 어떻게 술도 잘 못하시는 분께서 취한 중에도 그렇게 큰일을 도모하시고, 많이 배우겠습니다."

농담인지 진담인지, 어른을 놀리려는 건지 의도를 알 수가 없어 사위를 유심히 바라보는데, 그 얼굴에는 진지함만이 가득했다. 경이로운 눈빛으로 자신을 보는 사위를 보며 웃음이 터져 버렸다.

동우는 체면이 좀 깎이기는 했으나, 이렇게 맞이하는 아침도 나쁠 것 없다 위안했다.

아침 식사 하는 동안에도 자신들의 눈치 따위는 안중에도 없이, 시종일관 맛있는 음식을 딸아이 앞으로 끌어다 놓고 물을 챙겨 주는 등 살뜰히도 딸을 챙기는 남자를 보며 사위로 인정하지 않을 수가 없었다. 미국으로 딸아이를 보내야 한다는 것만 빼고 보면 100점, 아니 그 이상이라도 주고 싶은 멋진 사윗감이었다.

"자네, 우리 재희를 왜 제이라고 부르는지 알고 부르는 건가?"

"네?"

조프는 뜬금없이 이게 무슨 말인지 질문의 의도조차 파악되지 않았다.

제이와 가까운 사람들은 모두 그녀를 제이라고 불렀다. 그 외의 사람들은 대부분 그녀의 이름 대신 직책으로 불렀기에 아버님이 물어보는 의도를 알 수가 없었다.

"어? 내가 언제 한번 말하지 않았어요?"

제이는 그제야 자신이 단 한 번도 조프에게 자신의 이름을 제이라고 부르는 이유를 말하지 않았다는 것을 알았다.

"아직 모르는 모양이군. 제이가 생긴 걸 알고 나서 태명을 정하는데, 그게 뭐라고 정하기가 쉽지가 않더라고. 나에게는 큰 기쁨이었지. 녀석 덕분에 내 아내와 결혼을 더 빨리 할 수 있었으니. 그래서 나는 기쁨이라고 부르고 싶었고, 아내는 태몽에서 보석을 한 아름 안았다고 보석이라 하자고 고집하더군. 곰곰이 생각하다 보니 영어로 하자면 Joy(기쁨), Jewelry(보석)인데, 공평하게 앞 글자를 따서 J라고 합의를 봤지."

"아! 그런 깊은 뜻이 있는 줄은 생각지도 못했습니다. 기가 막힌 태명인데요?"

"그런가? 하하하 사실 이름도 제이라고 하려다 어른들께서 어찌나 잔소리를 하시는지…… 그래도 태명과 무관하지 않게 지었지. 재희는 한자어로 하면 기쁨을 가져오는 사람이라는 뜻이라네. 태어나서 지금까지 줄곧 우리에게 기쁨이 되어 주는 존재…… 우리에게는 전부인 아이네. 그러니 자네도 귀하게 여기고 예뻐해 주게. 그것 말고는…… 우린 아무것도 바랄 게 없으니."

가볍게 시작한 말이었으나 그 말끝에 뼈가 있었다. 동우는 마지막 당부의 말이 온전히 사위에게 잘 전해지기를 마음으로 간절히 바랐다.

어려워하거나 부담스러워하지 않게 말을 전하려 노력했지만 정작 자신의 마음에 뜨거움이 치밀고 올라와 쉽사리 음식을 삼킬 수 없었고, 정연은 그런 남편의 마음을 너무나 잘 알기에 말없이 식탁 아래로 손을 내려 남편의 다리를 가만히 토닥여 주었다.

"전혀 걱정하지 않으시도록 제 몸보다 더 귀하게 여기며, 아끼고 예뻐하겠습니다."

제이를 걱정하는 부모님의 마음이 고스란히 전해져 조프는 진심을 담아 진중하게 답을 했다.

"흠흠. 저는 물 좀 가지고 올게요."

제이는 식탁 위에 버젓이 물이 있음에도 굳이 물을 가지러 간다는 핑계로 자리를 떴다.

지난 몇 년을 부모님께 아픔으로 남아야 했던 자신을 기쁨이라 말하며 그에게 당부하는 아빠의 말에 왜 이렇게 마음이 아려 오는지, 눈물이 나올 것 같아 자리를 피했다.

"저도 잠시만 자리 좀 비우겠습니다."

조프는 그런 제이를 조용히 뒤따라 나왔다. 방으로 들어와 창밖을 물끄러미 바라보며 흐르는 눈물을 닦고 있는 제이에게 다가가 등 뒤에서 가만히 안아 주었다.

"참 좋은 분들이야. 고마워. 이렇게 멋진 가족을 선물해 줘서."

이렇게 좋은 가정에서 행복하게 자란 제이가 부러우면서도, 이런 화목한 가정에 뼈아픈 고통을 안겨 준 이태현을 떠올리며 다시 한번 느슨해진 마음을 다잡았다.

제이 역시 등 뒤에서 자신을 감싸 안아 주는 그의 손을 가만히 어루만지며, 곧 다가올 청문회를 생각했다.

부모님이 안고 있는 무거운 마음의 짐을 내려놓을 수 있도록, 자신 또한 떳떳하게 조부모님을 찾아뵐 수 있도록 반드시 진실을 밝히겠다고, 더는 물러서지 않겠다고, 그들이 죗값을 받을 수 있도록 최선을 다하겠다 굳게 다짐하고 있었다.

그렇게 어렵기만 할 줄 알았던 사위는 장인, 장모가 불편할 법도 하련만 그런 내색 전혀 없이, 오후 늦게까지 집에 머물며 함께 오래도록 대화하고 앞으로 다가올 일들에 대해 소상히 알려 주며 걱정하지 않도록 안심시키고 나서야 제이의 집을 나섰다.

사위가 집을 나서자 동우가 조용히 아내를 불렀다.

"정연아, 보약 한 재 해 먹여야겠어."

"아이고, 벌써 사위 생각해 주는 거예요? 당신?"

"사위? 기운이 남아도는 것 같던데 보약은 무슨!! 우리 제이 말이야. 흠흠. 보약 한 재 해 먹여. 애가 그냥 살이 쏙 빠졌어! 어휴, 결혼 안 해도 저러는데, 결혼까지 하면…… 하…… 아무튼 몸보신 좀 제대로 시켜야겠어."

"그…… 그렇지? 우리 사위가 체력이 보통은 아닐 것 같아요. 알았어요. 내가 신경 써 볼게."

동우의 마음이 심란했다. 자신이 보기에 아직도 한없이 여리고 어리게만 보이는 딸이 언제 이렇게 커서 결혼까지 하려는지……. 그나저나 결혼하기 전에 덜컥 임신이라도 하게 되면, 사랑을 기반으로 한 결혼이라 해도, 아무리 시대가 많이 변했다고는 하나 혼전 임신이 결코 딸아이에게 좋은 영향을 미칠 거라고는 생각되지 않아 또다시 아내를 불렀다.

"여보 정연아, 흠흠. 제이 말이야…… 중요한 일 앞두고 괜한 말 나오지 않도록 몸가짐에 각별히 유의하라고, 당신이 얘기 좀 나눠 봐."

그 옛날 아내를 곤란에 빠트린 장본인이기에 말을 꺼내기가 머쓱했고,

"알았어요. 우리 딸만큼은 나와 같은 곤란은 겪지 않게 잘 말해 볼게요."

정연은 겸연쩍어하는 남편을 밉지 않게 흘겨보며 피식 웃었다. 이젠 그 옛날 목검을 들고 휘두르던 우리 아버지의 심정도 이해하려나?

그날 밤 정연은 다 큰 딸아이와 함께 누워, 자신의 경험을 빗대어 말하며, 몸가짐을 조심하라는 당부에 앞서, 피임의 중요성에 대해 열변을 토해야 했다.

"그렇다고 내가 그때 너를 가진 걸 후회하는 건 절대 아니야. 내 평생 가장 잘한 실수였다. 다만 너만큼은 마음 졸이지 않고, 괜한 억측으로 마음 다치지 말고, 축복 속에서 온전히 그 행복을 마음껏 누렸으면 좋겠어."

부끄러운지 얼굴이 발그레 달아오른 채 고개를 끄덕이며 자신의 품을 파고드는 다 큰 딸아이를 끌어안으며 부디 딸의 앞날에 행복만 가득하기를 마음으로 간절히 빌어 본다.

주말을 보내고 돌아온 월요일, 동우와 정연은 말없이 조용히 떠나려 했음에도 바쁜 사람이 굳이 공항까지 직접 배웅하러 나와 자상하게 이것저것 챙겨 주는 모습에 사위에게 반하지 않을 수 없게 돼 버렸다.

며칠 후 청문회를 하루 앞둔 제이의 마음이 무겁게 내려앉았다. 리안 언니와 형부, 부모님으로부터 차례로 안부 전화가 걸려 오며 용기를 북돋워 주고자 했으나 좀처럼 가라앉은 마음이 끌어 올려지지가 않았다.

이번에는 정말 모든 마음의 짐을 덜어 낼 수 있을까? 자신으로 인해 주위 사람들이 또 다른 피해를 보게 되지는 않을까? 자신과 함께 나서겠다는 그는, 그는 정말 괜찮은 걸까? 끊임없이 파고드는 상념에 복잡한 머릿속은 그야말로 뿌연 안갯속과 같았다.

하지만 이대로 안개가 걷히기를 바라며 허투루 시간을 흘려보낼 수는 없는 일이었다.

"지은 씨, 내일…… 아니 이틀 연차 사용할게요. 회의 준비해 줘요."

자신에게는 일생일대의 중요한 일이지만, 회사 일 또한 소홀히 할 수는 없었다. 부재중에도 일이 원활하게 잘 진행될 수 있도록 만반의 준비를 해 두어야 했다.

어느 것 하나 놓치지 않고 꼼꼼하게 일을 챙기다 보니, 복잡하기만 했던 머릿속도 진정이 되는 듯했다.

조프 역시 내일을 위한 준비를 하느라 여념이 없었다. 회사 중역들과 화상회의를 통해 내일 이후 일어날 만약의 사태에 대비하며, 법무 팀과의 회의를 통해 법률적인 문제 또한 한 번 더 점검하고 이강성 의원과 통화를 했다.

제이는 어디까지나 피해자였다. 가능하면 그런 자리에까지 나가게 하고 싶지는 않았으나, 그녀의 성격으로 볼 때 불가능한 일이었다. 지난 일을 다시 되짚어 말하고, 과거에 빠져 상처받는 일은 이번이 마지막이 되어야 했다.

조프는 이강성 의원에게 다른 증인들과는 처지부터가 다른 제이의 입장을 강조하며, 강 회장과의 대면 시간과 청문회에 출석해 증언하는 시간이 최소화될 수 있도록, 그녀의 처우에 대해 거듭 당부하는 것으로 오랜 통화를 마쳤다.

할머니 또한 신경 쓰지 않을 수 없었다. 최대한 걱정하시지 않도록 조심해서 말을 전하며 안심시켜 드려야 했다. 다행스럽게도 할머니는 여장부답게 모든 현실을 담대하게 받아들이며 오히려 손자의 기운을 북돋아 주고 있었다.

그렇게 해야 할 일들을 하나씩 처리하며 시간을 보내는데 왜 이렇게 마음이 어수선한지. 자신의 마음이 이럴진대 하물며 제이의 마음은 오죽할까 싶어 직접 제이가 있는 사무실로 찾아 내려갔다.

"대표님!"

호출이 아닌, 몸소 직접 찾아오신 대표님을 보며 지은이 놀란 표정을 감추지 못했다.

"한 팀장 자리에 있습니까?"

"네. 계십니다. 지금 바로 말씀드리겠습니다."

"고마워요."

지은은 계속해서 대표님을 곁눈질하며 한 팀장님께 대표님의 방문을 알렸고, 제이는 깜짝 놀라고 말았다. 오래전 갑작스러웠던 방문을 뒤로 늘 호출을 했었는데, 웬일로 직접 자신의 사무실까지 찾아왔는지 의아함에 사무실 문을 여는데,

"제이!"

조프가 거침없이 이름을 불렀다. 놀라 눈을 동그랗게 뜨는 제이를 보며 조금은 미안한 마음이 들었지만, 어차피 내일이면 그녀가 자신의 여자임을 모두가 알게 될 것이기에 더 이상의 조심성은 필요 없었다. 오히려 지금까지 많이도 참았다 싶었다.

"드, 들어오세요."

지금까지와는 달리 너무나 태연하게 이름을 부르는 그를 보며 당황해 말까지 더듬고 말았다. 곧 레이저를 쏘아 올릴 것 같은, 호기심을 감출 마음이 전혀 없어 보이는 지은을 보며 한숨이 나왔지만, 이미 쏟아진 물이다.

언제고 드러날 일이 조금 일찍 알려진다 해도 딱히 달라질 건 없을 듯해 눈이 마주친 지은을 보며 엷은 미소만 지어 보였다. 몇 분 지나지 않아 소문이 퍼지겠지만, 지금 제이에겐 그런 소문까지 신경 쓸 여력 따위는 없었다.

"부르지 않고요?"

"부르긴 뭘, 더 보고 싶은 내가 오면 되는걸. 항상 오고 싶었어. 부르고 싶은 게 아니라."

그랬다. 아침에 출근해 호텔을 올려다볼 때면 그녀가 있을 층을 먼저 보게 되고, 엘리베이터를 타도 그녀가 있는 층에 도달할 때면 멈춤 버튼을 누르고 싶어 손가락이 근질거렸다. 혹시라도 그 층에 누가 내릴라치면, 몸이 먼저 반응해 두 다리가 움직이려는 걸 저지시켜야 했고, 일하다가도, 점심을 먹으러 갈 때도 목적지를 이탈하고 싶은 마음을 참아야 했던 적이 한두 번이 아니었기에, 이제야 마음 가는 대로 행동하는 게 이렇게 편하고 좋을 수가 없었다.

제이는 그의 말에 잠시 할 말을 찾지 못하고 머뭇거렸다.

"음."

그의 말인즉슨, 앞으로는 보고 싶을 때면 언제든 찾아오겠다는 말로 들려왔다. 보지 않아도 민망할 것 같은 그 상황을 그려 보며 제이는 벌써 입이 말랐다.

"어차피 내일이면 다 알려질 거야. 이제 그만 편하게 생각해. 난 더는 숨기고 싶은 생각 없으니."

"누가 뭐래요?"

눈치가 빨라도 너무 빠른 그였다. 어색함이 익숙함으로 바뀌려면 어느 정도의 시간이 또 필요하겠지만 생각했던 것보다 나쁘지 않다 싶었다.

늘 그의 집무실로 찾아가다, 자신의 사무실로 내려온 그를 보는 건 색다른 기분이었다.

"일은 언제 끝나? 오늘은 내 별장으로 가. 나와 함께 있어."

미국에서 돌아온 이후부터는 제이의 집이 아닌 자신의 별장에서 함께 지내는 시간이 많아지고는 했는데, 이상하게 제이는 늦은 밤이 되면 늘 제집으로 돌아가려 했다.

이미 결혼 허락도 받은 마당에 한시도 떨어져 있고 싶지 않은 조프는 왜 굳이 따로 밤을 보내야 하냐며 제이를 붙잡기 일쑤였으나 웬일인지 부모님이 댁으로 돌아가신 이후 더욱더 엄격해진 듯한 제이의 모습에 아쉬운 마음이 들지 않는다면 거짓말이었다.

제이가 무얼 조심하는지 모르지 않았으나, 이제 더는 주위의 시선 따위는 신경 쓰지 말았으면, 그마저도 내일이면 끝이라는 생각에 차라리 속이 후련했다.

"미안해요. 오늘은 혼자 있고 싶은데…… 정리해야 할 것도 좀 있고……."

"흠…… 괜찮겠어, 정말? 당신 긴장하거나, 걱정되는 일이 있을 때, 혹은 컨디션이 좋지 않을 때 악몽 꾸는 거 아니었어? 내가 있으면 그런 걱정은 하지 않아도 될 텐데, 정말 혼자 있고 싶어?"

그녀의 결정이 못내 서운했다. 이런 날 함께 있어 달라고, 내가 필요하다고, 기대고 의지하면 좋으련만…… 기어이 혼자서 감당하려 하는 그녀의 모습에 왜 이렇게 서운함이 밀려오는지.

"……네. 오늘은 혼자 있을래요. 그렇게 하게 해 줘요."

불안하고 초조해하는 못난 모습은 보이고 싶지 않았다. 겉으로 표현하지 않아도 지금 그 어느 때보다 불안하고 초조하며 답답했다.

몇 년을 바라고 또 바라 왔던 일이었다. 비록 기자회견이 아닌 청문회였지만, 자리는 중요하지 않았다. 조부모님의 누명을 벗길 수만 있다면 어떤 형태의 어떠한 상황에서라도 기꺼이 하려 했던 일이었다.

그럼에도, 이토록 오래 기다려 왔던, 너무도 바라 왔던 날이 코앞에 다가왔음에도 불구하고, 정작 뜻한 대로 잘 해낼 수 있을지, 자신으로 인해 야기될 복잡하게 얽혀 있는 많은 문제를 생각하며 주춤거리는 자신이 너무나 실망스러웠다. 지금까지 충분히 못난 모습을 많이 보였기에 더는 그런 모습을 그에게 보이고 싶지 않았다.

"언제라도 마음이 바뀌면 전화해. 알았지? 다른 걱정은 하지 말고, 누누이 말했지만 당신만 생각해. 알았어?"

절대 이기적일 수 없는 여자였다. 아무리 이렇게 말한다 한들, 소용없다는 걸 알면서도 조프는 다시 한번 당부의 말을 하고 있었다.

"네. 이미 충분히 그러고 있어요. 이기적일 만큼."

"그래. 알았어. 당신 뜻이 정 그렇다면……."

조프는 제이에게 다가가 가만히 꼭 안아 주었다. 부디 잘 버텨 주기를, 지금까지 해 온 것처럼 당당하게 잘 버티기를……. 조프는 마음속으로 바라고 또바랐다.

그날 밤 제이는 터질 듯한 긴장감에 쉬이 잠을 이룰 수가 없었다. 내일 자신이 해야 할 일은, 자신이 해야 할 말은, 몇 년씩이나 수도 없이 되뇌어 눈을 감고도 할 수 있는 말들이었다. 얼마나 기다렸던가…….

그런데 정작 진실을 말할 기회가 왔음에도, 좀 더 당당하지 못하고 두려움에떨고 있는 자신이 미칠 듯이 못마땅하고 싫어졌다. 내일 온전한 정신으로 버텨내려면 컨디션 관리를 잘 해야 하는데. 이대로라면 컨디션 관리는커녕 잠 한숨자지 못하고 뜬눈으로 밤을 지새우게 될 것만 같았다.

제이는 그가 필요했다. 모든 생각을 멈추게 하고, 오로지 그의 생각으로 차고 넘치게 하는 그가. 곁에만 있어도 마음의 평안을 가져다주며, 몸과 마음이편히 쉴 수 있는 진정한 안식처가 되어 주는…… 그가 필요했다. 그것도 지금당장.

그 어느 때보다 그의 생각이 간절해지고 있었다.

'바보 같아…… 보고 싶어…… 이럴 거면서. 함께 가자고 할 때 그냥 갈걸.'

뒤늦은 후회가 강하게 밀려왔다. 보고 싶다고 생각하니 다른 생각은 떠오르지 않았다. 못난 모습을 보이게 된다 한들, 그 모습 또한 자신인 것을……

더 망설이지 않고 바삐 가방을 챙기며 준비를 서둘렀다.

결심이 바뀌기 전에, 그에게 가야만 했다. 지금 제이에겐 다른 누구도 아닌조프가 있어야 했다.

급히 도착한 그의 별장 앞. 떨리는 마음으로 그에게 전화를 걸었다.

평소라면 결코 이 시간에 전화하지 않았을 테지만, 아니 이렇게 찾아오는 일도 없었을 테지만, 지금 제이에게는 새벽 1시라는 시간도 걸림돌이 될 수는 없었다. 그 어떤 상황에도 그를 보고 싶은 마음을 막을 수는 없을 것 같았다. 한 번의 신호음이 끝나기도 전에 그가 전화를 받았다. 그토록 그리워한 목소리가 들려왔다.

— 제이!

"아직…… 안 잤어요?"

언제든 전화하라고는 했지만, 그래도 이 늦은 시간에 하는 전화가 미안하지 않을 리 없는 제이와,

— 당신은?

잠은커녕, 제이 걱정으로 차 키를 손에 쥐고서 거실을 서성이고 있던 조프였다.

"조프…… 당신만 괜찮다면 오늘 나와 함께 있어 줘요. 당신이…… 너무 필요해. 보고 싶어요."

— 기다려. 바로 갈게.

"아니."

뚜뚜뚜.

성급하게 끊어져 버린 전화였다. 이미 내가 당신을 찾아 여기 왔다고, 여기 와 있다고 말하지도 못했는데…….

제이는 바쁘게 준비할 그를 생각하며 차에서 내려 서둘러 그의 별장 대문으로 향하는데, 벨을 누르기도 전에 대문이 벌컥 열리고 말았다.

"조프!"

"제이!"

동시에 놀란 외침이 들려왔다.

조프는 혼자 있고 싶다던 그녀의 말을 곧이곧대로 믿어 버린 자신을 책망하

며, 전화를 끊자마자 손에 든 차 키를 확인하고서 곧바로 현관문을 열고 대문으로 내달렸다. 대문을 활짝 열자마자 문 앞에 선 그녀를 마주하게 될 줄이야.

가장 힘든 때 자신이 필요하다는 그녀의 말에 가슴 가득 안도감이 퍼져 나갔다. 놀란 듯 보이는 제이의 허리를 한 손으로 휘어잡아 자신에게로 밀착시키며 다른 한 손으로 제이의 목덜미를 받치고서 곧장 그녀의 여린 입술을 파고들었다.

"흣!"

주변에서 들려오는 놀란 헛기침 소리가 아득하게 멀어지며 크게 떠졌던 제이의 눈이 스르륵 감겼다.

제이는 이런 그가 너무나 좋았다. 모든 근심 걱정을 떨쳐 버리게 만들어 주는…… 정신없이 빠져들게 만들어 주는. 그만이 줄 수 있는 안락함에 마음이 뜨거워졌다.

지금, 이 순간만큼은 두 사람에게 주변의 상황 따위는 눈에 들어오지도 않았다. 두 사람의 눈동자에는 오직 사랑하는 연인, 단 한 사람 외에는 아무도 들어 있지 않았다.

끝없이 이어질 것만 같았던, 뜨거운 키스가 멈추어 버린 입술에 너무나 차가운 공기가 내려앉았다.

"잘 왔어. 춥다. 얼른 들어가자."

차가워진 제이의 두 볼을 쓰다듬으며, 반짝이는 눈망울로 초롱초롱 자신만을 담고 있는 제이를 마주하며 목소리가 무겁게 가라앉았다.

대문 안으로 제이를 이끌며 제이의 등 뒤로 보이는 모습에 피식 웃음을 흘려보냈다. 과연 그녀가 지금 뒤를 돌아보면 무어라 할지. 행여나 제이가 뒤돌아볼까 서둘러 대문을 닫아 버리고, 제이의 작은 손을 감싸 쥐고서 안으로 걸음을 옮기기 바빴다.

현관문을 열고 들어서기가 무섭게 다시금 제이의 입술로 찾아들었다. 자신의 목을 끌어안고 마주 얽혀 오는 그녀의 입술은 왜 이렇게 달기만 한지. 자연스레 갈 곳을 향해 한 발 옮길 때마다 발아래 옷가지가 하나둘 쌓이고 있었지만 두 사람 중 그 누구도 발길에 차이는 옷 따위는 신경 쓰지 않았다. 두꺼웠던 차림이 점점 가벼워지며 태초의 모습이 될 때까지도 두 사람의 입술은 한 몸인 듯 떨어질 줄을 몰랐다.

잠시 머물렀던 밖, 차가운 냉기가 스며든 두 사람의 몸이 뜨거워지기까지는 불과 몇 분도 채 필요하지 않았다. 더없이 사랑스레 서로의 몸을 쓰다듬고, 입술로 서로의 몸을 탐하며 사랑을 흘려보내는 시간은 거침없이 빠르기만 했다.

끊어질 듯 아슬아슬한 신음을 흩뿌리는 제이를 보며, 뜨거운 숨결을 제이의 입 속에 가두고서 마지막 사랑을 쏟아부었다.

그가 퍼부은 사랑에 기분 좋은 나른함이 찾아들며 제이의 눈꺼풀이 감겨 오려는 듯했다.

"잠시만."

조프는 품에 안겨 오는 제이를 보며 행복함에 그대로 함께 잠들고 싶었으나, 근래에 스트레스로 긴장이 심했던 제이의 몸을 따뜻하게 풀어 주고 싶었다. 욕조에 따뜻한 물을 받으며 긴장 완화에 좋다던 입욕제를 넣어 두고서 다시 방으로 돌아오는데, 침대 위 세상 평온한 모습으로 잠들어 버린 제이를 보며 차오르는 뿌듯함이란.

그녀의 얼굴을 가리는 머리카락을 손으로 빗어 넘겨 주며 가만히 바라보는데 몽롱한 듯 실눈을 뜨고 마주 보는 제이였다.

"잠든 거 아니었어? 많이 피곤하지? 내가 따뜻한 수건으로 닦아 줄게. 그냥 잘래?"

잠이 붙은 얼굴이다. 이대로 몸을 닦아 주고 곧장 재워야 할지, 따뜻한 물에 몸을 좀 풀어 줘야 할지 잠시 망설이는데,

"아니. 씻고 자고 싶은데, 나랑…… 같이 씻을래요?"

처음이었다. 먼저 같이 씻자고 말한 건. 함께 씻는 걸 그가 얼마나 좋아하는지 알면서도 부끄러움에 쉽지 않아 요리조리 피하기만 했었는데, 이상하게

대담해지는 마음이었다.

고른 치열이 다 드러날 정도로 활짝 웃는 그의 얼굴을 바라보며 덩달아 바보 같이 웃어 버렸다.

"듣던 중 반가운 소리야."

활짝 웃고 있는 제이를 번쩍 안아 올리며 얼굴 여기저기 입술을 콕콕 찍어 눌렀다. 따듯한 물이 받아지고 있는 욕실은 몽실몽실한 수증기로 가득 차오르고, 조프의 마음속에는 알 수 없는 기대감과 흥분이 가득 차오르고 있었다. 공기 중에 떠도는 아로마 향에 마음이 평온해지며 제이의 마음에도 기분 좋은 두근거림과 함께 여유가 찾아왔다.

무거울 법도 한데 힘든 기색 하나 없이 미끄러지듯 조심스레 제이를 내려놓고서, 여유 공간이 많음에도 더운물 속에서 한 몸처럼 붙어 앉아 온기를 더하는 두 사람이었다.

조용히 흘러내리는 물소리, 기분 좋게 내려앉은 따뜻한 습도, 달콤한 향기. 너무나 완벽한 시간이었다.

"조프……."

"응?"

"오늘은 내가 씻겨 줄게요. 어맛!!"

제이가 말을 끝내자마자 자신의 다리 위로 제이를 번쩍 들어 앉혀 버렸다.

"매번 힘자랑이야. 깜짝 놀랐잖아요."

"누가 더 놀랐을까? 웬일이야? 무슨 바람이 불어 이렇게 예쁜 짓만 골라 하는 거지?"

더운물 때문인지, 부끄러움 때문인지는 중요하지 않았다. 발그레하게 보기에도 좋은 혈색이 감도는 제이의 얼굴 위로 수증기가 내려앉아 반짝반짝 빛이 나고 있었다.

수줍은 듯 아래를 향하는 눈동자, 부드럽게 휘어 있는 긴 속눈썹, 그 끝에 아슬아슬하게 매달린 물방울 모두 머금고 싶어 온몸과 마음이 들썩거렸다.

"바람은 무슨. 매번 당신이 해 줬잖아요. 나도 염치가 있지. 오늘은 내가 해 줄게요."

그에게도 자신의 고마운 마음을 전하고 싶었다. 늘 그가 원해서 했던 일들이기에 자신이 염치 운운할 만한 사정은 아니었음에도 딱히 다른 말이 떠오르지 않았다.

그의 일만으로도 바쁘고 정신없을 사람이 자신 때문에 얼마나 많은 시간을 할애해야 했을지 보지 않아도 알 수 있었기에 오늘만큼은 꼭 고마움을 전하고 싶은데, 표현할 방법이 마땅히 떠오르지 않아 그의 사랑을 온몸으로 느꼈던 경험을 되살려, 자신 또한 같은 방법으로 마음을 전하고 싶었다.

"하. 심장 터질 것 같아."

조프가 제이의 손을 가져다 자신의 가슴 위에 가만히 내려놓았고, 조금 전 사랑을 나누었음에도 처음과 같이 흥분해 버린 몸이었다.

조금씩 대담하게 변해 가는 그녀를 보며 감격이 물밀듯 밀려와 당장이라도 하나가 되고 싶다는 마음밖에는, 더욱더 바싹 당겨 안으려는데 심장 위에 놓인 그녀의 손이 저지하고 있었다. 의아함에 제이를 바라보는데…….

좀 전까지 수줍게 내려 아래를 보던 눈이 정확히 자신의 두 눈을 향하고 있었다. 새까맣게 반짝이는 흔들림 없는 눈빛이 점점 가까이 다가오더니 그녀의 입술이 그대로 눈두덩이 위로 내려앉았다.

"눈 감고 있어 줄래요?"

'난 아직도 당신이 그렇게 빤히 보면 부끄럽다고.'

그의 두 눈에 차례로 입을 맞추고 나서야 못 이긴 척 눈을 감아 주는 조프였다.

기대감에 부풀어 오른 건 비단 조프의 가슴뿐만이 아니었다. 눈을 감으니 온 신경이 그녀에게로 집중되고 있었다.

제이의 숨결, 여린 몸의 움직임, 자신의 몸을 터치하는 섬세한 손길. 수줍어하면서도 순간순간 나타나는 이런 그녀의 대담함이 조프는 미치도록 좋았다.

조심스레 목을 감싸 안으며 여기저기에서 느껴지는 그녀의 입술의 감촉에 정신이 혼미해지는 것도 잠시, 곧장 입술을 가르고 들어오는 용감무쌍하고 대담한 그녀의 혀를 느끼며 결국 더 견디지 못하고 먹이를 눈앞에 둔 맹수처럼 제이를 덮쳐 버렸다.

촉촉한 제이의 입술을 물고 빨며 그녀의 몸을 어루만지는데 흥분이 고스란히 전해지는 제이의 숨소리와 더불어 찰박거리는 물소리가 왜 이렇게 귓가를 자극하는지, 거칠지 않게 부드럽게 다가가려다가도 몸놀림이 절로 격해지고 있었다.

맹수로 변해 버린 조프를 보면서도 두려움은커녕 한 치의 양보도 없이 함께 그를 탐했다. 이런 그가 너무 좋았다. 온몸으로 스며드는 그가, 감정을 숨기지 않는 그가 제이는 미치도록 좋았다.

따뜻하게 감싸 오던 부드러운 물의 촉감이 서늘함으로 바뀌고 나서야 두 사람은 서로의 심장을 어루만지며 호흡을 고르고 있었다.

제이는 자신이 한 말을 실천에 옮겼다. 거품을 풍성하게 낸 샤워 볼로 그의 몸을 조심스레 씻겨 주었다. 떡 벌어진 어깨부터 팔, 보기 좋게 자리 잡은 근육질의 복근까지 천천히 샤워 볼을 내리는데 유난히 복근에 오래도록 머무는 손길이었다.

이윽고 마음을 다잡으며 그곳을 향하려는데, 닿기도 전에 반응해 버리는 그의 몸을 보며 벌어지려는 입을 꾹 다물어야 했다.

"큭…… 큽……. 푸하하하하하."

금방 격렬한 사랑을 함께 나누었던 사람답지 않게 얼굴을 붉게 물들이는 제이를 바라보며 웃음이 터져 버렸다.

"흠흠. 더워서 그래요 더워서."

"큭큭 누가 뭐래? 알아. 나도 더워. 엄청."

능청스럽게 웃다가도 그녀의 움직임에 웃음이 뚝 그치며 순식간에 전세 역전이 되어 버렸다. 또다시 차오르는 흥분에 목울대가 크게 출렁이며 표정이 오묘하게 바뀌었다. 큰일 한 듯 뿌듯한 표정으로 샤워기를 들어 거품을 씻어 내리는 제이를 보며 사랑이 마구 솟구치고 있었다.

"이리 줘. 이번엔 내 차례일걸?"

"아니에요! 내가 할게요. 당신은 많이 피곤할 텐데 먼저 나가 쉬어요. 나도 얼른 씻고 나갈게요."

"당신은 아니고?"

"네?"

"당신은 피곤하지 않아? 정말? 그럼 바로 또 안아도 되는 거야?"

"뭐. 뭐예요?"

"농담이야. 농담. 놀라기는, 빨리 이리 내. 샤워 볼."

농담이라 말하는 그의 몸은 농담이 아닌 듯 남다른 존재감을 자랑했다.

제이는 소심하게 샤워 볼을 건네며 그에게 자신의 몸을 맡기고서 생각에 잠겼다. 급한 일을 마무리하는 대로 체력을 최우선으로 끌어 올려야겠다고. 운동도 하고, 좋은 음식도 많이 먹고, 영양제? 한약도 좀 챙겨 먹, 10대까지는 아니더라도 20대 초반의 몸 상태까지는 만들어 봐야겠다는 다짐을 하는 제이의 생각은 더 이어질 수가 없었다.

체력은 그에게 한참을 못 미칠지 몰라도 연인의 손길에 반응하는 신체 반응 속도만큼은 그 못지않음을, 이미 식어 버린 몸이 그의 손길에 다시 뜨겁게 불타오르며 그의 사랑을 애타게 갈구하고 있음을……

귀한 시간은 자꾸 흘러가고 있는데, 사랑에 쏟는 시간만큼은 하나도 아깝지 않은 두 사람이었다.

3권에서 계속

또 다른 사랑

2

1판 1쇄 찍음 2021년 1월 25일
1판 1쇄 펴냄 2021년 2월 3일

지은이 | 스파클라
펴낸이 | 정 필
펴낸곳 | (주)뿔미디어

기획·편집 | 박경희 김신혜
표지 디자인 | 우 물

출판등록 | 2002년 9월 11일 (제1081-1-132호)
주소 | 경기도 부천시 소향로 17, 303(두성프라자)
전화 | 032)651-6513 팩스 | 032)651-6094
E-mail | scarlets2012@hanmail.net
블로그 | http://blog.naver.com/dahyangs
비북스 | http://b-books.co.kr

값 11,000원

ISBN 979-11-6565-863-2 04810
ISBN 979-11-6565-861-8 04810(세트)